À PROPOS DE L'AUTRICE

Passionnée de littérature, **Ava Król** s'est lancée dans l'écriture pour réaliser son rêve de toujours : coucher ses émotions sur le papier et faire vibrer ses lectrices avec des romances riches en rebondissements.

L'honneur d'un chevalier

Collection : VICTORIA

HARPERCOLLINS FRANCE
83-85, boulevard Vincent-Auriol, 75646 PARIS CEDEX 13
Service Lectrices — Tél. : 01 45 82 47 47 - www.harlequin.fr
ISBN 978-2-2804-8777-1 — ISSN 2493-013X

Composé et édité par HarperCollins France.
Imprimé en juillet 2023 par CPI Black Print (Barcelone)
en utilisant 100% d'électricité renouvelable.
Dépôt légal : août 2023.

FSC www.fsc.org MIXTE Papier issu de sources responsables FSC® C159065

Pour limiter l'empreinte environnementale de ses livres, HarperCollins France s'engage à n'utiliser que du papier fabriqué à partir de bois provenant de forêts gérées durablement et de manière responsable.

AVA KRÓL

L'honneur d'un chevalier

Victoria

HARLEQUIN

QUELQUES DATES

1176 : les cathares se réunissent à Saint-Félix-de-Caraman, près de Toulouse, sous l'égide de l'évêque Nicétas de Constantinople, afin de mettre en place leur Église. Provenant d'Asie Mineure, se voulant proche de la foi chrétienne originelle, le mouvement cathare s'est propagé dès le début du XIIe siècle en Bourgogne, en Champagne, en Rhénanie – où il est aussitôt sévèrement réprimé –, puis en Italie du Nord et dans le sud de la France. Le catharisme remet en cause l'Église catholique romaine, il rejette son clergé, ses sacrements, ses dogmes, désapprouve la décadence des mœurs ecclésiastiques ainsi que la richesse de ses membres[1]. Pour les cathares, le corps est mauvais, il emprisonne l'âme qui ne rêve que de redevenir céleste, ce qu'ils obtiennent par le *consolament* (en occitan), un sacrement par imposition des mains – le seul qu'ils acceptent. On dissociera les simples croyants des plus fervents, appelés *parfaits* (ou *parfaites*), qui suivent les préceptes à la lettre : chasteté, interdits alimentaires – pas de viande ni aucune nourriture provenant d'animaux, sauf le poisson –, carême, non-violence, charité, pauvreté, travail de leurs mains. Ils sont les seuls à pouvoir donner le *consolament* – qui permet à l'âme emprisonnée dans le corps de rejoindre le paradis, le monde du « vrai Dieu », au moment de la mort – et également la possibilité à d'autres de devenir *parfait* à leur tour. Et, de ce fait, ils parcourent les

1. Céline B, « Les femmes et le catharisme dans le Languedoc », *Agoravox*, 17 juillet 2013.

campagnes et les villes pour prêcher, convertir et donner le sacrement. L'engagement à la foi cathare varie selon les individus, est fait en toute liberté et peut être abandonné à tout moment.

25 mars 1199 : le pape Innocent III met en place des procédures pour lutter contre l'hérésie, dont la religion cathare, établissant ainsi les bases de l'Inquisition. Il envoie des religieux dans le Sud pour prêcher le catholicisme et s'assurer que les nobles mettent en place les mesures préconisées par le Saint-Siège.

15 janvier 1208 : chargé de combattre l'hérésie albigeoise (cathare), Pierre de Castelnau, légat du pape, est assassiné peu de temps après son entrevue avec Raymond VI, comte de Toulouse, qu'il avait au préalable excommunié et avec lequel il était en conflit. Cet événement déclenchera la croisade contre les « Albigeois » (autre nom donné aux cathares) ordonnée par le pape et menée par l'abbé de Cîteaux Arnaud Amaury, son représentant, et par Simon de Montfort, seigneur de Montfort, une famille de rang baronnial d'Île-de-France. Ce sera le début de la guerre du Nord contre le « Sud » à laquelle, en plus de l'Inquisition épiscopale (constituée de l'ordre dominicain, de la Milice de Jésus-Christ, des Hospitaliers du Saint-Esprit, de l'ordre de Saint-Georges d'Alfama), prendront part de nombreux seigneurs. Entre autres : Eudes III de Bourgogne, Hervé IV de Donzy, comte de Nevers, Gaucher III de Châtillon, comte de Saint-Pol, ainsi que d'autres des duchés de Bretagne, d'Autriche, de Berg, du comté d'Auxerre, de la vicomté de Donges, de Turenne, de l'électorat de Cologne… auxquels viendront s'associer quelques Anglais et Provençaux. Tous se verront attribuer les mêmes indulgences et faveurs qu'à ceux partis combattre en Terre sainte, à savoir : absolution de tous leurs péchés, abolition pure et simple de leurs dettes et attribution des terres confisquées aux hérétiques. Coup dur pour les cathares qui doivent sans cesse se cacher, mais également pour la société occitane dans son ensemble. Afin d'écarter la menace sur ses États, Raymond VI de Toulouse fait amende honorable et rejoint la croisade. L'objectif n'est donc plus toulousain ; il s'agit de combattre l'hérésie cathare dans les régions de Béziers et Carcassonne appartenant au vicomte Raimond-Roger Trencavel.

22 juillet 1209 : massacre de Béziers, pourtant majoritairement catholique. À l'inquiétude des croisés à l'idée de tuer des innocents, Arnaud Amaury aurait répondu : « Tuez-les tous ! Dieu reconnaîtra les siens ! »

15 août 1209 : Raimond-Roger Trencavel capitule à Carcassonne face à l'armée des croisés, toujours menée par Simon de Montfort, et est déchu de ses terres au profit de ce dernier.

Juin 1215 : Montfort prend Toulouse. Le comté lui sera ensuite légalement attribué par le pape, mais restera foncièrement fidèle au comte de Toulouse.

30 novembre 1215 : lors de la quatrième et dernière séance du concile de Latran, le pape Innocent III et le concile prennent des mesures radicales contre l'hérésie, condamnent les religions cathare et vaudoise, et interdisent la création de nouveaux ordres religieux. Une nouvelle croisade est décidée.

25 juin 1218 : Toulouse se révolte contre Simon de Montfort et le pousse hors de la ville. Alors qu'il organise un nouveau siège, Montfort est tué par une pierre. Son fils Amaury reprend le combat mais est écrasé par Raymond VII, successeur de Raymond VI, qui récupérera les terres de ses ancêtres.

12 avril 1229 : le traité de Meaux-Paris, signé entre la régente Blanche de Castille (mère de Louis IX connu plus tard sous le nom de Saint Louis), le pape et Raymond VII, met fin à la croisade contre les Albigeois commencée en 1209. Par cet accord, le comte est contraint de céder une partie de ses terres au royaume de France, sauf le comté de Toulouse et le Lauragais. Son héritière, Jeanne de Toulouse, doit épouser le frère cadet du roi, Alphonse de Poitiers. Ainsi, à la mort du comte, la couronne de France récupérera l'ensemble des territoires du Sud. L'indépendance du Languedoc toulousain prend fin et à nouveau débute une période de répression pour les cathares et leurs sympathisants.

20 avril 1233 : l'Inquisition (menée par l'ordre des dominicains) est lancée par le pape Grégoire IX contre les hérétiques. Elle aura des pouvoirs qui lui sont propres afin de convertir les cathares qui, malgré les répressions, se sont multipliés dans les régions de Toulouse, Montpellier et Lyon. C'est au sud de cette ville que se rassemblent les croisés avant de marcher de nouveau sur l'Occitanie.

Mai 1243 : début du siège du château de Montségur où se sont retranchés dès 1233 des cathares ainsi que de nombreux *faydits*, des chevaliers et seigneurs languedociens dépossédés de leurs terres, parce qu'ils étaient eux-mêmes cathares, ou bien parce qu'ils avaient refusé de prêter allégeance aux meneurs de cette nouvelle croisade décrétée par Saint Louis. Le siège durera dix mois et se terminera le **1**er **mars 1244** par la reddition de la forteresse. Les occupants cathares ont alors le droit d'abjurer leur foi pour rentrer dans le giron catholique, mais la plupart souhaitent mourir en martyr pour leur foi. Car n'oublions pas que la vie sur terre est l'enfer pour eux et qu'ils ne rêvent que de rejoindre Dieu au paradis. Le **16 mars 1244**, deux cent vingt-quatre croyants cathares périront dans les flammes des bûchers allumés par les croisés.

C'est deux mois avant cette date fatidique, le 14 janvier 1244, que commence ce roman.

PERSONNAGES PRINCIPAUX

On se pose souvent la question : quels personnages sont purement fictifs et lesquels ont réellement existé ? J'en fais ici la liste, tout en m'excusant par avance d'avoir utilisé de vrais patronymes à des fins romanesques. D'autre part, pour certains, j'ai pris des libertés quant aux dates de mort…

Personnages fictifs :

Alba de Montolieu
Guillaume de Montolieu, chevalier *faydit*, père d'Alba
Ermengarde de Cazilhac, née Montolieu, tante d'Alba
Adhémar de Cazilhac, oncle d'Alba
Ciprian de Cazilhac, cousin d'Alba
Balthazar de Cazilhac, cousin d'Alba, frère aîné de Ciprian
Flora de Cavanac, amie d'Alba
Faye de Cavanac, mère de Flora
Clara, fidèle servante d'Alba
Loreta, intendante du castrum de Cazilhac
Alaís, aide-cuisinière
Arthus de Comborn, baron de Turenne, surnommé le « baron noir », croisé
Olivier, valet d'Arthus
Denis de Comborn, cousin d'Arthus, croisé lui aussi
Henri de Beaufort, Charles de La Tour d'Auvergne, Philippe de Beaulieu, amis d'Arthus et de Denis, croisés

Personnages historiques :

Raymond de Péreille, propriétaire de la forteresse de Montségur
Corba Hunaud de Lanta-Péreille, cathare (parfaite), femme de Raymond
Braida, cathare, fille de Raymond
Jean de Montfort, fils d'Amaury de Montfort et petit-fils du commandant de la première croisade contre les Albigeois Simon de Montfort, actuel possesseur de Carcassonne
Hugues Des Arcis, commandant du siège de Montségur
Pierre Amiel, archevêque de Narbonne, représentant du pape durant le siège
Frère Ferrer, catalan, inquisiteur de Carcassonne

Alors que sévit la « chasse aux hérétiques » et malgré la violence de l'époque, le Midi se caractérise par un *art de vivre* différent du nord de la France régi par des coutumes plus sévères, notamment en ce qui concerne les femmes, qui, bien que soumises au joug patriarcal, bénéficient de certaines libertés. Elles peuvent ainsi hériter de leur père, devenir chef de famille à la mort de leur époux, vivre seule et régner sur des terres, des châteaux ou castrum… elles sont également encensées et mises sur un piédestal dans la *fin'amor*, cet amour courtois – courant avant tout littéraire né à la cour d'Aliénor d'Aquitaine et galvaudé par les troubadours.

De ce fait, la religion cathare comptait nombre de femmes, certaines éduquées dès le berceau par leur mère[1]…

1. Sources : Céline B., *op, cit.* Anne Brenon, *Les Cathares*, Albin Michel, 2007. Michel Roquebert, *Histoire des cathares*, Perrin, 2002. Divers blogs, Wikipédia, diverses vidéos du très talentueux Benjamin Brillaud diffusées dans l'émission *Nota Bene* sur YouTube.

NOTE DE L'AUTRICE

Bien que s'appuyant sur des faits historiques ainsi qu'une recherche documentée, ce roman reste une fiction et n'est en aucun cas un jugement personnel des parties en présence. Les termes « cathares » et « hérétiques » ne sont pas péjoratifs et ne sont utilisés que pour une meilleure compréhension. De la même façon, j'ai utilisé notre calendrier, alors qu'à l'époque était le *calendrier julien*[1] était en vigueur.

D'aucuns prétendent que les persécutions, les expulsions et les massacres n'ont jamais eu lieu mais ont été récupérés afin d'alimenter un mythe à des fins touristiques. Je laisse le lecteur seul juge de cet état de fait et se faire sa propre opinion.

Férue d'histoire, en perpétuel questionnement sur les motivations qui poussent l'humain à en combattre d'autres à cause de leur croyance, et parce que je suis tombée amoureuse de cette merveilleuse cité de Carcassonne, puis de Montségur qui m'est apparue comme un mirage, tout juste sortie des nuages, j'ai souhaité faire un bond dans le passé de l'Occitanie et écrire une histoire d'amour entre deux personnages que tout oppose. L'un parce qu'il

1. Calendrier mis en place par Jules César en 45 av. J.-C. et validé par un astrologue, Sosigène d'Alexandrie. Il comporte douze mois, du premier jour de ianuarius au trente et unième jour de december, trois cent vingt-cinq jours, ainsi qu'une année bissextile tous les quatre ans. Ianuarius, februarius, martius, aprilis, maius, iunius, quintilis, sextilis, september, october, november, december changèrent d'appellation sous Charlemagne. Il est utilisé jusqu'en 1582, année où le pape Grégoire XIII le remplace par le calendrier grégorien. 1244 est une année bissextile.

est catholique et chevalier croisé, l'autre parce qu'elle est croyante cathare et parfaite. Peut-être ne suis-je pas loin de la réalité et peut-être qu'une telle romance a existé. Peut-être qu'à travers ces heures sombres est, malgré tout, né l'amour.

Qui sait ?

J'aime à le croire. J'aime à croire que durant ces années de chaos a pu naître quelque chose de beau…

J'ai également pris des libertés artistiques quant à la possession de Carcassonne. À cette période, la cité n'est plus entre les mains des Montfort mais était devenue terre de France en 1234, après que Raymond VII de Toulouse avait donné sa fille et unique héritière, Jeanne, en mariage à Alphonse de France, comte de Poitiers, frère de Saint Louis, en accord avec le *traité de Paris* signé en 1229. Traité que Raymond, acculé par l'armée croisée de Montfort, accepte, soi-disant pour se racheter de ses fautes. En vérité, il cherche à gagner du temps et aura jusqu'à sa mort, en 1249, une position ambiguë envers le catharisme ; tout comme son père, cathare lui-même, qui avait lutté contre les croisés dès le début de la croisade.

J'espère, cher lecteur, que vous passerez un bon moment en compagnie de ce roman.

Ava

Aux êtres qui me sont chers…

« Toute âme est pure. »

(Précepte cathare.)

« Tuez-les tous, Dieu reconnaîtra les siens. »

(Propos prêtés à Arnaud Amaury,
abbé de Cîteaux et légat du pape,
lors du siège de Béziers, juillet 1209.)

Chapitre 1

Forteresse de Montségur, 14 janvier 1244

Alba de Montolieu ne cessait d'aller et venir dans la chambre de son père, se tordant les mains d'anxiété. Elle l'attendait depuis de longues minutes alors que le gamin qu'il lui avait envoyé lui avait assuré que l'entrevue était d'importance et ne souffrait aucun atermoiement.

Que lui voulait-il ?

Pourquoi une telle urgence ? Et pourquoi à cette heure du milieu de journée alors qu'habituellement il vaquait à la surveillance sur le chemin de ronde, et elle au dispensaire ? ne cessait-elle de se répéter.

Les questions tournoyaient dans sa tête, lui donnant le vertige.

Afin de tromper sa nervosité, la jeune femme observa autour d'elle : la paillasse à même le sol, recouverte d'un drap grossier, quelques armes dans un coin, un coffre, la tenture aux couleurs vives contre le mur de pierre, seul vestige de leur vie passée. Elle venait rarement dans la chambre de son père ; elle-même dormait avec les autres femmes dans une pièce commune près du dispensaire.

Seuls les chevaliers de haut rang, dont son père, avaient leurs propres quartiers dans la tour carrée de la forteresse.

Elle se retint d'allumer un petit feu – le bois étant rationné avant qu'ils n'en manquent tout à fait –, et se rendit près de la trouée qu'obstruait une épaisse peau. Malgré la froideur ambiante, elle succomba à l'envie de regarder au-dehors, bien qu'elle sache déjà ce qu'elle découvrirait, pour l'avoir maintes fois contemplé depuis les hourds : les toits de chaume des quelques masures collées au château ainsi qu'à la haute tour carrée dans laquelle elle se trouvait, les placettes, les jardinets où les femmes, dont elle-même, cultivaient de quoi tous les nourrir – chichement, les vivres eux aussi étaient rationnés –, les hauts murs d'enceinte. Trois remparts de pierres barraient la falaise et une barbacane surplombait le vide, permettant à leurs défenseurs de repousser les assaillants par des jets de pierres et de flèches.

Depuis maintenant huit lunaisons[1].

Depuis huit lunaisons leurs ennemis se cassaient les dents sur eux et ce n'était que justice !

Bien fait pour eux ! se dit-elle encore.

Et dire qu'*ils* se disaient défenseurs de la foi et fervents chrétiens ! Alors qu'ils tuaient à tour de bras des « hérétiques », ou plus exactement ceux que le pape Grégoire IX, les inquisiteurs, ainsi que le roi de France Louis IX considéraient comme tels.

Quand elle réfléchissait à ce que ces hommes imposaient à sa foi, Alba bouillonnait de colère. Pourtant, sa

1. Une lunaison correspond à vingt-huit jours.

religion – enseignée par dame Corba dès leur arrivée à la forteresse et que son père avait également embrassée – lui commandait d'aimer chacun des êtres vivant sur cette terre, mais eux, *les croisés*, elle les haïssait de toute son âme. Même si son père lui répétait que la colère n'était pas bonne conseillère et qu'elle la lui noircissait inutilement.

Elle contempla, loin en dessous d'elle, les tentes blanches ornées sur chacun de leurs pans d'une croix rouge, ainsi que les silhouettes des serviteurs et des croisés aller et venir, reconnaissables à leur cotte de mailles recouverte d'une chasuble blanche ceinturée à la taille, au poitrail lui-même décoré de cette même croix rouge.

Alba ne comprenait pas.

En quoi leur foi dérangeait le pape et le roi ? Que faisaient-ils de si répréhensible, à la fin ? Pourquoi n'autorisaient-ils pas leur croyance ? À son sens, bien que tolérante – contrairement à eux –, elle trouvait que les cathares se comportaient davantage comme les seuls et « vrais » croyants en suivant les préceptes des Saintes Écritures ! N'était-il pas écrit : « Tu ne tueras point » ? C'était du moins ce qu'elle tirait de ses réflexions lorsqu'elle réfléchissait aux supplices que subissaient les cathares d'Occitanie soumis à la persécution depuis plus de trente-cinq ans !

Depuis plus de trente-cinq ans, des armées de croisés et des inquisiteurs les pourchassaient, les obligeant à fuir. Depuis plus de trente-cinq ans, des milliers de bons croyants, de *bons hommes* et de *bonnes femmes*[1], de *parfaits*[2], refusant d'abjurer leur foi, périssaient par le feu.

1. Nom donné aux croyants cathares.

2. Se dit des plus fervents pratiquants, ceux qui ont reçu le *consolament* et vivent en ascète.

Feu dans lequel ils se jetaient afin de libérer leur âme et d'échapper à une vie de misère.

Parce que l'enfer résidait sur cette terre !

Qué[1] *?!*

Ne détenaient-ils pas la vérité, *eux*, les Albigeois[2], puisque la misère sévissait partout, tout le temps, ainsi que la violence, la faim, la pauvreté, les exactions, les injustices, les inégalités… La seule fois où elle s'était rendue avec son père à Montferrier, le bourg le plus proche, bien avant le siège, elle avait découvert des cadavres au bord du chemin, des pendus aux arbres ; des enfants maigres à faire peur, dépenaillés et soumis à eux-mêmes errant dans les rues… Elle en ressentit un tel écœurement qu'elle en vomit son repas.

Pourtant, avant, leur quotidien était tout autre et leur vie bien différente.

Avant, ils vivaient sur leurs propres terres. Les terres de ses ancêtres. Des terres riches et fertiles. Des terres dont elle portait le nom, *Montolieu*, proches de Carcassona[3]. Sa mère périt en la mettant au monde, pourtant, Alba connut une enfance heureuse auprès de son père, aimant et dévoué. Il était tout pour elle et elle pour lui, surtout depuis qu'ils avaient tout perdu.

Maudits soient ces croisés !

Maudits soient le pape et le roi de France !

Maudits soient ses diables d'inquisiteurs !

Au fond de son cœur, elle les honnissait. Tous ! Tous sans exception. À tel point que, si elle en avait la possibilité,

1. « Quoi », en occitan.

2. Autre nom donné aux cathares.

3. « Carcassonne » en occitan.

elle entrerait en guerre contre eux, mais hélas, elle ne l'avait pas ! Aucun cathare ne l'avait. Ils n'avaient que leur foi comme seul bouclier face à la barbarie de ces hommes et nul autre choix que de fuir pour se retrancher dans des forteresses comme celle-ci transformée en bastion. Cela restait leur seule chance de survie, car ils ne possédaient pas d'armée pour se défendre ; ils prêchaient la non-violence. Mais tout comme Esclarmonde de Foix, la *Grande Esclarmonde*, à qui jadis appartenait Montségur, Alba souhaitait mener des combats afin d'aider leur communauté. Des combats plus innocents, certes, plus… pacifiques, mais d'une importance capitale : prêcher la bonne parole et les enseignements de Dieu, aider les plus malheureux, les soigner, les soulager de leurs maux, les protéger…

Oui, pour elle, Esclarmonde de Foix constituait un exemple.

Grâce à cette grande dame devenue parfaite des mains de l'évêque cathare Guilhabert de Castres, des hospices, des lieux d'enseignement et des foyers pour les plus démunis virent le jour. Elle rencontra même Dominique de Guzmán, un prêtre venu d'Espagne, afin de lui expliquer que la foi cathare n'était en rien une menace au catholicisme et qu'ils pouvaient tous vivre en bonne intelligence, mais ce fut peine perdue. Peu de temps après, l'Inquisition, menée par les dominicains de Guzmán qui en établit l'ordre, fondait sur les cathares, taxés d'hérésie.

Et depuis, ils n'avaient cessé de les persécuter.

Pour en revenir à l'armée croisée, tout le monde ici pensait que la foi avait bon dos et que ces monstres venus du nord à l'appel du pape et du roi briguaient en vérité leurs terres et leurs richesses afin de se les octroyer et qu'elles tombent ainsi dans l'escarcelle du royaume des Francs.

Par leur faute, dix ans plus tôt, son père, refusant de se croiser, devint un chevalier *faydit* et ils perdirent tout ! Leurs gens furent bannis, leurs animaux massacrés. Alba se souvenait de ce jour comme du plus funeste de son existence et parfois, la nuit, il lui arrivait d'entendre les râles d'agonie de sa jument.

Son existence versa dans l'horreur à cet instant.

Oh oui, il lui arrivait de penser à sa vie d'avant. Et dans ces moments-là, la rage l'envahissait et courait dans ses veines.

Elle se retourna en entendant la porte de la chambre s'ouvrir et courut à son père, dont elle saisit les mains.

— Père, enfin !

Elle observa son visage fatigué, ses rides plus marquées que d'habitude, lui sembla-t-il, ce pli soucieux entre ses yeux d'un bleu si délavé qu'ils en paraissaient presque transparents.

— Que vous arrive-t-il ? s'alarma-t-elle. Êtes-vous souffrant ?

Sans répondre, il l'entraîna vers la couche, sur laquelle il s'assit.

Alba l'imita, de plus en plus inquiète.

— Je ne suis qu'un égoïste, un vieux fou…

La jeune femme ouvrit grand les yeux.

— Ne parlez pas ainsi, père. Vous n'êtes pas un égoïste, vous vous êtes sacrifié pour moi, vous…

— Non, Alba, la coupa-t-il. C'est ma faute si nous sommes reclus ici, j'aurais… j'aurais dû ne pas lutter contre eux, j'aurais dû…

Il s'interrompit, des larmes emplissant ses yeux.

Alba sentit son cœur se serrer.

Elle n'avait jamais vu son père pleurer.

— Et vous croiser ? s'étonna-t-elle. Tuer des innocents ? Vous n'êtes pas comme eux, père, vous n'êtes pas un monstre ! insista-t-elle, émue, lorsqu'elle vit de grosses larmes rouler sur les joues burinées par le vent de Guillaume de Montolieu, son père qu'elle aimait tant.

Alba aperçut ses lèvres trembler quand il répondit :

— Peut-être, mais j'ai fait un mauvais choix en t'entraînant avec moi dans cette tourmente dont nous ne sortirons pas vivants.

Elle s'alarma aussitôt.

— Pourquoi ? Quelles sont les nouvelles ? Les croisés vous ont-ils acculés ? Avez-vous pris une décision ?

Il lui sembla que son père la contemplait comme s'il voulait graver les traits de son visage dans son esprit.

— Hélas non, mon enfant, soupira-t-il, rien n'évolue. Mais je sais, au fond de mon cœur, que nous n'en avons plus pour très longtemps. Les vivres diminuent, tout comme les réserves d'eau. C'est ainsi que sont tombées Tolosa et Carcassona ! C'est pour cette raison qu'il faut que tu partes. Maintenant !

Alba s'agrippa aux mains de son père, perdue.

— Je ne vous abandonnerai jamais, père ! Si vous mourez ici, alors je mourrai avec vous !

Il caressa de nouveau sa joue.

— Ma chère petite, je ne peux accepter que tu sois sacrifiée à cette cause. Je ne le tolérerais pas.

Alba fronça les sourcils.

Qu'entendait-il par là ?

Elle n'y comprenait plus rien…

— Pourtant… la mort est une consolation… elle

nous permet de retourner vers Dieu… ici, c'est l'enfer… n'est-ce pas ce que nous avons appris ?

— Je suis désolé que nous soyons obligés de nous séparer, éluda-t-il. Mais nous avons d'autres desseins pour toi.

Sur ces mots, il échappa à son étreinte, se leva et se dirigea vers le coffre situé au pied de la paillasse. Il en sortit une robe, une cape, une bourse, qu'il jeta sur la couche, ainsi qu'un rouleau de cuir muni d'une lanière dans lequel il glissa un feuillet de parchemins après l'avoir roulé.

Il referma le capuchon de l'étui, le lia, et reporta son attention sur elle.

— Viens par-devers moi ! ordonna-t-il.

Bien que surprise mais habituée à lui obéir, Alba s'exécuta.

Il fouilla dans la bourse, en extirpa un médaillon qu'il lui passa autour du cou, lui ordonna encore d'enfiler une cotte d'une jolie couleur bleutée bien que délavée par-dessus sa vêture trop facilement reconnaissable puisque toutes les cathares d'Occitanie en portaient : une simple robe noire en drap grossier retenue aux hanches par une cordelette de chanvre. Alors que lui revêtait, comme à son habitude et comme tous les autres chevaliers faydits de la forteresse, des chausses, une fine cotte de mailles recouverte d'une chasuble serrée à la taille, de gros souliers ; le tout élimé jusqu'à la corde et rapiécé.

Comme il lui jetait une cape sur les épaules, elle cessa son observation.

— Tu iras rejoindre ma sœur au castrum de Cazilhac, proféra-t-il d'une voix sourde. Elle est au fait et t'y attend. Le médaillon lui prouvera qui tu es. Il appartenait à ta mère.

Alba toucha le bijou du bout des doigts, des larmes envahissant à nouveau ses yeux.

— Vous n'aviez pas le droit de l'en aviser sans m'en

parler, père ! Je ne veux pas partir d'ici. Je veux devenir parfaite !

— Si tu le veux, tu le deviendras. Tu continueras... pour toi, pour moi... pour nous tous, répondit-il en s'animant, ses yeux redevenus secs. Tu es notre seul espoir, Alba.

Il lui désigna l'étui.

— Tu trouveras là-dedans les plis de propriété de Montolieu. Quand tout sera fini, tu récupéreras nos terres, tu reconstruiras et tu reprendras l'enseignement de notre foi.

Mais comment ?

Comment réussirait-elle ? Par quels moyens ?

Elle aperçut une flamme animer le regard de son père. Une flamme si intense qu'elle n'eut pas le cœur de le contredire si cela constituait le seul espoir qu'il lui restait et le seul moyen pour le maintenir debout.

— Pourquoi moi ? tenta-t-elle pourtant, en lui saisissant les poignets dans une ultime tentative de le voir changer d'avis tant l'idée de s'éloigner lui vrillait les entrailles. Vous ne voulez pas que je sois sauvée ?

— Si, justement, je te sauve. Ton destin est ailleurs, Alba. Tu es forte, tu réussiras, je le sais, et grâce à toi, nous sauverons encore d'autres âmes. Notre foi perdurera, tu la feras vivre... ainsi que d'autres après toi... jusqu'à la fin de toute chose...

La flamme vibrait toujours dans son œil, de plus en plus ardente, comme s'il prévoyait ce qui les attendait tous deux.

— Pourquoi ne venez-vous pas avec moi dans ce cas ? Nous reconstruirons ensemble. Vous le pouvez, vous êtes vous-même assez fort et assez déterminé pour cela.

Il se laissa tomber sur la couche, leva la tête vers elle.

— Non, mon enfant, je suis fatigué. J'en ai assez vu, assez supporté. Ma vie s'arrête ici.

Alba se jeta à ses pieds, lui reprit les mains, implora :

— Vous pouvez renoncer à notre foi et venir me retrouver. Ils ont dit qu'ils laisseraient la vie sauve à ceux qui renient notre Dieu.

— Je ne le souhaite pas, Alba, je veux que ça se termine. Je ne devrais pas dire cela alors que je te force à continuer, mais je… je ne veux plus de cette vie, elle ne me convient plus. Et je…

— Vous avez perdu la foi ?

— Non, je veux juste aller retrouver ta mère. Elle me manque. Je ne suis qu'un simple croyant, Alba, je ne suis pas parfait… et… j'ai été catholique naguère, j'ai aimé une femme, ta mère, son souvenir m'a porté toutes ces années et j'aurais tout donné pour avoir la chance de vieillir à ses côtés…

— Justement, venez avec moi, insista-t-elle. Nous continuerons ensemble, nous rebâtirons ensemble, je m'occuperai de tout.

— Je ne peux pas, j'en suis désolé. Tu vas devoir le faire seule.

— Et si je ne veux pas ? s'exclama-t-elle en s'énervant. Si je ne veux pas continuer ? Si moi non plus, je n'en ai pas la force ?

C'est faux !

Elle se savait déterminée et prête à tous les sacrifices pour sa foi, surtout si ceux qu'elle aimait mettaient tous leurs espoirs en elle. Mais elle se sentait malgré tout dans l'obligation de résister, elle refusait de l'abandonner.

— Tu réussiras, je le sais, continua son père. J'ai confiance. Et toi aussi, tu dois avoir confiance. Tu es notre seul espoir. Nous sommes trop vieux, ou trop jeunes… il n'y a que toi, Alba.

Cela est vrai…

Où qu'elle tourne sa pensée, elle ne voyait que de vieilles femmes, des filles plus jeunes qu'elle, d'autres de son âge mais malingres, des enfants, des chevaliers faydits à qui la religion importait peu finalement, et qui ne restaient que parce qu'ils avaient fait le vœu de les défendre et de les protéger. Un jour, leur foi s'éteindrait au profit de *l'autre*, parce que des hommes profitaient de leur pouvoir pour asservir et s'enrichir. L'Église catholique romaine était vérolée de l'intérieur, les prêtres corrompus. Ils ne pensaient qu'à eux ! Pas tous, sans doute, certains avaient à cœur de faire le bien, mais d'après dame Corba, beaucoup se comportaient comme des démons assoiffés de sang. Surtout ces dominicains qui aimaient plus que tout torturer de pauvres hères sans défense et nombre de femmes. Certainement parce que leur foi leur interdisait de les toucher… Dieu ne voulait pas ça ! Il ne pouvait vouloir que les hommes s'entretuent, que certains s'enrichissent alors que d'autres mouraient de faim, que des femmes et des enfants soient sacrifiés, sur quelque autel que ce soit ; Dieu ne se rassasiait pas de sang… seul l'humain le faisait.

Elle se redressa.

— Très bien, je le ferai. Je vais partir et je vous promets de tout tenter pour récupérer nos terres et de faire perdurer notre foi. Mais je ne veux pas partir sans avoir dit adieu à dame Péreille et à Braida.

Elle ne quitterait pas Montségur sans revoir une dernière fois ces deux femmes qu'elle considérait comme sa famille, comme la mère et la sœur qu'elle n'avait jamais eues.

— Je n'y vois pas d'inconvénient, répliqua son père en se redressant à son tour. Allons !

Alba cacha le médaillon sous sa vêture tandis que son père s'emparait de la bourse et de l'étui de cuir, et ils gagnèrent le dispensaire.

Sitôt la porte du domaine de dame Corba franchie, Alba repéra celle-ci dans la petite pièce servant d'apothicairerie, sur la droite, et vit Braida, qu'elle irait voir ensuite, assise au bord de la couche d'un des malades. Une bonne odeur de soupe régnait dans cette immense pièce du rez-de-chaussée du château, donnant d'un côté sur la cour intérieure et de l'autre sur les cuisines, pour plus de commodités. Le jour, la lumière entrait à flots par les percées. Dans l'instant, des candélabres dispensaient leur clarté dorée, atténuant quelque peu la misère ambiante.

Alba sentit sa gorge se serrer en contemplant les formes alitées sous de vieilles couvertures trouées et qui, malgré les soins et les prières, périraient, faute de vivres et d'eau réservés aux valides et biens portants. Les abandonner eux aussi à leur triste sort lui fendit le cœur, alors qu'elle désirait tant les sauver.

Mais la vie est ainsi faite, et la mort fait partie de la vie…

Elle se dirigea vers dame Corba qui l'accueillit d'un grand sourire. Le visage lisse, les traits fins, elle paraissait à Alba très belle, lumineuse, et si bonne, si dévouée. Elle semblait irradier de l'intérieur. Dame Corba la fascinait tant qu'Alba espérait de toute son âme lui ressembler un jour.

Comme l'usage l'exigeait, elle fit trois génuflexions, prononça :

— Bénissez-moi, Seigneur, priez pour moi et conduisez-moi à une bonne fin[1].

À quoi dame Corba répondit :

— Je te bénis, mon enfant. Je prierai Dieu pour qu'il te fasse bonne chrétienne et te mène à une bonne fin.

Avisant sa vêture, elle ajouta :

— Ainsi, tu es sur le départ ?

Elle sait…

Alba refoula ses larmes qui ne demandaient qu'à s'écouler. Quitter cette femme qu'elle considérait comme une mère, tout comme quitter son père, lui mettait le cœur et l'âme en charpie. Elle sentit son souffle devenir ardu. Comment allait-elle faire dans le monde extérieur dont elle ne connaissait rien ?

Ici, et malgré la présence des troupes croisées sous leurs murs, elle se sentait en sécurité, elle ne manquait pas de liberté et vaquait à ses obligations comme elle l'entendait ou selon les besoins ou les ordres de dame Corba.

Dehors… dehors régnaient l'inconnu, le danger, les autres, la mort peut-être…

Ici aussi, mais ici, c'était son foyer, sa maison, sa famille, la seule qu'elle connaissait.

Elle commença à regretter amèrement sa décision d'obéir à son père, mais il mettait tant d'espoirs en elle qu'elle se jura aussitôt de ne pas le décevoir.

Comment lui refuser ce qu'il exigeait d'elle ?

Il avait tout quitté pour la protéger, tout sacrifié et tout laissé derrière lui pour ne pas se séparer d'elle, et ils vinrent se réfugier ici, entre ces murs où il savait trouver protection. Ils avaient goûté à dix années de paix et

1. Véritables paroles.

de bonheur, bien plus que bon nombre de vivants ne connaîtraient jamais. Aussi, elle se refusait le droit de se plaindre. Elle assumerait sa destinée, comme son père le lui demandait et quoi qu'il lui en coûte.

Elle se retint de supplier dame Corba de la garder près d'elle et répondit, la voix légèrement chevrotante :

— Oui, ma dame. Je suis désolée.

— Il ne le faut pas, mon enfant. Nous en avons longuement discouru entre nous et c'est la meilleure solution pour nous tous.

— Pourquoi Braida ne viendrait-elle pas avec moi ? Nous pourrions nous soutenir…

Ainsi, elle ne serait pas seule…

— Elle n'y tient pas, ni moi non plus. Elle est d'une constitution fragile, elle ne survivrait pas au-dehors.

Parce qu'elle croyait qu'Alba réussirait ?

En ce cas, dame Corba nourrissait plus de confiance en elle qu'elle-même.

— Alors que toi, tu es forte, robuste, tu as du caractère, tu survivras, et tu réussiras la mission que nous t'avons confiée, ajouta cette dernière en lui saisissant les mains et en la dévisageant avec bienveillance.

Certainement pour l'en convaincre.

— J'essayerai, ma dame, mais c'est un lourd poids que vous faites peser sur mes épaules.

— Nous le savons, et nous nous en excusons. Mais sache que tu ne seras pas la seule à quitter la forteresse. Je ne peux t'en révéler davantage, mais d'autres partiront en temps et en heure…

Alba sentit son cœur s'alléger à la pensée que Montségur ne survivrait pas qu'à travers elle et que d'autres, ailleurs, même si elle ignorerait où, continueraient à transmettre leur foi.

Cela lui donnerait du courage, elle en était persuadée.

Mue par une impulsion subite, elle tomba à genoux, leva son visage vers dame Corba.

— J'aimerais que vous me donniez le *consolament*, ma dame. Sans lui, je n'aurai pas la force de continuer loin de mon père et loin de vous. Je vous en supplie, ma dame, faites de moi une parfaite. C'est mon vœu le plus cher. Ainsi, je pourrai le transmettre à mon tour.

— Tu es sûre de toi ? Tu sais ce que cela implique.

— Oui, ma dame, je le sais et je le désire de toute mon âme.

— Tu sais que tu renonces à ta vie de femme, insista-t-elle, que tu ne pourras pas te marier ni avoir descendance.

— Rien de tout cela ne m'intéresse, ma dame, je veux me consacrer aux autres et les aider du mieux que je peux dans leurs souffrances sur cette terre. Je le souhaite plus que tout au monde et ne souhaite rien d'autre.

Dame Corba eut un sourire indulgent.

— Tu es jeune, Alba, tu ne sais pas ce que la vie te réserve. Tu peux rencontrer un homme, être attirée par lui et vouloir l'aimer, insista-t-elle encore. Avoir des enfants...

— Si c'est le cas, j'aviserai, mais pour le moment, j'ai besoin de notre sacrement, ma dame, j'ai besoin du soutien de Jésus-Christ et de votre soutien pour ne pas me retrouver tout à fait abandonnée et livrée en pâture au monde extérieur.

Cette fois-ci, elle ne put retenir ses larmes face à ce qui l'attendait.

Elle ajouta, les lèvres tremblantes, le regard suppliant :

— Ne me le refusez pas sous prétexte que je suis jeune.

Je veux devenir parfaite depuis toujours, j'ai cela en moi. Je vous en conjure, ma dame, répondez favorablement à ma requête.

— Très bien, puisque c'est ton vœu le plus cher…

Dame Corba plaça alors les mains sur la tête de la jeune femme et prononça les paroles qu'Alba connaissait pour les avoir maintes fois entendues, et qu'elle répéta, sous le regard attendri de sa meilleure amie, Braida, venue les rejoindre.

Petit à petit, alors que se déroulait le rituel, le calme l'envahit. Un calme qui apaisa son cœur même s'il saignait encore à la pensée de quitter son père, ce lieu où elle avait grandi, ainsi que ces deux femmes qu'elle aimait de toute son âme. À la fin, Alba se redressa, se laissa enlacer et embrasser, mêlant ses larmes à celles de ses amies.

C'est si difficile…

Elle se sentait déchirée de l'intérieur. La souffrance, bien qu'amoindrie par le sacrement, lui fouaillait toujours les entrailles et mettait son cœur à l'agonie.

Après quelques minutes, elle mit un terme à leurs étreintes et, sur un dernier adieu, sortit du dispensaire pour aller rejoindre son père. Il lui tendit une besace contenant l'étui de cuir, la bourse refermant quelques pièces d'or, ainsi que des vivres.

Elle s'en empara et la passa autour de son buste.

Son père se détourna et elle lui emboîta le pas, sans un mot, en regardant derrière elle, s'attendant à tout moment à être interceptée, mais personne ne faisait attention à eux. Et certainement que, comme dame Corba le lui fit comprendre, son époux le vicomte de Péreille ainsi que messire Pierre-Roger de Mirepoix, son cousin et chef de la garde, avaient été avisés et consentaient à son départ.

La descente de l'escalier de pierre du souterrain lui parut interminable.

Pour autant, elle utilisa ce temps afin de se préparer à l'ultime séparation et serra ses mains tout contre son cœur pour en atténuer la souffrance. En vérité, quand elle pensait à ce que les croyants cathares subissaient depuis si longtemps, cette chasse dont ils faisaient l'objet, les persécutions, sans parler des tortures lorsque par malheur ils tombaient entre les mains des inquisiteurs pour ensuite être soumis au bûcher, elle se faisait la réflexion qu'il y avait plus malheureux qu'elle.

Enfin, ils débouchèrent dans une grotte, sans rencontrer âme qui vive.

Son père détourna les branchages en camouflant l'entrée, lui fit signe de sortir puis les replaça.

— Où sommes-nous ? chuchota Alba.

— Sur l'autre versant du *pog*[1].

Après qu'il lui enjoignit la prudence, ils reprirent leur descente, cette fois-ci à l'air libre.

Son père lui conseilla de ne pas s'écarter du sentier sous peine de tomber dans le précipice.

— Nous sommes encore loin ?

— Encore une petite demi-heure si nous marchons d'un bon pas.

Comme parler semblait indisposer son père qui respirait de plus en plus mal, Alba se tut et se contenta de placer ses pas dans les siens.

De longues minutes plus tard, ils arrivèrent au pied de la pente où les attendait un homme, à qui son père la présenta. Près de lui, une carriole emplie de foin et de

1. Éminence rocheuse.

volailles en cage. Alba répondit d'une inclinaison de tête aux mots de bienvenue de l'inconnu, mais au moment de faire ses adieux à son père et malgré ses résolutions à se montrer courageuse, elle s'effondra dans ses bras, en larmes.

— Comment vais-je faire sans vous, père ?

Guillaume de Montolieu la serra contre lui.

— Tu réussiras, j'en suis sûr. Ta tante te protégera, elle me l'a promis, ainsi que son époux et tes cousins.

Alba se redressa, renifla :

— Vous ne m'avez même pas parlé d'eux…

— Parce que je n'en sais pas grand-chose, répondit son père en lui saisissant les épaules, mais ce sont de bonnes gens, même s'ils ne sont pas cathares, ajouta-t-il avec un petit sourire forcé. Ton oncle Adhémar est un homme bien, alors je suppose que ses fils le sont également.

— Quel âge ont-ils ?

— Ils sont un peu plus âgés que toi. Je suis sûre qu'auprès d'eux, tu n'auras rien à craindre. Tu pourras vivre un peu, avant de… avant de remplir ta mission. T'amuser, apprendre à danser…

— Vous vous gaussez de moi, père ! ne put-elle s'empêcher de rétorquer.

Danser, s'amuser…

Jamais elle ne le pourrait sachant ce qu'elle laissait derrière elle.

Comment pourrait-elle être attirée par la frivolité alors qu'elle abandonnait à leur destin les personnes qu'elle aimait, et alors qu'elle désirerait plus que tout le partager avec eux. Mais elle perçut une fois encore tant d'espoir dans la voix de son père, tant de douleur, qu'elle renonça à lui révéler que dame Corba lui avait donné le *consolament*, et qu'étant devenue parfaite, elle se tiendrait éloignée de toute espèce de quête du plaisir.

— Ta mère et moi aimions beaucoup danser. Notre vie était douce. Tu peux être heureuse, Alba, si tu le souhaites.

De cela, elle doutait… l'enfer était ici, sur cette terre…

— Bien, père, acquiesça-t-elle, ne voulant pas ajouter à ses tourments en partageant ses propres pensées. Je m'y efforcerai. En souvenir de vous.

Sur ces mots, son père lui embrassa le front avec dévotion puis la serra encore contre lui. Alba lui rendit son étreinte, le cœur si serré qu'il en était douloureux. Elle ferma les yeux, très fort, se blottit dans sa chaleur, respira son odeur, puis elle s'en détacha. Il lui semblait que si elle restait là, elle ne partirait jamais.

— Adieu, père.

— Adieu, mon enfant.

— Vous reverrai-je un jour ?

Elle ne pouvait croire que leurs jours passés ensemble puissent se finir ainsi.

— Tu connais la réponse, Alba…

Oui, au fond d'elle, elle la connaissait.

Ce fut le cœur déchiré qu'elle grimpa dans la carriole et s'allongea sur le côté, tout contre l'un des montants. Avant de la recouvrir d'une couverture puis de foin, son père lui posa la main sur la joue, les yeux brillants. Puis la carriole s'ébranla. Alors seulement, Alba éclata en sanglots.

Ce n'est que bien plus tard, après avoir pleuré tout son soûl, qu'elle prit la résolution de sauver son père de la forteresse avant qu'il ne soit trop tard.

Elle ignorait quand, comment, ni même si elle réussirait, mais il le fallait !

Elle ne pouvait vivre sans lui. Elle ne pouvait l'abandonner là-haut tandis qu'un sort funeste l'attendait. Le siège ne pouvait durer indéfiniment et à moins d'un miracle, la forteresse se rendrait, et alors… le bûcher attendrait ceux qui ne renieraient pas leur foi. Son père ne le ferait pas, il le lui avait fait comprendre, non par conviction religieuse mais parce qu'il était fatigué de cette vie et voulait retrouver sa femme bien-aimée dans l'au-delà. Il périrait dans les flammes et cette pensée emplissait la jeune femme d'effroi.

Oui, elle trouverait le moyen de le sauver, malgré lui, et elle supplierait sa tante de l'y aider…

Chapitre 2

Camp des croisés,
au pied de la forteresse de Montségur

Arthus de Comborn, chevalier de Turenne, contemplait depuis l'orée de sa tente la citadelle de Montségur. Elle le narguait du haut de son pic rocheux, et ce, depuis bientôt huit mois ! Huit mois qu'ils pourrissaient dans cette contrée ! Deux mille hommes n'arrivaient pas à venir à bout d'une petite centaine de défenseurs de la forteresse et cela le laissait pantois.

Dieu se rangeait-Il du côté des cathares, finalement ?

Arthus l'ignorait. Il n'avait pas la prétention de connaître Ses desseins. Le pape ainsi que le roi de France, son suzerain, ordonnait de combattre l'hérésie cathare, aussi, il avait répondu à cet appel et s'était croisé, entraînant avec lui son fidèle écuyer, Olivier, ainsi que son cousin, Denis de Comborn. Il refusait de s'appesantir sur les raisons qui l'avaient poussé à prendre cette décision. Il croyait en son Dieu, certes, mais en cela ne résidait pas la principale raison, loin s'en fallait.

Il n'avait pas eu le choix !

Il lui fallait fuir les terres qui l'avaient vu naître et chasser de son esprit cette fureur qui l'habitait en permanence. Sans cela, il aurait fini par commettre l'irréparable et alors il s'en serait voulu toute sa vie.

Il se frotta le visage avec vigueur.

Pourquoi ressassait-il ses déboires dès que son esprit divaguait ? Pourquoi ce même esprit ne cessait-il de le torturer, encore et encore ? Pourquoi ces sempiternelles images ne sortaient-elles pas de sa mémoire une bonne fois pour toutes ? Il pourrait se consacrer à sa tâche et trouver le moyen de venir à bout de cette satanée forteresse plutôt que de ressasser un passé qu'il ne pouvait changer !

Il reporta son attention sur le castrum, ainsi que le définissaient ceux d'ici.

Il imagina la vie de ces gens derrière les remparts. Il connaissait l'histoire de ces cathares et de ces chevaliers faydits qui avaient tout sacrifié pour ne pas se croiser.

Quelle bande de fous !

Comme s'ils pouvaient gagner contre eux !

Bientôt, ils manqueront de vivres et d'eau… ce n'est plus qu'une question de semaines, de jours, peut-être…

Il observa la tour carrée, les hauts murs d'enceinte, la barbacane qui leur donnait tant de mal. Il fallait qu'il trouve le moyen de la faire tomber. Elle faisait trop de dégâts dans leurs rangs, rendait la citadelle imprenable. En tout cas de ce côté-ci.

Une idée naquit dans son esprit.

Il se dirigea d'un pas décidé vers la tente de Hugues Des Arcis, commandant de l'armée croisée. Habituées à le voir se présenter de jour comme de nuit, les sentinelles, devant l'entrée, relevèrent leurs hallebardes.

Il entra.

La chaleur, dispensée par plusieurs braseros, lui parut étouffante après la froidure du dehors. Presque suffocante. La couche, au fond, était défaite, des armes ainsi que des hauberts jonchaient le sol recouvert d'herbes sèches ; des restes de repas, la table. Malgré la chaleur, l'humidité flottait dans l'air, charriant avec elle des relents de toutes sortes. À sa grande surprise et alors que Hugues Des Arcis allait toujours escorté d'autres chevaliers, ce dernier se tenait, seul, proche de la table où ils se réunissaient pour discourir de leurs plans d'action et sur laquelle s'étendait la forteresse en miniature, ainsi que ses alentours : la forêt, les sentiers... Chaque pierre figurait, chaque bosquet... Il semblait tant absorbé dans ses réflexions qu'Arthus se demanda s'il devait l'interrompre, au risque de se faire rabrouer ; Des Arcis ne jouissait pas d'un caractère facile. Il était froid, dur, et... Arthus avait pu s'en rendre compte maintes fois, cruel. Peut-être pensait-il, lui aussi, au moyen de venir à bout du castrum ? Arthus n'ignorait pas qu'il en faisait une affaire personnelle : des cathares, dirigés par Pierre-Roger de Mirepoix, apparenté à Raymond de Péreille, l'actuel propriétaire de la citadelle, avaient occis son frère, prêtre dominicain et inquisiteur de son état, lors d'un raid punitif près de Carcassona. De là, d'ailleurs, venait la décision du siège. En représailles. Des Arcis s'était porté volontaire et il rêvait d'exterminer ces cathares, si possible après leur avoir infligé d'atroces souffrances.

Il daigna lui adresser un regard.

La haine l'habitait, Arthus le comprit, il le voyait, il en reconnaissait le feu pour l'avoir souventes fois senti couler dans ses propres veines, aussi il s'inclina et jeta sans ambages :

— J'ai trouvé le moyen, mon seigneur !

Alors, Hugues Des Arcis sourit.

D'un sourire satisfait qui découvrit ses dents gâtées.

— Dites-m'en plus !

Arthus lui exposa son plan.

Au fur et à mesure de ses propos, le sourire de Hugues Des Arcis s'élargit, jusqu'à se transformer en un rire machiavélique.

— Cette fois-ci, nous les tenons ! exulta-t-il. Je n'en attendais pas moins de vous, Comborn. Avez-vous les hommes ?

— Je me fais fort de les trouver, mon seigneur.

Il savait déjà lesquels, parmi ses amis, le suivraient.

— Quand ?

— Quand vous en donnerez l'ordre, mon seigneur.

— Je dois partir pour Carcassona. Jean de Montfort m'a promis des renforts et des armes. Venez m'y rejoindre avec vos amis. Nous profiterons de son hospitalité quelques jours puis nous rentrerons. Ensuite, vous ferez selon vos plans.

— Si je puis me permettre, j'aurai besoin de me procurer certaines choses, mon seigneur.

— Tout ce que vous voudrez, Comborn ! Montfort nous le fournira, affirma Hugues Des Arcis, s'approchant.

Il lui posa la main sur l'épaule.

— Vous serez récompensé pour votre bravoure, chevalier.

— Je ne serai pas seul, mon seigneur, et ne puis accepter si vous ne faites pas de même pour mes compagnons.

— Cette idée vous honore. Vous êtes quelqu'un de bien, Comborn…

Ce n'était pas son sentiment… il avait noirci son âme de fureur et de désir de meurtre. Pour autant, il se tut.

Cela ne regardait que lui. Et sa conscience. Quant à le récompenser, ce qu'il désirait de toute son âme, personne ne le lui donnerait, pas même le plus puissant des seigneurs.

Arthus s'inclina une nouvelle fois, puis prit congé.

Sa destinée était en chemin. Si tout se passait comme il l'espérait, il laisserait son nom dans l'Histoire.

Chapitre 3

Quelque part entre Montségur et Puivert

Une poignée d'heures après leur départ, le charretier, répondant au prénom de Mathurin, arrêta la carriole et permit à Alba de le rejoindre à l'avant. Il la rassura : si d'aventure on leur posait des questions, il la ferait passer pour sa fille.

L'endroit d'où elle venait n'était pas inscrit sur son front !

Il lui conseilla de l'imiter en tout, de garder les yeux baissés s'ils croisaient du monde et sa cape sur la tête.

Alba se sentait en sécurité avec cet homme bâti comme un taureau, aux jambes grosses comme des troncs d'arbres. Originaire d'un village proche de Montségur, et bien qu'ayant renié la foi cathare pour rester auprès de sa femme et ses enfants, il lui restait fidèle et aidait leur communauté en menant des fugitifs à la forteresse, à la faveur de la nuit. Il connaissait la campagne comme sa poche, le moindre fourré ainsi que les grottes où ils se retrancheraient en cas de danger, aussi, jusque-là, son commerce était passé inaperçu.

Comme son père l'avait confiée à lui, Alba supposait qu'il lui accordait toute sa confiance.

Elle fit alors de même et dès lors, ne cessa de le questionner sur le monde. Elle voulait en apprendre le plus possible avant d'arriver chez sa tante, aussi, elle observait partout autour d'elle avec curiosité. Elle voulait tout voir, tout comprendre, et posa mille questions auxquelles Mathurin répondit patiemment du mieux qu'il le put. Ils cheminèrent ainsi, à travers la montagne et sur la sente recouverte d'une fine pellicule de neige, devisant aux pas de la mule, dépassant çà et là des paysans qui comme eux, allaient vendre le fruit de leur labeur au marché de Carcassona ; qui des œufs, qui des bestiaux, qui encore de la volaille, des frusques ou de la quincaillerie.

Peu avant la nuit, Alba et Mathurin se regroupèrent avec certains.

La jeune femme alla avec les autres ramasser du bois puis ils firent un feu et s'assirent autour. Mathurin et Alba partagèrent leurs vivres. Elle se contenta d'une pomme et de fruits séchés tout en écoutant les conversations. Le siège de Montségur par les croisés était sur toutes les lèvres, beaucoup se demandant combien de temps encore tiendrait la forteresse. La plupart étaient compatissants, d'autres, se disant fervents catholiques, plus intransigeants : ils voulaient voir les hérétiques exterminés. Alba, bien que bouillant de l'intérieur, s'abstint de toutes paroles compromettantes. Elle aurait tant voulu leur expliquer sa foi, leur montrer combien elle était juste et équitable, leur transmettre les valeurs des cathares ; ils étaient pacifistes, ils aimaient leurs semblables, ils aidaient, soignaient, instruisaient… dans leur communauté, les femmes avaient autant de valeur et de pouvoir que les hommes ; elles avaient leur utilité. Les hommes et les femmes n'étaient-ils pas les deux faces d'une même pièce ? Ne se complétaient-ils pas ? Ne fallait-il pas une femme et un homme pour faire des enfants et pérenniser la race humaine ? Si Dieu avait voulu la suprématie de l'homme, il n'aurait créé que des hommes, or, le monde comptait des femmes ! Dame Corba lui avait expliqué que l'Église catholique romaine n'était qu'un moyen d'asservir et obtenir des richesses ainsi que la domination des consciences. Tout était une question de pouvoir, et ce pouvoir résidait entre les mains des prêtres et des puissants qui avaient bien compris qu'en faisant régner la terreur avec l'Inquisition, en empêchant leurs semblables d'accéder à la connaissance, ils ne les asservissaient que mieux. Alba constatait à quel point leurs détracteurs avaient bien mené leur affaire : peu d'entre eux voulaient finir sur un bûcher. Ils se laissaient réduire en esclavage pour avoir la paix…

Alba jeta un coup d'œil désespéré à Mathurin qui, comprenant son désarroi, se leva et lui tendit la main pour l'aider à se mettre sur ses pieds. Ils prirent congé de l'assemblée et allèrent s'installer dans la carriole.

— Vous m'en voyez désolé, s'excusa Mathurin.

— Vous n'y êtes pour rien, Mathurin, et ce n'est pas véritablement leur faute, ils ne savent pas.

— Pourtant, Dieu a dit « Aimez-vous les uns les autres »…

Alba soupira :

— Je sais, Mathurin… j'aimerais tellement qu'il y ait plus de gens comme vous prêts à nous aider.

Alba savait que Mathurin prenait de grands risques à agir ainsi et elle pria de toute son âme pour qu'il ne lui arrive rien.

Le brave homme lui saisit la main.

— Tant qu'il me restera un souffle de vie, je continuerai… en souvenir de ma mère qui était une bonne femme.

— Que Dieu l'ait amenée à une bonne fin…

Mathurin répéta ses paroles, puis invita Alba à se coucher et à trouver du repos pendant qu'il veillerait ; il avait l'habitude de ne dormir que d'un œil. Alba s'exécuta. Après l'avoir recouverte de la couverture, il sortit un coutelas de ses chausses, s'installa contre le montant de la carriole et ferma les yeux.

Alba fit de même.

Malgré le froid mordant, elle parvint à s'endormir.

Le troisième jour, le froid se faisant encore plus intense, Mathurin décida qu'ils s'arrêteraient passer la nuit au chaud dans une auberge, ce dont Alba lui fut reconnaissante. Dès qu'une soupe à l'odeur alléchante leur fut servie, elle fit tomber son capuchon dans son dos et contempla les lieux avec curiosité avant de commencer à manger. Elle observa les attablés, les allées et venues des servantes, les immenses roues, au plafond, supportant un nombre important de bougies. En vérité, l'endroit la laissait perplexe. Après avoir englouti de bon appétit les légumes et le jus, laissant de côté le morceau de lard, elle s'étonna :

— Il y a toujours autant de monde dans les auberges, autant de bruit et autant à manger et à boire ?

Mathurin, habitué à ses questions, répondit avec la patience dont il faisait montre à son égard depuis le début :

— Cela dépend des auberges et du moment, je suppose. Mais celle-ci est plutôt bruyante, j'en conviens.

Cela étant, vous devriez remettre votre cape, damoiselle, on nous regarde.

Alba se pencha, souffla :

— Ne pensez-vous pas au contraire que c'est en me cachant que j'attirerai davantage les regards ?

— Vous êtes belle. Et pardonnez-moi, mais vous suscitez les convoitises, il faudra vous y faire et vous en garantir.

Alba soupira.

Elle le savait ! Nombre de jeunes gens, à la forteresse, ne cessaient de la couver de regards intéressés. Elle n'ignorait pas que son minois – pour l'avoir contemplé dans le morceau d'étain poli de Braida dont elle se servait pour sa coiffure –, était agréable à contempler et son corps attirant, mais à son sens, cela représentait davantage un fardeau qu'un bienfait. D'autant plus que les hommes n'avaient aucun intérêt pour elle puisqu'elle rêvait depuis longtemps de devenir parfaite et donc de renoncer à tout commerce charnel. Elle savait également ce qu'il en retournait, dame Corba, qui avait veillé à son éducation en plus de lui apprendre leur religion ainsi que l'utilisation des simples[1], lui avait tout expliqué de la nuit de noces quand elle fut en âge de comprendre et comment se concevaient les enfants.

Se refusant pourtant à attirer des ennuis à Mathurin, elle obtempéra et remit son capuchon sur ses cheveux, baissa la tête, et ils terminèrent leur écuelle dans le silence le plus complet. Jusqu'à ce que son compagnon empoigne la miche de pain afin de leur couper des tranchoirs[2] sur

1. Plantes médicinales.

2. Tranches de pain sur lesquelles les convives déposaient leurs aliments et qui ensuite étaient données aux chiens.

lesquels ils déposeraient les morceaux de viande froide et de fromage constituant la suite de leur repas.

— Surtout, lorsque vous coupez du pain, n'oubliez pas de faire le signe de croix, sinon, on vous reconnaîtra comme hérétique.

Alba se fit la réflexion qu'elle s'arrangerait pour que d'autres personnes le fassent à sa place, et refusa le morceau qu'il s'apprêtait à déposer devant elle.

— Merci, mais je vais me contenter de quelques grumes de raisin.

— Vous devez vous remplumer, la sermonna Mathurin, ou vous ne serez bonne à rien.

Alba lui sourit.

— Je ne manque pas de forces, rassurez-vous, et je n'ai jamais eu grand appétit.

De plus, sa foi lui enseignait la frugalité.

— Une tranche de lard ? insista-t-il en piquant l'un des morceaux avec la pointe de son couteau.

— Merci, réitéra-t-elle, je vous cède ma part. Vous en avez plus besoin que moi.

Il lui fallait bien nourrir cette grande carcasse.

Elle lui donna le lard de sa soupe, se contenta de quelques grumes de raisin, puis termina son gobelet de vin. Mathurin, lui, éclusait gobelet sur gobelet, à tel point qu'elle prit peur : s'il buvait plus que de raison et roulait sous la table, qu'adviendrait-il d'elle ?

Elle frissonna d'appréhension.

S'il l'abandonnait ?

Ou pire, s'il la dénonçait aux inquisiteurs ?

Profitant de ce qu'il regardait ailleurs, elle s'empara de son couteau, le posa sur sa cuisse, et se sentit mieux. Si jamais Mathurin la trahissait, elle se le plongerait dans le corps.

Elle mettrait fin à ses jours plutôt que de tomber entre des mains impies.

Elle chassa ses sombres pensées et se força à écouter les conversations autour d'eux. Le siège de Montségur était ici aussi de toutes les conversations ! Certains ne donnaient pas deux mois à la citadelle avant de tomber alors que d'autres la jugeaient imprenable, à moins de grimper la roche côté nord, mais personne ne s'y aventurerait avant le printemps.

Ainsi… les croisés cherchaient un moyen de s'approcher au plus près ?

Le piton était infranchissable !

Du moins, elle aimait à le croire.

— Le baron noir cherche comment grimper tout là-haut et je gage qu'il trouvera, se gaussa un homme, près d'eux, semblant bien renseigné.

— Pour sûr ! L'est intrépide, et un fameux guerrier ! renchérit un autre.

— Et bon Dieu qu'il est beau ! s'écria une femme.

Des rires fusèrent.

— Hé, la Berthe, on te savait pas si affamée ! vociféra une autre.

Alba remarqua que cette dernière, attablée avec plusieurs hommes, se trémoussait bizarrement, tandis que son voisin la collait de près.

À dire vrai, la crasse du lieu, le bruit ainsi que l'assemblée de gueux parlant fort et riant sans retenue l'indisposaient de plus en plus et la mettaient mal à l'aise, même si ces derniers ne faisaient pas attention à elle. Elle contempla son écuelle vide tandis que résonnait à nouveau dans la pièce la voix forte de cette femme, Berthe :

— Hé quoi, je suis veuve ! Et pis, je l'ai encore aperçu l'aut'jour qui montait à Montségur. S'il lui venait dans l'idée de repasser, je lui proposerais ma couche plutôt que de le laisser dormir ici, railla-t-elle, bien que votre literie soit irréprochable, maître Delbosc, ajouta-t-elle prestement, se refusant, manifestement, de heurter la susceptibilité du tenancier.

Les conversations portèrent alors sur le « baron noir ». Et plus les convives vantaient ses mérites et son sens tactique, plus elle le détestait. Il appartenait au clan de ses ennemis ! De ceux qui cherchaient à les exterminer. Elle cessa d'écouter, mais sans cesse lui revenait aux oreilles le nom de cet homme, aussi, elle voulut en apprendre davantage :

— Connaissez-vous cet homme qui se fait appeler le baron noir, Mathurin ?

Il prit le temps de se servir un plein gobelet de vin avant de répondre :

— Certes ! De réputation !

Au grand soulagement d'Alba, sa voix était claire, sans aucune trace d'ébriété. Sans doute lui en fallait-il plus pour être ivre.

Elle sentit la tension de ses épaules se relâcher.

— C'est un sanguinaire ? demanda-t-elle encore.

Comme tous les autres…

Mathurin eut un rire gras, qu'il camoufla avec une légère toux lorsqu'il se rendit compte que des têtes se tournaient vers eux.

— Ils le sont tous, damoiselle. Pour autant, je ne crois pas qu'il soit cruel. Tout du moins, ce n'est pas ce qui m'est revenu aux oreilles, mais mieux vaut ne pas croiser son chemin, si vous voulez mon avis. Surtout…

Il s'interrompit.

— Surtout ? insista Alba.

— D'autant plus qu'on le dit également grand amateur de femmes.

— Ne le sont-ils pas tous également ?

Mathurin lâcha de nouveau un petit rire étouffé.

— Certes !

— Dame Corba m'a dit de me méfier des hommes, ajouta la jeune femme. Et vu ce qu'ils sont capables de faire à nos semblables, des croisés en particulier…

— Je ne peux que vous encourager à vous tenir éloignée d'eux, effectivement, surtout lorsque vous serez chez votre tante. J'ai ouï dire qu'ils étaient souvent invités aux fêtes de Jean de Montfort, le petit-fils de Simon de Montfort. Vous avez certainement entendu parler de lui ?

— Hélas, cet homme était un monstre.

Ce fut lui qui dirigea la toute première croisade contre les Albigeois, au début du siècle. Aidé d'Arnaud Amaury, le légat du pape, ainsi que de nombreux barons du nord, il partit conquérir les fiefs de Raimond-Roger Trencavel, vicomte d'Albi, de Béziers et de Carcassona, laissant de côté ceux de Raymond de Tolosa qui avait fait amende honorable de peur de représailles, et de Pierre II d'Aragon, un roi puissant dont les terres, par ailleurs, hébergeaient peu de cathares. Dame Corba lui avait conté l'histoire et Alba en avait été effarée et chagrine : les croisés avaient pénétré dans Béziers, jugée par Trencavel pourtant imprenable derrière ses hauts murs d'enceinte, et massacré plusieurs centaines d'innocents, cathares comme catholiques. Le légat aurait eu cette phrase lorsque les croisés lui auraient demandé comment faire la différence entre les cathares et les bons catholiques : « Tuez-les tous, Dieu reconnaîtra les siens ! » Cela avait outré Alba. Dès lors, elle avait voué pour tout ce qui portait soutane une haine farouche.

— Son fils l'était et son petit-fils l'est tout autant, bougonna Mathurin après s'être rapproché davantage afin que nul n'entende ses propos. De lui aussi, vous devrez vous méfier quand vous vous rendrez à l'une de ses fêtes.

Alba se demanda soudain si elle réussirait à dissimuler ses émois lorsqu'elle se trouverait en présence de ces monstres assoiffés de sang alors qu'elle les haïssait de toute son âme. Ne pas savoir vers quoi elle s'aventurait l'effrayait et elle en voulut terriblement à son père de l'avoir obligée à quitter Montségur. Elle ne connaissait rien d'autre, comment s'en sortirait-elle ? Ne courait-elle pas tout bonnement à sa perte ?

Mais après tout, qu'importait puisque la mort était une délivrance.

Maintenant qu'elle avait reçu le *consolament*, elle pouvait mourir en paix, son âme serait sauvée. Elle se demanda également si elle ne préférait pas mourir que d'avoir à se débrouiller sans le soutien de son père, mais cette idée était indigne d'elle. On lui avait confié une mission et elle s'était fait la promesse de sauver son père. Aussi s'obligea-t-elle à résister aux tempêtes qui faisaient rage dans sa tête et la faisaient douter à chaque instant.

— J'aimerais tellement que vous restiez à mes côtés, Mathurin. J'ai tant de choses à apprendre. J'ai peur que l'enseignement de dame Corba ne me protège pas de tout...

Elle quitta l'assemblée des yeux et baissa la voix en prononçant ces derniers mots, car la femme qui tout à l'heure se faisait tripoter par son voisin était maintenant assise sur ses cuisses et aux mouvements de leurs deux corps, aux rires gras et encouragements qui les entouraient, Alba savait ce qu'ils étaient en train de faire ! Elle en était ulcérée, autant que dégoûtée : ils se comportaient ni plus ni moins comme des animaux, à copuler en public ! Et manifestement, d'autres couples suivraient si elle en croyait ceux qui se tournaient déjà autour. Sans doute que parmi ces femmes se trouvaient des ribaudes qui ne demandaient qu'à faire commerce, avec la bénédiction du tenancier qui observait la scène depuis son comptoir, un air satisfait sur son visage rougeaud.

— Je crois que nous devrions quitter la salle, grommela soudain Mathurin. Ce n'est pas bon pour des étrangers de rester si longtemps dans la pièce commune, surtout s'ils ne participent pas aux réjouissances. Venez !

Mathurin se mit debout et Alba l'imita.

Elle serra le manche de son couteau, puis le cacha dans les plis de sa cape.

Son souffle s'altéra lorsque son compagnon, d'une main sur son coude, l'entraîna vers l'escalier menant aux dortoirs. Elle perçut des regards sur elle lorsqu'ils traversèrent la pièce, et la peur, une peur incontrôlable, rampa sur sa peau. Elle enserra le manche de sa lame jusqu'à en avoir mal aux doigts, mais n'en avait cure ; la peur prenait toute la place dans son esprit, la rendant sourde à toute autre pensée et l'empêchant presque de réfléchir.

Mathurin raffermit sa prise et se rapprocha d'elle.

Sans doute avait-il senti son malaise dans ses pas incertains et la raideur subite de son corps.

Elle lui fut reconnaissante de chercher à la rassurer, car elle était transie. D'autant que ces ressentis étaient tout nouveaux pour elle. Plus les minutes défilaient et plus elle en apprenait sur le monde extérieur, mais également sur elle-même. Mais si elle devait être honnête avec elle-même, justement, elle aurait tout donné, en cet instant, pour retrouver la sécurité de la forteresse auprès des personnes qu'elle aimait et ne pas se trouver là, dans ce bouge malfamé, avec cette menace latente autour d'elle. En vérité, le danger était partout, et dès lors, elle fut persuadée qu'il serait partout, tout le temps, où qu'elle soit. Ses yeux s'embuèrent de larmes mais elle pensa à son père, aux espoirs qu'il nourrissait en elle, à son dessein de le sauver, et se redressa.

Elle resterait forte, elle ne faillirait pas !

Elle entendit les raclements des bancs sur le sol. Son cœur s'affola encore. Les frissons, dans son dos, s'intensifièrent. Étaient-ils tombés dans un coupe-gorge en s'arrêtant dans cette auberge du bord du chemin que Mathurin ne connaissait pas ? Il lui en avait expliqué les raisons : il veillait à ne pas fréquenter les mêmes lieux de halte afin d'éviter de se faire repérer.

Avaient-ils joué de malchance ?

Alba n'eut pas le loisir de permettre à ses pensées de cheminer plus avant, car son compagnon, juste avant d'entreprendre la montée du vieil escalier de bois menant à l'étage, changea d'idée et s'écria haut et fort :

— Si nous allions faire quelques pas au-dehors pour digérer ce somptueux repas, ma chère fille ?

Alba frissonna de peur.

Elle ne rêvait pas, la menace était réelle si même Mathurin la percevait.

Mais déterminée à demeurer dans son rôle, elle répondit :

— À votre convenance, père !

Ils gagnèrent l'issue et sitôt au-dehors, Mathurin lui

ordonna de le suivre avant de courir en direction de la dépendance sur le côté de l'auberge où leur carriole était remisée.

Alba l'imita.

Quelques mètres seulement les séparaient des lourdes portes en bois lorsque l'une d'elles s'ouvrit en grand, poussée par un groupe d'hommes armés de piques et de haches.

Mathurin se plaça devant elle, écarta les bras, la fit reculer tandis que les gueux avançaient sur eux, menaçants.

— Où comptes-tu aller comme ça, le bougre ? ricana l'un d'eux.

— T'auras la vie sauve si tu nous laisses ton or et ta fille ! dit encore un autre. Ça fait longtemps qu'on a pas tâté de la donzelle, par ici !

Des rires s'élevèrent.

Mathurin s'empara d'un poignard caché sous sa biaude, tendit le bras.

— Venez donc la chercher si vous l'osez !

— Oh ! mais c'est qu'il serait téméraire, en plus ! se moqua un gueux.

— Fuyez, et courez aussi loin que vous le pouvez ! lui souffla Mathurin.

Alba détala, mais après quelques secondes, elle se retourna et regarda derrière elle, constatant alors que si quatre gueux encerclaient Mathurin, trois autres s'étaient lancés à sa poursuite. Elle allongea les foulées, maintenant sa robe d'une main tandis que l'autre serrait toujours le manche du couteau, son seul moyen de rester en vie.

Car oui, maintenant qu'elle se sentait en danger, elle voulait vivre !

Si elle mourait, qui sauverait son père ?

Alba sentait son cœur battre à tout rompre, jusque

dans sa gorge. Légère et agile, elle sautait au-dessus des ornières, mais aussi rapide qu'elle soit, les gueux finirent par la rattraper et soudain, l'un d'eux lui faucha les jambes et elle s'étala face contre terre, échappant le couteau.

Elle rampa aussitôt pour s'en rapprocher, l'effleura, mais poussa un cri lorsque des mains tirèrent sur ses chevilles pour ensuite la retourner comme une galette. Les gueux la lâchèrent puis, les bras croisés, ils la regardèrent s'échiner à leur échapper, un mauvais sourire étirant leurs lèvres.

— Tenez-la ! ordonna subitement l'un d'eux en portant les mains à ses chausses.

Ses deux comparses se penchèrent aussitôt, lui agrippèrent les bras et les jambes, et l'immobilisèrent.

— Relevez-lui sa robe et écartez-lui les jambes ! ordonna-t-il encore.

Faisant fi de ses cris, l'un des hommes retroussa ses robes en ricanant.

— Diantre, qu'avons-nous là ? s'exclama-t-il, découvrant la robe noire. Serais-tu une saleté d'hérétique ?

L'autre, s'approchant davantage, ricana.

— Quand bien même, son con[1] ressemble à tous les autres ! Je passe en premier, vous en ferez ensuite ce que vous voudrez !

Alba, des larmes dévalant ses joues, les supplia de ne pas la toucher. Elle hurla, fort, très fort, se débattit avec la rage du désespoir. Mais en pure perte. Le gueux, après avoir joui quelques secondes de son entrecuisse découvert, s'agenouilla, rampa vers elle… mais il se redressa et tourna le col en entendant des sabots de chevaux débouler sur eux.

Tout se passa très vite : l'homme de tête sauta à bas

1. Nom moyenâgeux pour désigner le vagin.

de sa monture, dégaina son épée et, sans autre forme de procès, la passa au travers du corps du salopard résolu à abuser d'elle, qui s'effondra au sol, mort.

Les deux autres s'enfuirent sans demander leur reste.

Se retrouvant libre, Alba se dépêcha de rabattre ses robes sur ses cuisses non sans avoir perçu le regard de « son sauveur » sur ses parties intimes. Ses joues s'empourprèrent, d'autant que le spectacle avait semblé lui plaire. Elle s'apprêtait à lui dire le fond de sa pensée et à l'envoyer paître lorsque, après avoir ordonné à ses acolytes de s'occuper des fuyards, il lui sourit et lui tendit la main.

— Ma dame…

Surprise par la chaleur de la voix, Alba cligna plusieurs fois des paupières, essuya ses larmes, et s'en empara.

— Vous ont-ils fait du mal ? s'enquit-il en l'aidant à se remettre debout.

Alba se retint de ne pas cracher sur la dépouille du gueux, observa autour d'elle, balbutia :

— Mon… mon père… il se bat seul contre quatre… là-bas, dans la cour de l'auberge…

— Va voir, Denis, je te prie, ordonna encore son sauveur avant de recouvrir sa main qu'il tenait dans la sienne et qu'Alba lui avait abandonnée sans s'en rendre compte. Vous êtes sûre que vous allez bien ? Ma dame ?

Elle retira sa main d'un geste brusque, se recula, marmonna :

— Oui, je vais bien !

Il haussa un sourcil, semblant surpris par sa réaction.

— Je ne vous veux aucun mal, vous êtes en sécurité avec moi…

De cela, elle doutait ; une femme pouvait-elle jamais être en sécurité avec un homme ?

Ce qui ne l'empêcha pas de le détailler avec plus d'attention.

Très grand, très brun, les cheveux aux épaules et ondulés, il arborait une armure noire par-dessus des hauts-de-chausses, noirs eux aussi, ainsi qu'une cape de même couleur, et son visage s'avérait… beau. Très beau, même. Ses yeux surtout, sombres, presque noirs, lui semblaient remarquables. Ses lèvres également, pleines, admirablement dessinées. De plus, il se dégageait de lui une force brute, mais étrangement, Alba ressentait aussi chez cet homme une fêlure. Une étrange fragilité. Une vulnérabilité, même, devrait-elle dire. Elle sentit son esprit s'embrouiller. Elle manquait de mots pour décrire ce qu'il lui inspirait, sachant qu'elle se désintéressait des hommes en général, qu'elle n'en avait jamais détaillé aucun par le passé et que c'était la première fois qu'elle ressentait pareil émoi.

— Ma dame ?

La voix, rauque, la fit frémir.

Alba s'empourpra, à sa grande honte.

— Je… je vais bien ! balbutia-t-elle.

Il exhala un petit rire, rauque lui aussi, qui fit bondir son cœur.

Voici bien encore autre chose !

Que lui arrivait-il, à la fin ?

— Oui, vous l'avez déjà dit. Ce n'est pas mon sentiment, mais soit ! Venez, je vais vous conduire à votre père, ajouta-t-il en tendant le bras pour l'inviter à redescendre la sente.

Et pourquoi diable ne cessait-il de la dévisager de la sorte ?

— Merci, mais… vous en avez déjà fait beaucoup, chevalier, je ne voudrais pas vous retarder !

Elle devait mettre un terme à cet échange avec cet homme qui la bousculait d'une manière inappropriée. Après ce qu'elle venait de subir, elle ne pouvait tolérer ce regard insistant et empreint de désir sur elle. Sans même la connaître. C'était un comble ! Mais à son regard noir et concupiscent, Alba comprit qu'il devait être coutumier du fait.

Elle fit un pas, mais à son grand dam, le chevalier la suivit.

— Vous ne me retardez pas, je vous assure. Je ne trouverais pas le repos si je devais vous abandonner maintenant. Les chemins ne sont pas sûrs, comme vous avez pu vous-même le constater.

Cela était peu cavalier de sa part de lui faire remarquer dans quelle situation il l'avait découverte.

Quel rustre !

— Mon père me protégera, assena-t-elle. Je n'ai pas besoin de vous.

Son sauveur lui empoigna le bras, la fit se tourner vers lui.

— Vous n'avez pas confiance en moi ?

— Je ne saurais dire, messire, je ne vous connais pas.

Elle s'interrompit.

Et il avait aperçu son entrecuisse, mordious ! Elle ne voulait plus jamais le revoir de sa vie, et qu'il s'en aille au plus vite !

— … mais vous m'avez sauvée, reprit-elle. Aussi, vous avez ma reconnaissance.

— Et si je désire davantage ?

— Je ne comprends pas…

— Si je veux obtenir davantage de vous…

— Je ne comprends toujours pas ce que vous entendez par là, messire, je ne possède rien. Voulez-vous un pichet de vin en remerciement ? Mais j'ai bien peur qu'avant cela, il vous faille nettoyer l'auberge de la merdaille qui y fait ripaille.

Son sauveur partit dans un grand éclat de rire.

— Mais d'où diable sortez-vous ?

Alba se rembrunit, reprit sa marche.

— Je ne crois pas que cela vous regarde, messire ! Si vous voulez bien m'excuser, je vais retrouver mon père, je suis très inquiète pour lui.

— Et moi, je souhaite qu'il ne tienne plus debout ! l'entendit-elle marmonner.

Alba s'arrêta pour l'observer.

— Je vous demande pardon ?

— Je souhaite seulement qu'il soit blessé, oh… bien peu…, ajouta-t-il face à l'œil courroucé qu'elle lui adressa. Juste assez pour ne plus pouvoir vous protéger. De cette manière, vous aurez besoin de moi et vous accepterez que je vous accompagne. Où vous rendez-vous ?

Cette fois-ci, elle pouvait difficilement ne pas lui répondre ou il finirait par se méfier et nourrir quelques doutes.

— À Carcassona…

Un grand sourire illumina le visage du chevalier et Alba dut reconnaître, en son for intérieur, que cela le rendait encore plus beau.

— Cela tombe bien. Je dois également m'y rendre ! Faisons le chemin ensemble, gente dame ! Je serai votre chevalier lige !

— Merci, messire. J'apprécie votre sollicitude, mais…

Ce fut à son tour de sourire.

Elle retint un soupir de soulagement et montra de la main le petit attroupement devant l'auberge.

— … regardez mon père, il a l'air d'aller parfaitement bien !

Effectivement !

Mathurin se tenait debout, bien droit.

Elle entendit « son sauveur » bougonner, l'ignora. Elle n'avait cure de ce que pensait cet homme. Il l'avait sauvée, certes, mais sa reconnaissance s'arrêtait là ! Et dans l'instant ! Il pouvait s'en retourner, elle n'avait pas besoin de lui et se passerait volontiers de sa protection. D'autant plus qu'elle n'aimait pas du tout le regard insistant qu'il dardait sur elle à tout bout de champ. Elle savait ce qu'il attendait d'elle, mais s'en moquait.

Ce fut alors qu'ils approchaient de l'attroupement qu'elle avisa que si son sauveur était tout de noir vêtu, ses compagnons portaient la vêture des chevaliers croisés, et leurs assaillants gisaient au sol. Les autres gueux rentrèrent après que son chevalier sauveur les houspilla, non sans l'avoir observé avec attention. Certaines femmes, notamment, se le montrèrent du menton en ricanant avant de franchir la porte de l'auberge.

Le jour se fit dans son esprit.

Elle se souvint de ce qu'avait sorti « la » Berthe à propos du « baron noir », et son cœur s'emballa à la pensée que cela puisse être lui.

Non… elle ne pouvait le croire, cela ne se pouvait… elle n'aurait pas cette malchance…

Elle courut à Mathurin, enserra sa taille.

— Père, vous êtes vivant ! s'écria-t-elle, reprenant son rôle. J'ai eu tellement peur qu'il vous soit arrivé quelque chose.

Mathurin referma ses bras sur elle, puis il la repoussa, la dévisagea.

— Je vais bien, mon enfant. Et vous-même ?

— Bien ! Grâce à ce chevalier, répondit-elle en lui désignant l'homme vêtu de noir. Il…

Elle s'interrompit, chancela, se prêtant à une comédie pour que l'homme, la pensant faible, ne s'éternise pas.

— Que vous est-il arrivé ? s'inquiéta Mathurin en la soutenant. Les gueux vous ont-ils fait du mal ?

Elle ne put s'empêcher de rougir.

— Non, père. Par chance, le chevalier est arrivé à temps.

Et s'il pouvait s'en repartir fissa, ce serait encore mieux…

Mathurin fit face à son sauveur, s'inclina.

— Merci, messire, vous êtes bien bon. Si tous les chevaliers se comportaient comme vous, notre monde serait meilleur.

Alba perçut une certaine ironie dans les propos de son compagnon et se serra davantage contre lui, priant pour que le chevalier n'en prenne pas ombrage.

— Je vous en prie, brave homme. Arriver trop tard m'aurait…

Il marqua un temps d'arrêt, la dévisageant avec insistance.

— … désespéré, acheva-t-il, assortissant sa phrase de ce sourire qui dévoilait sa denture parfaite.

Tout comme le reste de sa personne. En vérité, cet homme la fascinait. Même la dangerosité émanant de lui l'attirait. Comme pouvait attirer le mal, alors que justement, c'était mal ! Alba n'avait jamais rien ressenti de la sorte. Mais à dire vrai, elle n'avait jamais approché un tel homme.

— Pour autant, continua-t-il sans cesser de sourire, permettez-moi de vous escorter, je ne voudrais pas qu'il vous arrive malheur. Votre fille m'a dit que vous vous rendiez à Carcassona ?

Alba se raidit, plongea son regard dans celui de Mathurin, l'incitant à refuser.

— C'est très aimable à vous, chevalier, mais…

— J'insiste, brave homme !

Face à tant d'insistance, Mathurin finit par répondre :

— Jusqu'à la prochaine auberge où nous passerons la nuit. Demain, nous avons de la famille à visiter.

— Fort bien ! Jusqu'à la prochaine auberge, alors.

Alba respira mieux.

Cet homme les laisserait bientôt tranquilles et avec lui s'en irait le souvenir cuisant de cette rencontre.

Chapitre 4

Arthus observa la jeune femme qui se dirigeait vers la dépendance de l'auberge à la suite de son père. Les voyant pénétrer dans le lieu, il se détourna et tout en remontant le chemin en direction de sa monture, se fit la réflexion qu'il n'avait jamais rencontré pareille femme ; elle n'avait même pas cillé lorsqu'il lui avait exprimé son désir. Certes, elle venait d'être brutalisée par une bande de chiens en rut et en avait réchappé de justesse – grâce à lui –, mais il lui avait semblé qu'il ne l'intéressait pas le moins du monde, et il en avait été bizarrement décontenancé. Et intrigué. Et déconcerté. Pour la toute première fois de sa vie, son charme – qu'il savait certain – n'opérait pas et s'il en croyait les regards furibonds qu'elle lui lançait à certains moments, il lui avait semblé qu'elle nourrissait envers lui une haine farouche ! Pourquoi, bon Dieu ! Alors qu'il venait de lui sauver la vie… car il connaissait ce genre de sauvages, ils laissaient rarement leur proie vivante après s'en être repus. Ces gueux l'auraient forcée, ils lui seraient tous passés sur le corps avant de la laisser morte dans le fossé.

Alors, certes, il aurait pu insister – après tout, il était le « baron noir » et aucune femme ne lui résistait –, mais quelque chose, en elle, l'en avait empêché. Quelque chose qu'il ne s'expliquait pas et qui bizarrement encore – et il en était le premier étonné – l'avait ému et charmé.

Pourquoi faire semblant de ne pas comprendre ce qu'il attendait d'elle, sacrebleu !

N'avait-elle pas remarqué qu'elle lui plaisait et qu'il la désirait, ou se gaussait-elle de lui ?

Il en perdait son latin…

Elle lui paraissait ingénue, mais en même temps, d'un caractère bien trempé. Elle n'avait pas tourné de l'œil lorsque ces gueux s'en étaient pris à elle, au contraire, elle les avait combattus avec courage. Il l'avait entendue hurler, il l'avait vue se débattre avant qu'il se décide à intervenir. En vérité, il le reconnaissait, cette jeune femme l'intriguait plus que de raison. Certainement parce qu'elle était différente de toutes les femmes qu'il avait rencontrées… et troussées. Elle ne babillait pas à tort et à travers, ne jouait pas les effarouchées, ne minaudait pas. Et qu'elle lui résiste la rendait encore plus attrayante.

Il soupira.

Aussi intéressante que soit la rencontre, ils se sépareraient à la prochaine auberge, comme promis au père. Il s'assurerait qu'aucun danger ne les attendait puis il prendrait congé. Il n'avait que trop tardé ! Hugues Des Arcis l'attendait chez Jean de Montfort, au palais de Carcassona et pour rien au monde il ne voudrait le faire patienter plus que nécessaire. Il imaginait déjà son sourire satisfait lorsqu'il lui ferait part de ce plan qu'il avait ourdi dans les moindres détails. Son cousin, Denis de Comborn, serait de la partie, ainsi que ses fidèles amis

Henri de Beaufort, Charles de La Tour d'Auvergne et Philippe de Beaulieu, dont il avait fait la connaissance le jour même de son arrivée. Ils avaient combattu côte à côte au pied des remparts de la forteresse et s'en étaient sortis. Blessés, mais vivants. Il avait même ramené Henri sur son dos, touché à la jambe par un carreau d'arbalète, scellant par là même une amitié indéfectible. Depuis, Henri vouait aux cathares une haine farouche et rêvait, comme eux tous, de détruire leur repère et de les anéantir. Ses nouveaux amis se languissaient de leurs femmes et de leurs domaines, ce qu'il comprenait, alors que son cousin et lui n'étaient pas pressés. Lui, parce que… sa vie était ce qu'elle était, Denis, parce qu'on voulait lui faire épouser une fille qui ne lui plaisait en rien. Sans doute après le siège s'en iraient-ils en croisade… Les rumeurs couraient que Louis IX partirait à la conquête de Jérusalem retombée entre les mains des Égyptiens. Pourquoi pas, puisqu'ils n'avaient aucune envie de rentrer chez eux ! Pour quelles raisons rentreraient-ils ? Pour souffrir inutilement ? Pour se morfondre, s'ennuyer, se marier alors qu'ils ne le souhaitaient pas ni l'un ni l'autre ? Non… il valait mieux pour eux prendre le large et partir explorer de nouvelles contrées… il s'y voyait déjà et la nuit, dans ses songes, il vivait de folles aventures et se couvrait d'honneurs et de gloire.

— Pas vilaine, la gueuse ! l'interrompit son cousin, après avoir ralenti le pas pour se porter à son côté.

À son sens, elle n'avait rien d'une gueuse, mais il garda pour lui sa réflexion. Sans doute avait-elle suscité son intérêt ; Denis était comme lui, insatiable avec les femmes, il leur arrivait même de les partager. Mais pas cette fois, il ne le permettrait pas.

Qu'est-ce que cette fille lui avait-elle fait, bon sang ?

— Tu l'as remarqué, pas vrai ?

Bien sûr qu'il l'avait remarqué…

— Si elle ne t'intéresse pas, continua Denis, nullement contrarié par son mutisme soudain, tu ne verras aucun inconvénient à ce que je…

L'idée des mains de son cousin sur sa belle sauvageonne le révulsa.

— Elle m'intéresse !

— Alors qu'est-ce qui te retient ? s'étonna Denis.

Certes… il ne le comprenait pas lui-même.

— Je l'ignore, Denis, avoua-t-il.

Son cœur se mit à battre un peu plus fort.

Elle lui semblait si pure, si lumineuse, si… intouchable. Sa beauté et ce qui émanait d'elle l'avaient touché plus qu'il ne l'aurait cru. Comme si… comme s'il y avait en elle quelque chose de sacré. Ce qu'il ne s'expliquait pas davantage.

— C'est bien la première fois que je te vois renoncer à une femme ! s'esclaffa Denis. Aurais-tu dans l'idée de te faire moine, cousin ?

Arthus ne répondit pas, ils arrivaient près de leurs montures. Leurs compagnons s'étant déjà remis en selle, il fit de même.

— Non ! Pour autant, je ne la toucherai pas ! Ni toi non plus, je te l'interdis !

Denis ouvrit la bouche, mais s'abstint de tout commentaire.

Visiblement, il ne comprenait pas sa réaction et comme lui non plus, il ne pouvait lui donner la moindre explication. Plus qu'à espérer que là où ils se rendaient, il y aurait de jolies femmes pour oublier au plus vite cette rencontre.

Mais lorsqu'il croisa le regard de la belle brune assise

aux côtés de son père à l'avant de la charrette, il se fit également la réflexion qu'il n'oublierait pas de sitôt de tels yeux ni une telle beauté. Surtout s'il devait ne pas la toucher.

Chapitre 5

Sur le chemin entre Puivert et Limoux,
17 janvier 1244

Tout en allant cahin-caha au rythme de la charrette, Alba tenta de chasser de son esprit le beau chevalier noir, dont elle apercevait l'ombre dans les falots que ses compagnons et lui avaient allumés. Mais en vain.

— Croyez-vous que ce chevalier soit le baron noir, Mathurin ? demanda-t-elle soudain car l'idée la turlupinait. Je pourrais lui poser la question, non ? Ainsi, nous saurions.

— N'en faites rien, damoiselle ! s'alarma son compagnon. Il vaut mieux vous tenir éloignée de lui si vous voulez mon avis, car si c'est réellement lui, il ne fera de vous qu'une bouchée. Je suis d'ailleurs étonné qu'il ne vous ait pas déjà revendiquée, vu comme il vous regardait.

Elle ne pouvait nier que ce regard chargé de désir la troublait malgré elle. Alors même qu'elle cherchait à s'en garantir en se serinant que les hommes ne l'intéressaient pas.

— Comment cela ? Je ne comprends pas.

Décidément, certaines subtilités de langage lui étaient étrangères.

— « Revendiquée » veut dire que quand un tel homme désire une femme, il la prend, tout simplement.

— Il la prend ?

Mathurin soupira.

— C'est vrai que vous ne savez rien de ces choses… Eh bien… il… il… Comment dire…

— Il la trousse ! finit-elle pour lui. Et sans tenir compte des conséquences, je suppose.

— C'est cela !

— Et si enfant il y a, c'est à elle de se débrouiller, car je suppose aussi que cela ne débouche pas forcément sur un mariage.

Mathurin se mit à rire.

— Pour sûr ! Les chevaliers ne pensent qu'à leur bon plaisir.

— Vous voulez dire qu'ils ne pensent qu'avec une certaine partie de leur corps ! s'amusa-t-elle.

— Vous en savez plus que je ne le pensais ! répliqua Mathurin.

— Dame Corba m'a beaucoup appris pour que je sache à quoi m'en tenir sur les hommes, pour m'en garantir.

— Si j'ai un conseil à vous donner, damoiselle, c'est de vous trouver au plus tôt un mari. Ainsi, vous serez sous sa protection et vous ne craindrez plus rien.

— Je verrai cela, Mathurin…

Elle tut que le fait ne l'intéressait pas puisqu'elle était devenue parfaite.

Nul, pour le moment, ne devait savoir ; sa foi résiderait cachée dans son cœur jusqu'à ce qu'elle se sente en sécurité. Malgré tout, elle espérait se confier à sa tante.

Elle espérait également qu'elle comprendrait, l'aiderait à sauver son père puis, avec l'aide de son époux, à reprendre leurs terres. Elle priait pour cela depuis son départ de la forteresse et c'était là son unique dessein : tirer son père d'entre les griffes des croisés et récupérer leur domaine.

Donc… elle n'avait que faire de ce chevalier, aussi beau soit-il !

Il l'intriguait, voilà tout.

Et elle ne pouvait toujours pas chasser de son esprit qu'il avait posé les yeux sur ses parties intimes. Quand elle repensait à cet instant, ses joues prenaient feu et la colère la faisait flamber de toute part. Surtout lorsqu'il la regardait avec cette sorte d'ironie dans l'œil… cela aussi la mettait en rage ! Elle détestait cette façon qu'il avait de l'observer ! Comme s'il… comme s'il l'imaginait déjà conquise alors qu'elle ne l'était pas le moins du monde ! Au contraire ! S'il s'avérait être le « baron noir », et quelque chose lui soufflait que oui, c'était plutôt de la haine que de l'intérêt qu'elle ressentait à son égard aussi, mieux valait se tenir éloignée de lui.

Alba cessa là ses pensées au moment où elle aperçut la troupe des chevaliers s'arrêter devant une auberge lorsqu'ils entrèrent dans Limoux. Elle observa, du haut de la charrette, le chevalier noir pénétrer à l'intérieur avec deux de ses compagnons puis en ressortir de longues minutes plus tard.

Il enfourcha son cheval et se dirigea vers eux.

— Le lieu est sauf, vous n'avez rien à craindre.

Alba eut subitement peur qu'il décide de passer lui aussi la nuit en ces lieux, mais le voyant s'incliner devant elle, elle laissa exhaler un soupir de soulagement.

— … Damoiselle… peut-être nous reverrons-nous à Carcassona !

Puis, sur un dernier regard appuyé, le chevalier fit faire volte-face à sa monture, l'éperonna et partit au galop, suivi par ses hommes dont manifestement il possédait le commandement.

Alba observa sa haute silhouette se fondre dans la nuit, auréolée de la lumière des falots tenus à bout de bras par leurs valets. Des frissons la parcoururent. Si lui désirait la revoir, pour sa part, elle espérait ne plus jamais croiser le chemin de cet homme.

Ils laissèrent la carriole entre les mains d'un palefrenier venu les attendre – sur ordre du chevalier – et pénétrèrent dans l'auberge. Le tenancier se rua sur eux, tout sourire : le chevalier avait réglé leurs chambrées, séparées, et ils n'avaient plus qu'à monter ; un bon feu ronflait déjà dans les cheminées et Alba apprit qu'un homme serait placé devant sa porte pour sa sécurité.

Alba se fit la réflexion que le chevalier n'était peut-être pas si mauvais, mais il n'en restait pas moins son ennemi et celui qui voulait faire tomber Montségur. Car au fond de son cœur, elle restait persuadée qu'il était ce « baron noir » dont tout le monde parlait. Il en possédait la vêture, la beauté altière et attirante. Une beauté qui l'avait fait frémir malgré elle avant qu'elle s'en défende. Elle se rendit compte qu'elle ne maîtrisait pas les élans de son corps et cela la sidérait, en plus de la mettre en colère.

Avant d'entrer dans sa chambrée que le tenancier venait d'ouvrir pour elle, et alors que Mathurin était déjà dans la sienne, Alba demanda :

— Qui est-il ?

Évidemment, elle parlait du chevalier noir…

Elle devait en avoir le cœur net…

— J'sais pas, ma dame, mais à son accent, je jugerais qu'il est pas d'ici !

— Pensez-vous qu'il soit le baron noir dont tout le monde parle ? J'ai ouï dire qu'il faisait partie des troupes croisées et cherchait un moyen d'entrer dans la forteresse de Monségur, osa-t-elle en battant des cils de manière ingénue pour tromper la vigilance du tavernier.

— Ça se pourrait bien ! Et s'il est déterminé, m'est avis qu'il réussira…

— Savez-vous comment il compte s'y prendre ? J'avoue que le sujet me fascine.

Il fallait surtout qu'elle réussisse à glaner des informations afin de planifier son propre plan prévoyant de retourner à Montségur sauver son père.

— Je comprends, ricana le tenancier. Comme tout bon chrétien qui se respecte, nous avons tous à cœur que la forteresse tombe !

— Certes ! renchérit-elle, faisant taire son aversion pour l'homme qui parlait ainsi des siens.

Elle allait devoir apprendre à contrôler sa révulsion et à dissimuler ses sentiments si elle voulait arriver à ses fins.

— … et que ses hérétiques soient tous brûlés ! ajouta le tenancier, l'œil mauvais. Je prie pour ça chaque jour ! En attendant, le siège fait marcher le commerce !

En attirant chez eux des monstres du nord, des êtres assoiffés de sang sans foi ni loi… quelle aubaine effectivement ! Cet homme ne comprenait-il pas qu'il se fourvoyait et qu'après le siège, les barons du nord prendraient possession des terres de ceux d'ici et les placeraient tous sous leur joug ? Qu'ils perdraient leur liberté et leur âme…

— En tout cas, vous lui avez tapé dans l'œil !

Hélas…

Pour autant, un plan se dessina dans son esprit. Elle ignorait s'ils se reverraient un jour, mais s'il était bien celui qu'elle croyait, peut-être qu'elle pourrait se servir de l'intérêt qu'il semblait lui vouer.

— Je le crois aussi, se rengorgea-t-elle, jouant les conquises. Eh bien, je vous souhaite la bonne nuit !

— La bonne nuit à vous aussi, ma dame. Je vous envoie mon fils pour garder votre porte, selon les ordres du chevalier.

— Merci…, réitéra Alba.

Il lui tendit le falot dont il s'était chargé pour elle et dont elle s'empara, puis s'en retourna. Bien que cet homme la révulsât, elle ne put s'empêcher de sourire en l'entendant beugler un prénom, très certainement celui de son fils. Alba soupira. Les derniers événements l'avaient épuisée : elle savait le monde extérieur plein de dangers, mais elle ne pensait pas être atteinte et malmenée si rapidement. Si le chevalier ne l'avait pas secourue, sans doute serait-elle morte à l'heure qu'il était. De plus, elle allait devoir s'habituer à ce que les gens disent du mal des cathares et les souhaitent morts, ainsi qu'à protéger son cœur et à faire semblant de partager leurs opinions sur le sujet.

Elle n'aurait pas d'autre choix…

Au moins, cette nuit, grâce au chevalier, elle allait pouvoir dormir sur ses deux oreilles.

Elle entra, referma sa porte et alla se coucher sur la paillasse, la fatigue ayant raison de ses dernières forces.

Chapitre 6

Après quatre heures d'une chevauchée endiablée, le baron de Turenne et sa petite troupe atteignirent la cité de Carcassona. Les portes, fermées, leur furent ouvertes après qu'Arthus se fut présenté aux gardes ; le vicomte de Montfort ainsi que le chef des croisés, Hugues Des Arcis, les attendaient au château comtal. Lorsqu'ils pénétrèrent dans la cour dudit palais, après avoir franchi le pont de pierre ainsi qu'une autre porte de défense, des valets se pressèrent pour s'occuper de leurs montures – Olivier, en qui Arthus avait toute confiance, veillerait à ce que la sienne et celle de son cousin soient bien traitées – puis l'un d'entre eux les conduisit à l'intérieur du bâtiment, jusqu'à son maître.

Hugues Des Arcis se mit debout à leur entrée et se dirigea vers eux.

— Baron ! Enfin ! J'ai cru que vous n'arriveriez jamais…

— J'ai pris le temps de la réflexion, messire.

Des Arcis fronça les sourcils.

— Et ?

Il ne tolérerait aucun atermoiement, Arthus pouvait

le lire dans le regard impitoyable du chef croisé. Il allait devoir batailler dur pour conserver sa confiance.

— Il a neigé, mais ce n'est qu'un détail, tergiversa-t-il.

Faux !

La roche était impraticable, il lui faudrait gagner du temps.

— Fort bien, fort bien... Jean, laissez-moi vous présenter l'un de mes meilleurs éléments, ajouta-t-il à l'intention d'un homme, venu les rejoindre. Arthus de Comborn, baron de Turenne. Baron, Jean de Montfort, notre hôte.

Arthus s'inclina devant le détenteur de la cité descendant, comme lui, d'un chevalier du nord.

— Mon seigneur, salua Arthus. Je me permets à mon tour de vous présenter mes fidèles compagnons, enchaîna-t-il, se redressant. Denis de Comborn, mon cousin...

Il déplaça sa main, nommant successivement :

— ... Henri de Beaufort, Philippe de Beaulieu et Charles de La Tour d'Auvergne.

Ses compagnons s'inclinèrent à leur tour.

— Nous sommes navrés d'avoir interrompu votre repas, mon seigneur, ajouta-t-il, nous avons été retardés.

— Ce n'est rien, mon ami, lui fit Montfort, lui frappant l'épaule. Prenez place, je vous en prie, vous êtes les bienvenus chez moi ! Vous autres, poussez-vous pour que nos amis croisés puissent s'installer !

Arthus et ses compagnons s'assirent autour de l'immense table sur laquelle se côtoyaient hanaps d'étain, cuillères en argent, pichets de toute sorte et plats de victuailles. Aussitôt, des domestiques vinrent déposer devant eux des tranchoirs.

— Alors, baron ! Racontez-nous Montségur ! clama

Montfort à peine furent-ils attablés. Où en sommes-nous de ce siège qui n'en finit pas ?

Encore et toujours les mêmes doléances !

Quand… comment…

Arthus en avait soupé ! D'autant qu'elles étaient toujours énoncées par des gens qui ne déboursaient rien et restaient bien au chaud dans leur château. Celui-ci en était un parfait exemple ! Il ne faisait que jouir de la richesse et des possessions que son grand-père, Simon de Montfort, commandant des premières armées de croisés lancées contre les Albigeois, avait acquises avant lui. Avant cela, lui avait narré Des Arcis avant de partir pour la cité, Simon de Montfort avait fait croisade en Terre sainte, d'où venait très certainement ce joli mobilier en bois rouge ornant la pièce.

En outre, Arthus avait renoncé depuis longtemps à expliquer qu'il n'était pas véritablement baron, et ne le serait pas tant que son frère aîné, Gauvin, vivait encore ; il avait eu le malheur de naître deuxième et en tant que tel, n'avait pas droit au titre. Mais Des Arcis, content de ses hauts faits d'armes dès le début de l'expédition, l'avait désigné ainsi. Comme Arthus ne se vêtait que de noir, en accord avec son humeur taciturne, ses compagnons l'avaient surnommé « baron noir » et depuis, cette appellation lui collait à la peau.

Arthus s'excusa de n'avoir pas grand-chose de nouveau à dire sur le siège de Montségur, voulant garder secret son objectif de passer par la falaise, côté nord, pour venir à bout de la forteresse. Il ne le dévoilerait qu'au moment de demander des fonds pour acheter ce dont il avait besoin, besace, pieux pour grimper la roche, en souhaitant que

Montfort accepte de les lui fournir. Il fit ensuite dévier la conversation avec habileté sur la magnificence des lieux.

Montfort se mit à rire en désignant les arabesques perçant les murs.

— Mon grand-père a beaucoup apprécié son voyage en Terre sainte, comme vous pouvez le constater autour de vous. D'ailleurs, dès que nous en aurons fini, nous nous rendrons dans la pièce des réjouissances. N'est-ce pas, mon ami ?

— Pour sûr, mon seigneur, je gage que mes hommes apprécieront, répondit Des Arcis avec un rire gras.

Allons bon... de quoi retournerait-il encore ? se demanda Arthus.

Il était fatigué.

Il avait chevauché une grande partie de la journée et de la nuit, avait tué un gueux, sauvé une dame en détresse qu'il aurait volontiers troussée. Soudain, il l'imagina là, à ses côtés, à cette table. Il se vit glisser la main sous sa robe, en secret, jusqu'à ce petit trésor qu'il avait aperçu entre ses cuisses blanches. Sa peau lui avait semblé parfaite et son odeur, lorsqu'il l'avait approchée, délicieuse. Il revit en pensée ses grands yeux bleus le défier et il en éprouva un tel intérêt que son vit se roidit dans ses chausses.

Bon sang, cette femme l'avait rendu fou au premier regard !

Et savoir que bientôt elle serait elle-même dans la cité le rendait fiévreux.

Il voulait la retrouver, la revoir, mais comment procéder ? Par où commencer ses recherches ? Tout à son désir, il avait omis de lui demander son nom.

— Baron ?

Il leva les yeux, chassant de son esprit le souvenir de la belle inconnue au regard de feu.

Avisant les convives debout, il fit de même.

— Je vous suis…

— Que t'arrive-t-il, cousin ? lui demanda Denis tandis que celui-ci lui emboîtait le pas. Ne me dis pas que tu penses encore à ta sauvageonne.

— On ne peut rien te cacher… Je n'aurai pas de repos tant que je ne l'aurai pas retrouvée. Demain, j'irai donner des consignes aux gardes de l'entrée. Je veux être averti à l'instant même où elle entrera en ces murs.

— Et si elle passe entre les mailles du filet ?

— Eh bien, je la chercherai ! Dussé-je y passer des jours !

— Tu ne disposeras pas de beaucoup de temps, Arthus ! Des Arcis voudra connaître ton plan au plus vite pour l'exposer à Montfort et lui quémander subsides.

— Je m'arrangerai pour en gagner ! De toute façon, nous ne pouvons rien entreprendre avant la fonte des neiges, ce dont je me fais fort de convaincre le commandant. Je te le dis, Denis, renchérit Arthus avec le premier vrai sourire qu'il ait eu depuis longtemps, nous ne sommes pas près de quitter cette cité !

— Ça tombe bien, je crois que les réjouissances vont me plaire ! Crois-tu les femmes du sud aussi belles que celles du nord ?

— Si j'en crois une certaine beauté brune, peut-être bien davantage, mon ami…

— Ah, ah, lâcha Denis en frappant l'épaule de son cousin, te voilà conquis, ma parole !

Arthus se dispensa de répondre, ils venaient de pénétrer à la suite des autres dans une pièce attenante à la salle commune : la fameuse pièce des réjouissances !

Et quelle pièce !

Arthus suivit le mouvement et s'installa sur un volumineux coussin de couleurs vives posé à même le sol. Il s'adossa contre le mur de pierres et accepta le gobelet qu'une domestique lui tendit, ignorant son regard intéressé.

Il n'avait que faire de cette femme !

Sans doute devrait-il soulager le désir de ses reins pour ne point trop penser à sa belle inconnue, mais pas cette nuit. Non, cette nuit, il avait envie de rêver d'elle. Et il n'avait pas envie du corps d'une autre femme ! Surtout pas de celle-ci, même si elle était brune et lui faisait penser à sa sauvageonne.

Il observa autour de lui, comme il aimait à le faire.

Il était réfléchi… enflammé, tenace, parfois sanguin, mais réfléchi ! En tout cas, il n'aimait rien tant que scruter ses semblables pour se faire une opinion de ce qu'ils valaient et comprendre à qui il avait affaire.

Son regard croisa celui de Montfort, assis en face de lui, qui leva sa coupe à son intention. Arthus lui répondit de la même façon, puis porta le breuvage à ses lèvres qui s'avéra être du vin. Frais, épicé… un régal ! Décidément, cette contrée regorgeait de richesses ! De belles femmes, de bons vins, de la musique…

Arthus se laissa bercer au son des instruments, qui s'était élevé sitôt leur entrée. L'un d'entre eux était appelé *craba*[1] – pour « chèvre » en occitan, dont la peau était à l'origine de la confection –, il avait appris à le connaître durant ses pérégrinations autour de Montségur. Tout comme, curieux qu'il était et fermement convaincu que pour vaincre un ennemi il fallait en apprendre le langage,

1. Cornemuse occitane.

il avait appris l'occitan. Fort heureusement ! Sinon, il n'aurait pu converser avec la sauvageonne rencontrée sur le chemin.

Il croisa le regard de Montfort.

Les cheveux noirs coupés court à la manière d'un moine, le visage glabre dépourvu de barbe, l'œil bleu et acéré, l'habit du dessus orné de dorures et d'innombrables pierreries, leur hôte déroutait Arthus ; il ne savait que penser de lui.

— Que sais-tu de Montfort ? demanda-t-il à son cousin.

— Pas grand-chose, et toi ?

— Pas davantage… il ne m'inspire pas confiance, il a le regard d'un fou !

Ce regard, Arthus l'avait déjà rencontré chez des prêtres. Ces fameux dominicains qui semaient la terreur à travers tout le royaume avec leur Inquisition. Des prêtres de la pire espèce qui se prenaient pour des représentants de Dieu sur terre et se sentaient investis d'une mission : laver l'humanité de ceux qu'ils considéraient comme la lie. Pour purger la terre de démons, de suppôts de Satan qui idolâtraient de faux dieux et embrassaient de fausses fois !

Certes, fous, ils l'étaient tous un peu, se gaussa-t-il.

Néanmoins, ces prêtres n'aimaient rien tant que tuer des hérétiques au nom de Dieu, pour les sauver, selon eux, de la damnation éternelle.

C'était pour leur bien !

C'était du moins ce que leur avait seriné Pierre Amiel, archevêque de Narbonne, avant de les entraîner dans cette croisade contre les Albigeois de Montségur. En vérité, Arthus n'avait que faire de ces « brebis égarées », cette guerre n'était pas *sa* guerre, il avait juste trouvé ce prétexte pour partir de chez lui ! Pour s'éloigner d'une situation qui lui faisait souffrir le martyre.

Était-ce une erreur ?

Certainement !

Il était déjà parti une fois, et il avait tout perdu…

Il observa à nouveau Montfort qui, se sentant épié, lui rendit son regard puis désigna l'une des femmes du menton. L'invitation était claire ! Si Arthus le désirait, elle serait à lui pour la nuit.

Il déclina la proposition.

Non, cette nuit, il préférait boire.

Boire et rêver de sa belle brune aux yeux aussi bleus et changeants que le ciel de sa contrée natale. Pour, en rêvant d'elle, oublier une autre femme et ses démons intérieurs qui lui lacéraient l'âme et les entrailles sans relâche.

Chapitre 7

Sur le chemin menant à Cazilhac,
18 janvier 1244

Plus les heures passaient, plus les pas de la mule les rapprochaient du domaine de son oncle, plus Alba se sentait fébrile. Son esprit bouillonnait, se questionnait : comment allaient-ils l'accueillir ? Sa tante, son oncle Adhémar, ses cousins Balthazar et Ciprian ? Le reste de la maisonnée ? Comment elle-même allait-elle réagir en étant recueillie dans une famille dont elle ne connaissait rien ? S'ils la trahissaient, trahissaient son père et la livraient aux moines inquisiteurs pour se faire bien voir et en tirer des privilèges ? Alba, de par sa foi, avait appris à ne pas juger ses semblables, aussi, comme avec Mathurin, se força-t-elle à garder confiance ; Dieu pourvoirait à sa bonne fin…

Forte de ces bonnes résolutions, elle chassa avec humeur de son esprit l'ombre noire du chevalier qui ne cessait de s'y accrocher et se força à s'intéresser à ce qui l'entourait ; elle avait tellement à découvrir du monde extérieur. Mais à peine laissa-t-elle son regard errer sur la cité se découpant à l'horizon que ce diable d'homme revint la hanter. Il était là, quelque part, elle le sentait dans sa chair. Une chair qui à son grand dam avait frémi pour lui.

Pourquoi ? Pourquoi cet intérêt subit alors qu'elle le haïssait ? Parce qu'il était beau ? Ténébreux ? Impitoyable ? Parce qu'il lui avait sauvé la vie et tué pour elle ? Parce qu'elle avait le sentiment qu'ils se ressemblaient et qu'une même colère coulait dans leurs veines ? Elle l'ignorait, mais ne pouvait empêcher son cœur de battre un peu plus vite à l'idée de le croiser à nouveau.

Fort heureusement, elle ne devait pas se rendre à Carcassona, mais au fief de son oncle. Dire qu'elle-même portait le nom du berceau de sa famille ; berceau qu'elle tenterait de reconquérir. Dire qu'à une époque, avant sa naissance, ses parents étaient heureux, riches et prospères. Puis sa mère était morte en la mettant au monde – c'était là chose courante, beaucoup de femmes mouraient en couches, mais elle en portait le fardeau – et les choses étaient allées de mal en pis jusqu'à ce qu'ils perdent tout. Elle n'en voulait pas à son père, il avait fait selon son cœur, non, elle en voulait à ces barons du nord venus prendre leurs terres, les exterminer et les asservir. Néanmoins, comme tous ceux de sa confession, elle acceptait sa destinée si Dieu l'avait voulue ainsi.

Qui était-elle pour juger Sa voix ?

— Nous arrivons bientôt, Mathurin ? soupira-t-elle, chassant ses idées qui lui torturaient l'esprit.

— Dans plusieurs heures… vous voyez à droite de l'immense cité, là-bas ?

Alba secoua la tête.

— Eh bien, c'est là que nous allons !

— Connaissez-vous les Cazilhac ? Sont-ils de bonnes gens ?

— Je ne sais rien d'eux, mais je connais votre père. Il ne vous aurait pas confiée à sa sœur s'il n'avait pas confiance en elle. Vous êtes ce qu'il a de plus cher au monde, Alba, il vous a sauvée en vous faisant quitter la forteresse.

— Je sais, mais je souffre de l'avoir abandonné là-haut, avec tous les autres. J'aimerais les sauver à mon tour et peut-être pourriez-vous m'y aider, Mathurin. Vous êtes fort, vous avez certainement des amis aussi forts et courageux que vous, ils pourraient nous prêter main-forte…

— Hélas, damoiselle, les dominicains menacent du bûcher quiconque vient en aide aux hérétiques. J'ai une femme, des enfants, je ne peux pas les mettre en danger plus que je ne le fais déjà.

— Je comprends, Mathurin, et je ne vous remercierai jamais assez pour tous ces risques que vous prenez pour moi. Je pourrais peut-être vous faire mander si j'ai un problème ?

— Pas davantage, damoiselle, mon identité et le lieu où j'habite doivent demeurer secrets, sinon, je ne suis plus bon à rien. J'aimerais vous aider, mais je ne le peux.

Alba détourna le regard et inspira profondément pour ne pas laisser la désolation l'atteindre. Elle se devait d'être forte, elle se l'était promis. Elle garda le silence et resta immobile jusqu'à ce qu'ils entrent dans Cazilhac. Là, son cœur commença à cogner plus fort contre ses côtes. Davantage encore lorsque Mathurin fit tourner la carriole et emprunta une sente menant à un château qui lui sembla, de loin, immense. Les portes d'enceinte étaient ouvertes, mais sitôt qu'ils approchèrent, des gardes leur barrèrent le chemin.

— Qui va là, l'ami ?

— Mathurin, avec damoiselle Alba de Cazilhac, dame Ermengarde nous attend…

Le garde s'approcha d'Alba.

— Dame Ermengarde nous a parlé d'un médaillon, pouvez-vous me le montrer, damoiselle ?

Alba tira sur le lien de cuir autour de son cou et révéla le bijou, un médaillon en or orné du visage d'une femme ; il lui venait de sa mère qui le tenait de sa propre mère avant elle, qui était aragonaise. Sans doute Alba tenait-elle de cette ancêtre son épaisse chevelure noir ébène, ainsi que son caractère de feu. La jeune femme se souvint qu'un jour, peu de temps avant leur départ pour Montségur, son père lui avait montré le médaillon, lui disant qu'il le lui donnerait lorsqu'elle serait grande, comme héritage de sa mère.

Le garde observa attentivement le bijou puis se recula.

— Vous pouvez aller ! Passez par les cuisines, derrière !

— Pourquoi les cuisines ? demanda Alba après qu'ils se furent éloignés.

— Je suppose que dame Ermengarde veut s'assurer que vous êtes bien celle que vous prétendez être !

— Les cathares sont incapables de mensonges, releva la jeune femme.

— Nous, nous le savons, mais ceux d'ici, certainement pas ! Votre tante protège sa famille, nous ne pouvons la blâmer par les temps qui courent. N'importe qui pourrait se faire passer pour vous.

— Encore faudrait-il être au courant ! Mais laissons cela, l'important est que nous soyons arrivés sains et saufs, Mathurin. Merci encore pour votre escorte.

— Je vous en prie, damoiselle.

Mathurin n'ajouta rien de plus, ils arrivaient… il fit

arrêter la carriole dans la cour arrière du château, en face de la « porte de service », lui apprit-il, par où entraient et sortaient les domestiques. Dans leur dos s'élevaient d'autres corps de bâtiments, ainsi que les écuries ; Alba percevait les coups de sabot et les renâclements caractéristiques des chevaux.

Tout en sautant de la carriole dans la cour détrempée, elle explora les alentours ; le lieu lui paraissait familier. Le castrum de son père ressemblait à celui-ci, peut-être en un peu moins prospère, mais les dépendances en torchis et toits en lauze revêtaient cet aspect, tout comme les masures dispersées alentour et d'autres, ceignant les murailles, qu'elle avait pu apercevoir à leur arrivée. Çà et là, quelques arbres, présentement décharnés, fleuriraient à la belle saison ; l'humidité recouvrait tout. Et cette odeur… la jeune femme inspira à pleins poumons tout en resserrant son mantel autour de ses épaules. La froidure était pénétrante, mais si elle se laissait aller à fermer les yeux, elle se serait crue revenue chez elle… ses yeux se baignèrent de larmes. Si ces croisés du diable n'étaient pas venus pourchasser les cathares sur leurs terres, elle serait dans sa maison aujourd'hui, près d'un bon feu ou à table avec son père bien-aimé et non ici, seule, à quémander la charité. Mais Alba avait appris à accepter les épreuves que Dieu lui imposait, aussi redressa-t-elle les épaules, trouvant assez de courage dans son cœur pour continuer sa bataille. Néanmoins, côtoyer son oncle chaque jour qui, lui, avait accepté de se croiser contre les hérétiques puisqu'il avait conservé son domaine, lui serait ardu. Pour autant, il n'avait pas empêché sa femme de la recueillir, donc sans doute n'était-il pas si mauvais que cela et devait-elle attendre de le rencontrer avant de se forger une opinion ;

les cathares ne jugeaient jamais leur prochain, chacun faisait selon son cœur et ses obligations… elle chassa aussitôt l'amertume de son esprit. Mais dut reconnaître qu'en certaines situations, il lui était difficile de contrôler ses émotions pour devenir une parfaite.

Sans doute lui faudrait-il du temps.

Soudain, une idée lui effleura l'esprit : et si son oncle n'était pas au courant de sa venue ? Si sa tante la faisait passer pour une nouvelle domestique et non pour sa nièce ? Non, cela ne se pouvait… Mathurin l'avait présentée au garde comme « Alba de Cazilhac », cela sous-entendait qu'il avait des consignes et qu'elle était parente du maître des lieux.

Elle respira mieux et suivit Mathurin jusqu'à la lourde porte de service contre laquelle il frappa. N'obtenant aucune réponse, il recommença et enfin, après de longues secondes qui parurent à Alba une éternité, le vantail s'ouvrit, laissant place à une femme d'âge certain, vêtue d'une chainse[1] blanche qui lui descendait jusqu'aux pieds et d'un surcot de couleur bleu foncé, simple, mais de bonne facture. Une coiffe de même couleur enserrait sa tête en passant sous le menton. Alba n'avait jamais rien vu de pareil ; à Montségur, les femmes, même dame Corba qui était de noble naissance, allaient tête nue et le cheveu natté, coiffure qu'elle-même avait adoptée.

La femme les toisa, les sourcils froncés, visiblement sur la défensive.

— C'est pour quoi ?

Mathurin ôta prestement son propre couvre-chef, le maintint entre ses doigts.

1. Tunique de toile fine portée comme vêtement de dessous.

— Pardonnez cette heure indue, noble dame. Je suis Mathurin et voici Alba… nous venons voir dame Ermengarde, est-ce vous ?

— Que nenni, je me nomme Loreta. Je suis l'intendante de cette maison et au fait de l'arrivée de damoiselle de Cazilhac. Pouvez-vous me montrer le bijou, damoiselle, je vous prie.

Alba s'exécuta.

L'intendante prit le médaillon entre ses doigts, l'inspecta attentivement puis, manifestement rassurée sur l'identité de la visiteuse, les invita à entrer. Alba et Mathurin obtempérèrent et la femme referma la porte derrière eux, qu'elle verrouilla ensuite d'une clenche en bois.

— Attendez là, je vais aviser dame Ermengarde de votre arrivée.

Mathurin continuait à triturer son béret, mal à l'aise.

Sans doute n'avait-il jamais pénétré dans un tel lieu, car même s'il s'agissait de cuisines, elles étaient, aux yeux d'Alba, remarquables, avec ces immenses tables et ces marmites plus ou moins grosses de couleur orangée. Alba voulut questionner son compagnon sur les ustensiles ainsi que sur le métal dont ils étaient constitués, mais s'en abstint, les cuisinières, toutes affairées, les regardaient par en dessous et Alba ne voulait pas paraître sotte. Sa tante lui expliquerait sans doute l'utilité de tout ceci si elle le jugeait utile à son éducation.

Elle se contenta donc de contempler la pièce où officiaient une bonne dizaine de femmes, plus ou moins jeunes, portant toutes des coiffes et vêtues au contraire de l'intendante de simples robes de drap grossier de différentes couleurs. Des morceaux de tissu blanc ceignaient leurs tailles, pour la plupart tachés. Et toutes, toutes sans exception, la regardaient comme une bête curieuse. Peut-être voyaient-elles en elle une menace. Alba l'ignorait, mais ces femmes lui faisaient, malgré elle, penser à un nid de vipères prêtes à mordre. Elle leur sourit mais n'obtint en réponse que des regards indifférents, voire mauvais. Pourquoi ? Que leur avait-elle fait ? Mais il était vrai qu'en ces temps hostiles, la méfiance était de mise.

Alba se demanda si elle n'aurait pas préféré demeurer dans cette cuisine.

De par sa condition d'échappée de la citadelle de Montségur et de parfaite cathare, elle se sentait bien plus proche des femmes du petit peuple que de la noblesse dont elle était issue. Que lui valait-elle, cette noblesse, puisqu'elle avait tout perdu, puisqu'elle ne possédait plus rien, hormis ce pendentif qu'elle sentait sur sa peau ? D'autant qu'être née noble ne leur avait été d'aucun secours. Bien au contraire, ils avaient vécu la déchéance.

Plus on s'élevait, plus dure était la chute, non ?

Elle renoncerait à tout bien matériel avec joie, seulement, elle avait promis à son père de tout mettre en œuvre pour récupérer leurs terres et faire perdurer leur foi ; de continuer à aider ceux qui en avaient le plus besoin, les pauvres, les malades, les enfants abandonnés…

— Veuillez me suivre, s'il vous plaît…

La voix de l'intendante la fit sursauter, perdue qu'elle était comme à l'accoutumée dans ses sombres pensées. Elle répondit à l'invitation de Mathurin de le devancer et emboîta le pas à Loreta qui, avant de se détourner, lui adressa un sourire engageant qui lui réchauffa le cœur. Lequel s'en sentit soudain allégé. La jeune femme pria en silence pour que tout se passe bien à partir de cet instant.

Loreta leur fit monter une volée de marches, longer

un grand couloir, traverser un vestibule d'où partait un escalier monumental et pénétrer dans une pièce qui s'avéra être celle des repas. Dès que Loreta se fut détournée, une femme se dirigea vers Alba, les mains en avant.

— Mon enfant… venez que je vous regarde…

Elle lui emprisonna les siennes, la repoussa à bout de bras.

— Merci, Loreta, vous pouvez disposer. Vous avez les yeux de votre mère et les traits de votre père, ajouta-t-elle, après avoir veillé à ce que l'intendante se fût suffisamment éloignée. Je crois même que vous me ressemblez quelque peu, n'est-ce pas, mon ami ? termina-t-elle en se tournant vers un homme qui se mit debout à son tour et vint à elles.

— Certes, ma mie, elle est aussi jolie que vous l'êtes toujours…

— Oh ! Adhémar, vous me flattez…

Adhémar de Cazilhac s'empara des doigts de son épouse et y déposa un baiser tandis qu'Alba rougissait jusqu'aux oreilles, n'ayant jamais vu un homme et une femme s'observer avec cette expression béate sur le visage. Elle ignorait quel âge avait sa tante, mais Alba devait reconnaître qu'elle la trouvait également très belle. Brune comme elle, des atours chatoyants de couleurs vives ornés de broderies, une sorte de… de boudin de tissu ocre, de la couleur dominante de sa robe de dessus, cerclé d'un fil d'or, enserrait sa chevelure recouverte de voiles vaporeux dont l'un lui passait devant le col. L'ensemble était majestueux. Oncle Adhémar lui aussi portait beau : chausses noires, chainse blanche surmontée d'un surcot ocre assorti à la vêture de son épouse et retenu à la taille par un lien de cuir ; un chaperon de même couleur à longue queue lui pendait à droite de la tête. Alba n'avait jamais vu pareille coiffe et bien qu'elle lui semblât un peu ridicule et point trop pratique, elle ne pouvait nier qu'elle conférait à son oncle une indéniable prestance.

La jeune femme s'abîma dans une petite génuflexion enseignée par dame Corba, dont elle usait là-haut, à la citadelle, lorsqu'il lui arrivait de croiser messire de Péreille, l'époux de sa bienfaitrice.

— Ma tante, mon oncle, je ne sais comment vous remercier pour votre accueil…

Alba se redressa lorsque sa tante enserra à nouveau ses doigts qu'elle ne pouvait empêcher de trembler.

— C'est normal, mon enfant, vous êtes de la famille et votre père, mon frère…

Elle ne put en dire plus, visiblement peinée, et se tourna vers son époux.

— Mon ami…

— Tenez, mon brave…

Il tendit une bourse à Mathurin qui aussitôt s'en empara, s'inclina et se confondit en remerciements.

— Nous comptons sur votre discrétion, évidemment, ajouta l'oncle d'Alba alors que la bourse disparaissait dans les braies du charretier.

— Évidemment, messire, cela va sans dire.

— Je vous raccompagne…

Mathurin acquiesça, puis s'inclina devant Alba.

— Damoiselle… que… que Dieu vous garde…

Dans les yeux de son compagnon, Alba pouvait lire d'autres mots, ceux des cathares : « Que Dieu vous conduise en une bonne fin… »

Résolue à jouer la comédie que l'on attendait d'elle, elle répondit :

— Que Dieu vous garde également, Mathurin. Et merci encore…

Mathurin chaussa son béret, s'inclina en guise d'adieux, puis suivit Adhémar de Cazilhac hors de la pièce.

— Venez, mon enfant, allons nous asseoir, vous devez être affamée.

— Plus épuisée qu'affamée, ma tante.

Alba n'opposa pourtant aucune résistance lorsque sa tante l'entraîna, d'une main sur son coude, vers l'immense table en bois doré trônant au centre de la pièce, où le couple était occupé à se sustenter avant son arrivée. Elle l'invita, d'un geste de la main, à prendre place sur le banc, puis s'assit en face d'elle. Elle lui désigna les divers mets dressés sur des… coupelles plates au centre de la table. Il y en avait tant… des terrines, du gibier, des poissons, mais aussi des coupes de fruits, des beignets rectangulaires et plats… et des écuelles, des gobelets, des couteaux au manche joliment travaillé. Comme si son oncle et sa tante attendaient de nombreux convives. Tant de victuailles la désarçonnèrent.

— Servez-vous de ce que vous voulez, ou ce qui vous fait plaisir, l'incita sa tante avant de s'emparer d'un des beignets et de le lui montrer. Vous adoriez cela lorsque vous étiez petite, vous en souvenez-vous ?

Pas du tout…

— Je crois…, mentit Alba, ne voulant pas la blesser.

Elle semblait tellement heureuse de lui proposer ces douceurs.

— Je vous en prie, chère nièce, servez-vous.

— Pardonnez-moi, ma tante, mais je n'ai pas très faim.

Ermengarde s'empressa de lui servir une pleine écuelle de potage.

— Un peu de soupe, tout de même…

Alba tendit les mains, s'en empara, remerciant sa tante.

Elle pouvait effectivement faire un effort.

Elle porta l'écuelle à ses lèvres, prit une gorgée du breuvage qui, sans aucune mesure avec le liquide clairet qu'elle avait l'habitude de consommer en guise de potage, lui parut épais à souhait et succulent. De plus, il lui apporta une chaleur bienfaisante.

— Avez-vous fait bon voyage ?

Alba ne vit pas l'intérêt de parler de ce qu'elle avait vécu à l'auberge le soir précédent, ni de sa rencontre avec ce chevalier inconnu qu'elle suspectait d'être le baron noir, et qu'elle s'était promis d'oublier au plus vite, aussi acquiesça-t-elle en silence, avant de prendre une nouvelle gorgée de potage afin de se donner contenance. En vérité, elle ne savait comment se comporter, elle se sentait mal à l'aise dans cet endroit cossu ; il ne lui ressemblait pas. Elle n'était pas habituée à un tel déballage de magnificence : les mets, les tapis, les lourdes tentures aux murs. Encore une fois, elle ne put s'empêcher de penser à ceux qu'elle avait abandonnés, là-haut, dans le froid. Eux n'avaient rien pour se chauffer ni rien à manger alors qu'ici… ici, ils croulaient sous la nourriture et il faisait une chaleur de four.

Alba reposa son écuelle, incapable d'avaler une goutte de plus.

Elle s'apprêtait à demander à sa tante d'avoir la gentillesse de l'accompagner à sa paillasse lorsque son oncle réapparut.

— Alors, ma nièce, avez-vous fait bon voyage ? s'enquit-il lui aussi en prenant place dans le fauteuil du bout de la table, au bois ciselé de volutes.

— Certes, mon oncle. Mathurin est un guide intarissable.

— Vous a-t-il parlé de Jean de Montfort ?

— Un peu. Pourquoi ?

Adhémar jeta un coup d'œil à son épouse avant de répondre.

— Nous allons vous présenter à lui !

— Comment cela ? s'alarma-t-elle aussitôt.

— Chaque chose en son temps, mon cher époux, intervint Ermengarde. Nous allons devoir, dans un premier temps, rendre cette jeune personne présentable. Savez-vous danser, ma nièce ?

Alba ouvrit de grands yeux.

Se moquait-elle ? Se souvenait-elle d'où elle venait ?

Elle avait passé dix ans dans une forteresse retranchée du monde. Pensait-elle vraiment qu'ils passaient leur temps à s'amuser ? Ils n'avaient fait que survivre…

— Non, ma tante…

— Jouer d'un instrument ? Réciter des vers ? Broder ?

Alba se redressa.

Elle fut dévorée par l'envie de leur crier qu'elle n'aimait rien tant que prier son Dieu, soigner ses semblables et enseigner aux jeunes enfants, mais s'en abstint.

— Pas le moins du monde…

— Ce n'est pas grave, lui dit sa tante avec une note de douceur dans la voix. Je vous apprendrai tout cela.

— Puis-je aller me reposer, maintenant ?

— J'allais vous le proposer. Demain, une longue journée nous attend…

Alba renonça à en apprendre davantage, elle était fourbue et elle n'aspirait plus qu'à se retrouver seule pour penser tout à loisir à son plan de retourner à la forteresse sauver ceux qu'elle aimait ; cet objectif ne sortait pas une seule seconde de son esprit. Elle se leva et après une petite révérence à son oncle, suivit sa tante jusqu'à l'étage.

Là, Ermengarde lui ouvrit une porte, la devança et lui montra la pièce du bras.

— J'ai fait au mieux, j'espère que votre chambre vous plaira et que vous vous y sentirez bien.

Alba pénétra dans l'antre, les mains serrées sur la poitrine, muette d'émotion.

— Je vais vous faire préparer un bain, qu'en pensez-vous ? La chaleur de l'eau vous fera le plus grand bien et vous débarrassera de la crasse du chemin. J'en profiterai pour vous présenter Clara, la servante que j'ai détachée à votre service, vous verrez, elle est très dévouée…, babilla sa tante dans son dos. La chambrée ne vous plaît pas ? se pressa-t-elle d'ajouter face au mutisme d'Alba.

La jeune femme prit les mains de sa tante, les yeux embués de larmes.

— Elle est merveilleuse, ma tante, et pardonnez-moi, je ne suis pas habituée à tant de splendeur, les mots me manquent.

Ermengarde glissa sa paume sur la joue d'Alba, avec tendresse.

— Vous êtes tout excusée, mon enfant. Je comprends que ce soit difficile pour vous, vous avez encore une fois tout laissé derrière vous, mais vous serez heureuse avec nous, je vous le promets.

Alba acquiesça, ne voulant pas chagriner sa tante qui paraissait si gentille. Elle n'avait pas cœur à la décevoir, aussi ajouta-t-elle :

— Je vous remercie, ma tante, pour tout ce que vous faites pour moi, mon oncle et vous. À dire vrai, je ne m'attendais pas à ce que vous me fassiez passer pour votre nièce mais plutôt à faire partie des domestiques. Ce qui m'aurait parfaitement convenu également, s'empressa-t-elle de dire.

— Enfin, Alba, vous êtes de mon sang, la fille de mon frère bien-aimé…

Ermengarde entraîna d'une main Alba vers la couche – un beau meuble en bois carré entouré de lourdes tentures de couleur rouge gansées d'or qui la protégeraient de la froidure ambiante et recouvert de courtepointes assorties –, sur laquelle elle s'assit.

Alba l'imita, fit face à sa tante.

Que d'heures passées, à la forteresse, ainsi, avec son amie Braida. Elles évoquaient leurs rêves : leur désir de devenir parfaites, de s'en aller prêcher la bonne parole dans les villages autour de Montségur et au-delà, afin d'apporter aux habitants un peu de bonheur et de chaleur humaine en les aidant du mieux qu'elles pouvaient à porter le fardeau d'une vie de labeur, en les soignant et en leur transmettant la parole de Dieu : que la vie ici-bas n'était que transitoire et qu'Il les attendait au paradis, Son royaume, qui deviendrait le leur dès qu'ils auraient rendu l'âme. Cette âme qui n'aspirait qu'à retourner à son créateur.

— Alba, vous m'écoutez ?

— Pardon, ma tante, vous disiez ?

— Je disais que jamais je n'aurais pu vous réduire à l'état de domestique, j'ai promis à votre père de prendre soin de vous et de vous élever comme ma fille et c'est ce que je ferai. C'est le moins que je puisse faire. J'ai été tellement malheureuse lorsque j'ai appris que Guillaume avait refusé de se croiser et qu'il avait perdu les terres de mes ancêtres. Quel fou !

— Il n'était pas fou, ma tante, il était incapable de faire du mal ! À qui que ce soit !

— Adhémar aussi en était incapable, mais en tant que bon chrétien, il n'avait pas d'autre choix que de partir en guerre contre les ennemis de notre foi.

Alba pressa les doigts de sa tante.

— Nous ne sommes pas des ennemis, ma tante, nous sommes comme vous, de bons chrétiens, de bons croyants, même encore meilleurs que vous puisque nous voulons vivre comme Jésus, dans la chasteté et la pauvreté… nous voulons faire le bien, aider…

Alba s'exalta, tant elle voulait faire comprendre à sa tante que la parole cathare était la véritable parole.

— La chasteté serait la fin de l'humanité, Alba. Si nous ne faisons plus d'enfants, qui peuplera la terre ?

— La terre n'est pas notre royaume, ma tante… notre royaume est aux cieux, près de Dieu…

Ermengarde fronça les sourcils.

— Je vois que l'on vous a bien corrompue, ma nièce !

Elle serra davantage les mains d'Alba, ajouta :

— Vous allez me faire le plaisir d'oublier ces idées saugrenues ! Et tout de suite, vous m'entendez ! Vous avez été élevée dans cette idéologie, je le conçois, on vous aura mis ces idées en tête et vous ne connaissez rien d'autre mais aujourd'hui, vous n'êtes plus à Montségur ! Aujourd'hui, vous êtes dans une famille de bons catholiques et j'attends de vous que vous vous conduisiez comme tels. Je ne peux vous laisser nous mettre en danger, est-ce bien clair ?

Ermengarde dévoilait son vrai visage, mais Alba ne pouvait la juger ; elle protégeait les siens. Aussi, elle acquiesça, bien décidée à pourtant garder sa foi dans son cœur, cachée comme un trésor :

— Oui, ma tante, je ferai selon vos désirs.

— Fort bien ! Je suis heureuse que vous vous rendiez à nos idées, je ne suis pas déçue, je vous savais fine d'esprit. Vous avez compris où est votre intérêt dans cette affaire. Retenez donc ceci : vous êtes la nièce d'Adhémar, Alba de Cazilhac, tout juste sortie du couvent de Saint-Hilaire où vos parents vous avaient placée dès votre plus jeune âge pour vous donner une éducation et de l'instruction. Malheureusement, ils sont morts récemment d'une mauvaise fièvre, tout comme vos frères, vous laissant orpheline. Si par malheur quelqu'un vous pose des questions sur votre passé, vous feindrez l'ignorance et arguerez que vous n'avez aucun souvenir de votre vie avec eux… personne n'ira vérifier votre histoire… vous serez en sécurité, et nous aussi ! Vous avez bien compris ?

— Oui, ma tante, j'ai compris, je me comporterai bien et ne vous attirerai aucun désagrément, je vous le jure.

— Je n'en attendais pas moins de vous, Alba. Ainsi, nous pourrons continuer de vivre à l'abri des dangers, et vous également ! assena-t-elle. Nous avons la chance d'être invités aux fêtes données au château, à Carcassona, et justement, samedi, nous sommes conviés. Il y aura des joutes ainsi qu'un tournoi où vos cousins, qui jouissent de l'amitié du vicomte, concourront. Balthazar, en tant qu'aîné, vous présentera au vicomte et votre beauté fera le reste, ajouta Ermengarde en passant les doigts sur sa joue. Demain, je vous transforme pour qu'il ne puisse résister à vos attraits.

Elle claqua ses cuisses, se leva :

— Mais en attendant, un bon bain !

Elle se dirigea vers le coffre au pied de la couche, l'ouvrit et en sortit une chainse blanche, avec des broderies aux poignets et au col.

— Et vous mettrez ceci. Je l'ai portée lors de ma nuit de noces, dit-elle, pensive. Elle est dorénavant à vous, ainsi que quelques robes qui m'appartiennent également. Notre couturière confectionnera votre vêture pour la fête. J'ai également convié mon amie Faye de Cavanac, elle réside au domaine voisin et a une fille de votre âge. Vous pourriez être amies…

Le babillage de sa tante faisait quelque peu tourner la tête d'Alba, mais elle semblait tellement ravie de jouer les marieuses qu'Alba, encore une fois, n'eut pas le cœur de la décevoir. Après tout, n'œuvrait-elle pas dans son intérêt ? Même si… Alba en avait l'intime conscience, Ermengarde œuvrait également dans l'intérêt de sa famille. Si Alba épousait le vicomte de Carcassona, son oncle et ses cousins pourraient en récolter des bienfaits, des indulgences… ses cousins feraient de beaux mariages… Être proches de l'homme le plus puissant de ces terres pouvait servir. Ses desseins envers le vicomte devinrent tout autres, mais cela, évidemment, Alba le tut à sa tante.

— Je serai heureuse de faire la connaissance de cette nouvelle amie, ma tante.

Une heure plus tard, ayant mis son étui de cuir contenant ses seuls trésors à l'abri dans le coffre sous ses nouvelles robes, propre comme un sou neuf et coiffée de frais – Clara, la servante attribuée par sa tante ayant tressé sa lourde chevelure ébène après l'avoir bouchonnée comme une jument afin d'ôter toute trace de crasse de sa peau –, Alba s'adossa contre les coussins moelleux de la couche qui accueilleraient un repos bien mérité.

— Avez-vous encore besoin de quelque chose, damoiselle, ou puis-je disposer ? s'enquit Clara.

Alba lui rendit son sourire.

La jeune femme, plus jeune qu'elle d'un printemps seulement, blonde comme les blés et le visage poupin sous sa simple coiffe de drap blanc, lui était apparue comme un rayon de soleil. Un ange. Elle lui avait plu au premier regard et Alba était sûre d'avoir trouvé une alliée. Et peut-être cette amitié lui serait-elle utile un jour… En tout cas, présentement, elle se sentait moins isolée, mais n'ayant pas pour habitude de dormir seule – à la forteresse elle passait toutes ses nuits avec Braida dans le dortoir des femmes –, le fait, soudain, l'effraya.

Elle ouvrit la bouche pour inviter Clara à partager sa couche lorsque cette dernière la devança :

— Vous voulez que je dorme dans votre chambre ? Je pourrais m'installer près du feu…

— Cela ne te dérange pas ?

— Que nenni, bien au contraire, j'aurai plus chaud qu'en bas.

— Alors si cela t'est agréable, je veux bien…

Clara tira les tentures du côté de la couche, puis celles du pied, laissant les autres, face à la cheminée, ouvertes. Alba se tourna et la regarda évoluer dans la pièce. La servante sortit une couverture d'un coffre situé contre le mur ainsi qu'un coussin, souffla les chandelles, posa le tout au sol et s'installa face à sa maîtresse. Le feu, dans l'âtre, permit à Alba de contempler ses traits d'une immense douceur, ses yeux noirs. Clara était fort jolie, et très avenante.

Elles se sourirent.

— Où dors-tu généralement ?

— Près des cuisines, ainsi que les autres domestiques. Je partage ma chambrée avec Alaís, une aide-cuisinière.

Elle assortit ses propos d'une grimace.

— Elle n'est pas gentille avec toi ? demanda Alba en percevant une lueur chagrine dans son regard.

Clara soupira.

— Nous devrions dormir, damoiselle...

Le sujet semblant sensible pour sa servante, Alba n'insista pas. Peut-être que tout comme les cathares, les bons catholiques ne disaient jamais de mal de leurs semblables, elle l'ignorait. Néanmoins, elle se devait d'assurer Clara de son soutien :

— Si tu as le moindre problème avec elle, promets-moi de venir m'en parler, veux-tu ?

— Je vous le promets, damoiselle...

Alba renonça à questionner davantage sa servante, le sommeil la gagnait. Elle lui souhaita la bonne nuit, remonta la courtepointe sur elle et ferma les yeux. La chaleur de la pièce et le confort de la couche eurent raison de ses dernières forces. Juste avant de sombrer dans le sommeil, Alba pria Dieu de toute son âme et fit le vœu de revoir son père, dame Corba et son amie Braida, vivants.

Chapitre 8

Castrum de Cazilhac, 19 janvier 1244

Ce fut le chant du coq, suivi sitôt après de l'ouverture des tentures de la couche, qui éveillèrent Alba. Elle ouvrit les yeux, regarda autour d'elle, perdue. Puis les souvenirs revinrent en force, lui amenant les larmes aux yeux : elle n'était plus à Montségur, son père l'en avait fait partir et il lui manquait affreusement. Ainsi que dame Corba, et Braida…

Soudain, elle eut froid, vêtue comme elle l'était de cette chainse de nuit donnée par sa tante. Elle remonta les couvertures sur son corps tremblant. Pour la première fois de sa vie, elle n'avait aucune envie de se lever ; l'oisiveté de sa nouvelle vie ne la tentait guère, mais elle n'avait pas le choix. Elle devait faire semblant de s'y complaire pour arriver à ses fins.

— Avez-vous bien dormi, damoiselle ? lui demanda Clara, sa domestique, revenue près d'elle après avoir tiré la tenture de devant la percée de la chambre, laissant entrer un flot de froideur.

Alba se secoua ; elle avait de l'ouvrage. De plus, se morfondre ne faisait pas partie de ses traits de caractère.

— Parfaitement ! Et toi ?

Clara ouvrit de grands yeux.

— Pourquoi me demandez-vous ça ?

— Parce que je m'intéresse à toi. C'est ce que fait tout être humain envers son prochain, non ?

Clara se mit à rire.

— C'est ce que vous ont appris les sœurs du couvent d'où vous venez, très certainement.

— Oui, bien sûr, acquiesça Alba. C'est exactement cela. Cela te chagrine-t-il ?

— Pas le moins du monde. Je n'y suis pas habituée, voilà tout. D'ordinaire, à cette heure, je me suis déjà fait rabrouer trois fois par Loreta, l'intendante.

— Est-elle dure avec vous ?

— Certes, mais c'est tout à fait normal. Elle a à cœur que tout aille bien dans cette maison.

Elle sortit une vêture du coffre situé au pied de la couche, l'étendit sur la courtepointe.

— Je vous laisse vous vêtir, je reviens avec votre en-cas.

— Quand reverrai-je ma tante ?

— Dame Ermengarde ne se lève pas avant la mi-journée.

Alba s'assit sur la couche, se frotta le visage pour en chasser les dernières brumes de sommeil.

— Merci, Clara.

La domestique ouvrit encore grand les yeux.

— Pour ?

— Pour avoir dormi avec moi…

— Oh ! ça ne m'a pas dérangée, bien au contraire, j'ai eu bien chaud, j'ai dormi comme un bébé. Et vous au moins, vous ne ronflez pas comme un bûcheron…

Alba eut un petit sourire.

— Tu m'en vois ravie. Voudras-tu bien dormir avec moi, alors, à partir de maintenant ?

— Oui, damoiselle, avec grand plaisir…

Plaisir ?

Alba ne connaissait pas ce mot mais, ne voulant pas faire montre d'ignorance, elle se retint de questionner Clara et la regarda ouvrir la porte de la chambrée et sortir de la pièce. Sitôt seule, elle repoussa la courtepointe, retira la chainse de nuit, enfila celle, blanche également, préparée par Clara. Elle sortit de la couche et laissa la robe du dessous dévaler jusqu'à ses pieds nus. Elle revêtit ensuite la seconde robe, en drap épais, d'une belle couleur grise au col arrondi agrémenté d'une bande de tissu plus clair et chatoyant. La douceur de la robe l'étonna. Et bien qu'un peu grande à la taille, elle lui allait parfaitement en longueur. Des ouvertures dans les manches lacées au corps de la robe laissaient apparaître la chainse du dessous. C'était en vérité du plus bel effet et Alba ne put s'empêcher de tourner sur elle-même pour admirer les mouvements de la vêture. Pour s'arrêter aussitôt. La coquetterie était un vilain défaut, mais après tout personne n'allait lui en faire le reproche. Elle passa ses mains sur le tissu. Avec une telle vêture, au moins, elle aurait chaud. Elle se demanda si sa tante s'était débarrassée de sa robe noire de cathare… Très certainement… c'était une preuve d'appartenance, elle ne pouvait se permettre de la conserver. Sans doute l'avait-elle mise au feu. C'était mieux ainsi. Alba n'avait pas menti, elle refusait d'attirer des ennuis à ses bienfaiteurs, elle leur était reconnaissante de l'avoir recueillie et il lui tardait maintenant de faire la connaissance de ses cousins. Et il y avait une chose également qu'Alba voulait faire : aller voir les chevaux ! Elle s'y presserait dès qu'elle en aurait la permission.

Alba tourna la tête en entendant Clara pénétrer dans la pièce, et la découvrit avec une plate-forme de bois entre les mains supportant un pichet, un gobelet, ainsi qu'une écuelle de soupe si elle en croyait la bonne odeur qui lui avait déjà caressé les narines la veille.

Sur son invitation, elle alla s'installer sur un siège devant la petite table ronde du centre de la pièce, après avoir glissé ses pieds nus dans ses souliers de bois qui évidemment contrastaient avec le luxe de sa vêture et témoignaient de sa pauvre condition, mais Alba n'en avait cure ; elle les devait à son père. À la forteresse, la plupart vaquaient sans rien aux pieds, seules les personnes de haut rang possédaient des souliers et Alba, en tant que fille d'un chevalier faydit, avait ce privilège.

— Voulez-vous que je vous rallume le feu, damoiselle ?

— Non, Clara, tu es bien aimable, mais je n'ai pas froid.

La robe était chaude. Malgré elle, tout en portant l'écuelle à sa bouche et même si le chagrin la tenaillait toujours, Alba se surprit à apprécier sa nouvelle vie. Il faudrait être difficile si cela n'avait pas été le cas, elle aurait dorénavant des vêtements chauds, une écuelle bien remplie chaque jour, la tendresse d'une famille et bientôt, elle en était persuadée, une nouvelle amie et une jument qui peut-être remplacerait dans son cœur celle de son enfance. Mais les remords refirent surface, sa satisfaction fut de courte durée et elle reposa son écuelle.

— Vous n'avez pas faim ? demanda Clara qui l'observait à la dérobée tout en remettant de l'ordre dans la couche.

— Si fait, mais je suis repue, je ne suis pas habituée à faire bombance.

— Je vous comprends, moi non plus. Mes parents étaient pauvres, mes frères et sœurs et moi n'avions pas grand-chose à nous mettre sous la dent.

Alba l'observa avec attention ; elle aimait s'intéresser à ses semblables.

— Les côtoies-tu encore ?

Elle vit ses yeux étinceler.

— Non, hélas, mes parents sont morts et mes frères sont partis trouver du travail à Tolosa. Quant à ma sœur, elle…

Clara s'interrompit.

— Elle ? insista Alba.

— Elle est devenue l'esclave d'une famille de tenanciers.

— Comment cela ?

— Pour gagner sa pitance, ses patrons l'obligent à…

La servante s'interrompit encore.

— À coucher avec des hommes pour de l'argent ? termina Alba à sa place.

Dame Corba lui avait parlé de ces endroits de débauche où des patrons sans scrupule faisaient commerce de jeunes filles. La pauvre… sans la connaître, Alba compatissait et se sentait chanceuse d'avoir cette vie. Au moins, elle n'avait pas à vendre son corps pour survivre. Dans son malheur, elle avait de la chance.

— C'est cela…, acquiesça Clara en rougissant avec violence. J'aimerais tellement l'aider à se faire une autre condition mais hélas, mes gages ne sont pas très élevés.

— Pourquoi ne la fais-tu pas venir ici ? Ma tante lui trouverait très certainement quelques tâches à accomplir.

— Ses patrons ne la laisseront jamais partir, ils considèrent qu'elle leur appartient. Et elle… enfin… je ne pourrais jamais l'amener ici, son commerce est maintenant marqué sur ses traits. Si dame Ermengarde ne m'avait pas sauvée de la rue, je serais comme elle, une fille de rien. Votre tante est une sainte, damoiselle, et je loue le ciel tous les jours d'avoir croisé son chemin.

— Raconte-moi…

— Je ne voudrais pas vous ennuyer avec mes histoires, damoiselle.

— Tu ne m'ennuies pas du tout, Clara, j'aime entendre la vie des gens. Ainsi je ne pense pas à la mienne.

— Pourquoi ? Vous avez été malheureuse, vous-même ?

— Je ne dirais pas ça… j'ai même été très heureuse, jusqu'à ce que je sois séparée de mes parents.

Elle ne disait là qu'une partie de la vérité, mais il ne serait pas raisonnable de la lui révéler. Clara lui inspirait confiance, Alba ne décelait aucune malice en elle, mais mieux valait rester méfiante.

— Que s'est-il passé ? s'enquit la servante.

Peut-être que tout comme elle, s'intéresser aux autres lui permettait de s'oublier et d'oublier ses propres malheurs.

— Rien que de très usuel… j'étais la petite dernière, il fallait établir mes frères avant moi, préparer ma dot, me donner une éducation. Mes parents m'ont envoyée dans un couvent et ils… ils sont tombés malades, ainsi que mes frères.

— Le mal des ardents[1] ?

— D'une méchante fièvre, ce n'est pas mieux…

— Certes ! Heureusement pour vous, vous ne viviez pas avec eux, vous avez survécu…

— Oui, et mon oncle Adhémar m'a recueillie…

1. Maladie affectant l'humain et les animaux herbivores due à une intoxication d'un poison produit par l'ergot de seigle, un champignon parasite de cette céréale.

— Vous venez donc juste de sortir du couvent ?

— C'est cela. Aussi je te prie de me pardonner si je te parais sotte, mais je ne connais rien au monde. Enfin… seulement ce que m'en ont narré les sœurs.

— Elles étaient gentilles avec vous ?

— Je n'ai pas eu à me plaindre…

Clara la gratifia d'un immense sourire.

— Voulez-vous visiter le domaine ? Si vous en avez le temps, bien sûr…

— J'ai tout mon temps, Clara. Ma tante t'a-t-elle donné des directives à mon sujet ? Elle m'a laissé entendre qu'elle souhaitait m'éduquer.

Elle grimaça à cette évocation. Elle n'avait aucune envie d'apprendre à danser où quoi que ce soit d'autre d'inutile et désuet, mais comment échapper à ces contraintes… elle se devait de jouer ce rôle que son père et sa tante avaient fomenté pour elle, en cela résidait sa survie ainsi que celle de son père. Oui, elle le devait, et elle le ferait, quels qu'en soient le prix et sa révulsion. Elle était assez forte pour faire face !

— Dame Ermengarde ne se lèvera pas de sitôt, et les dames de Cavanac n'arrivent pas avant l'après-déjeuner, donc si vous voulez visiter le domaine, c'est chose faisable.

Alba repoussa son siège.

— Alors, qu'attendons-nous ?!

Elle avait retrouvé tout son entrain. Cet entrain qu'elle possédait avant l'arrivée de ces monstres de croisés assoiffés de sang. Cet entrain et cette vigueur qui la dévoraient du matin au soir à la forteresse, cette soif d'apprendre et de se sentir utile ; cette énergie qu'elle mettait dans toutes ses entreprises, de la plantation à la cueillette des simples en passant par les soins aux malades, la confection de remèdes et enseignement de sa foi. Cette soif de vivre qu'elle sentait couver tout au fond d'elle et que le siège de la forteresse avait anéanti pour, la replongeant dans les tourments de son enfance lorsqu'elle avait tout perdu, ne laisser que des cendres, de la peur et du désespoir de ne pouvoir vivre libre.

Elle se rendit compte que la soif de liberté la tenaillait.

— Assoyez-vous là qu'avant cela j'arrange votre coiffure, dit Clara, désignant un tabouret face à un petit meuble sur lequel était posé un cercle d'étain sur un trépied.

Alba n'avait jamais vu d'instrument aussi grand pour se mirer, ni au tour aussi travaillé. Celui-ci était magnifique. Comme à peu près tout dans cette demeure.

Elle s'installa sans poser de questions, se contentant de regarder l'objet. Son visage s'y refléta et pour la première fois de son existence, Alba put le voir dans son ensemble. Son regard rencontra celui de sa servante dans la surface polie et elle lui sourit. Clara se pencha, se saisit d'un peigne. Alba laissa échapper son ignorance :

— En quel matériau est-il ?

— En corne ! Touchez comme il est doux…

Alba glissa le bout de ses doigts sur l'objet, lui aussi admirablement ciselé.

Sa famille devait être vraiment riche pour posséder de tels objets. Elle devrait veiller à ce que tant de magnificence ne lui gâte pas l'âme. Déjà qu'elle ne cessait de toucher sa robe… et plutôt que de laisser son esprit divaguer, elle entama dans sa tête la prière du matin, tout en observant Clara lui démêler les cheveux. Lorsque ce fut fait, cette dernière ceignit son front d'un fin bandeau du même coloris que le col de la robe et le noua à l'arrière de sa tête après en avoir extrait de larges mèches de chaque côté, qu'ensuite elle natta. Elle remonta les cheveux du derrière de sa tête, leur donnant une drôle de forme, sans doute habituelle pour les jeunes filles de bonne famille.

— Cela vous convient-il, damoiselle ?

— C'est parfait ! lâcha-t-elle, pressée qu'elle était d'aller voir les chevaux. Comment sont mes cousins ? demanda-t-elle ensuite à sa servante tout en la suivant dans le couloir. Résident-ils au castrum ?

— Pas dans cette partie de l'habitation mais dans l'autre, près des appartements de votre oncle.

— Oh ! alors qui réside ici ?

Clara lui désigna la porte devant laquelle justement elles passaient.

— Votre tante. Elle possède une chambrée, ainsi qu'un petit boudoir et des latrines.

Alba eut une requête.

— À ce propos, j'aurais besoin de m'y rendre…

— Vous pourrez vous soulager près des écuries, il y a une cabane d'aisances[1], et la nuit prochaine, je veillerai à vous apporter un pot de chambre. Pardonnez-moi pour celle-ci, j'ai omis.

— Ce n'est rien, ma bonne Clara, tu es toute pardonnée.

Elles descendirent l'escalier de pierres, gagnèrent le vestibule.

Clara lui désigna un couloir.

— Les appartements du maître et de ses fils sont ici. Je ne m'y suis jamais rendue, acheva-t-elle, rougissant.

Alba supposa que son oncle et ses cousins possédaient leur propre domesticité.

1. Les besoins à cette époque étaient jugés naturels et il n'était pas rare que les gens les fassent à l'air libre, plus ou moins aux yeux de tous.

— Sortons par ici, cela nous évitera de traverser les cuisines, décréta Clara en ouvrant la porte principale donnant sur l'extérieur et en se détournant pour la laisser passer.

— Cela ne me dérange pas, la rassura Alba.

Elle sortit, suivie de sa servante qui referma la porte derrière elles.

— Vous êtes bonne, damoiselle, mais vous n'avez rien à faire en cuisine, avec votre rang…

— Je ne suis pas différente de vous, Clara, affirma Alba en lui emboîtant le pas.

Tout en devisant, elles traversèrent la cour en direction des dépendances.

— Vous êtes de haute naissance, cela seul fait la différence, s'exclama sa servante d'un ton outré. Dame Ermengarde ne serait pas contente si je commettais la bévue de vous mêler à nous. Vous avez un rang à tenir, insista-t-elle.

Alba ne chercha pas à lui prouver qu'à ses yeux ainsi qu'à ceux de leur Seigneur, ils étaient tous égaux et qu'elle réfutait à l'instar des siens la féodalité. Clara, si elle n'était cathare, ne pouvait comprendre. Dame Corba lui avait expliqué qu'au-dehors sévissait cette servitude qui arrangeait tout le monde : les puissants, puisqu'elle leur permettait de dominer les pauvres et de conserver leurs privilèges, aidés en cela du pape et des prêtres, alliés aux puissants ; les pauvres, pour être protégés. Mais au prix d'une soumission de chaque instant et de leur liberté ! Comme les cathares prônaient le droit de chacun, homme comme femme, de vivre sur cette terre comme il l'entendait, en travaillant de leurs mains pour eux-mêmes et non plus pour d'autres, ils constituaient un contre-pouvoir et un danger pour l'ordre établi si ces idées venaient à se généraliser. Comment imaginer un comte ou une comtesse pétrir sa propre pâte à pain ? Ou vider son pot de chambre ? Cela ne se pouvait concevoir… d'où l'incompréhension et la gêne de Clara qui, Alba en était maintenant persuadée, ne partageait pas sa foi.

— Laissons cela, veux-tu ? lâcha Alba. Sais-tu si mes cousins sont au castrum ? Il me tarde de faire leur connaissance.

— J'ignore s'ils sont revenus de Carcassona, où ils passent le plus clair de leur temps. Mais nous allons tout de suite le découvrir. Venez, je vous conduis au cabinet d'aisances !

Après qu'Alba se fut soulagée, Clara la mena au bâtiment qu'elle avait, la veille, repéré comme étant les écuries, et tira la porte.

— Mes cousins sont-ils si proches que cela de Jean de Montfort ? questionna encore la jeune femme, l'air de rien, tout en pénétrant à la suite de sa servante dans le lieu qu'elle découvrit abritant moult chevaux attachés à des râteliers dans lesquels s'entassait du fourrage.

De magnifiques chevaux.

Alba n'en avait jamais contemplé autant, ni de si beaux. Elle écarquilla les yeux, observant la dizaine de palefreniers qui s'affairaient autour des animaux, des chiens dans les pattes. L'un d'eux vint les renifler de plus près et Alba ne put s'empêcher de s'accroupir pour le gratter entre les oreilles.

— Comment s'appelle-t-il ?

— Trouduc ! dit une voix près d'elle.

Alba se redressa tandis que Clara s'abîmait aussitôt dans une révérence, les joues devenues écarlates.

— Bonjour, chère cousine !

Alba contempla le nouveau venu alors que le chien lui faisait la fête, ignorant lequel de ses cousins lui faisait face. Lui aussi portait beau. Une tunique noire aux reflets prune, ajustée au corps et ornée de boutons scintillants, recouvrait des chausses assorties. La jeune femme, imitant Clara, plia les genoux en baissant la tête mais aussitôt son cousin la releva en lui saisissant les mains.

— Allons, cousine, pas de cela entre nous, voulez-vous ! C'est d'autant moins approprié que je vous ai vue vous baigner dans le plus simple appareil. Chez votre père. Vous en souvenez-vous ?

— Ciprian ?

Il écarta les bras.

— Lui-même !

Elle ne sut s'il attendait d'elle qu'elle se jette dans ses bras ou s'il se laissait tout bonnement admirer.

— Merci, Clara, vous pouvez nous laisser.

— Très bien, messire… Faites-moi mander si vous avez besoin de moi, damoiselle, je suis à votre service…

— Elle le fera ! Maintenant, va-t'en !

Clara fit une rapide révérence et détala sans demander son reste.

— Vous n'étiez pas obligé de la rabrouer ainsi !

— Les domestiques sont là pour ça, non ?

— Non !

Ciprian soupira.

— Si tu dois jouer ton rôle, cousine, veille à te comporter comme n'importe lequel d'entre nous. Même si tu ne partages pas nos habitudes ni nos idées.

Certes, elle n'avait pas pour habitude de traiter les personnes comme des animaux ni plus ni moins obligés à obéir aux maîtres. Elle garda pourtant ses réflexions pour elle ; elle n'allait pas se mettre à dos sa famille qui ne cherchait qu'à la protéger, ce ne serait pas charitable. Et mieux valait qu'elle s'habitue à faire la sourde oreille, cela n'était que le commencement. Ciprian ne serait certainement pas le pire. Le pire était devant elle…

Pour autant, elle se devait d'éclaircir certains points :

— Alors vous savez ?

— Bien sûr, puisque je sais qui vous êtes ! J'ai été très triste, vous savez, lorsque vous avez disparu du jour au lendemain. J'ai voulu savoir pourquoi je ne vous voyais plus, pourquoi nous n'allions plus vous rendre visite le dimanche après la messe, j'ai posé mille questions auxquelles mère a mis fin en me disant qu'elle s'était disputée avec votre père et que nous ne nous reverrions plus jamais. Puis dernièrement, elle nous a tout raconté et nous sommes chargés, Balthazar et moi, de vous protéger et d'être garants de votre vertu. Alors je vous protégerai, Alba, au péril de ma vie.

Alba laissa, malgré elle, échapper un petit rire.

— Je n'en demande pas tant !

Ciprian lui sourit en retour, une étrange lueur dans le regard.

— Vous ne vous souvenez de rien, n'est-il pas ?

— De quoi devrais-je me souvenir ?

— De nos jeux… de nos serments…

À la vérité, Alba gardait peu de souvenirs du temps où elle avait vécu au domaine de son père, hormis des choses terribles, comme ce funeste jour où ils avaient tout quitté pour rejoindre la forteresse. Certainement parce que ce jour avait marqué son esprit, annihilant le reste. Elle se souvenait de Ciprian, mais pas de ce qu'ils avaient fait ensemble ; elle était si jeune, tout juste dix printemps.

— Quels serments, Ciprian ?

Il l'observa ardemment.

— Celui de nous aimer toujours.

Il releva sa manche gauche, exhiba une petite cicatrice au poignet.

— Vous avez la même !

Alba souleva le vêtement à son tour, écarquilla les yeux. Son cousin disait vrai. Pour autant, elle ne savait que faire de cette révélation.

— C'était lors de ces tout derniers moments que nous avons passés ensemble. Nous nous étions baignés dans la rivière sous la surveillance de nos servantes puis nous avons joué aux chevaliers, mon jeu préféré. J'étais votre chevalier lige et vous étiez ma dame. Je vous libérais d'entre les mains des méchants et vous acceptiez de m'épouser. Je ne vous ferai plus jamais cette demande, rassurez-vous, ajouta-t-il en éclatant de rire devant son attitude révélant sa gêne.

— Vous m'en voyez soulagée ! Parce que nous sommes cousins, tout de même !

— Cela se fait, paraît-il, de s'épouser entre cousins, mais j'ai le regret de vous dire que mes sentiments pour vous sont morts.

Alba se laissa aller à rire à son tour.

— Là encore, vous m'en voyez soulagée.

Décidément, Ciprian l'amusait.

— Cela étant dit, oublions ! Nous n'allons pas ressasser ces vieilles histoires, s'écria-t-il, le ton enjoué. Voulez-vous faire une promenade à cheval ? Dans mon souvenir, vous n'aimiez rien tant que monter votre jument.

— Ce serait avec grand plaisir, mais je doute que tante Ermengarde apprécie que je me sois envolée alors qu'elle compte me donner mes premières leçons de danse et de maintien. Pour que j'entre dans le grand monde, se gaussa-t-elle, assortissant ses propos d'une révérence pleine d'ironie. De plus, elle doit me présenter une nouvelle amie.

— Ah bon, qui ça ?

— Flora de Cavanac !

— La belle Flora !

— Vous ne l'appréciez pas ?

— J'aime toutes les femmes, Alba, et aucune en particulier, au grand dam de ma mère qui désespère de me marier. Mais je suis trop jeune pour cela ! D'autant plus qu'une fille, un jour, m'a brisé le cœur.

— Ce n'était pas ma faute, Ciprian…

— Je le sais, je vous taquine…

Ils rirent de concert, faisant japper le chien revenu renifler les jupes d'Alba, tandis qu'autour d'eux les palefreniers vaquaient à leurs occupations.

— Il faudra lui trouver un autre nom, à ce chien, Trouduc n'est pas très flatteur !

— Peut-être, mais il lui va bien, car il est intrépide et insolent ! Voulez-vous que je vous présente votre jument ?

Alba eut le premier vrai sourire depuis des années.

— Rien ne me ferait plus plaisir…

Ils marchèrent côte à côte jusqu'à ce que Ciprian conduise Alba vers un cheval. Fin. Racé, à la robe brun foncé et à la crinière presque noire. Ciprian lui caressa le col et l'animal tourna vers lui ses grands yeux.

— Je vous présente Brume. Père l'a achetée au vicomte. Ses ancêtres nous viennent des Arabes.

Alba se posta à ses côtés, flatta l'encolure de la jument.

— Comment cela ?

— C'est vrai que vous avez vécu en recluse, vous ignorez tout de ces choses.

Ciprian connaissait son secret et Alba ne sut si cela était une bonne ou une mauvaise chose. Elle aurait dû poser la question à sa tante afin de mieux se préparer, mais elle n'en avait pas eu la présence d'esprit. Elle pensait que Balthazar et Ciprian seraient présents pour l'accueillir. Pour en revenir à la jument, elle était magnifique. Alba partit à la découverte de ses flancs nerveux au toucher incroyablement doux. Elle avait la délicatesse d'une princesse et Alba avait hâte de la monter pour retrouver les émois de son enfance lorsqu'elle partait à l'assaut de la campagne environnant Montolieu, filant comme le vent.

Elle revint au temps présent.

— J'ignore tout du monde, il est vrai, soupira-t-elle, néanmoins, je ne suis pas sotte.

— Certes ! Vous avez même le regard empreint d'intelligence !

Il la détailla avec intérêt alors qu'elle le remerciait.

— Vous êtes une très belle femme, Alba, votre présence fera fureur à la cour du vicomte. Vous deviendrez l'attraction en un claquement de doigts.

— Si je n'ai pas le choix…

Ciprian releva un sourcil, étonné.

— Ce serait une bonne chose, non ? Que vous l'intéressiez, j'entends…

Là encore, si elle n'avait pas le choix… elle n'ignorait pas que sa survie était liée à un mariage. Elle n'allait pas vivre dépendante de son oncle et sa tante pendant des années. Cela n'aurait pas de sens, d'autant qu'elle avait des plans. S'unir à Jean de Montfort – même si, étant le petit-fils de Simon de Montfort elle était certaine de le haïr lui aussi au premier regard – représentait sa seule chance de pouvoir les mener à bien.

— Comment est-il ? soupira Alba.

— Il a fière allure ! Et sans être aussi brillant guerroyeur que son père ou son grand-père avant lui, il ne manque pas de prestance ni de tempérament.

— Quel âge a-t-il ?

— Vingt-trois ans, comme moi !

— Et il n'est toujours pas marié ?

— Je crois que tout comme mon frère et moi, il n'est pas pressé de prendre femme.

— Balthazar non plus ne souhaite pas épouser quiconque ?

— Lui est encore pire, il ne pense qu'à partir en croisade ! Tout comme Jean, d'ailleurs. Et comme ces nouveaux amis qu'il s'est faits ! Ils partiront en Terre sainte dès que le siège de Montségur sera fini.

Alba eut un pressentiment.

— Ses nouveaux amis, dis-tu ?

— Les cousins de Comborn. L'un d'eux se fait appeler le baron noir.

Ainsi, son intuition ne l'avait pas trompée et Alba sentit son cœur s'affoler à l'idée de revoir son sauveur.

— Qu'a-t-il dit d'autre sur la forteresse ?

— Qu'elle allait tomber ! Que ce n'était qu'une question de jours.

Le cœur de la jeune femme manqua un battement.

— De jours ? répéta-t-elle, prise au dépourvu. Que vont-ils faire ?

— Ça, je l'ignore.

Alba le regarda droit dans les yeux.

— Vous m'aideriez à connaître ses plans si je vous le demandais ?

Ciprian l'observa attentivement.

— Oui, Alba, je vous aiderai. Quand mère m'a dit que vous étiez là-haut, j'ai voulu m'y rendre pour vous délivrer. Et je vous jure que si mon frère ne m'avait pas fait entendre raison, je l'aurais fait. J'ignore comment je m'y serais pris, mais j'aurais tout tenté. Mais grâce à Dieu, vous êtes là. Libre.

— Peut-être, mais mon père est toujours prisonnier de la forteresse.

— C'est son choix, non ? Il aurait pu partir avec vous ?

Les yeux d'Alba s'emplirent de larmes.

— Oui, c'est son choix, mais je ne peux l'accepter. Il devrait être là, avec nous, entouré des siens. Ici, bien au chaud, la panse pleine et pas là-haut dans les courants d'air avec le ventre vide. Quand je vois qu'ici nous faisons bombance alors qu'ils crèvent de faim là-haut, mon cœur se soulève.

— Personne ne vous a obligés à vous retrancher dans cette forteresse, Alba ! Si vous voulez mon avis, votre père a agi en égoïste sans penser à vous ni à votre avenir et en trahissant sa condition de chevalier !

— Il a fait selon son cœur ! Si vous ne le comprenez pas, s'écria-t-elle, c'est que vous êtes comme ces croisés, mauvais et sans aucune tolérance !

Alba se détourna et prit la fuite, suivie de près par Trouduc qui manifestement semblait déterminé à quémander son amitié. Elle n'avait pas fait trois pas que les doigts de Ciprian s'enroulaient autour de son poignet, l'obligeant à lui faire face.

— Ne vous mettez pas en colère, je ne pensais pas à mal…

— Vous le pensiez et vous n'êtes pas le seul, hélas ! Le monde s'en trouverait certainement mieux si chacun pouvait prier le dieu qu'il souhaite.

Ciprian saisit son bras, l'attira à lui en observant autour d'eux avec défiance et siffla entre ses dents.

— Vous êtes folle, malheureuse, de proférer de telles paroles ! C'est blasphème et un domestique pourrait vous entendre !

Soudain, Alba vit Ciprian se raidir.

— Qu'est-ce que tu regardes, toi ? vociféra-t-il.

Alba tourna la tête, avisa une fille non loin d'eux, vêtue comme les commis de cuisine, d'une simple tunique de bure et les pieds nus.

Avait-elle entendu ses dires ?

Alba l'ignorait, mais l'expression sur le visage de la souillon l'alarma et elle s'en voulut d'avoir parlé sans réfléchir. Elle allait dorénavant garder ses réflexions pour elle-même et ne pas chercher à convertir ceux qui ne souhaitaient pas l'être. Comment leur en vouloir, être cathare était passible de mort…

— Je ne regarde rien, messire, je suis allée chercher des œufs ! dit la fille, élevant son panier pour attester le fait. J'peux disposer, messire ? ajouta-t-elle avec une petite révérence.

Et effrontée par le marché !

Alba détesta sur-le-champ le regard que la fille dardait sur Ciprian, comme si… oui, comme si elle le convoitait, et elle eut la certitude qu'il fallait se méfier d'elle, qu'elle était malsaine et peut-être prête à tout pour sortir de sa condition, même à guigner l'un des fils du maître de maison. La fille de cuisine se détourna et reprit son chemin, après un coup d'œil mauvais dans sa direction.

— Comment s'appelle cette domestique ?

— Je l'ignore…

Alba se demanda si ce n'était pas Alaís, celle avec qui Clara avait maille à partir.

— … mais je vais la garder à l'œil. Ne vous inquiétez pas. Si elle nous trahit, elle ne passera pas la nuit.

— Si elle nous trahit, Ciprian, c'est peut-être nous qui ne passerons pas la nuit.

Elle voyait déjà les troupes de Montfort accompagnées très certainement d'un prêtre et de chevaliers croisés, arriver au castrum à la tombée du jour, tous les rassembler dans la pièce commune et les interroger. Il lui faudrait dire qui elle était, d'où elle venait, dissimuler, mentir. Elle ne sut si elle en serait capable et plus certainement leur cracherait-elle au visage qui elle était réellement et en quel Dieu elle croyait. Elle les mettrait devant leurs fautes, elle leur montrerait leurs péchés et sans doute perdrait-elle la vie, mais elle aurait dit ce qu'elle avait sur le cœur. Mourir pour son Dieu et sa foi était la plus belle des morts, non ? Néanmoins, elle condamnerait sa tante, son oncle et ses cousins au bûcher, comme elle. De pauvres innocents.

Elle reprit pied dans la réalité en entendant la voix de son cousin.

— Ne parlez pas de malheur !

— Vous devriez pourtant la faire suivre discrètement par l'un de vos gardes pour s'assurer qu'elle se taise, car je suis persuadée qu'elle nous a entendus. Ainsi, nous serions rassurés.

— Vous avez raison ! Rentrez, allez trouver ma mère et expliquez-lui la situation. Je me charge de la domestique.

— Qu'allez-vous lui faire ?

Ciprian lui saisit la main, la serra.

— Si je dois choisir entre elle et vous, je vous choisis, vous !

— Ne lui faites pas de mal…

— Je dois protéger les miens…

Elle eut peur de comprendre ce qu'il entendait par là.

— N'existe-t-il pas d'autres solutions ? Peut-être pourriez-vous lui faire peur, l'intimider, ou lui donner quelques pièces pour qu'elle quitte le castrum…

— Non, Alba, ce serait prouver notre culpabilité et je refuse qu'une menace repose sur nos têtes. Balthazar et moi sommes amis avec Jean de Montfort, mais je doute que notre amitié survive à des soupçons d'accointance avec des hérétiques. Pardon, ma cousine…

— Ce n'est rien, j'ai l'habitude. Enfin, depuis que j'ai quitté Mon…

Elle regarda autour d'elle et voyant qu'ils étaient seuls, ajouta à voix basse :

— … la forteresse. Et c'est moi qui suis désolée, Ciprian. Je viens à peine d'arriver que déjà je vous cause du souci.

Ciprian serra davantage sa main.

— Souvenez-vous de notre serment, je serai votre chevalier lige. Maintenant, filez…

Alba ne put s'empêcher de serrer son cousin brièvement dans ses bras avant de déguerpir pour retourner à l'intérieur du castrum par l'issue qu'elle avait empruntée quelques minutes plus tôt avec Clara. Chemin faisant, elle ne cessa de se questionner. C'était sa faute si cette fille était maintenant en danger… ainsi que sa famille si jamais elle parlait à un prêtre de ce qu'elle avait entendu. Ne ferait-elle pas mieux de partir avant de causer la perte de ceux qui l'avaient recueillie ? Ciprian avait raison, elle comprenait ses desseins : il fallait éliminer la menace, ils n'avaient pas le choix. Cela la révulsa, mais Alba avait conscience que certaines actions étaient nécessaires pour survivre. Oh ! pas pour elle-même, sa vie n'avait aucune importance, mais elle refusait de voir sa tante, son oncle ou ses cousins être malmenés, torturés et tués à cause d'elle. Elle ne le supporterait pas. Si cela devait arriver, si jamais cette fille dénonçait les Cazilhac comme hébergeant une hérétique, Alba les enjoindrait à nier et elle-même jurerait qu'ils ignoraient qu'elle était cathare. Ce serait la parole d'une aide-cuisinière contre celle de nobles chevaliers…

Elle s'attacha à ces pensées réconfortantes tout en gagnant la pièce commune où elle espérait trouver sa tante. Le sol dallé était recouvert d'herbes fraîches auxquelles se mêlaient de douces fragrances de menthe, réputées assainir l'air. Plusieurs brûle-joncs, çà et là, dispensaient leur lumière, dans l'âtre pétillait un petit feu. Ermengarde se trouvait seule et venait manifestement de s'attabler puisqu'elle était occupée à se rincer les doigts dans une coupe d'étain remplie d'eau. Elle les essuya sur la nappe blanche recouvrant le plateau et eut un mouvement gracieux du poignet, désignant à Alba le banc lui faisant face.

— Chère nièce, joignez-vous à moi, je vous en prie.

— Messire mon oncle n'est pas avec vous ? s'enquit la jeune femme après avoir pris place.

— Mon époux se lève aux aurores. Sans doute est-il parti sur ses terres résoudre quelques conflits, ou bien encore à la chasse.

— Il ne vous dit pas où il se rend ?

— Parfois oui, parfois non. Pourquoi cette question, vous paraissez bien soucieuse, mon enfant, que vous arrive-t-il ?

Alba attendit que la servante de sa tante ait servi à sa maîtresse un bol de soupe et se fut éclipsée avant de lui narrer sa bévue et ses paroles malheureuses tout en sirotant sa soupe. Ermengarde prit le temps de boire une gorgée de potage avant de répondre.

— Faites confiance à Ciprian, ma nièce, il gérera de main de maître, j'en suis persuadée.

Elle paraissait sereine, ce qui n'était pas le cas d'Alba.

— J'ai peur qu'il ait des ennuis à cause de moi. Que tous, vous ayez des ennuis à cause de moi…

— Ne vous mettez pas martel en tête, mon enfant. Si cette domestique pose problème, nous nous en séparerons, voilà tout !

Ermengarde termina son écuelle, se leva.

— Laissons nos hommes régler le problème, conclut-elle. Quant à nous, nous avons du pain sur la planche ! Venez, allons dans le petit salon, mon amie Faye ne devrait plus tarder.

Alba obtempéra et accompagna sa tante dans une pièce attenante décorée de banquettes, de fauteuils et de petits meubles semblant sur le point de se briser tant ils paraissaient fragiles. Des tentures colorées égayaient les murs de pierres et là aussi se consumaient des brûle-joncs ainsi que des bûches dans l'âtre. Il régnait une chaleur accueillante. De petites croisées munies de barreaux donnant sur l'extérieur permettaient à Alba d'apercevoir, au loin, les tours rondes encadrant l'entrée du castrum. L'enceinte était forte, la muraille haute et solide, mais l'absence de pont-levis inquiéta la jeune femme. Si les croisés les attaquaient, ils n'avaient aucun moyen de les empêcher d'entrer hormis une pauvre herse qui devait être seulement fermée la nuit puisque, lorsqu'elle était arrivée avec Mathurin, elle était levée. Et seuls deux gardes veillaient à l'accès du domaine.

Alba chassa ses sombres pensées.

Ciprian la protégerait, ainsi que Balthazar et son oncle, et tout allait très bien se passer…

Ermengarde vint placer son bras sous le sien pour l'obliger à avancer jusqu'au sofa, sur lequel elles s'assirent.

— C'est si beau ici, ma tante, dit Alba en admirant autour d'elle. Tellement beau que j'ai peur de casser quelque chose.

— Quand bien même, ce ne serait pas une grosse bêtise, les objets se remplacent. Quant à la beauté du lieu, vous verrez que ce n'est rien en comparaison de la magnificence du palais où réside Jean de Montfort.

— Je ne sais pas si je m'y ferai un jour. Tout ce luxe, cette débauche de couleurs… je ne crois pas que nous ayons besoin de tout cet… ce déballage dispendieux pour vivre…

— Encore ces idées déprimantes ! soupira sa tante. Cessez là, vous ai-je dit ! À partir de maintenant, je veux vous voir sourire et paraître enjouée ! Le vicomte ne sera pas attiré par une jeune femme triste et terne, lui aussi aime ce qui est coloré et… exotique.

— Exotique ? répéta Alba, ignorant la signification du mot.

— Il adore ce qui vient des pays arabes où son grand-père et son père sont allés faire croisade. Tu ne le sais peut-être pas, mais Montfort vient d'une illustre famille.

Son oncle Simon est tout de même comte de Leicester et de Chester, en Angleterre.

Alba n'en avait que faire. À ses yeux, il n'était que le rejeton d'une famille de sanguinaires qui ne pensaient qu'à persécuter, asservir et tuer, et la pensée de lier sa vie à celle de cet homme l'emplissait d'horreur. Mais comment échapper à ce destin que sa tante préparait pour elle ? En y mettant tant de cœur. Elle ne voulait pas la décevoir, et elle-même y voyait de l'intérêt, mais l'évocation de cet homme la menait proche de la nausée.

— Peut-être vous y rendrez-vous un jour, poursuivit sa tante.

— Où cela ?

— Eh bien, en Angleterre ! s'exclama-t-elle. Vous marcherez dans les pas d'Aliénor d'Aquitaine, ne serait-ce pas merveilleux ?

— Sans doute, ma tante, mais l'on dit ce pays encore plus barbare que le royaume des Francs.

— Je l'ignore, mais notre bonne duchesse a dû emporter dans ses bagages quelques troubadours et la *fin'amor* lorsqu'elle est partie pour l'Angleterre avec son époux, Henri II Plantagenêt.

— La *fin'amor ?* Qu'est-ce que cela ?

— Oh ! vous verrez, c'est magnifique et je suis sûre que vous apprécierez. Lorsque l'homme que vous aimez vous clamera de la poésie où il ne sera question que de son amour pour vous, combien il vous aime et combien son cœur ne bat que pour vous, qu'il mourrait si vous ne lui accordiez pas un regard, vous succomberez…

Alba se contenta de toussoter pour ne pas rire ; ces simagrées lui semblaient grotesques. Ciprian, déjà, lui avait paru… par trop enflammé en parlant de leur attachement passé.

— Attendez-vous à ce que Jean porte vos couleurs, ajouta Ermengarde.

— Comment cela ?

— Il vous demandera l'un de vos voiles, qu'il attachera ensuite à sa lance ou à son épée et il se battra pour être digne de vous.

— Je vois… cela n'engage à rien ?

— Non, bien sûr, mais son attitude montrera à tout le monde que vous l'intéressez. Et peut-être… certainement, même… réclamera-t-il un baiser.

— Tous les chevaliers se comportent-ils de cette façon avec les dames ? questionna-t-elle encore.

— Ceux d'ici, certainement. Vos cousins ne font pas exception à la règle.

Alba se fit la réflexion qu'il lui serait peut-être ardu de résister aux belles paroles d'un certain baron, pour peu qu'il s'intéresse à elle et lui conte poésie. Mais sans doute l'avait-il déjà oubliée. Ou était-il déjà reparti pour la forteresse. Bizarrement, elle fut attristée à l'idée de ne jamais le revoir, mais chassa aussitôt cette pensée de son esprit. Pensée indigne d'elle. Elle n'avait que faire de ce baron ! Il l'avait sauvée, certes, elle avait une dette envers lui, mais cela ne changeait rien, elle le haïssait toujours de toute son âme ; elle l'avait haï dès qu'elle avait entendu parler de lui, dans ce bouge malfamé à proximité duquel elle avait failli perdre la vie. Et rien, jamais, ne changerait l'opinion qu'elle avait de lui. Alors mieux valait pour eux deux que leurs chemins ne se croisent plus jamais.

— Balthazar aussi clame de la poésie ? Qu'est-ce, d'abord ?

— La poésie, ce sont des paroles en vers…

— En vers ?

— Avec des rimes ! Écoutez ceci… ces mots nous viennent de Bernard de Ventadour, le plus illustre de nos troubadours.

Ermengarde prit un air inspiré, se redressa et éleva le bras :

— « En bonne foi et sans tromperie j'aime la plus belle et la meilleure. Du cœur je soupire et des yeux je pleure. »

— Il est vrai que c'est joliment tourné !

— Ah, vous voyez, s'exclama Ermengarde.

— Et tout cela pour une dame ?

— Pas une dame, Alba, *la* dame, celle de son cœur. Les troubadours rivalisent de bons mots pour chanter l'amour à leur dame.

— Mais à quoi cela sert-il ? Je ne comprends pas ?

— Mais à élever l'âme, pardi !

— Seul Dieu a ce pouvoir, ma tante !

— Laissez Dieu où il est et cessez de le voir partout ! Il n'est pas ici, il n'est pas parmi nous ! assena Ermengarde à voix basse mais ardente. Nous n'avons pas besoin de lui pour respirer, aimer et avoir des enfants.

— Mais il y a les commandements !

— Certes, pour bien se comporter et vivre en bonne intelligence, mais rares sont ceux qui dans les faits les suivent, à commencer par les hommes de Dieu eux-mêmes ! Vous êtes jeune, Alba, vous avez été élevée dans une certaine croyance et finalement, protégée. La vie ici-bas est courte, alors si vous pouvez être un tant soit peu heureuse, saisissez cette chance.

— C'est ce que m'a dit mon père avant de m'obliger à

quitter Montségur. Mais je crois que je ne pourrai jamais être… heureuse… alors que je l'ai laissé derrière moi.

Alba s'empara des mains de sa tante.

— Aidez-moi à le sauver, ma tante.

— Ma pauvre enfant, vous ne savez même pas ce qu'être heureuse veut dire, je me trompe ? Avec les choses d'ici-bas, j'entends.

— Est-ce que c'est comme lorsque je prie ? Ou que je suis satisfaite quand j'ai soulagé un malade ?

Dans ces moments-là, il était vrai, Alba ressentait une douce chaleur au niveau de la poitrine, une sorte de… de contentement, de plénitude.

Ermengarde soupira.

— J'étais sûre que vous alliez encore parler de votre Dieu et oui, certainement que l'état de bonheur se rapproche de cela, mais je crois surtout que nous avons chacun notre façon de toucher au bonheur. Prier apporte des bienfaits, je vous l'accorde, mais à mon sens, cela est sans commune mesure avec ce que l'on ressent la première fois que l'on appartient à l'homme que l'on aime, ou bien lorsque l'on met au monde son enfant et qu'on le tient ensuite dans ses bras. Certains hommes vous diront que c'est lorsqu'ils chassent, ou combattent, ou s'enivrent. Comprenez-vous ?

— Je crois. Et je crois aussi qu'à la forteresse, à certains moments, avec mon père, dame Corba ou encore mon amie Braida, j'ai été heureuse. Je doute de pouvoir être heureuse avec des frivolités, ma tante, comme danser ou… écouter de la poésie. Je ne crois pas être faite pour ce genre de bonheurs.

— Vous verrez ! Vous pourriez être surprise ! s'enthousiasma Ermengarde. Si vous m'en donnez la possibilité, et si *vous* vous en donnez la possibilité. Les plaisirs peuvent être tout simples, Alba, et faire beaucoup de bien…

Alba eut un vrai, grand, sourire.

— Comme de monter une jument fougueuse ? J'ai vu Brume, elle est magnifique !

Ermengarde se mit à rire.

— Oui, cela aussi fait partie de ces plaisirs, bien sûr. J'aimais aussi beaucoup cela lorsque j'étais jeune fille. Aujourd'hui, j'avoue que les chevaux fougueux me font peur.

— Ciprian voulait m'emmener chevaucher, mais j'ai refusé, comme nous devions nous voir.

— Ce n'est que partie remise, vous pourrez monter cet animal dès demain si vous le souhaitez.

— Vous me le permettrez, alors ?

— Bien sûr, ma nièce, mais jamais seule, avec Ciprian ou Balthazar. Et avec des gardes, n'oubliez pas que les temps ne sont pas sûrs.

— Comment l'oublier, ma tante. Vous n'avez pas répondu pour mon père, m'aideriez-vous à le faire sortir de la forteresse ?

— Je n'en ai pas le pouvoir, Alba, j'en suis désolée, soupira sa tante. Quant à vous, vous devez renoncer ou vous perdrez la vie.

Alba hocha la tête, triste à mourir. Ermengarde disait vrai, mais la mort ne lui faisait pas peur, bien au contraire, elle l'appellerait de tous ses vœux pour aller rejoindre son père et ses amies si jamais ils étaient sacrifiés avant elle.

— Oui, ma tante, acquiesça-t-elle, n'en pensant pas un mot.

Elle ferait tout son possible pour les sauver, elle se l'était promis.

— Ah ! les voici enfin !

Alba suivit le regard de sa tante et vit, par l'une des croisées, une petite troupe franchir l'entrée de l'enceinte. Deux dames allaient devant, suivies de quatre gardes armés. Ils s'arrêtèrent sur le côté de la demeure tandis qu'Ermengarde, lui prenant la main, se levait du sofa pour aller à la rencontre des visiteuses. Elles sortirent et sa tante se précipita vers son amie, une belle dame à la coiffe pointue d'une hauteur démesurée. Avec sa vêture du dessus brodée de fil d'or, elle avait un port de reine. Sa fille n'était pas moins avenante avec sa pelisse bordée de fourrures, ses longs cheveux bruns et ses voiles gris retenus sur la tête par un cercle d'argent ; elle devait avoir le même âge qu'elle. Alba laissa là son observation lorsque s'éleva la voix de sa tante.

— Mon amie, laissez-moi vous présenter la nièce de mon époux, Alba de Cazilhac, qui nous vient tout droit du couvent. Alba, voici ma chère et tendre amie, Faye de Cavanac, accompagnée de sa fille, Flora. J'espère que vous serez amies.

Alba adressa un sourire à la jeune fille, que cette dernière lui rendit, puis elle plia les genoux en guise de salut face à dame Cavanac.

— Ma dame…

— Que voici donc une charmante damoiselle, s'écria dame Faye. Vous m'aviez dit qu'elle était une beauté, vous ne m'aviez pas trompée.

— Allons faire d'elle une véritable dame de la cour ! s'exclama à son tour dame Ermengarde en étendant le bras, invitant les visiteuses à entrer. La couturière ne devrait plus tarder.

Alba suivit les dames, tête baissée. Elle ne se prêterait

pas de gaieté de cœur à la mascarade, mais elle n'avait pas le choix, encore une fois, si elle voulait arriver à ses fins.

— Moi aussi, lorsque j'ai fait mon entrée dans le monde, j'étais terrorisée. Mais vous verrez, cela se passera bien…

Alba en doutait mais se tut, d'autant plus que Flora venait de glisser son bras sous le sien.

— J'ai évidemment été présentée au vicomte, qui ne m'a accordé qu'un regard pour ensuite se tourner vers son très bon ami, votre cousin Balthazar.

Elle se pencha, chuchota :

— D'aucuns disent que ses penchants ne vont pas au beau sexe…

Alba tourna vivement la tête.

— Le vicomte entretient de tendres liens avec mon cousin ?

— Je l'ignore, continua Flora, sur le ton de la confidence. Si c'est le cas, ils sont discrets. Peut-être sont-ils seulement bons amis.

Alba se tint coite, elles arrivaient au petit salon. Tandis qu'elle observait, bien sagement assise sur le sofa aux côtés de Flora, sa tante donner des ordres à ses servantes, son esprit ne cessait de s'évader. Sa tante devait ignorer les rumeurs à propos de Jean de Montfort, sinon, pourquoi vouloir le lui faire épouser ? Alba ne jugeait pas, ses penchants ne regardaient que lui et selon elle, il était libre de s'acoquiner avec qui il voulait, mais les sodomites, tout comme les cathares, ayant été décrétés hérétiques aux yeux de l'Église catholique romaine, ils étaient eux aussi soumis au bûcher ; sa situation serait peu enviable si elle liait sa vie à Jean et qu'il soit condamné. Mais peut-être que son nom le protégerait, la lignée des Montfort avait l'appui du roi de France depuis que Philippe II, dit Philippe

« Auguste », avait donné le commandement de la première croisade contre les Albigeois à Simon de Montfort, le grand-père de Jean. En vérité, le fait lui importait peu, elle se tourmentait davantage au sujet de la fille de cuisine et s'inquiétait de ne pas avoir revu Ciprian.

Tout le reste du jour, Alba se prêta pourtant de bonne grâce aux ordres de dame Ermengarde et fit ce que l'on attendait d'elle. Elle apprit à se tenir droite, à bien se comporter à table, elle abandonna son corps à la couturière, apprit quelques danses pour lesquelles, manifestement, elle avait des aptitudes, et malgré elle, la joie de vivre de Flora étant communicative, elle se surprit à adorer chaque moment passé avec les trois femmes et en oublia ses tourments. À tel point qu'elle pria Flora de passer la nuit auprès d'elle. Enchantées qu'elles s'entendent si bien, les dames acceptèrent.

Ce fut ainsi qu'Alba conduisit Flora à sa chambrée, où elles se couchèrent, se faisant face, après une petite collation où Alba se contenta de quelques grumes de raisin, une toilette sommaire, et après avoir revêtu leurs chainses de nuit et renvoyé Clara dans ses quartiers.

— J'ai vraiment passé une merveilleuse journée, Flora. Auprès de vous, me transformer en dame bien née m'a semblé presque facile.

— Ce que vous êtes, mon amie, pouffa Flora.

— Certes ! J'ai un peu tendance à l'oublier…

De fait, elles avaient beaucoup ri. Alba ne se souvenait pas avoir jamais autant ri. Pourtant, avant le siège, sa vie à la forteresse n'était pas triste, loin s'en fallait. Plus jeune, elle jouait avec les autres enfants et ensuite, elle avait suivi les enseignements de dame Corba, appris à cultiver les simples et à soigner les malades. Elle conversait avec

Braida pendant des heures. Braida, qui lui manquait terriblement.

Soudain, une larme roula sur sa joue.

— Que vous arrive-t-il, mon amie ? s'enquit Flora, percevant son désarroi.

Alba essuya son visage. Elle avait passé une journée paisible, agréable, et s'en voulait. Elle n'avait même pas songé à prier, cela lui était sorti de l'esprit tant elle avait été occupée à jouer aux coquettes. Penser aux gens qu'elle aimait restés là-haut lui crevait le cœur.

— Je pensais à Braida, mon amie, que j'ai laissée à… au couvent, dit-elle simplement, se reprenant à temps. C'était une amie très chère.

Flora s'empara de sa main.

— Je suis là, maintenant, et j'espère que notre amitié durera toute la vie, comme ma mère et votre tante.

— N'avez-vous pas d'amies ?

— Si fait, mais… puis-je vous parler sans ambages ?

— Je vous en prie…

— J'aime Ciprian depuis que je suis toute petite et j'aimerais… j'aimerais grâce à vous l'approcher davantage et passer plus de temps avec lui, balbutia Flora, rougissante. Entendez-moi bien, je vous apprécie, Alba, si cela n'avait pas été le cas, je ne serais pas près de vous en ce moment même, mais je n'ai pas pu m'empêcher de voir en notre bonne entente un signe du destin. Vous ne m'en voulez pas ?

— Bien sûr que non, Flora, je ne vous en veux pas, vous m'avez ouvert votre cœur, ce qui est tout à votre honneur. Mais j'ai peur que vous souffriez. De ce qu'il m'en a dit pas plus tard que ce matin lorsque je m'étonnais que tout comme Balthazar il ne soit pas déjà marié, Ciprian m'a confié être peu enclin à l'attachement.

Ciprian aimait les femmes, toutes les femmes… et sans doute s'empressait-il vers certaines, ou plus sûrement plusieurs en même temps, sans chercher à s'unir durablement à elles.

— Je le sais et j'en souffre, soupira Flora.

— Vous devriez faire intervenir votre mère. Elle pourrait arranger le mariage avec ma tante et en parler à leurs époux.

— J'ai essayé, mais mon père vise un meilleur parti pour moi. Mais moi, je ne veux épouser personne d'autre que Ciprian. Il est si valeureux, si beau… je mourrai si je dois appartenir à un autre homme.

Là encore, Alba trouva les dires de la jeune femme un peu… excessifs. À son sens, il était inconcevable de souhaiter mourir pour un homme. Alba ne comprenait pas cet attachement, elle n'en comprenait pas la force, cela la dépassait ; seul Dieu pouvait faire naître de tels émois. Dieu qui, lui, jamais ne trahissait, jamais ne décevait. L'amour d'Alba pour son Dieu était incommensurable. Nul homme ne saurait l'égaler.

— Aurez-vous la possibilité d'échapper à l'union que vos parents briguent pour vous ? demanda-t-elle, revenant dans la conversation.

— Hélas, non ! C'est pour cette raison que je rêve que Ciprian fasse sa demande en premier, mes parents ne pourraient la refuser. Ce serait se mettre à dos des amis de longue date en les jugeant indignes de nous. Certes, Ciprian est un second fils, mais la terre que j'aurai en dot suffira à nous faire vivre.

Alba ne voulut pas faire de peine à sa nouvelle amie, mais

ses vœux de se marier avec Ciprian lui paraissaient mal engagés. Non seulement parce que effectivement, en tant que second, il ne posséderait pas de terres au moment de se marier, mais parce qu'il ne semblait nullement intéressé par le mariage. Si cela avait été le cas, il serait déjà marié.

— Ma terre est proche de Castelnaudary, nous pourrions avoir notre propre castrum, faire un élevage de chevaux, je sais comme Ciprian les aime, ou commercer…

— Le commerce n'est-il pas interdit aux nobles ? s'étonna Alba.

Ce n'était peut-être pas le cas, mais à sa connaissance, peu de nobles « travaillaient » de leurs mains, là n'était pas leur rôle ; les nobles guerroyaient, protégeaient leurs vassaux ainsi que les serfs, corvéables à merci, habitant sur leurs terres.

— Les choses peuvent évoluer, Alba, surtout si nous le voulons très fort. Ma terre comptant peu de serfs, nous obtiendrons peu de redevances, aussi il nous faudra trouver le moyen de survivre. Et comme elle se trouve au bord de l'eau, nous pourrions faire construire une barge, puis une autre, et encore une autre… vendre divers produits de nos terres, replanter de la vigne[1], aussi…

Alba sourit devant l'engouement de son amie malgré la pointe de scepticisme qui l'envahissait et elle la plaignit : Ciprian était fils de chevalier, jamais il ne s'abaisserait à devenir un simple marchand. De son avis, il s'enrôlerait plutôt dans l'ost du roi comme bon nombre de jeunes nobles le faisaient et partirait en Terre sainte. Dame Corba avait laissé entendre à Alba, lorsqu'elles discouraient politique

1. Toutes les vignes autour de Carcassonne ont été déplantées par les croisés afin de ruiner la région.

et visions d'avenir, que résidait sans doute en cela leur unique chance de retrouver la quiétude : que les chevaliers reprennent la guerre sainte contre les Sarrasins et ainsi les laissent en paix. Pour autant, la croisade contre les Albigeois avait l'heur de plaire aux rois de France successifs, même si Philippe Auguste, au tout début, avait refusé d'y prendre part, envoyant à sa place les barons du nord sous le commandement de Simon de Montfort, lui-même accompagné d'Arnaud Amaury, légat du pape. Dame Corba avait narré à Alba ce triste passé : la croisade avait rapidement dépassé le stade d'éradication des Occitans considérés comme hérétiques pour prendre des airs de conquête. Les terres des chevaliers autochtones avaient été « mises en proie[1] » et récupérées par ces diables venus du nord sous prétexte qu'elles abritaient des non-croyants. Ils avaient dans l'idée de laver la contrée des cathares, mais s'étaient heurtés au comte de Tolosa, Raymond VI, et à Roger de Trencavel, vicomte de Carcassona. Trencavel, fait prisonnier par Montfort, était mort dans l'une des prisons de sa cité. Quant à Raymond – après avoir fait amende honorable auprès du pape et louvoyé pendant des années pour gagner du temps, il avait fini par demander secours à son beau-frère Pierre II, roi d'Aragon, qui s'en était allé intercéder en sa faveur auprès du roi de France et du pape –, il s'était retranché à Tolosa. Après la première croisade, les Occitans avaient pu jouir d'un

1. Les propriétaires étaient purement et simplement évincés, au mépris de toute loi, et les terres remises à celui qui s'en emparait avec les armes.

calme relatif, d'autant qu'après leur « quarantaine[1] », les barons rentraient chez eux.

Mais hélas, à l'appel de Montfort, enlisé dans la croisade, ils étaient revenus. Pierre II mort devant les murs de Tolosa, les espoirs occitans de tenir tête aux croisés étaient morts avec lui. La conquête avait repris de plus belle, Simon de Montfort guidant les troupes, puis son fils, Amaury de Montfort, le père de Jean. À chaque croisade lancée, les Occitans devaient abjurer leur foi, ou c'était le bûcher. Les habitants se soulevaient, reprenaient les armes, mais l'un après l'autre, contrée après contrée, les chevaliers refusant de se croiser – à l'instar de son père –, étaient chassés. Tolosa, tombée, se révolta, mais tomba encore. Simon de Montfort possédait en terre du Sud un plus grand territoire encore que le roi de France.

— Je vois que vous avez bien réfléchi à la question, releva Alba, sortant de ses pensées.

— Depuis des années en vérité…

— Pourquoi ne vous êtes-vous pas confiée à Ciprian ? Peut-être que vos projets le séduiraient.

— Je crains d'essuyer un refus, de lui faire peur… une femme n'est pas censée dicter les agissements d'un homme, il faudrait que cela vienne de lui.

Dans sa foi, les hommes et les femmes étaient égaux et possédaient les mêmes droits.

— Cela ne viendra pas de lui s'il ignore vos possessions et les possibilités que vous en tirerez, souleva-t-elle. Voulez-vous que je lui en parle et sonde son cœur ?

— Oh ! ce serait tellement gentil de votre part… je

1. Durée pendant laquelle les barons se mettaient au service de la croisade, avant de rentrer chez eux.

vous en serais éternellement reconnaissante et pour la peine, si jamais Ciprian consent à m'épouser, vous serez ma demoiselle d'honneur et je vous promets d'être toujours à vos côtés, quoi qu'il se passe ! Qu'en dites-vous ?

Alba n'eut pas le cœur à la contredire. Elle ignorait ce que lui réservait sa destinée, mais si tout se passait selon ses desseins, Flora ne pourrait la suivre, ni l'assister, même avec la meilleure volonté du monde. Alba ne le souhaitait pas, du reste, cela signerait la perte de cette charmante jeune femme à laquelle elle s'était déjà attachée. Oh ! évidemment, Alba pourrait tenter de la convertir à sa foi, mais ce serait la sacrifier. Elle n'en avait pas le cœur. Pas dans l'instant, du moins, pas tant que les monstres croisés à la solde du pape seraient dans leur contrée. Ensuite… peut-être… si Dieu voulait qu'elle reste en vie… réussirait-elle à faire perdurer leur foi. C'était ce que son père, dame Corba et messire de Péreille avaient prévu pour elle ; ils l'avaient fait sortir de la forteresse pour cette unique raison…

— Alba ?

La jeune femme se reprit.

— J'en dis que je serais honorée d'être votre amie… et votre sœur…

Flora se jeta sur elle avec un petit cri et l'enlaça de toutes ses forces.

— Vous verrez comme nous serons heureuses, mon amie, nous ne nous quitterons plus jamais, même si vous vivez à Carcassona et moi non ! Maintenant, racontez-moi votre couvent ! Est-ce aussi terrible qu'on le dit ?

Alba laissa échapper un sourire pensif.

— Que nenni ! J'ai eu une très bonne amie et j'ai

beaucoup appris de la... supérieure. Elle m'a enseigné les simples, m'a appris l'art de soigner et à bien prier Dieu.

Alba dissimula qu'elle priait le seul véritable Dieu miséricordieux : celui des cathares.

— Comme votre famille a dû vous manquer... Je serais morte de chagrin si j'avais dû m'éloigner de ma mère. Que s'est-il passé pour les vôtres ?

Alba récita la fable inventée par sa tante :

— Mes parents m'ont placée au couvent de Saint-Hilaire pour me donner une éducation, mais malheureusement, ils sont morts. Ainsi que mes frères. Mon oncle Adhémar a eu la gentillesse de me recueillir.

— Et, avec votre tante, ils se sont promis de vous trouver un époux ! Mère dit qu'ils ont dans l'idée de vous présenter au vicomte...

De cela Alba n'était pas pressée, mais son destin résidait entre les mains de ses bienfaiteurs, son oncle et sa tante Cazilhac. Ainsi qu'en celles du vicomte.

Flora serra sa main.

— Je suis sûre que vous lui plairez. Savez-vous s'ils sont déjà en accord ?

Alba soupira de dépit ; elle ne pouvait échapper à son destin. Elle devait tout faire pour s'unir à Jean de Montfort, le petit-fils de ce chevalier venu du nord les exterminer !

Quelle ironie !

Cela la rendait malade, mais avait-elle le choix ?

Bien évidemment que non !

Le sort de ceux qu'elle aimait dépendait entièrement d'elle et de ses choix. C'était cela ou elle devrait se résoudre à rentrer au couvent pour de bon et y être enfermée pour le restant de ses jours. Alors, sa fuite de Montségur n'aurait servi à rien. Elle devait taire sa haine, épouser

Montfort puis se sortir de ce traquenard. Elle aurait bien le temps, une fois devenue la maîtresse de sa maison, de trouver comment aider les siens. Elle ignorait comment elle échapperait à la nuit de noces, mais cela aussi elle trouverait. Elle connaissait les simples, il lui suffirait de mettre une toute petite dose de belladone dans le gobelet du vicomte et de le faire boire afin de l'endormir.

— Je l'ignore, Flora, finit-elle par répondre.

Elle bâilla, pressée d'arrêter là la discussion qui lui mettait tant d'angoisse au cœur.

— Dormons, voulez-vous ? Je suis épuisée…

Flora l'embrassa sur la joue, lui souhaita la bonne nuit et se retourna sur le dos. Quelques minutes après, Alba entendit sa respiration devenir pesante ; sa nouvelle amie était partie pour le pays des songes.

Ce ne fut qu'après de longues heures passées en ferventes prières pour laver son âme des pensées et actes impies qu'Alba réussit à faire de même.

Chapitre 9

À peine sa compagne de chambrée, Clara, profondément endormie, Alaís se releva. Elle s'empara de son mantel, traversa la pièce et ouvrit la porte qui grinça sur ses gonds. Alaís suspendit son geste, regarda en arrière. Clara n'avait pas bougé, le bruit ne l'avait pas réveillée. Quand bien même, elle lui dirait qu'elle allait retrouver quelque galant, ou la menacerait de la tuer pour la faire taire.

Peu lui importait la vie de cette fille !

Une grimace de haine tordit sa bouche. Que ne l'avait-elle donc pas déjà occise, cette bécasse ! Peut-être ainsi maîtresse Ermengarde lui aurait-elle confié le service de sa nièce. Il lui aurait été bien plus aisé de la surveiller, car elle s'était méfiée d'elle au premier regard. Pour autant, elle avait joué de chance : la conversation surprise entre le maître et l'intruse l'avait aiguillée. Cette nouvelle venue était bien une chienne d'hérétique ! Et elle allait devoir en aviser le père Maurice.

Rassurée, Alaís sortit de la chambrée et referma le vantail derrière elle. Elle pénétra dans la cuisine attenante, puis emprunta la porte de derrière pour gagner la cour. Là, elle rabattit son capuchon sur sa tête et détala, aussi rapide et discrète qu'un chat, se réjouissant de sa rencontre avec le dominicain. Il serait satisfait d'elle, les renseignements qu'elle lui apportait ne pouvaient que lui agréer ; il allait pouvoir faire tomber les Cazilhac ! Oh… il n'avait rien contre eux personnellement, non, ce qu'il désirait plus que tout au monde, c'était obéir à son pape et à son Ordre et laver la terre des hérétiques.

Alaís avait d'autres motivations ; elle détestait ses maîtres.

Elle ignorait pourquoi, mais elle les exécrait. D'aussi loin qu'elle se souvienne, elle avait toujours été habitée par la haine. Peut-être parce qu'elle avait été abandonnée à sa naissance devant un couvent et élevée par des sœurs qui, il fallait bien l'avouer, n'avaient pas été tendres avec elle. Quand bien même l'auraient-elles été, Alaís ne serait jamais devenue religieuse. Le démon qu'elle avait dans le corps ne l'aurait pas permis ; elle aimait trop les hommes et ce qu'ils lui faisaient. Pour en revenir au père Maurice, peut-être lui permettrait-il de passer la nuit dans sa couche comme il le faisait parfois ? Alaís s'en réjouit d'avance. Il n'était pas de première jeunesse mais savait lui donner du plaisir. Beaucoup de plaisir.

Cela avait commencé dès son arrivée à Cazilhac, deux années plus tôt.

Elle s'était enfuie du couvent et avait échoué ici, après plusieurs longs jours de marche. Elle voulait vivre, trouver un promis, se marier, avoir des enfants, peut-être. Elle avait volé une pomme sur l'étal d'un marchand et aurait eu la main tranchée si le père Maurice ne s'était pas interposé. Il l'avait emmenée chez lui, lui avait donné à manger et l'avait foutue. Certainement en remerciement de ses largesses. Alaís s'était débattue, au début, puis, voyant ce qu'elle pourrait en tirer, l'avait laissé terminer sa petite affaire. Par bonheur, elle ne s'était pas retrouvée grosse de ses œuvres, ni les fois d'après. Peut-être ne pouvait-il pas concevoir d'enfants, elle l'ignorait, mais cela l'arrangeait. Qu'aurait-elle fait d'un rejeton, elle avait à peine de quoi se nourrir elle-même.

Elle avait vu juste. Le laisser posséder son corps lorsqu'il en avait l'envie l'avait amené à être bon avec elle. Il l'avait alors placée chez les Cazilhac en lui demandant d'ouvrir les yeux : le frère de dame Ermengarde était un chevalier *faydit* retranché depuis dix ans dans la forteresse de Montségur. Peut-être dame Ermengarde avait-elle des accointances avec ce repère d'hérétiques ! Père Maurice voulait s'en assurer, d'autant plus que la citadelle était assiégée depuis quelques lunaisons déjà et que l'armée croisée n'arrivait pas à en venir à bout.

Jusqu'à ce jour, Alaís n'avait rien repéré laissant à penser que les Cazilhac entretenaient des relations avec leur parent dissident, mais quelque chose, au fond d'elle, lui disait qu'ils commettraient une erreur. Et alors, ils n'auraient que ce qu'ils méritaient. Ils n'étaient pas de mauvais maîtres, mais quand Alaís les voyait se vautrer dans le luxe alors qu'elle ne possédait rien qui lui soit propre, une bouffée de ressentiment la faisait suffoquer. Dans ces cas-là, elle haïssait tout le monde, à commencer par Clara qui, sentant la colère couver, passait son temps à la raisonner pour qu'elle se satisfasse de sa condition et remercie Dieu de lui accorder du pain chaque jour.

Jamais !

Jamais elle ne se satisferait de sa destinée actuelle et se sentait capable de tout pour en sortir. Dût-elle pour cela se laisser foutre jusqu'à plus soif par le père Maurice et dénoncer la famille qui l'avait accueillie et nourrie.

Ces nantis devaient payer !

Et sa patience également. Le père Maurice lui avait promis une récompense. Elle ignorait ce qu'elle ferait de sa fortune, mais elle trouverait. Sans doute commencerait-elle par se payer quelques rubans pour agrémenter les vêtures que lui donnait dame Ermengarde et qui avaient déjà appartenu à d'autres, tout en veillant à garder quelques pièces pour quand elle aurait recouvré sa liberté. Peut-être le père Maurice la prendrait-il à son service. Bon nombre de prêtres avaient des servantes et cela n'offusquait personne. Les dominicains faisaient ce qu'ils voulaient ! Ils représentaient l'ordre, nul ne se risquait à critiquer ouvertement leurs actes, sous peine de passer au bûcher. Pratique !

Un sourire lui échappa en imaginant le père Maurice la foutre toutes les nuits, puis à l'idée de voir la famille Cazilhac jetée au bûcher après avoir été soumise à la question.

Comme elle se régalerait.

Elle s'installerait au premier rang et rirait de voir cette nouvelle arrivée qui avait tout pour elle se tordre dans les flammes. Lorsqu'elle l'avait découverte au matin, vêtue comme une princesse, puis avait entendu ses rires provenant du petit salon, Alaís avait senti sa haine s'accroître. Elle avait hâte que ces suppôts d'hérétiques payent pour leurs crimes. Ce qui ne saurait tarder, grâce à elle.

Pour sûr, le père Maurice serait content !

Forte de ces réjouissantes pensées, Alaís gagna la poterne dans la muraille, après les jardins. Ces jardins qu'elle exécrait pour y trimer tout le jour à la belle saison.

Au moment où elle s'apprêtait à remonter la clenche, une main couvrit sa bouche tandis qu'une lame se plantait dans son dos.

— Où te rends-tu ainsi ? entendit-elle tout contre son oreille.

Alaís reconnut la voix de maître Ciprian.

— Je… je vais retrouver mon galant, balbutia-t-elle, sa propre voix assourdie par les doigts qui lui meurtrissaient les lèvres.

— Comment s'appelle-t-il ? gronda encore son maître d'une voix sourde.

— Il s'appelle… il s'appelle Jan… pitié, messire, je ne dirai rien…

Elle comprit trop tard sa bévue, les mots lui avaient échappé.

— Tu ne diras rien à propos de quoi ?

— À propos de dame Alba… de ce que j'ai entendu… je vous le jure, messire… je ne dirai rien…

— Je sais…

Àlaís poussa un faible cri lorsque la lame s'enfila sous ses côtes, la tuant sur le coup.

Ciprian de Cazilhac relâcha la morte qui alla s'avachir au sol, essuya sa lame pleine de sang sur son corps et soupira. Il n'avait jamais tué d'être humain, que des animaux, l'acte l'ébranla, mais il avait fait ce qu'il fallait…

— Débarrasse-toi d'elle. Et reviens me rendre des comptes.

— Bien, maître…

Ciprian tourna le dos à Thibaud, son fidèle écuyer. Lui aussi ferait ce qu'il fallait, il avait confiance en lui.

Ciprian se félicita. Il avait vu juste en venant se placer à la poterne dès la tombée de la nuit.

Une bonne chose de faite, pensa-t-il.

Pour autant, il n'était pas serein. Il avait sauvé sa famille de la catastrophe, mais jusqu'à quand ? D'autres domestiques pourraient nourrir des soupçons à propos d'Alba et les dénoncer aux inquisiteurs. Ils étaient en bonne intelligence avec le prêtre de Cazilhac installé dans leur village depuis quelques années – il venait manger à leur table tous les dimanches –, mais comment réagirait-il s'il apprenait qu'ils hébergeaient une hérétique ? Avait-il pris part ou prenait-il part à la curée des faux croyants ? Sans doute ! Il faisait partie des dominicains, il ne pouvait en être autrement. Selon lui, ces hommes étaient des fous, mais ils inspiraient tellement la terreur que les serfs cherchaient constamment à leur agréer, quitte à trahir leurs voisins, leurs maîtres et à dénoncer de faux méfaits afin d'obtenir leurs bonnes grâces, en tirer récompense et avoir la vie sauve.

Cela le révulsait.

Même s'il comprenait. Ces pauvres gens ne possédaient rien que leur vie propre, ils trimaient sang et eau, comment les blâmer. Comme il ne pouvait blâmer son propre père d'avoir fait allégeance au roi de France.

Pourquoi résister…

Son propre père avait suivi l'exemple de son seigneur : il avait juré sur la croix de bouter les juifs et les hérétiques de ses terres, de détruire leurs maisons, mais en vérité, il n'avait fait que gagner du temps. Néanmoins, les croyants cathares étaient partis d'eux-mêmes se retrancher au château de Quéribus ou à la citadelle de Montségur, aujourd'hui assiégée. Ciprian ressentait de la peine pour ces gens qui à son sens ne faisaient rien de mal. Une parfaite l'avait même soigné d'une vilaine fièvre lorsqu'il était enfant et sans doute lui devait-il la vie.

Que sa cousine soit devenue une paria lui crevait le cœur.

Il ne lui avait pas menti : il l'aimait jadis, d'un amour absolu. Elle avait dix ans, lui treize, lorsqu'ils avaient mêlé leurs sangs en gage de leur attachement, comme les deux amants qu'ils auraient pu devenir plus tard, qui sait… Mais elle était partie et son cœur s'était brisé de l'avoir perdue. Dès lors, aucune femme ne l'avait plus jamais intéressé.

Cet amour d'enfant était mort, seul l'attachement subsistait, mais Ciprian comprit, dans un battement de cils, qu'il serait capable de beaucoup pour la protéger. La preuve, il venait de tuer pour elle.

Pour elle, et pour les siens.

Pourtant, tout comme son frère, le curé de Cazilhac l'avait obligé, dès sa maturité[1], à jurer sur la Bible de dénoncer les juifs et les hérétiques, mais jamais, au grand jamais, il ne le ferait ! Il avait conscience de risquer sa vie en protégeant Alba, mais elle était de son sang ; nul ne trahissait les siens ! Hormis les mécréants. Les Occitans luttaient contre l'envahisseur du nord depuis trente-trois ans, leur combat perdurerait.

Son père, ne voulant pas sacrifier tout ce qu'il possédait, n'avait pas eu d'autre choix que de se rapprocher d'Amaury de Montfort, puis son frère et lui-même étaient devenus des compagnons de Jean, dans le même dessein. Pour que perdure leur nom. Ils chassaient ensemble, participaient

1. À cette époque, la maturité était à douze ans pour les filles et quatorze pour les garçons.

aux joutes ainsi qu'aux festivités, mais cela n'était que gageure, jamais ils n'avaient dénoncé ou tué pour les Montfort ; leur honneur le leur interdisait.

Bien évidemment, se voir confisquer leurs terres s'ils étaient démasqués l'effrayait, mais si ses parents prenaient le risque de protéger Alba, il le prendrait aussi. Néanmoins, qu'ils veuillent l'unir à Jean le révulsait et depuis qu'il avait eu vent du projet, il priait chaque jour pour qu'elle déplaise à Montfort. Quelle serait sa vie avec un tel homme ? Il était sanguinaire, comme son grand-père, cruel. Ciprian en avait pour preuve le sourire qu'il affichait devant les bûchers fréquemment allumés à Carcassona, ou lorsqu'il soumettait de pauvres êtres à la torture, entraînant ses compagnons avec lui pour qu'ils se gaussent tous ensemble du spectacle. Montfort jouissait de la souffrance d'autrui. Ciprian avait même ouï dire qu'il prenait de force les femmes, qu'il les battait puis les faisait occire après avoir abusé d'elles. Certes, il n'était pas le seul dans ce cas, mais qu'il pût s'en prendre à Alba et lui fasse du mal le révulsait. Il l'empêcherait. Il ignorait comment, mais il la protégerait de ce fou furieux.

Revenu dans sa chambrée, il s'étendit sans même se dévêtir et s'endormit aussitôt, soulagé d'avoir échappé au pire. Pour un temps, du moins.

Chapitre 10

Castrum de Cazilhac, 20 janvier 1244

Alba leva les yeux de son écuelle de potage en percevant des bruits de pas dans le couloir menant à la salle commune où elle était attablée, en face de sa tante, Flora étant repartie chez elle après une petite collation. Ciprian entra, élégamment vêtu, comme à l'accoutumée, ce jour-ci d'un pourpoint noir moiré et de chausses assorties. De grandes bottes enserraient ses jambes, qu'il avait fines. Tout son corps était bien bâti… Alba devait reconnaître que son cousin était bel homme et comprenait que Flora soit attirée par lui ; il avait tout d'un puissant chevalier, charismatique et sûr de lui, avec cette pointe d'effronterie qui ne l'avait visiblement pas abandonné depuis leur enfance. Elle retrouvait son regard espiègle et soudain, elle se souvint de leurs jeux et de leurs éclats de rire.

Comme elle était heureuse à cette époque…

Elle avait perdu sa mère, mais son père et les gens de sa maisonnée prenaient soin d'elle et la chérissaient. Elle était gâtée, choyée, elle pouvait s'épanouir, faire ce qu'elle voulait, bien que toujours sous bonne escorte, et elle possédait tout ce dont une petite fille pouvait rêver.

Elle repensa à sa jument. Comme elle aimait se coucher sur l'encolure et la laisser l'élever dans les airs au-dessus d'obstacles et poursuivre la course dans un galop enfiévré… Rien ne la rendait plus heureuse. Elle se sentait libre, insouciante… et elle l'était. Son père l'avait préservée des tourments de la vie et de ce qu'il subissait. Ce n'est que plus tard qu'il lui avait narré les premières croisades ainsi que les incursions des barons du nord qui au départ s'en étaient pris au comte de Tolosa, aux vicomtes de Foix, de Carcassona, puis à leurs vassaux. Puis ils s'en étaient pris aux plus petits chevaliers, et cela avait été leur tour… Son père refusant de se croiser, il avait dû abandonner son domaine et fuir. Alba se demanda à qui appartenaient les terres de ses ancêtres et se jura de le découvrir.

Elle repoussa les douloureux souvenirs et sourit à Ciprian qui prenait place auprès de sa mère.

— Avez-vous bien dormi, cousine ?

Alba se surprit à avoir envie de badiner. Décidément, Ciprian avait un drôle d'effet sur son humeur ; il égayait sa journée et allégeait ses peines.

— Parfaitement bien, cousin, et vous-même ?

Il lui fit un clin d'œil, mais elle le lui trouva troublé.

— Merveilleusement, merci !

Il continuait de sourire, mais cela sonnait faux. Que lui cachait-il ? Avait-il échoué à faire taire la fille de cuisine ? Étaient-ils en danger ?

Alba se rassura.

Si cela avait été le cas, il ne sourirait pas… et aurait perdu l'appétit. Il ne se servirait pas à tour de bras de fruits, de tranches de viande froide qu'il déposait sur son tranchoir, ni ne partirait dans une discussion animée avec sa mère à propos des festivités qui se dérouleraient à Carcassona dès le lendemain.

Elle apprit ainsi qu'après l'office de la matinée, où tous étaient conviés, étaient organisées des « réjouissances », comme les appelait Montfort, des joutes, des tournois, des spectacles de fauconnerie ; chaque journée de liesse se clôturant par des ripailles suivies d'un bal. Les invités, selon les dires de Ciprian, commençaient à arriver au palais.

Le lendemain… déjà…

Que le temps passait donc vite. Une petite pointe de tristesse et de culpabilité effleura son esprit à la pensée qu'elle s'était vite habituée à cette vie de châtelaine, mais elle la chassa. Elle n'avait pas le choix, elle devait s'adapter et préparer son combat. Elle ne faisait rien pour elle-même, mais pour les êtres qu'elle aimait.

Ciprian la surprit en tonitruant, tout en se levant :

— Cousine, allons faire cette balade que je vous promets depuis hier. Si vous le permettez, mère ? acheva-t-il, se tournant vers cette dernière.

— Je permets, mon fils, bien évidemment ! Allez vous amuser, les enfants, mais attention à ne pas vous blesser, Alba !

La jeune femme fit une génuflexion.

— Je vous le promets, ma tante, je serai vigilante. Et n'ayant pas chevauché depuis bon nombre d'années, je me garderai bien de partir au triple galop.

— Raison de plus, prenez garde !

— Tout se passera bien, mère, la sermonna Ciprian, après avoir soupiré et levé les yeux au ciel. Venez, cousine !

Il tendit la main à Alba par-dessus la table.

La jeune femme s'en saisit, et les deux jeunes gens s'enfuirent en courant, riant de conserve. Leurs mains restèrent enlacées jusqu'aux écuries, où Alba retint son cousin.

— Tout va bien avec la fille de cuisine ?

Ciprian serra ses doigts.

— Tout va bien, elle ne posera plus de problème.

Alba ne put empêcher ses yeux de s'agrandir d'horreur.

— Ne me dites pas que…

Ciprian serra davantage ses doigts entre les siens, l'interrompit :

— N'ayez aucun regret, Alba. Cette fille était mauvaise, elle allait nous attirer des ennuis.

— Qu'avez-vous fait ?

Alba s'en voulait infiniment d'avoir été la cause de la mort de la fille de cuisine et que Ciprian ait été obligé de faire… ce qu'il avait fait. C'était sa faute s'il en avait été réduit à commettre un acte aussi vil.

— J'ai fait ce qu'il fallait pour notre famille, et pour vous…

Le cœur d'Alba se noua de tristesse et ses yeux s'emplirent de larmes. Quand donc pourraient-ils vivre dans la paix sans avoir constamment la menace de l'Inquisition au-dessus de leur tête et la peur au ventre ? Alba n'était pas adepte des élans du cœur, mais elle ne put refréner celui qui la jeta dans les bras de Ciprian. Il l'avait sauvée.

Ils s'enlacèrent un long moment, trouvant au contact de l'autre l'apaisement dont ils avaient besoin. Puis Alba se détacha du corps de son cousin.

— Êtes-vous sûr qu'elle allait nous dénoncer ?

Alba vit un éclair de tristesse voiler le regard de Ciprian. Tuer cette fille lui pesait. Sans doute n'avait-il jamais tué jusque-là… la jeune femme se retint de lui poser la question pour ne pas alourdir sa peine.

— Oui, Alba, j'en ai eu confirmation, elle s'est trahie elle-même.

Au moins, il n'avait pas tué sans preuves. Ils étaient passés à deux doigts de la catastrophe par sa faute, il fallait vraiment qu'elle fasse preuve de tempérance et réfléchisse à deux fois avant d'énoncer le moindre mot.

— À qui serait-elle allée parler de moi ?

— Au père Maurice, le curé de Cazilhac.

— Est-il dominicain ?

— Oui, malheureusement, et comme tous les prêtres de cet ordre, ils incitent la population à se confesser, abjurer et dénoncer les hérétiques. Vous serez amenée à le rencontrer, il dîne régulièrement chez nous, aussi je ne peux que vous enjoindre à la plus grande prudence envers lui.

— Je vous le promets, Ciprian, je serai vigilante.

Ciprian grimaça :

— Préparez-vous également à assister à des exécutions, Jean en est friand. Il ne m'étonnerait qu'à moitié qu'il ne fasse pas flamber de pauvres âmes durant ses deux journées de festivités.

Alba eut un haut-le-cœur.

Ce monde était impitoyable, elle s'en rendait compte. Elle le savait, dame Corba l'avait prévenue que les cathares étaient persécutés et exterminés, mais la réalité était encore plus cruelle qu'elle ne l'avait imaginée et elle devait s'endurcir et ne pas dévoiler ses sentiments ni son aversion envers ces barbares du nord. Mais en serait-elle seulement capable ? Rien n'était moins sûr. Savoir que sa famille ne cautionnait pas l'exécution des cathares l'apaisa ; ils étaient de bonnes gens. Et elle avait confiance en Ciprian. Il venait de lui prouver son attachement et qu'elle pouvait compter sur lui. Elle fit une courte prière pour qu'il en soit de même pour Balthazar et, décidée à ne pas alourdir son cœur avec de sombres pensées, elle se baissa pour caresser Trouduc qui n'avait cessé de tournoyer et japper autour d'eux durant leur conciliabule.

Elle éclata de rire lorsque le chiot lui donna un gros coup de langue sur le visage.

Comme il était bon de rire, comme il était bon de respirer l'air de la liberté, comme il était bon d'oublier ses tourments. Alba profita de ces instants avec toute la vivacité de sa jeunesse, ne pouvant empêcher l'espoir de se faire une petite place dans son cœur.

Oui, elle voulait garder espoir, l'espoir de revoir son père vivant et l'espoir de jours meilleurs. L'espoir que ces hommes du nord repartent chez eux et les laissent en paix.

Quelques minutes plus tard, sur le dos de Brume, la jument qu'elle avait trouvée si merveilleuse la veille et que Ciprian avait fait seller pour elle, Alba se laissa emporter. Il ne lui fallut que quelques minutes pour retrouver son assise, elle était bonne cavalière, elle s'en souvint. Elle se souvint de tout, des chevauchées endiablées avec Ciprian, de leurs fous rires lorsqu'ils réussissaient à semer leurs gardes qu'ensuite ils retrouvaient – ils ne devaient pas rester seuls trop longtemps –, des odeurs de la terre soulevée, des fleurs ; du soleil brûlant parfois, du bruit des sabots des chevaux martelant le sol… ils rentraient de leurs balades repus et heureux, riant comme des bossus. Parfois encore, ils faisaient la course et Alba gagnait toujours, même si elle était plus jeune de trois ans.

— Serez-vous plus rapide que moi cette fois, cousin ? cria soudain Alba en talonnant sa jument.

Elle entendit Ciprian jurer puis les pas de son cheval la talonner.

Elle tourna la tête et rit de le voir batailler pour la rattraper.

— Allez, cousin ! hurla-t-elle. Vous êtes décidément toujours aussi lent.

Elle poussa sa jument à aller plus vite, encore et encore, à tel point qu'elle finit par prendre de l'avance, tout en restant sur le chemin. Puis soudain, elle en eut assez de la terre battue, elle voulait des arbres, elle voulait de la forêt, elle voulait sentir l'odeur de sous-bois. Même si l'air était vif, elle avait besoin que la fraîcheur fasse redescendre la chaleur de ses joues et de son sang bouillonnant.

Sans ralentir, elle tira sur sa rêne droite, pénétra dans un champ qu'elle traversa pour gagner l'orée aperçue du chemin. Des feuillages lui fouettèrent le visage, mais pour rien au monde Alba n'aurait ralenti, c'était trop bon, trop agréable, trop… guérisseur. Elle avait le sentiment que sa cavalcade, la plongeant dix années en arrière, jetait un baume apaisant sur son âme et la transformait. Qu'elle devenait une nouvelle femme, une *autre* femme, sans passé, ni présent, ni avenir… qu'elle se retrouvait, elle, et seulement elle. Elle sauta par-dessus un arbre mort couché en travers du chemin, continua sa course folle alors que des larmes baignaient son visage, la lavant de ses tourments.

Elle ne sut combien de longues minutes elle chevaucha de la sorte, oubliant son histoire tragique, jusqu'à ce qu'une voix la tire de cette sorte de rêverie où elle s'était abîmée.

— Damoiselle, attendez !

Elle déboula sur un autre pré, jeta un coup d'œil en arrière. Un homme la talonnait. Un homme tout de noir vêtu. Elle regarda au-delà, vit Ciprian arrêté à la sortie du bois proche d'un autre cavalier. Il était entouré d'autres hommes qui, tous, regardaient dans sa direction.

Qui étaient ces hommes et que lui voulaient-ils ?

Soudain, elle prit peur.

Si Ciprian l'avait trahie et attirée dans un piège ? S'il s'était joué d'elle ? Tout était possible dans cette vie de malheur où tout le monde dénonçait tout le monde pour récolter des indulgences et avoir la vie sauve. Non, cela ne se pouvait, son cousin ne la trahirait pas, mais alors… qui étaient les chevaliers proches de lui ?

Alba fit s'allonger davantage les foulées de sa jument, prit encore de la distance et entra dans un autre bosquet.

— Attention, damoiselle ! hurla l'homme.

Trop tard !

La jument se cabra devant l'obstacle et Alba ne put empêcher la chute. Elle tomba lourdement au sol, roula sur elle-même par instinct afin d'éviter que la jument ne lui chût dessus et broie son corps, et resta ainsi, sur le dos, les yeux fermés, tentant de reprendre son souffle. Elle aurait voulu bouger mais ne le put, son corps ne semblant plus vouloir lui répondre. Toute à son effort pour reprendre conscience, elle ne put faire le moindre geste, jusqu'à ce qu'il soit trop tard pour cela aussi : l'homme qui la poursuivait avait sauté de sa monture et était venu s'agenouiller près d'elle. Il passa sa main gantée sur sa joue, en repoussa les cheveux.

— Allez-vous bien ? M'entendez-vous ?

Cette voix…

Alba crut faire un bond de plusieurs jours en arrière lorsqu'elle s'était retrouvée au sol, déjà, à moitié nue devant ses yeux.

Que faisait-il sur les terres de son oncle ?

Alba se secoua lorsqu'elle sentit les mains du baron palper son crâne à la recherche d'une blessure et avant qu'il continue ses investigations sur son corps, ouvrit les paupières. Elle retint un rire en découvrant la stupeur sur le visage du baron.

— Vous ? s'étonna-t-il.

— Oui, moi !

Le regard du chevalier ne quittait pas le sien, puis il se perdit sur sa gorge, ses courbes, remonta à ses lèvres… Alba le repoussa avec impatience, ignorant l'émoi de son corps qui, de nouveau, s'éveillait au contact de cet homme.

— Oh ! et poussez-vous donc, vous m'empêchez de respirer !

Et même de penser… , comprit-elle.

Le baron noir se remit debout, la toisa de toute sa hauteur.

— Ce n'est pas ainsi que l'on remercie son sauveur, je vous ai encore sauvé la vie !

Il lui tendit la main.

Alba voulut l'ignorer, mais à dire vrai, elle ignorait davantage si elle était capable de se mettre debout sans son aide. Elle se sentait moulue, mais aucun de ses os ne paraissait brisé, sinon, elle souffrirait plus encore. Non, là, elle avait seulement légèrement mal au bas de son dos.

Elle laissa le baron la remettre sur ses pieds, relâcha aussitôt la main offerte et épousseta sa robe, consciente de son regard ardent sur sa personne. Il avait une façon particulière de la regarder. Une façon qui malgré elle mettait son cœur et son corps en pâmoison. Ce dont elle se défendit en l'agressant :

— C'est uniquement votre faute si je suis tombée,

vous avez fait peur à ma jument ! J'aurais sauté l'arbre si vous n'aviez crié.

— Vous montez bien, je dois le reconnaître, même si votre… hum… façon de faire n'est pas conventionnelle.

— Comment cela ?

— Vous montez comme un homme !

Oh… cela voulait-il dire qu'il avait vu ses jambes gainées de bas ? En vérité, il avait un jour vu bien plus que cela.

Ses joues s'empourprèrent :

— Et alors ? Je ne vois pas où est le problème, j'ai toujours monté de la sorte !

Pour la simple et bonne raison que la dernière fois qu'elle en avait eu l'occasion, elle avait dix ans !

Le baron eut un sourire.

Un sourire si charmant qu'Alba ne put détacher ses iris de ses lèvres, qu'il avait décidément très belles. Tout comme ses dents, très blanches - des dents de carnassier - qu'elle pouvait également apercevoir lorsqu'il souriait. Tout chez ce chevalier était digne d'intérêt ; il était vraiment le plus bel homme qu'il lui avait été donné de rencontrer.

Mais il était du nord, il était l'ennemi ! Elle ne devait pas l'oublier.

— Laissons cela, dit le baron, la sortant de sa contemplation.

Contemplation qu'il semblait avoir effectuée lui-même si Alba en croyait la lueur d'intérêt couvant dans son regard.

Elle se devait d'être plus vigilante ou il comprendrait qu'il l'intéressait également.

— Vous n'avez pas répondu à ma question, ma dame…

Tiens donc, il ne lui donnait plus du « damoiselle » !

Bizarrement, elle en fut bouleversée. Oui, elle l'intéressait ! Comme une femme pouvait intéresser un homme.

— Vous ne m'avez pas posé de question !

— Peut-être pas, en effet…

Il parut soudain songeur.

— Qu'à cela ne tienne, je vous la pose maintenant, comment comptez-vous me remercier ?

— Vous remercier ?

— Oui ! Me remercier ! Je vous…

Un sourire illumina ses traits.

— … je vous ai relevée du sol !

— Oh… voyez-vous cela… et comment devrais-je vous remercier selon vous ?

— Par un baiser, peut-être…

Alba éclata de rire.

— Certainement pas ! Je n'ai aucune envie de vous embrasser !

Le baron avança sur elle.

Elle aurait voulu continuer de le braver mais au lieu de cela, elle recula sous la menace de ses iris fiévreux. Jamais un homme ne l'avait regardée avec autant de convoitise. Sauf lui-même, lors de leur première rencontre. Une première rencontre dont le souvenir lui enflamma davantage les joues. Elle se dit encore une fois que c'était certainement sa façon de considérer les femmes qui croisaient son chemin.

Son talon se prit dans une racine et elle serait tombée si la main du chevalier ne s'était refermée sur son bras. Il l'attira d'un geste sec, la faisant choir contre lui. Elle perdit le souffle lorsqu'il enserra sa taille. Alba aussitôt plaqua ses paumes contre son buste, qu'elle découvrit puissant.

Leurs iris se happèrent.

Ceux du baron devinrent encore plus noirs qu'ils ne l'étaient déjà et Alba se détesta de prendre goût à ce que ce regard déclenchait en elle, dans son corps, au creux de son intimité, entre ses cuisses.

— Et si moi, je vous embrassais, si je le voulais de toute mon âme. Si je vous disais que je n'ai jamais autant désiré embrasser une femme…

— Je vous répondrais que vous devez certainement débiter ce genre de fadaises à toutes les femmes que vous rencontrez.

— Si ce n'était pas le cas, se défendit-il.

— Alors je vous répondrais que je ne le permettrais pas.

— En êtes-vous sûre ?

Il baissa les yeux sur ses lèvres.

— Ce n'est pas ce que me crie votre corps…

— Comment osez-vous ? grinça-t-elle, cherchant à lui échapper.

Il la retint.

— Je sais ce que je vois !

— Vous ne savez rien du tout ! Relâchez-moi !

Un sourire s'étira lentement sur les lèvres du baron, le rendant plus irrésistible encore.

— Et si je ne veux pas ?

— Je hurle !

— Nous sommes seuls, ma dame. Personne ne viendra vous secourir.

— Mon cousin est certainement à ma recherche.

— Votre cousin ?

— Oui, Ciprian de Cazilhac. Vous êtes sur ses terres !

— Ciprian est votre cousin ?

— Puisque je vous le dis ! Lâchez-moi, baron, réitéra-t-elle. Vous m'empêchez vraiment de respirer.

C'était la pression de son corps contre le sien qui l'empêchait de rassembler ses idées et de prendre de l'air sereinement, ses traits d'une captivante beauté, ces petites rides au bord de ses yeux, cette flamme qu'elle y décelait et qui n'était pas loin de l'envoûter tout à fait, même si elle s'en défendait ; ses cheveux noirs qui lui tombaient dans le cou et dans lesquels, soudainement, elle eut envie de passer les doigts.

Le baron, percevant et se méprenant sur son trouble, relâcha son étreinte en l'observant attentivement.

— Vous allez vous évanouir ?

— Non, bien sûr que non, pour qui me prenez-vous, je ne suis pas faible à ce point.

— Ça, je l'ai remarqué, vous n'êtes pas faible du tout, vous êtes même très forte, même si…

Alba fit un pas en arrière et le baron la laissa lui échapper, comme à regret.

— Même si…, l'encouragea-t-elle.

Elle ne devrait pas continuer de converser avec lui, mais quelque chose en lui l'attirait, sans qu'elle comprenne de quoi il s'agissait exactement, d'autant qu'elle le haïssait toujours.

— Même si je décèle en vous une grande détresse.

— Vous vous trompez ! assena Alba en se retournant, à la recherche de sa monture.

Cette conversation avait assez duré !

— Elle a filé ! entendit-elle.

Bon sang, savait-il toujours ce qu'elle pensait ?

Alba soupira :

— C'est ce que je vois.

Le baron vint se placer à ses côtés.

— Je crains que vous ne deviez accepter que je vous ramène à vos cousins.

Alba tourna la tête, le contempla.

— Je le crains également…

Le baron lui présenta son bras, tout sourire.

— Ne vous ai-je pas dit, lors de notre première rencontre, que j'étais votre chevalier servant et que vous n'avez rien à craindre de moi ?

De cela, Alba doutait, il ignorait qui elle était, ce qu'elle était… elle était une croyante cathare, lui, un chevalier croisé ; un monde de sang, de haine et de fureur les séparait.

Elle se tut, cherchant dans son regard des signes de fourberie mais dut reconnaître que ses iris, bien que toujours ténébreux, s'avéraient francs.

Le chevalier effectua une petite révérence pleine de charme.

— Pardonnez-moi, je manque à tous mes devoirs, je me présente, Arthus de Comborn, chevalier de Turenne. Pour vous servir, ma dame…

Alba considéra la main, puis reporta son attention sur le beau visage du chevalier. Ainsi, son intuition avait dit vrai, cet homme était le fameux baron noir, celui dont tout le monde parlait à l'auberge. Il faisait bel et bien partie de la troupe de croisés massés au pied de Montségur, il était là pour faire tomber la citadelle.

Alba se rembrunit :

— Le baron noir ?! Votre réputation vous précède, messire !

Un sourire, de nouveau, illumina son visage, fit flamber ses prunelles.

— Vous avez donc entendu parler de moi ? En bien, j'espère ?

— Pas uniquement, mais certes !

Cette fois-ci, un rire franchit ses lèvres.

— Vous êtes unique, vous savez ! dit-il après avoir

repris son sérieux. Je n'ai jamais rencontré une femme comme vous !

Alba, ne sachant que faire d'une telle déclaration, l'ignora et prit de la distance, sans se douter une seule seconde qu'au lieu de le rebuter, son comportement ne cessait d'éveiller l'intérêt du chevalier. Il lui emboîta le pas, récupéra les rênes de sa monture qui paissait tranquillement à quelques mètres d'eux, posa la pointe de sa botte dans l'étrier et grimpa sur son dos.

Il lui tendit de nouveau la main.

— Venez…

Sa voix, rauque, la fit frémir des pieds à la tête. Cela non plus, elle ne l'avait jamais ressenti. Et dut reconnaître que c'était très agréable. Elle devait se garantir de cet homme, ô combien dangereux, il l'intriguait, la bouleversait, l'attirait. Comme aucun autre avant lui.

— Venez, faites-moi confiance, insista-t-il. Je ne ferai jamais rien contre vous, ma dame.

Ils se dévisagèrent.

— Méfiez-vous, chevalier, je pourrais bien vous prendre au mot un jour prochain.

Le baron se mit à rire.

Décidément, le jeu semblait lui plaire.

— Je relève le défi, ma dame, avec grande joie.

— Ne parlez pas de joie, chevalier, certaines choses ici-bas ne sont pas joyeuses.

Il fronça des sourcils.

Elle en avait encore trop dit…

— Je crois que je serais capable de beaucoup pour vous si vous me le demandez…

— Je ne vous demanderai jamais rien, chevalier, de cela je vous fais le serment.

Le regard du baron balaya son corps.

— Et moi, je vous fais le serment que cela viendra !

— Qu'entendez-vous par là ?

— Vous verrez ! Nous en reparlons en temps voulu. Maintenant, montez, vos cousins doivent se demander ce que nous faisons.

Alba mit ses poings sur ses hanches.

— Ils penseront que vous êtes piètre cavalier, voilà tout ! Et que vous avez mis du temps à me rattraper.

— Qu'à cela ne tienne, c'est ce que nous leur dirons lorsque nous les aurons rejoints, cela vous va-t-il ? Ainsi, votre honneur sera sauf !

— Ainsi que le vôtre…

Un sourire lui échappa encore.

— Ainsi que le mien…

Le baron fit un mouvement des doigts pour l'inciter à le rejoindre et Alba rendit les armes.

Après tout, il n'y avait aucun mal à faire quelques mètres sur sa monture, avec lui. Elle n'était pas au fait de ce qui était bienséant ou non, et à dire vrai, elle ne s'en souciait pas. Elle souhaitait juste ne pas attirer d'ennuis à sa famille. Aussi valait-il mieux avoir le baron noir comme ami que comme ennemi. Et lui cacher qu'elle le haïssait toujours de toute son âme.

Oh oui, elle le haïssait…

Elle comprit qu'elle le haïssait d'autant plus qu'il l'attirait et une fois encore elle se demanda dans quels sales draps cette rencontre la conduirait.

La paume du chevalier, tout contre la sienne quand il la fit grimper devant lui, brûla sa peau. Son corps se couvrit de frissons.

Voilà bien autre chose, il suffit, Alba ! se sermonna-t-elle.

Son état ne fit qu'empirer lorsque le souffle du baron caressa sa joue.

— N'hésitez pas à vous appuyer contre moi…

Il était vrai qu'étant assise de côté devant lui, son équilibre s'avérait précaire.

Le baron, la pensant manifestement longue à obtempérer, la fit glisser sur la selle et la cuisse de la jeune femme vint se loger tout contre celle du chevalier ; sa fesse contre… les attributs mâles du baron, qu'elle sentit se roidir.

— Comme ceci… c'est mieux, non ?

Elle tourna la tête, rencontra le regard du baron.

— Pour qui ? Pour vous ou pour moi ? répliqua-t-elle, faisant fi de son émoi à se trouver aussi proche de lui et à ressentir son désir qu'il ne cherchait en rien à lui dissimuler.

— Mais pour nous deux, ma dame… Cessez de ruer et de vous comporter en pouliche effrayée. Je ne vous veux aucun mal, je vous le répète.

Les yeux d'Alba flambèrent.

— Je ne suis pas une pouliche ! Je n'aime pas les hommes de votre espèce, voilà tout !

— C'est-à-dire ?

— Les hommes du nord !

Dans la bouche d'Alba, cela sonna comme une infamie et elle eut peur, soudain, d'être allée trop loin. Elle s'en voulut. N'avait-elle pas décidé, quelque temps plus tôt, de réfléchir avant de parler ?

— Nous ne sommes pas si différents de ceux d'ici, rétorqua le baron, ne semblant pas outre mesure vexé par les propos.

Bien au contraire, si Alba en croyait encore son œil pétillant et le léger sourire qui errait sur ses lèvres, leurs joutes et le fait qu'elle ne se laisse point attendrir par sa présence, lui plaisaient.

Il remit son gant, s'empara des rênes et mit sa monture au pas d'un coup de talon.

Alba garda le visage droit, tout en refoulant ce que le corps du baron pressé contre elle déclenchait dans le sien. Mais au fil des minutes, d'autant plus que le baron restait coi lui aussi, la curiosité fut la plus forte et elle s'appesantit sur ce qu'elle ressentait. Entre ses cuisses. Cette étrange chaleur qui semblait gagner le bas de son ventre. Et qui devint légère souffrance. Comme si… oui… comme si ses parties intimes désiraient ardemment cet homme. Son corps, encore, la trahissait. Elle n'ignorait rien de l'accouplement, mais c'était la première fois qu'elle en ressentait le désir. La première fois qu'elle voulait qu'un homme la touche… à cet endroit.

Elle exhala malgré elle un soupir.

Un soupir qui, par malheur, ne passa pas inaperçu.

— Oui, ma dame, après qui soupirez-vous ? entendit-elle, tout près de son oreille.

Elle se redressa.

Elle avait encore commis une faute. Le contact du chevalier ne lui valait rien, mais cela, elle le savait déjà. Il se pencha, ses lèvres effleurèrent son oreille.

— Un jour vous serez mienne et c'est pour moi que vous soupirerez !

Alba tourna vivement son visage.

— Je vous demande pardon ?

— Vous avez parfaitement entendu ! Je vous veux ! Et je vous aurai !

Alba papillonna des paupières.

Jamais elle n'avait rencontré un homme aussi sûr de

lui, aussi outrecuidant, et arrogant et… imbu de lui-même. Et… détestable au possible ! Si détestable qu'elle eut envie de le frapper. Alors que… alors que ce n'était nullement dans sa nature. Alba était pacifiste, compréhensive, patiente, on lui avait appris à ne pas juger, mais sachant qui il était, elle ne pouvait s'empêcher de le haïr de toute son âme.

Ils s'affrontèrent du regard.

Ce qu'Alba décela dans celui du baron lui coupa le souffle.

Il disait vrai : il la désirait.

Ardemment.

— Je ne suis pas une chose, ou un lot, ou je ne sais quoi que vous pouvez convoiter à votre guise. Vous avez sans doute l'habitude que les femmes se pâment sur votre passage, mais moi, non !

— Il me suffirait de demander votre main à votre père. Est-il chez vos cousins ? Je serais heureux de le revoir, nous discuterons de la façon dont nous vous avons sauvés, lui et vous…

— Ce n'est pas très cavalier de votre part de vous vanter de la sorte, chevalier…

— C'est étrange, d'ailleurs, éluda-t-il en fronçant les sourcils, vous aviez plutôt l'apparence de deux manants sur ce chemin l'autre jour. Je suis étonné que vous soyez apparentée aux Cazilhac.

— Sans doute parce que celui que vous prenez pour mon père ne l'est pas.

— Vous m'avez donc joué la comédie ?

— Eh oui, baron !

Alba soupira et regarda de nouveau droit devant elle.

Elle sentait venir l'heure des questionnements et se demanda soudain si ses mensonges convaincraient le baron.

— Où est votre père, alors ? résonna encore la voix près d'elle après quelques secondes de silence.

Une voix rauque et vibrante qui la fit de nouveau frissonner.

— Il est mort ! Ainsi que ma mère et mes deux frères. L'homme que vous avez vu m'escortait jusque chez mon oncle Adhémar, le seigneur de ces terres.

— Le père de vos cousins ?

— Certes !

Alba contempla ce qui l'entourait. Le bosquet avait laissé place au pré qu'elle avait traversé à bride abattue, puis de nouveau, ce fut la forêt, au sein de laquelle la froidure la cueillit.

— Où étiez-vous avant cela ? demanda encore le baron.

Autant lui répondre, ainsi, il cesserait de s'intéresser à elle.

— Au couvent de Saint-Hilaire… Ne pourriez-vous presser un peu votre monture, chevalier, j'ai hâte de retrouver ma famille, s'empressa-t-elle d'ajouter avant qu'il ne la questionne davantage.

— Accrochez-vous ! résonna la voix du baron à son oreille.

Alba retint un cri lorsque le chevalier, la pressant d'un bras contre lui, talonna sa monture en criant un « Hia ». L'étalon réagit aussitôt et les emporta au travers des arbres en un galop enlevé. La course enfiévra Alba. Mais elle se reprit, pour se concentrer sur son équilibre. Si elle tombait, elle se romprait le cou, c'était certain.

— N'ayez crainte, je vous tiens, remettez-vous à moi…

Encore cette voix chaude tout au creux de son oreille.

Elle aurait voulu l'ignorer, mais elle parlait à sa nature féminine, quoi qu'elle s'en défende. Cet homme était vraiment le diable en personne que seuls quelques mots étaient en mesure de la ramollir et de ramollir sa détermination à le détester.

C'est ton ennemi, un baron du nord ! Un homme venu vous exterminer ! ne cessait-elle de se répéter. *Tu ne dois rien attendre de lui, et ne pas l'approcher plus que nécessaire. Oublie-le !*

Enfin, ils virent arriver à leur rencontre la petite troupe parmi laquelle la jeune femme reconnut Ciprian. Avec, à ses côtés… Balthazar. Au vu de la ressemblance, cela ne pouvait être que lui. De cinq ans sa cadette, elle n'avait pas souvenir d'avoir joué avec lui ; elle passait son temps avec Ciprian. Pour autant, il avait toujours été courtois avec elle.

Les deux frères sautèrent de leurs montures et Alba se laissa glisser à bas de celle du baron dès qu'ils se rejoignirent. Elle sentit le baron faire de même.

— Ainsi, baron, vous l'avez rattrapée, s'écria Balthazar.

— Vous en doutiez, mon ami ?

Ami ?

Étaient-ils déjà si intimes ?

— Pas le moins du monde ! répondit Balthazar. Venez que je vous serre dans mes bras, cousine.

Alba ne se fit pas prier et se laissa embrasser.

— Dieu que vous êtes ravissante ! ajouta-t-il en la repoussant à bout de bras. Enfant déjà, vous l'étiez. Rentrons maintenant ! Cousine ? Voulez-vous monter avec moi, ou continuez-vous votre chemin auprès de notre invité ? De qui je réponds comme de moi-même.

Cela, encore une fois, Alba en douta.

Le baron ne lui avait-il pas jeté son désir à la face ?

— Votre invité ? Est-ce à dire que le baron séjournera au castrum ?

Son cœur s'affola à cette idée.

Une nuit sous le même toit que lui… Dieu seul savait ce qu'elle lui réserverait encore comme surprise. Avec ce diable d'homme, comment savoir…

— Certes ! Le palais ne cessant de se remplir de courtisans, le baron a accepté mon invitation de venir passer la nuit chez nous, avec ses amis. Je vous présente Denis de Comborn, le cousin du baron…

Sa main se déplaça vers les deux autres chevaliers, qui s'inclinèrent à leur nom :

— … Henri de Beaufort… Charles de La Tour d'Auvergne. Philippe de Beaulieu, quant à lui, est resté au palais. Vous ferez sa connaissance demain.

— Messires…

— Ma dame, souffrez que je vous raccompagne, nous pourrons ainsi continuer notre conversation, s'interposa le baron.

Alba s'abîma dans une petite révérence.

— Je préfère monter avec mon cousin, baron, mais merci, nous nous reverrons chez mon oncle…

— J'y compte bien ! répliqua le chevalier noir, plongeant ses iris dans ceux de la jeune femme.

Il retint sa main alors qu'elle se détournait, mais la relâcha aussitôt en la sentant se raidir à son contact.

— Me direz-vous enfin votre prénom…

— Alba… Alba de Cazilhac…

Elle fit volte-face, mais eut le temps d'apercevoir ses compagnons sourire et Balthazar lui poser une main sur l'épaule.

— Fermez la bouche, l'ami ! Ma cousine n'est pas pour vous !

Alba, rendue près du cheval de Balthazar, se retourna et tout en lui flattant l'encolure, reporta son attention sur le baron. Leurs iris se rencontrèrent. Ce qu'elle lut dans ceux du baron la fit frémir une nouvelle fois : une farouche détermination. Manifestement, que Balthazar laisse entendre que sa famille avait des projets de mariage la concernant lui importait peu. Elle se souvint de ses paroles : « Je vous veux et je vous aurai… » Qu'entendait-il par-là ? Jusqu'où serait-il capable d'aller pour la posséder ? Ne lui avait-il pas avoué également qu'il ferait tout pour elle ? Qu'il la protégerait… au péril de sa vie… c'était du moins ce qu'Alba avait cru comprendre à mots couverts. Bizarrement, l'idée qu'il soit de son côté l'émut et la rassura.

Ils continuèrent de se dévisager jusqu'à ce que Balthazar revienne à elle.

— Et ma jument ? s'enquit la jeune femme, navrée que le bel animal soit perdu.

— N'ayez crainte, elle retrouvera son chemin. Je suis sûr qu'elle nous attend déjà au castrum.

— Je l'espère…

Balthazar se mit en selle et lui tendit la main pour qu'elle s'installe devant lui. Il éperonna sa monture et emmena enfin la jeune femme loin de ce baron noir qui ne cessait de mettre ses nerfs à rude épreuve.

Chapitre 11

Arthus eut le souffle coupé lorsque Alba pénétra dans la salle commune dans laquelle lui-même et ses compagnons attendaient leurs hôtes en dégustant des douceurs et des vins légers servis sur des tréteaux le long du mur. Il n'avait pas revu la jeune femme depuis le matin et pas une seule seconde elle n'avait quitté ses pensées. Il ruminait ! Et il n'avait cessé de ruminer tout le jour. Il enrageait, également ! Qu'était donc en train de lui faire cette femme ?

Elle était délicieuse, sa peau claire mise en valeur par le bleu intense de la robe, ses longs cheveux ébène libres dans son dos, son front enserré d'un bijou d'or retenant un voile transparent également bleu. Un bleu qui rehaussait son regard, le rendant plus intense encore. Son cœur avait eu grand mal à repartir lorsque ses prunelles avaient croisé les siennes. Des prunelles toujours emplies de colère et de froideur lorsqu'elles se posaient sur lui. Pourquoi semblait-elle le détester ? Qu'avait-il fait, sacredieu, pour mériter son courroux ? Il ne comprenait pas… elle était si mystérieuse, si énigmatique, si… resplendissante, à la vérité ; si inatteignable.

Arthus détailla sa silhouette parfaite, sa taille rehaussée d'une ceinture d'or lui tombant sur les hanches. Elle était différente, d'allure comme de comportement. Les femmes de sa contrée étaient blondes pour la plupart, plus en chair, et plus réservées. Alba le ravissait par sa fougue, ses reparties assassines, par cette science qu'elle mettait à le rabrouer sans cesse alors que les femmes qu'il rencontrait faisaient toujours tout pour lui agréer.

Il l'observa évoluer auprès de sa famille, discourir avec chacun d'entre eux, ses cousins l'entourer comme des chaperons décidés à veiller sur elle, puis accueillir de nouveaux venus, dont une jeune femme d'à peu près son âge qu'elle sembla heureuse de voir. Elle était gaie, souriante, pétillante… elle le captivait et capturait toute son attention. Il savoura chacun de ses gestes d'une grâce infinie, chacun de ses sourires, qui ne lui étaient en rien destinés car elle prenait un malin plaisir à l'ignorer, faisant enfler son désir.

Il ne comprenait pas pourquoi ni comment elle le captivait autant, mais c'était un fait.

Elle le captivait d'autant plus que le destin l'avait remise sur son chemin. Alors même qu'il désespérait de la revoir un jour. Aussi, il ne pourrait renoncer à elle, même s'il le voulait et il ne le voulait en aucun cas ; ne disait-on pas que les voies du Seigneur étaient impénétrables ?

Il y avait certainement une raison à ce qu'ils se retrouvent, alors qu'il avait tant rêvé d'elle. Savoir qu'elle était certainement promise à un autre – une telle beauté, quoi de plus normal, son oncle l'avait manifestement fait sortir de son couvent pour l'unir à un quelconque chevalier du coin – la rendait encore plus attrayante ; il n'aimait rien tant que se battre pour obtenir ce qu'il convoitait.

Il n'avait fait que cela toute sa vie, se battre : se battre pour prouver qu'il avait autant de valeur que son aîné, pour obtenir l'amour et le respect de ses parents et surtout de son père, en tout cas quelques gages d'affection qui d'ailleurs n'étaient jamais venus, même lorsqu'il rendit son dernier souffle dans ses bras, à Jérusalem. Cinq ans auparavant. Lors de la croisade des barons, cette expédition organisée par la noblesse française à l'appel du pape Grégoire IX visant à protéger la ville et à laquelle son père voulut participer.

Pourtant, Arthus avait tout quitté pour le suivre, espérant enfin entrer dans ses bonnes grâces.

Tout !

Ses terres, sa maison, ses amis, et la femme qu'il aimait. Lorsqu'il était revenu trois ans plus tard, elle avait épousé son frère.

Il rêvait de repartir pour en découdre, pour oublier cette rancœur contre les deux êtres qui l'avaient trahi en son absence. Mais maintenant, il devait reconnaître qu'une certaine beauté brune nommée Alba de Cazilhac, surgissant dans son existence comme une traînée de feu, avait supplanté ses anciennes amours. Au contact de cette femme, son corps flambait, il n'y avait pas d'autre mot.

Il la voulait et il n'aurait aucun repos jusqu'à ce qu'elle soit sienne.

Oh oui, il la voulait et il était bien décidé à demander sa main à Adhémar de Cazilhac dès qu'il en aurait l'opportunité. Le lendemain, peut-être, lors des festivités de Montfort, ou l'après-lendemain. Il trouverait bien un moment pour l'entretenir de ses intentions d'épouser sa nièce. Il souhaitait ardemment arriver à ses fins et fit le vœu que Cazilhac n'ait point trop avancé ses tractations de mariage avec l'heureux élu. Sinon, il devrait se résoudre à enlever la jeune femme, ce qui n'était pas pour lui déplaire. Il l'emmènerait sur les terres de ses ancêtres où son frère, le véritable baron de Turenne, avait largement de quoi les nourrir. Il se retrouverait à vivre près de Constance mais qu'importe, cette femme n'était plus rien pour lui ; il était revenu à la raison et avait cessé de soupirer sur ce qu'il avait perdu pour toujours. C'était mieux ainsi ! Il avait fallu qu'il rencontre Alba pour que le désir pour une femme renaisse dans son cœur. Et rien que pour cela, il lui en était reconnaissant. Sans le savoir, elle l'avait sauvé.

— Arthus, mon ami, comment allez-vous depuis ce tantôt ? questionna Balthazar, rendu vers eux.

— Parfaitement bien, et vous-même ?

Ils palabrèrent quelques minutes sur leur chasse de l'après-midi, et ce cerf qu'Arthus avait abattu d'un tir d'arbalète.

— Vous avez un tir très sûr, baron, chassez-vous régulièrement ?

— Certes ! Depuis que je suis tout jeune…

— Vous êtes parti en croisade, m'a-t-on dit.

— On vous aura bien renseigné. Il y a cinq ans. J'ai accompagné mon père qui n'en est pas revenu.

— Oh ! je suis navré, s'empressa Balthazar.

— Ne le soyez pas, mon ami, vous ne pouviez pas savoir. La vie est ainsi faite…

Il avait vu tellement de gens mourir, amis comme ennemis, que son cœur s'était endurci. Il avait également compris qu'il fallait profiter de chaque moment de l'existence, car elle était éphémère et pouvait s'achever dans un claquement de doigts : chute de cheval, maladie, combats… même ceux des joutes censées pourtant être des jeux de bravoure ; son frère cadet était mort de la sorte.

Arthus laissa là ses réflexions alors que Balthazar, sur le commandement de son père, les conduisit à table. Ils prirent place, le baron s'arrangeant pour s'installer de telle sorte qu'il puisse continuer son observation de la femme qui enflammait son esprit.

— Cesse, cousin ! le réprimanda Denis après s'être penché vers lui. Ton désir est marqué en toutes lettres sur ton visage.

— Je ne le peux, elle m'a envoûté.

— Trousse-la et qu'on n'en parle plus ! Tu as déjà bien assez souffert à cause des femmes.

— Pas à cause des femmes, Denis, mais à cause *d'une* femme et je crois que j'en suis enfin guéri. Après avoir troussé, comme tu dis, la moitié de la chrétienté sans en ressentir le moindre soulagement sauf celui de me vider les bourses, il fallait que ce soit elle, cette sauvageonne rencontrée au bord du chemin. Et je suis bien décidé à l'épouser.

— Tu es sérieux ?

— Oui, Denis, je suis sérieux. Te rends-tu compte ? Je la cherchais et la voici, ici, à la même table que moi, sous ce toit ! N'est-ce pas un cadeau du destin ?

— Peut-être… voyons déjà ce que ce fameux destin te réserve…

— Je sais ce que tu penses, de ne pas vendre la peau de l'ours avant de l'avoir tué, mais pourquoi l'oncle me la refuserait ? Surtout si je me distingue aux combats ?

Arthus venait d'avouer à son cousin qu'il comptait

épouser Alba, mais il lui faisait une confiance aveugle, Denis ne dévoilerait rien de ses desseins, à quiconque.

— Tu comptes concourir ?

— J'y réfléchis. Et toi, Denis, aucune femme n'a retenu ton attention au palais ?

— Pas encore, mais je ne désespère pas, l'amour viendra en temps et en heure.

— J'ai comme le sentiment que toi aussi tu regardes fréquemment du côté de ces dames… la jeune femme placée aux côtés d'Alba, peut-être ?

Denis se mit à rire.

— On ne peut rien te cacher, cousin ! Tu me connais aussi bien que je te connais…

C'était la vérité. Denis était davantage son frère que son cousin. Une seule année les séparait et ils avaient été élevés ensemble au domaine de Turenne, leurs pères étant frères, leurs mères, amies. Il était même davantage son frère que son véritable frère. Ce frère qui l'avait trahi sitôt qu'il eut le dos tourné. Alors certes, la mort de leur père leur était revenue aux oreilles, au domaine, et sans doute Gauvin avait-il pensé qu'il avait souffert du même destin, mais ce n'était pas une raison, il aurait pu jeter son dévolu sur une autre femme que sur la fiancée de son cadet. Et elle ? Comment Constance avait-elle pu le trahir et trahir leur amour en acceptant d'épouser Gauvin, son propre frère, alors qu'ils s'aimaient depuis l'enfance et s'étaient promis l'un à l'autre ? Certes, rien n'était officiel, il n'avait pas demandé la main de Constance à son père, mais ils s'étaient embrassés, caressés, elle avait gémi dans ses bras et lors de leurs derniers moments passés ensemble, elle lui aurait cédé s'il en avait émis le souhait. Il ne l'avait pas fait ; son honneur l'en avait empêché. Il partait pour la Terre sainte, ce n'était pas le moment de mettre une femme enceinte, même si à son retour, elle deviendrait *sa* femme. Quand il était rentré, éprouvé par les combats et les horreurs qu'il avait vécus, il n'était plus le même homme et Constance en avait épousé un autre.

Il savait que l'on ne décidait pas véritablement où se portaient les élans de son cœur… mais Arthus mettait l'honneur au-dessus des sentiments. Il y avait les penchants, et ce qui ne se faisait pas. Jamais il n'aurait séduit la femme de son frère, ou celle d'un ami !

Plutôt que de se laisser entraîner sur la dangereuse pente de ses souvenirs, Arthus sourit à la réflexion de son cousin puis, tout en dégustant quelques grumes de raisin, reprit son observation. L'assemblée était agréable, Adhémar et son épouse Ermengarde, à qui il avait été présenté lors de son arrivée au castrum, chaleureux et accueillants, tout comme leurs amis venus se joindre à eux pour le dîner, un couple accompagné de leur fille, brune comme Alba avec laquelle elle semblait s'entendre à merveille. Jolie. Mais à son idée, bien moins que sa « sauvageonne » – qu'il continuerait à appeler ainsi vu l'étincelle de fureur qu'il percevait dans son regard lorsqu'il croisait le sien.

L'accueil de ces Occitans ne cessait de l'étonner.

Alors certes, Balthazar les avait présentés comme des compagnons de Montfort et de nouveaux amis – ils avaient passé tout leur temps ensemble à la cité, chassé ensemble, et enivrés dans les tavernes – mais tout de même, ils étaient du nord ! Arthus n'ignorait rien des dissensions qui avaient secoué le pays depuis le début du siècle. Les guerres que se menaient les siens et ceux d'ici, par rois de France, comtes de Tolosa et gens d'Église interposés ; les délations, les règlements de compte, les morts qui se comptaient maintenant par centaines dans le camp des hérétiques. Montségur avait été prise en siège parce que des chevaliers *faydits* de la citadelle étaient descendus de leur hauteur pour massacrer des hommes de Dieu, prêtres, franciscains et dominicains, venus prêcher dans les villages alentour et qui avaient trouvé refuge dans l'un des châteaux appartenant au comte de Tolosa qui avait laissé faire. Celui-ci, tout comme son père, n'avait cessé de gagner du temps sans se mouiller. Un coup, il était contre le pape et le roi de France et faisait alliance avec le Saint-Empire germanique et le roi d'Angleterre, l'ennemi ancestral, pour regagner de l'influence ; un coup, lorsqu'il se voyait mal engagé, il se repentait et leur jurait fidélité éternelle.

En tous les cas, cela n'avait pas l'apparence de poser beaucoup de problèmes aux Cazilhac et à leurs amis de côtoyer des « ennemis » ; ce qui n'avait pas l'air d'être le cas d'Alba.

Pourquoi se méfiait-elle autant de lui et le détestait-elle à ce point ?

Il l'avait pourtant sauvée par deux fois et avait fait son possible pour lui être agréable. Sans doute n'aurait-il pas dû lui dévoiler son intérêt, mais il n'avait pu s'en empêcher. Il pensait, naïvement il devait le reconnaître, qu'elle se laisserait embrasser, car c'était ce qu'il désirait. Du plus profond de son être.

Il n'avait jamais autant désiré embrasser une femme.

Certainement parce qu'elle se refusait à lui…

Il devait reconnaître que la jeune femme, en plus de mettre sa patience à rude épreuve, le déroutait. Elle était différente des autres. Belle, désirable, ô combien, mais rebelle comme une jeune pouliche. Ce qu'il n'avait pas pu non plus s'empêcher de lui rétorquer pour la faire réagir.

Une jeune et fougueuse pouliche qu'il se ferait un immense plaisir d'apprivoiser !

Pourtant, son instinct lui commandait de prendre son temps et de ne pas la brusquer ou elle ruerait et s'enfuirait.

Oui… à tout bien réfléchir, il fallait que cela vienne d'elle, il fallait qu'il éveille son intérêt, qu'il la force à en prendre conscience, à l'accepter et à y succomber. Alors, il aurait gagné la partie et elle lui appartiendrait. Sans doute son attitude n'était-elle due qu'à sa méconnaissance des hommes et de leurs désirs. Une plus rouée se serait pâmée en sentant son membre durcir au contact de son corps, alors qu'elle n'en avait rien eu à faire…

Un sourire étira ses lèvres et, voyant que sa belle sauvageonne l'observait – elle le faisait souvent, pensant peut-être qu'il ne s'en rendait pas compte –, il éleva son gobelet à son intention. Elle détourna les yeux, toujours aussi butée contre lui, mais une légère rougeur était apparue sur ses joues.

Elle n'était pas insensible à sa présence et à son intérêt, il en était persuadé, quoi qu'elle prétende et quoi qu'elle fasse pour s'en défendre.

Il devait reconnaître que leur première rencontre ne jouait pas en sa faveur.

Si lui avait été charmé et aussitôt parcouru de désir en découvrant ses parties intimes dévoilées par sa robe relevée et ses cuisses ouvertes, elle devait en conserver un souvenir cuisant ; quelle femme de bonne famille accepterait de bonne grâce que son entrecuisse soit offert en pâture au premier venu ? Ce souvenir s'avérait certainement d'autant plus douloureux qu'elle avait bien failli se faire prendre de force par des gueux qui en voulaient à sa vertu. Sans doute aurait-elle perdu la vie ; la racaille ne faisait pas dans la dentelle. Ils l'auraient certainement tuée après avoir abusé de son corps, d'autant plus qu'elle se serait défendue. Il aurait donné beaucoup pour que cette première rencontre ait eu lieu dans d'autres circonstances, mais c'était ainsi, il n'allait pas refaire le passé.

Il l'observa se resservir de raisin, dont elle semblait, tout comme lui, apprécier le goût. Il avait remarqué qu'elle mangeait chichement. Elle avait empli son écuelle et recouvert son tranchoir de tas de victuailles, mais s'était contentée du potage et de grignoter du bout des dents quelques légumes confits et fruits secs, laissant de côté les viandes et les terrines. Sans doute était-elle habituée, dans son couvent, à des repas frugaux. Surtout le soir !

Le chevalier se demanda ce que leurs hôtes leur proposeraient ensuite, il savait les Occitans friands de réjouissances et surtout de ces *cansos*[1] de troubadours.

Arthus pensa aux croisés restés là-haut, devant Montségur. Cela lui semblait si loin… et cela l'était… de son esprit, ainsi que véritablement ; plusieurs jours de cheval le séparaient de la citadelle. Pour autant, il ne devait pas perdre de vue son objectif. Plus vite il ferait tomber la forteresse, plus vite il serait débarrassé du fardeau et pourrait rentrer chez lui. De nouveau, il pensa que cette guerre n'était pas la sienne et il avait hâte de passer à autre chose. Il se vit obtenir la main d'Alba, charger la jeune femme sur son destrier et l'emporter sur ses terres. Il la présenterait à sa famille, puis il s'installerait dans la demeure familiale, près des siens. Où pourrait-il

1. Poésies lyriques musicales occitanes.

se rendre d'autre ? Il ne possédait rien en propre. En Terre sainte ? Il n'y avait rien pour eux là-bas, que des batailles à venir pour conserver Jérusalem, du sang et des larmes. Il frissonna en repensant à quoi il avait réchappé ; les combats contre les Sarrasins avaient été d'une extrême violence, ils ne faisaient pas de quartier. Tout comme les croisés, ceci dit ! Arthus comprenait que les Sarrasins se défendent, comme les gens d'ici. Les croisés souhaitaient conquérir leurs terres et leur prendre ce qui leur appartenait, au nom de Dieu… on ne pouvait pas attendre de ces populations qu'elles se laissent voler leurs biens et se rendent sans combattre. Parfois, lorsque ses souvenirs le tenaillaient, Arthus se demandait si tout ce sang versé servait en définitive à quelque chose ; bientôt, Jérusalem tomberait, il en était persuadé, et les Francs perdraient leurs conquêtes d'Orient. Il était décidé à continuer le combat, dorénavant, cela lui semblait vain. D'autant plus qu'il ne souhaitait plus quitter son royaume, ses objectifs avaient changé de camp.

Arthus suivit le mouvement lorsque tous se levèrent à l'invitation de leur hôte ; Adhémar de Cazilhac leur proposait de se divertir dans le salon attenant où les attendaient des troubadours. Il laissa sortir les convives, ses amis, son cousin et ce fut bon dernier qu'il entra dans la pièce éclairée de brûle-joncs. Dans la cheminée flambait un feu dispensant une douce chaleur. Une agréable odeur d'herbes coupées montait du sol, les murs étaient décorés de tentures vives représentant des chevaliers accompagnés de leurs dames, tous sur des destriers. Il devait reconnaître que les habitats des Occitans étaient savamment décorés. Là encore, rien à voir avec les leurs. La forteresse de sa famille était sombre et peu meublée, et il y régnait un froid de canard.

Les dames installées sur les banquettes face aux musiciens qui accordaient leurs instruments, Arthus se rendit près de son cousin, et resta debout derrière Alba. Dès lors, plus rien d'autre n'exista que la courbe de ses épaules laissées légèrement découvertes par l'encolure de la robe que le voile n'occultait pas tout à fait. Il eut soudain envie de détourner le tissu et de poser les lèvres sur sa peau pour en déguster la finesse. Il se vit la prendre dans ses bras, la presser contre son corps, et embrasser sa nuque. Son membre enfla dans ses chausses, heureusement recouvertes d'une tunique de lourd brocart. Noire, comme à son habitude. Noire comme son humeur.

La musique s'éleva, faite de viole, de cithare et de tambourins, puis l'un des troubadours entama sa ritournelle d'une belle voix rauque. Il ne fut plus question que de beaux sentiments d'un chevalier pour sa belle, promise à un autre. Arthus se reconnut dans les vers de la *canso*. Tout comme le personnage chanté, son corps aussi brûlait d'un feu ardent pour une femme qu'il rêvait de faire sienne mais que sa destinée lui refusait. Lui non plus n'aurait pas de repos tant qu'il n'aurait pas obtenu le baiser qui le rendrait heureux. Rien d'autre ne comptait plus désormais que ce désir enflant dans son corps. Tout comme ce chevalier transi de passion, Arthus avait le sentiment que son esprit n'aurait plus aucun repos tant qu'Alba ne serait pas à lui. Il entendit le souffle de la jeune femme s'altérer.

Pensait-elle à lui, ou à son futur fiancé ?

L'avait-elle déjà rencontré ? L'aimait-elle ? Lui avait-elle fait des promesses ? S'était-elle laissée embrasser ?

Imaginer d'autres lèvres que les siennes se déposer sur la peau de la jeune femme le mit au supplice. Il voulait être le seul désormais, le seul réceptacle de ses attentions, de ses sourires et de ses baisers et il se surprit à le vouloir de toute son âme. La *canso*, peut-être… peut-être que ces vers parlaient à son âme, justement. Malgré lui, son cœur se serra. Il avait déjà souffert pour et à cause d'une femme, était-il donc inconscient au point de vouloir connaître de nouveau ces tourments ? Mais cette fois-ci, il n'abandonnerait rien ! Cette fois-ci, il ne se laisserait pas enlever sa belle, il se battrait pour elle, quel qu'en soit le prix…

Il se déplaça vers le côté des banquettes pour apercevoir le visage d'Alba. Il voulait voir sur ses traits ce qu'elle ressentait à l'écoute de la *canso* ; si elle pensait à lui. Il l'observa avec insistance. Avec tellement d'insistance qu'elle finit par tourner son si beau regard vers lui. Il ne savait ce qu'elle lisait en lui, mais elle fronça des sourcils, presque imperceptiblement. Manifestement, elle était passée maître dans l'art de cacher ses sentiments. Son éducation au couvent, très certainement. Pourtant, il crut déceler sur ses traits, l'espace d'un instant avant qu'elle ne se détourne, de la curiosité, de l'intérêt peut-être. Son sang s'échauffa. Il avait hâte de se retrouver seul avec elle pour lui déclarer sa flamme ; il n'avait que trop tardé.

Il fallait qu'elle sache qu'il brûlait de désir pour elle, à l'instar du chevalier de la *canso* qui, le pauvre, mourut avant d'avoir conquis le cœur de sa belle. Il vit les prunelles d'Alba se mouiller de larmes et cela l'attendrit.

Il voulait ses larmes, il voulait ses sourires, ses baisers, son corps… son amour.

Il n'avait jamais rien voulu d'aussi fort de toute son existence.

Chapitre 12

Alba n'arrivait pas à fermer l'œil, le visage d'Arthus ne voulant pas sortir de ses pensées. Cet homme la rendait folle. Elle voulait continuer à l'ignorer, hélas, dès qu'il ne la regardait pas, c'était elle-même qui le dévisageait. Elle ne pouvait s'en empêcher, il l'attirait. Et souvent, très souvent, leurs regards se fondaient l'un dans l'autre. Alors, le cœur d'Alba tressautait dans sa poitrine en découvrant ce que recelait celui du baron : du désir à l'état pur.

Oui, il la désirait et ce désir la désemparait.

Pourquoi cet homme la captivait-il autant, alors qu'elle le détestait de toute son âme ?

Elle devait pourtant reconnaître qu'il était ainsi : captivant. Ce dont elle avait déjà pris conscience. Il était beau, d'une beauté à couper le souffle, il avait de l'esprit, une rudesse qu'elle percevait à travers ses gestes et qui lui mettait les sens en ébullition. Et elle se détestait pour cela. Elle se détestait de ressentir ce genre d'émoi, cela n'aurait pas dû arriver. Pas à elle ! Pas alors qu'elle était parfaite… elle ne s'était jamais intéressée aux hommes, elle ne se sentait pas faite pour l'amour ; seul comptait celui qu'elle ressentait pour son Dieu. Elle n'aurait pas dû être aussi sensible à la présence du baron, ni aussi… à fleur de peau lorsqu'il était dans les parages.

Pourtant, ils n'avaient pas échangé deux mots au cours de la soirée.

Il s'était contenté de la dévisager sans rechercher sa compagnie. Comme s'il… comme s'il passait son temps à réfléchir. Certainement l'imaginait-il déjà dans sa couche !

Elle secoua la tête, croisa ses doigts, serra très fort ses paumes l'une contre l'autre et s'abîma dans la prière. Mais au bout de quelques minutes, elle dut se rendre à l'évidence : prier ne lui était d'aucun secours. Elle ne cessait de penser au baron, à ses grands yeux noirs ardents sur elle, à son désir non voilé. Elle était étonnée que ses cousins ne se soient rendu compte de rien. Certainement parce que Ciprian avait passé la soirée à discourir avec Flora, au grand plaisir de cette dernière, et Balthazar, lui, de chasse ; ce qui semblait son passe-temps favori. Elle avait ainsi appris que le baron avait tué un cerf et qu'il était un chasseur émérite. Elle avait tendu l'oreille malgré elle, voulant en apprendre davantage sur le chevalier noir.

Agacée, la jeune femme repoussa la courtepointe et se leva.

Elle devait occuper son esprit et si la prière était inefficace, peut-être qu'un livre de la bibliothèque de son oncle ferait l'affaire ; elle l'avait découverte bien fournie, peut-être y trouverait-elle son bonheur. Elle s'empara de sa bougie qu'elle alluma au petit feu de la cheminée et, veillant à ne faire aucun bruit afin de ne pas réveiller sa servante couchée à proximité et qui ronflait doucement, sortit de la pièce.

Elle s'enfuit sur la pointe des pieds, gagna le rez-de-chaussée puis le quartier des hommes où elle savait trouver ce qui l'intéressait. La maison était silencieuse. L'horloge avait sonné minuit, tout le monde devait dormir. Alba poussa la porte de la bibliothèque, pénétra dans la pièce et fit un pas en arrière, surprise, en constatant que quelqu'un avait eu la même idée qu'elle.

— Oh ! pardon, je… je vais vous laisser…

— Attendez !

Elle se retourna, regarda le baron descendre du petit escalier de bois sur lequel il était perché et venir vers elle, son cœur s'emballant à mesure qu'il approchait. Sa beauté, l'éclat sauvage de ses yeux sombres qu'elle découvrit dans la faible lueur de la bougie qu'il tenait à la main, la sidérèrent, empêchant le moindre geste, la moindre tentative de fuite.

Mais désirait-elle le fuir ?

Elle n'en était plus si sûre tant il la fascinait.

— Restez, je vous en prie…

— Pourquoi ?

— Parce que j'aime votre compagnie. Vous en doutez ?

— Je ne pense rien vous concernant, messire.

Le chevalier s'approcha davantage, l'obligeant à reculer. Encore. Comme dans la forêt… où elle n'avait rien trouvé de mieux que de se prendre le talon dans une racine et serait tombée si le baron ne l'avait retenue. Elle se serait encore ridiculisée. Ensuite, il l'avait pressée contre son corps et alors, ce fut pire, une onde de chaleur l'avait traversée de part en part pour venir se loger entre ses cuisses, lui donnant affreusement envie de lui. Certains croyants se flagellaient pour moins que cela. Elle ne l'avait jamais fait, et à dire vrai, n'en avait aucune envie. Son esprit suffirait à repousser le baron sans qu'elle eût recours à faire du mal à son corps ; elle serait plus forte que lui.

— Si nous cessions ce petit jeu, Alba !

Tout son corps se raidit malgré elle en entendant son prénom entre les lèvres du baron.

La jeune femme leva les yeux, rencontra ceux du chevalier.

— Je ne comprends pas ce que vous entendez par là. Veuillez être plus précis, baron, je vous prie, le tança-t-elle.

— Vous aussi aimez ma compagnie.

Elle éclata de rire.

— Vous vous trompez, messire. Qu'est-ce qui a bien pu vous faire croire une chose pareille ?

— Je le ressens…

Il posa une main sur son cœur.

— Là…

— Vous devriez cesser d'écouter les *cansos* des troubadours, cela vous ramollit !

— Vous moquez-vous, ma dame ?

— Effectivement ! se gaussa-t-elle encore tout en lui adressant un petit sourire ironique. Et je suis étonnée que vous les appréciiez.

— Je suis quelqu'un d'étonnant !

Grand Dieu, cet homme était d'une outrecuidance… même ses cousins, sûrs d'eux et de leurs qualités, n'avaient pas ce… cette propension à se mettre en valeur !

Alba secoua la main comme elle le ferait pour chasser une mouche.

— Vous m'en voyez ravie !

— Vous n'aimez pas la poésie ?

— Je n'en ai certes pas l'habitude, nous ne… nous

n'en écoutions pas au couvent et je vous avoue que je ne comprends pas cet engouement pour le genre !

— Qu'aimez-vous, alors, Alba ? susurra-t-il de sa belle voix grave.

Une voix qui la remua encore des pieds à la tête.

Sa première réaction fut de l'envoyer promener avec ses questions, mais malgré elle, elle se prit au jeu et se surprit à avoir envie de discourir avec lui. Il avait raison, elle appréciait sa présence, quoi qu'elle en dise.

— Oh… les choses simples, avoir un toit, m'occuper des autres, choyer des enfants… Et j'aimerais surtout…

Elle le regarda dans les yeux avec défi.

— … j'aimerais surtout que nous puissions tous vivre en paix.

Elle avait veillé à ne point trop en dire, mais la tentation de le défier avait été la plus forte. De plus, elle avait le sentiment que quoi qu'elle lui révèle, le baron ne ferait rien contre elle, malgré la cause qu'il défendait.

Le rire du baron la surprit.

— C'est à mon tour d'être étonné qu'une jeune femme telle que vous s'intéresse à la politique.

— Et à quoi selon vous devrait s'occuper une femme ? ne put-elle s'empêcher de demander, voulant le battre sur son propre territoire.

— De se trouver un mari !

— Pensez-vous que c'est là la seule fonction d'une femme : se marier et avoir des enfants ?

Ce fut à son tour de la regarder bien en face.

— Non, Alba, je ne le pense pas… je pense que de nos jours, une femme a besoin de protection.

Certes, là-dessus il n'avait pas tort, les inquisiteurs brûlaient à tour de bras de pauvres jeunes femmes sans mari pour les défendre, jugées pour sorcellerie ; pour peu qu'elles aient les cheveux roux. Comme si l'on choisissait la couleur de sa chevelure, ou la famille dans laquelle nous venions au monde…

Le chevalier ne la quittait pas des yeux, comme voulant la persuader :

— Je pense qu'un homme et une femme peuvent être liés par quelque chose qui les dépasse, continuait-il. Quelque chose qui les rend meilleurs et capables de tout. Je pense qu'ils peuvent faire un tout et s'apporter mutuellement beaucoup de bonheur.

Alba fit la grimace ; il n'y avait pas de bonheur ici-bas, juste du malheur ! Un malheur apporté par les gens comme lui ! Des chevaliers qui se mettaient au service du pape et du roi de France pour les persécuter, les exterminer, leur prendre leurs biens et les jeter sur les chemins. Un moindre mal, car pour d'autres, c'était le bûcher qui les attendait. Oh ! bien sûr, ils étaient persuadés d'œuvrer au nom de Dieu ! Dieu commandait-il de tuer son prochain ? Bien sûr que non ! Dieu était miséricorde, clémence, tolérance et pardon… ces hommes n'avaient rien compris aux Évangiles ou plus exactement, ils se servaient des textes sacrés pour opprimer et faire leur loi.

Bon sang, la bêtise de ces hommes la rendait folle !

Sa haine revint d'un coup. Elle ne devrait pas les haïr, elle n'avait pas été éduquée à haïr quiconque, mais au contraire à soigner et à faire le bien autour d'elle, mais comment ne pas ressentir de haine à l'égard de ces barons du nord venus mettre sa contrée à feu et à sang… comment faire alors qu'elle avait tout perdu à cause d'eux… ce qu'ils leur avaient fait était horrible. Alba ne comprenait pas que l'on puisse faire autant de mal à d'autres, juste parce qu'ils pensaient et se comportaient différemment. Où était la tolérance dans tout cela ? Encore une fois, elle pensa que Dieu avait bon dos et que les barons n'étaient venus que pour leur prendre leurs possessions et leurs richesses. Certains, sans doute, étaient persuadés d'œuvrer pour une bonne cause, mais qu'en était-il, au juste, de celui-ci ?

— Vous comprenez ce que j'entends par là, Alba ?

La jeune femme se redressa.

— J'entends parfaitement, messire, et je vous rejoins, une femme a besoin d'un époux. C'est pour cette raison que mon oncle m'a déjà trouvé un mari !

Elle n'avait pu s'empêcher de le provoquer, connaissant son intérêt pour elle. Peut-être ainsi la laisserait-il en paix.

Un voile de contrariété obscurcit le regard du baron.

— Savez-vous de qui il s'agit ?

— Oui, le défia-t-elle, mais je doute que mon oncle apprécie que je dévoile ses desseins au premier venu.

Elle le vit serrer les mâchoires tandis que la colère altérait ses traits. Ce qui surprit la jeune femme. Elle ne pensait pas qu'un homme de son caractère lui dévoilerait ainsi ses émois.

— Je ne suis pas le premier venu, Alba !

Oh non, vous êtes plus que cela ! Vous êtes un étranger, et vous êtes mon ennemi !

Montfort également, mais lui, il pouvait lui être utile ! Le baron aussi bien sûr puisqu'il participait au siège de Montségur, mais dans une moindre mesure ; il n'était pas aussi puissant.

Néanmoins, le ton de sa voix, la douleur qu'elle y décelait, la surprirent une nouvelle fois. Elle aurait dû se réjouir de lui faire du mal, ce n'était pas le cas ; elle se faisait du mal à elle-même, elle en prenait conscience… mais avait-elle le choix ? Ses sentiments, quels qu'ils soient, n'avaient pas leur place dans l'affaire ! Elle comprit également, dans un battement de cœur, que se lier à Montfort s'avérait moins dangereux pour son âme que s'attacher à cet homme qui bouleversait ses sens ; ce qu'elle ne pouvait pas permettre. Il fallait d'ailleurs que cela cesse.

Dans l'instant !

Alba affermit sa posture et s'avança pour le défier :

— Pour moi, vous n'êtes rien, baron ! assena-t-elle.

Voyant un éclair de surprise traverser le regard du chevalier, elle s'enhardit.

Il fallait couper le mal à la racine !

— Ou plutôt si, ajouta-t-elle. Vous êtes un boucher ! Un être vil venu du nord pour nous faire du mal ! Vous me demandiez ce matin pourquoi je vous haïssais, eh bien je vais vous le dire, s'enflamma-t-elle, le cœur au bord des lèvres. Je vous hais pour ce que vous êtes et pour ce que vous représentez. Je vous hais pour ce que vous et vos semblables imposez aux miens ! Oh oui, chevalier, je vous assure bien que je vous hais de toute mon âme aussi vous vous trompez, je n'apprécie pas votre présence, ce serait même tout l'inverse ! lui cracha-t-elle, pleine de ressentiment, avant de le contourner pour s'échapper.

Il la retint par le poignet, l'obligeant à lui faire face.

Leurs regards se happèrent, se défièrent.

— Vous pouvez vous raconter ce que vous voulez, Alba, je sais reconnaître le désir dans les yeux d'une femme et vous me désirez, je le sais, je le sens.

Le souffle de la jeune femme s'altéra, sa poitrine lui fit mal.

Le chevalier glissa ses doigts de son poignet à son

bras, en une douce caresse qui la bouleversa, tout en se penchant pour lui souffler à l'oreille :

— Je sais ce que je vois, Alba. Un jour, vous me supplierez de vous embrasser.

— Jamais, siffla-t-elle entre ses dents.

— Ne jamais dire jamais, ma dame. Vous n'avez pas encore compris à quel point votre corps me désire, mais un jour, vous le ferez. Ce jour-là, je serai là...

— Je vous hais, je vous dis, se défendit-elle, navrée de se voir perdre la bataille.

— Quant à moi, je puis vous assurer que plus vous me résistez, plus vous m'attirez.

Il se saisit de sa main avant qu'elle puisse faire le moindre mouvement, la porta à ses lèvres. Des lèvres qu'elle découvrit d'une grande douceur.

Il leva légèrement la tête, plongea les yeux dans les siens tandis qu'il embrassait ses doigts, sa paume, avec ferveur. Alba sentit son ventre se serrer. Elle aurait voulu le fuir pour ce qu'il lui imposait, mais ne le put, elle restait captivée par ses prunelles incandescentes, par son souffle sur sa peau, ainsi que la douceur de ses baisers. Elle se surprit à désirer qu'il ne cesse jamais et continue de l'embrasser de la sorte. Elle ne pensait pas ressentir cela un jour, elle ne pensait pas avoir envie qu'un homme l'embrasse, surtout cet homme, cet homme qu'elle haïssait par-dessus tout, mais c'était un fait. Et quand le baron lâcha sa main pour s'en retourner et s'en aller, elle se sentit si perdue qu'elle dut se faire violence pour ne pas courir après lui pour le retenir.

Que lui arrivait-il, Seigneur Dieu ?

Elle tomba à genoux, joignit les mains.

— Seigneur, je vous en prie, je vous en supplie,

délivrez-moi de cet homme ou je suis perdue. Gardez-moi dans votre giron, gardez-moi du désir qu'il impose à mon corps. Pitié, Seigneur, je ne veux pas lui succomber… jamais, c'est vous que j'aime, rien que vous…

De grosses larmes roulèrent sur ses joues, car elle sentait au plus profond de son être que la bataille entre le baron noir et Dieu au sein de son cœur serait terrible. Si terrible qu'elle pourrait perdre son âme.

Chapitre 13

Cité de Carcassona, 21 janvier 1244

Le trajet à cheval leur prit deux bonnes heures, et ce fut un peu avant 11 heures de la matinée qu'Alba vit se dresser les remparts de la cité de Carcassona environnée de brumes. Elle en avait tellement entendu parler qu'elle contempla, emplie de curiosité, les tours et les murailles. Elle en connaissait l'histoire : fief des Wisigoths, la cité fut conquise au VIe siècle par les Francs, qui la perdirent au profit des Sarrasins, puis la reprirent. En vérité, la contrée n'avait cessé, à travers l'histoire, de vivre des épisodes dramatiques et sanglants jusqu'au règne de Charlemagne. Puis elle devint un haut lieu de sa foi, sous l'égide de Raimond-Roger Trencavel qui n'eut de cesse de protéger les cathares de la persécution, jusqu'à son emprisonnement. Il périt d'ailleurs dans l'un de ses cachots. La cité fut alors donnée à Simon de Montfort, ce diable venu du nord à la tête de l'armée croisée, et appartenait encore à sa famille.

La jeune femme, au centre de la petite troupe cernée des gardes de son oncle, ses cousins de part et d'autre de sa monture, son oncle et sa tante devant elle, se redressa et contempla les alentours – ils venaient de franchir le pont surplombant l'Aude – tandis que la jument avançait au pas sur la sente menant à l'entrée de la cité. Alba se souvint de ce que lui avait révélé dame Corba : Carcassona était construite sur une bute, entre la Montagne Noire au nord, les Corbières à l'est, le Lauragais à l'ouest, et la vallée de l'Aude au sud, dont Cazilhac…

Ils franchirent le pont-levis, sans avoir à montrer patte blanche, mais quoi de plus normal : sa famille étant proche de Montfort, ses cousins de ses amis, ils avaient leurs entrées. Ils remontèrent la rue de la porte d'Aude, les pas de sa jument résonnant sur les pavés inégaux. Alba jugea la cité bruyante et sale à faire peur, s'étonnant qu'une si illustre place ne soit pas plus propre : les immondices jonchaient le sol, des hommes, que des gamins s'amusaient à agacer, étaient avachis le long des murs, très certainement pour y cuver leur soûlerie de la veille ; le linge pendait aux fenêtres des masures pour la plupart en mauvais état. Et grand Dieu, que cela sentait mauvais…

Ils bifurquèrent à gauche et pénétrèrent dans une enceinte. À peu près propre. Et prospère. Qui contemplait le lieu pouvait comprendre où allaient les bienfaits et les priorités du maître : à son propre confort et non à celui de sa cité ! Ses gens mangeaient-ils à leur faim, seulement, tandis que lui organisait des festivités ? La jeune femme le détestait déjà, sans même l'avoir jamais rencontré, et son cœur se serra, car elle allait devoir prendre sur elle pour lui dissimuler sa révulsion. Elle avait prié pour cela toute la nuit ; pour que Dieu lui donne la force de résister au baron noir et d'accepter sa destinée, si cette dernière se résumait à appartenir à Montfort. Elle ne savait des deux fléaux lequel était le pire… le baron, qu'elle n'avait pas revu puisqu'il était parti, avec sa petite troupe d'amis, aux aurores, mais qui ne cessait de s'inviter dans son esprit malgré elle – elle n'avait cessé également de se passer leur confrontation en boucle ; ou bien Jean de Montfort, petit-fils de l'homme responsable de leur grande misère et que ceux d'ici dépeignaient aussi cruel que son grand-père.

— Où sommes-nous ? demanda-t-elle à Ciprian, proche d'elle, pour occuper ses pensées et ne pas perdre tout courage à l'idée de rencontrer le maître des lieux.

— Dans l'enceinte du palais comtal…

— Nous rendrons-nous directement à l'office ?

— Certes !

Alba se rapprocha de la monture de son cousin.

— Je vais avoir besoin de votre aide, cousin. Je n'y connais rien, et j'ai peur de me fourvoyer.

Cela aussi la faisait trembler.

Si Montfort comprenait qu'elle n'y entendait rien aux affaires d'Église, alors qu'elle était censée sortir du couvent ? Leurs mensonges ne seraient-ils pas alors révélés au grand jour ? Et alors, que se passerait-il pour sa famille ?

La jeune femme frissonna.

— Ne vaudrait-il pas mieux pour nous tous de renoncer et de nous en retourner ?

Ciprian posa ses doigts sur les siens serrés à l'extrême autour des rênes.

— Tout va bien se passer, cousine, je vous en fais la promesse. Et non, nous ne pouvons pas nous défiler maintenant. C'est trop tard…

Leurs regards se croisèrent.

Ciprian avait raison : on ne pouvait refuser une invitation du vicomte sans en subir les conséquences. Il fallait se soumettre à son bon plaisir. Et si son bon plaisir était de la prendre pour épouse, Alba devrait s'y résoudre. Pour eux tous. Pour les protéger. Et pour espérer sauver son père.

Alba cligna des paupières en signe d'assentiment, alors qu'un froid intense envahissait sa poitrine. Elle reporta son attention devant elle et pria pour que Dieu lui donne confiance et force. Sa destinée était en marche et elle se devait de l'affronter…

Elle ne put pourtant empêcher son pauvre cœur de devenir douloureux lorsque, après avoir abandonné leurs montures à des palefreniers en livrée rouge et noir accourus pour les accueillir, ils se dirigèrent sur la droite du palais. Palais qu'elle découvrait imposant et orné de tant de tours qu'il lui fut impossible de les compter, chacune d'elles surmontée d'un couvre-chef d'ardoise terminé en pointe ; qui arrondies, qui carrées, et toutes reliées par des remparts sur lesquels évoluait la soldatesque.

Ciprian se rapprocha, souffla :

— L'office a lieu dans la chapelle de l'hôtel-Dieu attenant au palais. Vous n'aurez qu'à m'imiter en tout…

Il serra une nouvelle fois ses doigts.

— Nous serons à vos côtés, n'ayez aucune crainte, l'assura-t-il encore.

Alba hocha imperceptiblement la tête et se laissa guider, veillant à rester droite et digne. Elle était ce qu'elle était et n'en avait pas honte, bien au contraire, elle était fière de sa croyance et de la foi qu'elle défendait ; une foi juste et tolérante. Elle chercha dans ses prières la force d'avancer et pas après pas, sentit la paix la gagner… jusqu'à ce qu'elle se retrouve face au vicomte sur le parvis de la chapelle, entouré de sa cour qui se pressait derrière lui en une petite foule compacte comme lui somptueusement vêtue de couleurs chamarrées. Là, elle eut le sentiment que son cœur s'arrêtait de battre tant l'homme la révulsa dès le premier regard. Oh ! il était richement vêtu, certes, trop, si l'on en croyait la pauvreté crasse de sa cité : un lourd collier d'or ceignait son torse recouvert d'une chasuble rouge sang dont la couleur, par trop violente, dérangea la jeune femme, tout comme le regard hautain et dédaigneux teinté d'une lueur implacable qu'il posa sur eux. Alba ressentit, au plus profond de sa chair, la cruauté et la malignité de l'homme.

Sa voix, alors, s'éleva.

Une voix bourrue et sans aucune chaleur qui lui seyait à merveille et révélait sa nature.

— Voici donc enfin mes amis de Cazilhac ! Nous ne vous attendions plus !

Oncle Adhémar et ses cousins inclinèrent la tête en guise de respect tandis que tante Ermengarde s'abîmait dans une petite révérence. Alba l'imita, puis conserva le menton baissé. Le moment de croiser le regard de cet homme viendrait bien assez tôt.

— Pardonnez ce léger retard, seigneur, répondit Adhémar d'un ton humble, mais… la brume nous a empêchés d'avancer au rythme que nous souhaitions.

Seigneur…

Cet homme se prenait-il pour Dieu qu'il imposait à ses vassaux de l'appeler ainsi ?

Alba l'ignorait. Comme elle ignorait les us et coutumes de la féodalité ou comment un vassal comme son oncle, ou ses cousins, devait se comporter. Ce qu'elle savait en revanche, c'était que ce n'était pas la brume qui les avait retardés, mais elle-même ; la couturière, après avoir œuvré d'arrache-pied pour confectionner sa vêture, avait dû la reprendre car elle lui flottait sur le corps. Elle s'était encore émaciée, ce dont sa tante l'avait gentiment rabrouée, lui faisant promettre de se nourrir plus richement. Alba était bien décidée à n'en rien faire ; elle avait pour habitude de peu s'alimenter et le pouvait d'autant moins lorsqu'elle pensait à son père et à ses amies, privés de tout, là-haut, à Montségur. Là, les aliments avaient beaucoup de peine à franchir ses lèvres.

Pour autant, sa toilette était splendide, faite d'un lourd tissu bleu gansé d'or au col, sur le côté des manches largement évasées et qui lui descendaient jusqu'au bout des doigts qu'elles dissimulaient en partie, ainsi que sur le bas. Le haut de sa gorge était dévoilé en un joli arrondi, qu'Alba jugea provocant et qu'elle dissimula avec sa chevelure laissée libre. Un cercle d'or ceignait son front, retenant le voile bleu transparent qui recouvrait ses cheveux.

Sa tante l'avait complimentée en lui passant sa cape bordée d'hermine sur les épaules ; cape également d'un bleu intense, d'un ton en dessous de la robe. Ermengarde la trouvait magnifique, lui fit la réflexion que la couleur bleue faisait ressortir ses prunelles et Alba dut reconnaître, même si la coquetterie ne faisait pas partie de ses traits de caractère, que la vêture était plutôt réussie. Elle en félicita la couturière, qui en rosit de plaisir.

Alba remercia par-devers elle son oncle de camoufler son implication dans le fait.

— Seigneur, laissez-moi vous présenter ma nièce, Alba de Cazilhac, l'entendit-elle ajouter. Alba, je vous prie…

La jeune femme, à l'évocation de son nom, fit quelques pas en avant alors que sa famille s'écartait devant elle, tel une mer, pour lui céder le passage. Se trouvant devant le vicomte, elle repoussa son capuchon et rencontra son regard. Des murmures de surprise, aussitôt, s'élevèrent. Le vicomte, semblant aussi stupéfait que sa cour par l'apparence d'Alba, haussa un sourcil, puis un sourire étira ses lèvres.

— Que voici donc une charmante jeune femme, mon ami, vous ne m'aviez pas menti ! Ma dame, me feriez-vous l'honneur…

Il lui présenta son bras.

Alba s'étant préparée à jouer la farce que sa famille avait ourdie pour elle, dans l'intérêt de tous, fit abstraction de sa révulsion, sourit, tandis que la réponse au vicomte franchissait ses lèvres :

— Avec grand plaisir, mon seigneur…

Oh oui, elle allait jouer cette mascarade et, bien décidée à obtenir de lui l'aboutissement de ses desseins, elle y mettrait tout son cœur et serait prête à tout, même à commercer avec le diable en personne.

Sans la moindre hésitation, elle posa la main sur le bras de Montfort et le laissa l'emporter à travers la foule qui, de la même manière que sa famille quelques instants plus tôt, s'ouvrit devant eux. Alba ignora les murmures qui fusaient sur leur passage. Elle n'avait que faire de leur jugement ; elle ne les connaissait pas, mais si elle devenait l'épouse de Montfort, ils feraient partie de son quotidien et elle devrait s'en accommoder. Elle n'avait que faire d'eux, et les jugeait d'autant moins qu'elle savait que tout comme elle, chaque personne présente attendait quelque chose du vicomte, plus de puissance, des bienfaits ou peut-être seulement la vie sauve pour certains. Sa famille faisait partie du lot : pour vivre en paix, son oncle et sa tante avaient préféré s'allier aux plus forts.

Et Montfort, de par son héritage et grâce au climat de

terreur que les croisés et les dominicains faisaient régner en Occitanie depuis trois décennies, faisait partie de ceux-ci. Pour le moment… Alba était persuadée qu'un jour, son monde s'éveillerait, *sa terre* s'éveillerait ; elle voulait être présente ce jour-là et peut-être, pourquoi pas, avoir apporté sa pierre à l'édifice. Elle rêvait de cela presque chaque nuit. Elle rêvait que les inquisiteurs et les bourreaux du nord s'en aillent vers d'autres contrées à piller et qu'ils les laissent vivre à leur convenance et surtout *prier* à leur convenance ; selon elle, et en cela elle rejoignait dame Corba, la foi de chaque homme et chaque femme ne regardait qu'eux et ils n'avaient de compte à rendre qu'à Dieu lui-même, pas aux hommes. Que des hommes, qu'ils soient papes, ou rois, ou même vicomtes, se prennent pour Dieu sur terre la révulsait. Elle ne comprenait pas cela chose possible. Mais quoi de plus simple au demeurant, puisqu'ils s'octroyaient eux-mêmes ce droit. En faisant régner la terreur, en persécutant et en exterminant. Le plus fort l'emportait sur le plus faible…

Alba cessa là le cours de ses pensées qui s'évadaient bien souvent au-delà de sa condition pour embrasser celle de ses semblables, et observa ce qui l'entourait tout en se dirigeant vers le haut de la chapelle. Elle n'y connaissait rien en bâtiment de prière, à Montségur, ils priaient à la salle commune ou partout où ils le souhaitaient ; ils n'avaient pas besoin d'un lieu pour cela. Encore moins d'un lieu débordant d'ors et de richesses, car Jésus était pauvre. Dieu n'avait pas besoin de tout ce tapage ; Il n'avait besoin que de cœurs purs… Elle dut pourtant reconnaître que le lieu recelait une sorte de… quiétude et malgré elle, elle se laissa envahir par la force qui semblait y régner.

Montfort la conduisit jusqu'à la première rangée de

chaises, recouvertes d'un tissu rouge et or, tandis que la cour s'installait derrière eux mais également devant, sur les côtés, en un joyeux vacarme. Manifestement, le recueillement n'était pas leur apanage. Alba les regarda prendre place, observa les visages, les sourires… puis les pâles rayons du soleil tombant des lucarnes en ogive habillées de monceaux d'éclats colorés formant des personnages ; certainement ceux de la Bible. Elle n'avait jamais vu chose pareille et fut marrie de n'en rien pouvoir demander, bien que Ciprian soit venu s'installer à son côté, ce dont elle lui fut reconnaissante. Une partie de son angoisse s'évaporait de le savoir proche et elle se promit de lui demander des explications, tant sur le façonnage de l'édifice que sur les magnifiques illustrations colorées qui l'ornaient.

Que l'Homme était donc capable de choses incroyables ! se dit-elle. Et d'autres horribles…

Elle jeta un coup d'œil à son cousin, qui lui sourit en lui effleurant les doigts, puis venaient après lui Balthazar, son oncle, et sa tante. Ils étaient là, près d'elle, et cela aussi la rassura. Quelque peu… car si jamais elle faisait quelque chose d'inconvenant, si jamais elle se fourvoyait et dévoilait sa véritable nature, qu'adviendrait-il ? Alba se sentit en danger ainsi exposée au milieu d'une foule qui avait juré de dénoncer les cathares. Chacun des visages qu'elle contemplait représentait une menace de mort et elle frissonna, avec la sensation d'être entrée dans un piège, un repaire de bêtes féroces dont Jean de Montfort, à ses côtés, était le maître.

Comment allait-elle survivre dans cette nasse ?

La sentant sur le point de défaillir, Ciprian se rapprocha. Sa chaleur l'environna à l'instant où leurs épaules se touchèrent, et la réconforta, ce dont elle lui sut gré. Pour oublier ses tourments, la jeune femme s'abîma dans la contemplation des illustrations colorées lui faisant face, et celle du centre retint son attention : un homme sur une croix, nu à l'exception d'un drap blanc lui ceignant les hanches et avec une couronne d'épines sur la tête, qu'il maintenait légèrement penchée vers le bas. Du sang coulait des blessures de son front, ainsi que de son flanc droit, là où la lance du centurion romain l'avait percé pour constater sa mort, car Alba sut, sans aucun doute possible, et même si les cathares réfutaient les icônes et qu'elle n'avait jamais rien vu de tel, que c'était là une représentation de Jésus. Elle eut le sentiment de sentir le regard de Jésus sur elle, et que ce regard lui redonnait courage et force. Lui aussi avait souffert et péri pour sa foi, et il n'était ni le premier, ni le dernier. Depuis l'aube de l'humanité, l'Homme souffrait pour ses croyances, *par* ses croyances et ses différences. C'était la dure loi de la vie et Alba se demanda soudain si cela cesserait un jour.

Elle ne laissa pas ses pensées progresser plus avant, car un homme vêtu d'une chasuble blanche recouverte d'une mante rouge bordée d'or et qu'Alba supposa être un prêtre, encadré de deux aides – sobrement habillés d'une chainse blanche ceinturée à la taille –, venait de pénétrer dans le haut de la chapelle par une porte située sur le côté. Tandis que l'un des aides balançait d'avant en arrière un ustensile duquel s'échappaient des volutes odorantes, le prêtre alla se placer derrière la table nappée de blanc et d'or et commença son office. En latin. Langue qu'Alba ne maîtrisait pas.

La tête baissée dans une attitude de recueillement feint, elle s'efforça d'imiter ses voisins, ainsi qu'elle en était convenue avec Ciprian. Lorsqu'ils se levaient, elle se levait, quand ils se rassoyaient, elle faisait de même, et ânonnait des réponses dont elle ignorait tout, se contentant d'ouvrir et de fermer la bouche en psalmodiant des sons. L'exercice, lui demandant une concentration de tous les instants, l'épuisa. L'office n'avait rien en commun avec le leur. D'ailleurs, dans sa foi, on ne pouvait pas parler de véritable office religieux, cela n'existait pas. Selon les cathares, le Christ n'avait pas de corps, on ne pouvait donc pas lui vouer un culte, ni célébrer sa mort, ni se nourrir de lui. Les parfaits prêchaient, convertissaient, et donnaient des directives pour que l'âme humaine soit sauvée. Et pour qu'elle soit sauvée, il fallait vivre comme le Christ, faire vœu de pauvreté, de chasteté, travailler de ses mains, se consacrer aux autres, et mourir dans la délivrance.

Puis soudain, la foule s'installa sur le petit banc placé devant chacun, à genoux.

Alba, prise au dépourvu, toussota, remonta sa robe, puis les imita. Elle plaça, comme tout un chacun, ses avant-bras sur les montants de la chaise, joignit les mains, et ne sachant quoi faire d'autre, entreprit de prier.

Sa peau, alors, picota.

Elle tourna la tête et rencontra un regard braqué sur elle. Celui du baron noir. Qui, les mâchoires serrées, semblait en colère.

Pourquoi ?

Avait-il remarqué ses hésitations et son manque d'entrain dans les répons ? Mais plutôt que de se sentir prise en faute, elle le dévisagea à son tour sans ciller, s'attendant à ce qu'il détourne les yeux, mais il n'en fit rien. Bien au contraire, son regard se modifia et elle eut le sentiment qu'il cherchait à voir jusqu'à son âme, tout en lui dévoilant une nouvelle fois son désir, profitant de ce que Montfort avait la tête baissée.

Son cœur s'affola.

Si Montfort se rendait compte de l'intérêt du baron pour sa personne, qu'adviendrait-il de lui ? Et d'elle ? Si Arthus la revendiquait, que se passerait-il ? Non, il dissimulerait, il n'était pas sot au point de contrecarrer les plans de Montfort qui avait révélé aux yeux de tous qu'elle lui plaisait. Pour autant, entre montrer son intérêt et la prendre pour épouse, il y avait encore un pas… que Montfort franchirait le jour même, ou pas…

À cette pensée, l'esprit d'Alba s'emballa et ce fut elle qui détourna le regard afin que le baron comprenne qu'il devait cesser cette mascarade. Elle ne pouvait se permettre de l'encourager, ou ses desseins de se servir de Montfort pour faire libérer ceux qu'elle aimait seraient perdus à jamais. Elle n'avait pas le choix, plaire à Montfort était une aubaine et elle s'en servirait. Rien ne pourrait la détourner de ses objectifs. Et surtout pas cet homme, aussi séduisant et attirant soit-il. Elle allait encore devoir s'en ouvrir à lui pour qu'il cesse ses assiduités, rapidement, et avec plus de véhémence encore puisque manifestement, il refusait de l'entendre. À moins qu'il la détaille parce qu'il avait compris que quelque chose n'allait pas dans son attitude, auquel cas, elle s'avérait d'autant plus en danger.

Alba se retint de secouer la tête pour en chasser ses pensées qui lui mettaient le cœur en déroute, et reprit son attitude pieuse. Mais seulement pour quelques instants puisque les fidèles, sur un ordre du prêtre qu'elle ne comprit pas davantage, se redressaient, les uns après les autres, avec des raclements de gorge, des soupirs et des bruits de pieds de bois au sol. Puis les chuchotements des conversations reprirent. Ces ouailles n'étaient pas concentrées, beaucoup s'en fallait ; le moment plutôt propice à des retrouvailles. Elles cessèrent pourtant lorsque le prêtre, après quelques mots, leva une coupe à bout de bras. Des tintements de cloche s'élevèrent. Il prit un morceau de ce qu'elle contenait, le porta à sa bouche. Puis il éleva une autre coupe, la porta à ses lèvres et but. Il s'empara ensuite de l'une d'entre elles, contourna la table juponnée, descendit les marches et vint se placer en haut de l'allée centrale. Tandis que des chants s'élevaient, les fidèles sortirent de leur rangée et avancèrent vers le prêtre. Arrivés à son niveau, ils ouvrirent la bouche, dans laquelle le prêtre glissait un morceau de pain. Alba comprit alors : elle avait devant les yeux l'eucharistie ! Et ce morceau de pain était censé représenter le corps du Christ. Cela allait à l'encontre de son propre entendement.

Alba sentit ses entrailles se serrer.

Elle devrait mettre dans sa bouche cette hérésie… oui, pour elle, c'en était une… elle était sûre de ne pas le supporter et de vomir.

Le cœur au bord des lèvres mais prenant sur elle, elle suivit le mouvement, les yeux fixés sur la nuque de Ciprian afin de puiser la volonté d'avancer. Mais comme cela ne suffisait pas, elle entonna dans sa tête l'hymne de sa foi, *Lo Boièr*[1], et crut entendre la voix de son père. Ses yeux s'emplirent de larmes, qu'elle ravala courageusement.

Elle ne devait pas perdre ses forces, ou elle se perdrait tout à fait, et alors, son avenir et celui des siens seraient

1. *Le Laboureur* en occitan. Considéré comme l'hymne des cathares, sans réel fondement historique.

perdus. Tout en progressant à la suite des autres, et tandis que la voix de son père adoré fredonnait dans son esprit, elle fixa le Christ, le suppliant de lui donner la force d'affronter cette nouvelle offense faite à sa foi en son cœur. Christ n'était-il pas le même pour tous ? *Lui* ne faisait pas de différence entre les humains, c'étaient les hommes d'ici-bas qui en faisaient. Une larme glissa sur sa joue. Les mains croisées et serrées sur sa poitrine, son visage levé vers le Christ sur la Croix, symbole de leur calvaire, qui souffrit et se sacrifia pour les hommes, Alba avança, pas à pas. À chacun de ses pas, son cœur souffrit un peu plus, mais se renforça un peu plus : elle faisait tout ceci pour ceux qu'elle aimait ; elle se sacrifierait pour eux. Cela seul comptait…

Ce fut son tour.

Elle ouvrit la bouche. Le prêtre y déposa le morceau de pain que, sitôt détournée, Alba recracha dans sa main refermée en simulant une quinte de toux. Elle le maintint fortement serré dans sa paume durant quelques pas et, discrètement, le laissa choir le long des plis de sa robe. Il irait rejoindre le sol où il serait piétiné, elle en était certaine. Qui irait s'inquiéter d'un morceau de pain par terre ? Quand bien même… comment prouver que c'était elle qui l'avait échappé. Elle avait été remarquée par Montfort, il l'avait installée à sa droite sur les chaises de devant et avait écouté la messe en sa compagnie, cela n'était pas rien.

Son cœur s'apaisa, mais lorsque son regard croisa une nouvelle fois celui du baron de Turenne venant à sa rencontre, elle eut le sentiment que son méfait était marqué sur ses traits et dut se faire violence pour ne pas rougir.

Décidément, ce diable d'homme était toujours là où elle ne l'attendait pas !

Elle arriva à sa hauteur. Elle l'ignora, garda le regard droit mais sursauta lorsque la main du baron effleura la sienne. Son cœur fit un bond dans sa poitrine tandis qu'une traînée de feu lui remontait le long du bras.

Qu'était donc encore cette diablerie…

Alba ne se reconnaissait plus, elle ne reconnaissait plus son corps jusque-là indifférent aux besoins de la chair. Qu'à cela ne tienne, ses prières redoublèrent de ferveur ; son esprit serait le plus fort… il le fallait ou encore une fois, cela en serait fini d'elle et de la destinée qu'elle s'était choisie.

Quelques secondes plus tard, elle gagnait le parvis, sa famille qui l'attendait et qui la regardait venir à eux le sourire aux lèvres, l'air frais, et put enfin respirer.

Jusqu'à ce que Montfort se saisisse de son bras :

— Pas si vite, ma dame !

Le cœur de la jeune femme manqua un battement.

Était-elle perdue ? Le vicomte l'avait-il aperçue cracher le corps du Christ ?

Elle prit sur elle, revêtit un masque impassible et lui fit face.

— Mon seigneur ?

Montfort la dévisagea intensément, puis lui sourit.

— Vous m'honoreriez si vous acceptiez de dîner à ma table. Avec votre famille, bien entendu…

— Mon oncle ? demanda Alba, dévisageant son parent.

— Ce sera un honneur pour nous tous, mon seigneur…

— Alors c'est dit ! Allons faire bombance ! Et ensuite, place aux réjouissances ! Cazilhac, vous ferez attention de ne point trop vous remplir la panse ou vous ne rentrerez plus dans votre armure !

— Je veillerai à ce que cela n'arrive point, mon seigneur ! Et vous, baron, allez-vous concourir, ce tantôt ? demanda Balthazar à ce dernier, venu les rejoindre.

Alba, entendant le titre de l'homme qui malgré elle avait par trop tendance à s'immiscer dans ses pensées, se tourna vers lui. Malgré elle, également, sa gorge se serra en attendant la réponse du baron.

Allait-il concourir et mettre sa vie en jeu ?

Elle devrait ne rien en avoir à faire, mais comprit, à l'indicible émoi qui lui poignarda le cœur, qu'il n'en était rien.

— Certes ! répondit-il, ses prunelles ne quittant pas celles d'Alba, comme voulant lui faire passer un message.

Quelle impudence !

N'avait-il donc pas peur de s'attirer les foudres de Montfort ?

Se sentait-il supérieur à lui ?

Et peut-être l'était-il. Alba ignorait ce qui les liait et ce que faisait le baron noir en ces murs.

— Avez-vous déjà choisi la dame dont vous porterez les couleurs ? continua son cousin. Je gage qu'elles sont légion à vouloir vous remettre leur voile en vue d'obtenir un baiser !

Il était vrai que les chevaliers concouraient pour un baiser de la dame de leur cœur…

Alba trouvait cela décadent, pour autant, elle ne put s'empêcher de frémir en attendant la réponse du baron.

— J'ai choisi, mon ami, l'entendit-elle répondre à Balthazar. Mais vous ne saurez rien avant le moment venu !

Alba fit fi du baron et reporta son attention sur Montfort.

— Et vous, mon seigneur, concourrez-vous ? Que je vous donne mes couleurs ?

— J'allais vous le proposer, très chère ! rétorqua le vicomte, visiblement satisfait de la tournure des événements. Mais avant cela, à la soupe ! Elle va être froide !

Il rit, présenta son bras à Alba qui, de nouveau, y déposa la main, non sans avoir aperçu, l'espace d'un instant, les traits du baron se voiler de colère. Et peut-être d'autre chose qui lui semblait assez proche de la déception. Alba aurait pu s'en réjouir, mais ce fut le cœur lourd qu'elle s'engagea aux côtés de Montfort sur les pavés inégaux menant au palais.

Elle avait choisi.

Et Montfort avait sa préférence.

Elle souhaitait que cette fois-ci, le baron comprenne.

Elle en douta. Car durant tout le repas – qu'elle prit à la droite de Jean de Montfort, Ciprian à sa propre droite, suivi de Balthazar ; son oncle et sa tante installés à la gauche du vicomte –, Arthus ne la quitta pas des yeux. Alba fit mine de l'ignorer mais souvent, très souvent, elle ne pouvait s'empêcher de croiser son regard, si intensément ardent qu'il la faisait toujours autant frémir, bien qu'elle s'en défendit. La discrétion, manifestement, ne faisait pas partie des traits de caractère du baron, ce que son cousin, à juste titre, finit par lui faire remarquer. Pour autant, il maintint son observation, buvant peu, mangeant encore moins. Tout comme Alba qui trempait ses lèvres dans son breuvage pour n'en consommer que de toutes petites quantités et s'alimentait chichement de miettes de pain et de grumes de raisin.

— Vous n'avez pas faim, ma dame, s'inquiéta son voisin Montfort à la fin du repas.

— Pardonnez-moi, mon seigneur, je suis… un peu barbouillée. Cela m'arrive à…

Alba s'interrompit, ne sachant quelle excuse avancer.

— Certaines périodes de lunaisons ?

— Oui… c'est… c'est cela, mon seigneur…

Jean de Montfort se pencha.

— N'ayez aucune honte, ma dame, le corps des femmes n'a aucun secret pour moi, lui murmura-t-il à l'oreille.

Alba sursauta mais resta coite tout en regardant devant elle d'un air effaré, tandis qu'une légère rougeur lui mangeait les joues.

Quel malotru !

Celui-ci était pire que le baron qui pourtant ne prenait pas de gants pour lui montrer son intérêt. Comment Montfort osait-il proférer de tels mots ? Parler ainsi de l'intimité des femmes, qui ne regardait qu'elles ! N'avait-il donc aucune pudeur, aucun savoir-vivre ? Et manifestement, il faisait commerce de chair avec les femmes !

Son regard perdu dut alarmer le baron qui vint se poster devant eux avec cette sorte de détermination qu'il s'octroyait à la protéger.

— Ah, Turenne, vous tombez bien ! s'exclama Montfort.

Il éleva la main lorsqu'un laquais vint lui parler à l'oreille et hocha la tête.

— Voulez-vous bien conduire cette charmante personne dans la lice, enchaîna-t-il, elle est un peu pâlotte. Vous l'installerez confortablement sous mon dais, ordonna-t-il. Mes amis, ajouta-t-il en repoussant son assise et en se levant, nous allons bientôt pouvoir poursuivre les réjouissances à l'extérieur, ce cher Ferrer me fait dire que tout est prêt, mais rien ne presse, il attendra que nous ayons fini nos chopes. Ma dame…

Montfort lui présenta sa main et Alba n'eut d'autre choix que d'y placer la sienne afin qu'il l'aide à se lever. Le contact de la peau de Montfort, contrairement à celle du baron, la révulsa. Elle était froide, visqueuse… insupportable. Alba frissonna. Jamais elle ne permettrait à Montfort de la toucher comme un homme touche une femme ; cela lui serait impossible. Elle devrait se mettre rapidement en chasse de certaines plantes qui amoindrirait ses ardeurs si toutefois… mais elle refusait de penser à cela sur l'instant. Il fallait que Montfort la pense séduite et se montrer vigilante, la réussite de ses plans était à ce prix, et elle était prête à le payer. En outre, Alba aurait préféré que Montfort demande à Ciprian de l'accompagner à l'extérieur et non au baron, mais ne voulant pas paraître capricieuse ni donner point trop d'importance à l'importun, elle se contenta, une fois debout, de faire une petite révérence au vicomte, de le remercier pour son accueil et son amabilité à son égard et de se saisir de sa cape, heureuse d'avoir l'opportunité de s'éloigner un temps de cet homme.

Montfort se pencha et lui baisa les doigts, tout en la regardant par en dessous, comme s'il jaugeait ses capacités à lui plaire.

Ce qu'il entrevit, manifestement, lui plut.

— Vous êtes positivement ravissante, ma chère, il me tarde d'officialiser nos accordailles avec votre oncle. Allez, je vous rejoins vite.

Alba fit de nouveau une petite révérence tandis que Montfort continuait à l'attention d'Arthus :

— Je compte sur vous, baron, veillez sur elle comme sur mon bien le plus précieux.

Grands dieux, en étaient-ils déjà rendus là ? Ils n'avaient

pas échangé trois mots ! Montfort n'avait fait qu'écluser gobelet sur gobelet durant tout le repas à tel point qu'Alba fut étonnée qu'il n'ait pas roulé sous la table avant la fin du service, et lorsqu'il lui avait parlé, c'était pour l'entretenir de ses problèmes féminins !

Elle savait qu'elle n'avait pas son mot à dire sur cette union, il était grand temps qu'elle se marie pour se mettre sous la protection d'un homme, il n'était jamais bon pour une femme de rester seule passée ses quinze printemps, mais tout de même, elle aurait aimé en discuter plus avant avec son oncle et sa tante maintenant qu'elle semblait convenir au vicomte.

Alba remarqua les mâchoires serrées du baron de Turenne avant qu'il s'incline devant Montfort. Manifestement, *veiller* sur elle lui déplaisait. Ce qui la chagrina.

Ne pouvaient-ils être amis ?

Ou en tout cas, avoir des rapports normaux sans se disputer ?

Elle profiterait d'être seule avec lui pour mettre les choses au clair et lui démontrer où résidaient leurs intérêts à tous deux. Ils n'avaient rien à gagner à irriter leur hôte, tout désagréable qu'il soit.

Après que le baron eut assuré du bout des dents à Montfort qu'ils l'attendraient sous le dais, il passa devant Alba, sans délicatesse ni déférence aucune et s'éloigna, sans même s'assurer qu'elle le suivait.

Que cet homme était donc pénible !

— Baron ? Ne pourriez-vous ralentir le pas, je vous prie ? lâcha-t-elle, excédée par l'attitude peu galante du chevalier.

Que lui arrivait-il à la fin ?

Son comportement l'étonnait, lui qui était toujours

d'une étonnante courtoisie avec elle, bien qu'un peu pressante ; jamais il n'était blessant ou dédaigneux.

N'obtenant pas de réponse, Alba passa sa cape qu'elle n'avait pas eu le temps d'enfiler et trima pour le suivre à travers le corridor donnant suite à la salle de banquet. Elle était grande, mais pas autant que lui, et n'avait pas son endurance ; elle avait peu eu l'occasion de se dépenser à la forteresse, passant le plus clair de son temps au dispensaire avec Brida et dame Corba à soigner les malades. Cela lui semblait si loin… comme si cette vie avait appartenu à une autre personne…

Elle perdit patience :

— Baron, enfin, allez-vous bien me dire ce qui se passe !

Il stoppa si brusquement ses grandes enjambées qu'Alba manqua de peu le percuter.

— Il se passe que vous auriez pu me dire que vous étiez promise à Montfort ! vociféra-t-il en dardant sur elle des prunelles implacables.

— Je ne vois pas en quoi cela vous concerne !

— Ah, vous ne voyez pas…

Il lui prit la main, l'attira dans une pièce dont il claqua la porte derrière eux pour aussitôt la plaquer contre le battant, saisir son visage en coupe et s'emparer de ses lèvres. Surprise, Alba ouvrit grand les yeux et lutta quelques secondes contre la déferlante d'émotions qui l'assaillirent, avant de succomber aux lèvres du baron. C'était indescriptible, incroyable et totalement surprenant. Son corps, une fois de plus, la trahit et prit le pouvoir. Il en voulait plus… des milliers de fois plus. Alba entrouvrit les lèvres et se laissa submerger par les baisers du baron noir. Exigeants. Passionnés. Leurs langues se trouvèrent. La sienne ne sachant que faire se déroba, mais le baron revint à la charge. Il se plaqua contre elle, lui enserra la taille en gémissant, et ce petit son rauque avivant davantage ses sens, Alba gémit à son tour, conquise. Elle aurait voulu ne jamais cesser de l'embrasser. Et ce fut lui, à sa grande honte, qui se sépara d'elle, la laissant pantelante, essoufflée, et perdue. Si perdue qu'elle peina à recouvrer ses esprits.

Il posa son front sur le sien, murmura :

— Voilà pourquoi ! Vous comprenez maintenant ?

Oh oui, elle ne comprenait que trop bien…

Leurs prunelles se possédèrent. Noires contre bleues. Différentes, mais le même trouble les ravageant. Un trouble qui existait dès leur première rencontre et qu'Alba s'était efforcée d'ignorer alors que son corps criait son désir, au mépris de tous ses principes et de son éducation religieuse.

— Il ne faut pas, Arthus, susurra Alba, le cœur en charpie. Nous n'avons pas le droit. Mon oncle me tuerait s'il apprenait ce que nous venons de faire, je serais déshonorée, perdue, et vous… vous… Montfort vous ferait occire.

— Il ne peut rien contre moi…

— Il peut tout au contraire, il est ici le maître. N'avez-vous pas remarqué sa cour, et combien ces gens sont à sa botte ?

Elle posa sa paume sur la joue du chevalier en une tendre caresse.

— Je ne veux pas qu'il vous arrive malheur à cause de moi, Arthus, je ne le tolérerais pas. Je dois épouser Montfort…

Sa voix mourut…

Elle avait mal. Mettre un terme à cet élan naissant envers le baron lui lacérait les entrailles. Jamais elle n'avait désiré un homme, ou même qu'un homme l'embrasse et la caresse, et Alba comprit, en un clignement de cils, qu'elle ne pouvait commander les élans de son corps ni de son cœur. Ils auraient peut-être pu être heureux, ensemble, dans une autre vie, mais c'était compter sans ses obligations.

— Je dois l'épouser, Arthus, réitéra-t-elle. Il le faut.

Le baron prit sa main, embrassa ses doigts avec dévotion.

— Je donnerais tout ce que j'ai pour que vous soyez à moi… me permettez-vous au moins d'en parler à votre oncle ?

Que pouvait un baron du nord, un étranger, contre l'héritier de Simon de Montfort, même s'ils appartenaient au même camp ; celui des usurpateurs. Des usurpateurs qui s'implantèrent par la terreur et l'extermination d'une grande partie de la population d'Occitanie. Des usurpateurs qui ne se contentaient pas de leur prendre leurs terres, mais aussi la vie. Et cela continuait et continuerait jusqu'à la fin. Jusqu'à ce qu'il n'y ait plus aucun croyant cathare. Alba s'était juré de lutter ! Sa foi ne mourrait pas, elle y veillerait… mais que pouvait une pauvre femme sans appui… elle avait besoin de soutien. Elle avait besoin de Montfort.

— Non, baron, je ne vous le permets pas.

Le baron enserra son visage entre ses grandes mains, semblant lui aussi à la torture.

— Mais pourquoi, Alba ? Dites-moi pourquoi alors que vous avez aimé notre baiser.

— Oui, je l'ai aimé, Arthus, ô combien, se livra-t-elle, posant sa paume sur la main du chevalier et se noyant dans son regard que la passion n'avait pas encore quitté. Mais je dois épouser Montfort. Il le faut, je n'ai pas le choix.

— On a toujours le choix, Alba.

— Pas moi. Je suis désolée. Adieu, chevalier…

La jeune femme glissa le long de la porte et prit de la distance.

Elle n'avait pas fait deux pas que les doigts du baron se refermaient sur son poignet.

— Baron, je…

— Sortons par ici ! Ou nous risquons de tomber sur Montfort et sa suite.

Il avait raison, personne ne devait les voir sortir de la pièce. Ensemble et sans chaperon… malgré son angoisse, un sourire lui échappa lorsqu'il se mit à courir vers la croisée la plus proche. Alba devait reconnaître une chose au chevalier, la vie avec lui était mouvementée.

Il repoussa le volet de bois, escalada l'issue, descendit de l'autre côté, puis lui tendit les bras.

— À vous maintenant…

Alba obtempéra.

Elle retroussa sa robe, enjamba le rebord et s'assit.

— Sautez, je vous rattrape !

Encore une fois Alba obéit et sauta. Confiante. Elle savait qu'il ne la laisserait pas tomber. Pas lui. Arthus était un homme d'honneur. Un homme qui, contre toute attente, s'était mis en tête de la protéger alors même qu'elle l'avait éconduit pour en choisir un autre. Cela aussi était chevaleresque ; il pensait à elle avant de penser à lui et à son bon plaisir. Peu d'hommes étaient capables d'un tel renoncement. Son cœur manqua un battement lorsque les mains du baron se refermèrent sur sa taille. Et à nouveau, elle se retrouva dans ses bras. Ils s'observèrent intensément durant de longues secondes, pressés l'un contre l'autre, tentés, l'un comme l'autre, d'unir leurs lèvres afin de retrouver le goût de leurs baisers, mais ils ne devaient pas succomber. Sous aucun prétexte. Car plus ils se permettraient des libertés, plus ils laisseraient parler leur attirance et leur passion, plus dure serait la séparation.

— Dépêchons-nous…

Arthus, le visage torturé mais manifestement rendu à la même conclusion, lui saisit la main et l'entraîna au pas de course sur le côté du bâtiment.

— Par ici, nous ne sommes plus très loin…

Alba ne dit mot.

La peur, insidieusement, rampait sous sa peau pour s'enrouler autour de son cœur.

Qu'avait-elle fait ? Était-elle inconsciente ? Le baron lui faisait perdre la tête, il n'y avait pas d'autre mot. S'ils étaient découverts, quelle excuse inventeraient-ils pour expliquer qu'ils couraient derrière le bâtiment, main dans la main, comme deux fugitifs… et si un valet ou un courtisan les apercevaient de l'une des croisées du bâtiment et les dénonçaient à Montfort, qu'adviendrait-il d'eux ?

Alba n'avait pas droit à l'erreur, elle le savait. Le baron ne lui serait d'aucune aide si elle se voyait démasquée ; sur elle rejaillirait l'opprobre. Non sur lui. Pour les dominicains, le mal venait des femmes… toujours…

La terreur réussit à lui couper les jambes et elle s'apprêtait à supplier le baron de lui permettre un instant de répit lorsqu'il s'arrêta de lui-même au coin du bâtiment.

Il passa la tête.

— Il n'y a personne, nous les avons pris de vitesse. Mais nous devons nous hâter. Venez…

Cette fois-ci, il se dispensa de lui prendre la main et se mit à courir.

Alba l'imita, maintenant sa robe et veillant à ne pas se tordre une cheville.

Quelques secondes plus tard, ils abordaient la lice

et grimpèrent les estrades successives jusqu'au dais du maître, fait de tentures et idéalement situé au centre. Arthus lui désigna l'un des sièges de devant et l'invita, d'un mouvement de poignet, à prendre place.

— Ne vous assoyez-vous pas, chevalier ? demanda Alba pour tromper le silence oppressant.

— Non, je préfère rester debout !

Sa voix avait fusé, froide et détachée.

Alba soupira.

C'était mieux ainsi… mieux valait pour eux deux qu'il la déteste.

Alors pourquoi avait-elle soudain du mal à respirer et les larmes aux yeux ?

Ce fut à ce moment-là, seulement, qu'elle se rendit compte de ce qu'elle avait devant elle, de l'autre côté de la lice.

Un immense tas de bois.

Auquel quatre prêtres en habit blanc et croix de bois pendant autour du cou s'attelaient à mettre le feu.

Alba sentit tout son corps se raidir.

— Qu'est-ce que ceci ? demanda-t-elle encore, la poitrine oppressée.

— Les réjouissances de votre futur époux, ma dame.

Encore ce ton implacable…

— Vous vous gaussez, chevalier ?

— Non, ma dame. J'ai ouï dire que votre futur mari est un être cruel, il faudra vous y faire.

Par Dieu…

— Entendez-vous par là qu'il va faire brûler de pauvres gens devant ses amis ? Pour s'amuser ?

— Non, ma dame, pas de pauvres gens, seulement des cathares ! Pour Montfort, ils ne sont rien, ni plus ni moins que des nuisibles devant être exterminés. Et oui, il l'ordonne pour s'amuser, car rien ne l'y oblige.

— Comment cela ?

— L'Inquisition a pignon sur rue dans la cité et Vincente Ferrer, qui se fait appeler le marteau des hérétiques, gère les exécutions de son propre fait, sans en référer au vicomte. Mais parfois, comme aujourd'hui, il lui offre des non-repentis.

— Ceux qui ont refusé d'abjurer ?

— Exactement ! Il en va de l'unité de la chrétienté…

Et sans doute le chevalier approuvait-il cela puisqu'il s'était croisé.

Sa gorge se serra.

Montfort et lui se sentaient investis de la même mission, exterminer les hérétiques, ces contre-pouvoirs à l'Église catholique romaine qui empêchaient l'unité voulue par les papes successifs, comme Turenne le précisait ; ils ne valaient pas mieux l'un que l'autre en définitive et étaient l'un comme l'autre ses ennemis. Les ennemis de sa foi. Et dire qu'elle l'avait laissé l'embrasser, la toucher, lui enflammer les sens jusqu'à lui faire perdre tout entendement, et qu'elle aurait voulu que cela ne s'arrête jamais.

Que la chair était donc faible ! reconnut-elle. Elle était mauvaise et poussait à des actions horribles. Le corps était mauvais, elle n'eut plus aucun doute là-dessus, et il fallait s'en méfier.

— Fait-il cela souvent ? demanda-t-elle pour chasser le trouble que le souvenir de ses actes immondes avec le chevalier faisait renaître.

— Chaque jour de réjouissances…

Alba, les doigts crispés sur les accoudoirs de son siège capitonné, regardait sans les voir les prêtres officier.

Armés de torches, ils se déplaçaient autour du bûcher, qui commençait à prendre. De la fumée s'en échappait. Alba avait entendu parler des bûchers, évidemment, mais n'avait jamais assisté à des exécutions. Elle sentit son cœur défaillir et l'une de ses jambes, malgré elle, se mit à tressauter, témoignant de son indicible horreur.

Alba secoua la tête et se força à se concentrer sur le chevalier pour ne pas recracher le peu d'aliments ingurgités.

— Et vous… vous aimez ce genre de festivités ? questionna-t-elle d'une voix dure. Vous aussi décimez des hérétiques, non ?

— Cette guerre n'est pas ma guerre, répondit-il après quelques secondes de silence.

La jeune femme avait beaucoup de mal, maintenant qu'elle le connaissait davantage, à l'imaginer en bourreau et pourtant, c'était bien ce qu'il était ; n'assiégeait-il pas Montségur avec les autres croisés ?

Que faisait-il en ces murs, d'ailleurs ?

— Pourquoi y prendre part, alors ? finit-elle par questionner.

— Pour de mauvaises raisons…

Discourir avec le chevalier maintenait à distance sa répulsion, aussi continua-t-elle :

— Mais encore ?

Elle l'entendit soupirer.

— Cela vous intéresse-t-il vraiment ?

— Certes, chevalier…

— Pourquoi ?

— Peut-être parce que j'ai beaucoup de mal à vous imaginer sanguinaire.

— Et pourtant… j'ai combattu en Terre sainte aux côtés de mon père. Lorsque l'on se retrouve, comme moi, à vingt ans sur un champ de bataille, on n'a pas vraiment le choix que de tuer pour survivre.

— On a toujours le choix, baron, n'est-ce pas ce que vous m'avez opposé tout à l'heure ?

Elle le sentit sourire à sa repartie.

— En l'occurrence, je ne l'avais pas. Comme je viens de vous l'exprimer, sur un champ de bataille, c'est tuer ou être tué. En outre, je voulais… je voulais prouver à mon père ma valeur.

Alba avait perçu une hésitation dans sa voix. Ce qui l'étonna venant d'un homme si sûr de lui. Un guerrier. Qui combattit en Terre sainte et en revint. Les monstruosités auxquelles il participa lui avaient certainement endurci le cœur ; aussi, ce dont il était témoin sur ces terres ne devait même pas l'émouvoir. Néanmoins, lorsque Alba tourna la tête pour le dévisager, elle lui trouva le regard fixe et dur, les traits tirés. Oui, le baron avait ses fêlures. Comme tout un chacun. Des fêlures que, sans doute, il ne révélait que très rarement. Cela la toucha. Et le lui rendit plus humain et peut-être pas aussi mauvais qu'elle le crut de prime abord. La vie, parfois, poussait à prendre des décisions que l'on regrettait ensuite… elle le comprenait.

Alba reprit sa position, se demandant jusqu'où irait la mansuétude du baron, sa compassion ou même sa tolérance si elle lui révélait là, dans l'instant, qui elle était réellement et la foi qui l'habitait. Cette foi, dans son cœur, qui souffrait le martyre à la vue de ce bûcher à présent crépitant et dont de hautes flammes s'échappaient. Le dais sous lequel elle se trouvait en était si proche qu'elle pouvait ressentir le brasier lui chauffer le visage. Si proche, qu'elle n'allait rien manquer du tragique spectacle qui se déroulerait sous ses yeux.

Elle ignorait comment le baron réagirait, elle avait confiance en lui mais n'était pas inconsciente au point d'oublier qu'elle n'était pas seule dans l'affaire ; si elle parlait, elle mettait sa famille en danger, aussi renonça-t-elle à se confier.

— Avez-vous réussi ? s'enquit-elle.

S'intéresser au chevalier l'empêcherait de se torturer avec ses propres tourments. D'autant qu'elle ne s'autoriserait pas le droit de défaillir. Elle vivrait alors que d'autres mourraient en ce jour. Des croyants cathares, certainement, ou des Vaudois, ou encore des juifs, ou des criminels. Elle n'avait aucun droit de se plaindre. Elle souffrirait, dans sa chair et dans son âme, mais ne détournerait pas les yeux. Elle partagerait leur calvaire et prierait pour eux, comprenant leur impatience à quitter leur corps mauvais afin que leur âme, enfin, retourne auprès de leur créateur.

Leur enfer ici-bas s'achèverait et la délivrance était à leur portée…

— Non ! Il est mort dans mes bras sans qu'aucune parole d'attachement ait franchi ses lèvres, entendit-elle.

Là encore, elle perçut le chagrin, la déception peut-être, dans la voix du chevalier.

— Pourquoi ?

— Je l'ignore. J'ai toujours fait en sorte de lui agréer, mais ce n'était jamais suffisant. Il me préférait mon frère aîné, son héritier. Peut-être qu'il en est toujours ainsi des hommes. Ils préfèrent leur premier-né.

— Si c'est un garçon !

— Oui, je suppose…

Cette fois-ci, ce fut un sourire qu'elle entendit dans la voix du chevalier.

— Voulez-vous des enfants, chevalier ? questionna-t-elle afin d'aborder un sujet plus léger.

— Je n'en aurai pas si je n'ai pas le bonheur d'épouser la femme que je convoite.

Alba ne devrait pas poser la question, mais la posa tout de même :

— Et qui convoitez-vous, baron ?

Le brouhaha de la foule entrant dans la lice, Montfort en tête, l'empêcha de lui répondre.

Les discussions allaient bon train, des rires s'élevaient tandis que certains se désignaient le bûcher de la main.

Alba eut une soudaine envie de vomir.

Comment l'approche de la mort pouvait à ce point les réjouir ?

La jeune femme chercha à comprendre. Les réflexions se bousculèrent dans son esprit. Plus elle passait de temps dans ce monde, plus elle constatait qu'elle avait grandi protégée à Montségur, loin de la violence et en sécurité. Elle n'avait fait qu'entendre parler de ce que ses coreligionnaires subissaient, ainsi que ceux qui les protégeaient, les cachaient ou leur apportaient leur aide : les non-cathares étaient emmurés vivants, d'autres soumis à la torture puis au bûcher lorsque, après maints interrogatoires, ils refusaient de confesser leurs accointances, et les croyants cathares d'abjurer.

Elle tenta une approche : la mort faisait partie de la vie, elle était partout, tout le temps. Des femmes mouraient en mettant des enfants au monde, *des bébés mouraient*, de jeunes enfants, des femmes, des hommes, dans la fleur de l'âge, des vieillards… Le monde d'ici n'était que mort et violence, elle faisait partie du quotidien. Aussi, quelques morts de plus ou de moins, quelle différence !

Sans doute les courtisans étaient-ils soulagés de ne pas faire partie du lot et peut-être que certains, plus sensibles, compatissaient, mais n'en montraient rien pour ne pas heurter le maître des lieux et attirer sa colère. Peut-être jouaient-ils, eux aussi, une farce ; elle n'avait pas à juger.

— Alors, Ferrer, la rampe n'est pas encore avancée ?! vociféra Montfort en mettant le pied sur l'estrade.

La foule se mit à rire tandis qu'un homme dans la lice, un prêtre, s'inclinait.

— Mille excuses, seigneur, la rampe est hors d'usage.

Montfort s'immobilisa.

— L'avez-vous fait réparer ? Je veux mes réjouissances ! s'énerva-t-il.

Le ton du vicomte faisait plus penser à celui d'un enfant contrarié qu'à un homme de haut rang. Alba comprit que Montfort n'avait pas toute sa tête. Après que le prêtre lui eut assuré que les réjouissances auraient bien lieu, Montfort reprit sa marche, suivi par sa cour. Derrière lui, elle aperçut sa famille. Les seuls à sembler incommodés. Et relativement sobres. Enfin… de là où elle se trouvait. Mais ils ne titubaient pas, toujours, ni ne vociféraient ou riaient à gorge déployée comme les autres courtisans. Ils savaient ce qui les attendait et manifestement, ne s'en réjouissaient pas.

Une bouffée de fierté et d'amour flamba dans le cœur d'Alba.

Tous les hommes n'étaient pas mauvais ; il y avait de bonnes personnes ici-bas. Des personnes charitables et compatissantes, des personnes qui avaient à cœur de prendre soin des autres et de faire le bien. Les membres de sa famille faisaient partie de ces personnes. Ils l'avaient recueillie alors que rien ne les y obligeait et alors même qu'ils ne partageaient pas sa croyance. Ils bravaient les interdits pour sauver l'une des leurs. Et Alba leur en serait à jamais reconnaissante.

Elle croisa le regard de sa tante, puis celui de Ciprian qui, d'un mouvement de menton, la questionna. Elle répondit d'un clignement de paupières.

Elle allait bien… jusqu'alors… et elle ferait en sorte que cela perdure.

Son attention se reporta sur Montfort qui avançait en palabrant sur le manque de sérieux et de rigueur des petites gens.

— Heureusement que nous sommes là, nous, seigneurs, pour donner la marche à suivre et commander ces êtres inférieurs qui n'y entendent rien à rien !

Ses courtisans, comme de bien entendu, rirent à sa repartie.

Plus Montfort avançait dans sa direction et plus son aspect rebuta Alba ; son visage, sous ses cheveux hirsutes, présentait la teinte rougeaude de ceux qui s'adonnaient à la boisson, sa démarche était hésitante ; une petite bedaine due aux excès de boisson et de chère, révélée par le lourd ceinturon de pierreries qui lui prenait la taille, commençait à poindre sous son habit. Ainsi, c'était pour cette raison qu'ils avaient mis si longtemps à arriver, ils avaient continué de ripailler. Alba n'en était pas contrite, cela leur avait permis, au baron et à elle, de se placer à temps et de ne point éveiller de soupçons. Elle refusa de se laisser envahir une nouvelle fois par les souvenirs de son corps plaqué contre celui du baron, de ses lèvres sur les siennes, de ses mains sur elle, de leur passion, leur flamme, leur exigence ; ce qu'elle avait ressenti. Elle frissonna. Elle n'aurait jamais dû le laisser l'embrasser ni la toucher…

Ses pensées intimes cessèrent lorsque Montfort s'installa dans son fauteuil à haut dossier tenant davantage du trône que de la simple assise.

— Alors, très chère, vous portez-vous mieux ?

— Oui, seigneur, se contenta de répondre Alba.

Elle détourna le regard pour qu'il ne puisse lire son aversion à son égard. Elle devrait converser avec lui, se montrer sous son meilleur jour, le séduire, le faire rire peut-être, mais n'en avait pas le cœur. Elle commençait à entrevoir ce que serait sa vie si elle appartenait à cet homme et son corps en entier se raidit.

Montfort lui prit la main, qui reposait sur l'accoudoir, serra ses doigts et elle dut se faire violence pour ne pas la lui arracher. Le contact de la peau du vicomte sur la sienne la rendait malade. Mais elle devrait faire avec.

— Vous verrez comme nous allons bien nous amuser, ajouta Montfort. J'ai parlé à votre oncle…

Non… déjà…

Surprise, le cœur au bord des lèvres, Alba scruta le regard de Montfort et ce qu'elle décela la fit frémir : il évoquait ces réjouissances-ci, mais également de plus… intimes… lorsqu'ils seraient unis par les liens du mariage, elle le comprit dans son œil lourd de convoitise.

La jeune femme fit taire son aversion pour l'homme qui allait devenir son époux, se contraignit à sourire. Après tout, la plupart des femmes en étaient rendues à épouser des hommes qu'elles n'avaient pas choisis et aimaient encore moins. Au moins, Montfort était riche et puissant, il lui apporterait les moyens de sauver ceux qu'elle aimait.

— Vous m'en voyez ravie, seigneur, réussit-elle à énoncer, au prix d'un effort intense. Puis-je me permettre de vous demander si une date a été arrêtée ?

— Impatiente, n'est-il pas ?

Alba reprit l'usage de sa main, qui glissa dans celle du vicomte sans qu'il la retienne, à son grand soulagement. Pour autant, elle détesta le regard porcin dont il ne cessait de l'envelopper et, dévorée par l'envie de le défier, rétorqua sur le ton de l'ironie :

— Certes, seigneur, je me meurs d'impatience…

Il y eut un instant de flottement avant que Montfort éclate d'un rire qui fit trembler ses tripes.

— Décidément, vous me plaisez et je me félicite de vous avoir choisie pour compagne !

— J'en suis honorée, seigneur…

Montfort lui tapota la main, semblant subitement se souvenir de quelque fait d'importance.

Cet homme n'avait pas tout son entendement, cette fois-ci Alba en fut persuadée. L'excès de vin, ou était-ce là son état normal ?

— Tant mieux, tant mieux… mais où diable se trouve cette rampe ? vociféra-t-il en reportant son attention sur le bûcher qui se consumait. Qu'on apporte ma rampe ou je vous fais tous occire !

— Elle arrive, seigneur ! riposta le dénommé Ferrer, le « marteau des hérétiques », comme l'avait nommé le baron, en se pressant au pied de l'estrade. Nous avons enfin trouvé de quoi la réparer.

— Alors dépêchez-vous, que diable !

Alba comprit qu'elle n'obtiendrait pas réponse à sa question de sitôt… mais à la vérité, cela lui importait peu, elle était prête à assumer sa destinée.

Elle perçut Arthus se rapprocher, dans son dos, comme s'il… comme s'il voulait la protéger de son corps. Contre quoi, elle l'ignorait, mais sa présence lui apporta du réconfort. Tournant la tête, elle rencontra son regard l'espace d'une seconde, avant de diriger le sien sur le côté lorsque Balthazar et Ciprian vinrent les rejoindre. Savoir qu'ils gardaient tous un œil sur elle l'apaisa. Ses cousins veilleraient à ce qu'il ne lui arrive pas malheur, mais hélas, ils ne lui seraient d'aucun recours lorsqu'elle se retrouverait seule avec Montfort dans leur chambre à coucher…

— J'ai appris votre indisposition, cousine, s'enquit Balthazar tandis que Montfort entamait une discussion avec son voisin de gauche, vous portez-vous mieux ?

— Mieux, cousin, je vous remercie.

— Et merci à vous, baron, d'avoir pris soin de notre cousine, enchaîna-t-il.

— Je n'ai fait que mon devoir envers notre hôte, votre suzerain, et sa future épouse, répondit le baron, ayant manifestement retrouvé sa voix cassante.

— Certes, mais vous n'étiez pas obligé d'accepter…

Balthazar avait-il compris que le baron était attiré par elle ?

Certainement, puisqu'il s'était gaussé de lui la veille en lui faisant remarquer qu'Alba n'était pas pour lui.

— Je ne crois pas que Montfort m'ait laissé le choix !

— Dites plutôt que vous attendez quelque chose de lui…

Le baron eut un rire.

— Vous êtes très perspicace, ou alors, on vous aura bien renseigné.

Astucieux, se dit la jeune femme. Arthus détournait

l'attention en faisant croire que ses seules motivations étaient de plaire au vicomte, afin d'en obtenir des largesses.

— Des bruits courent…

Alba écoutait de toute son âme : elle allait enfin apprendre les raisons de la présence du baron à la cité.

— Il n'y a aucun mystère là-dessous, Cazilhac. Le vicomte doit financer notre nouveau plan pour venir à bout de Montségur.

— Diantre ! Par quels moyens ?

Alba était tout ouïe.

Le baron s'apprêtait à dévoiler des informations capitales lorsqu'il en fut empêché par Montfort qui soudain se mit à applaudir.

— Enfin ! Que l'on sonne les cors ! s'écria-t-il.

Des sons s'élevèrent.

Surprise, Alba regarda vers le haut. Durant leur discussion, des musiciens s'étaient installés derrière l'estrade, chacun ayant entre les bras un étrange instrument dans lequel ils soufflaient, les joues gonflées. Les notes fusèrent. Poignantes. Déchirantes. Elles lui lacérèrent le cœur, torturèrent sa chair avant même que l'infâme spectacle commence.

Alba reprit sa position, des larmes plein les yeux tandis que la foule hurlait d'enthousiasme et que son voisin s'extasiait :

— Regardez, ma dame… ils arrivent !

Alba regarda… Effectivement, *ils* avançaient, entourés de gardes… six hommes, quatre femmes, dépenaillés, les pieds nus, les mains jointes devant eux en prière. Des taches noirâtres de sang séché maculaient leur vêture en lambeaux, témoignant de leur passage à la torture. Le cœur d'Alba se serra de douleur et de compassion lorsque le premier trébucha. La foule hulula, se moqua et rit alors que ses compagnons le relevaient. Ils le soutinrent jusque devant la *rampe* tant désirée par Montfort, un escalier suivi d'une plate-forme maintenue proche du brasier. Alba sentit son âme frémir lorsque l'homme, reprenant courage, repoussa ses compagnons pour monter seul sur l'escabeau. Tout du long, il resta digne malgré sa faiblesse. Alba entama une prière, des larmes plein les yeux, le cœur à l'agonie. Elle serra les poings et retint une plainte lorsque l'homme se laissa tomber dans les flammes tandis que la foule s'écriait :

— Un de moins !

Cela devait être le rituel…

— Brûle en enfer, chien d'hérétique ! renchérit Montfort, au comble de l'excitation, en applaudissant.

Puis, ce fut le tour des autres martyrs qui se jetèrent dans le feu sous les huées de la foule en délire, sans un cri, sans une larme, avec une dignité poignante qui força l'admiration d'Alba, et à chaque fois, la jeune femme sentait son âme saigner davantage. L'odeur de chair brûlée devint insoutenable, la faisant remonter dans ses souvenirs d'enfant lorsque les croisés avaient mis le feu aux écuries de son père, sacrifiant sa jument. Ses ongles s'enfoncèrent dans ses paumes, son dos devint douloureux à force de tension, des larmes ruisselaient sur ses joues. Des larmes qu'elle était incapable de dissimuler et qu'elle ne *cherchait* pas à dissimuler. Montfort en ferait ce qu'il voulait, elle n'en avait cure.

— Allons, ma dame, cela n'est rien, la réconforta Montfort en tapotant son poing fermé. Mais il est vrai que sortant tout juste du couvent, vous ne devez pas être au fait.

Il tendit un doigt accusateur, tremblant de haine ; ses yeux étaient ceux d'un fou.

— Ces hommes et ces femmes ont bravé les lois divines. Ils ont renié le vrai Dieu pour embrasser une foi impie qu'ils refusent d'abandonner. Ils méritent de mourir. Vous comprenez ?

Alba ravala les sanglots qui l'étouffaient, secoua la tête, mais ne dit mot.

Que dire face à tant d'injustice et d'infamie ?

Dieu ne souhaitait certainement pas ces horreurs, cela ne se pouvait, Il était juste et bon, Il était tolérant. C'étaient les hommes et eux seuls qui s'octroyaient ce pouvoir de destruction en son nom.

— Vous vous habituerez, j'en suis sûr. Qu'on passe à la suite ! vociféra-t-il.

Parce qu'il y avait une suite ?

La musique retentit.

Une musique entraînante, presque gaie.

Horrifiée, le cœur au bord des lèvres et d'autant plus abattue qu'elle pensait l'horreur terminée, Alba vit des gardes allant deux par deux monter les marches avec, entre eux, un corps recouvert d'un drap blanc jauni, qu'ils balancèrent dans le brasier. Ils jetèrent ainsi une dizaine de corps. Des personnes déjà mortes.

Alba voulait comprendre mais trop bouleversée, elle ne posa pas de questions.

Elle prit sur elle, essuya ses larmes, relâcha son souffle. Ses épaules s'affaissèrent. Jamais elle n'oublierait ces instants, ils resteraient gravés dans sa mémoire jusqu'à la fin de son existence. Mais ses larmes continuèrent de couler à la pensée qu'un même destin attendait son père, Braida et dame Corba si Montségur tombait. Car elle était persuadée qu'eux non plus n'abjureraient pas. De la même manière que ces suppliciés, ils se jetteraient dans le feu et mourraient au nom de leur foi.

Elle pria pour que ce jour n'arrive jamais.

Chapitre 14

Hébétée par la scène macabre dont elle venait d'être témoin, le corps engourdi de souffrance, le cœur au bord des lèvres, Alba eut toutes les peines du monde à se mettre debout lorsque Montfort sauta de son fauteuil, plein de joie, après avoir frappé dans ses mains.

— Et maintenant, mes amis, place aux joutes ! vociféra-t-il en élevant les bras vers ses courtisans tel un prédicateur, sans une once de respect pour ces pauvres hères qu'il avait condamnés, en accord avec le dominicain, à une mort atroce.

Si Alba avait eu des doutes sur sa véritable nature, elle n'en avait plus ; l'ivresse n'était pas la seule raison. Il jubilait. Il jouissait. Voir des hommes et des femmes périr, des hérétiques selon lui, le mettait dans un état proche de l'extase. Le baron avait raison, Montfort était cruel. Elle se demanda jusqu'où allait sa cruauté et frémit de se savoir bientôt sous sa férule.

Il se planta devant elle.

— Ma dame… me donnerez-vous vos couleurs ?

Alba ravala une fois de plus sa répulsion pour se prêter au jeu qu'elle se devait de jouer.

— Mes couleurs ?

— Votre voile !

— Ah oui… pardonnez-moi, mais comme vous le disiez très justement, je ne suis pas au fait du monde. Je ne connais rien aux joutes, ajouta-t-elle tout en glissant un bref regard vers le baron et ses cousins venus se placer près d'elle.

Le baron se rapprocha.

Sa main frôla la sienne. Et ce contact, bien que léger, suffit à la faire frémir d'appréhension. Qu'il n'ait pas renoncé à veiller sur elle, cela pouvait encore se concevoir et malgré elle, Alba lui en était reconnaissante, mais avait-il véritablement renoncé à elle ? Son toucher lui prouvait le contraire et elle devait l'éconduire où il finirait par les mettre tous deux en danger en la poursuivant de ses assiduités, d'autant qu'il ne cessait de la dévorer des yeux. Des courtisans, forcément, se rendraient compte de ses manifestations d'attention et jaseraient sur leur compte, et alors, qu'adviendrait-il ? Ne comprenait-il pas que son attitude pouvait leur nuire ? Ou était-il obtus au point de ne concevoir qu'une femme lui résiste ? Ou se refuse à lui ?

Elle lui tourna le dos et, l'ignorant, éleva les mains jusqu'à son front pour ôter le cercle d'or retenant son voile. Elle s'en empara, remit son bijou en place puis tendit le tissu transparent à Montfort.

— Tenez, seigneur. Mes couleurs.

Ignorant les phrases rituelles, elle ajouta, assortissant ses mots d'un sourire engageant :

— … faites-en bon usage…

Montfort parut réjoui de l'invitation.

— Préparez-vous, ma dame…

— À quoi donc, messire ?

— Mais à recevoir mon baiser. Dieu, qu'elle est réjouissante ! s'extasia-t-il.

Il s'avança, glissa à son oreille :

— J'aurai grand plaisir à tout vous apprendre lorsque nous serons unis. Rien ne vaut les pucelles ! proféra-t-il d'une voix forte en se redressant. Et la mienne me promet moult satisfactions.

Alba ne put empêcher une nouvelle flambée de lui manger les joues à la sortie de son futur époux. D'autant qu'il prenait la foule à témoin. Foule qui bien évidemment se mit à rire. Elle détesta Montfort de la jeter ainsi en pâture à ses courtisans sans le moindre respect pour son intimité. Évidemment qu'elle était pucelle, comment pourrait-il en être autrement, les jeunes femmes restaient pures jusqu'au jour de leur mariage. Mais un honnête homme n'aurait jamais ainsi exposé sa future femme. Cet homme était un pourceau, mais elle devrait s'en accommoder si elle voulait se servir de lui pour arriver à ses fins.

Elle adressa à Montfort son plus beau sourire qu'elle espéra enjôleur sans en être persuadée ; elle était novice dans l'art de la séduction mais elle savait posséder d'indéniables atouts : la couleur de ses iris que beaucoup, à Montségur, jugeaient unique, sa peau d'albâtre, son abondante chevelure ébène ondulant naturellement, de belles dents blanches et bien rangées, une taille fine, élancée, mais une gorge déliée… et elle ne manquait pas d'esprit. Cela certainement suffisait pour s'attacher le désir d'un homme – et si elle en croyait les réactions du baron à son égard, c'était le cas – et le rendre fou d'amour. Jusqu'à l'aveuglement.

Elle joignit une petite révérence à son sourire et minauda, en battant des paupières comme le faisait son amie Flora lorsqu'elle s'adressait à Ciprian :

— Ce sera un immense plaisir pour moi aussi, messire, de vous avoir comme instructeur. Je m'en réjouis d'avance et il me tarde.

Elle perçut, près d'elle, le baron se raidir.

Elle aurait presque pu l'entendre gronder.

Elle ne pouvait le voir, encore moins le regarder, mais elle était persuadée qu'il avait les poings et les mâchoires serrés, ainsi qu'un regard d'acier implacable.

Montfort éclata de rire.

— C'est bien ce que je disais, vous êtes parfaite, ma mie !

Ma mie…

Le terme manqua la faire défaillir. Mais n'était-ce pas ce qu'elle souhaitait ? Le rendre transi d'amour afin de le manipuler. Il lui serait alors possible de sauver la vie de son père, de Braida, et de la femme qui l'avait élevée comme sa propre fille. Cela devait être possible ! Un homme épris ne refusait rien à son épouse. Il fallait juste le rendre chèvre en lui promettant monts et merveilles tout en se laissant désirer. Alba savait en être capable. En tout cas, elle ferait tout pour. Et s'il lui demandait pourquoi eux, pourquoi devait-il les épargner, eux, et non d'autres personnes… eh bien, elle inventerait une excuse, ou lui parlerait de charité chrétienne. Cela, tout de même, devrait achever de le convaincre… elle lui prouverait que gracier des mécréants ne pouvait que contribuer à renforcer son pouvoir. Tel un Dieu… qui avait celui d'absolution, et de pardon.

Cela pouvait marcher…

Oui, chez un être aussi fat que Montfort, cela se pourrait.

Malgré son cœur souffrant, Alba retrouva de l'espoir en ses objectifs, qu'elle n'avait pas perdu de vue.

Elle réussirait, elle s'en faisait à nouveau le serment.

Montfort saisit sa main, embrassa ses doigts puis, fier comme un pape et tout gonflé d'orgueil et de confiance en lui, descendit de l'estrade, bientôt suivi de Balthazar, du baron qui lui emboîta le pas, ainsi que du reste des chevaliers participant aux joutes.

Ciprian, lui, resta à ses côtés.

Le baron, arrivé dans la lice, se retourna et, après un dernier mouvement de tête dans sa direction, partit à grandes enjambées rejoindre les autres.

— Ôtez-moi d'un doute, cousine, le baron de Turenne ne serait-il pas amoureux de vous ?

Alba se raidit.

— Je ne crois pas, il me désire, tout au plus... et quand bien même, je suis promise au vicomte.

— Et vous ?

— Comment cela, moi ?

— Vous l'aimez, n'est-ce pas ?

— Pardon ?

Ciprian se rapprocha afin d'être entendu d'elle seule.

— Ne vous inquiétez pas, cousine, avec moi, votre secret est bien gardé.

— Qu'est-ce qui vous fait penser une pareille chose ?

— J'ai vu avec quelle intensité vous vous regardez, lorsque vous pensez que l'autre ne fait pas attention à vous.

Alba observa la lice, où des tonnelles blanches avaient été montées dans l'intervalle. Des valets couraient en tous sens pour installer des rafraîchissements ainsi que des plats de collation ; les écuyers, les chevaux de leur maître. Alba reconnut le baron sous la dernière sur sa droite, le seul à porter du noir. Un valet l'aidait à enfiler son armure, qui avait connu des jours meilleurs.

Alba soupira.

L'attirance était réciproque, aussi, pourquoi continuer à nier ? Même s'ils n'avaient aucun avenir ensemble, elle pouvait rêver, au fond de son cœur, d'un amour possible entre elle et le chevalier.

En outre, elle avait confiance en Ciprian.

Et certainement que se confier à lui apaiserait son cœur douloureux.

— Que pensez-vous de lui ?

— C'est un homme d'honneur…

— Il est croisé !

Pour elle, cela voulait tout dire.

— Peut-être, mais je ne crois pas qu'il prenne plaisir à massacrer et à voir mourir d'autres personnes. Il était tendu tout à l'heure lorsque ces pauvres gens se sont jetés dans le feu.

— Certes, mais il n'est pas obligé de prendre part à la curie.

— Peut-être y a-t-il d'autres raisons à son départ en croisade…

— C'est effectivement ce qu'il m'a confié, confessa-t-elle.

— Oh… parce qu'il vous a confié ses secrets ? Seriez-vous plus intimes que vous voulez le laisser entendre ?

Alba contempla le baron à quelques mètres d'eux dans la lice, perché sur son cheval, ses amis à ses côtés. Une légère chaleur embrasa ses joues au souvenir de leur étreinte. Souvenir qu'elle se devrait de repousser dans un petit coin de son esprit mais qui sans cesse venait la hanter.

— Je me suis rapprochée de lui pour tenter d'en apprendre davantage sur le siège de la forteresse.

— Si vous le dites… mais assoyez-vous donc, vous serez plus à votre aise pour profiter du spectacle. Celui-ci sera plus divertissant, je vous le promets.

Alba obtempéra et reprit place.

Elle resta silencieuse de longues minutes, perdue dans ses pensées, tout en observant le baron qu'elle n'arrivait décidément pas à quitter des yeux lorsqu'il était dans les parages. Droit sur son destrier, son heaume sous le bras, il avait le regard fixe devant lui et ne participait pas à la conversation d'avec ses amis. Ses cheveux ondulaient sous le léger vent hivernal. Tout son corps semblait roide, tendu…

À quoi ou à qui pensait-il ?

Soudain, il tourna le visage dans sa direction et souda ses prunelles aux siennes.

Le cœur d'Alba manqua quelques battements alors qu'une pensée se faisait jour : s'il était blessé ? Mortellement blessé ?

Elle frémit, imaginant le pire, et l'idée lui fut intolérable. Ce qui n'était en rien le cas pour Montfort qui, sous sa tonnelle ornée de dorures, armuré de pied en cap et un gobelet d'étain entre les doigts, riait avec ses courtisans.

Quel être odieux…

Celui-ci, avec ce dont elle avait été témoin, ce rictus de plaisir déformant ses traits tandis qu'il se réjouissait de sacrifier des innocents qui n'avaient rien fait de mal hormis croire en une autre Église, elle le haïssait et son âme se révolta à l'idée de lui appartenir un jour en tant qu'épouse.

Oh oui, elle préférait mille fois que Montfort soit blessé plutôt que le baron.

La jeune femme se remémora l'odieux spectacle du bûcher. Un frisson lui remonta l'échine tandis qu'un liquide aigre lui emplissait la bouche, qu'elle se força à ravaler, comme elle s'était forcée à regarder. Jusqu'au bout. Elle n'avait pas détourné les yeux de la scène macabre, elle aurait voulu crier à ces pauvres gens qu'elle était là, avec eux, et qu'elle priait pour eux. Elle aurait voulu leur crier que leur calvaire ici-bas était terminé, que leur âme serait enfin libérée et irait retrouver leur créateur afin de revivre auprès de Lui pour l'éternité.

— Je voulais savoir, Ciprian, questionnait-elle. Ces corps ?

— Des jugés hérétiques à titre posthume, soupira son cousin.

— Vous voulez dire que les dominicains font déterrer des personnes pour les jeter au feu ? s'exclama-t-elle d'un ton horrifié.

— Ils sauvent leurs âmes damnées, selon eux…

— Une façon d'excuser leurs actes impies. Quelle infamie !

Ciprian, qui avait fini par s'asseoir sur l'estrade à ses côtés, haussa les épaules.

— Je doute qu'ils cherchent à s'excuser de quoi que ce soit.

— Je ne crois pas non plus. Ils pensent avoir Dieu de leur côté.

En vérité, chacun pense avoir Dieu avec lui…

— Je suis désolé que vous ayez été témoin de cette horreur, continua-t-il tout bas pour n'être entendu que d'elle seule.

— Ce n'est pas votre faute, Ciprian, c'est la sienne, ajouta-t-elle en désignant Montfort.

— Certes, mais nous observons sans rien faire et je… je m'en veux pour cela.

— Vous n'avez pas le choix. Les dominicains et les barons du nord font régner la terreur et jouent sur les peurs pour vous asservir.

— Parfois, j'ai envie de rejoindre Montségur pour les combattre.

— C'est très louable de votre part, mais je vous le déconseille.

— Pensez-vous que la citadelle tombera ?

— Mon père en est persuadé, c'est pour cette raison qu'il m'a obligée à partir. Pour que je vive…

— Avez-vous le dessein de le sauver ?

Alba cessa un instant de respirer.

Ciprian n'était pas son ennemi, il était de son sang, il ne la trahirait jamais, elle avait confiance en lui ; n'avait-il pas tué pour elle ? Pour que son secret soit bien gardé ? De plus, se confier à lui apaiserait son âme, et s'il pouvait l'aider à sauver son père et ses amies, ce serait encore mieux…

— Oui, finit-elle par répondre, convaincue de sa fidélité, même s'il n'embrassait pas sa foi. En tout cas, je suis prête à tous les sacrifices pour le sauver.

— Même à épouser Montfort ?

— Oui, Ciprian. *Surtout* à épouser Montfort, insista-t-elle en regardant du côté de l'homme qui deviendrait bientôt son époux puisqu'il semblait décidé à ne pas atermoyer.

Alba, de nouveau, ressentit des picotements le long de son échine ; des picotements d'appréhension. Pour autant, elle ne reculerait pas. Montfort représentait son seul espoir de sauver ceux qu'elle portait dans son cœur, aussi était-elle fermement décidée à aller jusqu'au bout.

Et si elle manœuvrait bien, elle saurait faire façon de Montfort…

Elle revint au moment présent, demanda :

— Pour en revenir aux joutes, il y a souvent des blessés ?

— Des blessés, des morts… les joutes sont dangereuses, mais c'est ce qui en fait la beauté. Les chevaliers se battent pour leur honneur.

Évidemment…

— Mais ne vous inquiétez pas, Montfort ne perd jamais…

Ce n'était pas pour lui qu'Alba s'inquiétait. En outre, elle supposait que les chevaliers le laissaient gagner afin de ne point l'irriter. Alba tourna la tête du côté du baron qui, les mâchoires toujours serrées, semblait lui aussi observer Montfort. Montfort, dont la lance, soutenue par l'un de ses palefreniers, portait son voile, noué près de l'extrémité.

Que se passerait-il s'ils joutaient l'un contre l'autre ?

Arthus serait-il capable de défier Montfort ? Pour elle ? À cause d'elle ? Ne lui avait-il pas avoué qu'il n'avait pas peur du vicomte et qu'il ne pouvait lui nuire, n'étant pas son suzerain ? Alba se mit à prier pour qu'il n'en fasse rien. Elle ne voulait pas que le baron soit blessé, ou pire, à cause d'elle ; elle ne le supporterait pas. Elle se remémora une fois de plus son baiser et ce qu'elle avait ressenti dans ses bras, cet… embrasement de ses sens… Et même si elle se faisait horreur, même si elle ne se pardonnait pas cette attirance ni sa faiblesse envers un homme, *cet* homme, même si elle ne concevait pas que sa chair puisse être aussi faible, elle ne pouvait nier que le baiser du baron lui avait plu.

Montfort leva le bras et aussitôt les sons des instruments s'élevèrent.

Puis ce fut la voix du héraut qui énonça les règles.

— Enfin, ça commence ! s'écria Ciprian tandis que Balthazar faisait avancer son cheval vers l'extrémité la plus proche de la lice alors qu'un autre chevalier se rendait en face.

— Expliquez-moi ! Les joutes ne sont pas toujours identiques ? questionna-t-elle après que le héraut se fut tu, tandis que Balthazar passait son heaume, qui ne lui laissait qu'une fente étroite devant les yeux. Grand Dieu, il ne va plus rien voir !

— Ne vous inquiétez pas pour lui, cousine, mon frère est un excellent jouteur.

Alba observa la tenue de Balthazar.

Son armure paraissait renforcée côté gauche par un gantelet et une plaque au niveau de l'épaule. Un valet lui présenta son écu, qu'il empoigna, puis la lance, à dextre, aux trois bouts arrondis, certainement pour ne pas transpercer les armures ni blesser mortellement l'adversaire.

— Les chevaliers vont galoper l'un sur l'autre, leur lance en avant, expliqua Ciprian. Le but est de briser sa lance sur l'adversaire. Celui qui a brisé le plus de lances a gagné.

— Et si l'un des chevaliers est désarçonné ?

— Le combat peut alors se poursuivre au sol, à l'épée.

Le cœur d'Alba accéléra lorsque Balthazar talonna son cheval pour fondre sur l'autre chevalier, une corde ayant été installée entre eux. Ils se rejoignirent. Tandis que la foule retenait son souffle après de bruyants encouragements pour leur favori, Balthazar tourna le buste au dernier moment pour échapper à la lance de son adversaire tandis que la sienne alla se briser sur l'écu adverse, le chevalier réussissant à se maintenir en selle après avoir branlé quelques secondes. Alba se retrouva piquée sur ses pieds à applaudir Balthazar, puis se rassit alors que les écuyers vinrent apporter aux concurrents une autre lance. Ils recommencèrent. Deux fois. Et à chaque fois, Balthazar vainquit, acclamé par la foule en liesse. Il se dirigea vers l'estrade, non loin d'eux, et s'inclina, la main sur le cœur, en direction d'une jeune femme qu'Alba jugea d'une grande beauté. Brune, avec de magnifiques yeux sombres. Et élégamment vêtue d'une robe jaune surmontée d'un mantel de même couleur orné de fourrure au col ainsi qu'aux manches. Elle lui répondit d'un grand sourire, rougissante, pour ensuite converser avec ses amies tandis que Balthazar s'éloignait.

— Cette jeune femme sera-t-elle sa promise ? questionna Alba.

— J'en serais étonné, Balthazar change de couleurs comme il change de chausses. Mon frère ne cherche qu'à se divertir.

— Et vous ? demanda la jeune femme, ravie de pouvoir aborder le sujet. N'avez-vous aucune envie d'avoir une descendance, mon cousin ?

— Dans la logique, Balthazar devrait s'unir avant moi, alors je patiente.

— Comptez-vous rester au castrum et vivre dans son ombre plutôt qu'avoir vos propres terres ?

— Comptez-vous jouer les marieuses ? répliqua-t-il en s'esclaffant.

— Peut-être bien… m'en voudriez-vous ?

— Je vous aime trop pour vous en vouloir, ma cousine.

— Et moi je ne souhaite que votre bonheur à tous deux. D'ailleurs, savez-vous pourquoi les Cavanac sont absents ? enchaîna-t-elle innocemment.

— Lorsque je lui ai posé la question, m'étonnant également de ne pas les voir, mère m'a confié que Faye était souffrante.

— Oh… quel dommage. J'aime beaucoup Flora.

Elle crut voir Ciprian rougir.

Se pouvait-il que son cousin partage les sentiments de son amie ?

— Peut-être viendront-ils pour le banquet, souffla-t-il, avec une petite pointe d'espoir dans la voix.

— Peut-être, effectivement. Gardons espoir, cousin, acheva-t-elle, reportant son attention sur la joute. Combien sont-ils à concourir ?

Ciprian laissa son regard errer sur les concurrents, répartis maintenant de part et d'autre de la corde.

— Dix !

Alba remarqua que le baron concourrait le dernier et qu'il tomberait contre… Montfort !

Était-ce voulu ?

Le baron voulait-il défier le vicomte et le vaincre afin de lui usurper son baiser ? Car s'il gagnait, c'était lui qu'elle allait devoir embrasser, et non Montfort ! Son souffle se raréfia à la pensée d'un imminent désastre.

Pourquoi avait-il fallu que le baron jette son dévolu sur elle ?

Absorbée par ses pensées intimes, son cœur tambourinant d'appréhension à ses oreilles et l'assourdissant, Alba eut beaucoup de peine à suivre les combats, d'autant que le bruit des lances se rompant sur les armures s'avérait l'étourdir également. À chaque fois, elle ne pouvait s'empêcher de sursauter et de fermer les yeux. Les chocs étaient si violents que la jeune femme se demandait comment les chevaliers réussissaient à se maintenir en selle, car pas un seul n'avait chu jusque-là. Sans doute étaient-ils parfaitement entraînés, et ce, depuis leur plus jeune âge. Les garçons de la forteresse apprenaient le maniement des armes dès leur plus tendre enfance, les chevaliers certainement aussi ; il en allait de leur survie. De plus, ils devaient apprendre à faire corps avec leur animal. Dans les batailles, cela faisait la différence.

Alba perdit la notion du temps, jusqu'au tour du baron.

Là, son cœur s'emballa à mesure que son écuyer l'équipait, Montfort faisant de même de son côté. Pas une seule seconde ils ne cessèrent de se jauger, semblant aussi fiers et déterminés l'un que l'autre.

— Ont-ils déjà concouru l'un contre l'autre ? interrogea la jeune femme.

Elle s'aperçut que sa voix tremblait légèrement.

— Pas à ma connaissance, c'est souvent Des Arcis qui se risque à affronter le vicomte.

— Des Arcis ? Qui est-ce ?

— Le chef de l'armée croisée du siège…

Oh…

Ciprian le lui désigna, aux côtés de Montfort avec lequel il s'entretenait.

Parlaient-ils du siège ? Des Arcis présentait-il au vicomte leur « plan », comme désigné par le baron noir ? Si c'était le cas, il y avait urgence à se rapprocher de Montfort pour apprendre de quoi il retournait. Ou d'Arthus… dans tous les cas, il lui fallait faire vite pour qu'elle-même puisse prendre des mesures.

— Vous me promettez de me livrer tout ce que vous apprendrez sur les objectifs des croisés, Ciprian ? pria Alba à voix basse.

— Je vous le promets, Alba. J'en aviserai également

Balthazar et rien ne nous empêche de nous mêler aux croisés si toutefois Des Arcis réclame des renforts, ce dont je suis persuadé. Je crois avoir entendu quelque chose là-dessus entre Turenne et ses amis.

Le cœur de la jeune femme se serra : Arthus restait son ennemi, malgré l'attirance qu'elle ressentait pour lui. Surtout *à cause* de cette attirance. Elle ne pouvait se laisser attendrir ni distraire par le baron, aussi étourdissant soit-il, et encore moins se laisser attirer sur une pente dangereuse ; elle ne pouvait se permettre de perdre de vue ses propres objectifs.

— Êtes-vous persuadé que Balthazar est de mon côté ? s'enquit-elle.

— Il n'a émis aucune objection lorsque nos parents nous ont parlé de vous recueillir et il a promis, sur sa vie, de vous protéger. Il sait qui vous êtes, ce que vous êtes, il ne vous trahira pas, Alba, je réponds de lui. Voyez-vous, nous sommes lassés de ces guerres intestines et de ce climat d'insécurité, nous aimerions vivre en paix et comme nous l'entendons.

— Ma tante n'a-t-elle jamais été inquiétée d'être la sœur d'un chevalier *faydit* ?

— Balthazar étant un grand ami de Jean, ainsi que moi-même, dans une moindre mesure, l'Inquisition nous laisse tranquilles. C'est le moment ! souffla-t-il soudain.

Effectivement...

Les deux hommes galopaient l'un vers l'autre, lance en avant. Le bruit des pas des chevaux résonnait dans le silence auxquels s'ajoutaient les piaffements des autres bêtes, sous les tonnelles. Toutes les conversations s'étaient tues ; Alba pouvait entendre les battements de son propre cœur. Un cœur qui tambourinait douloureusement. Arthus éleva sa lance, Montfort fit de même. Le temps sembla suspendu, d'une tension intolérable. À tel point qu'Alba eut envie de sauter sur ses pieds afin d'encourager le baron. Elle ne pouvait s'empêcher d'avoir peur pour lui alors qu'elle ne le devrait pas… mais comment réussir à museler son cœur ? Cela non plus elle ne le pouvait. Mais le devait…

Elle réprima un cri lorsque après avoir été percuté par la lance de Montfort alors que la sienne allait s'écraser contre l'écu du vicomte, le baron fut projeté en arrière sur le dos de son cheval. Elle ne sut par quel miracle il se maintint en selle, mais ce fut le cas. Montfort y réussit également. Les deux hommes, arrivés en bout de lice, firent faire demi-tour à leur monture puis se firent de nouveau face. Les chevaux piaffèrent. Les lances furent changées et tandis que l'écuyer de Montfort retirait le voile d'Alba pour le remettre sur la nouvelle, ce dernier retira son heaume, son gantelet, et s'essuya le visage qu'Alba trouva d'une vilaine couleur rouge. Pourtant, le temps, en ce milieu d'après déjeuner, avait refroidi, des nuages obscurcissaient le ciel.

Montfort porta la main à son front, secoua la tête comme pour en chasser quelques idées dérangeantes.

Si seulement sa laideur d'âme pouvait le terrasser…

Il demanda un pichet, but avidement, le rejeta au sol aux pieds de son écuyer puis renfila son gantelet et son heaume. Un courtisan hurla son nom. Un autre fit de même. Puis encore un autre. Puis tous l'encouragèrent en frappant l'estrade avec leurs talons.

Ciprian joignit ses cris aux autres, mais en faveur du baron, et ils passèrent inaperçus dans le brouhaha ambiant. Alba se contentait de regarder, s'obligeant au détachement.

Montfort talonna sa monture. Fortement. Si fortement que le cheval rua des postérieurs et détala.

Arthus fit partir le sien au galop et les deux hommes, de nouveau, cavalèrent l'un vers l'autre. Ils élevèrent leurs lances, mais au moment de se croiser, la monture de Montfort refusa d'un coup d'avancer et ce dernier passa par-dessus l'encolure pour s'étaler au sol de tout son long, le nez dans la poussière. Arthus lâcha sa lance, sauta à bas de son cheval et courut à Montfort. Plutôt que de dégainer son épée pour la lui mettre sous la gorge et l'obliger à s'avouer vaincu, il le retourna, lui retira son heaume.

La foule retint son souffle jusqu'à ce que Montfort tourne la tête en direction du baron et lui saisisse le bras.

Il était vivant…

Les deux hommes palabrèrent quelques secondes, puis Arthus aida Montfort à se remettre debout et le soutint.

— Je vais bien ! s'écria Montfort en élevant le bras, sous les acclamations de ses courtisans. Je vous rejoindrai plus tard, termina-t-il en faisant un geste en direction de ses écuyers qui accoururent le soutenir. Terminez sans moi !

À ces mots, le baron se dirigea vers la lance de Montfort, dénoua le voile d'Alba et l'attacha à l'un des liens de son armure, sur son cœur. Puis, un écuyer lui ayant apporté sa monture, il se remit en selle et ôta son heaume. Alba retint son souffle alors qu'il se dirigeait vers elle. Au pas. Son regard soudé au sien.

— Je défendrai vos couleurs, ma dame, s'écria-t-il en s'inclinant, la main sur le cœur, sitôt devant elle au pied de l'estrade.

Des cris de surprise ainsi que des chuchotements s'élevèrent de la tribune.

Le vicomte l'en avait-il prié ? Ou le baron s'en octroyait-il le devoir ? Ou le droit ?

Alba l'ignorait mais cette fois-ci, comment l'éconduire ? Ce serait lui faire affront. Ce qu'elle ne désirait en aucun cas. Comme elle ne désirait pas jeter le moindre soupçon sur eux. Nul ne devait jamais savoir ce qui les liait ou ils seraient perdus. Cela suffisait que le baron la dévore des yeux à la moindre occasion pour qu'en sus elle lui donne du crédit.

Aussi décida-t-elle d'aller dans son sens et se leva.

— Mon promis vous en ayant certainement prié, faites, baron, je vous en prie…

Elle assortit ses propos d'un geste de la main, comme elle chasserait une mouche de devant elle. Les traits du baron se durcirent et un voile de mécontentement obscurcit son regard. Il s'inclina, fit faire volte-face à sa monture, la talonna et partit au galop.

Alba se rassit, se forçant à ne pas le suivre des yeux, se devant de paraître détachée afin de ne pas éveiller davantage la méfiance des courtisans à son endroit. Elle avait suffisamment le sentiment que tous les regards étaient tournés vers elle, et d'être au centre de toutes les discussions.

Elle se remémora les prunelles encolérées du baron.

Qué ?!

Pensait-il vraiment qu'elle allait se pâmer en le couvrant de louanges ? Cet homme était impossible ! Il la pressait de ses assiduités, l'embrassait sans lui demander son consentement, torturait son âme et son corps et maintenant cela… devant tous les courtisans ! Elle était promise au vicomte, que diable ! Sa sécurité n'avait-elle donc aucune importance pour lui ? Ne pensait-il qu'à son bon plaisir ? Comme la plupart des hommes ? Il lui avait pourtant semblé différent… elle avait perçu en lui, tantôt, une certaine fragilité lorsqu'il lui avait narré son passé. Et il avait malgré tout bien agi après son baiser volé alors pourquoi les mettre maintenant en danger ? Était-il décidé à la revendiquer ? Avait-il décidé de la sauver de cette union qui lui déplaisait manifestement si elle en croyait son visage tourmenté à chaque fois qu'il l'observait ? Il était vrai que les accordailles n'ayant pas été officialisées, elle n'était pas encore liée au vicomte.

Tout était possible !

Jusqu'où irait le baron pour empêcher son mariage ?

Elle ne le savait, mais son cœur battit la chamade à la pensée qu'il pourrait la tirer des griffes de cet être infâme qu'était Jean de Montfort. Mais à quel prix ? Ils pourraient tous deux y perdre la vie.

Non, elle ne le laisserait pas se sacrifier pour elle !

S'il n'écoutait pas la voix de la raison, elle serait raisonnable pour deux…

Alba suivit de loin la joute, qui avait repris. Les combats se succédèrent jusqu'à ce qu'il n'en reste que deux : Balthazar et le baron.

Son cœur, déjà malmené, souffrit davantage.

Dieu que ce « jeu » était insupportable, et inutile. Alba ne comprenait pas son intérêt. Se montrer le plus fort ? Le plus rusé ? Le meilleur ? D'après Ciprian, beaucoup perdaient la vie.

Arthus la salua et elle ne put faire autrement que de lui rendre son salut d'un signe de tête quelque peu crispé. Il la malmenait, malmenait son cœur et elle le haïssait pour cela. D'autant qu'elle ignorait comment se comporter dans ce monde et était transie de peur à l'idée de mal faire.

Ciprian encourageant Balthazar, elle fit de même et mêla sa voix à la sienne, ignorant sciemment le baron. Après tout, elle avait le droit de soutenir son cousin, il était de son sang, les courtisans comprendraient qu'elle n'avait que faire du baron, même s'il portait ses couleurs.

Ce n'était pas son propre choix…

La jeune femme ne put pourtant empêcher son souffle de s'altérer lorsque les deux hommes s'élancèrent l'un vers l'autre. Elle souffrit pour chacun d'eux, ne souhaitant en aucun cas qu'ils soient blessés. Une fois de plus, elle comprit que même si le baron la tourmentait, elle ne pouvait s'empêcher de trembler pour lui. Tout comme pour Balthazar, mais pas de la même manière. Non, là, il s'agissait de bien autre chose. D'un sentiment méconnu sur lequel elle refusa de s'attarder.

Tout son corps se raidit lorsque les deux hommes se croisèrent, lances levées. Le choc fut des plus terribles, les deux combattants étant sensiblement de la même corpulence, et manifestement de la même puissance. Ils accusèrent le coup en se déportant sur le côté et se maintinrent en selle.

La foule les acclama.

— Se battent-ils bien ? demanda Alba à Ciprian. Les courtisans apprécient visiblement le spectacle.

— Effectivement. Et oui, ils se battent bien. Ils ne se ménageront pas, il y va de leur honneur. De plus, le fait que le baron porte vos couleurs donne davantage de poids au combat.

— Je n'avais pas le choix ! se récria-t-elle à voix basse. Le baron devrait se montrer plus prudent, il me met dans une délicate position.

— Vous avez très bien réagi, cousine ! Votre réponse

était adéquate. Vous n'avez pas donné d'importance au baron plus qu'il ne fallait, c'était rusé de votre part.

— L'important, c'est qu'ils pensent que le baron se bat au nom du vicomte. Ce qui est peut-être le cas, après tout, je l'ignore.

Peut-être lui prêtait-elle des intentions qu'il n'avait pas... Elle ne savait si elle devait s'en ouvrir à lui et tenter de le raisonner ou l'ignorer et faire comme s'il n'existait pas. Mais en son for intérieur, elle restait persuadée que le baron ne se laisserait pas évincer si aisément.

— Qu'en sera-t-il du baiser si jamais il gagne ?

Car durant leur discussion, deux lances supplémentaires avaient été rompues sans qu'aucun des deux chute ; les deux chevaliers demeuraient à égalité.

— Turenne n'est pas fou, la rassura Ciprian. Il ne revendiquera pas son baiser.

— En êtes-vous sûr ? frissonna-t-elle.

— Certain ! Le baron sait qu'il ne peut sciemment braver le vicomte ou il signerait sa perte. L'amour pousse à tous les dangers et vous en valez la peine, chère cousine, mais comme je vous le disais précédemment, le baron n'est pas fou, il trouvera d'autres moyens s'il vous veut.

— Balthazar et vous devrez le raisonner, Ciprian, le pria-t-elle, la mort dans l'âme. Ou mon vœu de sauver mon père, dame Corba et Braida sera perdu.

Et entre son vœu de sauver ceux qu'elle aimait et le chevalier, elle connaissait sa réponse, même si elle devait en souffrir. Raison et attachement se partageaient son cœur, elle le comprenait.

Toujours ce problème du choix...

Un choix dont dépendrait le reste de sa vie. Elle était près du but, son oncle et sa tante avaient œuvré pour elle, pour qu'elle approche Montfort dans le but de lui plaire, elle n'allait pas ruiner leur existence à tous pour un vulgaire appel de la chair. Une chair faible et qui trahissait à la première opportunité. Une chair qu'on lui avait appris toute sa vie à exécrer ; le corps était mauvais, seule l'âme comptait ! Elle en avait pris conscience : il poussait à la faute, et il fallait s'en méfier.

Entre-temps, les deux chevaliers avaient repris une lance et se faisaient de nouveau face.

Le baron talonna sa monture et partit au galop quelques secondes avant Balthazar. Les courtisans tapèrent des pieds en scandant le nom de leur champion, qui Cazilhac, qui le baron noir, avec peut-être un peu plus de « baron » que de « Cazilhac » ! Alba se tut, malade de tension. Elle ne pouvait encourager l'un par rapport à l'autre, les deux lui importaient.

Les deux lances se rompirent dans un fracas assourdissant. Les adversaires furent repoussés sous le coup mais restèrent en selle et continuèrent leur course jusqu'au bout de la lice avant de revenir sur leurs pas.

— Qui gagne dans ces cas-là ? questionna Alba alors que les écuyers récupéraient les lances.

— Celui qui a détruit le plus de lances, cela veut dire que le coup a été plus fort.

Tandis que les deux chevaliers se jaugeaient du haut de leur monture, les courtisans continuèrent de scander à tue-tête le nom de leur champion ; Ciprian, aux côtés d'Alba, criant encore plus fort que les autres le prénom de son frère. Et dans son esprit, la jeune femme celui d'Arthus. La tension la fit frémir lorsque les deux adversaires s'emparèrent de la lance que leur tendait leur écuyer et s'élancèrent. Au moment de se rencontrer, le baron se haussa sur ses étriers et se cambra. Sa lance alla percuter le heaume de Balthazar, et le lui arracha.

— Par Dieu, il l'a déheaumé ! s'exclama Ciprian en sautant sur ses pieds tandis que la foule huait à tout va.

Ces hommes étaient des fous !

Alba tremblait tellement d'appréhension pour son cousin qu'elle eut du mal à parler :

— Qu'est-ce que ça veut dire ? cria-t-elle par-dessus le brouhaha ambiant.

— Que Turenne a gagné ! C'est un coup très rare et éliminatoire pour celui qui perd son heaume. Il est vraiment très fort ! ajouta-t-il, manifestement admiratif.

Tous des fous !

Ciprian paraissait plus enflammé par l'exploit du baron que soucieux de l'état de son frère qui, déséquilibré, était à moitié couché sur le dos de son cheval. Balthazar réussit pourtant à se maintenir en selle, au prix, certainement, d'un effort intense. Arthus, sous les applaudissements de la foule en délire, sauta à bas de son cheval et comme précédemment avec Montfort, courut à Balthazar. Il s'empara des rênes de la monture, privée de commandement, et l'empêcha de tournoyer alors que Ciprian dévalait l'estrade pour se porter au secours de son frère semblant déjà prêt à se redresser.

Quelle folie, mais quelle résistance et quelle ténacité ces chevaliers possédaient !

Alba en était ébahie.

Alors que leurs armures devaient peser lourd, et, leur heaume ne possédant qu'une fine fente devant les yeux, il devait les empêcher de respirer tout leur soûl ! Il fallait vraiment être aguerri pour s'imposer pareil combat. Alba comprit que les joutes n'étaient pas seulement des jeux, mais également le moyen pour les chevaliers de prouver leur valeur et de briller aux yeux des dames.

Même si elle restait contrariée que le baron ait risqué la vie de Balthazar, elle ne put s'empêcher de ressentir une vive admiration pour celui qui s'était rendu maître de la lice par des actes de bravoure autant que chevaleresques en se portant au secours de ses concurrents. La foule ne s'y trompait pas et l'acclamait à grands cris. L'engouement des femmes, surtout, n'eut plus de limite lorsque le héraut le désigna comme le grand champion de la joute.

Alors que les écuyers, sous la surveillance de Ciprian, de son oncle et de sa tante, faisaient sortir Balthazar pour l'entraîner sous l'une des tonnelles afin qu'il reprenne des forces et achève de se remettre – et Alba fit le vœu qu'il n'ait point trop souffert et ne souffre point trop par la suite du coup porté à la tête –, le baron remonta sur sa monture et effectua plusieurs tours de lice en paradant, portant haut son écu ; un écu strié de bandes rouges et jaunes, certainement les couleurs de sa baronnie mais qui, tout comme son armure, avait connu des jours meilleurs. Mais quelle importance ? Le baron n'était visiblement pas très argenté, mais son courage et son comportement honorable valaient toutes les richesses du monde.

Oui, Arthus était un homme de valeur, un homme bon malgré les apparences…

Et une fois de plus, il toucha son cœur. Un cœur qui n'en finissait pas de battre pour lui, de plus en plus fort, et encore plus fort lorsqu'il fit arrêter sa monture devant elle. La jeune femme maîtrisa tant bien que mal ses nerfs afin de ne pas rougir jusqu'aux oreilles, mais le moins qu'elle puisse faire étant de le féliciter, elle se leva le plus dignement possible et descendit l'estrade à sa rencontre.

Là, elle se saisit de son voile que le baron lui tendit après l'avoir dénoué de l'attache de son armure et avoir relevé son heaume pour découvrir son visage. Un visage où brûlait une intense satisfaction.

— Vos couleurs m'ont porté chance, ma dame, soyez-en remerciée.

Alba relâcha son souffle lorsqu'elle comprit que le baron n'exigerait pas de baiser.

— Merci à vous, chevalier. Vous vous êtes admirablement battu… je suis juste marrie que cette victoire se soit faite au détriment de mon cousin. Vous auriez pu le tuer !

— Ce sont les risques, ma dame, la réprimanda-t-il gentiment. Et Balthazar est loin d'être inexpérimenté, et encore moins un pleutre. Il s'est bien battu ! J'ai seulement été le plus fort ! ajouta-t-il avec un sourire éblouissant.

Un sourire qui éveilla une nouvelle fois un tressaillement dans son cœur.

Qu'elle se força d'ignorer ainsi que de camoufler par une sainte colère :

— Manifestement, la modestie ne fait pas partie de vos traits de caractère !

Elle rougit de contrariété lorsque le baron laissa fuser un petit rire.

— La modestie ne sert à rien ! Si je m'étais laissé envahir par le doute, je ne serais pas rentré de Terre sainte !

Sur ces mots, il fit avancer son cheval, s'inclina vers elle et souffla :

— Vous avez eu peur pour moi, avouez-le…

Quelle outrecuidance !

Et pourtant…

Ils étaient seuls sur le bord de la lice, face à face, séparés par la balustrade. Peut-être les courtisans les observaient-ils et se demandaient de quelle teneur était leur conciliabule, mais à cet instant précis, Alba, perdue dans le regard incandescent du baron, n'en avait cure. Ils pouvaient penser et dire ce qu'ils voulaient, elle avait le sentiment qu'ils étaient seuls au monde. La tension, entre eux, s'exacerba. Quelque chose qu'Alba ne sut nommer, pas plus que ses sentiments précédents, naquit dans son être. Ce qu'elle savait, en revanche, c'était qu'elle aurait donné tout ce qu'elle possédait pour avoir la possibilité de remonter la lice au bras du baron et pourquoi pas lui donner ce baiser en récompense de sa bravoure et de son esprit de chevalerie, de passer la soirée avec lui, rire et danser, au lieu d'être promise à Montfort, tombé de cheval à force de boisson et qui n'était même pas présent pour congratuler son champion.

Rire et danser, écouter de la poésie…

Cela ne lui ressemblait pas !

— Alba ?

La voix du baron la fit revenir à l'instant présent.

— Oui, peut-être un peu, je le concède, avoua-t-elle, tout en flattant l'encolure du cheval afin de se donner contenance. Toi aussi, tu t'es admirablement bien comporté, tu es un beau cheval…

— Comme j'aimerais être à sa place…

— Baron, cessez de vous moquer ! se récria-t-elle en étouffant un rire. Le fait est que votre monture est magnifique, et aussi courageuse que vous.

— Vos propos me vont droit au cœur, ma dame…

Le baron lui saisit soudain la main et porta ses doigts à sa bouche pour y déposer les lèvres.

Le cœur d'Alba se mit à battre à tout rompre alors qu'elle la lui retirait, sans cesser de sourire afin de donner le change si toutefois les curieux se posaient des questions. Si sa tante la questionnait, justement, elle lui répondrait qu'elle félicitait le baron sur les qualités de son cheval.

— Ce n'est pas raisonnable, Arthus, le réprimanda-t-elle en s'obligeant au détachement, les courtisans nous regardent.

— Nous ne faisons rien de mal… ne sommes-nous pas sur les terres de la *fin'amor* ? Ils savent à quoi s'en tenir et n'aiment rien tant que les belles histoires.

— Il ne peut y avoir d'histoire entre vous et moi, baron, murmura Alba.

— Qui cherchez-vous à convaincre, Alba, vous ou moi ?

La jeune femme allait s'outrer vertement lorsque le baron la devança :

— Enfuyez-vous avec moi !

— Enfin, baron, vous n'y pensez pas ! Je suis promise au vicomte !

— Je ne pense qu'à cela, au contraire. Depuis que je le sais, je rêve de vous voler à lui. Et ce soir, je compte bien vous voler ce baiser que vous me devez.

Sur ces mots, le baron fit faire un demi-tour parfait à sa monture, la talonna et partit au galop. Alba demeura stoïque alors que son cœur n'en finissait plus de battre la chamade. En quelques minutes, ce diable d'homme avait encore mis son esprit et son corps à la torture : s'il réclamait ce baiser, aurait-elle la force de le lui refuser sachant que celui qu'il lui avait volé précédemment lui laissait un souvenir impérissable ?

Les mains tremblantes, Alba remit son voile puis rejoignit son oncle et sa tante qu'elle découvrit à l'attendre près de son assise.

— Comment se porte Balthazar ? s'enquit-elle aussitôt lorsqu'elle fut vers eux. Son coup à la tête ?

— Il se remet ! marmonna Adhémar de Cazilhac.

Alba détourna la tête, choquée par la réaction de son oncle manifestement dépité que son aîné ait perdu la joute.

Encore une question d'honneur…

— Et vous, ma tante, n'avez-vous point eu trop peur ?

— Je suis habituée, Alba, et vous vous habituerez également… les jeunes gens aiment se mesurer les uns aux autres et se battre, c'est ainsi. Demain, nous aurons droit au tournoi ! Vous verrez, c'est encore autre chose…

— Quelle est la différence ?

— Cette fois-ci, les chevaliers sont à pied, séparés en deux camps, et se font la guerre !

— Tant que Montfort n'allume pas un autre bûcher, cela me va, décréta Alba en coulant un regard au-delà de la lice, là où le tas de bois brûlait encore.

L'odeur était moins intense mais toujours présente dans l'esprit de la jeune femme. Esprit qui, captivé par ailleurs, avait fini par oublier que de pauvres gens avaient été brûlés là, devant une foule qui se réjouissait de leur supplice, et elle s'en voulut.

Comment avait-elle pu si aisément occulter les martyrs de sa foi ?

L'esprit humain était certainement ainsi fait qu'il mettait de côté ce qui le dérangeait. Elle l'ignorait mais restait persuadée qu'ils viendraient la hanter à la nuit tombée…

Son oncle et sa tante se regardèrent, gênés.

— Ne me dites pas qu'il va encore nous imposer cette horreur ?

— Hélas, souffla dame Ermengarde.

— Je ne crois pas que je pourrais le supporter, ma

tante, s'alarma Alba, les larmes aux yeux. Ce sera trop pour moi… M'autoriseriez-vous à me faire porter pâle ? Montfort me croit une petite nature, peut-être pourrais-je simuler un malaise…

Alba regardait sa tante avec tant d'espoir que cette dernière lui prit les mains en lui souriant.

— Nous arrangerons cela, mon enfant, n'ayez crainte, n'est-ce pas, mon ami ?

Adhémar, ne pouvant décidément rien refuser à son épouse, acquiesça.

Alba effectua une petite révérence.

— Merci pour votre sollicitude à tous deux, elle me comble. Soyez-en bénis. J'espère ne pas m'être mal comportée, ajouta-t-elle après quelques secondes de silence. Si c'est le cas, je vous en demande pardon, et si vous voulez bien m'éclairer sur mes erreurs, je ferai en sorte de ne pas les reproduire.

Sa tante passa son bras sous le sien et colla son épaule à la sienne.

— Vous avez été en tout point parfaite, mon enfant, n'est-il pas, Adhémar ?

— Certes, ma mie… quant à vous, ma nièce, vous avez l'excuse de la méconnaissance du monde.

— En outre, renchérit dame Ermengarde en lui caressant la joue du bord du doigt, vous semblez si pure, si… naïve finalement, si innocente et dépourvue de rouerie que même si erreurs il y a, on vous les pardonnera.

Cette *innocence* jouerait en sa faveur, surtout en ce qui concernait ses sentiments pour le baron ; on ne devait soupçonner l'attirance qu'elle ressentait pour cet homme. Une attirance qu'elle scellerait en son cœur à tout jamais.

Quant à Montfort, elle tirerait parti du fait qu'il la prenne pour une oie blanche.

Savoir que sa famille la soutenait allégea son âme.

— Merci, mon oncle, et merci, ma tante. Je ne saurais vous dire à quel point je vous suis reconnaissante. Pour tout ce que vous faites pour moi. Même si…

Elle s'interrompit, ne souhaitant les heurter.

Dame Ermengarde recula et lui coula un regard en coin.

— Parlez sans ambages, Alba, la pria-t-elle, nous souhaitons votre bonheur, vous le savez.

Alba tergiversa.

À quoi bon leur avouer qu'épouser Montfort la révulsait puisqu'elle avait accepté, en son for intérieur et à des fins personnelles, de lier sa vie à la sienne, se promettant d'oublier les sentiments que lui inspirait le baron ?

— Je le sais, ma tante, et de cela également je vous suis reconnaissante, car rien ne vous obligeait à prendre soin de moi comme si j'étais votre propre fille, et à souhaiter le meilleur pour moi, mais…

— Il n'est pas celui que vous auriez choisi, termina dame Ermengarde à sa place.

Oh que non… si elle avait le choix, elle n'épouserait personne ou en tout cas, certainement pas Montfort !

Encore une fois, Alba refusa de s'appesantir sur son sort et de se plaindre. D'autres souffraient et étaient sacrifiés, ils supportaient l'indescriptible sans une larme ni une plainte, alors qu'elle… *elle…* elle était vivante, en bonne santé, et pleine d'espoir. Et elle avait une mission ! Elle ne dérogerait pas et se promit de supporter ce que Dieu lui imposait ; son créateur détenait sa vie entre ses mains, il décidait de tout la concernant et elle s'en remettait aveuglément à lui.

— Quand bien même, ma nièce, vous l'épouserez ! intervint Adhémar. Et vous, ma femme, n'allez pas lui mettre des sottises en tête avec ces histoires d'amour partagé. Vous savez comme moi qu'un couple se construit au fil du temps et que d'une tendre amitié et d'un respect commun peut naître un attachement sincère. En outre, nous ne pouvons pas revenir sur l'entente avec le vicomte, que cela vous plaise ou non, ma nièce, la parole est donnée ! Sinon, pour quoi et pour qui passerons-nous ? Nos fils pourraient en pâtir.

Alba lui posa la main sur le bras.

— Je suis d'accord avec vous, mon oncle, et j'allais répondre que peu importent mes… mes difficultés à lui trouver des qualités, j'épouserai le vicomte.

Ils cessèrent là leurs conversations lorsque les domestiques du vicomte invitèrent les courtisans à se rendre au palais où une collation les attendait pour leur permettre de patienter jusqu'aux festivités du soir.

Ils suivirent le mouvement.

— À quelles sortes de réjouissances aurons-nous droit cette fois-ci, ma tante ? demanda Alba alors qu'elles allaient derrière Adhémar qui lui, discutait avec une connaissance.

Devait-elle encore s'attendre à des horreurs ?

Et si cela s'avérait être le cas, elle préférait, cette fois-ci, en être avisée.

Sa tante lui prit la main, la lui serra.

— À des représentations de troubadours, puis à un bal. Vous verrez, vous vous y amuserez !

Pas si elle devait danser avec le maître des lieux…

Ce qu'elle garda par-devers elle.

Elle mit sa capuche bordée de fourrure et resserra son mantel autour d'elle, le froid se faisant de plus en plus vif à mesure qu'elle s'éloignait de la lice en direction du palais ; ainsi que du bûcher. Le bleu du ciel commençait à se voiler et au loin, du côté de la Montagne Noire, s'amoncelaient des bancs de nuages gris annonciateurs de pluie. Heureusement pour eux, ils seraient abrités avant de prendre le déluge sur la tête. Lorsque le temps se grisait de cette manière, surtout en cette période, les orages pouvaient s'avérer monstrueux et ils seraient bien aises d'être au chaud. Alba s'efforcerait de ne point trop penser à ceux, pauvres, mendiants, laissés-pour-compte, qui erreraient dans les rues sans feu ni soupe pour se réchauffer. Ou encore aux reclus dans la forteresse, soumis à des vents ainsi qu'à une pluie impitoyables.

Alba plongea dans ses souvenirs.

Les orages, à Montségur, étaient toujours impressionnants, le tonnerre se répercutait contre la falaise, les éclairs zébraient le ciel devenu proche, si proche qu'Alba, lorsqu'elle était petite, avait peur qu'il l'engloutisse. Dans ces cas-là, elle se serrait contre Braida sous les draps et ensemble, elles affrontaient les éléments en priant Dieu de les épargner.

Avant cela – les orages l'ayant toujours terrorisée – c'était sa nourrice qui la rassurait, en lui narrant des histoires de preux chevaliers. À la vérité, toute son enfance avait été bercée de ces contes d'amour. Et si elle devait être honnête avec elle-même, elle adorait cela. Combien de fois s'était-elle imaginée, tout comme les héroïnes de *canso*, prisonnière d'un homme, en haut d'une tour, et sauvée par un grand, courageux et magnifique chevalier, qui serait tombé amoureux d'elle dès le premier regard. Elle se souvint de tels jeux avec Ciprian qui endossait le rôle de son galant, elle se souvint qu'elle rêvait de trouver son prince charmant et de l'épouser ; tout cela était inscrit dans sa mémoire. Ce n'est qu'après, lorsque dame Corba lui eut seriné durant des années que le corps était mauvais et que l'amour d'un homme ne pouvait rivaliser avec celui de Dieu, qu'Alba enfouit ses rêves d'enfant dans son cœur et se mit à aimer Dieu plus que les hommes.

Dieu, lui, ne trahissait jamais…

Un doute, pourtant, alors qu'elle pénétrait au bras de sa tante dans la salle des festivités du palais, s'insinua dans son esprit et pour la première fois depuis une décennie, elle douta, se demandant pourquoi ses souvenirs d'enfance remontaient à la surface. Pourquoi maintenant ? Le baron noir en était-il responsable ? Parce qu'elle ne pouvait nier qu'elle était attirée par lui… Ou était-ce parce qu'elle avait quitté Montségur et l'enseignement de dame Corba ? Voyait-elle le monde différemment depuis qu'elle avait été recueillie par sa famille ? Une famille où aucun d'entre eux, sans renier Dieu, n'était un pratiquant convaincu. Et surtout, n'était de sa religion… sa tante ne lui avait-elle pas ordonné de cesser de voir Dieu en toute chose ? Et d'ouvrir son cœur et son esprit aux beautés du monde plutôt que de se complaire dans une foi qu'elle jugeait austère et stricte ?

Alba ignorait si elle en était capable, son enseignement cathare était trop ancré en elle ; elle était devenue parfaite. Par choix ! Parce qu'elle était convaincue de la justesse de sa foi.

Encore une fois, elle se résolut à repousser quiconque la ferait renoncer à ses desseins. Y compris le trop beau et trop attirant baron noir ! Elle n'avait pas le droit de penser à elle et à son bon plaisir alors que son père et toutes les personnes qu'elle aimait étaient retenus là-haut. Et mourraient sans doute si elle ne trouvait pas une solution pour les faire sortir. Il n'y avait pas de place pour l'amour d'un homme dans sa vie, surtout pas d'un homme comme le baron de Turenne ! Un chevalier croisé ! Un ennemi de sa foi ! Plutôt mourir que se laisser aller à avoir de tendres sentiments envers cet homme !

Forte de ces nouvelles résolutions, Alba fit tomber sa capuche, se redressa et fit le tour de la pièce des yeux. Les courtisans, déjà, se pressaient devant le buffet. Alors qu'ils s'étaient restaurés quelques… trois heures auparavant ! Alba en fut outrée : ces gens ne pensaient qu'à faire bombance, qu'à se réjouir du malheur d'autrui, et qu'à s'amuser !

Quel piètre tableau !

Elle les ignora, tout en traversant la salle au bras de sa tante, faisant fi des regards curieux sur sa personne ainsi que des chuchotements. Sa tante la mena jusqu'au buffet où, sur des tréteaux recouverts de nappes blanches, étaient dressés divers plats de fruits, de fruits secs, et de gâteaux au miel. Le tout en abondance. Ainsi que des pichets. Certainement de vin…

Alba refusa la coupe de fruits que lui proposait sa tante pour se contenter d'un gobelet de vin, dans lequel elle trempa les lèvres. Sa tante lui présenta une amie, et tout en écoutant d'une oreille distraite leur conversation, elle observa autour d'elle. Et comprit qu'elle était à la recherche d'une silhouette. Son cœur s'élança, s'apprêtant à *le* voir. Elle se tança, s'éclaircit la gorge, et porta le gobelet à ses lèvres sans boire afin de se donner contenance. Le baron n'était nulle part. Pas plus que Ciprian et Balthazar. Ou même Montfort… qui lui, ne lui manquait pas. Elle n'était certes pas pressée de le revoir. Quant à son oncle, il discutait toujours avec sa connaissance à l'orée de la salle, à laquelle étaient venues s'ajouter d'autres personnes.

Perdue dans ses pensées, Alba sursauta lorsqu'un valet vint s'incliner devant elle.

— Ma dame, veuillez me suivre, je vous prie, le vicomte souhaite vous installer près de ses quartiers.

Alba contempla sa tante à la dérobée, qui hocha la tête en signe d'assentiment, un air de satisfaction sur le visage. Elle se rengorgeait. D'autant qu'elles attiraient tous les regards. Si le fait déplaisait à Alba, sa tante semblait en être satisfaite.

La quête du pouvoir, son attrait...

Ce pouvoir qui poussait à toutes les exactions, même les plus odieuses.

Les courtisans cherchaient des appuis, des largesses, des indulgences, se complaisaient dans l'ombre de Montfort, le détenteur du pouvoir dans la cité, Alba ne s'y trompait pas. Un pouvoir qu'il imposait aux dominicains qui, pourtant à la solde du pape, lui organisaient ses « réjouissances ».

Montfort était le bras séculier !

Celui qui décidait de tout ! Tout détestable qu'il soit, il détenait entre ses mains la vie de chacun, habitant de la cité ou d'alentour. Aussi ne leur jetait-elle pas la pierre, ni à sa tante, elle-même attendait quelque chose de Montfort, elle l'utiliserait, même s'il fallait pour cela lui abandonner son âme. Dieu la lui sauverait à la toute fin.

Elle secoua la tête, chassant ses pensées.

— Ma tante peut-elle m'accompagner ?

— Tout à fait, ma dame.

— Oh ! et mes amies également ? Elles viennent tout juste d'arriver, ajouta-t-elle, avisant la dame de Cavanac ainsi que Flora à l'entrée de la pièce.

— Mais très certainement, ma dame…

— Soyez-en remercié ! Venez, ma tante, allons les retrouver.

Alba laissa dame Ermengarde la précéder et lui emboîta le pas, le valet sur les talons.

Avait-il pour ordre de répondre à tous ses désirs ?

Alba l'ignorait, mais la présence de sa tante, de dame de Cavanac et de Flora adoucirait sa nervosité à loger près de Montfort, si jamais il prenait l'envie à celui-ci de l'importuner. À partir de cet instant, elle se promit de veiller à ne pas se déplacer sans chaperon. Elle ne pouvait s'empêcher de se méfier de son futur époux, irrespectueux, en plus d'être cruel. Elle revit son regard lourd de convoitise et en frémit encore d'horreur ; cet homme lui répugnait.

Elle chassa de nouveau ses pensées intimes, fit une petite révérence en guise de salut à Faye de Cavanac. Sa tante salua Flora puis dame Cavanac et s'entretint aussitôt avec cette dernière, lui demandant des nouvelles de sa santé, alors qu'Alba se saisissait des mains de son amie.

— Que je suis heureuse de vous voir, Flora, vous m'avez manqué.

Pour autant, son amie n'aurait pas amoindri la révulsion ni l'horreur qui l'avait saisie devant le bûcher. Elle lui aurait sans doute broyé la main.

— Vous aussi m'avez manqué, mon amie, mais je gage que vous vous êtes bien amusée ! Avez-vous assisté à la joute ? Ciprian a-t-il concouru ? Mon Dieu, je n'ai pas cessé une seule seconde de penser à lui.

Comme à son habitude, Flora pépiait sans discontinuer ; certainement à cause d'une certaine nervosité qu'Alba comprenait ; elle aussi sentait son cœur s'emballer à l'idée de revoir le baron noir. Et… elle ne s'était pas amusée, non, loin de là, mais se garda d'en faire part à son amie et contint ses ressentiments ; Flora ne comprendrait pas qu'elle se fût bouleversée à la vue d'un bûcher… cela, une fois de plus, faisait partie de leur quotidien, la plupart des catholiques n'avaient cure du fait que des jugés hérétiques soient emmurés vivants, ou dépouillés de leurs possessions, ou obligés de prendre la croix, ou encore brûlés vifs. Pour eux, ce n'était que justice au contraire. Alba ne pouvait se permettre de se confier à Flora, elle ne la connaissait pas suffisamment. Elle lui semblait une bonne personne, mais comment être sûre qu'elle n'irait pas la dénoncer comme hérétique si toutefois elle apprenait qui elle était réellement ? Certains tombaient pour moins que cela, juste parce qu'ils avaient aidé des parents ou des amis à se cacher, ou à fuir en Lombardie.

— Non, il est resté près de moi, rassura-t-elle Flora. Je vous raconterai tout, mais avant cela, je vous invite à me suivre, vous et votre mère. Je vous en prie, conduisez-nous à mes appartements, ordonna-t-elle au valet de Montfort.

En percevant les regards de Flora et de sa mère sur elle, la jeune femme se redressa. Elle avait un rôle à tenir. En tant que future épousée du maître des lieux, elle devait se montrer convaincante et endosser ce rôle afin de ne justement pas éveiller de soupçons. Elle n'avait pas droit à l'erreur ! Faire attention à chacun de ses gestes, chacune de ses paroles, l'épuisait, mais son salut était à ce prix. Et une fois de plus elle pensa que c'était un moindre coût.

Flora glissa son bras sous le sien et elles suivirent les dames, qui elles-mêmes s'empressèrent derrière le valet, à qui dame Ermengarde ordonna d'ensuite faire monter leurs affaires restées près des montures.

— Où allons-nous exactement ?

— Le vicomte me fait installer près de lui…

Malgré elle, Alba sentit une rougeur lui manger le visage. Comme elle aurait voulu que le vicomte ne s'intéresse pas à elle… c'était autant une aubaine qu'un malheur.

Flora se serra davantage contre elle, et sautilla comme un pinson. Alba sourit. Au moins son amie se réjouissait-elle de la situation…

— Alors, cela veut-il dire que vous lui avez plu ? Il veut vous prendre pour épouse ? souffla-t-elle plus discrètement. Mon Dieu, Alba, vous allez devenir vicomtesse, vous serez notre maîtresse. Une maîtresse bonne et chaleureuse. Tout le monde vous aimera, vous verrez…

— Je l'espère, Flora, je l'espère…

Peut-être pourrait-elle rendre le vicomte meilleur, et sauver des âmes, en plus de sauver son père et ses amies. Elle œuvrerait dans ce sens dès qu'elle en aurait l'opportunité.

— Cela n'a pas l'air de vous réjouir ? Vous n'êtes pas heureuse de vous marier ? demanda encore Flora, alors qu'ils montaient l'escalier menant à l'étage.

Avant cela, le valet les avait conduites au travers d'un dédale de couloirs percés de fentes étroites laissant à peine passer la lumière. Un labyrinthe dont Alba doutait de pouvoir sortir seule ; le palais était immense. Et dire que tout cela, bientôt, serait à elle. Elle ne réalisait pas encore l'étendue de sa tâche, mais si elle devait régenter la maison de Montfort comme toute épouse digne de ce nom, elle aurait fort à faire et ne s'ennuierait pas. Cela l'empêcherait certainement de penser à ce que serait sa vie si un autre homme la partageait avec elle, et serait une bonne chose. Les regrets et les remords ne servaient à rien, hormis affaiblir le cœur et l'âme. Elle espérait qu'Arthus quitterait rapidement les lieux. Moins elle le verrait, moins *il* la torturerait.

Voilà qu'elle pensait encore à lui, que lui avait-il donc fait ?

Alba ne comprenait pas comment cet homme qu'elle exécrait avant même de le connaître pouvait envahir son esprit de la sorte. Certes, elle l'avait découvert différent de l'idée qu'elle se faisait de lui, et sa… sa beauté attirante avait fait le reste. Mais elle devait le sortir de sa tête, elle n'avait pas le choix, penser à cet homme ne lui apporterait rien de bon sinon la torturer davantage, la rendre malheureuse et amoindrir l'opinion qu'elle avait d'elle-même.

Elle était forte !

Et elle était parfaite !

Alors pourquoi se montrait-elle si faible en sa présence ? Pourquoi le baron retournait-il à ce point ses sens ? C'était à n'y rien comprendre ! Mais peu importait pourquoi et comment, Alba se jura une fois de plus d'ignorer le baron et de faire comme s'il n'existait pas !

— Alba ?

La jeune femme revint au temps présent, sourit à son amie.

— Si fait, je suis heureuse…

— Au moins, grâce à vous, je ne serai pas obligée de supporter ces inconfortables bancs de la salle commune ! s'amusa Flora.

— C'est là que vous dormez habituellement ?

— Les femmes. Les hommes choisissent les dépendances, ou le sol. Parfois par obligation !

Alba égrena un petit rire :

— Lorsqu'ils ne peuvent plus marcher ?

— Tout à fait !

— Aucun des courtisans n'est logé dans les étages ?

Balthazar avait laissé entendre que le palais se remplissant d'invités, il avait proposé au baron ainsi qu'à ses amis de venir se réfugier au castrum.

— Certains, mais pas ma famille…

Les invités de marque, certainement, comme Des Arcis, le commandant de l'armée croisée et peut-être même le baron…

Elle frémit à la pensée de le rencontrer au détour du couloir. Et frémirait certainement durant la nuit à l'imaginer dans l'une des chambres, avec une autre femme, peut-être…

Elle secoua la tête, regarda par-delà les percées qui, de loin en loin, lui permettaient de voir le ciel de plus en plus obscurci par les nuages. La nuit tomberait rapidement. Les gardes allumaient justement des brûlots le long du chemin de ronde.

Lorsque les femmes, devant elle, ralentirent leur marche, elle fit de même. Le valet leur ouvrit une porte. Elles entrèrent, et dame Faye ne put retenir un cri admiratif. Alba vit qu'il y avait de quoi ! La pièce, éclairée de brûle-joncs et d'un petit feu dans l'âtre, et décorée de lourdes tentures, de tapis épais et de banquettes dans les tons bleu et or, était magnifique ; digne d'une reine. Et ce n'était que l'antichambre ! Une porte donnait sur une autre pièce, certainement la chambre… Alba, médusée, osait à peine avancer, alors que Flora, lui ayant lâché le bras, ne cessait de s'extasier en touchant à tout.

— Mère, regardez… ces matières… je n'ai jamais rien vu d'aussi doux ! Et sentez comme cela sent bon partout. Je ne pensais pas que le vicomte prenait autant soin de sa demeure !

— Il est vrai que le vicomte doit fort vous apprécier,

Alba, pour vous installer dans une telle chambre dès votre première rencontre ! renchérit dame Faye.

Alba se contenta d'acquiescer.

Ou alors, c'était ici que Montfort faisait installer ses maîtresses… et il n'y avait pas de quoi pavoiser. Il régnait d'ailleurs dans l'espace un parfum capiteux… et lorsqu'elle entra dans la chambre, Alba aperçut un petit meuble près de la couche, avec sur le plateau un cercle d'étain sur pied ainsi que des brosses à cheveux, des rubans, quelques bijoux…

Montfort la pensait certainement attirée par ce qui brille… Il devait la croire insignifiante et… frivole, voire simplette. Ainsi, il ne se méfierait pas… et alors, il lui serait aisé de le mener là où elle le désirait.

Le baron noir repéra Alba dès qu'elle fit son entrée, accompagnée de sa tante ainsi que des dames de Cavanac. Pourtant, sa robe n'était pas la plus jolie, ni la plus chatoyante, elle était même toute simple comparée à celle de sa voisine, mais le bleu nuit lui allait à ravir et mettait en valeur sa peau d'albâtre, sa chevelure brune – agrémentée d'un voile – ainsi que ses prunelles, du même bleu intense ; une ceinture d'or, identique au bijou lui ceignant le front, marquait sa taille si fine qu'Arthus pourrait en faire le tour avec ses mains. Alba de Cazilhac était sans conteste la plus belle femme de l'assistance, la plus belle femme qu'il lui eût été donné de rencontrer et sa beauté, rayonnante, évinçait celle de toutes les autres. Il se dégageait de cette femme un mélange d'assurance et de fragilité qui le séduisait. Jamais il n'aurait imaginé que la paysanne croisée au bord du chemin se révélerait de haute naissance ni qu'ils ne cesseraient de se rencontrer, pour sa plus grande satisfaction mais son plus grand désespoir, car elle venait d'être promise à un autre. Il était dit, décidément, qu'il ne pourrait obtenir les femmes qu'il convoitait ! Il devait renoncer à elle, mais s'en sentait incapable. Elle l'attirait, malgré lui, et il ne cessait de penser à elle ; depuis leur rencontre, elle emplissait ses nuits et ses jours ; elle était en passe de le rendre fou. Devoir renoncer à elle le rendait fou, la voir sans pouvoir la toucher le rendait fou, le souvenir du baiser qu'ils avaient échangé ne voulait sortir de son esprit.

Il n'aurait jamais dû goûter à ses lèvres, il n'aurait pas dû presser son corps contre le sien, il n'arrivait plus à penser à rien d'autre, dévoré par l'envie de recommencer et d'obtenir bien plus qu'une simple étreinte.

Jamais il n'avait désiré une femme avec une telle violence.

Quelle pitié qu'un tel joyau appartienne à Montfort !

Son gobelet de vin à la main, il observa ce dernier, à quelques mètres de lui, en grande conversation avec Des Arcis qui, très certainement, lui présentait ses besoins afin de venir à bout du siège. Montfort était habillé de propre d'une tunique pourpre gansée d'or, assortie à son couvre-chef, un lourd collier ornait sa poitrine et de nombreuses bagues, de cette même couleur pourpre, ses doigts. Montfort était riche, puissant, cela était indéniable et il était indéniable également qu'il se dégageait de lui une certaine majesté, alors même qu'il avait passé sa journée à s'enivrer.

Le buffet qu'il leur proposait était somptueux. Arthus n'avait jamais vu autant de mets sur une table constituée de tréteaux et juponnée de nappes d'une blancheur éclatante, ni autant de belles vaisselles. Les gobelets d'étain ainsi que les pichets de divers vins et liqueurs tutoyaient les plats de service sur lesquels se dressaient des montagnes de morceaux de viandes rôties, de fruits, de pâtes de fruit, une douceur sucrée qu'il avait appris à apprécier. Il y avait de quoi s'enivrer et manger à outrance, ce dont certains ne se privaient pas.

Arthus aurait pu boire plus que de raison pour oublier ses tourments. Maintes fois il avait cherché réconfort dans l'ivresse et dans de rapides étreintes, mais à cet instant, il n'en avait nulle envie. Il voulait rester sobre et ne désirait aucune autre femme qu'Alba. Pire, il voulait rester sobre pour elle, pour la protéger, car il ne pouvait chasser de son esprit qu'elle serait en danger aux côtés de Montfort.

Cet homme pouvait lui faire du mal, il en était persuadé. Il pourrait la violenter, abuser d'elle, la soumettre à de monstrueux désirs, la briser, briser son esprit…

Pourquoi une telle… prescience ?

Et pourquoi s'était-il mis en tête de la protéger ?

Il s'était juré de ne plus jamais tenir à une femme !

Il ignorait « pourquoi », mais en son for intérieur, Arthus était persuadé que Montfort était un monstre, et qu'il détruirait Alba.

Il observa cette dernière qui, inconsciente de ce qui se tramait, riait avec son amie. Ses lèvres ourlées, qu'il ressentit contre les siennes, attisèrent son désir et son membre enfla dans ses chausses. Elle semblait si heureuse… n'importe quelle femme le serait à la pensée d'épouser un être aussi puissant que Montfort. Et sans doute lui faisait-elle confiance.

Pauvre agneau… si innocente…

Arthus se promit de garder un œil sur elle. Du moins, jusqu'à ce qu'il quitte le palais. Mais ensuite ? Qui veillerait sur elle ensuite ? Cette idée le tortura. À tel point qu'il dut se faire violence pour ne pas, dans l'instant, la presser de s'enfuir avec lui. Le désir en fut si intense qu'il serra les poings et se força à écouter les conversations de son cousin, à ses côtés. Mais au bout de quelques instants, il reporta son attention sur Alba, il ne put s'en empêcher.

— Elle vous plaît, n'est-il pas ? demanda une voix, proche.

Arthus se raidit.

Il aurait dû être plus vigilant, il allait au-devant d'ennuis.

— Si vous la voulez, je vous la donne.

Le baron dévisagea, ébahi, le vicomte de Montfort.

— Je vous demande pardon, mon seigneur ?

Ce dernier lui désigna le duo que formaient Alba et son amie Flora de Cavanac. Jolie, au demeurant. Brune, avec de beaux yeux noisette. Mais toute jolie et richement vêtue qu'elle soit, elle n'égalait pas Alba. Loin s'en fallait.

— La jeune Flora de Cavanac ! En grande discussion avec ma promise avec laquelle elle semble d'ailleurs s'entendre à merveille. Si vous la voulez, je peux en parler à son père.

— Oh… eh bien, je ne sais quoi dire, mon seigneur…

— Alors ne dites rien et appréciez le cadeau ! Je demanderai à mes hommes de loi de vous donner légalement des terres, ici… les terres que vous souhaitez… à moins que vous ne vouliez retourner sur les vôtres.

Arthus ne possédait aucune terre ; celles de sa famille appartenaient à son aîné, le véritable baron de Turenne. Il entrevit là le moyen de s'installer, d'avoir sa propre famille, une descendance… le moyen également de détourner son intérêt d'une certaine beauté brune qui l'obsédait afin que Montfort ignore qu'ils convoitaient la même femme. Si jamais ce dernier s'en rendait compte, il le ferait exécuter sans l'ombre d'un remords.

Arthus s'inclina.

— Ce serait trop d'honneur, mon seigneur, je ne sais comment vous remercier…

— Vous me remercierez en venant à bout de ce siège ! s'esclaffa Montfort. J'ai prévu de donner des hommes à Des Arcis, et je les accompagnerai. Et pour fêter la prise de Montségur, à notre retour, nous organiserons nos noces. Vous épouserez la jeune Flora, je m'y engage, et moi, cette pucelle si avenante. De quoi avez-vous besoin, mon ami ?

Que le vicomte s'exprime en des termes si irrévérencieux au sujet d'Alba, en se léchant les lèvres tel un loup observant la proie qu'il s'apprête à dévorer, fit bouillir le sang d'Arthus. Une fois de plus, il tut ses pensées profondes pour répondre :

— De pieux pour grimper la falaise, ainsi que de machines de jets.

— Êtes-vous sûrs de réussir ?

— Oui, mon seigneur ! Mes amis et moi nous rendrons maîtres de la falaise, de nuit, puis du corps de garde de la citadelle. Une fois sur la plate-forme, il nous sera aisé de pilonner la muraille, de faire une brèche, puis de nous introduire dans la forteresse. D'en bas, nos trébuchets sont impuissants, nous sommes trop éloignés.

— Et sans doute que le vicomte de Péreille, se sentant acculé, négociera la reddition de la forteresse. Les cathares retranchés là-haut ne savent pas se battre. Si les troupes de Péreille les abandonnent, ils sont perdus. Ça peut marcher…

— Ça marchera, mon seigneur, je vous en donne ma parole… Des Arcis et vous n'aurez plus qu'à ramasser les morceaux une fois que nous serons venus à bout des combattants.

— Et alors, ce nid d'hérétiques sera détruit ! ricana Montfort. Depuis le temps que j'attends ce moment ! Nous ferons un immense bûcher à la gloire de Dieu, ce sera magnifique, ajouta-t-il, le visage irradiant d'une joie mauvaise. Comment avez-vous trouvé celui de mes réjouissances ?

Arthus contint son aversion : il n'avait aucun goût à voir brûler des gens. Selon lui, il n'y avait aucun honneur à cela, sauf débarrasser la chrétienté des non-croyants, mais cela n'était pas son souci. Comme il l'avait confié à Alba, cette croisade n'était pas sa guerre, il n'avait que faire de religion, ce qu'habituellement il gardait pour lui, car il pourrait être lui-même brûlé pour de telles pensées. Il préférait mille fois se battre contre des guerriers armés ! D'égal à égal. Là, on pouvait parler de vraie bataille ; le plus fort, le plus téméraire ou le plus courageux l'emportait. Quel honneur y avait-il de sacrifier au bûcher des hommes et des femmes torturés, rendus au rang d'animaux ? Ou des corps exhumés ?

Au fond de lui, Arthus exécrait ce à quoi il participait, mais il était trop tard pour reculer ou renoncer, son honneur le lui interdisait, il était trop impliqué ; son cousin ne comprendrait pas, ni ses amis. Et Des Arcis, à qui il avait promis la fin du siège, encore moins.

Pourtant, la croisade en Terre sainte l'avait endurci, il avait décimé bon nombre de Sarrasins, mais ces hommes étaient des sauvages, des indigènes, des infidèles ; là, on parlait de gens comme eux, des gens qui foulaient le même sol, des femmes, des enfants… il avait entendu parler du massacre de Béziers, d'Albi…

— Parfait, mon seigneur, lâcha-t-il, se rendant compte que son mutisme pouvait paraître suspect au maître des lieux.

Ce qui ne l'empêcha pas de se sentir pris au piège : de la croisade, et maintenant de cette union dont Montfort lui avait parlé.

Il observa Flora de Cavanac.

Mais ne put empêcher ses yeux de dévier sur Alba. Alba qui emplissait toutes ses pensées. Comment renoncer à elle ? Le pourrait-il seulement ? Si, en sus, il s'installait dans la contrée et la côtoyait fréquemment... pourraient-ils résister à cette attirance qui manifestement les poussait l'un vers l'autre ? Car il demeurait persuadé que la jeune femme partageait ses sentiments. Il avait senti son corps s'éveiller à son contact, elle avait répondu à ses baisers, fougueusement. Elle aussi le regardait avec la flamme du désir, sans peut-être même s'en rendre compte, sans le vouloir, certainement, mais le corps ne saurait mentir. Et son corps le désirait, comme le sien la désirait.

Qu'adviendrait-il s'ils succombaient ?

Il devrait s'éloigner, la laisser en paix, ne pas la mettre en danger – que lui le soit lui importait peu –, rentrer chez lui, ou comme il en avait l'idée, repartir en Terre sainte avec cette nouvelle croisade dont le roi Louis parlait. L'idée lui fut, de la même manière, intolérable. Pour cela également, il était trop engagé : Alba s'était rendue maîtresse de son esprit. Bien trop pour qu'il puisse s'éloigner. Il avait pour elle ce désir animal qui, la nuit, le laissait tremblant de passion. Un désir que rien ni personne d'autre ne pouvait assouvir.

Il le faudra bien, pourtant... , se dit-il.

Il croisa le regard de la jeune femme un bref instant

puis s'en détourna pour reporter son attention sur Flora de Cavanac. Il l'imagina dans sa couche, il s'imagina en elle… rien ne se passa.

Il n'avait aucun désir pour cette femme.

Pour autant, il allait accepter la proposition de Montfort afin de gagner du temps. Les noces se dérouleraient une fois que la forteresse serait tombée, et il pouvait se passer bien des choses d'ici là. Tant qu'Alba ne serait pas unie à Montfort par les liens du mariage, rien n'était joué !

— Cavanac, vous tombez à point nommé ! s'écria le vicomte en haranguant un homme, plutôt charpenté et de belle allure, passant à leurs côtés. J'ai à vous parler ! Baron, je vous tiendrai informé de mes avancées, acheva-t-il avec un sourire entendu.

Arthus s'inclina, fit un signe de tête à l'attention de Cavanac et se détourna pour les laisser converser lorsque le vicomte l'apostropha :

— Voulez-vous m'accompagner après le souper ? J'ai pour habitude de me rendre à la maison de l'Inquisition, le spectacle y est… rafraîchissant.

Arthus imagina aussitôt des hommes et des femmes attachés, torturés, prêts à trahir père et mère, famille, enfants, pour que cessent leurs souffrances.

— Merci, mon seigneur, mais ayant prévu de me lever aux aurores, je suis au regret de refuser.

— Qu'allez-vous donc faire aux aurores ? ricana Montfort. Vous n'êtes pas moine, tout de même !

Cavanac se permit un sourire alors que Montfort s'esclaffait, ravi de sa boutade.

Quant à se faire moine, quelle sordide idée !

Il ne les portait pas dans son cœur, celui de son enfance lui ayant particulièrement compliqué l'existence. Le moine lui préférait son frère, l'héritier, le véritable baron. Comme Arthus ne lui était d'aucune utilité, il s'amusait à l'humilier et le faisait passer pour un moins-que-rien, se plaignant à ses parents de sa fainéantise et sa couardise. Alors qu'Arthus n'était rien de tout cela, il était juste… contemplatif et réfléchi. C'était après qu'était venue la colère, lorsque ses parents écoutèrent les paroles du prêtre comme Évangile et ne cessaient de le punir pour des fautes qu'il n'avait pas commises. Ce qui ne l'empêcha pas de répondre à l'appel des prêcheurs pour la croisade ; en Terre sainte, puis celle-ci. Toutefois, il ne leur faisait aucune confiance, la plupart étaient fourbes, veules et intéressés. Pas tous, certainement, mais c'était le cas de ceux qu'il avait rencontrés. Lorsqu'il s'autorisait à réfléchir avec clairvoyance à la question, il se disait que le pape et ses sbires sacrifiaient la fine fleur de la noblesse française dans des guerres incessantes, mais c'était là sa seule utilité : se battre. D'autant plus qu'ils y trouvaient leur compte : l'aventure, les richesses, les femmes, les indulgences…

La preuve s'étalait autour de lui : le palais des Montfort regorgeait de trésors dégotés dans des contrées étrangères, pour ne pas dire pillés. Partout où Arthus posait les yeux, ce n'était que meubles de marqueterie, tapis somptueux, tentures qui ne l'étaient pas moins et vaisselle de prix. Arthus avait entendu dire par Des Arcis que les biens confisqués aux hérétiques revenaient pour moitié au vicomte, l'autre au diocèse. Les bûchers allant augmentant, Montfort ne cessait de s'enrichir et ne cesserait pas avant longtemps. En tout cas, jusqu'à ce que le dernier hérétique finisse sur le bûcher.

Mais cela ne le concernait en rien, il n'était venu à Carcassona que pour plaider la cause du siège auprès de Montfort pour que ce dernier leur procure ce dont ils avaient besoin. Mais s'il devait être honnête avec lui-même, il n'était pas pressé de retourner à Montségur.

— Ce n'est pas la prière qui me fait lever tôt, seigneur, finit-il par lâcher à Montfort. Mais la chasse !

— Oh… dans ce cas, bonne chasse ! Nous nous reverrons au tournoi. Participerez-vous ?

— Bien volontiers, seigneur.

— Et je vous dirai ce qu'il en est de notre affaire, ajouta-t-il avec un sourire entendu.

Arthus s'inclina, salua Cavanac resté impassible le temps de l'échange et qui lui semblait un homme affable et cette fois-ci prit congé. Il chercha Alba des yeux et la découvrit proche d'une croisée. Seule. Occupée à regarder au-dehors. Il récupéra un gobelet au buffet, se dirigea vers elle.

Il n'y avait aucun mal à converser avec la dame dont il avait défendu les couleurs, qui plus est sur la demande de Montfort ; personne ne prendrait ombrage à le voir se comporter en chevalier servant. Elle détourna son regard du dehors pour le porter sur lui. Un regard où régnait une poignante détresse, qui lui alla droit au cœur.

— Tenez, vous paraissez en avoir grand besoin.

— Merci, baron, mais non…

— Comme vous voudrez…

Il déposa le gobelet sur une desserte puis s'adossa en face de la jeune femme, de l'autre côté de la croisée.

— Comment va Balthazar ?

— Bien, il se remet. Mon oncle et ma tante sont auprès de lui.

— Et Ciprian ?

— Également…

— Je suis désolé, s'entendit-il avouer.

Si l'état de Balthazar la chagrinait, il se devait d'adoucir son inquiétude. Ou en tout cas de montrer sa sollicitude. Et ses regrets de lui causer du tourment.

Elle eut un petit sourire.

— Vous étiez le meilleur. Et ce sont les risques de ce genre de… pratiques, non ?

— Certes, mais vous m'en voyez tout de même désolé.

— Ne le soyez pas, baron. Comme vous me l'avez très justement fait remarquer, Balthazar savait ce qu'il encourait. Il y a des perdants, des gagnants, ainsi va le monde.

— Pourquoi ai-je le sentiment que vous ne parlez plus de joute ?

La jeune femme détourna le regard mais il eut le temps d'apercevoir des larmes le noyer.

— Parce que c'est le cas, souffla-t-elle.

— D'où la peine dans vos yeux ? osa-t-il après l'avoir longuement observée.

Elle reporta sur lui ses beaux yeux.

Elle avait repris contenance, mais une infinie tristesse subsistait dans ses prunelles assombries. Comme il aurait voulu la prendre dans ses bras pour lui apporter réconfort et tendresse… Pour faire fuir cette détresse qui lui fendait l'âme et dont il ignorait la cause. Elle paraissait si démunie, si vulnérable… elle le touchait, comme nulle autre avant elle. Il était dit que cette femme malmènerait son cœur, et ce depuis leur rencontre. En se refusant à lui, malgré ses démonstrations d'intérêt, puis en allant en épouser un autre sous peu. Un homme qui ne pourrait que la rendre malheureuse.

Arthus enragea.

Il lui fallait empêcher ce mariage, et le sien propre, mais comment ?

Il se sentit pris au piège. Soumis au bon vouloir du maître des lieux qui s'amusait à ses dépens en jouant les entremetteurs.

Pourquoi lui proposer cette alliance avec Flora de Cavanac ?

Montfort avait-il compris qu'il nourrissait un intérêt grandissant pour sa future épousée ? Ses regards appuyés sur la jeune femme l'avaient-ils trahi ? Il se rassura. Si Montfort se doutait de quelque chose, il ne lui aurait pas permis de défendre les couleurs de sa dame, et l'aurait déjà fait jeter dans une basse-fosse, ou envoyer au mur pour le laisser crever dans d'immondes conditions comme il le faisait pour les hérétiques, avait-il ouï dire, emmurés à vie, bourrés de vermine, malades et condamnés au pain et à l'eau. Les pauvres devaient appeler la mort de tous leurs vœux. Encore une fois il se jugea en désaccord avec cette guerre ; il ne voyait pas l'intérêt de tous ces sacrifices, il avait perdu la foi ! Sans doute parce qu'il s'était enrôlé pour des raisons autres que religieuses, des raisons plus… personnelles et parce qu'il n'avait aucune haine particulière envers les hérétiques ! Ni contre les juifs !

— Je pensais à mon… ma famille, finit-elle par répondre, le regard de nouveau perdu au loin.

Arthus ignorait comment la questionner sans augmenter sa peine ni la braquer. Se livrer à elle plus tôt dans la journée – ce qu'il ne s'était jamais permis avec aucune autre femme – l'avait libéré et étrangement réconforté. Il voulait se montrer sous son meilleur jour afin qu'elle cesse d'avoir une triste opinion de lui. Car elle le détestait, pour des raisons qu'il ignorait. Il n'avait pourtant jamais rien fait pour lui nuire, au contraire, il l'avait sauvée à deux reprises. Pourquoi ce qu'elle pensait de lui lui importait-il autant, et pourquoi s'intéressait-il à elle à ce point ? Il l'ignorait, mais devait reconnaître qu'Alba possédait quelque chose de plus que les autres femmes, quelque chose de différent, quelque chose qui lui donnait envie d'être lui-même différent et de se comporter en homme de bien. De plus, Alba faisait naître en lui des sentiments inédits, un instinct de possession dont il ignorait l'existence ; un instinct presque animal de la posséder et de la revendiquer comme sienne. De la protéger, aussi, de la combler. De la voir sourire. Son rire, plus tôt, l'avait également charmé ; il n'avait jamais rien entendu d'aussi beau.

Il avait déjà ressenti de vifs émois, envers Constance, mais ils étaient sans commune mesure avec ce qu'il ressentait présentement auprès d'Alba. Certainement parce qu'il avait changé, mûri, cette attirance-ci n'avait rien de puéril… elle était une évidence, avait un goût d'absolu. Se teintait d'urgence.

Il voulait cette femme, il la désirait, et qu'elle lui soit maintenant interdite le rendait fou.

— Ils ne sont plus ? finit-il par dire à son tour, la voix éraillée, après quelques secondes de silence pendant lesquelles il se perdit dans les méandres de ses désirs intimes.

— Hélas…

— Que s'est-il passé ? Si vous voulez bien m'en parler, évidemment…

Elle secoua la tête.

— Le souvenir est trop douloureux et je ne voudrais pas vous ennuyer, baron. Ils me manquent, c'est tout…

— Je vois…

Il se retint de saisir sa main reposant sagement sur sa

robe. Son regard dut trahir son intention, car la jeune femme se raidit en regardant de tous côtés.

— Le vicomte a quitté les lieux, vous n'avez rien à craindre.

— Ni vous non plus ! Où sont vos amis, du reste, et votre cousin ?

Arthus eut un geste du poignet.

— Quelque part dans cette foule, à jouer les amoureux transis. Savez-vous que je commence à prendre goût à la *fin'amor*, comme vous dites ici !

Cette fois-ci, Alba eut un vrai sourire qui le réchauffa.

— Pardonnez-moi, mais je n'y entends rien, et le comprends encore moins.

Arthus se perdit dans ses prunelles couleur océan.

Lui non plus n'y comprenait rien, d'autant plus qu'il s'était juré de ne plus jamais aimer une femme. L'amour faisait souffrir, rendait vulnérable. Quel homme sain d'esprit acceptait sciemment de se torturer le cœur, le corps et l'âme ? Alors pourquoi avait-il le sentiment de ne respirer pleinement que lorsqu'il était à ses côtés ? Pourquoi son cœur s'emplissait-il de joie lorsqu'il la contemplait ou la découvrait dans un endroit… pourquoi à ce moment-là seulement, se sentait-il à sa place, entier, alors qu'il était envahi de doutes ? Pourquoi avoir envie d'elle alors qu'elle appartiendrait bientôt à un autre homme ; un homme qu'il était en passe d'exécrer… pourquoi avait-il envie de ses étreintes, de ses baisers… pourquoi penser qu'elle seule pouvait dorénavant le combler ?

Il n'y tint plus.

— N'épousez pas le vicomte, Alba, cet homme vous rendra malheureuse ! s'entendit-il énoncer à brûle-pourpoint.

Elle planta ses prunelles dans les siennes.

— Ceci est mon choix, baron, je vous l'ai dit.

— Je n'y crois pas !

— Croyez ce que vous voulez, je n'en ai cure ! Oubliez-moi…

Elle le regarda ardemment.

— Je vous en prie…

Ce fut comme un cri du cœur.

Le sien se serra si fort que son souffle en fut coupé.

— Je ne sais pas si j'en suis capable, Alba, souffla-t-il.

— Il le faut, Arthus…

Sa voix n'était plus qu'un murmure.

La respiration d'Alba se fit plus ardue, contredisant ses paroles. Sa volonté pouvait refuser l'évidence, mais son corps le désirait. Il le voyait dans sa façon de le regarder, il l'entendait dans son souffle rendu difficile lorsqu'elle était proche de lui.

Et elle avait frémi dans ses bras…

Cela, il ne pouvait l'oublier.

Leurs prunelles se dévorèrent l'espace d'un battement de cils. Arthus entrevit son âme, et en eut encore le souffle coupé.

Souffrait-elle également de ne pas pouvoir être à lui ? Si elle avait le choix, le choisirait-elle, *lui*, plutôt que le vicomte ? Un seul mot et il l'emmenait loin de Montfort. Il se sentait prêt à toutes les extrémités pour elle, à tous les débordements, même à fouler du pied son honneur, si seulement elle acceptait d'être à lui.

— Vous pouvez être à moi si vous le désirez, Alba, insista-t-il. Il suffit de le vouloir et de renoncer à ce mariage.

— Justement, je ne le veux pas !

— Pourquoi ? Qu'est-ce qui vous lie à cet homme ?

— Rien qui vous concerne !

— Alors il y a bien quelque chose !

Il la vit pâlir, puis se redresser, une lueur de colère traversant ses magnifiques yeux bleus.

— Il suffit, baron, cessez de m'importuner ou j'en avise le vicomte…

Soudain, il eut envie de lui faire mal.

Il voulait qu'elle souffre, autant que lui souffrait.

Il lui fit une révérence pleine d'ironie, bien qu'un peu raide.

— Comme vous voudrez ! Je ne vous importunerai plus. Et je le ferai d'autant moins que votre cher vicomte va me faire épouser votre amie, Flora de Cavanac.

Alba le dévisagea, et il vit son regard se voiler un bref instant. Un instant si bref qu'il pensa après coup l'avoir imaginé.

— Je vous souhaite tout le bonheur du monde, baron, murmura-t-elle sans ciller.

Pour autant, ses paroles semblaient lui peser.

— Bien sûr, ce n'est pas comme si…

Il s'interrompit.

— Oui, ce n'est pas comme si…, finit-elle pour lui.

Comme s'ils ne se sentaient pas irrésistiblement attirés l'un par l'autre, comme s'il n'y avait rien entre eux, comme s'ils n'étaient pas dévorés de désir, quoi qu'elle prétende. Comme s'ils n'avaient pas envie de s'embrasser une nouvelle fois.

Ils se regardèrent de nouveau ardemment et Arthus dut se faire violence pour ne pas se ruer sur les lèvres de la jeune femme. Au lieu de cela, il pivota et observa autour de lui, un peu perdu. Les conversations allaient toujours bon train, les courtisans se sustentaient, se divertissaient, personne ne faisait attention à eux.

Il saisit les doigts de la jeune femme lorsqu'elle passa près de lui.

— Vous n'avez qu'un mot à dire, Alba, réitéra-t-il entre ses dents serrées. Un mot et je serai à vous.

Elle lui fit face, papillonna des cils.

— Merci, baron, lâcha-t-elle, faussement enjouée. Je vous souhaite également une très bonne soirée, et merci encore d'avoir si admirablement défendu mes couleurs.

Arthus ne put s'empêcher de porter les doigts d'Alba, qu'il avait encore entre les siens, à ses lèvres. Lorsqu'elles touchèrent la peau de la jeune femme, tout son corps s'enflamma et il se retint de fermer les paupières tant ce contact le bouleversait. Il osa lever les yeux. Les siens étaient fixés sur lui, son petit poing serré sur sa poitrine. Poitrine qui se soulevait un peu trop vite, alors qu'elle continuait de sourire, crânement. Comme pour le défendre de s'aventurer plus avant dans cette voie.

Donnait-elle le change ?

Jouait-elle un rôle ?

Que ressentait-elle exactement ? Arthus aurait donné beaucoup pour le savoir.

Il la laissa lui échapper, à regret, mais se promit de découvrir pourquoi elle s'entêtait à le repousser alors qu'elle brûlait pour lui, il en était persuadé, il savait lire le désir dans les yeux d'une femme. Et pourquoi elle était si déterminée à épouser Montfort alors qu'il lui déplaisait fortement, cela aussi, il l'avait lu en elle.

Il se promit également d'empêcher ce mariage, coûte que coûte.

Lui vivant, Montfort ne toucherait pas à Alba de Cazilhac.

Il ne savait comment, mais il réussirait, il trouverait

un plan, une échappatoire. S'il le fallait, il demanderait l'appui de son cousin et de ses amis. À eux tous, ils allaient bien trouver une solution. Il se rassura en se disant qu'il avait certainement encore de nombreuses journées devant lui pour assurer ses arrières. Il se désintéresserait d'Alba et ferait semblant de s'intéresser à Flora de Cavanac pour donner le change. Son âme serait en souffrance de ne pas pouvoir l'approcher comme il le souhaitait, mais il n'avait pas le choix. Mais très bientôt, il réclamerait ce baiser qu'elle lui devait.

Et lui en donnerait des milliers d'autres.

Pour ensuite la faire sienne.

Alors, il serait le plus heureux des hommes.

Chapitre 15

Alba se retint de courir lorsqu'elle traversa la salle du buffet pour se rendre au-dehors, les yeux envahis de larmes, à tel point qu'elle n'y voyait goutte. Elle avait besoin d'être seule, de respirer, de réfléchir, d'oublier ce qu'elle venait d'apprendre.

Pourquoi se mettait-elle dans de tels états ?

Cela, encore, était indigne d'elle.

Elle n'avait que faire de cet homme !

Alors pourquoi l'idée qu'il puisse épouser Flora la torturait autant ? Pourquoi, depuis qu'il lui avait parlé de son mariage, ne cessait-elle pas de les imaginer s'embrassant ?

Elle eut mal dans la poitrine, dans tout le corps.

Elle s'apprêtait à sortir de la pièce lorsque Flora déboula du fond du couloir. Manifestement bouleversée, elle lui fondit dessus, lui prit la main en posant un doigt sur ses lèvres et l'attira dans une pièce attenante dont elle referma la porte.

— Oh ! mon amie, c'est horrible, attaqua-t-elle, alors que des larmes inondaient ses joues.

Alba refoula les siennes, sachant parfaitement de quoi

il retournait. Que dire ? Que faire ? Elle savait quoi faire, qu'elle devait se moquer du mariage du baron avec Flora, seulement, cela lui crevait le cœur. Aussi, la gorge nouée, attendit-elle que son amie se confie davantage.

— Le vicomte veut me faire épouser le baron noir ! Et mon père est d'accord ! Enchanté, même. C'est horrible, réitéra Flora. Je ne veux pas, c'est Ciprian que j'aime et je préférerais me tuer plutôt que d'appartenir à un autre homme ! Un étranger, en sus !

Alba lui saisit les mains pour l'apaiser.

— Lui avez-vous confié que votre cœur était pris ?

— Non, je n'ai pas osé. Pas devant le vicomte, il pourrait… il pourrait en prendre ombrage et vouloir faire du mal à Ciprian. J'ai refusé, je me suis rebellée, mais mon père m'a rabrouée en me faisant comprendre que c'était une bonne alliance et qu'il avait accepté, alors j'ai capitulé, en bonne fille que je suis, mais il faut que vous m'aidiez à trouver une solution. Nous pourrions nous enfuir ?

— N'en faites rien, mon amie, votre père enverrait des gardes à vos trousses et s'ils mettent la main sur vous, ils feront exécuter Ciprian. Nous devons trouver quelque chose d'autre, quelque chose de plus… discret. Pourquoi ne pas continuer à vous montrer docile et consentante, dans un premier temps, puis nous aviserons ?

— Et faire comme si le baron me plaisait ? J'en suis incapable, Alba. Je le trouve très beau, certes, et courageux et… il semble être un homme d'honneur, mais je ne l'aime pas, et je ne veux pas partir vivre dans le nord. J'en mourrais, affirma-t-elle d'un ton enflammé, des sanglots plein la voix.

— Calmez-vous, mon amie, je vous en conjure, les noces seraient prévues pour quand ?

Parce que cela, le baron ne le lui avait pas révélé. Il n'avait fait que lui jeter au visage ses futures épousailles, sans plus de détails. Comme s'il voulait la punir de ne pas vouloir lui appartenir. Une partie d'elle le désirait, ô combien, mais elle avait fait un choix et ne pouvait s'en détourner au risque d'y perdre son âme. Même si, elle devait en convenir, ce choix la rendait malheureuse. Elle avait privilégié son père et ses amies, plutôt que de céder à son attirance pour le baron. L'amour n'avait pas de place dans sa vie, se répéta-t-elle comme pour s'en convaincre.

— Dès que Montségur tombera ! Le vicomte a parlé de nous marier, vous, lui, le baron et moi, sitôt après. Pour fêter la victoire sur le repaire d'hérétiques. Avec d'énormes réjouissances.

Alba savait maintenant ce que ce terme signifiait.

Son corps fut parcouru de frissons, mais elle se reprit.

— Alors, nous avons encore quelques jours devant nous, aussi bien vous que moi…

Ce qui était une bonne nouvelle.

— Le vicomte a-t-il dit quand il se rendrait à Montségur, car il compte participer à la fin du siège, non ?

Alba l'ignorait, mais en avait la prescience. Si Montfort donnait des troupes et des armes, il accompagnerait ses vassaux pour ensuite se rengorger de la victoire.

— Je crois…

— Je m'arrangerai pour faire partie du voyage et je trouverai le moyen d'intercéder en votre faveur auprès du vicomte. Mais il est grand temps de parler avec Ciprian, Flora, car s'il ne veut pas de vous, alors, vous aurez tout perdu.

— Si Ciprian ne veut pas de moi, j'entrerai au couvent.

Je ne veux pas d'autre homme dans ma vie, mon cœur lui appartient. Je peux compter sur vous ?

— Oui, mon amie, je vous le promets.

Oui, elle ferait tout ce qui était en son pouvoir pour le bonheur de son amie, à défaut du sien. Mais rien n'était encore joué. Les femmes n'avaient pas leur mot à dire dans les histoires maritales, qui ne servaient, pour la plupart, qu'à des alliances de territoires, ce qui était certainement le cas dans celle-ci, sinon, pourquoi unir deux inconnus ? Deux êtres qui ne s'étaient même jamais approchés ni adressé la parole.

Elle refoula bien loin de son esprit ce que l'idée d'un mariage entre son amie et le baron déclenchait en elle et se persuada qu'elle n'interviendrait que pour le bien de Flora, mais était-ce la seule raison qui la poussait à le faire ?

Oui !

Et elle devait s'en persuader.

Le baron n'avait aucune importance pour elle, de cela aussi elle devait se persuader.

Je suis parfaite, le corps est mauvais, se répéta-t-elle.

Pour preuve, il ne cessait de la torturer, lui faisant ressentir des émois dont elle ignorait tout et qui ne la perturbaient que trop. Encore une fois, elle ne pouvait et ne voulait dévier de la voie qu'elle s'était tracée. Soutenir Flora et œuvrer pour elle – ainsi que pour Ciprian, si jamais son dessein s'avérait de s'unir à son amie – l'empêcherait de laisser son esprit divaguer vers le baron, bien trop présent dans ses réflexions à son goût.

Après que Flora l'eut remerciée d'une étreinte et séché ses larmes, les deux femmes sortirent de la pièce où elles s'étaient retranchées pour converser à l'abri d'oreilles indiscrètes, et regagnèrent la salle du banquet. Sans même s'être concertées, elles affichèrent des sourires de façade et Alba, apercevant sa famille au complet justement auprès de la dame de Cavanac ainsi que d'un homme – sans doute son époux –, saisit la main de son amie et se dirigea vers eux. Elle effectua une petite révérence au couple proche de son oncle et de sa tante en guise de salut, et ne put s'empêcher de serrer Balthazar dans ses bras.

— Comment vous portez-vous, mon cousin ? demanda-t-elle après s'être reculée et l'avoir observé.

Tout le côté gauche de son visage portait des marques, certainement là où la lance du baron avait frappé son heaume, si fort qu'elle le lui avait arraché.

— J'ai la tête encore un peu sonnée, mais je vais bien !

— Le baron aurait pu vous tuer ! gronda Flora.

La sainte colère d'Alba réapparut. Une colère qui chasserait de son esprit tout attachement envers le baron. Elle devait continuer de le détester !

— Flora ! la réprimanda l'homme aux côtés de dame Faye.

— Je vous prie de me pardonner, père, mais ils… ils auraient mieux fait de rester chez eux, voilà ! Ces hommes ne nous ont apporté que misère.

— Voulez-vous bien vous taire ! la réprimanda messire de Cavanac, puisque c'était bien de lui qu'il s'agissait, en observant les alentours avec appréhension. Ma dame, emportez notre fille hors de cette pièce et tentez de la raisonner.

— Mais… père…

— Il suffit, Flora ! Vous m'écouterez ou finirez enfermée dans votre chambre jusqu'au mariage !

Il sembla à Alba que le visage de Ciprian avait perdu toute couleur. Ce qui lui fit comprendre que peut-être, il partageait les sentiments de la jeune femme. Après tout, ils se côtoyaient depuis leur plus tendre enfance puisque leurs mères étaient amies. Peut-être Ciprian n'avait-il tout simplement pas conscience des sentiments qu'il éprouvait pour Flora et peut-être se révélerait-il s'il devait la perdre au bénéfice d'un autre.

La rage, jamais réellement éteinte, renaquit dans le cœur d'Alba à l'égard des hommes tels que le baron noir, venus chez eux pour s'enrichir.

Elle fulmina, mais réussit à se contenir.

— Je peux accompagner Flora à ma chambre, si vous le désirez, messire, et rester avec elle, intervint-elle, chassant ses pensées personnelles pour se consacrer à son amie. Ainsi nous nous tiendrons compagnie, car, venant d'un endroit où le calme de la prière et du recueillement régnait, je vous avoue que je suis lassée du bruit.

— Père, je vous en prie, je voulais écouter les troubadours, implora Flora, faisant fi de sa proposition, après avoir jeté un regard empreint de détresse à Ciprian. Laissez-moi au moins profiter de la soirée. Je me comporterai bien, je vous en fais la promesse. Je vous en supplie, père. Nous n'avons pas tant l'occasion de nous amuser ces temps derniers…

— Cessez là ces caprices, ma fille ! Vous ferez selon mes ordres ! répliqua durement le père de Flora.

Dame Faye implora son époux du regard, mais rien n'y fit. Alba comprit qu'il n'était pas seulement question des troubadours, mais également du futur mariage auquel Flora s'était opposée.

— Prenez donc exemple sur Alba ! Voyez comme elle est digne et assume sa destinée.

À la différence de Flora, elle avait *choisi* cette destinée, en connaissance de cause, parce que Montfort pouvait lui servir et non pour une quelconque quête de richesse ou de notoriété. Sans doute y avait-il dans les propos du sieur de Cavanac un peu de jalousie : une Cazilhac allait épouser le vicomte de Carcassona, l'homme qui détenait tous pouvoirs, sur chacun d'entre eux. Un pouvoir de vie et de mort.

Alba saisit la main de son amie.

Elle n'appréciait pas particulièrement être mise en avant, ni que le père de Flora compare leurs comportements et dénigre sa propre fille.

— Venez, Flora, la pria-t-elle.

Flora baissa les yeux et se laissa entraîner.

Ciprian les rattrapa quelques mètres avant qu'elles franchissent l'orée de la pièce. Il dévisagea Flora – qui rougit –, ouvrit la bouche, mais se reprit.

— Puis-je vous parler, Alba ?

— Bien sûr… Flora, pardonnez-moi…

— Je vous en prie. Je vous attends là, je ne bouge pas. Bonne soirée, Ciprian, ajouta cette dernière à l'attention du jeune homme, le feu aux joues.

— Il est grand dommage que vous ne puissiez rester, argua ce dernier, visiblement emprunté. J'aurais eu plaisir à écouter les troubadours en votre compagnie.

— Moi aussi, Ciprian, je le regrette.

Ils se sourirent.

Alba se promit de questionner Ciprian au plus vite. S'il se déclarait et si elle-même intercédait auprès de Montfort, peut-être celui-ci consentirait à annuler l'alliance entre le baron et la jeune femme ? C'était le moins qu'elle pouvait faire pour son cousin qu'elle adorait ; il lui avait fait si bon accueil et avait même tué pour elle. Elle lui en était tellement reconnaissante.

— Avez-vous confirmation du bûcher de demain ? demanda-t-elle sitôt qu'ils se furent écartés.

— Hélas, oui…

— Combien ?

— Dix personnes. Détenues dans les cachots.

— Comment le savez-vous ?

— L'un des valets des dominicains aime la bouteille et parle à tort et à travers lorsqu'il lui prend l'idée de faire le tour des tavernes de la cité. Paraît-il que Montfort n'aime rien tant qu'assister aux tortures.

— Torture-t-il lui-même ?

— Je l'ignore, mais il se pourrait bien. Cet homme est un monstre, Alba.

— J'en fais mon affaire, Ciprian, ne vous souciez pas de moi, mais je dois absolument trouver une excuse pour ne pas assister à ses… réjouissances demain. Je ne supporterai pas cette atrocité une seconde fois, c'est au-dessus de mes forces. Cette fois-ci, j'ai peur de lui assener ce que je pense de lui et de ses pratiques.

— Et vous perdrez la vie…

— Peut-être, mais qu'importe, quand on voit ce qu'en font les hommes comme lui !

— Vous n'êtes pas sérieuse ?

— Je suis très sérieuse au contraire. Ce monde n'est pas le nôtre, Ciprian, nous n'avons rien à faire là, nous devons retourner auprès de notre créateur afin que notre âme soit sauvée, expliqua-t-elle à voix basse après s'être rapprochée pour n'être entendue que de lui.

— C'est pour cela que les cathares se jettent au feu, parce qu'ainsi, ils trouvent la libération ? Je l'ignorais. Alors pourquoi être si révoltés si c'est là ce qu'ils désirent en définitive, je ne comprends pas ?

— Mais enfin, Ciprian, il y a d'autres façons de mourir que d'être soumis au bûcher, non ?

— Ils ont le droit d'abjurer !

— Certes, mais peu le font. Ils préfèrent mourir au nom de leur Dieu que rester sur cette terre et être empêchés de vivre leur foi comme ils l'entendent. Ce sont des martyrs, Ciprian, ils se sacrifient pour leur foi, pour être entendus, pour qu'elle soit reconnue et tolérée. Est-ce qu'au moins ils ont un procès digne de ce nom ?

— Ailleurs, je ne sais pas, mais ici, j'en doute. Ferrer semble aussi cruel que Montfort. J'ai entendu parler d'aveux sous la torture, d'abominables mutilations, de sévices intimes, Ferrer forcerait les prisonnières avant de les conduire au bûcher.

Cela aussi était commode…

Dieu que ces hommes la révulsaient. Et ils disaient agir au nom de Dieu ! C'étaient eux-mêmes qu'ils servaient, ainsi que leurs déviances immondes.

— J'ai peut-être une idée pour demain, souffla Ciprian.

— Dites !

— Venez à la chasse avec nous ! Vous direz ensuite que vous avez attrapé le mal, vous vous mettrez à tousser et demanderez à rester au chaud dans votre chambre. Puis nous rentrerons chez nous.

Alba lui serra la main.

— C'est une excellente idée, mais je ne suis jamais allée à la chasse…

— Vous nous suivrez, il n'y a rien de bien compliqué à cela, ce sera comme une promenade, disons… un peu plus mouvementée.

— Très bien, faisons cela. Je devrai pourtant convaincre ma tante, votre mère, de me laisser vous accompagner.

— Je viendrai vous chercher. L'idée venant de moi, et comme je l'assurerai d'être votre chaperon, elle ne s'y opposera pas. Elle vous a bien laissée chevaucher en ma compagnie l'autre jour.

— Certes… alors, gardons confiance…

Ciprian s'empara de la main de la jeune femme, toujours au contact de la sienne, et en embrassa les doigts.

— Oui, gardons confiance. À demain…

— À demain, Ciprian, et merci encore. Profitez bien de votre soirée.

— Sans… sans vous deux, elle sera moins intéressante…

Alba profita de l'aubaine, se trouvant toujours proche de Ciprian, après avoir observé Flora qui conversait à quelques mètres avec une jeune femme de sa connaissance.

— Vous avez hésité. Vous alliez dire « sans Flora », n'est-ce pas ?

— J'ai plaisir à être en sa compagnie.

— C'est une jeune femme charmante… que ressentez-vous pour elle, Ciprian ? se lança-t-elle.

Le principal intéressé soupira.

— Je l'ignore… je la connais depuis tellement longtemps… elle est comme une sœur.

— Plus qu'une sœur ?

— Peut-être… je ne sais pas, réitéra-t-il.

— Vous devez le savoir très vite, parce que Montfort et son père veulent la marier au baron noir !

Ciprian parut effaré.

— Je n'ai rien à lui offrir, soupira-t-il après quelques secondes de silence. Son père ne voudra jamais me la donner, nous savions qu'il cherchait une meilleure alliance pour elle. Comparé au baron, je fais pâle figure.

— C'est pour cela que vous ne vous êtes jamais dévoilé ?

— J'en avais pris mon parti !

— Que ressentez-vous à l'idée qu'elle épouse un autre homme, Ciprian ?

— Je dirais… je dirais que si elle est heureuse, alors, je serai heureux pour elle.

Ciprian possédait un cœur immense, il venait encore de le prouver.

— Elle ne veut pas de ce mariage. Elle vous aime, Ciprian, elle est amoureuse de vous !

Le jeune homme cilla.

— Je ne vois pas bien ce que je pourrais faire pour empêcher ce mariage. Me déclarer ne servirait à rien, cela pourrait même desservir Flora, et son père me rirait au nez.

— Je lui ai promis d'intercéder auprès de Montfort, mais je voulais avoir votre sentiment sur la question. Elle m'a dit posséder en dot des terres où vous pourriez vous installer, vers Castelnaudary, je crois.

— Elle a pensé à tout, releva Ciprian en souriant.

— Je le crois. Elle vous veut, et elle ne veut que vous. Elle se sent prise au piège et elle est très malheureuse. Vous pourriez être heureux ensemble si vous le souhaitez.

Ciprian parut réfléchir tout en contemplant Flora qui, étant de dos et occupée à discourir, ignorait qu'elle était l'objet de leur conversation.

— Pensez-vous réussir à convaincre Montfort de la laisser m'épouser ?

— Je lui en ferai la demande en guise de cadeau de mariage ! Après tout, vous êtes mon cousin, et Flora mon amie, il est normal que votre bonheur m'importe. Il n'aura qu'à donner une autre femme au baron !

— Je suis d'accord !

— C'est vrai ?

— Oui, Alba… je ne peux pas la laisser épouser le baron, même si je l'apprécie et le respecte. Flora serait trop malheureuse.

Alba eut un sourire.

— Je reconnais bien là votre propension à vous comporter en preux chevalier, mon cousin. M'autorisez-vous à en parler à Flora pour la rassurer ?

— Faites ! Mais qu'elle soit discrète. Pour le moment, notre arrangement doit rester secret. Je me tiendrai éloigné d'elle le plus possible afin de ne pas éveiller les soupçons et de son côté, elle doit se montrer aimable envers le baron.

— C'est exactement le conseil que je lui ai donné.

— Je passerai par vous si j'ai des messages à lui transmettre, ajouta-t-il, pensif.

Depuis qu'il avait pris sa décision, le jeune homme semblait excité par l'idée et réfléchissait aux implications et aboutissements.

— Je saurai rassurer Flora, n'ayez crainte.

— Merci, mon amie.

— Je vous en prie, cousin !

— Vous ai-je déjà dit que vous étiez une bénédiction ?

— Non, pas très récemment !

Ils se sourirent, complices comme dans leur jeunesse lorsqu'ils jouaient au preux chevalier et à la gente dame, justement. Sauf que c'était elle que Ciprian sauvait et épousait. Elle s'en souvenait parfaitement à présent. Là, ils allaient œuvrer ensemble pour sauver Flora d'une mésalliance et Ciprian épouserait la jeune femme.

Mais avant cela, elle allait prier pour que tout se passe selon ses plans.

Au moment de quitter la salle de réception avec Flora, consciente d'un regard pesant sur elle, Alba se retourna et croisa celui du baron, si intense qu'elle en frémit. Elle pria pour qu'il cesse de la convoiter et la laisse en paix, même si, elle le comprenait à la douleur sourde dans sa poitrine, elle ne connaîtrait jamais cela aux côtés de Montfort.

Chapitre 16

Maison de l'Inquisition, la Cité

Jean de Montfort dévala l'escalier menant aux salles de torture, se réjouissant par avance. Ferrer lui avait certainement trouvé de quoi satisfaire ses appétits. Qu'ils soient répréhensibles ne le perturbait en rien.

N'était-il pas le maître incontesté de la cité ?

Tous ici lui devaient obéissance ! Tous, y compris les dominicains, y compris Ferrer qu'il avait à sa botte et qu'il rétribuait grassement. Ce n'était pas avec son pauvre écot de moine prêcheur que ce dernier pourrait améliorer son ordinaire. Chaque être humain avait un prix, et découvrir celui de Ferrer avait été aisé, ainsi que son penchant pour les femmes. Ils avaient ourdi une entente. Après tout, qui irait se plaindre ? Chacun y trouvait son compte et Ferrer avait fait des émules dans ses rangs. Ceux qui s'étaient élevés contre leurs pratiques avaient été éliminés purement et simplement avant d'avoir eu le temps de les dénoncer.

Quoi de plus simple que de faire disparaître des gêneurs lorsque l'on allumait soi-même des bûchers ? Qui irait chercher des prêtres sous les dégoûtants oripeaux tachés du sang des hérétiques soumis au bras séculier ? Personne !

D'autant plus qu'ils ne pouvaient se plaindre, on leur avait arraché la langue. Ne restaient donc plus autour de Ferrer que des moines triés sur le volet qui, laissant parler leurs plus bas instincts, profitaient également de la situation.

Son sang s'échauffa alors qu'il longeait le couloir éclairé de torches fichées dans le mur, escorté de ses deux fidèles gardes qui ne participaient pas aux réjouissances, mais gardaient la porte. Mais là encore, qui viendrait les déranger ; ils officiaient dans l'antre du diable.

La nuit…

De plus, les cachots se trouvaient dans une impasse donnant sur la rue du Grand Puits, à distance du palais et de la tour de la Justice où étaient installés les moines prêcheurs, et où se déroulaient les procès. De là, les hérétiques étaient envoyés au mur, ou aux cachots pour les relaps, ainsi que les plus récalcitrants, ou les plus intéressants, avant de finir brûlés.

Ses reins lui picotèrent à mesure qu'il progressait.

Arrivé devant la porte, l'un de ses gardes lui ouvrit le battant.

Il pénétra dans la pièce.

Une vision, ô combien réjouissante, s'offrit à lui. Trois femmes et deux hommes reposaient sur des tables, nus, tandis que deux autres gisaient dans des cages suspendues au plafond, et que trois autres étaient enchaînés au sol, attendant leur tour. Des instruments servant à toute sorte de tortures reposaient, le long des murs, sur des planches de bois soutenues par des tréteaux. Quatre brûlots, à chaque coin de la pièce, apportaient chaleur et feu, utiles aux bourreaux qui y plongeaient leurs outils.

Des plaintes fendaient l'air, lui hérissant agréablement la peau.

Sa chair s'enflamma à la vue des corps des femmes, et s'enflammerait jusqu'à la libération ultime.

Mais avant cela, il lui fallait du sang.

Beaucoup de sang…

Il fit un signe de tête à Ferrer qui, sans attendre, donna l'ordre à son bourreau d'officier. Celui-ci jeta un seau d'eau glacée sur l'homme de droite afin de lui faire reprendre conscience. Il aimait les entendre crier. Cela le mettait en joie. Ces hérétiques ne méritaient pas de vivre, ils méritaient de souffrir et de mourir dans d'atroces souffrances ! Ses propres chiens valaient mieux que ces hommes et ces femmes priant de faux dieux et se livrant à des actes sataniques.

Dieu le récompenserait de l'avoir bien servi lorsqu'il le recevrait en son paradis, il avait foi en lui. Il lui livrait les souffrances de ces suppôts de Satan, il agissait en son nom, pourquoi ne lui en serait-il pas reconnaissant ?

Le bourreau commença par arracher les ongles de l'homme, un par un, des mains, puis des pieds, le faisant hurler à chaque fois. Le sang giclait, maculait son tablier déjà largement imbibé. Montfort se fendit d'un sourire, attendant avec impatience la suite. Ce n'était pas assez. Ce n'était jamais assez.

Parfois, il prenait la place du bourreau, mais n'en éprouvait présentement aucune envie. Il était fatigué, le vin, sans doute, dont il avait abusé depuis le repas de la mi-journée. Il en avait tellement ingurgité, comme bien souvent, qu'il était tombé de cheval et avait été obligé de s'aliter. Mais sa fatigue ne l'empêcherait pas de profiter du spectacle puis de forniquer. Il en avait besoin ; c'était devenu une nécessité. Les bras croisés sur sa poitrine, il observa le bourreau saisir les parties génitales de l'homme, s'apprêtant à les lui trancher. L'homme geignait, pleurait, suppliait tout à tour, les yeux révulsés sous la douleur de ses ongles arrachés tout comme quelques lambeaux de peau, sachant qu'elle ne s'arrêterait pas là. S'il avait de la chance, il perdrait de nouveau conscience, mais peut-être pas. Il hurla lorsque le couteau trancha sa chair, décolla la tête de la table sous la souffrance puis retomba, inerte, un flot de sang se déversant de son entrejambe mutilé. Le lendemain, ils mettraient du sel sur ses plaies et le forceraient à marcher jusqu'au bûcher, dans lequel il se jetterait comme tous les autres, soulagé d'en finir.

Montfort restait sur sa faim, le bourreau était allé trop vite.

Il fit un signe du menton pour qu'il s'occupe de l'autre homme.

— Et mettez-y du cœur, que diable ! l'admonesta-t-il.

Là, le bourreau prit son temps, commença par percer les os des bras à l'aide de grandes vis de fer. Il pourrait marcher mais plus se servir de ses mains, mais qu'importe, elles ne lui seraient plus jamais d'aucune utilité. Le bruit de craquement des os ainsi que les cris de l'homme emplirent le vicomte de satisfaction, mais ce n'était pas encore assez.

Il voulait plus.

— Plus ! s'écria-t-il avec frénésie.

Il aurait voulu les voir mourir sous la torture, hélas, ils devaient assurer le spectacle du lendemain et réjouir ses courtisans. Car ses vassaux, tout comme lui, aimaient les voir se jeter dans les flammes.

Le bourreau se déchaîna pour satisfaire son seigneur.

Les cris emplirent ses oreilles, l'odeur du sang ses narines ; il lui fallait passer à d'autres réjouissances.

Il éleva la main.

Ferrer, comprenant l'ordre, demanda :

— Laquelle, seigneur ?

Montfort désigna l'une des femmes qui, bien qu'éveillée, s'était gardée d'émettre la moindre plainte.

— Écartez-lui les jambes !

Les hommes connaissaient ses habitudes, mais il aimait ordonner. Presque autant que de jouir du corps de ces femmes réduites à l'état de morceau de chair. Des femmes dont il regardait à peine les visages ; elles se ressemblaient toutes. Échevelées, édentées, parfois les oreilles et les lèvres coupées et les joues bardées d'entailles et maculées de sang.

Les moines s'affairèrent autour de la femme.

Ils abaissèrent une trappe sous son fessier, l'écartelèrent. Ayant certainement vécu cette situation et sachant à quoi s'en tenir, elle se débattit mais, les membres et le corps attachés, que pouvait-elle faire ?

Le vicomte caressa sa barbe tout en observant le féminage de la femme.

Les coulures séchées qui s'en échappaient témoignaient qu'il avait déjà servi, mais là encore qu'importe ! La semence de ses semblables ne le rebutait pas, il lui arrivait même de s'en délecter.

Il s'approcha de la femme qui, bien qu'épouvantée, se contint en serrant les mâchoires. Elle était jeune, plus jeune qu'il ne l'aurait cru de prime abord et ressemblait un peu à Alba avec sa peau blanche, ses cheveux noirs et ses yeux bleus. Un rictus lui échappa. Elle aurait beau se retenir, serrer les quelques dents qu'il lui restait autant qu'elle le pouvait, il la ferait crier et s'en délecterait.

Mais ce ne fut qu'en pensant aux sévices qu'il imposerait

au corps de la pucelle qui deviendrait bientôt sa femme que le vicomte atteint la jouissance.

Tout en sortant de celui de sa victime, son foutre s'en échappant, il prit la décision de partir au plus vite pour Montségur.

Plus vite la citadelle tomberait, plus vite il pourrait torturer agréablement le corps d'Alba de Cazilhac. Et si elle en mourait, qu'importe, il prendrait une autre femme, puis encore une autre, puis une autre, et ainsi de suite…

Il n'avait pas convolé jusque-là, il tenait à sa liberté, mais ses conseillers lui avaient parlé de l'importance d'avoir descendance, aussi les avait-il écoutés. Les mariages seraient également l'occasion de remplir les caisses, d'autant que les courtisans étaient prêts à donner beaucoup, en terres et en or, pour qu'il accepte leur fille. C'était au plus offrant, mais il fallait également qu'elles lui plaisent. Et Alba de Cazilhac, avec ses grands yeux bleus candides d'une incroyable limpidité, l'avait séduit.

Elle ne lui apporterait pas le plus de richesses, mais il avait su déceler en elle une âme pure. Pure et généreuse. Une âme qu'il se ferait un plaisir de souiller à tout jamais. Ensuite, lorsqu'il serait lassé de son corps ou dès qu'elle lui aurait donné un enfant, il s'en débarrasserait.

Il se réjouissait d'avance de découvrir ce que cachaient ses atours. Elle était mince, mais avait une jolie poitrine. Bien formée. Et sa peau était si blanche. Le vermeil du sang la sublimerait à merveille.

La vision du corps d'Alba attaché et soumis à son bon vouloir réveilla son désir de luxure…

Chapitre 17

Le palais, Carcassona, 22 janvier 1244

Alba se leva aux aurores et eut le temps de se sustenter de quelques fruits avant que Ciprian vienne frapper à la porte de sa chambre.

— J'ai demandé la permission à votre mère hier soir dès qu'elle est rentrée du bal, souffla-t-elle afin de ne pas réveiller Flora qui dormait à poings fermés sur la banquette – elle avait laissé la couche à sa tante et dame Faye. Je vous suis.

Joueur, Ciprian s'empara de sa main et la tira à l'extérieur de la pièce, dont Alba se dépêcha de refermer la porte avant de courir dans son sillage. Son cousin semblait encore plus feu follet que d'habitude.

— Vous paraissez bien en joie, mon cousin, que vous arrive-t-il ?

— J'ai rêvé de Flora…

— Oh… et ?

— Je crois que je l'aime ! Lorsque j'imagine ma vie avec elle, je me vois heureux.

— Vous m'en voyez ravie, mais ne voulez-vous pas

ralentir un peu, j'ai peur de finir par me rompre le cou dans cet escalier.

— Nous sommes en retard, nous devons rejoindre les écuries. Balthazar a déjà accompagné les chiens et revient nous chercher !

Alba, concentrée sur les marches qu'ils dévalaient, ne répondit pas.

Ciprian daigna tout de même accéder à sa demande lorsqu'ils sortirent du palais.

Ils traversèrent la cour intérieure et se rendirent dans l'une des dépendances dans laquelle se trouvaient les chevaux. Alba retrouva avec satisfaction sa jument, Brume, que les palefreniers avaient préparée pour elle. L'un d'eux l'aida à se mettre en selle, tandis que Ciprian se rendait à son propre cheval après avoir demandé à un aide palefrenier où il se trouvait. Elle posa le bout de ses bottes dans les étriers, arrangea sa robe autour de ses jambes tout en sachant pertinemment qu'en galopant elle ne couvrirait plus rien de ses genoux ni même de ses cuisses, puis étala sa lourde cape bordée de fourrure sur la croupe de la jument.

Lorsqu'elle releva les yeux, ce fut pour rencontrer ceux du baron qu'elle n'avait pas entendu arriver et qui, appuyé nonchalamment contre l'un des montants de bois séparant les chevaux, l'observait.

— Baron…

— Ma dame…

— Nous accompagnerez-vous ? demande-t-elle durement.

L'idée de partager ce moment avec le baron ne l'enchantait pas. Moins elle passait de temps avec lui, mieux elle se portait.

— Certes ! Vos cousins nous ont invités à participer, mes amis et moi.

Il lui fit un sourire dont il avait le secret, mélange de convoitise, d'animalité et d'une certaine dangerosité, bien que son regard restât soucieux, ce qu'elle ne s'expliqua pas. Une intense chaleur naquit dans son corps sans qu'elle puisse rien faire pour l'empêcher.

Maudit corps qui lui jouait des tours dès que cet homme apparaissait.

Le cousin du baron ainsi que ses amis dont elle avait oublié les noms la saluèrent en passant près d'eux, le sourire aux lèvres, manifestement réjouis de partir en chasse. Ignorant le baron, elle les observa qui conversaient avec les palefreniers puis avec Ciprian tout en leur jetant des regards curieux.

Que savaient-ils à son sujet ?

Que leur avait confié le baron ? Avaient-ils connaissance que ce dernier lui vouait un vif attachement ?

Elle reporta son attention sur Arthus et vit que lui aussi l'observait. Malgré elle, Alba plongea tête la première dans ses prunelles intenses. Elle ne devrait pas se laisser happer, mais comment faire alors qu'il était si séduisant, si attirant, et alors qu'il lui dévoilait son intérêt sans aucun fard, malgré les circonstances et malgré le fait qu'elle l'ait supplié de cesser de la convoiter pour leur sûreté à tous les deux ? Elle était promise à Montfort et lui, maintenant, à Flora. L'imaginer avec elle la torturait, elle ne pouvait le nier.

Décidée à ne rien laisser paraître de son trouble, elle feignit l'indifférence :

— Très bien, alors, il ne me reste plus qu'à vous souhaiter bonne chasse, baron !

Elle tira sur les rênes de la jument, la talonna et sortit de l'écurie au pas, avec toute la dignité dont elle était capable, se promettant de se maintenir aussi loin que possible du baron qui décidément ne cessait de malmener son cœur et mettait ses nerfs à rude épreuve. Ce qui, encore une fois, ne lui ressemblait pas et *encore une fois*, elle se reprocha d'être à ce point attirée par lui. Cela ne se pouvait ! Elle était parfaite…

Le corps est mauvais… je n'ai pas besoin d'homme dans ma vie, encore moins d'un homme comme le baron, ne cessa-t-elle de se seriner tout en sortant des écuries pour rejoindre le parvis.

Elle poussa un discret soupir de dépit lorsque sortant lui-même de l'endroit quelques minutes seulement après elle – il avait dû courir enfourcher son cheval – il vint se positionner près d'elle. Elle pouvait parler avec lui, converser avec un homme n'était pas malséant et n'engageait en rien, mais elle se devait de lutter contre son attirance et de le repousser, encore et encore, jusqu'à ce qu'il se lasse. Mais si elle sondait son cœur, elle dut reconnaître que ses conversations lui manqueraient, ainsi que sa présence, son sourire, le feu de son regard. Comment cet homme avait-il pu prendre autant d'importance dans sa vie en si peu de jours ? Comment pouvait-elle le détester et être attirée par lui ? Elle était obligée de se faire violence pour se souvenir de qui il était, car lorsqu'elle se tenait en sa compagnie, il la charmait.

Elle devait se rendre à l'évidence, il l'attirait autant qu'il la rebutait.

Car Arthus n'était pas un homme comme les autres, il était un baron du nord, et certainement capable d'horreurs envers les hérétiques, mais elle avait entrevu d'autres aspects de lui, des aspects qui l'avaient touchée. La détresse qu'il lui avait dévoilée en parlant de son passé l'avait émue.

Elle lui jeta un regard de travers.

Dressé sur son destrier, comme à son habitude vêtu d'un pourpoint, de chausses et de bottines de cuir noirs, les épaules recouvertes d'une cape, noire également, le regard au loin, il avait fière allure.

Il tourna soudainement la tête et Alba se retrouva une fois de plus happée par sa présence. Il ne dit mot, le regard si brûlant qu'elle finit par s'en détourner, trouvant comme prétexte l'arrivée de Balthazar accompagné de ses amis. Au bas mot, une bonne quinzaine de cavaliers. Balthazar fit un signe de tête un peu raide au baron, salua Alba d'un « Cousine » gracieux, puis sonna le départ. Il fit faire un demi-tour à sa monture et s'élança, suivit de près par ses compagnons, auxquels s'ajoutèrent Ciprian, les amis du baron ainsi que le cousin, Denis de Comborn. Arthus la surprit lorsqu'il s'empara de ses rênes, l'empêchant de s'élancer à son tour.

— Vous ne devriez pas être là, la chasse est dangereuse !

Ils se jaugèrent.

Alba se redressa.

Comme elle aimerait lui expliquer la réelle raison de sa présence, sans doute le comprendrait-il, mais elle ne pouvait se le permettre ou devrait lui en révéler les raisons.

— Je ne fais que vous accompagner, Arthus, lui répondit-elle froidement. Je ne chasserai pas. Et tout comme vous, je suis ici sur invitation de mes cousins. Je vous rappelle que les terres où nous nous rendrons appartiennent à mon futur époux.

Le baron serra les mâchoires.

— Qui lui aussi vous en a donné la permission, bien évidemment.

— Bien évidemment.

Ils se dévisagèrent encore quelques secondes avant que le baron libère ses rênes.

— Restez derrière moi, alors ! ordonna-t-il, manifestement encoléré, avant de talonner sa monture pour rejoindre la troupe qui franchissait déjà le pont-levis du palais abaissé pour l'occasion, ce qui leur évitait d'avoir à chevaucher dans les rues de la cité, au risque de piétiner quelqu'un.

Alba fit de même, rattrapa le baron après quelques mètres et lui passa devant.

Il la poursuivit, mais elle alla si vite, couchée sur l'encolure de sa jument, qu'il lui fut impossible de la rattraper. La jeune femme réussit à conserver de l'avance. Elle franchit le pont-levis, les sabots de la jument martelant les planches dans un bruit de tonnerre, Arthus dans son dos. Si près d'elle qu'elle pouvait sentir sa présence. Son sang s'échauffa et l'excitation la gagna, aiguillonna ses sens. Un sourire lui échappa. Là encore malgré elle. Sa véritable nature refaisait surface, une nature qu'elle avait perdue à la forteresse mais qui se voulait enjouée et avide d'aventure.

— Alors essayez de ne pas tomber ! la provoqua le baron en la dépassant à son tour.

Elle gronda lorsqu'elle comprit qu'il l'avait laissée prendre de l'avance pour mieux l'humilier ensuite. Tête tournée, il lui adressa un sourire immense plein d'ironie, manifestement ravi de la situation, avant de regarder devant lui. Alba le prit en chasse, mais, moins rapide et moins bonne cavalière que lui tout de même, fut obligée de rester dans ses pas.

Malgré leur course effrénée, elle profita du magnifique ciel chargé de rose du lever de soleil sur le Lauragais et ne put s'empêcher de penser à Montségur et à son père. Elle ne pouvait profiter de l'instant présent, elle en était incapable, malgré son désir. Son père lui manquait, elle n'avait jamais passé un seul jour sans lui et sa peine était encore trop immense d'avoir dû se séparer de lui. Elle secoua la tête pour chasser les sanglots qui lui obstruaient la trachée, et s'obligea à se concentrer sur sa chevauchée. Elle se devait d'être vigilante ou elle se romprait le cou. Et étant bonne dernière, personne ne remarquerait sa chute, hormis peut-être le baron qui, par intermittence, l'observait par-dessus son épaule.

L'air frais de l'aurore piquetait ses joues, fit couler des larmes de ses yeux sensibles, mais Alba se laissa aller dans son élan, les sabots de sa jument martelant cette fois-ci le sol gelé. Le regard fixé sur le dos du baron, elle finit par oublier ses tourments et savoura le sentiment de liberté qui l'envahit.

Dieu qu'elle aimait cela, chevaucher à bride abattue, sentir son corps s'échauffer sous l'effort, le bruit du vent dans les oreilles, la fraîcheur de l'air, la nature qui s'éveillait, les petits animaux qui détalaient, apeurés par la horde sauvage.

Les minutes défilèrent, jusqu'à ce qu'ils atteignent l'orée de la forêt où les attendaient des serviteurs vêtus de la livrée de Montfort, rouge et or, tenant en laisse des chiens si énervés eux aussi qu'ils sautaient en tous sens.

À peine furent-ils arrivés que Balthazar donna l'ordre de lâcher les chiens et s'élança derrière eux, suivi de près par Ciprian et le reste de la troupe. Le baron noir lui lança un regard avant de s'élancer à son tour et Alba n'eut pas d'autre choix que de l'imiter.

Elle avait le souffle court et le corps rendu douloureux par l'effort mais, ayant une bonne raison d'être présente, pour rien au monde elle ne ferait demi-tour, préférant se casser la jambe qu'assister à de nouvelles exécutions des siens. Elle fit donc appel à toute sa volonté et sa détermination pour suivre les hommes qui, talonnant les chiens, se dispersaient entre les arbres, environnés d'une légère brume. Lorsqu'ils se séparèrent pour se déployer, Alba suivit Arthus sans réfléchir parce qu'il était le plus proche d'elle et parce qu'elle avait peur de se retrouver seule si elle ne le faisait pas. Les jappements des chiens, les cavalcades des valets courant derrière eux ainsi que le martellement des pas des chevaux envahirent l'air. Le baron tourna la tête et, rassuré de la voir derrière lui, accéléra la cadence. Alba dut encore faire appel à sa concentration pour chevaucher entre les arbres, sauter par-dessus des branchages, sans jamais perdre le baron du regard.

La brume devint plus dense à mesure qu'elle s'enfonçait dans le bois. Et soudain, Alba perdit de vue le baron qui lui, continuait de filer en se laissant guider par les jappements des chiens, devenus frénétiques. Sans doute avaient-ils trouvé le gibier… Elle ralentit le pas de la jument, n'ayant aucune envie de se retrouver nez à nez avec un tronc d'arbre. Son cœur accéléra tandis qu'elle regardait de tous côtés en reprenant son souffle. Elle était seule dans cette forêt inconnue, à la merci d'animaux ou d'errants malveillants. Même si elle s'était, selon elle, facilement acclimatée à sa famille et à leurs mœurs ainsi qu'à la foule du palais, il n'en restait pas moins qu'elle n'était pas armée contre le monde extérieur.

Elle alla au pas, se laissant guider par les chiens qu'elle entendait japper au loin.

La peur rampa dans ses entrailles, enfla.

Si elle se perdait ?

Si une horde de hors-la-loi s'emparait d'elle et demandait rançon à sa famille ? Son oncle payerait-il pour elle ? Sachant qu'elle n'était pas sa nièce de sang et qu'en sus, en tant que cathare, elle était susceptible de ne leur apporter que des ennuis ? Il avait accepté de la recueillir, certes, sûrement parce qu'il estimait son père, mais l'aiderait-il si elle devait attirer sur eux le bras séculier ? Ils hébergeaient une hérétique, ils étaient passibles du mur… plus sûrement ils la renieraient… et alors, que deviendrait-elle ? Elle ne serait plus capable de sauver son père et ses amies. Elle s'en voulut de s'être retrouvée dans cette situation sciemment, elle prenait trop de risques et finirait par le payer.

Elle se reprit, pensa à son père pour retrouver des forces et ne pas s'effondrer de peur, car cette peur, elle le sentait, oppressait sa poitrine, serrait sa gorge, rendait son corps inconsistant, embrouillait son esprit à tel point qu'elle ne fut bientôt plus capable de réfléchir sereinement. Tout s'embrouillait, passé, présent… la panique l'envahit.

Elle sentit sa peau se hérisser en entendant un bruit de cavalcade, des craquements de branchages ainsi que des grondements de bête. Puis soudain, elle la vit. Sur sa droite. Qui déboulait. Du sang dégoulinant d'une blessure au flanc. L'animal l'aperçut, chargea et Alba comprit, désespérée, que dans quelques secondes, elle serait sur elle.

Elle tira sur les rênes de sa jument, voulant fuir et mettre le plus de distance possible entre elle et la bête blessée, mais sa monture, prise de panique, se cabra.

Tout alla très vite. Alba se retrouva au sol, la jument détala et la bête lui arriva dessus, si rapidement, avec des grondements d'une telle ampleur et si féroces que le cri de la jeune femme mourut sur ses lèvres. Elle se tassa sur elle-même, se protégea le visage avec son bras, s'apprêtant à ressentir les défenses de l'animal lui perforer le ventre mais soudain, un cavalier apparut sur le côté et hurla. Arrivé près de la bête, il dégaina son couteau, sauta de son cheval, se rua sur elle et lui plongea sa lame dans la gorge.

La bête s'effondra.

Arthus se remit sur ses pieds puis sans perdre une seconde remisa son couteau, s'essuya les mains dans sa cape et vint s'accroupir près de la jeune femme.

— Vous n'avez rien, vous n'êtes pas blessée ? demanda-t-il, la voix hachée.

— Arthus…

Les lèvres de la jeune femme tremblèrent et elle éclata en sanglots.

Il s'approcha davantage, la prit contre lui.

— Je suis là, ma mie…

Il lui caressa les cheveux, murmura des mots tendres. Et ce fut si doux, si plaisant, que le cœur d'Alba se gonfla de reconnaissance. Éperdue, elle s'accrocha aux épaules d'Arthus et pleura tout son soûl, vidant ses peurs et déchargeant sur lui son désespoir où se mêlaient, elle le comprit, des regrets, des remords, de la culpabilité. Au bout de longues minutes pendant lesquelles il la berça – la pensant sans doute encore effrayée par ce qu'il venait de se passer alors que tout autre chose torturait sa chair, cette douce chaleur qui avait pris vie dans son corps pressé contre celui du baron. Elle aurait voulu, tout comme son baiser, que cet instant ne cesse jamais.

Un peu calmée, elle se redressa, prit de la distance, eut un piteux sourire.

— Pardonnez-moi, baron, vous devez me trouver bien…

Elle n'eut pas le temps de terminer sa phrase qu'il se jetait sur ses lèvres. Encore une fois, ce fut si envoûtant que la jeune femme ne put s'empêcher de gémir tout en s'accrochant à lui. Leurs langues se trouvèrent, se caressèrent, communièrent en une étreinte passionnée d'où jaillirent leurs gémissements de désir.

— Je vous trouve merveilleuse, Alba, murmura le baron contre ses lèvres, enflammé, en la pressant contre lui. Si merveilleuse, si lumineuse, si désirable… je vous veux, je n'ai jamais désiré une femme comme je vous désire.

Il s'enflamma, voulut reprendre leur baiser, mais Alba l'en empêcha en posant ses paumes sur son torse. Ils allaient trop loin.

— Je vous en prie, Arthus, il ne faut pas, nous n'en avons pas le droit, réussit-elle à dire, la voix chevrotante.

— Nous avons tous les droits, ma mie, et surtout le droit de nous aimer. Je vous veux, réitéra-t-il. Je suis tombé amoureux de vous. C'est vous que je veux pour femme. Enfuyons-nous !

Alba le regardait de toute son âme.

Et ce qu'elle ressentait pour lui la terrassa.

Elle aimait cet homme ! Malgré leurs différences, même s'il était son ennemi, lui, un chevalier croisé, et elle, une croyante cathare ; elle aimait l'homme. Juste l'homme. Un homme admirable qui lui criait son amour et lui criait qu'il la voulait pour épouse.

Alba eut la sensation que son cœur se déchirait.

Oui, elle aimait Arthus, de toute son âme, elle ne pensait pas que son cœur pouvait autant aimer, mais c'était un fait. Elle se sentait faite pour lui, elle se sentait vivre sous son regard, elle aimait sa voix, ses gestes, sa prestance, sa vaillance, elle aimait qu'il la sauve des dangers du monde, qu'il soit là pour elle… elle l'aimait et l'avait aimé dès le premier instant, dès qu'elle avait croisé son regard sur ce chemin, la première fois qu'il l'avait sauvée des sauvages qui voulaient la forcer et l'auraient certainement ensuite tuée.

Mais elle n'avait aucun droit de l'aimer ni de se laisser aimer. Elle avait choisi, il y avait bien longtemps, trop longtemps pour reculer ; sa foi était enracinée en elle, et cette foi lui interdisait d'appartenir à un homme. Elle appartenait à Dieu. Seulement à Dieu. Se perdre dans l'amour d'un homme la terrorisait. Un homme était fait de chair et de sang, il avait des faiblesses, des failles, des défauts ; aimer un homme faisait souffrir. Aimer Dieu était salutaire car Lui ne trompait jamais, Il ne décevait pas, ne trahissait pas, Il aimait sans restriction.

Arthus voulut la reprendre dans ses bras.

Elle le repoussa.

— Non, baron, ramenez-moi au palais.

Les yeux d'Arthus s'écarquillèrent.

— Mais… notre baiser ?

Manifestement, il ne comprenait pas qu'elle puisse encore l'éconduire et se refuser à lui. Pas après ce qu'ils venaient encore d'échanger. Alba avait mal, son cœur lui faisait mal, son âme, tout son corps en vérité, mais ce qui devait être fait devait être fait, elle n'avait pas le choix. Il fallait que le baron l'oublie, il ajoutait à ses tourments.

— Il ne veut rien dire pour moi, il ne change rien. Et je vous demande pardon de m'être laissée aller ainsi dans vos bras. J'ai été faible, j'ai eu peur, vous m'avez réconfortée, et je vous en remercie, mais cela ne se reproduira plus.

Alba s'attendrit face au regard voilé d'Arthus.

Il lui avait ouvert son cœur et elle l'avait piétiné.

Il était malheureux, elle le voyait dans ses prunelles qui ne cessaient de la dévorer.

— Je ne suis pas pour vous, Arthus, murmura-t-elle en posant sa paume sur la joue du baron tout en refoulant ses larmes.

— Mais pourquoi ? Je ne comprends pas… je sais que vous nourrissez de tendres sentiments pour moi, Alba, pourquoi résister à ce que vous ressentez pour moi ? Vous m'aimez, je le sais.

— Oui, je vous aime, avoua-t-elle, le cœur si douloureux qu'une larme roula sur sa joue. Mais je suis promise au vicomte. Ma famille en pâtirait, je ne peux les mettre en danger en me sauvant avec vous, même si… même si je donnerais mon âme pour que ce soit possible. Montfort pourrait leur faire du mal, leur faire payer mes erreurs et mes manquements. Vous savez de quoi il est capable, vous l'avez vu… vous comprenez, n'est-ce pas ? insista-t-elle. Il faut m'oublier, baron, et cesser de me tourmenter. Pour nous deux… soyez raisonnable…

Le baron cilla.

Il prit la main de la jeune femme, embrassa ses doigts, ferma un instant les paupières tout en maintenant les lèvres sur sa peau, presque avec dévotion.

— Je vous aimerai en silence, annonça-t-il, la voix rauque. Je vous aimerai jusqu'à la fin de mes jours… dans mon cœur, il n'y aura que vous. Aussi longtemps que je vivrai.

— Non, Arthus. Vous devez m'oublier et être heureux. Vous trouverez une épouse, aurez des enfants…

Il retint sa main dans la sienne.

— Je ne me marierai pas avec Flora de Cavanac, Alba. Je n'ai rien dit au vicomte, il le saura bien assez tôt. J'ai déjà eu le cœur brisé par une femme, puis par vous, à l'instant, il n'y aura plus jamais d'autres femmes…

— Vous m'en voyez attristée, Arthus. J'aurais tellement voulu qu'il en soit autrement.

Le regard d'Arthus pétilla d'espoir.

— Vous voulez dire que si les choses étaient différentes, vous auriez accepté de devenir ma femme ?

— Oui, Arthus. J'aurais accepté…

Des larmes baignèrent ses yeux.

— Oh oui, j'aurais accepté…

Elle succomba au regard ardent d'Arthus, se pencha et posa délicatement ses lèvres sur celles du baron tout en empaumant son visage. Un gémissement douloureux s'échappa de ses lèvres tandis que des larmes dévalaient ses joues. Elle avait ouvert son cœur à un homme et Dieu était témoin qu'elle en souffrait le martyre.

Pourquoi lui avoir avoué son amour alors qu'ils n'avaient pas le droit de s'aimer ? Pourquoi les torturer plus avant alors que rien n'était possible entre eux ?

Elle s'en voulut.

Elle aurait dû rester forte, elle n'aurait pas dû succomber, rien dû avouer… car maintenant…

Leurs baisers prirent le goût salé de ses larmes. Arthus aussi était ému, elle le ressentait dans sa chair. Elle sut qu'il était sincère et ne dissimulait pas.

Ce fut lui qui finit par se détacher d'elle.

Il se releva, lui tendit la main. Alba la saisit et le laissa la remettre sur ses pieds. Là, il posa la main sur sa joue, la regarda avec une telle intensité et les yeux si brillants qu'elle en frissonna. Il ne dit mot, mais ses prunelles ardentes lui dévoilaient la force de son amour, ses regrets, sa déception, sa souffrance. Elle répondit à sa peine, lui livra la sienne. Si leurs âmes étaient faites pour s'aimer, alors, ils se retrouveraient. Dans une autre destinée, une autre vie. Alba en était persuadée. Car dans celle-ci, rien n'était possible entre eux. De leur amour naîtrait le chaos. Et Alba ne pourrait jamais se le pardonner.

Ils retrouvèrent les autres.

Alba expliqua sa mésaventure, Balthazar et Ciprian remercièrent chaudement le baron qui se proposa de la ramener au palais.

Le retour se fit dans le silence le plus total. Assise devant le baron sur sa monture, blottie contre son corps, Alba profita une dernière fois de sa chaleur, de sa présence, de son souffle dans son cou. Il l'accompagna à ses appartements, baisa la main qu'elle lui tendit et l'abandonna. Longtemps, elle le regarda, les mains serrées sur sa poitrine douloureuse, incapable de se détacher de sa haute silhouette arpentant le couloir d'un pas lourd et continua, alors même qu'il disparaissait sans se retourner pour lui jeter un dernier regard.

C'était certainement mieux ainsi.

Ils avaient fait ce qu'il fallait, ils s'étaient dit adieu. Et là encore, il n'y avait pas à y revenir. C'était la meilleure chose à faire. Et c'était *son* choix. Mais un choix poussé par la nécessité. Car son cœur lui disait tout l'inverse. Elle était malheureuse. Elle ne s'attendait pas à l'être autant. Elle le comprit en regardant Arthus s'éloigner. Elle comprit également qu'elle le serait jusqu'à sa mort de l'avoir perdu. Elle avait sacrifié son bonheur à son honneur. Elle se le devait mais elle souffrait, dans sa chair, dans son corps, dans son âme.

Les appartements que lui avait donnés Montfort étaient vides.

Elle s'alita, grelottante, et alors seulement laissa couler ses larmes. En silence. Des larmes qui lui déchirèrent le cœur. Elle finit par s'endormir, pour ne se réveiller qu'à la fin du jour lorsque sa tante la secoua.

Montfort réclamait sa présence.

Chapitre 18

Arthus de Comborn se tenait aux côtés de son cousin dans la grande salle de banquet du palais comtal. Bien que les conversations les environnent de toute part dans un brouhaha incessant, Denis l'entretenait du siège. Durant ses « réjouissances », Montfort avait laissé entendre qu'il partirait faire tomber la forteresse dès la semaine suivante, après avoir appelé le ban et l'arrière-ban : ses vassaux, qui eux-mêmes convoqueraient les leurs. Tous ne répondraient pas à l'appel, mais la plupart, oui. Ce serait alors une véritable armée qui viendrait seconder celle des croisés restée là-haut.

La quarantaine de certains barons du nord sans doute terminée, ils étaient rentrés chez eux et d'autres les avaient remplacés. Arthus n'était pas au fait des troupes, elles étaient du ressort de son commandant, Hugues Des Arcis, qui lui-même s'était mis au service du vicomte à qui il était venu demander renforts et matériels. Montfort, à l'exemple de son grand-père, Simon – qui cherchait, en son temps, à nettoyer l'Occitanie de toute présence cathare – allait fondre sur les hérétiques retranchés dans la forteresse et la faire tomber. Arthus serait de la partie. C'était lui-même qui avait eu l'idée lumineuse d'employer un autre chemin. Accompagné de Denis et de leurs amis. Ils laisseraient leurs noms dans l'histoire et en récolteraient les honneurs. Alors, sa famille serait fière de lui. Il ne serait plus le laissé-pour-compte, le moins que rien, l'épine dans le blason familial !

Pour autant, Gauvin ne l'avait jamais rabaissé, il l'avait même souventes fois protégé des colères de leur père. Il n'était pas mauvais bougre et lorsque Arthus était rentré de croisade, à la surprise générale, il lui avait fait bon accueil et avait organisé un banquet en l'honneur du preux chevalier revenu de Terre sainte. Sa mère avait même pleuré dans ses bras. Il n'y eut que Constance pour lui battre froid. Elle avait trop peur qu'il fasse un scandale, sans doute, et qu'il avoue les tendres liens qui les unissaient, dont son frère ne lui parla pas. Ce qui prouvait qu'il les ignorait. Constance ne lui avait rien dit ! Elle avait gardé sous silence qu'Arthus et elle avaient fait le vœu de s'aimer pour la vie… elle gagnait au change : elle épousait le baron de Turenne ! Elle possédait de riches terres, un titre, de la fortune, Gauvin lui avait fait deux beaux enfants. Arthus ne représentait plus rien pour elle, ce qu'elle lui signifia au premier regard ; un regard dur et dénué du moindre attachement. Enfin… il ne saurait en être sûr, car à certains moments du banquet, il lui sembla qu'elle le regardait intensément. Avec du désir. Ce soir-là, il aurait pu lui demander des explications sur son revirement à son égard et lui avouer qu'il l'aimait toujours, il aurait pu tenter de la faire sienne si toutefois elle était consentante, mais il n'en avait rien fait. Son honneur lui interdisait de trahir son frère sous son propre toit !

Il n'était pas fait de ce bois.

Mais peut-être qu'à force de se côtoyer, auraient-ils succombé à l'ancien feu de leur attirance ? Arthus ne pouvait prendre ce risque, aussi avait-il fui. Et s'il lui arrivait de regretter, ce n'était plus le cas. Alba de Cazilhac était passée par là, rasant tout sur son passage, à tel point qu'il doutait d'avoir un jour aimé Constance.

— Tu m'écoutes ?

— Non, Denis, pardonne-moi, tu disais ?

Denis lui adressa un sourire entendu.

— Je disais que Montfort t'a trouvé une bien jolie épouse. Je suppose que l'impatience te ronge.

Arthus regarda du côté de Flora de Cavanac, en pleine conversation avec les frères Cazilhac, de qui elle semblait proche. Vêtue d'orange et couverte de bijoux, elle était jolie, il ne pouvait lui enlever cela, pourtant, elle ne déclencha rien dans ses entrailles. Aucun désir. Que ferait-il d'une femme comme elle ? Douce et bien éduquée, certes, mais dépourvue de passion. Il pouvait se tromper, bien sûr, néanmoins, il avait connu suffisamment de femmes pour avoir un avis sur la question. Alba, elle, c'était une autre histoire. Lorsqu'il la regardait, l'admirait, la pressait contre lui et échangeait des baisers avec elle, il avait le sentiment que son être en entier s'embrasait.

Comme très souvent depuis qu'il était entré dans la pièce, il chercha Alba dans la foule. Mais ne la vit nulle part. Elle brillait par son absence et se laissait désirer, car il lui semblait que Montfort regardait constamment l'entrée de la salle.

L'attendait-il lui aussi ?

Quoi de plus normal puisqu'elle était sa promise…

— Arthus ? s'irrita Denis.

— Oui, Denis, je suis impatient ! capitula-t-il.

Il ne s'était pas ouvert à son cousin, non parce qu'il n'avait pas confiance en lui, mais… quelque chose qu'il ne saurait expliquer le retenait de s'épancher sur la question. Il voulait garder Alba dans son cœur, n'en parler à personne. Elle était son secret. Un secret qu'il caressait du bout des doigts, même s'il le faisait souffrir.

Il devait pourtant renoncer à elle, et cela lui crevait le cœur.

Il pensait… il pensait pouvoir arriver à ses fins avec elle, pouvoir l'amener à accepter ce qui les liait, cette attirance qu'ils avaient l'un pour l'autre, ce besoin du corps de l'autre. Alors certes, elle avait avoué qu'elle l'aimait, mais cela n'avait rien changé. Elle était restée forte et déterminée et cela, également, forçait son admiration.

— Eh bien, permets-moi de te dire que tu n'as pas l'air heureux ! renchérit Denis, le sortant une nouvelle fois de ses pensées. Pourquoi n'es-tu pas à ses côtés, d'ailleurs ?

— Parce que pour le moment, rien n'est officiel.

— Ah bon, je croyais…

— Ne crois rien, mon ami, c'est mieux ainsi !

Denis s'esclaffa.

— Et toi ? demanda Arthus, décidé à orienter leur conversation dans une autre direction. Aucune femme n'a su te séduire ?

— Flora me plaisait, mais quelqu'un est passé avant moi !

— Tu m'en vois confondu !

— Ne le sois pas, c'est ainsi !

— Ce n'est pas de mon fait.

— Je sais, cousin, je ne t'en veux pas. Je réussirai à me consoler. Que penses-tu de celle-ci ? En rouge !

Arthus détourna le regard pour observer la femme dont il parlait. Belle. Brune. Bien faite… il allait pour demander à Denis s'ils avaient déjà échangé lorsqu'il en fut empêché par Montfort, se dirigeant vers eux.

Arthus serra les poings.

Qu'il haïssait cet homme ! Non seulement parce qu'il allait épouser la femme pour laquelle son cœur battait, mais parce qu'il était cruel. Et mauvais. Certes, les hommes de son acabit l'étaient tous plus ou moins, mais celui-ci avait une lueur de folie dans le regard. Une lueur qui lui déplaisait et dont il se méfiait. Soudain, il se vit le provoquer en duel et l'occire. Alors, Alba serait libre de toute attache et il pourrait l'épouser. Il allait réfléchir à la question… Ou peut-être que le destin jouerait en sa faveur. Peut-être que Jean se prendrait une pierre sur la tête, comme son grand-père devant Tolosa.

Arthus se força à lui faire bonne figure lorsqu'il se retrouva devant eux.

— Mon cher baron, attaqua le vicomte, un sourire fendant sa large figure aux traits disgracieux. J'ai omis de vous remercier…

— À quel sujet, vicomte ?

— Au sujet de ma promise ! J'ai ouï dire que vous l'aviez ramenée de la chasse ! Que s'est-il donc passé ? Ah, mais nous allons pouvoir le lui demander ! ajouta-t-il soudain.

Le cœur d'Arthus manqua un battement ; Alba venait à eux.

Il eut le sentiment d'être incapable de respirer ou au contraire de respirer pleinement depuis qu'il avait posé les yeux sur elle. Tant il était bouleversé de la revoir. Ô combien. Cette femme mettait ses sens sens dessus dessous, il n'y avait pas d'autres mots.

Prenant sur lui pour ne pas dévoiler son intérêt, il lui adressa un regard froid quand elle les salua et crut la voir ciller.

— Vous vouliez me voir, mon seigneur ?

— Si fait ! J'étais justement en train de remercier le baron de vous avoir ramenée au palais ! Mais avant cela, comment allez-vous ? Vous portez-vous mieux ?

— Oui, seigneur. J'ai dû prendre froid dans la forêt.

— Vous avez manqué mes réjouissances. Ainsi que le tournoi !

Arthus distingua du reproche dans la voix de Montfort. Il se raidit. Si Alba devait pâtir de ce qu'il s'était passé entre eux, jamais il ne se le pardonnerait. Il mit la main sur la garde de son épée pendant à son côté, prêt à sauver l'honneur de la jeune femme. Ou sa vie. Il se battrait pour elle sans l'once d'une hésitation. Ce qu'il avait d'ailleurs fait tantôt, en chargeant Montfort durant le tournoi. Il avait rêvé qu'il combattait pour elle et n'avait cessé de penser à elle, regrettant son absence. Il aurait voulu sentir son regard sur lui, il aurait voulu la voir frémir de peur à la pensée qu'il soit blessé. Comme la veille lors de la joute. Quant à Montfort, s'il avait des doutes sur eux, ils seraient déjà morts.

— Vous m'en voyez désolée, seigneur, répondit Alba avec aplomb sans se départir de son sourire. Je puis vous jurer qu'à partir de cet instant, je ne vous quitterai plus et serai à votre bras où que vous vous rendiez. Cela vous convient-il ?

Elle lui tendit la main et Montfort, conquis, s'en empara.

Ses reproches n'avaient pas fait long feu ; elle était très forte ! Mais comment résister à un si beau regard ?

Lui-même, en tout cas, ne le pouvait. Ce qui dut alerter Denis qui lui mit un coup de coude dans les côtes.

— Et il y aura d'autres tournois, n'est-il pas ? renchérit-elle, séductrice, alors que Montfort posait ses lèvres sur ses doigts tout en l'observant avec convoitise.

— Certes ! Et je brillerai encore pour vous ! Car j'ai gagné ! N'est-ce pas, baron, que j'ai gagné ?

Arthus se retint de dévoiler que Des Arcis leur avait donné des consignes dans ce sens. Il n'allait pas ruiner leurs desseins et tous leurs efforts par une jalousie mal placée, même s'il en mourait d'envie. Ils avaient besoin de Montfort ! Et Alba était à lui !

— Oui, vicomte, vous vous êtes surpassé, je n'ai jamais vu un chevalier si téméraire. Ni si… valeureux.

Denis lui mit un autre coup de coude mais Montfort, persuadé de sa valeur, ne perçut pas le sarcasme. Preuve qu'Arthus pouvait être bon comédien.

— Ah, ah, vous me flattez, baron, mais j'apprécie. J'apprécie également que vous preniez soin de ma promise en mon absence. Soyez-en remercié !

Arthus s'inclina, la main sur le cœur, soulagé de la tournure de la conversation. Montfort en avait oublié Alba sous ses flatteries…

— Avec grand plaisir, vicomte.

— Que s'est-il donc passé, ma dame ? renchérit ce dernier. Narrez-moi votre aventure.

Arthus se crispa ; Montfort n'avait rien oublié. Il jouait la comédie, lui aussi. Le chevalier de Turenne sentit son dos se raidir et sa main se resserra autour de la garde de son épée.

— Oh ! rien que de très banal, mon seigneur, riposta Alba, lui jetant un bref regard avant de reporter son attention sur Montfort. Ma jument a eu peur d'un animal blessé qui arrivait sur nous, elle s'est cabrée et je suis tombée. Le manque d'entraînement, sans doute, je ne suis remontée que très récemment, je n'en avais pas la possibilité au couvent. Et la bête m'aurait embrochée avec ses immenses cornes si le baron ne l'avait tuée avant. Il a été d'une grande bravoure. Ma jument s'étant enfuie, il m'a raccompagnée au palais.

Montfort darda sur lui ses petits yeux inquisiteurs.

— Baron ?

Si Montfort pensait l'intimider, il n'en était rien. Il n'avait aucunement peur de lui ; et le rencontrerait lors d'une joute sans coup férir. Il rêvait même que cela se produise pour nettoyer la terre de cette engeance.

— Tout ce que vous conte la dame de Cazilhac est exact, vicomte, finit-il par dire après quelques secondes pendant lesquelles les deux hommes se toisèrent. J'ai entendu son cri de détresse et me suis rué à son secours. Fort heureusement, je suis arrivé à temps.

Montfort lui serra l'épaule et Arthus dut se faire violence pour ne pas saisir son épée et lui trancher la main. L'effort le fit grincer des dents. Denis se rapprocha de lui et il lui sembla qu'Alba retenait son souffle. Ainsi que bon nombre de courtisans autour d'eux qui, sans doute, écoutaient leur conversation depuis le début. Sans doute également percevaient-ils la tension entre les deux hommes, s'en réjouissant. Les courtisans n'aimaient rien tant que les exécutions, à partir du moment où elles ne les concernaient pas.

— Mais vous étiez sans chaperon à ce moment-là, releva Montfort, affirmant sa posture.

Arthus, à bout de patience de se voir ainsi pris à partie devant la cour, attaqua :

— Vous n'avez pas confiance en moi, vicomte ?

— Ah, ah, ah… je n'ai confiance en personne, baron, tenez-vous-le pour dit ! Quant à vous, ma dame…

Montfort s'interrompit. Arthus eut le sentiment que son cœur allait se décrocher et sa main se crispa de nouveau sur la garde de son épée. Si Montfort lui faisait du mal, il lui rendrait gorge !

— … vous allez devoir vous faire pardonner, termina-t-il avec un rire gras.

Il s'inclina devant la jeune femme.

— Avec une danse ! Troubadours, un air de fête pour ma promise ! brailla-t-il en se saisissant de la main d'Alba.

Il l'entraîna à travers la salle en direction du groupe de musiciens, suivi par ses courtisans. Arthus ne quitta pas le couple des yeux, s'attendant à ce qu'Alba se retourne pour lui faire l'offrande d'un dernier regard, mais elle n'en fit rien. Avec raison. Elle détenait la raison, non lui ! Lui, qui ne cessait de la désirer malgré ses mises en garde. S'il s'écoutait, il fuirait encore, ou tuerait Montfort, mais dans un sens comme dans l'autre, il finirait mal. S'il repartait en Terre sainte, c'était pour n'en plus jamais revenir. Il chercherait la mort là-bas, l'absolution de ses péchés, trouvant sans doute l'une mais certainement pas l'autre. Il convoitait la femme d'un autre homme… il était maudit. Il se damnerait davantage, il donnerait son âme au diable pour pouvoir posséder cette femme qui le hantait.

La musique s'éleva.

Il avança vers le lieu de danse, vit Alba s'incliner devant Montfort dans une gracieuse révérence. Dans sa robe bleue qu'il lui avait déjà vue, un voile blanc sur sa chevelure d'ébène, retenu par un cercle d'or, elle était belle. Magnifique. Remarquable.

— Je ne peux que te conseiller la prudence, Arthus, murmura Denis à ses côtés, qu'il n'avait même pas perçu lui emboîter le pas tant il avait l'esprit accaparé par Alba. Montfort est peut-être fat, mais loin d'être idiot.

— Je sais…, souffla-t-il de la même façon.

— Tu vas avoir des ennuis si tu t'obstines !

— Je sais…

— Oublie-la !

— Je sais ! souffla-t-il encore, plus durement.

Il savait tout cela, mais ne le pouvait ! Il l'aimait trop ! Ils étaient destinés l'un à l'autre de toute éternité, leurs âmes étaient faites pour s'aimer. Il n'y avait maintenant plus qu'elle, il n'y aurait plus qu'elle, jusqu'à la fin. Il n'avait pas menti, il ne prendrait pas femme et n'aurait pas de descendance. Que lui importait de toute façon, il ne possédait pas de terres où installer sa famille ; il serait obligé de vivre de la bonté de son frère. Avec Alba à ses côtés, il lui aurait demandé hospitalité, avec elle, il se sentait capable de tout, prêt à tout, prêt à tout supporter, avec une autre femme, non. Ce serait donc la Terre sainte !

Il contempla les couples évoluer en ronde, les mains liées.

Arthus n'était pas friand de ces danses même s'il s'était découvert récemment un intérêt pour la musique occitane, enjouée, envolée, excitante – *branle double* ou autre –, mais il aurait donné tout ce qu'il possédait, même si c'était peu, pour avoir entre ses doigts ceux d'Alba, pour savourer son sourire, son visage radieux, et ses petits sauts lorsque c'était le moment. Après la ronde, les danseurs s'unirent deux par deux. Avant. Arrière. Demi-tours. Petits sauts. Ronde encore… Alba était radieuse, les joues colorées, le souffle court. Elle ne cessait de sourire et Montfort ne la quittait pas des yeux, tout comme les autres hommes, se rendit compte Arthus.

Ses entrailles se serrèrent.

Comme il aurait voulu que les sourires d'Alba ne soient que pour lui et seulement pour lui. Comme il aurait voulu la voir s'échauffer, contempler sa gorge monter et descendre au rythme de son souffle, qu'il sentirait ensuite sur sa peau lors des face-à-face… Dieu, comme il aurait aimé cela. Alors certes, il pourrait participer à la danse mais avait peur de se dévoiler s'il s'y risquait. Il ne pourrait dissimuler sa fascination pour Alba, son intérêt… sa passion.

— Es-tu toujours décidé à m'accompagner en Terre sainte, cousin ? demanda-t-il abruptement.

— Bien sûr, pourquoi ne le serais-je plus ?

— Tu pourrais avoir le dessein de prendre femme et de t'installer dans ta famille.

Celle de Denis résidait sur les terres de Turenne, non loin de la demeure ancestrale d'Arthus ; un bout de terre que le père d'Arthus avait donné à son frère. Denis était un deuxième fils, comme lui, il ne possédait pas ses propres terres à moins de les réclamer à son aîné avec lequel il ne s'entendait pas. C'était dire qu'il n'en avait aucune envie. Sa mère, morte depuis bien des années, ne pouvait intercéder en sa faveur. Et sans terres, pas question de prendre femme !

— Tu sais bien que non ! finit par dire Denis. Je préfère mille fois repartir et m'installer à Jérusalem.

— Tu vivrais là-bas ? s'étonna Arthus.

— Pourquoi pas ? Il n'y a rien pour moi ici. Nous pourrions faire commerce, qu'en penses-tu ?

— Oui… pourquoi pas…, dit Arthus à son tour.

Cette proposition réclamait réflexion. S'il ne pouvait avoir Alba autant, comme le suggérait Denis, prendre racine en Terre sainte. Peut-être pourrait-il alors l'oublier, en s'abrutissant de travail. Le commerce n'était pas affaire de chevalier, mais là-bas, qui s'en soucierait ? Ils seraient libres de faire comme bon leur semblerait…

— C'est une excellente idée, Denis ! se ravisa-t-il en posant la main sur l'épaule de son cousin. Et je te remercie de l'avoir eue pour nous deux. Nous allons donc nous dépêcher de mettre fin à ce siège de malheur et nous préparer au départ. Bon Dieu comme j'ai hâte !

Ce fut à cet instant qu'il croisa le regard d'Alba, brièvement, avant qu'elle ne se détourne pour accepter le gobelet que lui tendait Montfort. Elle y trempa les lèvres. Arthus avait remarqué qu'elle mangeait peu et buvait encore moins. Des restes du couvent, certainement, où l'on devait peu profiter des joies de la vie. D'où, sans doute, son air austère, parfois. Elle n'avait pas dû rire souvent, les sœurs n'entendant rien à la gaudriole.

Oui, elle était farouche, méfiante, apeurée parfois, mais elle pouvait également s'enflammer. Il en voulait pour preuve la façon dont elle répondait à ses baisers. Il entendit encore à ses oreilles le doux son de sa voix altérée, ses gémissements, et il lui fallut toute sa volonté pour empêcher son membre d'enfler dans ses chausses.

Arthus ne cessait d'observer Alba, se gavant de son image pour s'en souvenir lorsqu'il partirait et devrait vivre sans elle. Son cœur se déchira. Une fois de plus, il eut envie de pourfendre Montfort afin de prendre sa place. Cet homme ne la rendrait pas heureuse, il en était persuadé. Lui seul le pouvait ! De cela également il était persuadé. Elle partageait ses sentiments, alors pourquoi persistait-elle à épouser Montfort tout en sachant qu'il n'était pas l'homme qui lui convenait ? Pour sa famille ? Une famille qui en pâtirait si elle venait à refuser l'union ? Pour récolter des privilèges ? Pour d'autres raisons dont il ignorait tout ? Elle y était obligée, cela était certain. Elle lui avait avoué ne pas avoir le choix ! Pourquoi ? Les femmes n'avaient pas leur mot à dire dans les projets de mariage qui la plupart du temps se faisaient pour des alliances ou des terres. Mais son oncle lui avait paru quelqu'un de sensé, il devait avoir à cœur le bonheur de sa nièce. Mais comment savoir ? Sans doute entrevoyait-il ce que ce mariage lui apporterait comme privilèges. Être parent avec quelqu'un de la trempe de Montfort était lucratif ! Sans parler du fait qu'ils seraient à l'abri de l'Inquisition… mieux valait avoir le vicomte comme ami que comme ennemi. Arthus avait encore eu vent – par Olivier, son valet – des tortures qu'il faisait infliger aux hérétiques ou à ceux qui les aidaient et soutenaient. Des familles influentes de la cité commençaient à râler. Selon ces gens, les arrestations étaient arbitraires, sans aucun fondement, Montfort et les dominicains voulant se débarrasser des opposants et des riches afin de s'octroyer leurs biens.

La belle aubaine…

Arthus aurait parié que le roi de France ignorait tout de ces débordements. Encore plus le Saint-Siège. Pour en revenir à l'oncle d'Alba, Arthus ne pouvait s'ouvrir à lui et lui dire qu'il aimait la jeune femme ; il les mettrait tous en danger. Ne supportant plus le spectacle de la femme de ses douces pensées auprès de Montfort, il ne vit qu'une solution :

— Si nous allions vider notre trop-plein de fougue dans une taverne de la cité, mon cousin ?

— Tu as décidé d'oublier la belle Alba en compagnie d'une catin ?

— Qui parle d'une seule ?

Denis lui tapa dans le dos.

— Je te retrouve enfin, cousin !

Ils tournèrent le dos à l'assemblée, et allaient pour s'échapper discrètement lorsque la voix de Montfort leur parvint :

— Mes amis ! J'ai une excellente nouvelle à vous annoncer. La semaine prochaine, nous prendrons le chemin pour Montségur ! Que ceux d'entre vous qui veulent nous accompagner m'en fassent la demande. Lorsque les hérétiques verront la force de notre armée, ils trembleront ! Sus à Montségur ! hurla-t-il en levant le poing.

Arthus se retourna, contempla la scène.

— Sus à Montségur ! hurlèrent les courtisans pour aussitôt s'empresser autour du vicomte.

Il vit alors qu'Alba posait la main sur le bras de Montfort.

— Mon seigneur, acceptez que je vous accompagne, ainsi, nous ne serons pas séparés.

Montfort la dévisagea.

— Je vous ai fait la promesse de vous suivre où que vous alliez, insista-t-elle. C'est mon plus cher désir que de voir la forteresse tomber. Je prie pour cela tous les soirs.

Montfort lui caressa la joue.

— Ma mie, vous êtes décidément faite pour moi… vous m'accompagnerez ! assena-t-il après quelques secondes de silence. Ainsi que votre oncle et vos cousins !

Balthazar et Ciprian plièrent l'échine.

— Nous sommes à votre entière disposition, seigneur !

— Moi aussi, vicomte, mon épée est vôtre ! entendit Arthus de toute part.

Il n'écoutait plus.

Il avait perçu les yeux brillants d'Alba et le sourire de satisfaction qui avait pris possession de son visage le dérouta.

— Restons encore, souffla-t-il à son cousin. Je dois lui parler…

Nul n'était besoin de préciser avec qui.

— Mauvaise idée, Arthus !

Il le fallait ! Elle pourrait être blessée. Une femme n'avait rien à faire sur le champ de bataille !

Il la vit s'incliner devant Montfort, traverser la salle et emprunter l'issue.

— Nous nous verrons plus tard, s'empressa-t-il de dire à son cousin qui poussa un soupir mais ne chercha pas à le retenir, avant de la suivre à distance.

Elle était seule, il allait en profiter.

Il la suivit, mesurant ses pas, s'obligeant à paraître détaché alors qu'il mourait d'envie de lui courir après, salua les personnes qu'il croisait.

Alba emprunta l'escalier menant à l'étage.

Suivant sa silhouette, il fit de même. Ils longèrent le couloir qui menait à ses propres quartiers qu'il partageait avec ses amis. Arthus s'assura qu'ils n'étaient pas suivis et au moment où Alba s'apprêtait à entrer dans ses appartements, il courut à elle.

Le bruit de ses pas lui fit tourner la tête.

— Arthus ?

Elle regarda en tous sens, apeurée.

— Vous ne devriez pas être là ! Si l'on nous voyait ?

— Je ne serai pas long ! Pourquoi demander à nous accompagner ?

— Comment cela, je ne comprends pas…

Elle était très douée pour ne comprendre que ce qu'elle voulait.

— Ne faites pas l'innocente ! Pourquoi venir à Montségur ? Vous pourriez très bien attendre son retour !

— Je ne crois pas que cela vous regarde !

— Et moi je ne crois pas que vous souhaitiez passer du temps avec lui ! s'entêta-t-il.

— Seriez-vous jaloux, baron ?

Elle se gaussait.

— Vous savez bien que je le suis ! Ne vous ai-je pas assez donné de gages de mon attachement ?

— Alors vous me protégerez ! murmura-t-elle. Car mon plus cher désir est de… de voir les hérétiques tomber, comme je l'ai dit au vicomte.

— En êtes-vous bien sûre ?

— Je le suis et rien ni personne ne me fera changer d'avis. Pas même vous, termina-t-elle d'une voix douce, dans laquelle Arthus perçut de la douleur.

Il continua de la dévisager avidement alors que les yeux de la jeune femme s'emplissaient de larmes. Il pouvait ressentir son désarroi, sans qu'il en connaisse les raisons, comme si… comme si son propre cœur savait, comprenait et souffrait lui aussi.

Il s'avança, doucement, comme il le ferait d'une biche aux abois. Comme elle ne reculait pas et le regardait avec ses grands yeux emplis d'une lumière qui lui serra les entrailles, il la prit dans ses bras et la serra contre lui. Si fort qu'il pourrait la broyer. Elle s'accrocha à ses épaules, nicha son visage dans son cou. Il inspira l'odeur de sa peau, la main posée sur sa nuque, sous ses cheveux, des cheveux aussi doux que le plus doux des tissus. Ils ne dirent mot, mais leur étreinte valait tous les discours. Leurs corps avouaient leur attachement, leurs sentiments l'un pour l'autre, la force de leur désir, la souffrance de ne pouvoir s'appartenir.

— Je vous aime, s'entendit-il murmurer, le cœur en charpie.

— Je vous aime aussi, Arthus, souffla-t-elle dans un sanglot déchirant.

Il prit son visage en coupe, gémit :

— C'est vrai, vous m'aimez vraiment alors ?

— Oui, Arthus, je vous aime. Et je vous aimerai toujours… jusqu'à mon dernier souffle.

Il lui saisit la main, éperdu.

— Alors soyez à moi. Maintenant ! supplia-t-il.

— Non, mon tendre amour, c'est impossible, je vous l'ai dit. J'ai des obligations, des devoirs, cela me crève le cœur mais je ne serai jamais à vous véritablement. Mon cœur vous appartiendra, mon âme également, mais pas mon corps.

Il crut que son propre cœur allait s'échouer à ses pieds.

Il avait pensé, une infime seconde, toucher du doigt le paradis, et la chute était terrible. Des larmes mouillèrent ses yeux sans qu'il puisse les retenir, lui qui n'avait jamais pleuré, ni lorsque son père était mort dans ses bras, ni lorsqu'il avait quitté ses terres et s'éloignait de la femme qu'il aimait jadis. Jamais il n'avait éprouvé si grande souffrance. À tel point que le souffle lui manqua.

Alba lui passa la main sur la joue, recueillit avec son pouce la larme qui lentement s'écoulait, ses propres yeux brillants de l'eau qu'elle retenait, les lèvres tremblantes.

— Mon amour, ne put-il s'empêcher de murmurer.

Sa gorge se serra douloureusement.

Que dire, comment lui exprimer la force de ses sentiments ? Comment la faire venir à lui alors que c'était impossible ? Leur amour était impossible. Et son intensité ne s'en trouvait que plus ardente.

— Je ne peux vivre sans vous.

Ce fut comme un sanglot, un cri du cœur. Ce cœur qu'elle n'avait jamais cessé de maltraiter mais qu'elle détenait entre ses mains.

Elle appuya davantage sa paume sur sa joue, prit possession de ses prunelles, s'y abîma.

— Il le faudra, mon amour. Nous ne sommes pas destinés à être ensemble. Je ne peux être avec aucun homme…

— Comment cela ? Et Montfort ?

Il en perdait son entendement.

Que voulait-elle dire ?

— Je ne peux vous en dévoiler davantage, mon aimé. Je ne peux que vous enjoindre, comme je l'ai déjà fait, à m'oublier…

Arthus resta coi de surprise, à tel point que lorsque la jeune femme déposa un furtif baiser sur ses lèvres avant d'entrer dans sa chambrée et d'en refermer la porte, il n'eut aucun geste pour la retenir. Il s'apprêtait à tambouriner au vantail afin d'obtenir des éclaircissements quand des voix se firent entendre dans l'escalier. Il reconnut ses compagnons, secoua la tête, rebroussa chemin.

— Je vous cherchais ! s'écria-t-il, faussement enjoué.

— Ah, ah, tu tombes bien, nous aussi ! renchérit Charles de La Tour d'Auvergne. Si nous allions finir la soirée dans une taverne ? Ça manque de vin par ici !

— C'était justement là mon idée ! s'amusa Arthus.

— Alors, qu'attendons-nous ? s'écria à son tour Denis

qui le prit par le bras, après un bref regard auquel Arthus répondit d'un hochement de tête.

Tout en se laissant emporter par ses compagnons, il se fit la promesse de découvrir le fin mot de l'histoire en ce qui concernait Alba. Et de la délivrer de ses serments, quels qu'ils soient.

Chapitre 19

Castrum de Cazilhac, 31 janvier 1244

Clara, la fidèle servante, entra en trombe dans la chambre d'Alba.

— Votre promis arrive, ma dame…

Le cœur de la jeune femme manqua quelques battements.

Le moment était venu.

Enfin…

Cette semaine n'en finissait pas tant elle l'attendait avec impatience et fébrilité. Elle n'avait que très peu dormi, se tournant sans cesse sur sa couche. Dans la brume de son esprit, tout se mêlait, Arthus, le vicomte, son père, Montségur… Et lorsqu'elle réussissait à trouver le sommeil, elle se réveillait, en larmes, imaginant son cher père en proie au bûcher, son pauvre corps léché par les flammes, sa peau coulant comme cire. Son sommeil étant tellement agité, elle interdit à Clara de partager sa chambre de peur de dévoiler ses intentions dans ses songes, ainsi que sa véritable identité, sa foi… Clara était une brave fille, elle ne ferait pas de mal à une mouche, mais Alba ne pouvait se fier à personne.

Elle en avait déjà trop révélé à Arthus ; Arthus, à qui

elle n'arrêtait de penser. Il emplissait ses pensées le jour, en plus de ses rêves. Il était partout, tout le temps. Que lui avait-il pris de lui dire qu'il n'y aurait aucun autre homme que lui ? N'était-elle pas folle ! Le pauvre n'avait dû rien comprendre et Alba doutait d'avoir en définitive soulagé sa peine de la voir appartenir à quelqu'un d'autre. Le connaissant, enfin… le peu qu'elle connaissait de lui, il chercherait à comprendre, il la questionnerait, il insisterait, lui ordonnerait de s'expliquer et elle s'apprêtait à livrer bataille, car elle ne pouvait se confier à lui. Cela également serait trop risqué même s'il l'avait assuré de son amour. Que deviendrait-il, cet amour, s'il apprenait la vérité la concernant ? Que ferait-il ? La jeune femme se posait cette question par le passé et se la posait encore, mais incapable d'y répondre, elle préférait se taire. Du moins, point trop en dire. Néanmoins, ce jour-là, avec Arthus, elle commit une erreur, une erreur qui pourrait leur coûter cher, à elle et à sa famille ; elle n'était pas seule dans l'histoire !

— Pressez-vous, ma dame, s'écria Clara en s'affairant autour de la malle pourtant prête depuis la veille. Vous ne voudriez pas faire attendre le vicomte.

— Le vicomte attendra le temps qu'il faudra, bougonna-t-elle entre ses dents serrées.

— Vous dites ?

— Rien, Clara, rien…

Elle revêtit sa cape fourrée, s'empara de ses gants de peau qu'elle enfila avec lenteur.

Elle était pressée d'être à Montségur, mais d'une autre manière non, car leur arrivée signerait la reddition de la forteresse. Comment lutter contre l'armée du vicomte, alliée à celle des croisés ? Ils seraient nombreux au pied des murs. En outre, elle ignorait leurs desseins – Ciprian se renseignerait pour elle –, tout comme elle ignorait comment elle-même procéderait pour approcher son père et ses amies. Mais peut-être avaient-ils tous fini par fuir la citadelle par le passage secret ? En tout cas, certains d'entre eux. Elle l'espérait, mais rien n'était moins sûr, la plupart resteraient jusqu'à la toute fin, c'était une question d'honneur. Les chevaliers comme son père pour défendre la forteresse, les croyants parce qu'au-dehors, ils seraient pourchassés de la même manière, à moins d'avoir des appuis, de pouvoir se cacher, et suffisamment d'argent pour rejoindre l'Italie. Néanmoins, elle inciterait son père et ses amies à partir. Comment ? Elle l'ignorait ! Elle trouverait bien le moyen… mais se devrait d'être discrète. Sinon, cela en serait fini d'elle ! Et de sa famille…

— Descendez, ma dame, sans vouloir vous commander ! la pressa encore la domestique. Ils doivent déjà tous vous attendre dans la cour. Je vous ferai porter la malle par les valets.

Alba acquiesça mais au lieu de sortir de la pièce, elle s'approcha de Clara et la prit dans ses bras. La servante, bien qu'un peu empruntée, répondit à son étreinte.

— Tu vas me manquer, murmura-t-elle, la voix cassée, après avoir repris un peu de distance.

Clara n'avait pas été autorisée à accompagner sa maîtresse ; Montfort lui allouait une domestique de sa maison, très certainement un cerbère qui lui rapporterait tous ses faits et gestes. Alba n'avait pas rechigné. Peu lui importait en définitive, elle ne voulait pas penser à *l'après Montségur*, elle improviserait le moment venu. Tellement d'événements pouvaient survenir d'ici là ; elle ignorait même si elle en sortirait vivante et si c'était le cas, ce qu'elle ferait ensuite. Elle épouserait Montfort, elle n'aurait pas le choix, encore pour la sécurité de sa famille. Mais pour cela, il fallait qu'il ignore sa trahison, il fallait que son père ait accepté de s'enfuir et soit sauf, ses amies, quant à elles, resteraient maîtresses de leur destin.

De ce fait, la décision de Montfort d'attendre la fin du siège pour les épousailles l'avait ravie ; le piège de cette union s'éloignait. Elle était d'autant plus ravie qu'elle était arrivée à ses fins : le vicomte avait accepté qu'elle l'accompagne à Montségur. Quant à Arthus, elle se refusait à se noircir l'esprit à son propos, elle souffrait bien assez comme cela depuis qu'elle s'était avoué ses sentiments à son égard, et les lui avait avoués par la même occasion. Ce qu'elle regrettait amèrement. Elle n'aurait pas dû… elle avait été faible une fois de plus et se sentait indigne de sa foi ; son corps avait des faiblesses, ce qu'elle avait beaucoup de peine à se pardonner, elle se pensait au-dessus de ce genre d'élan. Et pourtant, elle avait lutté. À croire que le corps était plus fort que l'esprit ! Qu'il avait ses propres désirs et torturait l'âme.

— Vous aussi, vous allez me manquer, répondit Clara, les larmes aux yeux.

Alba serra entre ses doigts les épaules de sa servante.

— Je te prendrai à mon service dès que je le pourrai, j'en ferai la demande au vicomte et je suis persuadée qu'il acceptera. Nous nous reverrons bientôt, Clara.

— Je l'espère, ma dame, Dieu vous garde.

— Dieu te garde aussi, ma bonne…

Quitter Clara, sa gentillesse, sa présence et son dévouement, son oncle et sa tante, la sécurité de leur foyer ainsi que son amie Flora qu'elle avait vue tous les jours et qui n'avait que son futur mariage avec Ciprian à la bouche – ce dernier les rejoignant la plupart du temps – lui déchirait les entrailles. Comme il était bon de les voir amoureux, de les voir s'enlacer et s'embrasser lorsqu'ils savaient que personne ne les verrait ; cela mettait du baume sur son cœur douloureux. Alba priait également tous les jours pour réussir dans son entreprise et qu'ils aient le droit de s'aimer. Elle ignorait quand elle ferait la demande au vicomte de laisser ces deux-là se marier, de favoriser l'amour plutôt qu'un vil arrangement… après tout, ne vivait-il pas au pays de la *fin'amor* ? Il devait bien subsister une once de plaisant en lui, une once de bienveillance, de bonté d'âme… elle l'espérait si elle voulait le convaincre du bien-fondé de sa requête.

Forte de ces nouvelles déterminations, Alba sortit de sa chambre, suivie de près par sa fidèle servante. Elle dévala l'escalier, pressée maintenant de passer à l'action. Il lui tardait de revoir son père.

— Ah, la voici ! s'extasia le vicomte lorsqu'elle gagna la cour.

Il était en grande conversation avec sa famille au grand complet, tandis qu'un attroupement de chevaliers patientait à quelques mètres. Son regard croisa celui d'un cavalier vêtu de noir de pied en cap : Arthus ! Le souffle de la jeune femme s'altéra tant elle était heureuse de le revoir ; il lui avait atrocement manqué… avant que quiconque se rende compte de son inclination pour le baron, elle se détourna de ses prunelles ardentes et avança vers le vicomte devant lequel elle s'inclina après avoir salué ses cousins, son oncle et sa tante.

— Mon seigneur…

Ce dernier avait revêtu une armure, brillante à souhait, et possédait, autour de sa tête, un épais cercle d'or qui avait tout d'une couronne. À ses côtés se tenait un prêtre à la vêture simple, d'un blanc douteux, sans cape, tonsuré hormis une bande de cheveux noirs laissant le front découvert, les pieds nus dans des souliers à lanières, malgré la froidure, qu'Alba reconnut comme étant le dominicain de Carcassona. Manifestement, lui aussi souhaitait sonner l'hallali[1] des hérétiques.

— Êtes-vous prête, ma mie ?

Alba s'inclina de nouveau, jouant la docilité. Elle avait dès le début décidé de paraître soumise, faible, fragile, ne dévoilant au vicomte son vrai visage que par touches lorsqu'elle avait une requête. Elle se demanda soudain si elle ne ferait pas mieux de faire passer ce monstre de vie à trépas dès qu'elle aurait mis la main sur certaines des plantes renfermées au dispensaire de la forteresse. Une bonne dose de ciguë ou de digitale et c'en serait fini de lui ; pourquoi le garder en vie, cet homme était un monstre, personne ne le pleurerait et la cité serait libérée de son joug. Elle n'avait pas droit à de telles pensées, sa foi lui interdisait de faire du mal à quiconque, mais ce serait justice, non ? Montfort brûlait des cathares, il serait normal qu'il paye pour ses fautes. Alba, depuis tout temps, ne cessait de ressentir cette sorte de… de rébellion en elle que des années de pratique de sa foi avaient amoindrie, mais pas totalement. Sans doute cela venait-il de son enfance, lorsque l'armée croisée les avait forcés, son père et elle, à quitter leur domaine, abandonnant tout derrière eux ; elle ne leur pardonnait pas le sacrifice de sa jument, elle était son amie…

1. Sonnerie qui annonce la mort de l'animal lors d'une chasse.

— Je le suis, mon seigneur ! finit-elle par répondre, s'obligeant à sourire.

— J'ai un cadeau pour vous !

Il fit un signe de tête en direction d'un de ses valets qui sauta à bas de la carriole placée derrière Montfort, la contourna, se saisit de la malle d'Alba qu'un des domestiques du castrum lui tendait, pour ensuite la placer sur le plateau et s'emparer d'une armure.

— Elle est pour vous ! dit Montfort avec emphase lorsque le domestique les eut rejoints.

— Elle est magnifique, mon seigneur ! s'écria Alba.

Elle l'était : rutilante, d'une finesse incroyable et d'une excellente facture, lui sembla-t-il ; un cadeau somptueux. Montfort, manifestement, savait se montrer galant.

— Dois-je la porter pour le voyage ? demanda-t-elle.

— Non, restez ainsi, vous êtes parfaite. Vous l'endosserez lorsque vous rentrerez à mes côtés dans Montségur vaincue !

— Rien ne me ferait plus plaisir, mon seigneur. Si je le pouvais, je prendrais part à la bataille tant je les hais !

Montfort balaya sa remarque d'un mouvement du poignet.

— Nous verrons cela, ma mie, mais pour l'heure, pressons-nous, un long chemin nous attend. Dites adieu à votre tante et partons !

Alba obtempéra et se tourna vers sa tante, qu'elle enlaça.

— À très vite, chère tante, que Dieu vous garde.

— Que Dieu vous garde aussi, ma nièce. Soyez prudente, dit-elle plus bas.

Alba acquiesça d'un signe de tête, serra la main de sa tante puis, après un regard appuyé dans lequel elle tenta de lui faire part de toute son affection ainsi que de sa reconnaissance pour tout ce qu'elle avait fait pour elle, s'en détourna pour saisir la main que Montfort lui tendait afin de l'aider à grimper sur le dos de sa jument qu'un palefrenier de son oncle tenait par les rênes.

Alba soupira discrètement de contentement.

Elle avait craint d'être obligée de monter dans la carriole, où le valet avait remisé son armure ; occupée du matin au soir à la forteresse, et également ici depuis son arrivée, entre les essayages, les cours de maintien, les moments partagés avec ses cousins ainsi que Flora, la jeune femme n'avait pas eu une minute à elle, et cela lui convenait, elle ne détestait rien tant que l'oisiveté.

Elle ignora les prunelles d'Arthus qu'elle sentait peser sur elle et se mit en selle.

— Restez bien derrière moi, ma dame ! lui conseilla Montfort, avant de regarder droit devant et de lever le poing. Sus à Montségur ! hurla-t-il ainsi qu'il l'avait fait au palais une semaine auparavant en lançant ledit poing vers l'avant.

Ses chevaliers reprirent le cri avec puissance.

Les chevaux piaffèrent, aussi impatients que les hommes.

Montfort talonna sa monture, la mit au pas. Alba fit de même. Elle regarda en arrière et vit que ses cousins et son oncle lui emboîtaient le pas, suivis par Ferrer. Elle adressa un geste de la main en guise d'adieux à sa tante ainsi qu'à Clara rejointes par le reste de la domesticité de la maisonnée, curieux de voir la caravane s'ébranler.

Ils traversèrent le groupe des chevaliers qui s'ouvrit devant eux comme une haie d'honneur. Alba se fit violence pour ne pas regarder Arthus dans les yeux lorsqu'elle passa devant sa monture ; elle devait lutter contre ce que lui inspirait le baron, même si elle devait en souffrir le martyre. Il le fallait, cette situation n'avait que trop duré. Elle ne pouvait se permettre de se laisser détourner de ses desseins de sauver son père et ses amies. Elle ne devait plus penser qu'à cela, et rien qu'à cela ! Rien d'autre n'avait d'importance et elle avait bien assez joué avec le feu jusqu'ici. Elle ressentit le feu de ses prunelles sur elle un long moment. Sans doute était-il occupé à l'observer tout en chevauchant avec le reste des chevaliers à leur suite.

Ils sortirent de l'enceinte du castrum, empruntèrent le chemin de droite remontant vers Carcassona qu'elle avait fini par connaître. Au pas… à ce rythme-là, ils allaient mettre des jours pour gagner Montségur. D'autant plus qu'une bonne heure plus tard, ils rejoignirent le reste de la caravane qui les attendait : chevaliers armés de lances, de lourdes épées et de boucliers, valetaille – dont certainement les femmes à son service –, prêtres à pied, carrioles de vivres, d'autres de tentes et de mobiliers, ainsi que d'autres encore de monceaux de pièces de bois et d'armes de toutes sortes.

Elle se pencha sur sa selle, demanda :

— Qu'est-ce que tout ceci, mon seigneur ?

— De quoi construire plus de trébuchets à contrepoids ! répondit Montfort en tournant la tête vers elle.

Alba fit avancer sa jument pour se porter à sa hauteur.

— Je suis tellement impatiente que je n'y tiens plus. Me direz-vous comment nous procéderons ? interrogea-t-elle encore, voulant en apprendre davantage sur le siège pour se préparer au mieux.

Alors qu'elle pensait que le vicomte refuserait de se confier afin de ne pas dévoiler leurs plans de bataille, il la surprit en répondant à sa requête :

— Le baron de Turenne a eu une lumineuse idée,

passer par l'autre versant de la roche ! s'anima-t-il, comme si l'idée en question venait de lui. C'est dangereux, risqué, mais je suis de son avis, notre victoire est à ce prix.

Alba sentit son cœur devenir douloureux.

L'idée venait de lui !

Elle eut une bouffée de ressentiment, avant de comprendre qu'il pourrait mourir dans cette entreprise. Le versant nord était abrupt, constitué de rochers pointus certainement encore recouverts de neige. Ce qui les obligerait peut-être à attendre le printemps, mais peut-être pas afin de prendre la forteresse par surprise… amour et haine se partagèrent une nouvelle fois ses pensées… il aurait mieux valu pour elle qu'elle continue à le détester et ne se laisse pas séduire. La culpabilité la rongea. Elle n'aurait jamais dû se laisser charmer, ni l'approcher plus que nécessaire, il était du nord, il était l'ennemi, rien de bon ne pouvait venir de lui ! Elle aurait dû davantage se méfier.

Pourquoi avait-il fallu qu'elle succombe ? Qu'elle goûte à ses lèvres ? Qu'elle le laisse presser son corps viril contre le sien, faisant d'elle une débauchée, lui faisant ressentir des émois indignes d'elle ?

Alba chassa ses pensées intimes au prix d'un violent effort.

— … cet homme est un envoyé de Dieu ! entendit-elle.

Un envoyé du diable, plutôt, selon elle. Séduisant, fourbe, rusé… à la beauté ensorcelante… c'était la réflexion qu'elle s'était faite la première fois qu'elle l'avait vu, avant de malgré tout succomber à son attirance et sa détermination à la séduire. Quoi de plus étonnant, vu que le fourchu était son maître ! Pourquoi, grands dieux, n'avait-elle pas continué à le haïr ?! Mais le mal était fait, elle le savait, Arthus avait touché son cœur, s'y était fait une place. Une place qu'elle se devait de détruire même si elle devait pour cela se l'arracher et être malheureuse jusqu'à la fin de ses jours. Une fois de plus, elle se sermonna pour retrouver la raison et pour, de nouveau, ignorer le baron ou en tout cas, le côtoyer le moins possible.

Elle réussirait…

Il lui suffirait pour cela de rester dans l'ombre du vicomte et de se comporter en promise digne de ce nom. Arthus comprendrait que sa faiblesse à son égard lui était passée. Ces décisions lui furent aisées alors qu'elle chevauchait loin de lui, mais dès lors qu'il se retrouva sous la tente du vicomte – elle-même possédait sa propre tente juste à côté, où l'attendraient ses servantes, dont son chaperon, qu'elle avait sommé de ne pas l'accompagner –, pour partager son repas avec ses compagnons et le commandant du premier siège, Des Arcis, il lui était ardu de ne pas le dévisager. D'autant qu'il avait pris place en face d'elle, comme un fait exprès. Sans cesse leurs regards se croisaient, et même si la jeune femme détournait aussitôt le sien, elle n'avait pu empêcher ses joues de s'empourprer. Il lui avait même semblé sentir un effleurement sur son mollet. Qui avait enflammé ses sens.

Le destin se jouait d'elle !

Arthus aurait pu se trouver au-dehors, près des feux, avec les autres chevaliers de moindre importance, mais que nenni, il avait fallu qu'il fasse partie des invités de marque. Tout cela parce qu'il était à l'origine de cette fameuse idée de contourner la montagne ! Elle aurait voulu lui crier ce qu'elle pensait de lui et de son idée, mais ne le pouvait. Cela la rendait folle et elle ragea à la pensée de passer toutes ses veillées en sa compagnie. Aussi, dès qu'elle eut fini de se sustenter avec frugalité, prit-elle congé de Montfort et de ses hommes, prétextant l'épuisement. Et certes, elle était fourbue. Lutter contre ses démons lui mettait les nerfs à vif, néanmoins, même ivre de fatigue et dépourvue de forces, elle s'obligea à ne dormir que par touches, afin de ne pas prendre le risque de révéler ses secrets durant son sommeil. Elle finirait à bout, mais finirait tout de même… elle s'en fit la promesse. Malgré elle, cette nuit-là, elle sombra. Et fut la proie d'un cauchemar, d'un terrible cauchemar dans lequel Arthus la condamnait comme hérétique et enflammait le bûcher sur lequel elle était ligotée, en riant à gorge déployée et hurlant à l'instar de Montfort : « Une de moins ! » Elle en sortit baignée de sueur, mais fort heureusement, son cerbère, ronflant au pied du brasero, ne l'entendit pas.

Au petit jour, il leur fallut repartir.

La colonne s'étirait sur des lieues. Les animaux fuyaient devant le vacarme tandis que les villageois, le long du chemin, les regardaient passer avec avidité. Certains les encourageaient, d'autres, leur curiosité assouvie, rentraient chez eux et barricadaient leurs portes. Ciprian lui confia, au deuxième jour, alors qu'il chevauchait près d'elle – Montfort s'entretenant avec Ferrer et les ayant distancés –, que ce dernier n'avait donné aucune consigne concernant la population.

— Qu'est-ce que cela veut dire ?

— Cela veut dire que les chevaliers peuvent piller et violer selon leur bon vouloir.

— Mais… l'armée est conséquente, elle va faire des ravages, s'offusqua Alba. Ces pauvres gens n'ont déjà plus rien…

— Montfort ne peut pas tous les rétribuer, il ne le fera que pour ses plus importants vassaux, ceux qui lui apportent le plus d'hommes, les autres se payeront sur les villages ainsi que sur ces pauvres gens.

— C'est monstrueux…

Ciprian détourna le regard, mais Alba eut le temps de remarquer ses traits assombris. Son cousin partageait son sentiment, mais qu'en était-il de Balthazar et de son oncle ? Feraient-ils partie de ceux qui opéreraient des razzias la nuit, dès la fin de l'installation du camp ? Laisseraient-ils parler leurs plus bas instincts, prétextant qu'ils partaient en guerre ? Si les hommes ne souhaitaient que s'enivrer et forniquer, passait encore, mais piller… violer… cela, non, Alba ne le pouvait tolérer et elle souhaita, de tout son cœur, que les hommes de sa famille ne prenaient pas part à ces infamies.

Hélas, elle avait pu constater, depuis sa sortie de Montségur, que le monde extérieur était toujours sans pitié, ce dont elle avait déjà pris conscience dans son enfance. Dame Corba lui avait narré les condamnations, les bûchers, les persécutions, mais elle ne se rendait pas compte. Là, elle avait vu de ses yeux de pauvres hères brûler, elle avait vu leurs corps s'embraser, elle avait senti l'odeur… à jamais prisonnière de son esprit, tout comme celle de sa jument…

— Attendez-vous également à voir s'élever quelques bûchers, je doute que Montfort n'en réclame pas et Ferrer se fera un plaisir de répondre à ses désirs.

Alba n'avait pas pensé à cette éventualité.

Elle serait encore aux premières loges, pour son plus grand désespoir. Elle allait devoir une nouvelle fois dissimuler ses ressentis, et pria pour que son visage ne reflète pas son aversion, et pour ne pas s'évanouir, ou pire, rendre son estomac, ou Montfort la soupçonnerait… ne l'avait-elle pas assuré qu'elle haïssait les hérétiques ? Elle aurait mieux fait de garder cela pour elle et continuer de se faire passer pour une âme sensible. Après tout, ne sortait-elle pas tout juste du « couvent » ?

— Vous devrez m'aider, Ciprian, je ne pourrai pas.

— Vous feindrez l'épuisement, comme hier, au dîner…

Oui, elle feindrait l'épuisement, ce qui était une vérité, elle luttait contre des étourdissements depuis de longues heures. Et ce chemin qui n'en finissait pas… chemin qu'elle connaissait déjà pour l'avoir parcouru avec Mathurin.

Sans doute se résoudrait-elle à demander une carriole où s'allonger pour prendre quelque repos, ou lorsqu'elle arriverait à Montségur, elle n'aurait plus la force de rien.

La tristesse l'envahit.

Et elle ne cessait de penser à Arthus, malgré toute sa volonté de n'en rien faire. Elle avait des sentiments pour le baron, sentiments qui ne s'évanouiraient pas de sitôt, elle en avait bien peur.

— Vous avez raison, je vais demander une charrette où m'installer pour dormir, ainsi, les heures défileront peut-être plus vite…

Parce que là, elle vivait un calvaire.

De plus, dormir lui éviterait de penser et de se torturer au sujet du baron.

Elle talonna sa monture pour rejoindre Montfort.

— Pourrions-nous faire une halte, mon seigneur, j'aimerais m'allonger un moment si cela était possible. Je n'ai pas beaucoup dormi la nuit dernière…

Montfort tourna la tête, lui adressa un sourire.

— Bien sûr, ma dame, il en sera fait selon vos désirs.

Alba reprit espoir.

Les dispositions du vicomte envers sa personne étaient de bon augure pour la suite…

Il éleva le poing. La colonne s'arrêta et il l'accompagna lui-même à la charrette contenant leurs effets. Là, elle s'allongea et à peine les chevaux reprirent-ils leurs pas qu'elle sombrait déjà.

Chapitre 20

Montségur, 16 février 1244

Les jours s'étirèrent, tristes et mornes, sans rien de notable. Ils avaient quitté le castrum de son oncle depuis plus de deux semaines et, à la grande satisfaction d'Alba, il n'y avait pas eu de réjouissances. La jeune femme avait passé la majeure partie de son temps dans la charrette, à penser, tournant et retournant ses plans dans sa tête, jusqu'à la nausée. Plus elle avançait vers Montségur et plus l'appréhension la tenaillait. Sans relâche. Et soudain, alors que sa charrette grimpait la sente, des voix, devant, s'élevèrent. Puis des cris, des hourras. Cela ne pouvait dire qu'une seule chose : Montségur était en vue. Et le haut de la colonne s'en réjouissait.

Alba entendit des acclamations autour d'elle.

Puis les croisés se réjouirent de ce qu'ils imposeraient aux hérétiques, des femmes qu'ils se mettraient en joie de forcer, pour ensuite les brûler. Qu'Alba pût les entendre ne les arrêtait pas. Ils s'en moquaient. De toute manière, les femelles, comme ils les appelaient, ne représentaient rien pour eux, rien d'autre que des sources de plaisir… ces hommes étaient des brutes, des monstres… et aux détails qu'ils énumérèrent, la jeune femme comprit que ce ne serait pas la première fois qu'ils s'adonneraient à de telles infamies. Ciprian lui avait confié que Montfort avait fait appel à des mercenaires, des êtres sans foi ni loi, des sanguinaires. Mais à la vérité, ils se valaient tous. Arthus serait-il de ceux-là ? Torturait-il, lui aussi ? Prenait-il les femmes de force ? S'en gaussait-il ensuite, avec ses compagnons ? Alba ne pensait pas que le baron appartenait à cette race d'homme, il était un homme d'honneur et vu sa beauté, il n'avait aucun besoin de forcer une femme à se donner à lui, mais comment savoir ? Dans le feu de l'action… mû par la toute-puissance du conquérant… dans ces cas-là, les plus faibles subissaient le joug : les femmes, les enfants, les vieillards…

Alba se força à ne plus écouter, ferma son esprit à ce qui l'entourait.

Et aussi soudainement que les cris de liesse et d'excitation s'étaient élevés précédemment, la citadelle lui apparut, plantée sur son piton. Magnifique. Majestueuse. Comme un pied de nez aux croisés à qui elle avait résisté jusque-là. La neige avait déserté les hauteurs, le sol était trempé et des nuages, lentement, s'étiolaient. L'air sentait l'humidité, l'humus, l'herbe était haute alentour ; il avait dû pleuvoir… au moins, *ils* auraient de quoi s'abreuver durant quelques jours. Alba songea à son père… il devait être sur la muraille, avec les autres chevaliers défenseurs. À quoi pensait-il à cet instant en voyant l'armée approcher et s'installer sur-le-champ petit à petit à ses pieds ? Les tentes des chevaliers les plus fortunés s'élevaient déjà, montées par les valets, tandis que ces derniers se regroupaient autour des feux des premiers croisés qui, en liesse, les accueillaient.

Tout en les observant, Alba descendit de la charrette, avant que son cerbère, dame Julianne – nourrice du vicomte –, ne vienne l'en prier. Elle détestait cette femme ! Elle était mauvaise, sournoise, autant que son maître, et Alba ne pouvait pas faire un pas sans qu'elle se retrouve dans son sillage. Elle avait des ordres, très certainement ! Elle ne la laissait tranquille que lorsque Alba était avec le vicomte qui avait pris l'habitude, comme le premier soir, de la convier à sa table. Il voulait l'avoir à ses côtés. Elle s'efforçait à la gracieuseté, répondait à ses avances sans détourner les yeux ; elle était passée maître en la matière. Sachant qu'elle aurait tout pouvoir sur lui, elle ne le craignait plus. Et au demeurant, il se comportait correctement, sans jamais abuser de boissons. Il avait coutume de dire qu'elle le rendait meilleur, que sa pitié jouait sur son humeur. Ce fut lors d'un de ces dîners, quelques jours auparavant, qu'il lui avait offert le lourd collier qu'elle avait autour du cou, fait d'or et de vermeil, sa couleur de prédilection, et sensiblement identique à celui qu'il portait lui-même, bien que plus fin. Depuis, il lui brûlait la peau et lorsqu'elle l'enlevait pour dormir, elle avait le sentiment de tout de suite mieux respirer. Pour autant, et même si le cadeau du vicomte pesait, elle n'avait pas ôté le bijou de sa mère et ne le ferait jamais. Rien ni personne ne la forcerait à s'en séparer ; ce bijou était le seul souvenir de sa mère, il la rattachait à celle qu'elle n'avait pas connue puisqu'elle était morte en la mettant au monde. Elle aurait aimé avoir un souvenir de dame

Corba, qui l'avait élevée, mais hélas, ce n'était pas le cas, aussi, Alba se contentait des souvenirs.

Debout près de sa tente finie d'être montée, elle pensa à ses amies en contemplant la forteresse, tout en serrant le bijou maternel entre ses doigts.

— Qu'en pensez-vous ?

Elle tourna la tête, surprise, elle ne l'avait pas entendu approcher.

— Que faites-vous là, baron ? éluda-t-elle. Quelqu'un pourrait nous voir !

— Le vicomte est avec Des Arcis ainsi que les autres éminents chevaliers, ils discutent stratégie, et votre… votre chaperon est indisposée, je crois, je l'ai vue s'enfuir vers la forêt.

Grand bien lui fasse… si elle pouvait finir dévorée par les loups…

Alba, aussitôt, s'en voulut.

Elle ne se reconnaissait plus. Auparavant, jamais elle n'aurait eu de telles pensées envers quiconque ; le monde la changeait…

— Et vous n'êtes pas convié à l'entrevue ? Pourtant, n'êtes-vous pas l'instigateur d'une lumineuse idée ? Celle de passer par l'autre versant ?

Le baron tiqua :

— Qui vous en a parlé ?

— Montfort ! Il vous est très reconnaissant ! Quand officierez-vous ? questionna-t-elle tout en continuant d'observer la forteresse, mettant de côté son ressentiment.

— Je l'ignore, mais le plus tôt possible !

— Oui, le plus tôt possible…, murmura-t-elle, comme se parlant à elle-même.

— Vous êtes impatiente ?

Elle perçut de la peine dans son timbre de voix, mais s'interdit de le regarder. Elle ne savait que trop bien ce que ses iris ténébreux et ses traits virils déclenchaient en elle.

— Certes !

— Ainsi, vous êtes comme les autres, attirée par la puissance et l'argent ! assena-t-il. Je vous pensais différente.

Alba se tourna d'un bloc.

Moi aussi, je vous pensais différent, pensa-t-elle.

Piquée au vif, le cœur battant, elle pourrait se fâcher, le frapper pour lui faire payer son insolence, mais à son regard torturé, elle comprit qu'il ne cherchait qu'à la blesser, certainement pour faire taire la douleur de l'avoir perdue pour toujours. Elle savait ce que cela faisait, elle ressentait la même chose, elle voulait continuer de le détester, mais en était incapable. Néanmoins, elle s'était promis de résister.

— Ce que vous pensez de moi m'importe peu, baron… si vous voulez bien m'excuser…

Elle fit volte-face.

Arthus ne la retint pas.

Soulagée, elle s'éloigna. Dame Julianne ne devait pas les voir ensemble, ou elle irait tout raconter au vicomte et pourrait lui faire du tort. Alba avait souvent le sentiment qu'elle n'attendait qu'un faux pas de sa part pour la faire chuter. Pourquoi ? Elle l'ignorait… mais elle avait ouï dire que son cerbère avait une fille… peut-être s'était-elle mise en tête de la donner en épousailles à Montfort ? Tout était possible !

Alba pénétra dans sa tente, où s'affairaient ses servantes.

Là encore, elle fut soulagée de n'y point trouver son

cerbère et, soudain lasse, alla s'allonger sur sa couche et ferma les yeux. Arthus ne lui avait rien révélé de concret, elle espérait que Ciprian en apprendrait davantage, sinon, comment procéder ?

Bah, elle n'aurait qu'à se laisser porter par les événements, qui arriveraient bien assez tôt.

Elle ne croyait pas si bien dire…

Chapitre 21

Campement des croisés devant Montségur, 22 février 1244

Réveillée au point du jour, ce matin-là, après une nuit agitée, Alba enfila sa cape sur sa chainse de nuit, ses chaussons fourrés, se leva pour aller s'installer devant la table ronde placée au centre de la tente afin de se sustenter de quelques fruits et fruits secs ; des coupes à sa disposition de jour comme de nuit, ainsi qu'un pichet de vin, étaient maintenues garnies par ses servantes, Gabrielle et Bertille, deux jeunes femmes discrètes, charmantes et bien plus avenantes que dame Julianne. Elles aussi avaient reçu des consignes de Montfort qui, de loin, veillait à son confort. Ce dont Alba ne se plaignait pas. Chaque soir, sa tente était montée, meublée et arrangée par ses deux petites fées : la paillasse de sa couche était changée régulièrement, des herbes odorantes jonchaient le sol, des braseros ainsi que des brûle-joncs dispensaient, çà et là, lumière et chaleur. Elle n'avait plus qu'à s'installer.

— Où est dame Julianne ? demanda-t-elle à ses suivantes alors qu'elles étaient occupées, l'une à sa couche, l'autre à sa vêture, qu'elles l'aideraient ensuite à passer, sa tante lui ayant fait confectionner plusieurs robes en lainage avec cols et poignets fourrés durant la semaine précédant leur départ. Est-elle toujours indisposée ?

Il lui avait semblé que son cerbère s'était encore absenté durant la nuit, sans doute pour aller se soulager dans les bois ! Elle-même, par chance, possédait une chaise percée pour son usage personnel, nettoyée chaque matin par ses servantes.

— Je le crois, ma dame…, répondit Gabrielle, tout en tapotant les oreillers.

Elle échangea un sourire avec Bertille, ce qui fit comprendre à Alba que Julianne n'était pas très appréciée des deux jeunes femmes. Elle se contenta d'un sourire, garda ses réflexions pour elle, une trahison étant toujours possible. Elle se devait de demeurer vigilante, surtout si près du but.

Après avoir coupé son jeûne, elle fit une toilette sommaire et s'apprêtait à sortir de la tente lorsqu'elle entendit la voix de Ciprian au-dehors.

— Pouvez-vous me rejoindre, cousine ?

Il savait qu'Alba avait pour habitude de se lever aux aurores.

— J'arrive, cousin ! Je m'apprêtais justement à sortir…

Alba repoussa le pan de tissu camouflant l'entrée de son « logis », salua Ciprian d'une petite révérence.

— Cousin !

Il lui répondit d'un sourire.

— Faites quelques pas avec moi, voulez-vous ?

— Bien sûr… que se passe-t-il ? demanda la jeune femme dès qu'ils se furent éloignés. Avez-vous des nouvelles de Flora ?

Elle savait que Ciprian écrivait régulièrement à son aimée, l'éloignement ayant renforcé leurs sentiments l'un pour l'autre.

— Non, hélas, mais je n'en attends pas avant quelques jours, mon pli n'est parti que depuis peu.

Il fallait au moins une semaine pour que leur parvienne une réponse de Cavanac.

— … c'est pour cette nuit ! enchaîna-t-il.

Le cœur d'Alba eut un raté.

— Vous êtes sûr ?

— Oui ! Arthus l'a confié à Balthazar, qui me l'a rapporté. La lune est pleine, elle les guidera.

Arthus était devenu très intime avec Balthazar, Alba les avait aperçus souventes fois chevaucher de conserve durant les trois semaines qu'avait duré leur périple.

— Comment vont-ils faire ?

— Comme convenu, ils vont grimper sur l'autre versant en s'aidant de pieux plantés dans la roche. Ils prendront le guet du pied de la forteresse, et alors, plus rien ne les empêchera d'accéder en haut de ce côté-ci. Ils monteront un trébuchet et pilonneront la muraille. Ce qu'ils n'ont jamais réussi à faire depuis le bas.

Évidemment, aucun trébuchet n'était capable de lancer des pierres aussi loin.

— Je comprends…, réagit Alba, pensive. C'est extrêmement dangereux, non ?

— Certes ! L'un d'eux pourrait tomber et se tuer.

Arthus pourrait mourir…

L'idée, encore une fois, lui fut insupportable et elle était persuadée qu'elle allait prier pour qu'il ne perde pas la vie dans l'entreprise. Même si… même si elle avait renoncé à lui pour toujours, sans espoir de retour.

— Balthazar participera-t-il ?

— Non, ni moi non plus. J'avoue que l'exercice me terrifie. Et vous ? Comment allez-vous procéder ?

Ils marchaient lentement, tout en devisant.

Le camp s'éveillait petit à petit. Sur les feux, dans des marmites en fer, chauffaient les gruaux qui constitueraient le seul repas consistant de la journée. Ensuite, les chevaliers se contenteraient de viandes séchées ainsi que de quelques oignons. Et de litres de vin… Alba s'était promenée une seule fois dans le camp après la tombée de la nuit, pour le regretter amèrement : les tonneaux avaient été mis en perce, une charrette de ribaudes venait justement de les rejoindre et les croisés s'en donnaient à cœur joie. Elle n'était pas restée suffisamment longtemps pour identifier Arthus dans les couples occupés à copuler à même le sol autour du feu central, mais cette nuit-là, son sommeil fut encore plus agité que d'habitude. Elle n'avait aucun droit sur lui, mais l'imaginer avec d'autres femmes lui faisait mal.

Elle savait pouvoir faire confiance à Ciprian et le cas échéant, il pourrait l'aider, aussi se confia-t-elle.

— J'entrerai dans la citadelle au bras du vicomte comme il m'en a prié et je lui demanderai la permission d'apporter de l'eau aux prisonniers ou mon aide aux blessés, par simple charité chrétienne. Il ne refusera pas. Alors, je pourrai voir mon père et lui parler, en espérant qu'il ne perde pas la vie lors des pilonnages. Ça me fait mal de penser que je ne pourrai le revoir que si la citadelle est tombée.

— Pensez-vous qu'il y est encore ?

— Je le pense, en effet. S'il avait voulu quitter

Montségur, il m'aurait accompagnée. Et vous, pensez-vous qu'ils réussiront ?

— Ils semblent déterminés, en tout cas, mais tout est possible. La forteresse a toujours été jugée imprenable.

Ciprian se retourna et, les bras croisés sur la poitrine, les jambes écartées, la contempla.

— Comment viviez-vous, là-haut ?

Alba se positionna à ses côtés.

— C'était un havre de paix, Ciprian, soupira-t-elle, émue. Et nous y étions très heureux avant… avant ces derniers événements. Dame Corba, l'épouse de messire Raymond de Péreille, le propriétaire, m'a élevée comme sa propre fille, elle m'a appris les simples, à soigner, m'a éduquée et enseigné la foi. Sa fille, Braida, est comme une sœur pour moi. Les quitter a été un véritable déchirement et mon cœur saigne à l'idée qu'elles puissent souffrir. Nous devrons les protéger, Ciprian, je ne supporterai pas que les croisés les torturent.

— Sans doute abdiqueront-ils et alors, ils auront la vie sauve.

— Dame Corba et Braida, je l'espère, mais mon père, je ne le crois pas. Il est fatigué et il veut aller rejoindre ma mère au paradis.

Alba sentit une larme rouler sur sa joue, qu'elle essuya aussitôt avant que quelqu'un remarque sa peine.

— Le vicomte est-il levé ?

— Pas encore ! La nuit a été rude !

— Il s'est enivré ?

Ciprian se racla la gorge.

— Vous pouvez tout me dire, Ciprian, je sais très bien quel genre d'homme je vais épouser.

— J'ai beaucoup de peine pour vous, Alba, j'aurais

tellement voulu que vous épousiez un homme selon votre cœur.

Ils reprirent leur marche.

Alba observa le camp, qui grouillait telle une fourmilière. Des valets entraient et sortaient des tentes, les bras chargés de vivres et de pichets, d'autres couraient récupérer ce qui manquait au garde-manger commun fourni par Montfort, des chevaliers sortaient humer l'air, à moitié vêtus, mal réveillés et le cheveu hirsute.

— Eh bien... cela ne se fera pas, voilà tout !

— Et Arthus ?

— Quoi, Arthus ?

— Vous l'aimez, n'est-ce pas ? Et lui aussi vous aime ? S'il reste et épouse une femme du cru, vous pourriez...

Ciprian s'interrompit, visiblement emprunté.

— Être amants ? termina la jeune femme à sa place.

— Pourquoi pas ? Que vaut la vie sans amour ? Vous m'avez ouvert les yeux en ce qui concerne Flora, il est de mon devoir de cousin de vous rendre la pareille.

— Votre situation est moins compliquée que la mienne, Ciprian, d'autant que je ferai tout ce qui est en mon pouvoir pour que vous puissiez vous aimer en toute liberté, Flora et vous, par contre, je donne peu cher de ma vie si le vicomte découvrait que je le trompe. Arthus pourrait être supplicié et moi... moi... je ne sais pas ce qu'il ferait de moi.

Sans doute laisserait-il ses soldats s'amuser avec son corps...

— Quant à Arthus, je me suis fait la promesse de renoncer à lui. Pour toujours. D'autant que si la forteresse tombe, ce sera à cause de lui ! C'est lui qui a eu cette idée de passer de l'autre côté.

— Je le sais… si ce n'était lui, cela aurait pu être quelqu'un d'autre.

— Alors j'aurais préféré quelqu'un d'autre ! Comment continuer de l'aimer si… s'il arrive à ses fins.

— Nous ne commandons pas à notre cœur, Alba…

Cela, elle ne le savait que trop. Depuis le début, elle luttait de toutes ses forces contre son inclination pour le baron, sans résultat. Elle l'aimait encore. Arthus était ancré dans son cœur. Un cœur qui avait fini par ne battre que pour lui. Et elle souffrait… Dieu, qu'elle souffrait… mais elle s'était juré d'être forte et de résister à la tentation…

Ils finirent le tour du camp, perdu chacun dans de profondes réflexions.

— Quand pensez-vous parler à Montfort de Flora et moi ? demanda abruptement Ciprian.

— Lorsqu'il sera vainqueur ! Cela le rendra sans doute magnanime.

— Espérons, cousine, espérons.

L'espoir…

Alba, elle, n'en avait plus aucun. Sa vie s'arrêterait ici, elle en avait l'intime pressentiment.

Chapitre 22

Le chevalier de Turenne contempla, depuis le bas, la façade rocheuse luisante dans la clarté lunaire, comme recouverte d'eau. Tout là-haut, la citadelle dominait, tel un monstre maléfique. Çà et là, des braseros, sur le chemin de ronde, dispensaient leur clarté et il lui semblait voir, par endroits, des lueurs de bougies témoignant de la vie qu'elle renfermait. Trois cents âmes, leur avait dit Des Arcis, peut-être davantage, mais seulement une petite centaine savait se battre.

S'ils arrivaient à se rendre maîtres de la roche, puis du guet, des troupes croisées pourraient enfin accéder au sommet, construire un trébuchet et détruire la barbacane. Alors, les défenseurs de la forteresse seraient dans l'incapacité d'empêcher l'immense armée de dix mille hommes de monter. Ensuite, ils attaqueraient la muraille et en quelques jours, la citadelle serait à eux. Certains tomberaient peut-être, mais leur nombre ferait le reste.

Il s'était désigné pour passer le premier.

Il en fallait un et comme l'idée venait de lui, ses compagnons n'avaient pas fait de difficulté, bien au contraire, il prendrait tous les risques et s'il échouait, eh bien, un autre prendrait sa place, voilà tout.

Il finit d'enrouler les bandages autour de ses mains, les protégeant des pieux – dont il avait une pleine besace –, qu'il planterait dans la roche à l'aide d'un maillet, et s'apprêtait à grimper. Il était sûr de pouvoir y parvenir. Un pieu, puis un autre plus haut, comme un escalier qu'ensuite ses compagnons, une bonne dizaine finalement, emprunteraient. Il avait bon équilibre, ce serait un jeu d'enfant.

— Tu es prêt ?

— Autant que faire se peut !

— Veux-tu… veux-tu que je dise quelque chose de ta part à Alba si jamais tu…

Denis s'interrompit.

Mettre des mots portait malheur.

— Dis-lui que je n'ai jamais cessé de l'aimer et qu'elle est mon plus grand regret. Dis-lui aussi que nous nous retrouverons, dans une autre vie, je lui en fais le serment et alors, rien ni personne ne pourra m'empêcher de me lier à elle.

Son cousin lui mit une tape sur l'épaule.

— Tu le lui diras toi-même parce que tu vaincras cette roche, mon frère ! Nous nous retrouvons en haut. Fais attention à toi !

Ils se donnèrent l'accolade.

Puis les autres compagnons vinrent lui souhaiter bonne chance en lui frappant l'épaule.

Arthus souffla par le nez pour se donner du courage – il n'en manquait pas, il était sûr de lui ainsi que de ses capacités, mais ne put empêcher son cœur d'accélérer quelque peu –, et se mit à l'ouvrage.

Il planta les deux premiers pics sur lesquels il posa le bout de ses bottes et, ainsi surélevé, en planta trois autres, deux pour ses pieds, décalés, et un, plus haut, pour une prise. Il se hissa à la force de son bras droit. Il lui faudrait un temps infini pour gagner le haut, mais il n'était pas pressé, la nuit venait tout juste de tomber.

Il progressa ainsi, pieu après pieu, la pente moins abrupte qu'attendue… quand il fut assez haut, ses compagnons commencèrent à grimper ; Denis, puis Henri, Charles, Philippe, et tous les autres, des volontaires, dont des archers.

L'effort le fit transpirer, mais les gestes, au fil de la montée, devinrent plus aisés. Il s'assurait que chaque prise était bien accrochée avant de se hisser.

Pas une seule fois il ne regarda en bas.

Ses compagnons suivaient, il entendait leurs souffles, mais pas un mot n'était prononcé ; si les défenseurs les apercevaient, ils étaient morts.

Arthus était à la moitié lorsqu'un cri perça le silence, suivi d'un bruit sourd, tout en bas.

L'un de ses compagnons venait de tomber !

Sa gorge se serra.

Il attendit sans bouger, de longues minutes, en priant pour que le cri du malheureux n'ait pas donné l'alerte. Mais Dieu était avec eux puisque rien ne se passa.

— Denis ? héla-t-il.

Pas de réponse…

— Denis ! dit-il plus fort.

— Je suis là, mon frère, entendit-il au bout de quelques secondes qui lui semblèrent une éternité.

Il souffla de soulagement.

C'était un autre qui était tombé ; *paix à son âme.*

Perdre son cousin l'aurait dévasté. Il était comme son

frère. Même plus que son frère ! Son frère, son meilleur ami, son confident, son compagnon… ils étaient liés depuis tellement longtemps, depuis leur plus tendre enfance, qu'ils se comprenaient d'un regard.

Malgré lui, son esprit s'échappa et il pensa à sa belle.

Il ne se remettait pas de l'avoir perdue, d'autant plus qu'il l'avait constamment devant les yeux, sauf lorsqu'il décidait de chevaucher auprès de Balthazar, duquel il s'était rapproché. Là, il s'efforçait de retrouver la paix de l'esprit, même s'il devisait avec le cousin de la jeune femme. Ils échangeaient sur leur vie, leur famille, et Arthus en apprit davantage sur la femme qu'il aimait, et qu'il aimerait jusqu'à la fin de ses jours. Pour autant, l'apaisement ne durait pas et au bout de quelques minutes, Alba emplissait de nouveau ses pensées.

Souffrir pour son amour était aussi destructeur que sublime, il ne pouvait cesser de penser à elle, et ne le voulait pas. Alba emplissait tout son cœur. Et il rêva… il rêva que Montfort, fier de lui et satisfait, la lui offre en récompense. Après tout, que lui apportait Alba ? Une autre ferait tout aussi bien l'affaire ! Seulement, oserait-il la réclamer si toutefois le vicomte lui demandait ce qu'il souhaitait ? Au risque d'y perdre la tête ? En vérité, il était prêt à cela et s'il devait perdre la vie pour son amour, il le ferait. Au moins, il se serait battu pour elle, pour obtenir le droit de l'aimer…

Penser à Alba l'empêcha d'avoir peur et il lui en fut reconnaissant.

Cette femme était autant une bénédiction qu'une malédiction ; elle nourrissait son âme autant qu'elle le tourmentait, d'autant plus qu'elle s'était donnée, pour mieux se reprendre. Ce qu'il ne comprenait toujours pas. Alors certes, il avait été infâme lors de leur dernière entrevue, il l'avait traitée de vénale et il le regrettait amèrement. Au fond de lui, il savait qu'Alba était différente des autres femmes qu'il avait rencontrées, elle n'était pas intéressée par le pouvoir ni les biens, elle était pure et douce.

Arthus perdit la réalité du temps.

Il ignorait combien d'heures s'étaient écoulées, deux, trois… plus… il fatiguait, mais continuait, encore et encore… ses bras lui faisaient mal, ses jambes, puis tout son corps au fil de la montée, mais il tint. Pour lui, pour ses compagnons et pour la femme qu'il aimait, pour qu'elle soit fière de lui. Peut-être alors apercevrait-il de nouveau cette étincelle dans son regard ; cette étincelle qui lui prouvait que son cœur était à lui, et non au vicomte. Il avait enragé lorsque ce dernier lui avait offert, devant tous ses principaux chevaliers réunis pour le repas du soir, un lourd collier d'or et de pierreries. Lui-même aurait choisi des pierres bleues plutôt que rouges ! Le bleu seyait infiniment mieux à la jeune femme, mais Montfort s'en moquait. Montfort faisait à sa convenance, selon son bon vouloir, et ses goûts. Par là même, il démontrait à tous qu'Alba lui appartenait ! Arthus avait été dévoré par l'envie de quitter le festin, mais s'était contenu. Il passait son temps à brider ses émois et cela lui mettait les nerfs à vif.

Son pied glissa sur le pieu, et il se retint de justesse.

Il s'en était fallu de peu qu'il bascule dans le vide.

— Ça va, mon frère ? entendit-il d'en dessous.

— Oui ! Et toi ? chuchota-t-il, agrippé au pieu supérieur, son cœur tambourinant contre ses côtes, le souffle court.

— Je jure de me faire prêtre si je m'en sors !

— Prêtre ? Es-tu sûr ? enchaîna Arthus, tout en plantant le pieu suivant.

— Que nenni, tu as raison, j'aime trop les femmes !

— Tu m'en vois rassuré…

— Quand tout sera fini, nous irons trousser de la gueuse et j'espère que tu viendras avec nous ! entendit-il encore.

Il ne répondit pas.

Traîner dans les tavernes, s'enivrer et forniquer avec la première venue ne le tentait plus, d'une part, et d'autre part, il leur fallait demeurer vigilants donc ne point parler et penser à ce qu'ils faisaient.

— Arthus ?

— Nous reprendrons cette petite conversation plus tard, si tu le veux bien ! Prends garde à toi, mon frère…

Denis bougonna, le traita de poltron et de petit chibre. Arthus sourit. Denis pouvait dire ce qu'il voulait, la provocation n'avait aucun effet sur lui, mais son cousin ne comprenait-il pas que plus aucune femme ne l'intéressait désormais ? Contrairement à ce dernier, il pourrait se faire moine ! Pourquoi pas templier ? Il rejoindrait ainsi la Terre Sainte, protégerait les pèlerins puisque c'était là la mission de ces moines-soldats, et peut-être trouverait-il la paix dans cette vie de nomade ; ce qu'il était déjà de toute façon. Il trouverait un toit, une famille, des compagnons…

Oui, cela lui plairait…

Il allait en parler à Denis.

Peut-être pourraient-ils rejoindre la commanderie de Tolosa, l'une des plus importantes d'Occitanie ?

L'idée ne le quitta pas tout le reste de la montée et lui occupa l'esprit jusqu'à ce qu'enfin, *enfin !* sa main trouva le haut du « *pog* ». Il rampa, reprit son souffle et se retourna pour empoigner le bras de Denis et le tirer à lui. À eux deux, couchés de tout leur long dans l'herbe, ils aidèrent leurs compagnons à se hisser, se remirent sur leurs pieds, puis Arthus prit naturellement le commandement de l'expédition. Courbé à demi, il se dirigea vers le guet situé à quelques mètres sur leur gauche et éclairé par des torches.

Les autres le suivirent.

Ils veillèrent à rester le plus discrets possible, mais nul n'irait imaginer une attaque de ce côté-ci de l'à-pic ! Il fallait être fou pour l'envisager ! Et pourtant, ils l'avaient fait ! Arthus en ressentit une fierté incommensurable. Pour autant, leur tâche était loin d'être terminée.

Les guetteurs ne se méfieraient pas ; ils allaient les prendre par surprise.

Il s'arrêta non loin, s'accroupit et observa alentour.

La citadelle se découpait dans l'obscurité, plus proche qu'elle ne l'avait jamais été. Un nuage passa devant la lune, donnant davantage un aspect irréel à la construction gigantesque. La hauteur de la muraille, d'où il était, s'avérait impressionnante et sur le chemin de ronde se mouvaient des formes. Le trébuchet qu'ils feraient monter dès que la voie se libérerait leur permettrait de venir à bout de la barbacane, en même temps qu'ils tireraient sur les archers.

Oui, cela pouvait marcher…

Il le fallait !

Ils n'avaient pas risqué leur vie pour rien !

Quant au guet, il était constitué d'une simple palissade de pieux à trois pans au bord du précipice, surplombée d'un toit de chaume. Le jour, les guetteurs étaient sans doute plus nombreux, mais présentement, deux seuls surveillaient le camp des croisés, leur tournant le dos, tandis que deux autres dormaient, assis sur des tabourets, les mains croisées sur leur ventre.

Arthus éleva quatre doigts, se décala.

Les archers prirent sa place, se mirent en position de tir, tandis qu'Arthus et les autres se préparaient à intervenir s'ils manquaient leurs cibles.

Les quatre flèches partirent toutes ensemble, et allèrent se ficher dans les corps des guetteurs qui s'affalèrent, morts.

Un sans-faute, et tout cela dans le silence le plus total, hormis le jet de flèches.

Ils attendirent, mais rien, là-haut, sur la muraille, ne bougea. Pareillement, comme le danger venait de l'armée croisée en contrebas, les sentinelles ne regardaient pas ailleurs.

Arthus courut à la palissade, se saisit d'une torche, l'éleva et fit des mouvements de bras de gauche à droite afin de donner le signal. Il savait qu'aussitôt, des mules chargées d'armements, de pierres et de pièces de bois pour confectionner les machines de jets se mettraient en marche.

Les hommes suivraient.

Ils avaient accompli leur mission, il ne leur restait plus qu'à patienter jusqu'à l'arrivée des renforts.

Arthus constitua des tours de garde et prit le premier avec Denis, Charles, Henri et Philippe, envoyant les autres se reposer. Tandis qu'ils allaient s'asseoir au sol contre la palissade, les cinq compagnons se postèrent afin de surveiller la vallée, ainsi que le chemin de ronde de la forteresse.

Leur incursion était passée inaperçue.

Le destin pour les reclus était en marche.

Ils étaient le 23 février de l'an de grâce 1244, et bientôt, la forteresse de Montségur tomberait, Arthus en avait la certitude.

Chapitre 23

Camp des croisés, 23 février 1244

Allongée sur sa couche, Alba ne dormait pas.

Elle en était incapable.

Elle attendait…

Elle avait passé sa vêture de nuit afin de ne pas éveiller les soupçons de dame Julianne revenue d'entre les morts mais à la pâleur morbide, et s'était couchée comme à son accoutumée après le repas pris dans la tente du vicomte avec les barons et ses autres vassaux, dont son oncle, ses cousins et… Arthus… Arthus qui n'avait cessé de l'observer mais n'avait pas tenté de lui parler. Depuis, son esprit ne cessait de bouillonner. Elle pensait à lui, priait pour lui, pour que Dieu, dans sa grande mansuétude, veille sur lui ; le Dieu des cathares, mais aussi celui des catholiques. En cet instant, Alba ne faisait pas de différence, et pour elle, il n'y en avait de toute façon aucune. Dieu était unique ! Et était TOUT. C'étaient les hommes qui prenaient le prétexte de leur foi pour dominer et s'exterminer. Néanmoins, Arthus risquait sa vie en escaladant la montagne, et elle avait peur pour lui. Même s'il ne le fallait pas, elle ne pouvait s'en empêcher. Ciprian avait raison, bien sûr qu'il avait raison, personne ne pouvait vaincre les élans de son cœur, à moins d'en souffrir, ce à quoi elle s'était résolue.

Les heures passèrent, le silence de la tente habité uniquement des grésillements des braseros, ainsi que des ronflements de ses servantes et de dame Julianne qui s'était endormie sitôt allongée. Et elle avait dû s'assoupir, car un brouhaha au-dehors la fit s'asseoir en sursaut.

Elle se leva précipitamment, enfila sa cape, ses bottines fourrées et sortit.

Le camp était réveillé, ou peut-être n'avait-il pas dormi, elle l'ignorait. Elle aperçut Montfort, reconnut son oncle et ses cousins près de lui et se dirigea vers eux.

— Ma dame, le bruit vous aura réveillée, vous m'en voyez désolée, l'accueillit Montfort, mais puisque vous êtes là, venez par-devers moi, je vous prie !

Alba s'exécuta, le cœur serré.

Le sourire satisfait du vicomte ne pouvait dire qu'une chose, Arthus et ses compagnons avaient réussi et le bastion cathare allait tomber sous peu. Mais cela ne voulait pas dire qu'Arthus était sain et sauf, elle allait devoir encore patienter pour le découvrir. Elle l'espérait pourtant. Une fois de plus, elle était partagée, heureuse d'apprendre qu'Arthus avait vaincu la roche, et malheureuse parce… parce que cela signifierait sans aucun doute possible la fin de son monde. Si les croisés vainquaient, tout ce qu'elle avait toujours connu s'écroulerait, et elle perdrait son père et ses amies pour toujours, car elle était persuadée, en son for intérieur, qu'il n'y aurait pas de salut pour eux.

Et pour elle non plus, car durant ces dernières heures de veille, elle avait pris une décision.

Elle n'en salua pas moins le vicomte d'une petite révérence.

— Mon seigneur, mon oncle, mes cousins… que se passe-t-il ? demanda-t-elle, jouant l'ignorante.

Comme tous les hommes présents, elle observa la citadelle.

Elle semblait calme. Les torches du chemin de ronde ainsi que du guet luisaient dans la nuit étoilée comme autant de petits points lumineux.

— Nous avons eu le signal ! lui répondit Ciprian.

Le cœur d'Alba fit un petit bond dans sa poitrine, elle avait vu juste.

— Ce qui veut dire ?

— Ce qui veut dire que le baron de Turenne et ses compagnons ont réussi ! jubila le vicomte. Ils ont vaincu la montagne ! N'est-ce pas formidable ?

— Si fait, mon seigneur ! Vous m'en voyez ravie ! s'extasia faussement la jeune femme. Qu'allons-nous faire, maintenant ? Montons-nous ?

Il lui désigna de la main la colonne de formes mouvantes montant la sente, à peine distincte.

— Comme vous le voyez, nous acheminons de quoi construire des machines de jets. Ainsi, nous pourrons détruire leur barbacane !

— Jusqu'ici, c'était impossible ! renchérit le commandant Des Arcis comme s'il s'adressait à une enfant à qui il faisait leçon. Elle était inatteignable et nous empêchait d'accéder au sommet de ce côté-ci. Turenne a vraiment eu une idée incroyable. Si nous gagnons le siège, ce sera grâce à lui, à son courage ainsi qu'à celui de ses compagnons.

Hélas…

Alba ne dit mot, se contentant d'observer la forteresse de toute son âme.

— Le chemin est-il sûr ? Les archers de la citadelle pourraient tirer sur nos hommes !

Elle espérait secrètement que ce soit le cas.

— Il fait encore sombre ! répondit Montfort. Quand ils se rendront compte de l'invasion, il sera trop tard pour eux. Et cette fois-ci, nous aurons l'avantage du nombre. N'est-ce pas, Des Arcis ?

Ce dernier acquiesça :

— Tout à fait, mon seigneur ! Amiel, qu'en dites-vous ?

Alba avait fait connaissance du second de Des Arcis en arrivant au campement, homme de Dieu et archevêque de Narbonne, digne successeur d'Arnaud Amaury, légat du pape lors de la première croisade contre les Albigeois ; un être odieux qui s'était réjoui du massacre de Béziers.

— J'en dis que Dieu veille sur nous et nous apportera la victoire !

Alba se raidit.

Les croyants cathares aussi pensaient avoir Dieu de leur côté !

La jeune femme sentit des larmes lui piquer les yeux. Ils souhaitaient juste vivre en paix…

Encore une fois, elle ne comprenait pas quel mal ils faisaient en priant différemment leur Dieu.

— Nous aurons enfin notre vengeance pour les nôtres, massacrés à Avignonet ! ajouta l'archevêque.

— Comment cela, mon père ? voulut savoir Alba.

— Des chevaliers *faydits* de Montségur, menés par Pierre-Roger de Mirepoix, certainement aux ordres du comte de Tolosa, ont pris d'assaut le château d'Avignonet, non loin de là, et ont massacré des inquisiteurs de la foi ! rétorqua Amiel, la voix emplie de fiel.

Alba se souvenait de ce moment. Deux ans auparavant, en mai, plus exactement, des chevaliers quittèrent Montségur par le souterrain, en fin de journée ; son père, déjà pas très fringant, n'avait pas participé à l'expédition. Des chevaux les attendaient au-dehors. Selon elle, et même si elle prêchait la non-violence, ce n'était que justice de venger tous leurs frères et leurs sœurs cathares qui avaient déjà péri sur le bûcher, comme elle s'était réjouie, dès qu'elle en eut vent, de tous les soulèvements de populace contre les oppresseurs, à Carcassona ou ailleurs. Elle se souvint que dame Corba, Braida et elle avaient prié toute la nuit pour que les hommes rentrent sains et saufs. La jeune femme comprit que c'était certainement cet événement qui avait précipité la décision d'assiéger la citadelle.

— Oh… vous m'en voyez navrée, s'obligea-t-elle à répondre.

Évidemment, elle ne l'était pas…

Si l'on faisait le compte, davantage de croyants cathares – de pieuses et nobles personnes, civiles – avaient été massacrés par les croisés et les prêtres que d'hommes de Dieu, dominicains, ou autres, par les chevaliers *faydits* ou cathares. Ces derniers ne s'en étaient jamais pris aux croyants catholiques !

— Nous entrerons bientôt dans la citadelle, ma dame ! conclut le vicomte de Montfort. Et comme je vous l'ai promis, vous serez à mon bras !

— Je ne manquerai cela pour rien au monde, mon seigneur ! Il me tarde. Vraiment !

Il lui tardait surtout de revoir son père.

Alba espéra de tout son cœur qu'il était encore en vie…

Chapitre 24

Camp des croisés, 1er mars 1244

Dame Julianne entra en trombe dans la tente d'Alba occupée à lire près d'un brasero.

— La barbacane de la citadelle est tombée ! s'écria-t-elle, en joie.

Aussitôt, Alba fut sur ses pieds, et suivit la nourrice de Montfort à l'extérieur sans même prendre le temps de se couvrir. Le mordant de l'air frais la saisit, mais elle n'y prêta pas attention ; l'instant était crucial.

Des cris de victoire leur parvinrent et effectivement, la construction de bois plantée à flanc de façade et donnant sur le vide n'existait plus. Les croisés étaient arrivés à leur fin, alors qu'ils se cassaient les dents dessus depuis de nombreux jours. Depuis cette fameuse nuit où Arthus et ses compagnons escaladèrent la montagne. Amiel attendait patiemment, alors que Montfort, Des Arcis, l'oncle d'Alba et ses cousins, ne souhaitant pas être en reste, ainsi que tant d'autres, étaient montés combattre. Malgré les trébuchets, Montségur continuait de résister, jour après jour, et la jeune femme avait fini par reprendre espoir.

Peut-être les croisés finiraient-ils par se lasser et repartir…

Ses espoirs se voyaient anéantis.

Qu'allait-il se passer maintenant ?

Cela, également, elle l'ignorait.

Néanmoins, la précipitation la tenailla.

— Je vais passer mon armure !

Elle s'apprêtait à regagner sa tente pour se vêtir et rejoindre le vicomte qui ne manquerait pas de la faire venir à lui, comme promis, afin qu'ils entrent de conserve dans la citadelle, lorsque dame Julianne émit un ricanement.

— Si vous pensez que messire notre vicomte va vous convier là-haut, vous rêvez !

Comme à son habitude, son cerbère s'était adressé à elle avec mépris.

Comme elle la détestait…

Depuis quasiment une semaine que les hommes étaient partis, dame Julianne ne cessait de l'épier, sans doute pour rattraper le temps qu'elle avait perdu dans sa surveillance en étant malade. Que craignait-elle ? Elle n'allait pas s'enfuir ! Pour aller où ? Alba ne l'écoutait pas, ne faisait pas attention à elle, mais elle perdait patience.

Vivement qu'elle soit débarrassée de cette méchante femme !

Heureusement que ses suivantes étaient gentilles et serviables.

Alba fit fi de la remarque et entra dans sa tente.

La vieille bique pouvait penser ce qu'elle voulait, Alba s'en moquait.

— Mon armure, Bertille, je te prie, ordonna-t-elle, aussitôt entrée.

Au moins, elle serait prête, même si Montfort ne tenait pas sa promesse. Elle s'y attendait quelque peu, ignorant s'il était homme de parole ou non. Jusqu'ici, il lui avait semblé que oui. N'avait-il pas fourni des hommes et du matériel aux croisés, comme convenu ? Alba ignorait tout des tractations, mais le résultat était probant.

Lorsque Bertille s'approcha de la jeune femme avec le corset ferré, Alba se ravisa. Elle ne voulait pas du cadeau de Montfort ! Elle irait en robe et cape ! Après tout, elle ne participerait pas à la bataille…

— Passe-moi plutôt ma plus chaude robe, ma bonne Bertille…

La servante posa le morceau de cuirasse au sol, et alla chercher la robe bleue au col bordé d'hermine. Tout en se laissant vêtir, la jeune femme continua ses questionnements, d'autant qu'elle ne savait presque rien de ce qui se passait là-haut. Des hommes montaient, chargés de matériel, d'autres descendaient, blessés pour la plupart, des ravitailleurs effectuaient des allers et retours, mais impossible d'obtenir le moindre renseignement tangible. Ses servantes, qu'elle avait envoyées glaner des informations auprès des valets des chevaliers vassaux, étaient revenues bredouilles. Ces derniers n'en savaient pas plus qu'elles. Eux aussi attendaient le retour de leurs maîtres.

Alba ignorait toujours si Arthus vivait encore, ainsi que son oncle et ses cousins, aussi se rassurait-elle en se disant que s'ils avaient péri, leurs compagnons auraient très certainement redescendu leurs corps. Comme il n'en était rien, elle continuait de croire que tout allait bien pour eux. En vérité, peu de croisés furent blessés durant les six derniers jours. Ce qui fit comprendre à la jeune femme que les défenseurs s'essoufflaient, ou qu'ils n'avaient plus la force de se battre.

Il fallait qu'elle sache !

— Ma cape, Bertille ! ordonna-t-elle encore.

— Bien, ma dame…

Sa suivante la lui jeta sur les épaules et aussitôt, Alba regagna le dehors, où l'attendait son cerbère.

Elle lui passa devant le nez.

— Où allez-vous ? s'écria dame Julianne en lui emboîtant le pas.

Alba se dispensa de répondre et continua sa marche.

Elle n'avait qu'à la suivre si elle le souhaitait…

Ses pieds chaussés de bottines de peau s'enfonçaient dans le sol détrempé. Mais chaque pas, bien qu'alourdi, renforçait sa détermination à monter là-haut.

Elle sentit soudainement une main lui enserrer le poignet.

— Je vous défends de vous rendre où que ce soit sans l'autorisation du vicomte ! vociféra dame Julianne.

— Et moi, je vous défends de me toucher ! fulmina Alba en lui faisant face. Lâchez-moi ou je vous jure que je vous ferai fouetter !

— Vous jurez ? s'offusqua dame Julianne. Il n'y a que les païens qui jurent !

Elle se rapprocha, menaçante.

— Je le savais que vous étiez une hérétique ! Je le dirai au vicomte.

Alba, beaucoup plus grande qu'elle, la toisa de toute sa hauteur.

— Vous ne direz rien, siffla-t-elle. Parce que vous divaguez ! Le vicomte ne vous écoutera pas et vous savez pourquoi ?

La vieille mégère pâlit et recula sous la menace de la voix d'Alba qui s'était également avancée, nullement apeurée.

— … parce que c'est moi qui partagerai sa couche ! continua-t-elle, profitant du mutisme de la vieille bigote. Moi et personne d'autre ! acheva-t-elle.

Alba entendait par là qu'elle n'ignorait pas que son cerbère briguait la couche du vicomte pour sa fille ; elle en avait eu confirmation par ses servantes qui aimaient par-dessus tout les colportages.

— Comment osez-vous ! s'empourpra la vieille.

Alba la moucha d'un regard.

— D'ici peu, je serai votre maîtresse, gronda-t-elle. Alors soit vous êtes de mon côté et en récolterez des bienfaits, soit vous êtes contre moi, et alors…

Elle s'approcha, souffla :

— … il en faut peu pour finir au bûcher ! Je n'aurai qu'un mot à dire…

Harpie…

Toute couleur quitta le visage ridé comme une vieille pomme de dame Julianne qui lentement, vaincue, relâcha le poignet d'Alba.

— Bon choix ! Maintenant, je ne veux plus vous voir en travers de mon chemin, nous sommes d'accord ?

Dame Julianne opina du chef et battit en retraite.

Une bonne chose de faite…

Dix minutes plus tard, elle s'installait sur le dos d'une mule qu'un des valets de Montfort tenait par la bride avant de la guider vers la sente menant à la forteresse. Lui au moins avait eu la finesse d'esprit de ne pas refuser l'ordre de sa future maîtresse.

Chapitre 25

Au pied de la muraille de Montségur,
1er mars 1244

Alba grimpa la sente menant à la citadelle, sur le dos de sa mule, tout en observant le monument. Le ciel se voilait de nuages sombres, gorgés de pluie. Aussi sombres que son cœur, également gorgé de larmes contenues. Elle avait mal dans tout le corps. Un corps qui devenait de plus en plus pesant au fil de la montée.

Qu'allait-elle trouver là-haut ?

Les croisés étaient-ils entrés dans la forteresse ? Le castrum s'était-il rendu ? L'armée de Montfort avait-elle fait des prisonniers ? Arrivait-elle trop tard pour venir en aide à son père ainsi qu'à ses amies ? Cette idée la tortura sans relâche alors que les derniers mètres s'étiraient. Et soudain, un dernier raidillon, des buissons dépourvus de feuilles mais truffés de piquants et elle y fut. L'agitation la fit sursauter sur le dos de la bête qu'elle montait à cru - il était hors de question que le valet perdît du temps à la seller. Et elle avait bien fait, car manifestement, les croisés n'étaient pas encore venus à bout de la porte qu'ils tentaient d'enfoncer avec un bélier, leurs écus au-dessus de la tête afin d'éviter les tirs de flèches meurtriers.

La citadelle se défendait encore.

Alba poussa un soupir, elle était arrivée à temps !

Avisant une tente sur la droite, dont les pans étaient ouverts, et ayant reconnu Montfort à sa cape cramoisie passée par-dessus son armure rutilante, elle ordonna au valet de se diriger vers lui. Chemin faisant, elle aperçut Des Arcis, son oncle, qui faisait partie, en âge, des plus anciens vassaux, ses cousins, les amis du baron, Denis, et… Arthus lui-même.

Il lui sembla que ce dernier sursautait de surprise en l'apercevant, tandis qu'elle-même jugulait le bonheur de le trouver en vie. En vie, mais éreinté, si elle en croyait les traits marqués de fatigue de son visage.

Leurs prunelles se soudèrent.

Alba eut le sentiment de manquer de souffle, puis de respirer plus amplement qu'elle ne l'avait fait depuis plusieurs jours. En vérité, depuis qu'il était parti à l'assaut de la montagne, cette nuit-là…

Vivant… il était vivant…

Elle en conçut une telle joie qu'elle ne put s'empêcher de lui sourire, avant de se reprendre.

Était-elle folle !?

Cet homme continuait de la rendre chèvre ! Pourtant, elle avait d'autres préoccupations, et non des moindres… son père… ses amies…

Elle descendit de sa mule aux abords de la tente, aidée de son valet, sous le regard toujours fasciné d'Arthus, que cette fois-ci elle ignora pour se rendre sus au vicomte.

— Mon seigneur ! Me voici !

Montfort reporta son attention sur Alba, la toisa de

haut en bas avant qu'un sourire dépourvu de toute chaleur étire ses lèvres, rendues pendantes par cette expression de mépris constant qu'il dardait sur son entourage et qui le fit paraître encore plus odieux et haïssable à la jeune femme.

— Je ne vous attendais pas !

Alba, un instant stupéfaite, se reprit.

— Vous m'aviez promis…

— Certes, certes, mais comme vous le voyez, rien n'est encore acquis !

Il fulminait.

— … mais puisque vous êtes là, allez donc me chercher de quoi me nourrir ! Cette mascarade dure depuis des heures ! Plus fort, que diable ! cria-t-il aux chevaliers devant la porte, hors de lui. Poussez !

Alba, n'ayant nullement l'envie de rester près de cet homme plus que nécessaire, s'exécuta. Elle chercha des yeux ce qu'il réclamait, croisa de nouveau ceux du baron fixés sur elle. Il lui désigna du menton la sorte de… cabane derrière eux, un alignement de pieux surmontés d'un toit de chaume, et lorsqu'elle passa proche de lui, il lui effleura les doigts du bout des siens. Alba eut le sentiment que sa peau prenait feu. Elle l'ignora pourtant, pressa le pas, remplit une coupe d'étain de ce qu'elle trouva, viande séchée, fruits secs, oignons, baies et, le cœur battant, retourna près du vicomte, à qui elle tendit le tout.

Il lui fit un geste de la main afin qu'elle déguerpisse, ce qui l'arrangeait.

Elle se moquait de Montfort, elle se moquait de tout sauf de la forteresse, et… qu'Arthus et sa parenté soient sains et saufs.

Oh oui, Montfort pouvait la dénigrer, l'humilier, il ne l'atteignait pas et ne l'atteindrait jamais, parce qu'elle le détestait ; il n'avait aucun pouvoir sur elle. En tout cas, certainement pas celui de la faire souffrir. Elle se servait de lui, elle s'était servie de lui à son insu et cela seul suffisait à la satisfaire. Elle allait se faire toute petite, entrer dans la forteresse discrètement et, profitant de la confusion des combats qui ne manqueraient pas d'éclater çà et là, partirait à la recherche de son père.

C'est alors que la porte de la citadelle s'ouvrit, pour laisser passer un homme, qu'elle reconnut être le vicomte de Péreille. Raymond de Péreille ! Le détenteur de Montségur, dont il fit « le siège et la tête » du catharisme, sur la prière de Guilhabert de Castres, évêque cathare, qu'il rencontra personnellement. À sa droite, son cousin et gendre, Pierre-Roger de Mirepoix, chef militaire de la citadelle, et à sa gauche, Bertrand Marty, une autre figure de leur foi, qu'Alba avait souvent rencontré.

Elle recula de quelques pas de peur d'être reconnue et sans y prendre garde, se retrouva épaule contre épaule avec quelqu'un.

— Vous allez bien, ma dame ? s'enquit Arthus.

Elle secoua la tête en signe d'assentiment, espérant que le baron ne s'étonne pas de sa réaction. Elle croisa le regard de Ciprian et de la même façon, le rassura en clignant des paupières. Il lui adressa un discret signe du menton… elle pourrait compter sur lui… elle en était persuadée.

Péreille se posta devant Montfort, inclina légèrement la tête ; ils possédaient le même titre de noblesse, il n'avait pas à s'agenouiller.

— Je suis le vicomte de Péreille, le possesseur de la place. Je demande des négociations !

— Il n'y a rien à négocier ! décréta Montfort. Nous

sommes les grands vainqueurs de ce siège ! Nous exigeons votre totale reddition !

— Je pense que nous devrions attendre l'arrivée d'Amiel, mon seigneur, intervint Des Arcis. Et nous trouver un endroit plus calme où parlementer.

Montfort se rembrunit, mais obtempéra.

Les décisions en ce qui concernait les cathares ne dépendaient pas que de lui ; les hommes du pape avaient leur mot à dire…

— Faite appeler Amiel ! siffla-t-il entre ses dents à l'intention de Des Arcis. Et vous, Péreille, conduisez-nous à l'intérieur ! Vous avez certainement de quoi nous installer dignement ?

— Certes, messire, suivez-nous !

Montfort fit un pas, se retourna pour s'assurer que ses vassaux le suivaient.

Et couard avec cela !

Alba suivit également, aux côtés d'Arthus. Montfort oubliait sa promesse, se désintéressait d'elle, mais d'une certaine manière, cela l'arrangeait ; elle serait ainsi libre d'aller où bon lui semblait, alors qu'elle s'était préparée à batailler pour obtenir ce qu'elle désirait, ce qu'elle avait ourdi depuis le début…

Ils pénétrèrent dans la forteresse, puis dans la cour intérieure. Plus petite que dans son souvenir. Alba reconnut les masures contre les murs, de guingois, la porte donnant sur le dispensaire, le réfectoire… la tour carrée… les habitants de Montségur les regardaient avancer, hagards. Fatigués. Marqués par l'impitié des croisés. Les derniers jours les avaient manifestement éprouvés, malgré tout, une foi inébranlable animait toujours leurs regards et faisait briller leurs âmes. Alba remonta son capuchon sur sa tête que nul ne puisse apercevoir ses traits ni les croisés sa peine, tout en cherchant, rongée de remords, le visage de son père. Elle aurait dû être parmi eux et partager leur destinée.

Aussitôt entré, Montfort pointa les hommes du doigt.

— Qu'on enferme ceux-là ! ordonna-t-il. Placez-les sous bonne garde jusqu'à ce que nous ayons décidé de leur sort !

Aussitôt, les croisés s'éparpillèrent, repoussant les occupants contre les murs en les menaçant de leurs épées.

— Où doit-on les conduire, mon seigneur ? demanda l'un d'eux.

Montfort toisa le vicomte de Péreille.

— Avez-vous des cachots ?

— Non, mon seigneur ! répondit humblement ce dernier.

— Alors laissez-les là ! trancha Montfort, reprenant sa marche.

Entre-temps, Arthus s'était rapproché d'elle. Avait-il perçu sa détresse ? Celle de n'importe quelle personne possédant une once de charité chrétienne ?

Elle sentit la chaleur de ses doigts près des siens et tourna la tête pour le contempler.

Lui non plus ne semblait pas au mieux. Peut-être ces pauvres hères lui faisaient-ils de la peine à lui aussi ? Peut-être avait-il des regrets d'avoir persécuté jusqu'à épuisement des personnes qui ne lui avaient rien fait personnellement, mais qui – et c'était là leur unique faute – ne pensaient pas comme lui en matière de religion. Avait-il réalisé lui aussi que la foi n'était qu'un prétexte et que le pape, le roi de France et tous les barons du Nord ici présents n'agissaient que pour le pouvoir ? Sur les esprits, les corps, ainsi que sur les terres ? Et lui, pourquoi participait-il à cette infamie ? Il lui avait semblé percevoir des doutes dans sa voix lors du tournoi, il lui avait dit s'être croisé pour de mauvaises raisons.

Alba se détourna d'Arthus après que leurs prunelles se furent ardemment contemplées, une nausée soudaine lui torturant les entrailles face à une telle misère. Elle savait qu'elle souffrirait, mais pas à ce point.

Quelque part, dans son esprit, l'idée, déjà présente, se renforça.

Elle en ressentit un tel bienfait, une telle délivrance qu'elle dut se faire violence pour ne pas sourire.

Elle savait…

Elle n'avait jamais été aussi sûre d'elle…

Le vicomte de Péreille les mena au réfectoire. Montfort entra, fit quelques mètres et s'arrêta. Les croisés firent de même.

— Est-ce là que vous comptez m'installer ? s'irrita Jean en désignant de la main le mobilier spartiate ainsi que l'âtre dépourvu du moindre feu.

Le bois avait certainement fini par manquer.

— Nous ne possédons rien d'autre, messire.

Péreille lui donnait du « messire » par respect alors que l'autre ne faisait pas preuve de la moindre parcelle de chevalerie. Une bouffée de haine pour Montfort souleva son cœur.

— Faites apporter du bois ! ordonna-t-il, se tournant vers Ferrer. Et du vin !

Ce dernier s'inclina et obtempéra.

Passant près d'Alba, il la dévisagea. La jeune femme frémit ; elle avait le sentiment que le dominicain percevait son âme. Mais cela n'avait pas la moindre importance.

Comme elle n'avait pas peur de Montfort, elle n'avait pas peur de lui. Cet homme ne lui inspirait que du dégoût. Elle lui rendit son regard, sans ciller, et le vit, avec une certaine satisfaction, détourner les yeux, puis presser le pas.

Certainement la considérait-il déjà comme l'épouse du vicomte et certainement qu'accéder aux basses œuvres du vicomte de Montfort lui déplaisait...

Qu'il se débrouille avec cela ! Alba n'allait pas l'en plaindre, bien au contraire, que Montfort le commande comme un laquais la satisfaisait. Ô combien. Si Ferrer pouvait s'étouffer dans son orgueil blessé, cela ferait une ordure de moins sur cette terre.

Alba revint au moment présent.

Montfort s'était dirigé vers un banc. Alors que le vicomte de Péreille restait debout, il prit place, imité par ses plus proches vassaux – dont son oncle qui avait manifestement acquis une position de choix depuis les négociations de mariage et restait collé à Montfort –, et Des Arcis, les autres se pressant debout derrière lui.

Alba se retrouva assise aux côtés de Ciprian et en face... d'Arthus. Qui décidément, depuis qu'il l'avait revue, ne cessait de la dévorer des yeux et de chercher à la toucher. Peut-être lui avait-elle manqué autant qu'il lui avait manqué, peut-être regrettait-il les paroles, dures et implacables, qu'il avait eues à son égard lors de leur dernière entrevue. Peut-être que l'éloignement, loin d'amoindrir leurs sentiments, les avait au contraire renforcés... Elle aurait tant voulu se réfugier dans ses bras, retrouver leur sécurité, retrouver sa chaleur, son corps contre le sien, se laisser embrasser, l'embrasser en retour, lui dire... tout lui dire, tout lui expliquer... hélas, rien n'avait changé.

Elle sursauta lorsque les pieds du baron vinrent enlacer

les siens, mais, et alors qu'elle devrait reculer et échapper à tout contact, elle demeura là, le cœur battant, incapable de se soustraire à ce nouvel émoi qui prenait naissance en elle, dans son ventre… un frisson lui remonta l'échine, s'enroula autour de son cœur malheureux, apportant un apaisement bienvenu.

Elle n'était pas seule, Arthus était à son côté ; elle le lisait dans ses yeux. Mais sans doute ne le resterait-il pas s'il savait qui elle était, sans doute la honnirait-il, elle était cathare, lui, croisé… il s'était engagé à exterminer les hérétiques, à les faire brûler… de la même manière qu'elle, il ne pouvait renier ce qu'il était. Un monde entier les séparait. Et pourtant, en cet instant, la jeune femme aurait juré que cela n'avait plus la moindre importance et que leur amour était plus fort que tout, plus fort que les hommes.

Elle se prit à rêver de s'unir à Arthus, ainsi que d'une vie avec lui, ailleurs, loin des horreurs, loin de ces guerres intestines, loin de cette violence. Une vie où ils seraient heureux, amoureux, où rien d'autre n'existerait que leur amour. Et elle en conçut un tel ravissement que des larmes baignèrent ses yeux, qu'elle détourna, pour rencontrer ceux de dame Corba que des chevaliers maintenaient, ainsi que les autres femmes, massées contre le mur de pierres.

Elle l'avait reconnue, mais n'en laissa rien paraître, même lorsque, sur l'appel de son époux qui en avait fait la demande à Montfort, elle se dirigea vers leur tablée, un chevalier sur ses talons, qui manifestement n'osait pas la toucher.

Alba, satisfaite, en son for intérieur, que les croisés ne brutalisent pas les femmes, reporta son attention sur les hommes, qui n'avaient cessé de discourir alors qu'elle se perdait dans ses songes, se laissant entraîner sur un chemin qu'elle s'était pourtant juré de ne plus emprunter ; Arthus avait un tel effet sur elle qu'elle en oubliait tout le reste, jusqu'à ce que le désespoir de sa situation la rattrape. Car oui, elle souffrait. Elle souffrait de ne pouvoir appartenir à l'homme qu'elle aimait, elle souffrait d'en épouser un autre qu'elle exécrait, elle souffrait pour dame Corba et pour Braida qu'elle chercha dans l'attroupement des femmes et qu'enfin, elle aperçut, elle souffrait pour son père dont elle n'avait pas encore croisé le regard, ignorant s'il était encore en vie, elle souffrait pour son oncle, sa tante, ses cousins, qui pourraient eux aussi souffrir à cause d'elle et à cause de ses actes… elle souffrait tellement qu'un sanglot se bloqua dans sa gorge lorsqu'elle croisa le regard de Braida. Leurs prunelles s'accrochèrent, se parlèrent. Braida lui sourit, d'un sourire si chaleureux qu'il lui réchauffa le cœur. Tout comme dame Corba, elle ne semblait pas surprise de la revoir en ces murs. Il fallait qu'elle lui parle ! Elle ignorait quand et comment, mais il le fallait. Elle devait la rassurer, car son amie était apeurée. On le serait à moins, les chevaliers massés dans la pièce, lourdement armés, avaient de quoi effrayer.

— Mon épouse et ma fille pourraient vous apporter de quoi vous sustenter, entendit-elle après que dame Corba eut rejoint son époux. Nous possédons peu, mais serions heureux de le partager avec vous tous…

Quelle noblesse d'âme…

Ces gens étaient bons, foncièrement bons… Montfort ne le voyait-il pas ? Était-il à ce point aveugle ? Une bouffée de fierté gagna le cœur d'Alba en observant messire de Péreille dressé devant Montfort, avec pour seule arme sa foi, brandie comme un étendard ; sa foi et sa bienveillance, sa générosité. Hélas, à la raideur de Montfort, Alba comprit que cette attitude n'était pas celle à avoir. Elle ne l'émouvrait pas ; Montfort ne connaissait que la loi du plus fort et écrasait les plus faibles sans aucune compassion. Bien au contraire, il se délectait de la souffrance et manifestement, il enrageait de ne pas pouvoir laisser parler sa cruauté. Si cela ne tenait qu'à lui, il aurait déjà occis les retranchés de Montségur et fait tomber les murs. Mais il avait des comptes à rendre à l'Église ! Ce qu'il avait certainement du mal à accepter et à supporter, si elle en croyait ses mâchoires serrées.

Montfort eut un geste du poignet, empli de dédain, lâcha :

— Faites donc ! Cela nous occupera jusqu'à l'arrivée de ce cher Amiel !

Il grimaça.

Sans doute n'appréciait-il pas l'homme d'Église… s'ils pouvaient s'entretuer, cela arrangerait leurs affaires ! Mais Des Arcis, qui semblait plus tempéré et avait d'ailleurs fait appeler l'archevêque pour contrecarrer les projets de Montfort, les en empêcherait sans doute.

Dame Corba héla Braida. Cette dernière sortit des rangs, suivie par un autre chevalier qui, tout comme son comparse, resta à distance. Puis les deux femmes, toujours sous bonne garde, empruntèrent l'issue sur le côté pour se rendre, Alba le savait, au garde-manger.

Il fallait qu'elle agisse.

Maintenant.

Alba se leva, apostropha Montfort :

— Permettez, mon futur époux, que j'aide les prisonnières. Nous ne serons pas trop de trois pour vous contenter…

Par ces mots, Alba cherchait à le flatter, lui rappelant

qu'elle était sa promise, les habitants de la forteresse ses prisonniers, et que les femmes, dont elle-même, lui étaient dévouées.

— Faites donc, si cela vous amuse ! lui répondit-il du bout des dents, assorti de ce geste de la main plein de dédain dont il avait coutume d'user.

Alba fronça les sourcils, mais se tut.

Elle verrait à le faire revenir à de meilleurs sentiments plus tard. Dans l'instant, il lui fallait s'entretenir avec dame Corba et Braida.

Elle se pressa à la suite de ses amies, longea le couloir et se planta devant les deux chevaliers qui gardaient l'issue de la réserve.

— Le vicomte de Montfort m'a ordonné d'aider les prisonnières !

Ce n'était pas tout à fait de cette manière que les choses s'étaient déroulées, mais pourquoi ces hommes iraient-ils mettre en doute ses dires ? D'autant plus qu'ils s'étaient inclinés avec déférence.

L'un d'eux s'écarta, avec un « Je vous en prie, ma dame… », et son compagnon l'imita.

Sitôt entrée, Alba s'assura que les hommes leur tournaient le dos et s'empressa vers les deux femmes qui, ayant entendu sa voix, s'étaient retournées et la regardaient venir à elles, les yeux brillants de larmes.

— Que cachez-vous derrière vous ? demanda-t-elle, usant d'un ton tranchant tout en faisant de gros yeux à ses amies afin qu'elle comprenne qu'elle jouait un rôle. Mon maître veut le meilleur !

— Ce ne sont que quelques pommes, ma dame, ainsi que nos réserves d'eau, répondit dame Corba avec humilité.

— Eh bien, il me les faut ! Allons les chercher !

Dame Corba, comprenant les intentions d'Alba, la précéda. Arrivées dans la petite pièce attenante, à l'abri des regards, Alba tomba dans les bras de sa bienfaitrice, refoulant ses larmes. Elles restèrent de longues secondes enlacées puis Alba se détacha.

Il lui fallait rester prudente.

Si elle se faisait surprendre, c'en serait fait d'elle.

— Mon enfant, que faites-vous ici ? Avec ces hommes !

Alba lui prit les mains, jeta un regard vers l'issue.

— Je suis venue vous sauver, souffla-t-elle.

Dame Corba eut un regard de détresse.

— Mais enfin… cela n'était pas notre plan. Vous deviez rester à l'abri, attendre, et en aucun cas revenir ici.

Alba savait qu'elle ne comprendrait pas.

Elle s'y attendait.

— Je viendrai m'entretenir avec vous dès que je le pourrai et je vous promets d'intercéder en votre faveur auprès du vicomte de Montfort pour qu'il vous laisse la vie sauve.

Elle lui dirait plus tard qu'elle était destinée à l'épouser…

— Vous savez très bien ce qu'il exigera en retour, Alba ! Et vous savez également quelle sera notre réponse…

Alba s'empara des doigts de Braida, les serra, des larmes plein les yeux, après l'avoir regardée avec tout l'attachement qu'elle lui vouait.

Comme il lui était doux de les revoir. Les perdre lui était inconcevable.

Elle allait les prier de l'écouter et chercher à les convaincre lorsque des voix se firent entendre de l'autre côté.

Arthus…

— Quelqu'un vient ! lâcha-t-elle, alarmée, de l'urgence dans la voix.

Elle chassa ses larmes, s'empara prestement d'un plat de bois grossièrement taillé, dans lequel les deux femmes s'empressèrent d'entreposer des pommes.

— Ah, vous êtes là !

Alba fronça les sourcils en signe de contrariété, attaqua :

— Où voudriez-vous que je sois, baron ? Mon seul vœu est de plaire à mon futur époux !

Elle sentit dame Corba, à ses côtés, se raidir, mais, décidée à jouer son rôle jusqu'au bout, l'ignora.

— … quant à vous, vous n'avez rien à faire dans les cuisines ! le rabroua-t-elle, alors que son cœur la faisait atrocement souffrir d'être obligée de lui parler de la sorte. Retournez donc vers les vôtres ! lâcha-t-elle encore, avec tout le fiel dont elle était capable.

Elle ne pouvait se permettre de le laisser la surveiller, même si elle aurait donné son âme pour qu'il prenne soin d'elle et la protège. Mais hélas, leur destinée en avait décidé autrement.

— Cela suffit ! ordonna-t-elle à l'intention de ses amies, toujours occupées à remplir le plat, ignorant sciemment le baron.

Elle tendit ensuite le plat à dame Corba.

— Emportez cela dans la salle commune ! Et vous, ajouta-t-elle à Braida, n'avez-vous pas de viandes, d'autres fruits, des confiseries ?

Braida ouvrit de grands yeux, mais se reprit aussitôt et baissa la tête.

— Non, ma dame, nous n'avons plus rien, je suis désolée, murmura-t-elle.

— Pfff, allez ! assena-t-elle, la voix cassante.

Elle laissa dame Corba et Braida la devancer puis leur emboîta le pas.

Le baron la retint par le poignet lorsqu'elle passa à sa portée. Elle se retourna, le toisa avec toute la froideur dont elle était capable.

— Que vous arrive-t-il, ma dame, je ne vous reconnais plus, murmura-t-il.

— Peut-être ne me connaissez-vous pas aussi bien que vous le pensez, baron ! Et laissez-moi en paix à la fin !

Les mots ainsi que le ton employé le blessèrent, obligeant Alba à soutenir son regard douloureux et à museler son cœur pour ne pas souffrir avec l'homme qu'elle aimait.

— Maintenant, lâchez-moi ! acheva-t-elle.

Ce qu'il fit en desserrant son poignet, comme à regret, les sourcils froncés, le regard ombrageux. Ses doigts furent comme une caresse lorsque Alba s'éloigna, laissant derrière eux une traînée de feu. La jeune femme avait conscience de se comporter en harpie, capricieuse et versatile, mais elle n'avait pas le choix afin que le baron cesse de s'intéresser à elle et la couve d'attentions. Il fallait qu'elle se débarrasse de lui une bonne fois pour toutes. Peut-être qu'après cette altercation la laisserait-il tranquille !

Elle ignora son cœur douloureux et regagna la salle commune où les hommes continuaient de s'entretenir, le plat de pommes flétries devant eux, ainsi que des gobelets de bois et les pichets de vin apportés par Ferrer, debout derrière Montfort ; dame Corba et Braida, quant à elle, avaient repris leurs places avec les autres femmes, le long du mur, sous la surveillance des croisés.

Elle-même reprit la sienne et ignora Arthus qui vint se rasseoir face à elle.

— Du vin, cousine ? la questionna Ciprian en déposant un gobelet devant elle et en lui présentant l'un des pichets.

— Oui, s'il vous plaît !

Elle buvait rarement et peu mais devait reconnaître que la boisson détendait ses nerfs à chaque fois qu'elle s'était laissée aller à en boire. Présentement, elle en avait bien besoin pour oublier l'homme assis devant elle, dont elle percevait les prunelles pesantes sur elle sans avoir besoin de tourner la tête. Elle le fit pourtant, afin de le toiser à son tour sans équivoque, profitant de ce que Montfort s'entretenait avec ses chevaliers et ne lui portait aucune attention, messire de Péreille toujours debout à ses côtés, toujours flanqué de Bertrand Marty et de son parent, Pierre-Roger de Mirepoix.

Cessez ! eut-elle envie de crier au baron.

Évidemment, elle n'en fit rien, se contentant de le rabrouer en silence.

Il jeta un coup d'œil sur le côté, en une invitation à le suivre à l'extérieur.

Était-il fou ? Que pouvaient-ils bien encore se dire, ses mots étaient pourtant clairs ! Et ils ne devaient pas être vus ensemble plus que nécessaire…

Elle fronça les sourcils en signe de dénégation, but une gorgée de son breuvage, de façon la plus détachée possible, alors que son cœur continuait de battre la chamade et de souffrir sans relâche. Oui, elle souffrait de le faire souffrir et elle aurait aimé qu'il le comprenne sans qu'elle ait besoin de mettre des mots.

— Allez-vous bien, cousine ? Je vous trouve bien pâle…

— Je vais bien, Ciprian…

S'éleva alors la voix de Montfort :

— Ma dame, allez donc préparer ma chambrée puisque je n'ai pas de valets pour le faire ! Nous passerons la nuit ici !

Alba se leva aussitôt et sortit de sa place, ravie d'échapper aux yeux inquisiteurs d'Arthus.

— J'ignore où se situent les chambres, mon seigneur, peut-être la maîtresse des lieux pourrait-elle me venir en aide ?

— Ainsi que ma fille, vicomte, ajouta messire de Péreille. Vous installerez le vicomte de Montfort dans mes quartiers, ma mie, enchaîna-t-il à l'intention de dame Corba.

— Certes, mon époux, répondit celle-ci, s'avançant.

Le chevalier croisé la laissant sortir des rangs, elle vint s'incliner devant Alba.

— Ma dame, si vous voulez bien vous donner la peine…

— Je vous suis ! répliqua la jeune femme avec dureté, réprimant une grimace comme si le fait de côtoyer la femme de Péreille la dérangeait. Que dois-je faire ensuite, mon seigneur ?

— La dame de Péreille a bien un petit recoin où vous loger ? À moins que vous ne retourniez au campement !

— Je préférerais rester près de vous, mon seigneur, si vous le permettez, et j'aurais une requête…

Montfort éleva un sourcil.

— Qui est ?

Malgré l'œil méchant de Montfort, Alba ne se déroba pas :

— J'aimerais porter de l'eau aux prisonniers au-dehors, mon seigneur, par… par pure charité chrétienne, et pour m'occuper. Je prenais soin de malades, au couvent, insista-t-elle.

Montfort se mit à rire.

— Si cela vous agrée, faites donc, cher ange ! Pendant que nous autres discutons des modalités des…

Il s'interrompit, cherchant ses mots.

— Des procès ! termina pour lui Amiel. Qui devront débuter au plus vite…

— Certes, certes, mon père, je le concevais ainsi ! Plus vite nous en terminerons avec cette affaire d'hérésie, plus vite nous rentrerons dans mon fief ! Et plus vite je pourrai épouser cette perle ! acheva-t-il en désignant Alba de la main.

Alba, ignorant celui d'Arthus toujours pesant, croisa, rougissante, le regard peiné de dame Corba qui, manifestement, compatissait et ne semblait pas la juger alors qu'elle les avait trahis en quelque sorte en revenant à la forteresse ; son père et le couple de Péreille l'avaient fait partir de Montségur afin que perdure leur foi, pas pour y revenir avec l'armée croisée.

Alba lui avait exposé son désir de les sauver, mais que pouvait une femme seule contre une armée entière ? C'était certainement ce que dame Corba pensait…

— Ciprian pourra-t-il m'accompagner ? s'enquit encore la jeune femme.

— Faites selon votre bon vouloir, ma dame, vous avez toute ma confiance !

Le voilà donc rendu à de meilleurs sentiments, pensa Alba, satisfaite de la tournure des événements.

— Jeune Cazilhac, je vous confie ma promise…

— J'en prendrai grand soin, seigneur, je vous le promets, clama Ciprian avant de sauter sur ses pieds. Par quoi commençons-nous, cousine ?

— Par les quartiers de mon seigneur, selon ses ordres, mon cousin. Nous vous suivons ! ordonna-t-elle à dame Corba.

Cette dernière s'inclina de nouveau avec déférence.

— Par ici, ma dame…

Alba lui emboîta le pas, suivie de Ciprian.

Ils sortirent, traversèrent la cour en direction de la tour carrée, là où se situaient les chambres des chevaliers *faydits* les plus émérites, dont son père – qu'Alba ne put apercevoir parmi les hommes massés contre les murs sous surveillance des croisés –, ainsi que celle du vicomte de Péreille, tout en haut. Ils montèrent l'escalier en silence, l'atteignirent. Sitôt la porte franchie, dame Corba lui désigna la couche, une paillasse recouverte d'une couverture crasseuse, et s'excusa de la pauvreté du lieu. Le fait était que, hormis la paillasse, un coffre, ainsi qu'une tenture défraîchie, la chambrée ne recelait aucune commodité.

Alba lui saisit la main, que dame Corba, après un regard inquiet en direction de Ciprian, lui abandonna.

— N'ayez crainte, ma dame, Ciprian est avec nous, la rassura-t-elle. Il sait tout de moi, de nous… quant à Montfort, il s'en contentera ou devra aller dormir ailleurs !

Que Montfort se désigne en maître de la citadelle n'avait pas l'air de heurter sa bienfaitrice. Elle semblait comme privée de vie, alors qu'elle l'avait connue si enjouée et vive. Mais quoi de plus normal : les retranchés de la forteresse s'étaient rendus après des jours et des jours de siège, ils étaient tous éreintés, marqués par les privations, sans le moindre espoir d'être sauvés. Sans doute avaient-ils hâte que leur calvaire s'achève et accepteraient-ils leur sort avec fatalisme ; leurs existences étaient entre les mains de leur Seigneur, leur Dieu tout-puissant. Ce qu'Alba comprenait… elle-même était dans ce même état d'esprit, Dieu pourvoirait à leur bonne fin et si Son dessein était de les faire mourir, eh bien, ils mourraient.

— Ainsi, vous êtes promise à cet homme ?

Alba serra ses doigts, se voulant rassurante.

— Oui, mon oncle a œuvré dans ce sens avant mon arrivée. C'est une aubaine, ma dame, je vais pouvoir intercéder en votre faveur. Vous sauver…

Elle s'enflammait.

Dame Corba ne comprenait-elle pas qu'elle avait elle-même œuvré pour eux…

— Vous ne pouvez rien pour nous, mon enfant, dit dame Corba d'une voix douce. Ils nous demanderont d'abjurer, ce que je ne ferai pas.

Les yeux de la jeune femme s'emplirent de larmes.

— Et Braida ? Et mon père ? Savez-vous où je peux le trouver ? Je ne l'ai pas vu parmi les hommes au-dehors.

Il lui tardait de pouvoir échanger quelques mots avec lui, de voir s'il était en santé, s'il se portait bien.

— Il devrait y être pourtant… quant à la décision de Braida, et de votre père, ils feront selon leur cœur. En leur âme et conscience.

— Réfléchissez, ma dame, vous pouvez vivre, retourner dans le monde tout en conservant votre foi en votre cœur. Ce que vous pensez ne regarde que vous…

— Et vivre cachée, sans pouvoir prier et œuvrer comme je l'entends ? Jamais, Alba, j'en suis incapable. Notre foi se vit au quotidien, notre devoir étant d'aider notre prochain, de prodiguer la bonne parole, la parole de Dieu, afin de rendre cette terre meilleure, plus juste, et que les malheureux cessent de souffrir du joug des puissants. Nous voulons le partage et l'harmonie, l'amour entre les hommes, l'équilibre entre les hommes et les femmes. Si cela est impossible, à quoi bon ?

— Je vous en supplie, ma dame, tenta encore la jeune femme. Il suffit de patienter. Il y aura des jours meilleurs. Peut-être un jour le monde se rendra compte de son erreur et la foi cathare renaîtra. Ou alors, nous irons ailleurs, en Lombardie, vous m'en avez parlé, vous serez bien là-bas…

— Jusqu'à ce que les dominicains viennent nous en chasser… je ne peux pas renier ma foi, Alba, je suis prête à mourir pour elle.

Elle semblait si déterminée à finir en martyre que le cœur de la jeune femme se serra, ainsi que sa gorge, lui donnant une affreuse envie de pleurer.

— Pourtant, c'est ce que vous m'avez dit lorsque je suis partie, que je devais continuer, faire perdurer notre foi… c'est bien ce que vous vouliez, non ? Alors pourquoi ne le pourriez-vous pas vous-même ?

— Je ne renierai pas ce que je suis !

Alba allait la supplier de réfléchir encore lorsque Ciprian s'interposa :

— Pardonnez-moi, mes dames, mais nous devons redescendre, ou Montfort pourrait s'interroger sur notre trop longue absence.

— Vous avez raison, Ciprian, nous devons rester prudents. Avez-vous d'autres couvertures, ma dame, soupira Alba.

— Une seule…

— Cela fera l'affaire.

Montfort n'aura qu'à dormir tout habillé ou avec Ferrer pour se tenir chaud !

Dame Corba se dirigea vers le coffre, l'ouvrit et en sortit une couverture, aussi élimée et trouée que celle de la paillasse, qu'elle tendit à Alba.

Montfort pourrait toujours regagner sa tente du campement s'il n'était pas satisfait ! Rien ne l'obligeait à rester en ces lieux.

La jeune femme s'en empara et la mit sur l'autre,

espérant que son « promis » ne change pas d'avis et l'oblige à partager sa couche. Si Montfort la contraignait, que ferait-elle ?

Non, cela ne se pouvait, se rassura-t-elle, il y avait des lois, Montfort ne pouvait exiger qu'elle lui cède sa virginité avant qu'ils soient unis par les liens sacrés du mariage. En outre, n'avait-il pas ordonné qu'un petit coin lui soit attribué ? Elle trouverait elle-même où dormir, loin de ce pourceau qui allait devenir son époux et qu'elle exécrait toujours de toute son âme.

— Voilà ! Allons, maintenant ! dit-elle, se redressant, après avoir lissé la couverture sur la précédente.

Elle invita dame Corba à les précéder et la suivit, Ciprian derrière elle. Elle pourrait demander à son cousin de rester auprès d'elle la nuit, mais alors, elle ne serait pas libre de ses mouvements si toutefois elle voulait s'entretenir avec son père. Et encore une fois, elle ne pouvait le mettre en danger. Si elle était prise et démasquée, mieux valait qu'elle soit seule.

Ils entrèrent dans la réserve par une autre porte, Alba ayant réitéré son désir d'apporter à boire aux prisonniers, dehors. Dame Corba s'empara d'un pichet de bois, laissa tomber à l'intérieur quelques feuilles de menthe, le remplit à un tonneau, et le lui mit entre les mains.

— Ne préféreraient-ils pas du vin ?

— Nous ne buvons que très rarement du vin, Ciprian, nous préférons l'eau…

— Pourtant, elle peut ne pas être bonne !

— C'est pour cela que dame Corba y glisse quelques feuilles de menthe poivrée, réputée pour l'assainir.

Ciprian hocha la tête, s'empara de l'autre pichet que

dame Corba lui tendait puis ensemble, ils se rendirent dans la cour.

— Le seigneur de Montfort nous a permis de donner à boire aux prisonniers, dit Alba, une fois tous trois rendus vers les gardes.

Ces derniers s'écartèrent pour leur permettre d'avancer vers les hommes, assis le long du mur, collés les uns aux autres. Ils avaient piètre allure. La plupart semblaient dormir. Alba sentit son cœur battre plus fort lorsqu'elle reconnut son père parmi eux, à quelques mètres d'elle, plongé dans le sommeil, les mains abandonnées sur ses cuisses. Elle contint son émoi, s'empara d'un gobelet de bois dont dame Corba avait eu la présence d'esprit de se munir, s'agenouilla devant l'homme le plus proche et lui mit la main sur l'épaule pour le réveiller.

Il ouvrit les yeux, surpris.

Alba lui tendit le gobelet après que dame Corba, près d'elle, l'eut rempli.

— Tenez, mon brave…

Il saisit l'objet, but avec avidité.

— Merci, ma dame, que Dieu vous bénisse…

Elle lui répondit d'un sourire, passa au suivant après avoir enjoint Ciprian à servir les hommes à sa gauche. Ils étaient nombreux, mais pas autant qu'elle l'aurait cru. Beaucoup étaient certainement tombés sous les coups des croisés. Elle s'abstint de poser la question à dame Corba afin de ne pas éveiller les soupçons des chevaliers postés derrière elle, dont elle sentait la vigilance comme une menace. Elle voulait parler à son père mais hélas, sans doute ne le pourrait-elle pas et devrait-elle attendre la nuit. En espérant qu'ils seraient emmenés à l'écart et que seulement quelques gardiens veilleraient.

Enfin, elle fut près de son père.

Comme elle le fit pour les autres, elle lui secoua l'épaule.

Il s'éveilla, posa sur elle ses prunelles bleues si semblables aux siennes, emplies de lassitude.

— Mon enfant, murmura-t-il, surpris, lorsqu'il la reconnut.

Alba, la gorge serrée, refréna son désir de se jeter sur le corps de son père afin de l'étreindre de toutes ses forces pour lui prouver son amour et combien elle était heureuse et soulagée de le savoir vivant.

— Tenez, mon brave, dit-elle aussitôt en lui tendant un gobelet plein avant qu'il ne les trahisse, tout en le regardant intensément. Vous devez avoir soif…

Guillaume de Montolieu saisit le gobelet et but, empressé.

— Vous êtes bonne, mon enfant, soyez bénie…

— Je reviendrai…

C'était là tout ce qu'elle pouvait lui dire.

Oui, elle reviendrait, elle l'espérait en tout cas.

Chapitre 26

Alba attendit quelques heures avant d'ouvrir la porte de la pièce que lui avait allouée dame Corba, mieux qu'un « petit coin », puisqu'il s'agissait de celle attenante au dispensaire où elle remisait ses simples. Une pièce qu'Alba connaissait bien, pour être restée des heures à écouter les enseignements de sa bienfaitrice, aux côtés de Braida. Braida, qui leur avait servi le dîner dans la salle commune, accompagnée de sa mère et de deux autres femmes, tandis que les autres étaient conduites, sous bonne escorte, dans ledit dispensaire où elles pourraient s'aliter pour la nuit. Braida et dame Corba les avaient ensuite rejointes, alors qu'elle-même gagnait l'apothicairerie.

Ciprian, assis contre le mur, se redressa.

— Savez-vous où est mon père ?

Elle avait demandé à Ciprian de se renseigner auprès des chevaliers.

— Dehors. Avec les autres hommes. Des Arcis s'est vu octroyer une chambre, ainsi qu'Amiel. Les autres dorment dans la salle commune. Au sol. Ou… où ils le peuvent.

— Les gardes sont nombreux ?

— Non. Qui irait libérer ces malheureux ? grimaça-t-il. La plupart dormiront sur leurs deux oreilles.

— Je vais le voir. Ensuite, j'irai chercher Braida pour la conduire à ma chambre.

— Voulez-vous que je vous accompagne ?

— Non, Ciprian. Je préfère prendre ces risques seule, sait-on jamais.

Ciprian se releva, fouilla dans ses chausses.

— J'ai pris cela pour vous, souffla-t-il en se rapprochant. J'ai pensé qu'elle pourrait vous servir, présentement et… plus tard, ajouta-t-il en lui tendant une lame effilée munie d'un petit manche en corne.

Lors de sa nuit de noces, par exemple…

— Saurez-vous vous en servir ?

Alba saisit l'arme, posa son doigt sur la pointe puis la glissa dans la poche de sa robe, entre les plis.

Parfait…

— Mon père me l'a enseigné. Je saurai.

— Fort bien, soyez prudente.

— Ne vous souciez pas de moi, cousin, tout se passera bien… et les femmes ? demanda-t-elle encore.

Ciprian devait intercéder auprès de Balthazar afin que ce dernier veille à ce qu'il ne leur arrive rien de fâcheux.

— Lui et des amis de confiance les surveilleront. Quant aux mercenaires, ils ont rejoint le campement où les attend certainement une pleine brouette de ribaudes.

Arthus faisait-il partie des amis de Balthazar placés devant le dispensaire ?

Elle ne posa pas la question.

— Comment allez-vous procéder ? s'enquit Ciprian, comme s'il lisait dans son esprit.

— Je peux toujours dire que je n'arrive pas à dormir et que j'ai besoin de prendre l'air ?

— Toute seule, cela n'est pas très judicieux…

Il avait raison !

Comment faire ?

— Je vais trouver. À très vite.

Elle s'avança, lui déposa un baiser sur la joue.

— Faites attention à vous, souffla-t-il, lui effleurant la main. Je vous aime, cousine.

— Je vous aime aussi, Ciprian…

Ils s'enlacèrent, unis par une tendre amitié qui leur venait de l'enfance.

Après un dernier regard, Alba s'éloigna, pour marquer un temps d'arrêt à l'entrée du dispensaire. Toutes les femmes semblaient endormies, sauf une, qui lisait à la lueur d'une bougie. Elle reconnut le profil de Braida, sa longue natte brune. Alba se pressa vers elle, veillant à ne réveiller personne et, lorsqu'elle releva la tête, lui fit signe de la suivre, un doigt posé en travers de ses lèvres. Son amie, bien que semblant surprise, sortit de sous la couverture, revêtit sa cape et la rejoignit.

Alba la saisit par la taille quand elles furent rendues à la porte, souffla à son oreille :

— Voulez-vous bien m'aider à aller voir mon père, petite sœur ?

— Tout ce que vous voudrez, rétorqua son amie à voix basse, tant je suis heureuse de vous revoir. J'ai tellement de choses à vous raconter…

— Vous viendrez dormir avec moi, comme avant. Ainsi, nous pourrons tout nous dire.

— Cela me plairait tellement.

— Vous avez peur ? questionna Alba.

— Non… Dieu me guide, et j'ai mon Pierre.

Braida avait-elle un aimé ?

— Vous me raconterez tout… allons ! Faites semblant d'être malade et laissez-moi faire.

Braida acquiesça.

Alba respira un bon coup, resserra d'une main son mantel contre sa poitrine, et ouvrit la porte. Après trois pas, elle regarda à gauche, puis à droite, en direction des chevaliers gardant la porte.

Son regard croisa celui d'Arthus.

Quelle guigne !

— Je fais prendre l'air à cette jeune femme, elle est souffrante…

Le baron se mit debout.

— Voulez-vous que je vous accompagne ?

Le cœur d'Alba se serra, comme à chaque fois qu'elle était en présence de cet homme.

Que faisait-il d'elle, bon sang ?

Depuis le début, elle n'avait cessé de se poser la question du « pourquoi » et du « comment » sans jamais trouver de réponse ; parce qu'il était lui, et qu'elle était elle… parce que leurs âmes étaient destinées à s'unir, sinon, pourquoi se retrouvait-il constamment sur son chemin ? Depuis le jour de leur rencontre, ils se croisaient, encore et encore… Dieu jugeait certainement sa résistance, et la force de sa foi.

Elle ne faillirait pas… ne le décevrait pas ; elle était parfaite, elle lui appartenait, corps et âme…

— Ce ne sera pas nécessaire, baron ! répondit-elle abruptement.

— Comme vous voudrez ! répondit-il de la même façon.

Il eut un mouvement sec du bras pour qu'elles déguerpissent

et Alba eut un petit coup au cœur de se voir ainsi évincée, lui qui se comportait toujours avec déférence, voire parfois avec une certaine dévotion. Il était en colère contre elle, il lui en voulait, il avait du ressentiment. Elle devrait en être satisfaite, c'était exactement ce qu'elle voulait, qu'il la déteste pour mieux s'éloigner d'elle, mais elle en conçut un tel chagrin et une telle souffrance que des larmes embuèrent ses yeux.

Mon Dieu, aidez-moi à l'oublier…

Elle continua d'avancer, lestée de son amie, sans un regard en arrière. Elle devait se montrer dure, intraitable, elle n'avait pas le choix, elle n'avait jamais le choix, elle subissait, c'était là sa destinée. Une destinée qu'elle avait sciemment choisie et il n'y avait pas à y revenir. Une peine immense poignarda son cœur, la fit trembler.

— Vous avez froid ? demanda Braida.

— Non, petite sœur, je vais bien, assura-t-elle en reniflant.

— Je n'en ai pas le sentiment, pourtant… c'est… cet homme ? Ce beau chevalier ?

Était-elle si transparente, bon sang !

Voici qu'en plus elle jurait ! Et ce n'était pas la première fois. Non, décidément, le baron, depuis le début, la transformait.

— C'est un croisé, Braida ! tenta-t-elle.

Elles allaient à petits pas au travers de la cour, serrées l'une contre l'autre. Des torches avaient été allumées tout le tour, contre les murs, leur permettant de se repérer. Ce qui permit également à Alba de repérer son père parmi les hommes, eux-mêmes assis au pied de la muraille. Elle remarqua alors que les masures avaient été détruites et que tous étaient rassemblés, plutôt que disséminés entre, de tous côtés de la cour.

La jeune femme prit la direction de l'escalier menant au chemin de ronde, la mort dans l'âme. Que croyait-elle ? Il lui serait impossible de parler à son père. Pas dans l'instant, du moins. Pas tant que le baron veillait. Elle allait devoir patienter. Son père lui rendit son regard, il l'avait reconnue. Savoir qu'il allait bien lui suffirait pour le moment, mais elle avait vraiment besoin de lui parler, de l'assurer de son amour. Il lui avait tellement manqué. Comme tous ici, elle le comprenait maintenant qu'elle se retrouvait entre ses murs ; sa véritable maison…

Son père se mit à tousser.

D'une vilaine toux qui sembla le faire souffrir. Si seulement elle pouvait lui venir en aide. Elle allait demander à Braida si elle savait quelque chose à propos de la maladie de son père lorsqu'elle se contint. Deux hommes se dirigeaient vers eux. Elle reconnut Ferrer, accompagné d'un chevalier. Elle eut peur, soudain, que le dominicain lui pose des questions quant à sa présence dans la cour, qu'il s'en inquiète et la soupçonne d'accointance avec les hérétiques, mais il ne lui adressa qu'un vague regard indifférent lorsqu'ils se croisèrent. Alba le suivit du regard et le vit entrer dans la tour carrée. Il ne pouvait se rendre qu'à un endroit : chez Montfort !

Bizarre, à cette heure tardive…

Que pouvaient-ils donc encore fomenter ? Quel commerce ces deux-là entretenaient-ils ? Qu'est-ce qui pouvait pousser Montfort à recevoir le prêtre dans ses quartiers à cet instant ? Mais après tout, qu'ils dansent avec le diable si cela leur faisait plaisir !

Alba s'en désintéressa, continua sa marche.

Elles atteignirent l'escalier, dans lequel elles s'engagèrent.

Braida se redressa, demanda :

— Alors, Alba, ce chevalier ? J'ai trouvé qu'il avait une façon particulière de s'adresser à vous.

Alba feignit la surprise :

— Ah oui, comment ?

— Je ne sais pas… j'ai cru déceler une certaine… chaleur… dans sa voix.

— Vous vous trompez, Braida. Parlez-moi plutôt de Pierre. Qui est-il ?

Elles arrivèrent en haut et Alba, son bras toujours passé en travers du dos de son amie, leur fit prendre sur la droite, où elle savait trouver un banc. Il était toujours là. Elles s'y assirent, se prirent la main. Alba leva les yeux, contempla les étoiles au-dessus de leurs têtes. C'était si calme… et le ciel était magnifique. Noir d'encre, sans aucun nuage. La lune, descendante, les regardait du haut de son royaume. Elle aussi magnifique. Dame Corba lui avait parlé de cet astre ; elle était si érudite, Alba aurait passé sa vie à l'écouter et c'était certainement ce qu'elle aurait fait si sa destinée n'en avait décidé autrement et les avait séparées…

Alba serra les doigts de son amie, restée, comme elle, silencieuse.

Avisant des chevaliers venir à elles, Alba, le cœur battant, s'empressa de demander à Braida de poser sa tête contre son épaule et de feindre d'être malade. Son amie s'exécuta, après avoir passé son bras sous le sien pour être au plus près d'elle.

Les chevaliers passèrent devant elles sans même leur accorder un regard.

Elle avait eu peur pour rien !

Sans doute l'avaient-ils reconnue et ne voulaient pas s'attirer d'ennuis avec Montfort en questionnant sa promise sur ses faits et gestes. Après tout, Braida pourrait être une de ses suivantes…

Qu'importaient les raisons, ils les laissaient en paix et c'était tout ce qui comptait.

— Le ciel est si beau… j'aimerais tellement que Pierre soit ici, avec moi… nous avions l'habitude de nous promener, le soir, avant votre arrivée.

— Vous l'aimez ?

— Plus que tout, soupira Braida. Et lui aussi m'aime. Il est le petit-fils d'un chevalier *faydit* et est venu récemment nous rejoindre. Nous nous sommes aimés au premier regard… c'était comme…

— Une évidence ? acheva Alba, les larmes aux yeux, pensant à sa propre histoire d'amour.

Pour autant, elle n'avait rien en commun avec celle de son amie. Braida et Pierre pouvaient s'aimer, rien ne les en empêchait, alors qu'Arthus et elle, c'était impossible ; un monde les séparait, une foi, des horreurs, ce que ceux de sa foi faisaient à la sienne…

— C'est cela, une évidence, entendit-elle Braida prononcer, du soupir dans la voix.

— Où est-il ?

— En bas, avec les autres hommes… il me manque tellement… mais je suis sûre qu'il pense à moi, là, dans l'instant, comme je pense à lui. Nos âmes sont liées. Cela me donne le courage de supporter notre séparation. Et du courage lorsqu'il faudra supporter le reste.

— Comment cela ? demanda Alba après quelques secondes de silence pendant lesquelles elle s'était abîmée dans ses propres pensées, vers son propre amour, bien au chaud dans son cœur.

— Nous avons eu le temps d'y réfléchir, de nous préparer, ma mère nous a guidés…

— Qu'entendez-vous par là ?

— Nous sommes prêts à quitter cette terre, Alba, et à retourner vers notre Seigneur.

Alba baissa la tête, contempla son amie. Sa gorge se noua face à son regard brillant levé vers le ciel.

Elle comprenait…

Elle comprenait pourquoi ils n'avaient pas l'air si abattus, pourquoi ils acceptaient leur sort sans combattre. Ils étaient déjà passés dans l'autre monde, ils l'appelaient de tous leurs vœux. Bien sûr… c'était cela… et ils avaient raison… à quoi bon continuer de vivre ici-bas ? La paix de Dieu emplit le cœur d'Alba, tout comme la vision d'un monde de paix et d'amour. Ailleurs. D'un monde sans sang ni larmes, d'un monde où chaque être avait sa place, son importance, comme chacun des rouages d'une roue infinie qui s'effondrerait si l'un d'eux venait à manquer.

— Je regretterai juste de ne pas avoir passé assez de temps avec mon Pierre. Mais nous nous sommes aimés, oh oui, comme nous nous sommes aimés. Rien ne vaut l'amour d'un homme, Alba, j'ai également compris cela… il peut être aussi grand et beau que celui de Dieu, et il nous rend heureuses. Lorsque… pardonnez-moi, mais lorsque j'appartiens à Pierre, j'ai le sentiment de toucher les cieux. Je n'ai jamais été aussi heureuse que dans ses bras. Et depuis, je ne me sens plus jamais seule.

— Je comprends…

Oui, Alba comprenait, elle aussi avait touché du doigt la félicité en partageant des baisers avec Arthus, en sentant son corps puissant contre le sien. Elle avait ressenti un embrasement tel qu'elle avait eu le sentiment de s'élever au-dessus des êtres et des choses, et oui, cela avait été… magique, sublime, incroyablement voluptueux. Et incroyablement bon. Elle s'était alors demandé ce qu'elle ressentirait en laissant Arthus la posséder, puis elle avait vite chassé cette immonde pensée de sa tête. C'était son corps qui parlait, et non son esprit. Le corps était mauvais… il faisait prendre de mauvaises décisions. Quant à se sentir seule, elle n'en souffrait pas ; Dieu était dans son cœur, il la guiderait et la conduirait à une bonne fin.

— Je suis heureuse pour vous, Braida, si c'est là votre choix…

— J'ai trouvé l'amour… mon preux chevalier… vous souvenez-vous lorsque nous rêvions de cela, le soir, avant de nous endormir ?

— Je me souviens, murmura-t-elle, la voix cassée.

Elle avait trouvé son preux chevalier, mais leur amour était impossible. Les regrets l'envahirent, qu'elle chassa aussitôt. Elle n'allait pas encore ressasser ! Elle était passée à autre chose, sa décision était prise.

Braida se pressa contre elle.

— J'aimerais tellement que vous aussi vous soyez heureuse.

— Je le suis, Braida, Dieu est dans mon cœur.

— Si vous le dites…

— Votre mère m'a faite parfaite avant que je quitte la forteresse, avoua-t-elle. J'ai voué ma vie à Dieu ainsi qu'à mes semblables. Ma propre existence m'importe peu…

— L'important est de quitter cette terre dans l'amour, quel qu'il soit… et sans regret.

— Une bonne fin…

— C'est cela, une bonne fin, soupira son amie. D'autant plus aisée que nous ne sommes pas seules.

Braida avait son Pierre, et elle-même aurait son Dieu. Il lui apporterait le courage dont elle avait besoin.

— Vous êtes décidée à ne pas renier notre foi ?

Elle ne chercherait pas à la convaincre, car au fond de son cœur, elle partageait sa détermination.

— Je le suis. Pierre et moi mourrons heureux et comblés par ce que nous avons partagé. Nous nous retrouverons dans une autre vie, comme toutes les âmes qui s'aiment d'un amour absolu et sont destinées l'une à l'autre.

C'était également ce qu'elle avait pensé pour Arthus et elle, qu'ils se retrouveraient s'ils étaient faits l'un pour l'autre.

Elle demeura coite quelques secondes, puis demanda :

— Avez-vous besoin de quelque chose ?

Elle aimerait tellement adoucir leurs derniers instants.

— Mère nous a proposé de nous donner un élixir, pour nous rendre, disons… euphoriques, ou… moins conscients… nous avons refusé.

— Et mon père ?

— Il est malade…

— J'ai remarqué qu'il toussait.

— Il n'y a pas que cela… il se meurt, je crois…

Ce fut au tour de Braida de lui serrer la main.

— Vous savoir à ses côtés l'aidera, j'en suis sûre…

Une larme roula sur la joue d'Alba.

— Que vous soyez aux miens m'aidera aussi… je demanderai peut-être de l'élixir à votre mère. Pour lui. Pour que sa fin soit plus douce, car tout comme vous, il n'abdiquera pas, il me l'a fait comprendre. Il est fatigué. Peut-être se sentait-il déjà malade lorsqu'il me l'a avoué.

Peut-être est-ce aussi pour cela qu'il m'a obligée à partir, à le quitter.

— Il voulait que vous viviez…

— Je me demande pourquoi ? Lorsque l'on voit ce qu'est la vie ici-bas…

— Il vous a au moins laissé le choix. Vous avez le choix de vivre si vous le souhaitez, Alba.

La jeune femme se tourna, prit son amie par les épaules pour qu'elle soit face à elle.

— Vous aussi vous avez le choix, Braida.

— Jésus est mort pour nous, c'est à notre tour de nous sacrifier pour lui… après tout, nous ne sommes pas les premiers ni certainement les derniers à être sacrifiés pour notre foi.

— Pourquoi, Braida ? Pourquoi les catholiques nous en veulent-ils au point de nous exterminer ?

— Je crois qu'à l'instar des premiers chrétiens, nous constituons un contre-pouvoir, nous remettons en cause le système féodal, le ciment même de ce monde-ci, du moins, dans le royaume de France. Nous refusons les taxes, nous refusons de nous soumettre à la foi en vigueur, nous voulons vivre libres et cela dérange. L'attrait de notre contrée a fait le reste, je crois…

— Pourtant, Raymond VII nous a donnés à la France ! Les barons du nord n'ont plus besoin de nous envahir puisqu'à sa mort, notre terre tombera dans l'escarcelle du royaume des Francs. Qu'ils rentrent chez eux et nous laissent vivre en paix !

— Ce n'est pas si simple, j'en ai bien peur, renchérit Braida. Le pape nous veut à genoux et si nous voulons perdurer dans les mémoires et que le monde se souvienne de nous, nous devons nous sacrifier et mourir en martyrs.

Alors, nous posséderons à jamais une sorte de… vérité. Peut-être ceux qui suivront, les enfants de nos enfants, continueront… peut-être qu'avec eux perdurera notre foi… c'est ce que mes parents et votre père voulaient pour vous, je crois, que vous continuiez, pour nous tous… parce qu'ils vous savaient capable de vous battre et de survivre. La preuve, vous êtes ici… alors que rien ne vous y destinait. Vous avez réussi à séduire le vicomte de Carcassona, et bientôt, vous deviendrez sa femme. Vous pourrez continuer, Alba, pour nous tous. En souvenir de nous. Et vos enfants après vous. Certains ont déjà rejoint la Lombardie et lorsque les temps seront revenus au calme, ils reviendront eux aussi.

— Oh… c'est pour cette raison qu'il y a moins d'hommes ? Tous les manquants ne sont pas morts ?

— Non, Alba, ils sont partis de leur propre chef…

C'était ce que lui avait confié dame Corba au moment de son départ ; que d'autres suivraient. Comme à l'époque, elle fut rassurée à la pensée que d'autres œuvreraient pour que survive leur foi. Maintenant que le fait était avéré, son cœur s'en trouva allégé.

— Je suis soulagée…

Braida enserra ses doigts, souffla :

— Nous sommes un tout, mon amie, nous participons à un bien commun, à un futur commun, pour nous rapprocher de Dieu et laver à notre tour les péchés des hommes. Vu comme ils se comportent, nous ne serons jamais trop… et nous lui prouvons ainsi notre foi, tout en gagnant notre salut, ainsi que notre liberté. En plus de vivre dans un monde meilleur.

— Certes…

Alba savait tout cela, ces vérités faisaient partie de sa

foi ; elle était préparée au sacrifice puisque bon nombre d'entre eux faisaient le choix de mourir pour leur foi dans un acte délibéré, décidant ainsi de leur destinée en tant que victime de la violence des hommes ; ils laisseraient leur témoignage dans l'histoire. Les bourreaux deviendraient à contrario exécrables et détestés alors que les martyrs s'élèveraient vers Dieu et se rapprocheraient du divin, ce à quoi tout croyant aspirait.

— Et vous, alors ? questionna subitement Braida. Ce beau chevalier ?

Alba eut un petit rire.

— Comme je vous l'ai dit, c'est un croisé ! Un baron du nord, un étranger venu nous exterminer sur ordre du pape et du roi de France ! Comment pouvez-vous une seule minute penser que je puisse être attirée par lui ?

— Parce que vous l'êtes, mon amie !

Bon sang, tout le monde se rendait-il compte de ce qu'elle voulait à tout prix cacher ? Ciprian, sa tante, et maintenant Braida…

— Comment le savez-vous ?

Par ces mots, elle avouait, mais Braida était son amie, sa sœur, elle ne la jugerait pas.

— Je l'ai senti, continua cette dernière. J'étais tout contre vous. Je vous ai perçue sursauter, j'ai senti votre cœur accélérer ainsi que votre souffle. L'aimez-vous ? demanda-t-elle à son tour.

— Oui, Braida, je l'aime et je souffre le martyre. L'amour fait tellement souffrir.

— Parce qu'il n'est pas partagé ?

— Si, il l'est ! Arthus m'aime et je crois… non, je suis sûre qu'il serait capable de beaucoup pour me posséder, mais comment être sûre qu'il ne souhaite pas que cela, justement, me mettre dans son lit et m'abandonner ensuite. J'ignore si je peux lui faire confiance ou s'il me trahira lorsqu'il connaîtra ma véritable identité et ce que je suis, souffla-t-elle à voix basse de peur d'être entendue si jamais il traînait encore dans les parages. Et comme je viens de vous le décrire, tout nous oppose ! Je ne peux décemment pas être amoureuse d'un homme qui sacrifie les miens ! Oh ! mon amie, je suis si malheureuse sans lui, s'ouvrit-elle, mais je le serais également si je lui succombe parce que j'aurai le sentiment de trahir ma foi et les miens. Que mon sort est donc cruel… je n'ai pas pour habitude de m'apitoyer ni de me complaire dans la douleur, ce qui doit être fait doit être fait et il n'y a pas à tergiverser, mais là… je dois avouer que je suis perdue. Vous, vous me dites de choisir la vie et l'amour d'un homme, et moi… moi… je ne sais plus quoi faire. D'autant que je dois épouser le vicomte de Carcassona, un homme cruel que j'exècre, et si je me défais de la parole donnée, ma famille en pâtirait, mon oncle et ma tante ainsi que mes cousins pourraient se voir exclus de la cité, voire malmenés. Dieu seul sait de quoi Montfort est capable si son honneur venait à être bafoué. Non, décidément, je ne vois qu'une issue possible à mes tourments et j'avoue que depuis que j'ai pris cette décision, mon cœur s'en voit allégé. Merci, ma sœur, vous m'avez été d'une grande utilité dans cet imbroglio. J'ai l'esprit en paix grâce à vous.

— Vous m'en voyez ravie… mais réfléchissez bien, vous aussi, et ne prenez pas de décision hâtive que vous pourriez regretter.

— Je ne regretterai rien, je suis sûre de moi, aussi sûre que vous pouvez l'être.

— Alors vous serez à mes côtés ?

— Oui, Braida, je serai à vos côtés…

Elles se serrèrent dans les bras l'une de l'autre et restèrent ainsi de longues minutes, puisant dans leur étreinte la force d'aller au bout de leurs résolutions. Elles dormirent ensemble cette nuit-là, blotties l'une contre l'autre, leur porte gardée par Ciprian. Et pour la première fois depuis qu'elle avait quitté Montségur, et même si croiser le regard d'Arthus montant la garde devant le dispensaire la tortura longuement, le sommeil d'Alba fut serein.

Chapitre 27

Citadelle de Montségur, 2 mars 1244

Alba se réveilla aux aurores ce matin-là. Elle secoua son amie Braida afin qu'elle rejoigne sa couche avant que les autres femmes se réveillent. Bien qu'elles n'eussent pas donné l'alerte, toutes la connaissaient et dame Corba, à qui elle s'en était ouverte, l'avait rassurée : aucune d'elles ne la dénoncerait. Les cathares ne souhaitaient pas de mal à leur prochain, ils ne trahiraient jamais l'un des leurs, mais encore une fois, mieux valait être prudentes. Aussi, elles s'enlacèrent et Braida s'enfuit retrouver sa couche dans le dispensaire.

La jeune femme, sur le pas de sa porte, la regarda s'éloigner.

— Avez-vous bien dormi, cousin ? s'enquit-elle alors que Ciprian s'étirait.

— Je suis moulu, mais oui ! Avez-vous pu vous entretenir avec votre père ?

— Non, hélas, Arthus veillait à la porte, j'ai eu peur… j'essayerai aujourd'hui. D'autant que je l'ai entendu tousser, il est souffrant. Je vais demander à Montfort la permission de soigner ceux qui en ont besoin…

— Lui parlerez-vous de Flora et moi ?

— Je vais faire mon possible, mais je ne saurais vous le promettre. Tout dépend des résultats des procès. Certaines décisions le mettront en joie, d'autres non.

Ils se comprenaient.

Si les croyants cathares abjuraient en masse, les « réjouissances » ne se feraient pas. Dans le cas contraire, Montfort se ferait une joie d'allumer lui-même les bûchers.

— Et je ne veux pas risquer de le mettre en colère, ou notre requête sera un échec. Aussi, je ne peux que vous conseiller la patience.

— Vous êtes tellement sage, cousine, je vous envie.

Alba eut un sourire triste en pensant aux baisers échangés avec Arthus. Si elle avait eu une once de sagesse, jamais elle ne se serait laissée aller à embrasser cet homme !

— Je ne crois pas l'être autant que vous le pensez, Ciprian… mais peut-être ma foi me permet-elle de voir la vie différemment de vous autres, cela se peut… Je compte me rendre sur le chemin de ronde avant d'aller couper mon jeûne, puis d'attendre Montfort devant la salle commune, ajouta-t-elle. L'idéal serait que je voie le vicomte avant son repas, pour ne pas, une fois de plus, l'apostropher alors qu'il est occupé à se sustenter et entouré de ses vassaux. Voulez-vous m'accompagner ?

— J'apprécie l'offre, mais je dois me rendre au campement avec d'autres chevaliers pour veiller au ravitaillement. Nous en avons pour la journée à faire des allers et retours.

Cela sembla l'ennuyer ferme.

Au moins, il serait occupé !

Alba ignorait à quoi elle s'occuperait elle-même si jamais Montfort lui refusait le droit de donner des soins aux souffrants, mais après tout, était-elle véritablement obligée de lui en demander la permission ? Ils n'étaient pas encore mari et femme, il n'avait aucun droit sur elle. Elle pourrait se contenter de recueillir l'accord de son oncle, son véritable « protecteur »... elle ne savait comment le nommer à dire vrai puisqu'elle n'était pas véritablement sa nièce, mais celle de son épouse.

— Mais je peux vous accompagner au-dehors ! déclara-t-il avec un geste de la main, invitant Alba à avancer.

Ils marchèrent de conserve jusqu'au dispensaire, qu'ils traversèrent ensuite. Alba jeta un coup d'œil à la couche de Braida. Vide. Sans doute était-elle allée retrouver sa mère pour se mettre sous ses ordres.

— Les femmes vont-elles préparer les repas des chevaliers avec les vivres que vous rapporterez ? Je suppose que la majeure partie de l'armée restera en bas ! Peut-être même les barons du nord repartiront-ils chez eux ? acheva-t-elle, comme se parlant à elle-même.

Les barons, ainsi que les mercenaires, ibériques pour la plupart.

Enfin...

Enfin ils laisseraient en paix ceux qui restaient...

— Vous supposez bien, cousine, répondit Ciprian en lui tenant la porte. Maintenant que les procès vont commencer, la garnison peut être réduite à son strict minimum.

Ils se retrouvèrent au-dehors, dans le froid et la brume matinale.

Alba adorait se lever à l'aube lorsqu'elle séjournait à la citadelle. Elle chapardait une pomme et avec Braida, grimpait sur le chemin de ronde admirer le lever de soleil. Ou tout du moins contempler le paysage majestueux à ses pieds si la brune ne leur permettait pas de voir au loin. De là-haut, la vue était majestueuse, où que se pose le regard ; elle avait alors le sentiment de toucher le ciel et que le monde lui appartenait ; ce sentiment de toute-puissance l'avait petit à petit quittée lorsqu'elle avait compris l'intolérance des hommes et les persécutions dont ils étaient victimes alors qu'enfant, à dix ans, elle s'imaginait en princesse de la forteresse…

— Ma dame…, entendit-elle, tout près.

Elle s'obligea au détachement, salua le baron de Turenne d'un mouvement de tête bref puis continua d'avancer.

— Ah, baron, comment allez-vous, mon ami ?

Ciprian s'était arrêté, manifestement décidé à engager la conversation avec Arthus, qu'il appréciait malgré la promesse d'une union entre ce dernier et la femme qu'il aimait. Ce qui était fin de sa part… ils jouaient tous un rôle, finalement…

— Je vous laisse, Ciprian, à très vite, s'empressa-t-elle de dire, avant de se défiler afin de ne pas demeurer proche d'Arthus plus que nécessaire, comme elle en était convenue. Elle n'entendit pas la réponse de son cousin, ni même s'il y en avait une.

Elle traversa la cour, vit son père couché à même le sol. Son cœur saigna à le voir ainsi, sans rien pour se couvrir et recroquevillé sur lui-même, sans doute pour conserver sa chaleur. Il avait heureusement un abri au-dessus de la tête, mais il avait dû avoir froid.

Quelle pitié !

Elle se retint de ne pas laisser parler son cœur et se presser vers lui pour partager son calvaire. Elle fut dévorée par le besoin de se blottir contre lui, et de confesser sa véritable nature. Elle en avait assez de jouer un rôle justement, ce n'était pas elle, ce n'était pas sa véritable nature, ni même sa véritable identité. Elle en avait assez de tous ses mensonges, de toutes ses dissimulations. Elle aurait voulu crier à la terre entière qui elle était et qui était son père. Seulement, encore une fois, elle n'était pas seule dans l'histoire… elle ne ferait que tous les condamner. Elle écrasa une larme qui lentement dévala sa joue, se rabroua.

Chaque chose en son temps… et le temps de la délivrance viendra…

Mais la tristesse continua d'enfler dans son cœur alors qu'elle montait l'escalier humide jusqu'au chemin de ronde. En haut, elle tourna à gauche vers l'avant pointu de la forteresse, là où elle savait trouver les premières lueurs du soleil, tout en resserrant sa cape fourrée autour de son corps. Elle avait froid. Elle avait tout le temps froid. Un froid profond qui lui crevait la poitrine. Elle souffrait. En vérité, depuis qu'elle avait quitté le bastion, elle ne cessait de souffrir, de pis en pis. Son départ avait laissé une plaie béante dans son cœur et depuis, il saignait sans relâche. Oh ! bien sûr, elle avait fait ce que l'on attendait d'elle, elle avait laissé son père, puis son oncle et sa tante décider de son sort, elle ne s'était opposée à rien, mais cela lui pesait de plus en plus.

Et il y avait Arthus…

Les mains sur le parapet, une intense émotion lui donnant le frisson, elle regarda l'auréole jaune au-dessus des montagnes devenir de plus en plus vive. La nature était si belle, le cœur des hommes si noir. Pas tous, évidemment, mais beaucoup trop à son sens. Elle se laissa envahir par la magie et la beauté de l'astre s'élevant lentement dans le ciel, par la faible chaleur de ses rayons, par la lumière. Elle savait, de par son expérience, ayant contemplé ce spectacle chaque jour, que la journée serait dégagée.

Fraîche, mais lumineuse.

Tout son corps se raidit lorsqu'elle sentit quelqu'un approcher.

Elle tourna la tête.

Et réalisa, aux battements effrénés de son cœur, qu'elle espérait *sa* venue et espérait se retrouver de nouveau seule avec lui. Pourtant, elle avait réussi à l'ignorer jusque-là, alors… pourquoi ? Pourquoi ne pouvait-elle pas guérir de ce besoin de lui ? Ce besoin qui la faisait trembler tout entière.

Elle observa brièvement sa vêture noire, son si beau visage, se perdit un instant dans l'éclat intense de ses yeux et reprit sa position. Elle tenta de l'ignorer lorsqu'il se plaça à ses côtés, son bras proche du sien, ses doigts si près des siens également que sa main entière fourmilla. Une chaleur se logea dans son ventre, là où jamais aucun homme n'avait fait naître le moindre désir charnel. Et il fallait que ce soit lui, l'étranger, l'ennemi…

Elle ressentit sa présence avec une telle intensité qu'elle dut se faire violence afin de continuer à l'ignorer, le cœur douloureux, le souffle court. Être proche de lui sans pouvoir le toucher ni même le regarder de peur de désirer retrouver le goût de ses lèvres était une véritable torture.

— Je vais partir, Alba, dit-il soudain.

La douleur, dans son cœur, s'intensifia, mais après tout, elle était habituelle.

Elle ne répondit rien, le laissant croire qu'elle s'en moquait alors que ses prunelles, perdues, regardaient de tous côtés et bientôt se voilèrent de larmes contenues. De peur, aussi, d'entendre sa voix trembler.

Elle attendit qu'il se livre davantage, ce qu'il fit, après avoir pris une grande inspiration :

— Je ne peux continuer à vous voir, chaque jour, sans le moindre espoir que vous soyez à moi. Alors… alors que bientôt vous serez à lui… je ne le supporterai pas. Je vais me rendre à la commanderie de Tolosa pour me faire templier, ajouta-t-il dans un soupir.

Un moine-soldat ?

Il voulait devenir un moine-soldat et renoncer à sa vie d'homme à cause d'elle, parce qu'elle lui avait brisé le cœur ; le sien se brisant un peu plus. Bientôt, elle ignorait quand, il ne serait plus là, il serait parti et jamais plus elle ne le reverrait. Elle en ressentit une vive douleur, si vive qu'elle crut un instant que ses jambes cessaient de la porter. Elle se tint au parapet, se redressa, raffermit son dos pour ne pas tomber. Sa tête bourdonnait, ses oreilles, sa vue se brouillait… elle allait se trouver mal si elle ne réagissait pas.

— Quand partez-vous ?

Sa voix lui parut comme… caverneuse à ses oreilles, son corps privé de vie. Elle ne pensait pas que l'on pouvait souffrir autant pour un homme, pour l'amour d'un homme, ou son manque d'amour.

— Dès que Des Arcis n'aura plus besoin de moi, finit-il par dire après quelques secondes de silence. Et le plus tôt sera le mieux, ainsi, je ne vous importunerai plus.

Il ne l'importunait pas, grands dieux, non, c'était même tout l'inverse, sa présence la ravissait, la comblait, la rendait… vivante. Plus vivante qu'elle ne l'avait jamais été. Toutefois, elle ne démentit pas. Il devait continuer à croire qu'il l'indifférait.

— Ne me direz-vous rien ? ajouta-t-il, la voix éraillée par l'émotion.

Alba, une fois de plus, musela son cœur.

— Il n'y a rien à dire, Arthus, vous faites bien de partir. C'est la seule chose à faire.

Elle le sentit se raidir.

— Je vous souhaite de trouver ce que vous cherchez…

Ne pouvant s'en empêcher, alors qu'elle n'en avait pas le droit, elle rapprocha ses doigts de ceux d'Arthus, les effleura. Elle voulait le toucher une dernière fois, juste une dernière fois. Elle eut le sentiment que son cœur cessait de battre, tout comme celui d'Arthus, dont elle entendait la respiration saccadée. Sans doute se faisait-il violence également pour rester loin d'elle.

— Et d'être heureux, acheva-t-elle, la mort dans l'âme.

Elle ne devait lui laisser aucun espoir, parce qu'elle-même n'en avait aucun.

— … Adieu, baron…

Elle se détourna et reprit le chemin de l'escalier, la vue brouillée par les larmes. Elle venait de s'engager lorsqu'elle entendit un pas de course derrière elle et quand elle se retourna, ce fut pour découvrir Arthus en haut des marches. Elle s'arrêta, le dos contre le mur, le souffle envolé, les larmes débordant de ses yeux.

Mon amour…

Un sanglot lui échappa.

Il la regarda intensément.

Il savait… bien sûr qu'il savait…

Et soudain, il fut tout contre elle, ses mains en coupe autour de son visage, et ses lèvres sur les siennes. Leur baiser, de doux, se fit passionné, passionnel, déchirant. Alba, gémissante, ne put s'empêcher de glisser ses doigts le long de la nuque du baron, dans ses cheveux, sur son visage, tout en se pressant contre lui, répondant avec feu à ses lèvres exigeantes. Elle aurait voulu se fondre en lui, elle aurait voulu… ne jamais le quitter.

Cela n'aurait pas dû arriver, elle n'aurait pas dû tomber en amour pour lui.

Ses larmes redoublèrent tandis qu'elle s'agrippait désespérément à Arthus, rendant les armes. Leurs lèvres se dévorèrent, leurs corps se cherchèrent, cherchèrent l'apaisement en se pressant l'un contre l'autre. Ils s'embrassaient comme deux affamés, comme si leur vie en dépendait, sans pouvoir se détacher l'un de l'autre ni se rassasier.

Alba fut la première à recouvrer ses esprits.

Elle posa les paumes sur le cœur d'Arthus, le repoussa doucement et se détacha de lui. Le baron posa son front sur le sien, la main autour de sa nuque.

— Vous n'avez donc pas cessé de m'aimer ? demanda-t-il, dans un murmure proche du sanglot.

— Non, Arthus, pas une seule seconde, mais…

Il lui déposa un doux baiser sur les lèvres, l'interrompant.

— Je sais… n'en dites pas plus. Je n'avais pas prévu d'être transi d'amour pour vous, je ne voulais plus jamais aimer une femme, mais vous… vous… je vous aurai aimée plus que ma vie…

Alba vit les yeux du baron s'emplir de larmes. Lui, un homme si dur, un guerrier… Cela l'attendrit au-delà des mots.

Elle s'agrippa à son poignet.

— Je vous aimerai jusqu'à mon dernier souffle, Arthus, il n'y aura jamais que vous. Je vous aime tellement, sanglota-t-elle, tellement, que cela m'effraye.

— Je vous aime aussi. Pour l'éternité.

Et comme elle l'avait fait quelques minutes auparavant, il lui dit adieu et dévala les marches.

Alba demeura contre le mur, de longues minutes, les yeux clos, le cœur battant la chamade. Dieu qu'il était douloureux de le laisser partir. Mais il le fallait, ils n'avaient pas le choix. Et Arthus avait fait le bon en s'éloignant d'elle pour toujours, car pourquoi continuer à se torturer alors que rien n'était possible entre eux. C'était fini, bel et bien fini…

La jeune femme s'essuya les yeux, serra ses mains sur sa poitrine douloureuse, renifla et descendit à son tour l'escalier. Quand elle atteignit la cour, elle constata qu'Arthus n'était plus visible nulle part et que la citadelle s'était éveillée en son absence : des chevaliers, massés devant les portes, s'apprêtaient à en sortir, les femmes passaient du dispensaire à la salle commune, et son père était redressé contre le mur. Leurs yeux se croisèrent et Alba souffrit mille morts de ne pouvoir courir à lui lorsqu'elle le vit se plier en deux, terrassé par une violente toux. Au lieu de cela, elle avança vers la salle de réfectoire mais s'arrêta lorsqu'elle vit Montfort sortir de la tour carrée, accompagné de Ferrer.

Au moins, elle ne l'avait pas manqué et pourrait lui faire sa requête.

Aussi se dirigea-t-elle vers lui à grands pas décidés. Arrivée devant le vicomte, elle fit une petite révérence, le salua et s'enquit de son sommeil.

— Fort bien, fort bien…

Il lui sembla qu'il jetait un œil discret au dominicain, mais quand bien même ils auraient passé la nuit ensemble à tramer la destruction de sa foi, la jeune femme s'en moquait ; elle n'avait aucune illusion concernant son futur époux.

Alba s'obligea à faire bonne figure, alors que son cœur et son âme étaient dévastés.

Mais il fallait continuer…

— Vous m'en voyez ravie, mon seigneur.

— Voulez-vous m'accompagner au tribunal ? Il ne saurait tarder !

La jeune femme en perdit le souffle ; elle ne pensait pas en être capable.

— Cela me ferait le plus grand plaisir, mon seigneur, mentit-elle. Mais j'aimerais également, si vous le voulez bien, aider la dame de Péreille à soigner les malades, j'aimais beaucoup cela au couvent.

Montfort se mit à rire.

— Pourquoi diable voudriez-vous soigner ces maudits qui se rendront sous peu au bûcher ?

— Mais parce que…

Alba ne sut comment tourner la chose.

— … parce que… j'aimerais justement qu'ils s'y rendent en pleine possession de leurs moyens. Au moins certains laisseraient-ils fuser quelques cris ! J'ai vraiment eu le sentiment, lors de vos réjouissances, qu'ils étaient morts bien avant de se jeter dans le feu. Il manquait quelque chose, à mon sens.

Montfort s'empara des doigts d'Alba et les embrassa en la regardant par en dessous.

— Décidément, vous m'étiez destinée, il n'y a pas à dire, feula-t-il, se léchant les lèvres de convoitise. Et je ne remercierai jamais assez votre oncle de vous avoir présentée à moi. Nous allons faire de grandes choses, vous et moi, ma mie.

Alba lui répondit d'une révérence, contrôlant son aversion :

— Encore une fois, rien ne me ferait plus plaisir, mon seigneur, je suis toute à vous…

Montfort se redressa, tout en gardant la main d'Alba entre les siennes.

— Allez soigner vos malades et revenez-moi vite ! Je vous attendrai au tribunal…

— Oui, mon seigneur…

Alba le regarda s'éloigner, Ferrer sur ses talons.

Elle partit se mettre en chasse de dame Corba et la trouva, en compagnie de Braida, dans l'apothicairerie du dispensaire, où elle-même avait passé la nuit. Dame Corba lui saisit les mains sitôt son entrée dans l'antre.

— Comment allez-vous, mon enfant ?

Alba n'avait aucune envie d'étaler ses tourments, d'autant plus qu'ils n'étaient rien en comparaison de ceux de ses deux amies.

— Je vais bien, et vous-même ? Savez-vous quand vous serez jugée ?

— Nous l'ignorons, répondit dame Corba, laconique. Même mon époux ne sait rien.

— Quelle décision va-t-il prendre lui-même ?

— Cela aussi, je l'ignore…

Cela voulait-il dire que messire de Péreille abdiquerait, alors que son épouse non ?

Elle saisit la main de Braida.

Pour elle et Pierre, elle savait. Eux n'abjureraient pas et mourraient pour leur foi. Ensemble. Main dans la main. Dans une ultime preuve d'amour.

— Vous en souffrez ? demanda-t-elle à dame Corba.

— Chacun fait selon son cœur, Alba.

Peut-être avait-il dans l'idée d'abjurer, pour mieux reconstruire leur foi ailleurs, en Lombardie, ou ici, plus tard. Ne voulant pas peiner plus avant dame Corba, la jeune femme cessa là ses questions.

— Mon père est malade, il tousse. Pouvez-vous le faire venir ici pour lui donner quelques médecines ? J'en profiterai pour lui parler.

— Braida, veux-tu bien aller chercher messire de Montolieu, je te prie.

— Tout de suite, mère.

Braida embrassa la joue d'Alba et partit rejoindre le chevalier au-dehors. Quelques minutes plus tard, ils revenaient, ensemble, sans encombre.

Alba sauta au cou de son père dès qu'il franchit le seuil de la pièce. Il la serra si fort contre lui que la jeune femme éclata en sanglots.

— Là, là, ma toute petite… je suis là…

— Nous sommes enfin réunis, père, vous m'avez tellement manqué.

Guillaume la laissa pleurer contre son épaule en la berçant, puis il la repoussa à bout de bras.

— Pourquoi êtes-vous ici, Alba ? Ce n'est pas ce dont nous étions convenus !

Il y avait du reproche dans sa voix.

Alba s'y attendait.

— Je sais, père, renifla-t-elle. Mais lorsque j'ai compris que mon oncle et ma tante voulaient me marier à Montfort, j'ai vu en cette promesse un don de Dieu. Je pourrais lui demander grâce pour vous ? Je suis sa promise, il ne peut rien me refuser.

Le sieur de Montolieu fronça les sourcils.

— Vous savez ce que j'en pense, mon enfant. Je vous ai ouvert mon cœur et je vous demande de respecter mon vœu, aussi difficile soit-il à accepter pour vous.

— Ainsi, je vous perdrai vous aussi ? Comment vais-je faire sans vous ?

Alba était encore au bord des larmes.

Tous la quitteraient, son père, ses amies, Arthus… ce dernier ne mourrait pas à Montségur, mais pour elle, c'était tout comme puisqu'elle ne le reverrait jamais plus.

Guillaume de Montolieu caressa sa joue.

— Vous continuerez. Pour nous tous. Nous avons mis beaucoup d'espoirs en vous, mon enfant. Ne nous décevez pas…

Ne se rendait-il pas compte de ce qu'il lui demandait, alors qu'Alba ne désirait qu'une seule chose, mourir elle aussi pour sa foi, devenir une martyre afin que leur sacrifice marque les âges, pour que le monde se souvienne d'eux, pour qu'un jour, quelque part, quelqu'un raconte leur histoire, et que ce quelqu'un se demande pourquoi… pourquoi cette haine, ce besoin de détruire ses semblables… pour que cela ne se reproduise jamais plus…

— Alba ? la rabroua-t-il, ayant visiblement recouvré quelques forces.

— Oui, père, je vous le promets…

À quoi bon tergiverser, la jeune femme ne pourrait faire entendre raison à son père ; il voulait la sauver. Malgré elle.

Lorsqu'une nouvelle quinte de toux le terrassa, Alba, le voyant s'affaiblir, le conduisit vers la couche, sur laquelle elle l'invita à s'étendre.

Elle resta à ses côtés pendant plusieurs heures, lui tenant la main, veillant sur son sommeil, pendant que Braida montait la garde. Montfort ne vint pas la visiter et pour donner le change, son amie alla quérir plusieurs autres malades afin de les soigner au dispensaire.

— Lorsque ce sera le moment, il faudra lui donner cette potion dont m'a parlé Braida, ma dame, souffla Alba.

La mort annoncée des personnes qu'elle aimait le plus au monde lui semblait irréelle, et pourtant, bientôt, le moment de se dire adieu serait venu. Leur détermination à mourir émouvait Alba, l'emplissait d'un émoi indéfinissable. Ils semblaient tous trois si calmes, si sereins… certainement parce que leur choix était déterminé, parce qu'ils s'étaient préparés. Ils ne reculeraient pas. Dieu les rappelait à lui. Leur destinée sur cette terre était terminée, ils seraient sauvés. Enfin… et n'auraient plus besoin de se battre dans cette vie qui ne voulait pas d'eux, alors que… La jeune femme serra des poings : les hommes faisaient le mauvais choix… ils se battaient pour une religion qui les élevaient les uns contre les autres, même les hommes contre les femmes… alors que… alors que sans femmes, que deviendrait le monde ? L'on ne comptait plus les femmes sacrifiées sur les bûchers, parce qu'elles étaient rousses, jolies, ou soignaient leurs semblables avec des simples et de ce fait, étaient considérées comme sorcières… Oui, le moment venu, Dieu leur donnerait le courage de se jeter dans les flammes, afin qu'un message de tolérance et d'espoir voie enfin le jour. Pour sauver les Hommes.

Son père lui serra la main et ouvrit les yeux, la faisant sursauter.

— Non, ma fille ! Je refuse !

Ses yeux se baignèrent de larmes.

— Père… je vous en supplie… je…

Elle ne voulait pas qu'il souffre, cela était au-dessus de ses forces, elle n'y survivrait pas. Dame Corba lui avait un jour expliqué qu'attachées au bûcher, les victimes mourraient lorsque la fumée les environnait, et lorsque les flammes léchaient leurs corps, ils étaient déjà morts. Là, ils seraient bel et bien vivants lorsqu'ils se jetteraient dans les flammes...

— J'ai dit non, mon enfant, n'insistez pas. Je veux mourir dans la dignité. Je ne resterai pas digne si je n'ai pas toute ma tête et je ne veux pas être un fardeau pour mes amis. La prière m'aidera.

Dame Corba vint poser la main sur l'épaule de la jeune femme.

— Vous devez respecter son choix, mon enfant. Notre choix à tous. Votre père vous dit la vérité, la prière nous aidera, Dieu nous entendra, et attendra nos âmes. Ce sera une libération, vous le savez.

Oh oui, elle le savait... elle avait été bercée par ces paroles presque toute sa vie...

Une heure après, alors que son père restait alité, la fièvre ayant fini par le gagner, Alba sortit du dispensaire afin de se rendre au tribunal. Afin de répondre à la demande de Montfort et de rester dans son rôle à ses côtés. Ayant omis de lui demander où auraient lieu les procès, elle questionna le premier chevalier qu'elle rencontra, tout en regardant alentour, à la recherche d'Arthus, la mort dans l'âme de ne pas l'avoir revu une dernière fois si toutefois il était déjà parti. Mais peut-être son commandant avait-il encore besoin de lui... Alba l'espérait ; au fond de son cœur, elle voulait le revoir. Même si cela ne ferait que les torturer davantage.

Elle pensait encore à lui lorsque, le chevalier lui ayant révélé que le tribunal avait été installé dans la salle commune, Alba s'y rendit. Elle poussa la porte. Alors que tous les hommes présents tournaient le regard vers elle, y compris le prisonnier cathare jugé, et malgré ses tressaillements, elle affirma sa posture et, avisant un siège libre aux côtés de Montfort le long du mur à sa droite, alla s'installer avec un « Continuez, je vous en prie ! »

Elle parcourut l'assemblée du regard.

À sa gauche, assis devant une grande table, l'archevêque Amiel siégeait, entouré de Ferrer ainsi que d'un autre prêtre qui, une plume entre les doigts, était manifestement présent pour retranscrire les procès.

Amiel posa les yeux sur le parchemin qu'il détenait, et la séance reprit :

— Avez-vous participé au massacre de prêtres ? questionna Amiel. Au château d'Avignonet ? Ou ailleurs ?

Manifestement, les questionnements avaient été définis au préalable[1] !

L'homme, qu'Alba connaissait de vue, regarda Amiel droit dans les yeux.

— Non, mon père !

— Priez-vous avec les hérétiques ?

— Non, mon père !

— Êtes-vous hérétique vous-même ?

— Non, mon père !

— Pourquoi être venu en ces murs, alors ?

— Pour accompagner mon épouse qui, elle, l'était !

— Son nom ?

— Elle est morte !

L'homme eut des frémissements de colère et soudain,

1. En 1242, Raymond de Penyafort, maître des dominicains, rédige un « directoire » sur la manière d'interroger les hérétiques et leurs sympathisants, ainsi que sur les peines encourues. Le comte de Toulouse prenait à sa charge tous les frais de justice et les biens confisqués allaient au diocèse. Les dominicains, quant à eux, n'étaient pas rémunérés.

fondit en avant et voulut se jeter sur la table des inquisiteurs mais en fut empêché par les croisés montant la garde de part et d'autre. Le moine copieur avait sauté de peur sur son siège tandis que Ferrer et Amiel n'avaient pas bougé d'un cil.

L'homme rua, gronda, cracha, de la bave aux coins des lèvres :

— C'est à cause de charognards comme vous qu'elle est morte ! Parce qu'à cause de vous, nous avons dû quitter nos terres !

Comme nombre d'entre eux, hélas…

Amiel eut un signe du menton et les croisés frappèrent l'homme pour qu'il se mette à genoux alors qu'il continuait de vociférer :

— Vous êtes des rapaces, des voleurs, des pilleurs ! éructa-t-il, comme fou. Vous n'êtes pas des hommes de Dieu !

Amiel se leva, hurla :

— Calmez-vous ou je vous fais fouetter !

L'homme se redressa, nullement apeuré, dévisagea l'archevêque de Narbonne.

— Vous n'avez aucun droit sur nous ! lança-t-il d'un ton plein de rage.

— J'ai celui de ce tribunal ! Je suis l'envoyé du pape !

— Un pape qui nous prend tout ce que nous possédons ! Alors que nous sommes innocents ?

— Vous ne l'êtes pas puisque vous êtes l'époux d'une hérétique ! s'enflamma Amiel à son tour.

— Et alors ? Je ne vois pas où est le crime ? Nous ne faisions rien de mal !

— Vous troublez l'ordre public ! Vous refusez de vouer un culte au pape, vous refusez les saints sacrements et le paiement des taxes ! Vous n'êtes pas de véritables ouailles, mais des renégats, des possédés par le mal, des suppôts de Satan qui idolâtrez une fausse foi ! Vous convertissez-vous à la foi catholique romaine, la seule véritable foi ? vociféra Amiel, hors de lui.

— Non, je refuse !

— Sieur Benoît d'Alligan, vous êtes accusé d'avoir eu commerce charnel avec une hérétique, d'avoir vécu avec des hérétiques en ce lieu, de les avoir défendus contre nous et soutenus ! Maintenant je veux des noms ! Qui est hérétique ici-bas ?

L'homme resta la bouche close, tandis qu'Amiel répétait la question.

Par deux fois !

— Avouez-vous avoir eu accointances avec une hérétique ? insista-t-il.

— Oui ! Parce qu'elle était mon épouse et que je l'aimais ! hurla l'homme.

Amiel lui adressa un regard implacable.

— En vertu des pouvoirs qui me sont conférés par notre très saint-père le pape Innocent IV[1], ce tribunal vous déclare *receptator*[2] et *celator*[3]. Vous allez être emprisonné et rejugé dans quelques jours. Si vous maintenez vos positions et ne demandez pas « pardon » pour tous vos péchés, vous serez conduit au mur de Carcassona pour y demeurer jusqu'à votre mort ! Emmenez-le ! ordonna-t-il à ses « gardes ».

1. Cent-quatre-vingtième pape de l'Église catholique, du 28 juin 1243 au 7 décembre 1254, jour de sa mort.

2. Qui a sciemment hébergé des hérétiques.

3. Qui a côtoyé des hérétiques.

— Je vous maudis, vous et les vôtres ! éructa encore l'homme avant de se faire entraîner, ses pieds glissant au sol.

— Suivant ! hurla Amiel avant de se rasseoir.

Ayant manifestement retrouvé tout son aplomb, il saisit la plume devant lui, la plongea dans l'encrier et griffonna quelques mots avant de prendre un autre parchemin, tandis que des gardes ouvraient la porte intérieure afin de laisser pénétrer une autre personne.

Une femme.

Montfort gigota sur son fauteuil, soupira.

— Mon seigneur ? s'enquit Alba, reportant sur lui son attention.

Le vicomte se pencha vers elle, souffla :

— Je m'ennuie ! Jusque-là, ils ont tous échappé au bûcher ! Si cela continue de la sorte, nous n'aurons personne à brûler ! se lamenta-t-il.

Alba frissonna face à la noirceur de cet homme qui se réjouissait de la mort d'autrui.

— Cela viendra, mon seigneur, j'en suis sûre ! déclara-t-elle, restant dans son rôle.

Monfort désigna du menton la femme debout devant les hommes qui allaient la juger.

— Espérons que celle-ci me ravira davantage ! Je veux mes réjouissances !

Alba se détourna de Montfort, la rage au ventre.

Elle observa la femme d'âge mûr qui faisait face aux inquisiteurs. Elle ne pensait pas la connaître. Sans doute était-elle arrivée à Montségur pendant son absence. Nombre de personnes venaient et partaient, difficile d'en faire le compte…

— Vos nom et prénom ! ordonna Amiel.

— Alissen de Loubens.

— Jurez-vous de dire la vérité pleine et entière, sur vous-même et les autres, vivants ou morts[1], ici ou ailleurs ?

La femme, qui avait du mal à se tenir debout, répondit, la voix à peine audible :

— Je le jure, mon père !

— Êtes-vous hérétique ?

— Oui, mon père ! assena-t-elle fermement, ce qui contredisait sa faiblesse apparente.

S'ensuivit tout un questionnement : depuis quand était-elle à la forteresse ? Avant cela, avait-elle vu des hérétiques ? Si oui, quand et combien de fois… leur avait-elle donné asile… avait-elle assisté à beaucoup de prédications, si oui, par qui, où, en quelle compagnie… avait-elle partagé avec eux le pain béni… était-elle parfaite…

Alba perdit le fil et plongea dans ses réflexions, le cœur serré à la pensée d'assister aux procès de son père et de ses amies le jour même, ou un jour prochain. Manifestement, le tribunal jugeait une première fois, puis une seconde. Tout n'était peut-être pas perdu. Peut-être que ses êtres chers renonceraient à se sacrifier. Alba allait prier pour cela, car hélas, ils semblaient si déterminés que, hormis par la prière, elle ignorait comment les convaincre. L'idée que bientôt, tout bientôt, son monde volerait en pièces la fit souffrir.

Et bientôt, le moment serait venu pour elle aussi d'accomplir sa destinée.

Son seul regret : ne pas pouvoir serrer Arthus dans ses bras une dernière fois et l'embrasser. Son cœur souffrit davantage ; elle ignorait s'il avait quitté la citadelle ou

1. Tiré d'un article d'Annie Cazenave traitant du « schéma de la répression languedocienne ».

non. Elle rêva de se laisser enlever… pourquoi fallait-il que son esprit soit si imprégné de religion ? Pourquoi ne pouvait-elle pas vivre sa vie de femme, aimer un homme et se laisser aimer ? Pourquoi faisait-elle passer les autres avant ses propres désirs ? Au nom de quoi ? Et au nom de quoi son père lui imposait-il un fardeau si lourd à porter, celui de la continuation de leur Église ? Oh ! bien sûr qu'elle pourrait s'enfuir, mais alors, les remords auraient raison d'elle et l'empêcheraient de vivre pleinement. Elle penserait sans cesse à ceux qu'elle avait trahis et cela était inconcevable, comme était inconcevable l'abandon de sa foi. Dieu l'habitait depuis dix ans, la moitié de sa vie… elle lui appartenait, elle avait fait ce choix en partant de Montségur et encore une fois il n'y avait pas de retour en arrière possible pour elle.

La jeune femme se contraignit à écouter la sentence : la femme fut jugée hérétique, et sans renoncement au prochain procès, elle serait soumise au bras séculier, donc au bûcher. Alba avala sa salive avec difficulté.

— Combien se sont… acharnés ? demanda Alba à Montfort après avoir cherché le mot adéquat.

— C'est la deuxième seulement ! Sur huit !

Chacun faisait selon son cœur, comme l'avait dit dame Corba, Alba se garderait bien de juger. Lorsque les gardes ouvrirent la porte pour faire sortir la femme qui arborait un immense sourire, Alba aperçut de nombreuses personnes attendant leur tour, debout dans le couloir menant aux celliers. S'ils étaient plus de trois cents, les procès dureraient de nombreux jours.

— Combien passeront chaque jour ?

— Une bonne vingtaine, selon Amiel.

Une vingtaine… quinze jours de procès, au bas mot…

— Et le second procès ?

— Il sera vite fait ! Ou bien ils abdiquent et pourront quitter la citadelle après avoir payé une amende et promis de prendre la croix, ou bien ils partiront pour le mur ou pour le bûcher.

Alba hocha la tête, afin que Montfort la croie partie prenante alors que sa détermination était tout autre : peu lui importait combien de temps dureraient les procès, elle se promit de tenir. Pour eux… pour ces gens qui lui ressemblaient et dont elle se sentait proche par le cœur et l'âme. Et ce serait au fond de son cœur qu'elle partagerait la destinée de chacun, en secret, quelle qu'elle soit. Aussi, comme à Carcassona où elle avait assisté aux exécutions du bûcher sans détourner les yeux, se forçant à regarder jusqu'au bout, elle s'obligerait à se tenir là, bien droite, le visage dur afin de ne rien laisser transparaître de ses sentiments, tout en priant pour l'élévation des âmes des condamnés, ainsi qu'une bonne fin pour les autres.

Les prisonniers défilèrent jusqu'au soir et les jugés regroupés dans un coin de la cour.

Alba, ne voulant pas demeurer près de Montfort une seconde de plus, prétexta une indisposition subite, se priva de repas et regagna sa couche – laissée libre par son père que dame Corba avait installé dans le dispensaire –, sur laquelle elle s'effondra. Ses nerfs craquèrent et elle pleura abondamment avant de réussir à s'endormir d'épuisement.

Chapitre 28

Citadelle de Montségur, 3 mars 1244

Arthus de Comborn, chevalier de Turenne, dit « le baron noir », du haut de sa monture, leva les yeux vers la forteresse de Montségur qu'il s'apprêtait à quitter, leurs valets ainsi que Denis à ses côtés.

Le moment était venu…

La veille, après avoir aidé les autres chevaliers à monter les ravitaillements, il avait insisté auprès de Des Arcis pour qu'il les laisse partir pour Tolosa, lui annonçant leur désir d'entrer dans l'ordre du Temple. Son commandant leur ayant donné sa bénédiction, Denis et lui avaient fait leurs adieux et s'étaient préparés au départ. Arthus avait passé sa dernière nuit à la surveillance du dispensaire, espérant revoir Alba une dernière fois, mais la jeune femme, recluse dans ses quartiers, n'avait pas reparu, à son grand désespoir. Il s'était fait violence pour ne pas, à la nuit noire, aller la trouver dans la pièce où elle était installée, Ciprian gardant sa porte, et avait donc quitté la citadelle au petit matin, la mort dans l'âme.

Il n'avait pas fermé l'œil de la nuit et souffrait de ne pas l'avoir revue.

Dorénavant, il était trop tard, ils devaient partir, Denis, près de lui, s'impatientait.

— Cousin ? lui dit-il pour la centième fois.

Alba était-elle au rempart, à assister au lever du jour, comme la veille où il était allé la trouver ? Il l'ignorait, mais ne cessait de regarder vers le haut, de toute son âme, espérant distinguer sa silhouette. Toutefois, il était trop éloigné. Et la brume, qui doucement s'élevait, l'empêchait de voir correctement.

Sans un mot, les mâchoires serrées à lui faire mal, le baron noir talonna sa monture et partit au galop, se forçant à ne pas regarder en arrière. Ce pan de sa vie devait se refermer, il l'avait décidé ainsi. Pourtant, durant les longues heures de chevauchée à un train d'enfer qu'il s'imposa, et qu'il imposa aux autres, le beau visage d'Alba ne quitta pas son esprit. Il se remémora leurs baisers d'adieu, le corps de la jeune femme pressé contre le sien, ses larmes… renoncer à elle et la quitter fut la chose la plus dure qu'il ait jamais eu à accomplir. Son cœur saignait, et il saignerait indéfiniment. Elle lui manquait déjà tellement… comment continuer à vivre sans elle ? Et il se demanda, encore et encore, pourquoi Dieu avait-il mis cette femme sur son chemin si ce n'était pour l'aimer ? Pourquoi était-il tombé éperdument amoureux d'elle ? Tout cela n'avait aucun sens. Et il n'en trouva aucun.

Aussi, il continua à chevaucher cinq jours durant, ne s'arrêtant que pour permettre à leurs montures de se reposer, dormant à la belle étoile en faisant des tours de garde deux par deux. Ils traversèrent Montferrier, Foix, Villefranche en Lauragais et accédèrent à Tolosa par le pont Saint-Étienne. Là, ils demandèrent leur chemin à un gamin qu'Arthus prit devant lui sur son cheval et qui lui raconta sa ville. Sur les indications du petit, ils passèrent près de la basilique Saint-Sernin, gagnèrent la place du Salin à la Porterie[1] – où siégeait le *capitoulat* formé des douze hommes régnant sur la ville, les *capitouls*, chargés du judiciaire et de la perception des taxes au nom du comte. Il les fit passer devant la maison des frères prêcheurs, ces fameux dominicains de l'Inquisition, et enfin ils gagnèrent, par la rue Sainte-Claire[2], la rue du Temple[3], où se situait la commanderie. Une rue étroite, bondée, dans laquelle se côtoyaient de nombreux artisans, notamment des couteliers d'après ce qu'Arthus put constater de leurs étals.

— Plus loin là-bas, au coin de la rue, y a la maison des hospitaliers de l'ordre de Saint-Jean de Jérusalem, dit le gamin à Arthus.

— Les hospitaliers, hein ?

Si toutefois le Temple refusait leur admission, ils pourraient toujours se retrancher sur cet autre ordre sous protection papale, né à Jérusalem, ayant pour tâche de soigner les croisés et les pèlerins, hommes, femmes et enfants venus de toute la chrétienté. Arthus les connaissait, il avait rencontré en Terre sainte bon nombre d'entre eux, appelés également chevaliers de Malte. Alors que les templiers revêtaient une cotte de mailles recouverte d'une chainse ainsi que d'une cape, blanches, les hospitaliers arboraient le plus souvent du noir. Mais une même croix ornait leur poitrail ainsi que les capes et les écus, blanche pour les hospitaliers, rouge pour les templiers ;

1. Actuelle place du Capitole.

2. Actuelle rue de la Fonderie.

3. Actuelle rue de la Dalbade.

ces derniers étaient également appelés Milice du Christ, ou Pauvres Chevaliers du Christ[1]. L'idée de faire partie de ces féroces combattants séduisait Arthus. Il les avait vus causer des ravages dans les lignes ennemies et se battre avec discipline. Qu'il puisse perdre la vie n'entrait pas en ligne de compte, bien au contraire, il la céderait volontiers à l'Ordre si tant est qu'il veuille de lui. Au moins, en protégeant les pèlerins et les croisés ainsi qu'en combattant aux côtés de ces derniers, trouverait-il un nouveau sens à son existence.

Il l'espérait en tout cas, et si son esprit était bien occupé par de nouvelles croisades, sans doute cesserait-il de penser à la femme qui venait de lui briser le cœur.

— C'est ici, messire, dit encore le gamin en pointant une ouverture du doigt à quelques mètres.

Arthus arrêta son cheval devant l'entrée que gardaient deux moines-soldats, leurs hallebardes croisées devant la porte close.

— Tu as bien rempli ton office. Voilà pour toi, ajouta-t-il en prenant une pièce dans sa bourse et en la collant dans la main du gamin qui referma aussitôt ses doigts dessus de peur qu'on la lui reprenne. Fais-en bon usage !

— Je vous le promets, messire. Que Dieu vous garde.

— Que Dieu te garde aussi, galopin, lui répondit Arthus avec un grand sourire, avant de le laisser glisser à bas du cheval.

Il le regarda un bref instant s'éloigner en courant, esquivant les passants avec adresse, puis reporta son attention sur l'entrée de la maison du Temple, magnifiquement

1. L'Ordre est créé par Hugues de Payns vers 1119 et officiellement reconnu par le pape Honorius II.

ouvragée et ceinte de colonnes de granit blanc supportant une barbacane en pierre. Au-dessus de l'ouverture carrée s'étalait une magnifique fresque ajourée avec en son centre la croix pattée, symbole de l'Ordre.

Denis vint se placer à ses côtés et ensemble, ils observèrent la magnificence de la façade de l'édifice, constituée de pierres roses avec çà et là, autour des croisées carrées, d'imposantes pierres blanches. Au-dessus de celle du milieu apparaissait encore ce même symbole : la croix blanche sur fond rouge[1].

— Plutôt joli ! remarqua très justement Denis.

— L'Ordre est riche, mon frère. Nous ne serons pas malheureux si nous réussissons à nous faire accepter.

— J'ai ouï dire que les chevaliers du Temple possèdent quatre chevaux chacun… Crois-tu que nous serons autorisés à garder les nôtres, ainsi que nos valets ? ajouta-t-il en caressant le col de sa monture. Je serais marri de devoir me séparer de mon Toubeau.

— Nous verrons, cousin, nous verrons. Dans un premier temps, essayons d'entrer.

Arthus sauta de son cheval, qu'il prit par la bride, imité par Denis et les valets à qui il ordonna de patienter au-dehors – ils reviendraient les chercher – et avança vers l'un des gardes.

— Bien le bonjour ! Je me nomme Arthus de Comborn et voici mon cousin, Denis de Comborn. Nous demandons audience auprès du Grand Maître en vue d'une intégration au sein de l'Ordre.

L'homme les inspecta des pieds à la tête.

1. La couleur des martyrs, les moines-soldats souvent amenés à se sacrifier pour ceux qu'ils défendaient.

— Restez là, je vous prie !

Son compagnon lui ouvrit l'une des portes et il disparut sous le porche pour revenir quelques minutes plus tard, accompagné d'un membre de l'Ordre portant habit blanc à croix rouge, barbe et cheveux courts, comme le voulait la tradition.

— Ainsi, vous voulez entrer dans nos rangs ?

— C'est exact !

Arthus se présenta au nouvel arrivant, ainsi que Denis.

— Avez-vous plus de dix-huit années ?

— Moi, vingt-cinq, et mon cousin vingt-six, lui répondit Arthus.

— Promettez-vous de ne pas être fiancés, de ne pas faire partie d'un autre ordre, de ne pas être endettés, d'être en parfaite santé de corps et d'esprit, de n'avoir soudoyé personne pour gagner nos bonnes grâces, d'être des hommes libres et de n'avoir jamais été excommuniés ?

— Nous le promettons ! dirent les deux cousins en chœur.

— Bien que dans le cas d'Arthus, je doute parfois de sa bonne santé mentale !

Arthus eut un sourire indulgent à l'adresse de son cousin, toujours porté à rire, tandis que le chevalier de l'Ordre le gratifiait d'un regard froid, ce qui valut à Denis un coup dans les côtes de la part du baron.

— Mille excuses, messire…

— Vous êtes prévenus qu'en cas de mensonge, vous serez jugés parjures et immédiatement renvoyés !

— Parfaitement, messire, répondit Arthus pour eux deux.

— Suivez-moi ! Sans vos chevaux ! ajouta le chevalier avant de se détourner.

Les deux cousins confièrent leurs chevaux à leurs valets, et lui emboîtèrent le pas. Les portes se refermèrent sur eux. Ils traversèrent l'arche, pénétrèrent dans une immense cour pavée d'une propreté irréprochable, où vaquait un grand nombre de templiers, reconnaissables à leur vêture. Sur leur gauche s'élevaient une église, et en face, une grande bâtisse ouvragée de la même façon que la façade extérieure de pierres roses, à laquelle on accédait par un escalier majestueux. L'ensemble était vraiment magnifique ! Arthus n'avait jamais rien vu d'aussi beau, même en Terre sainte où les demeures l'avaient subjugué par leurs ornements tarabiscotés.

Ils montèrent l'escalier, pénétrèrent dans la bâtisse et longèrent un couloir jusqu'à une pièce dans laquelle le chevalier les invita, d'un geste du bras, à entrer.

Et il les abandonna.

Arthus pénétra plus avant, admirant les arches au-dessus de sa tête, tandis que Denis se pressait vers l'âtre au-dessus duquel il étendit les mains. La salle s'avérait magnifiquement ouvragée, percée de grandes croisées et d'ouvertures en rosace par lesquelles entrait la lumière encore vive du milieu du jour, ornées de petits morceaux de verreries qu'Arthus reconnut comme étant des vitraux. Des bancs de deux ou trois places étaient installés en rond autour d'un autre banc, central, le tout face à un siège pour une seule personne ; des pavés rouges habillaient le sol, là encore d'une surprenante propreté.

Il se retourna lorsqu'il entendit des pas approcher, fit face aux trois hommes qui entrèrent, sans armes, vêtus de tuniques blanches ornées de la croix rouge, leur cape à capuche – retenue au col – s'étalant dans leur dos sauf pour l'un d'entre eux, dont le pan de droite recouvrait l'épaule gauche.

Ce fut cet homme qui s'adressa à eux en leur désignant le banc face au siège sur lequel il s'installa, les deux autres se portant de part et d'autre :

— Assoyez-vous, je vous en prie…

Arthus s'exécuta, et Denis vint le rejoindre.

— Je suis Jean de Rochefort, l'actuel commandeur, leur dit l'homme après les avoir longuement observés. Vous voulez entrer dans l'Ordre, m'a-t-on dit ?

— Tout à fait, commandeur. Mon cousin et moi sollicitons de votre haute bienveillance la possibilité de faire partie de vos rangs.

— Savez-vous que si vous entrez dans l'ordre du Temple, c'est pour y consacrer votre vie ?

— Nous le savons, dirent-ils en chœur.

— Votre décision est-elle mûrement réfléchie, messires ?

— Oui ! répondit Arthus, suivi de peu par Denis.

— La vie templière est ardue, continua le commandeur d'une voix sourde. Beaucoup de jeunes hommes sont attirés par les beaux chevaux, leurs beaux équipements, les belles armes, la vêture, le boire et le manger… mais vous devez savoir que chacun de vos actes sera pour servir l'Ordre et seulement l'Ordre. Vous devrez renoncer aux péchés de ce monde, servir Dieu, faire vœu d'obéissance, de chasteté, de pauvreté, et faire pénitence pour le salut de vos âmes. Messire ?

Le commandeur tendit la main vers Arthus.

— … votre nom ?

— Arthus de Comborn, chevalier de Turenne, commandeur.

— Et vous ?

— Denis de Comborn, et je viens du même endroit. Nous sommes cousins.

— Que comptez-vous trouver dans notre Ordre, messires ?

— Une famille, répondit Arthus. Une noble cause, protéger les plus faibles et défendre la chrétienté.

— Vous, messire ?

— Eh bien… la même chose, commandeur.

— Êtes-vous prêts à renoncer à votre patronyme ?

— Plus que prêt, commandeur, répondit encore Arthus.

— Cela n'est pas un problème pour moi non plus, renchérit Denis.

Le commandeur se leva.

— Mes frères et moi discuterons lors du prochain chapitre de votre entrée éventuelle dans notre Ordre. Revenez dans une semaine, jour pour jour, notre décision sera prise vous concernant. Frère Jehan va vous raccompagner vers la sortie.

Arthus et Denis se levèrent à leur tour et après s'être inclinés avec déférence, suivirent ledit frère Jehan. Le baron se permit un soupir alors que la porte de la maison du Temple se refermait derrière eux avec un bruit sourd.

— Alors, qu'en dis-tu ? questionna Arthus. Consacrer ta vie au Temple ne te fait pas peur ? Il te faudra renoncer aux femmes, mon frère, obéir aux règles ainsi qu'aux ordres du commandeur. T'en sens-tu capable ?

— Certes ! Quant à toi, je doute !

— Comment cela ?

— Es-tu prêt à renoncer pour toujours à ta belle sauvageonne ? Si jamais Montfort meurt prématurément et qu'elle se retrouve veuve, y as-tu réfléchi ? Tu pourrais alors l'avoir toute à toi.

Évidemment qu'il avait réfléchi à la question, seulement, il ne pouvait attendre que Montfort passe de vie à trépas sans rien faire de son existence. La passivité n'était pas son fort. Il avait besoin d'action, d'aventure, besoin de combats… il s'était ennuyé ferme lors de cette croisade contre les hérétiques… et besoin de racheter ses péchés en ayant désiré la promise d'un autre homme même si, à sa décharge, à l'époque où il l'avait désirée du plus profond de son être, il ignorait qu'elle appartiendrait à un autre.

Un être cruel et fat, qui plus est !

— Tu ne pourras plus veiller sur elle, insista Denis. Et accourir à son secours si jamais elle est en danger.

Cela aussi Arthus l'avait envisagé, mais encore une fois, il ne pouvait passer sa vie à attendre. Si Alba et lui devaient se retrouver, ils se retrouveraient. Et s'ils étaient discrets, un vœu de chasteté pouvait se contourner, il suffisait de ne pas se faire prendre et Tolosa n'était pas si loin de Carcassona ; à moins que l'Ordre ne le renvoie en Terre sainte. Là, ce serait une autre histoire.

Il s'arrangerait pour rester en contact avec Balthazar… ou peut-être pas… il était temps pour lui de tirer un trait sur ce passé et sur Alba de Cazilhac.

Et advienne que pourra !

Il frappa l'épaule de Denis :

— Trouvons une bonne taverne ! J'ai envie de me soûler et de forniquer tant que je le peux encore, mon frère !

— Vaille ! s'écria son cousin en enfourchant sa monture.

Une semaine de beuverie, cela devrait suffire.

Il serait ensuite pauvre comme Job, mais après tout qu'importait, puisqu'il devrait abandonner ses biens propres avant son entrée dans l'Ordre. Si entrée il y avait ! Mais son intuition lui disait qu'il avait plu au commandeur.

Il espérait de tout cœur que Denis également, malgré ses fanfaronnades et malgré son manque d'entrain. Il s'était contenté de dire comme lui lorsque le commandeur lui avait demandé ses motivations. Ce fou ! Mais il n'entrerait pas au sein de l'Ordre sans Denis.

Il s'en ouvrirait au commandeur, ce serait eux deux ou aucun !

Et à prendre ou à laisser…

Chapitre 29

Citadelle de Montségur, 16 mars 1244

Assise dans un fauteuil aux côtés de Montfort, dans le champ au pied de la forteresse, juste devant les quelques tentes des croisés restants, Alba contemplait avec avidité l'attroupement des « hérétiques » de Montségur massés devant l'énorme bûcher, tentant de repérer son père et ses amies parmi eux. Amiel, pour plus de commodités, avait fait creuser un immense trou et ordonné qu'il soit rempli de bois. Ainsi, les cathares n'avaient plus qu'à se laisser tomber dedans. Et au besoin, on pouvait les y pousser. Montfort avait fait entendre son désaccord, il préférait qu'ils tombent de haut, mais il n'avait pas eu gain de cause.

Alba sentit ses yeux s'emplir de larmes.

Depuis qu'elle savait que les êtres si chers à son cœur étaient condamnés, elle ne faisait que pleurer. À tel point que dame Corba et Braida se relayaient pour la consoler.

Un comble !

Même jugées hérétiques et condamnées, elles avaient continué à œuvrer pour le bien de leur communauté, pour que leur « départ » se fasse dans la pleine conscience, dans l'harmonie et le don de soi. Pour que leur sacrifice soit entendu… Alba priait également pour cela.

Quant à son père, sa tête avait déjà quitté ce monde ; il ne se rendait plus compte de rien depuis qu'un nouvel accès de fièvre l'avait terrassé peu de temps après son procès où il avait été jugé hérétique et soumis au bûcher. Il avait passé le deuxième à proférer des injures à l'égard d'Amiel et de ses sbires et ne pouvant se défendre, le tribunal avait entériné la première sentence.

Depuis, Alba ne dormait plus.

Elle avait perdu le goût de tout et malgré les supplications de son oncle et ses cousins, discrètes, elle passait ses journées en prières, faisant croire à Montfort qu'en bonne chrétienne, elle priait pour les âmes de ces pauvres gens pour que Dieu, dans sa grande miséricorde, les accueille en son sein et pour qu'avant de quitter ce monde, ils prennent conscience de leurs erreurs et lavent leur âme de leurs péchés. Elle avait d'ailleurs accompagné l'archevêque lors de sa dernière visite aux condamnés, ce qui lui avait permis de saisir une dernière fois les mains de son père, de dame Corba et de Braida entre les siennes. Amiel l'avait regardée d'une étrange façon, mais n'avait posé aucune question ; sans doute la considérait-il comme une bonne personne. Une pieuse personne. Ce qu'elle était ! Elle ne le démentit pas, même si elle ne priait pas sa foi ni son Dieu, mais le Dieu des cathares, infiniment plus miséricordieux.

Ils étaient deux cent quarante-quatre.

Deux cent quarante-quatre croyants cathares allaient périr ce funeste jour du 16 mars de l'an de grâce 1244, dont majorité de femmes. Raymond de Péreille avait abjuré, ainsi que Marty, Mirepoix, et bon nombre de chevaliers *faydits*. Ils avaient quitté la forteresse, qui pour le mur de Carcassona, qui, comme ce fut le cas de Péreille, pour partir en Terre sainte faire amende honorable après avoir versé une somme colossale pour acheter sa liberté. Alba en avait été peinée pour ses amies qui perdaient un mari et un père, mais voyant dame Corba et Braida sereines, elle imagina que peut-être, il irait en Lombardie avant de se rendre en Orient et reconstruirait des « maisons » de cathares. Alba le souhaitait de tout son cœur.

Enfin, elle les repéra, les uns à côté des autres, pas très loin du feu. La fumée les environnait et devait déjà les empêcher de respirer. Pour autant, Alba pouvait encore les distinguer. Dame Corba soutenait son père et Braida tenait la main de Pierre, son aimé. Au moins, ils ne partiraient pas seuls pour leur dernier voyage. Dame Corba accompagnerait son père et Alba souhaita de toute son âme que cela lui permettrait de s'oublier en se consacrant à quelqu'un d'autre, comme elle l'avait toujours fait. Quant à Braida, son amie mourrait accompagnée de l'homme qu'elle aimait. Ils se soutiendraient et se retrouveraient dans l'au-delà.

Ils n'étaient pas seuls, ils partaient ensemble, leur âme lavée de tout doute et de toute peur…

Ils avançaient, pas à pas, poussés par des croisés. Alba les voyait dorénavant, ils se soutenaient les uns les autres, têtes baissées à mesure qu'ils se rapprochaient du foyer. La chaleur devait être terrible. Insoutenable. La jeune femme retint des sanglots, si fort que ses ongles s'enfoncèrent dans ses paumes de main, mais elle se força à regarder. Encore une fois. Son âme au désespoir de n'avoir pu empêcher cette atrocité.

Le trou était si gigantesque que la masse des corps déjà tombés n'affleurait même pas en surface.

Et soudain, ce fut leur tour.

Le temps d'une respiration, d'un battement de cils, dans le silence le plus absolu, car pour une fois Montfort se taisait, sans un cri ni une plainte, avec un courage qui força une fois de plus l'admiration d'Alba, ils sautèrent tous les quatre dans le brasier et ce fut fini.

Alba cligna plusieurs fois des paupières, refusant l'évidence.

Quelque chose se brisa en elle et sa détresse fut si poignante, son désespoir si intense, qu'elle ne put en supporter davantage.

Le cœur au bord des lèvres, sur le point de rendre tripes et boyaux même si elle n'avait rien ingurgité depuis des jours, elle s'excusa auprès de Montfort d'une indisposition subite, se leva et s'enfuit. Profitant de ce que la fumée envahissait le champ et la cachait aux yeux de Montfort, de son oncle et ses cousins, elle le traversa, se dissimula sur le côté d'une tente et observa le feu. Si longuement qu'il finit par lui brûler les yeux.

Il y avait encore foule, personne ne ferait attention à elle, mais il fallait faire vite.

Elle fit tomber sa cape de ses épaules, arracha son collier de pierreries offert par Montfort, ôta ses bottines, déchira sa robe, la laissa tomber au sol puis, en chainse de dessous et pieds nus, comme tous les condamnés, sortit du côté de la tente et s'élança vers le brasier avec plus qu'une idée en tête : partager le sort de ceux qu'elle aimait et les retrouver par-delà la mort.

Chapitre 30

Champ des croisés, 16 mars 1244

Arthus, du haut de sa monture, observait depuis de longues minutes l'immense bûcher devant lequel étaient massés les condamnés cathares qui, les uns après les autres ou par grappes, courraient se jeter dans le feu. Il comprenait leurs raisons, il aurait fait de même. Pour lui, comme pour eux très certainement, il n'y avait pas de demi-mesure et s'il avait été croyant plus qu'il ne l'était, il serait mort pour sa foi. Comme ces pauvres gens.

Une prière s'éleva dans son cœur pour ces âmes…

Et tout en priant, il parcourut le champ des yeux.

Elle était là, quelque part, mais la brume l'empêchait de voir distinctement les tribunes installées de l'autre côté du bûcher, un immense trou dont les flammes s'échappaient, si hautes qu'il avait le sentiment qu'elles touchaient le ciel gorgé de nuages et d'un vilain gris.

Elle était forcément aux premières loges, installée près de Montfort, son oncle et sa famille à ses côtés. Quand le spectacle serait terminé, il ferait ce pour quoi il était là et s'en irait, cette fois-ci pour ne plus jamais revenir. Il aurait voulu ne pas la revoir, il aurait également souhaité que les deux semaines de beuverie lui effacent la mémoire, mais hélas, il ne pouvait que constater que ce n'était pas le cas ! Bien au contraire, l'éloignement n'avait fait qu'attiser son besoin d'*elle*, son manque d'*elle*, son désir, et dès qu'il avait mis le pied de son cheval sur ce champ, il n'avait plus qu'une idée : la voir. Juste cela. La voir. La contempler. Se repaître de sa beauté sans l'approcher et sans lui concéder le moindre mot. Et lui dire adieu.

Encore une fois…

Mais cette fois-ci serait la bonne !

Ce fut alors qu'il la vit, sortant du brouillard à grands pas précipités, la capuche qu'elle tenait d'une main sur sa tête baissée, son autre main serrée sur sa poitrine autour des pans de sa cape. C'était elle, il n'y avait pas de doute possible. Il reconnaissait sa taille élancée, les boucles brunes qui s'échappaient du capuchon, le cadeau de Montfort pendant à son cou, ce fameux collier de pierreries vermeilles qu'il trouvait trop… voyant et moche au possible. Et qui ne convenait pas du tout à Alba. Mais ce n'était que son avis, qu'il avait conservé par-devers lui lorsque Montfort le lui avait offert sous les applaudissements et les hourras de ses vassaux, toujours pressés de lui prouver leur attachement à la moindre occasion. Il s'en était voulu pour cela. Et il avait dû serrer les poings pour ne pas arracher le collier des mains de Montfort pour le frapper avec jusqu'à ce que mort s'ensuive.

Elle semblait fuir et ne pas être en bonne santé… il la trouva même encore plus fine qu'au moment de son départ. L'idée qu'elle puisse être malade et mourir le percuta de plein fouet.

Il devait lui parler, s'assurer qu'elle allait bien…

Sans cela, cette idée le tourmenterait jusqu'à sa mort.

Sa décision prise, et alors qu'elle se dirigeait vers la première tente, peut-être pour se soulager d'un besoin pressant, il fit faire un pas à son cheval. Puis encore un autre, lentement, pour se donner le temps de la réflexion. Il était encore loin de la tente lorsqu'il la vit réapparaître, en robe de dessous, tête et pieds nus, le regard perdu dans les flammes qui semblaient exercer sur elle un attrait irréel.

Son sang ne fit qu'un tour et il hurla :

— Denis ! À moi !

Tout en s'élançant au galop, son cousin dans son dos, il ôta sa cape noire de ses épaules, la posa devant lui sur sa selle. Arrivé derrière la jeune femme, il se tint en selle à la force de ses cuisses, se pencha et la cueillit au vol pour ensuite enrouler la cape autour d'elle et la serrer contre lui d'un bras alors qu'elle se débattait de toutes ses menues forces en hurlant.

Il ne prit pas le temps de la rassurer mais s'éloigna au plus vite afin que son geste passe inaperçu. Mais à la vérité, personne ne regarderait de leur côté et les remarquerait, tant les chevaliers semblaient fascinés par le spectacle macabre qui se jouait devant leurs yeux et ils étaient certainement invisibles parce que trop éloignés de la tribune et cachés par la fumée. Quand bien même, Arthus était décidé à emmener Alba loin de cet endroit maudit et loin de ce bûcher dans lequel elle allait se jeter.

Il fit faire un virage à sa monture, s'arrêta derrière une tente.

Là, il serra la jeune femme en pleurs contre lui, repoussa ses cheveux de devant son visage.

— Arthus…

Sa voix lui brisa le cœur tant elle recelait de souffrance.

Que lui arrivait-il à la fin ?

Était-elle si malheureuse au point de vouloir mettre un terme à son existence ? Montfort lui avait-il fait du mal ? Si c'était le cas, il irait lui demander réparation et le provoquerait à l'épée.

— Mais enfin, Alba, que vous arrive-t-il ?! s'écria-t-il, furieux à l'idée qu'elle ait voulu se supprimer, ce qui, pour des chrétiens, était inconcevable et valait d'être inhumé en terre non consacrée.

— Je… je voulais que ça s'arrête, hoqueta-t-elle, je ne pouvais plus supporter cette horreur… ils les ont brûlés, Arthus…

Des larmes baignaient les joues de son visage levé vers lui. Il se perdit dans la lumière de son regard empli de souffrance. Une souffrance poignante qui lui lacéra le cœur.

— … je voulais les rejoindre, vous comprenez, partager leur calvaire, devenir martyre comme eux… je me sentais si seule… mon père, mes amies… même vous m'avez quittée…

Ce dernier mot le fit tressaillir.

— Pourquoi ?

— Parce que je suis comme eux, Arthus, se méprit-elle alors qu'il aurait voulu qu'elle l'éclaire sur le fait de l'avoir mentionné.

— Je ne comprends pas…

En vérité, il ne comprenait plus rien.

Juste que la femme qu'il aimait de toute son âme était là, dans ses bras, et que son corps contre le sien faisait tambouriner son cœur à tout va.

— Je suis cathare, comme eux, assena-t-elle, le souffle court, la voix éraillée. Je vous ai menti depuis le début, Arthus, je suis une hérétique, une parfaite, et je ne me nomme pas Alba de Cazilhac mais Alba de Montolieu.

Elle l'observait avec insistance, son visage baigné de larmes, attendant une réaction de sa part.

— Je vous fais horreur, n'est-ce pas, maintenant que vous savez ce que je suis ? Vous allez me dénoncer à Amiel ?

Arthus caressa sa joue avec émotion.

— Non, mon amour, rien ne pourrait me détourner de vous…

Ils se regardèrent intensément.

Leurs prunelles se dévorèrent, se possédèrent, leur amour jaillit de leurs âmes tourmentées pour se rejoindre.

— Laissez-moi vous montrer que la vie mérite d'être vécue, Alba…

— Pourquoi ? Qu'y a-t-il de beau ici-bas ? Hormis l'amour de Dieu pour lequel je suis prête à mourir. Je suis parfaite, Arthus, j'ai fait vœu de chasteté, de pauvreté, et je ne peux appartenir à aucun homme.

— Vous le pouvez si vous le désirez. Laissez-moi vous montrer, mon amour… je vous en supplie, laissez-moi vous prouver que l'amour d'un homme, *mon amour*, insista-t-il, peut vous combler et vous rendre heureuse… mais si vous êtes décidée à mourir, ajouta-t-il, la voix cassée, alors je mourrai avec vous.

Alba ouvrit grand les yeux.

— Pourquoi ?

Il saisit les mains de la jeune femme entre les siennes, les approcha de son cœur.

— Parce que je vous aime. Je vous aime d'un amour inconditionnel et je suis incapable de survivre loin de vous. J'ai essayé, je ne peux pas.

— Je vous aime aussi, Arthus, comme je ne pensais jamais pouvoir aimer, avoua-t-elle, ses beaux yeux emplis de larmes, mais… ma foi est si forte. J'ai peur de ne pas être capable de vous aimer autant que vous le méritez.

— Vous le serez, j'en suis persuadé. Je vous apprendrai… je serai patient, je vous le jure. Ne me rejetez pas une nouvelle fois, Alba, j'en mourrai. Si vous choisissez votre foi, et si telle est votre volonté, alors je vous le redis, je vous suivrai dans le feu.

— Vous seriez prêt à cela pour moi ?

— Oui, Alba, je serais prêt à tout pour vous. Même à partager votre martyre.

La jeune femme cilla, semblait sur le point de rendre les armes, mais continuait de batailler. Arthus pouvait suivre le cheminement de ses pensées sur son visage, la lutte qu'elle livrait contre elle-même ainsi que, très certainement, contre les dogmes dont on l'avait nourrie toute sa vie.

— Écoutez votre cœur, mon amour, je vous en conjure, la supplia-t-il, tentant de la convaincre et parce qu'il leur fallait fuir avant que quelqu'un se mette à la recherche de la jeune femme. La vie peut être belle, laissez-moi vous montrer à quel point. Nous pouvons… nous pouvons partir en Terre sainte, vous seriez libre de croire en votre Dieu là-bas, en toute discrétion et loin de toute cette horreur.

Il ne savait quoi lui dire de plus pour la convaincre.

Elle ouvrit encore de grands yeux.

— Vous accepteriez que j'aie une autre foi que la vôtre ? Vous… vous êtes un croisé, Arthus.

— Je me suis croisé, mais pas par foi, cela aussi je vous l'ai confié. Peu m'importe si nous ne prions pas le même Dieu. Pour moi, toutes les croyances sont sœurs.

— Mais… les miens ? Mon père, mes amies… ils se sont jetés au feu. Je voulais partager leur destin, mourir avec eux. Si je les abandonne maintenant, j'aurai le sentiment de les trahir, insista-t-elle, toujours en proie à ses doutes.

— Demandez-vous ce qu'ils auraient souhaité pour vous. Êtes-vous persuadée qu'ils voulaient vous voir mourir ?

Elle cilla une nouvelle fois.

— Non... ils voulaient que je continue. C'est pour cette raison que mon père et dame Corba m'ont fait quitter Montségur.

— Alors laissez-moi vous emmener loin d'ici... je vous aiderai à vous reconstruire. Je vous aimerai tellement que cet amour vous guérira. L'amour guérit de tout, Alba.

— Vous me le promettez ?

— Oui, mon amour, je vous le promets.

Ses propos, enfin, semblèrent la faire fléchir.

Alba prit une grande inspiration et tandis que de grosses larmes roulaient sur ses joues, elle se pencha et lui prit les lèvres. Avec tellement d'amour, de tendresse et d'attente que le cœur d'Arthus se mit à battre encore plus vite.

— J'accepte, finit-elle par dire, quittant ses lèvres et plongeant ses magnifiques prunelles dans les siennes comme pour sonder son âme et lui livrer la sienne. J'accepte de vous suivre. Emmenez-moi loin d'ici et apprenez-moi à vivre.

Il décelait tout l'espoir qui était le sien. Un espoir vibrant de passion maintenant qu'elle avait accepté ses sentiments et consenti à les suivre. Néanmoins, il lui fallait être sincère jusqu'au bout.

— Acceptez-vous de devenir ma femme ? Alba, dites oui, je vous en conjure...

Un sourire, lentement, illumina le visage d'Alba, le rendant plus sublime encore.

— Oui ! Je le veux, mon amour. Je veux être avec vous, je veux être à vous et ne plus jamais vous quitter.

N'en croyant pas ses oreilles, ivre de bonheur, Arthus se rua sur les lèvres de la jeune femme et lui donna un baiser passionné auquel elle répondit en s'agrippant à lui de toutes ses forces et qui les laissa à bout de souffle. Lorsqu'ils se détachèrent l'un de l'autre, les yeux d'Alba, bien qu'encore baignés de souffrance, brillèrent d'une lueur nouvelle.

Arthus tourna sa monture vers Denis qui, patientant à un mètre de là, montait la garde et assurait ses arrières comme le fidèle ami qu'il était.

— Va prestement au village de Montferrier et trouve un prêtre pour nous unir, le pria-t-il. Veille à ne pas trop le brusquer !

— Bien, mon commandant ! obtempéra ce dernier, usant du « commandant » afin de se moquer, comme il en avait l'habitude, de son caractère autoritaire et directif – mais souvent également pour camoufler ses propres émois –, avant de talonner son cheval et de partir au galop, son valet sur les talons.

— Pardonnez cet empressement à vous épouser, mais je dois vous protéger, dit-il à Alba d'une voix douce en posant de nouveau la main sur son visage qu'elle avait levé vers lui pour le regarder intensément, comme le redécouvrant, ses yeux emplis de questions, et de peur très certainement. Et pour cela, vous devez porter mon nom.

Elle eut encore un sourire merveilleux.

— Je suis d'accord, Arthus…

— Messire ! alerta Olivier qui montait la garde à son tour.

— Alba ? Que se passe-t-il à la fin ? s'alarma une voix près d'eux.

Comprenant son intention, il aida la jeune femme à glisser à bas du cheval.

Sitôt au sol, elle s'élança dans les bras de Ciprian qu'il ouvrit pour elle.

— Je pars avec le baron, avoua-t-elle abruptement après quelques secondes d'étreinte. Prévenez votre père, Balthazar et fuyez vous retrancher au castrum, verrouillez vos portes… je doute que Montfort s'en prenne à vous, il va plutôt se ruer à ma poursuite dès qu'il comprendra que je me suis enfuie, mais sait-on jamais. Il pourrait vouloir vous faire payer ma défection à son égard.

Elle lui fit un baiser sur la joue.

— Je suis désolée de vous abandonner ainsi, vous et votre famille, vous avez tellement fait pour moi, Ciprian, vous avez été un véritable ami, un confident, un frère, mais je… j'aime le baron depuis le tout début, depuis le jour de notre rencontre quelque part entre Limoux et Puivert, bien avant d'arriver chez vous… j'espère que vous me comprenez…

— Oui, cousine, je vous comprends.

Il avait lui aussi les larmes aux yeux.

— Je vous souhaite d'être heureux avec Flora, ajouta Alba. Dépêchez-vous de faire votre demande, dorénavant, plus rien ne vous empêche d'être ensemble.

Ciprian lui jeta un coup d'œil puis reporta son attention sur Alba qu'il attira de nouveau contre lui.

— Vous allez me manquer, dit-il, le visage dans son cou, et Arthus comprit à quel point ces deux-là s'aimaient.

— Vous aussi allez me manquer, Ciprian.

— Alba !

Elle tourna la tête vers lui.

Il lui tendit la main.

— Nous devrions nous hâter…

Elle se haussa sur la pointe des pieds, fit un léger baiser sur la joue de son cousin et s'empara de la main.

Le chevalier la hissa devant lui.

— Prenez soin d'elle, baron, proféra Ciprian, après s'être approché.

— N'ayez crainte, mon ami. J'aime Alba d'un amour sans faille. Elle est mon bien le plus précieux aujourd'hui.

— Soyez heureux, où que vous alliez, et que Dieu vous garde.

— Que Dieu vous garde aussi, Ciprian.

Alba lui fit un petit signe de la main alors qu'il l'enlevait, comme dans ses rêves, où elle était enfin toute à lui.

Il talonna sa monture, lui imposa un galop enfiévré afin de mettre le plus de distance entre lui et Montfort. Montfort, qui bientôt serait aux trousses de son aimée, il en était persuadé. Si elle tombait entre ses mains, Dieu seul savait, ou plus sûrement le diable, jusqu'où pourrait aller sa vengeance.

Chapitre 31

Église de Montferrier, 16 mars 1244

Arthus, ses doigts autour de ceux d'Alba, toisa le prêtre, dévoré d'impatience.

— Dépêchez-vous, mon père ! gronda-t-il.

Le temps pressait.

Ils devaient se marier au plus vite, s'unir devant Dieu dans les liens sacrés du mariage. Liens que rien ni personne ne pourrait ensuite détruire ou contester. Les valets surveillaient, tapis dans l'ombre, l'entrée de l'édifice, les chevaux étaient attachés derrière, mais Arthus n'était pas tranquille. Montfort était peut-être déjà à leurs trousses… son seul espoir résidait dans le fait que le vicomte ignorait qu'il était de retour puisque personne ne l'avait vu – à part Alba et Ciprian, et ce dernier tiendrait sa langue, il en était persuadé –, qu'il rechercherait donc une femme seule et partirait du côté de Carcassona, persuadé qu'elle irait retrouver sa tante afin de se mettre à l'abri au castrum. Et si jamais les paysans qu'ils avaient croisés sur le chemin disaient avoir vu un couple à cheval, suivi d'un valet, Montfort ne ferait pas le rapprochement. De plus, il était fort peu probable que quiconque parle. Montfort était haï pour les dégâts que ses hordes de mercenaires et ses vassaux sans scrupule avaient causés, tant sur les biens que sur les serfs, pillant et violant à tour de bras.

Denis sortit son épée de son fourreau, posa la pointe au sol et s'appuya des deux mains sur le pommeau, les jambes écartées dans une attitude belliqueuse si toutefois le curé faisait encore le difficile pour démarrer son office. Manifestement, l'homme de Dieu avait un peu abusé du vin de messe, mais il ferait l'affaire, il fallait juste qu'il se presse un peu, *sang de bouc,* et cesse d'ergoter sur l'urgence du mariage.

— La dame est-elle consentante ? demanda-t-il pour la vingtième fois, la voix avinée.

— Oui, mon père, je le suis, répondit Alba au prêtre, après lui avoir adressé, à lui, un regard enamouré qui fit frémir son cœur.

Dieu qu'il aimait cette femme !

Chaque seconde avec elle la lui rendait plus précieuse. Et pourtant, ils n'avaient que peu échangé entre le champ de Montségur et Montferrier, le premier village situé à quelques lieues au-dessous, sur le chemin menant à Tolosa. Arthus s'était contenté de la serrer contre lui afin de la protéger et de la réchauffer et, rassurée, s'en remettant totalement à lui, ce qui lui causa un vif émoi, Alba s'était endormie au creux de ses bras, la tête blottie contre son cou. Il n'avait cessé de humer son odeur, le cœur débordant de reconnaissance envers sa destinée qui lui confiait enfin celle de la femme qu'il aimait. Il s'était réchauffé lui aussi de sa présence, s'en était nourri, laissant enfin parler son cœur, se sentant libre de l'aimer et s'attachant davantage à elle de seconde en seconde. Lorsqu'ils arrivèrent en vue de l'église, il la réveilla d'un baiser. Le regard encore voilé par les brumes du sommeil qu'elle lui adressa le ravit et il se fit la réflexion, aussitôt, qu'il voulait voir cette lueur d'amour pur posée sur lui chaque jour que Dieu faisait en se réveillant. Il descendit de cheval, lui tendit les bras. Alba se laissa tomber contre lui et il la porta telle une future mariée – ce qu'elle était – jusqu'à l'autel, sous le regard ébahi du curé.

Ils y étaient encore !

Bon sang… il fallait que le bonhomme se presse où il finirait par demander à Denis de le rouer de coups pour qu'il retrouve ses esprits.

— Allez, curé, qu'on en finisse ! grinça-t-il. Répétez après moi : messire de Comborn, chevalier de Turenne…

Il marqua un temps d'arrêt, se tourna face à Alba.

— Je dois vous avouer quelque chose, mon amour…

Alba lui rendit un regard éblouissant, serra sa main en toute confiance, comme si… comme si elle était persuadée que jamais rien de mauvais ne pouvait lui venir de lui.

— Je ne suis pas réellement baron, ce sont mes amis qui m'ont surnommé ainsi. Je suis pauvre, Alba, je ne possède rien en propre, hormis mon cheval, mon arme et quelques frusques dont celles que je porte aujourd'hui. Mais mon cœur est à vous, je vous en fais don… pour l'éternité et jamais, jamais, je ne cesserai de vous aimer.

Alba, les larmes aux yeux, vint l'enlacer.

— Peu m'importe votre pauvreté, mon amour, ou vos titres, ou plutôt l'absence de titres, vous êtes mon preux chevalier et l'homme que je suivrais jusqu'en enfer.

— Je vous promets de vous rendre heureuse, Alba, de vous chérir et de vous être fidèle, jusqu'à mon dernier souffle. Acceptez-vous de devenir ma femme ?

Les yeux plongés dans les siens, Alba répondit :

— Oui, Arthus, je l'accepte. Et vous ? Acceptez-vous de devenir mon époux ?

— Oui, mon amour, je le veux ! Je te prends, toi, Alba de Montolieu, comme légitime épouse. Voilà, curé ! Il ne vous reste plus qu'à nous bénir et baste !

— Par les pouvoirs qui me sont conférés, je vous déclare mari et femme. Vous pouvez enlacer la mariée.

Enfin…

Arthus prit le visage d'Alba en coupe et baisa ses lèvres avec toute la dévotion et l'amour qu'il lui vouait. Mais Alba, souhaitant manifestement davantage, le prit par le cou, se pressa contre lui et lui donna un baiser enflammé. Ce faisant, sa gorge vint se plaquer contre son buste, éveillant son désir. Il la redécouvrait vive, charnelle, elle s'éveillait au contact de son corps comme il s'éveillait au sien ainsi qu'à ses baisers et cela le comblait.

Ô combien…

Il quitta les lèvres d'Alba, jeta un coup d'œil à Denis.

— Nous allons nous trouver une auberge ! clama celui-ci avec un sourire égrillard.

Malgré le sérieux du moment, Alba leva la tête vers lui, rougit et éclata de rire en se cachant le visage contre son thorax. Arthus passa la main sur sa nuque, sous ses cheveux, et lui embrassa la tempe.

Puis il se tourna vers le prêtre, tendit la main.

— Notre acte de mariage, curé, je vous prie !

À peine celui-ci eut-il apposé sa signature au bas d'un parchemin, ainsi qu'eux deux, qu'Arthus s'empara du document, le plia en quatre et le glissa dans sa chemise, tout contre son cœur. Puis il saisit la main d'Alba, souda ses prunelles aux siennes et lui embrassa les doigts.

— Prête pour une nouvelle vie ?

— Oui, mon amour, je suis prête…

Arthus lui répondit d'un grand sourire puis l'entraîna au pas de course vers leurs chevaux. Là, il la prit devant lui et fit partir sa monture au galop, toujours suivi de Denis et de leurs deux valets. Il lui fallait maintenant faire d'Alba son épouse, au plus vite, en possédant son corps et en la faisant sienne et donc, Denis avait raison, il leur fallait trouver une auberge.

Chapitre 32

À défaut d'auberge, et parce qu'il n'avait pas un sou en poche, à la nuit tombée et après plusieurs heures de chevauchée endiablée, Arthus les fit sortir du chemin, pénétrer plus avant dans la forêt et, apercevant une cabane paraissant abandonnée, sonna l'heure du repos.

Bien mérité…

Il était moulu. Mais si heureux. Heureux comme il ne l'avait jamais été de toute sa vie, sa femme dans ses bras.

Sa femme…

Il n'en revenait toujours pas et souvent, très souvent, il observait brièvement son visage pour être sûr qu'il ne rêvait pas et qu'elle était bien endormie contre lui, ses bras frêles noués autour de son cou.

Il demanda à Denis de maintenir Alba tandis qu'il mettait pied à terre, prit sa femme endormie dans ses bras pour ensuite pousser la porte de la cabane. Il entra. Apercevant une couche dans un coin, bien que délabrée, il y déposa Alba, puis, ayant trouvé à proximité de l'âtre de l'étoupe ainsi qu'une pierre à feu, il entreprit d'allumer un petit feu avec les branchages jonchant le sol.

Ce serait peu mais suffisant pour réchauffer quelque peu la pièce.

Denis vint lui poser la main sur l'épaule.

— Nous nous installons devant ta porte ! Passe une bonne nuit, cousin.

Arthus l'attira à lui, lui donna l'accolade.

— Merci, Denis…

Denis recula, eut un sourire assorti d'une petite révérence.

— Je vous en prie, commandant ! Ne me remercie pas, ajouta-t-il, plus sérieux, tu en ferais autant pour moi…

Arthus, incapable d'en dire davantage tant il avait la gorge serrée par l'émotion du moment, hocha la tête en guise de remerciement et regarda Denis quitter la pièce. Avant de refermer la porte, ce dernier lui jeta un dernier regard qui le fit sourire.

Quel boute-en-train…

La vie lui paraîtrait beaucoup plus triste s'il n'avait pas Denis à ses côtés.

Il ouvrit son bagage qu'Olivier avait déposé à côté de l'entrée, en sortit une couverture, retira son épée qu'il posa au sol, près de la couche, et s'allongea. Il prit sa femme contre lui, veillant à ne pas la réveiller, les recouvrit de la couverte. Il demeura ainsi des heures, les yeux au plafond, bercé par sa respiration apaisée, à réfléchir sur l'après.

Que faire…

En vérité, il n'avait pas le choix, il devait rejoindre Turenne.

Alba s'agita, gémit, comme en proie à un cauchemar, et lorsque des sanglots s'échappèrent de ses lèvres, il lui caressa les cheveux et la rassura de quelques mots doux jusqu'à ce qu'elle se réveille et comprenne où elle se trouvait et avec qui.

Elle se jeta contre lui.

— Oh… Arthus… j'ai rêvé que vous me quittiez…

Il la pressa contre lui, embrassa ses lèvres.

— Jamais, mon amour, je vous l'ai promis.

— Oui, mais si…

Il la fit encore taire d'un baiser.

— Il n'y a pas de *si*… il n'y aura jamais de *si*… nous resterons ensemble, jusqu'à la toute fin, je vous le promets.

Il l'embrassa, encore et encore, enflammant leurs corps, la fit rouler sous lui, quitta ses lèvres pour longer son corps et l'embrasser, dans le cou, entre ses seins qu'il caressa à travers le tissu de la robe après avoir dénoué la cape… Alba creusait les reins sous ses baisers, répondant pour son plus grand plaisir à l'appel de la chair alors qu'il s'attendait à ce qu'elle se montre plus hésitante…

Tout en saisissant l'un de ses tétons entre ses lèvres, il glissa les doigts le long de sa cuisse, remonta la robe jusqu'à son féminage, qu'il découvrit brûlant et mouillé à souhait… il ne put résister et après l'avoir caressée longuement, l'enflammant et *s'enflammant* davantage, il remonta prendre ses lèvres alors qu'il faisait entrer un doigt en elle… pour aller et venir, de plus en plus vite et de plus en plus loin, jusqu'à la faire crier d'extase et s'accrocher à lui… là seulement, il sortit de ses chausses son membre gonflé et la pénétra… elle était si serrée autour de lui, divine… elle lui allait tout à fait…

Quand il sentit une résistance, il força lentement, la faisant se tendre. Alors, il plongea au fond de ses prunelles et, les yeux dans les yeux, poussa encore et rompit le voile prouvant son innocence pour la pénétrer à fond, jusqu'à la garde. Un frisson d'extase le parcourut. Enfin… cette femme magnifique qui avait touché son cœur au premier regard lui appartenait, plus rien ne s'opposerait dorénavant à leur amour… il se retint pour ne pas jouir dans l'instant mais crut mourir lorsqu'il vit ses yeux s'emplir de larmes.

Il s'immobilisa.

— Vous avez mal ? s'enquit-il, la gorge serrée.

Quel piètre mari il faisait… à n'écouter que son propre désir et son plaisir…

— Non, mon amour, je suis heureuse.

— Voulez-vous que je continue, alors ?

— Oui, s'il vous plaît. J'aime beaucoup…

Il lui répondit d'un sourire et de nouveau fit coulisser son membre en elle, doucement d'abord puis de plus en plus vite, jusqu'à ce que le plaisir les cueille. Ensemble. Dans une jouissance infinie durant laquelle Arthus eut le sentiment de toucher les cieux.

— Ce sera toujours ainsi ? demanda Alba après que leurs souffles se furent apaisés.

Arthus eut un petit rire, la serra davantage et lui embrassa le haut de la tête.

— Non, meilleur ! Plus nous nous appartiendrons et plus nous saurons comment nous donner du plaisir.

— Tant mieux ! Parce que j'ai beaucoup aimé !

Elle se redressa, posa son bras en travers de son torse et son menton dessus.

— Tellement aimé que j'ai déjà envie de recommencer…

— Je suis à vos ordres, ma dame… laissez-moi juste le temps de récupérer quelque peu… la… l'instrument peut mettre quelques minutes, voire plus, à reprendre de la vigueur.

— Oh… je vois… plus tard alors, ce n'est pas grave, susurra-t-elle en ouvrant le cordon de sa chemise afin de pouvoir embrasser sa peau, le faisant frissonner de la tête aux pieds.

Elle releva son visage, l'observa.

— Comment se fait-il que vous soyez revenu ? N'avez-vous pas parlé de vous rendre à Tolosa, à la commanderie, afin de demander à entrer dans l'ordre des Templiers ?

— Si fait ! répondit-il, tout en caressant le dos de son amante après avoir remis correctement la cape, *sa cape*, autour de son corps, afin qu'elle ne prenne pas froid.

Malgré la chaleur de leurs ébats, l'air se faisait frisquet.

— Nous avons rencontré le Grand Maître de l'Ordre, Jean de Rochefort, nous nous sommes présentés à lui, il nous a questionnés puis nous a ordonné de revenir sept jours après obtenir sa réponse. Nous nous sommes donc installés dans une auberge de la ville et… avons complètement perdu la notion du temps, à tel point que nous avons manqué le jour. Lorsque nous y sommes retournés, le lendemain, les gardes ne nous ont pas laissés entrer.

Ce qu'il garda pour lui, c'était qu'il avait tellement bu la veille, noyant son désespoir dans le vin, comme chaque jour, qu'il avait été incapable, malgré l'aide de Denis, de se lever du lit.

— Ne serait-ce pas à cause d'une jolie fille, plutôt ?

Elle était si belle lorsque ses yeux pétillaient de malice, comme présentement.

Si belle et si désirable.

Il empauma son visage.

— Non, mon amour, j'ai essayé, mais n'ai rien pu faire. J'avais trop l'esprit empli de vous…

Elle ferma brièvement les yeux, appuya sa joue contre sa paume, puis les rouvrit et demanda :

— Et ensuite ?

— Ensuite, nous sommes retournés à l'auberge, avons bu nos derniers sous, puis nous avons repris le chemin de Montségur avec dans l'idée de demander de l'argent à nos amis pour pouvoir rentrer chez nous. Je… je me féliciterai toute ma vie d'être arrivé à temps.

— Et je vous en remercie…

— Vous ne regrettez rien, alors ?

— Non, mon amour, je ne regrette rien. Vous me rendez heureuse, plus heureuse que je ne l'ai jamais été, la plus heureuse des femmes. Je ne pensais pas cela possible.

— Voulez-vous bien me narrer votre histoire ?

— Depuis le début ?

— S'il vous plaît…

Elle se cala contre lui, prit une respiration profonde.

— Ma mère est morte en me mettant au monde et j'avais dix ans lorsque les croisés sont arrivés sur nos terres, à Montolieu. Mon père a refusé de se croiser, alors ils nous ont expulsés et nos terres ont été mises en proie. Nous sommes partis pour Montségur, où mon père était sûr de trouver asile et parce qu'il… parce qu'il voulait résister aux croisés, je crois… il est devenu l'un des défenseurs de la citadelle et moi… moi j'ai été élevée par dame Corba, qui m'a éduquée en même temps que sa fille, Braida, laquelle est devenue une amie très chère. Vous souvenez-vous d'elles ?

— L'épouse de Péreille ?

— Oui !

— Je crois me souvenir de qui elle est… Braida, par contre, je n'en ai pas souvenance, je ne regardais pas les autres femmes, il n'y avait que vous dans mon esprit.

Alba lui sourit, d'un sourire qui fit de nouveau scintiller ses prunelles lorsqu'elle les plongea dans les siennes.

— Ensuite ? demanda-t-il à son tour.

— J'ai beaucoup appris de dame Corba, elle m'a enseigné les simples, ainsi que la foi cathare. Nous avons vécu neuf ans retranchés du monde, jusqu'à ce que vous arriviez.

Arthus fronça les sourcils en percevant sa tristesse et son ressentiment, mais ne dit mot, préférant la laisser continuer sans la questionner.

— Au milieu de janvier, mon père m'a fait quitter la forteresse en me faisant promettre de vivre et de faire perdurer notre foi, il m'a envoyée chez sa sœur, la dame de Cazilhac. Ils m'ont accueillie, elle et sa famille, à bras ouverts, au mépris des risques encourus. Ils m'ont fait passer pour la nièce d'Adhémar tout juste sortie du couvent et avaient dans l'idée de m'unir à Montfort si j'avais l'honneur de lui plaire.

Elle eut une grimace de dégoût.

Il comprenait mieux ses réactions, maintenant qu'il était au fait.

— Je voulais me servir de lui pour tenter de sauver mon père et mes amies, j'ignorais par quels moyens, mais je me devais d'au moins essayer. Puis j'ai compris que vous-même étiez venu lui demander de l'aide pour venir à bout de la forteresse et j'ai prié pour qu'il participe au siège. Dieu m'a exaucée. Mais…

Ses yeux s'emplir encore de larmes.

— … mon père et mes amies n'ont pas souhaité être sauvés. Ils se sont jetés dans le feu et sont morts en martyrs. Pour notre foi.

Arthus le savait, elle le lui avait déjà dit.

Son cœur se serra pour la femme qu'il aimait et qui avait tant souffert. Il n'imaginait pas ce qu'il ressentirait si son frère, ou sa mère, subissait ce sort ; cela le rendrait fou, très certainement, et prêt à tout, jusqu'au sacrifice de sa propre vie.

— … quelque chose, alors, s'est brisé en moi, je voulais mourir, je voulais aller les rejoindre, d'autant que je ne pouvais imaginer appartenir à Montfort, je hais cet homme de toute mon âme, il est mauvais… vous avez vu ce qu'il fait aux miens ? Ces horreurs… et c'est vous que j'aimais, Arthus, malgré moi et malgré mes vœux. Vous avez su toucher mon cœur et j'étais tellement malheureuse de vous avoir perdu que vivre ne m'intéressait plus.

Son cœur se serra.

— Et *vous* avez touché le mien, mon amour.

Arthus attira sa femme à lui, la faisant s'allonger sur son corps. Il repoussa d'une main ses cheveux sur le côté, caressa sa nuque du bout des doigts.

— Alors que je m'étais juré de ne jamais plus aimer une femme.

Ce fut à son tour de se confier :

— J'ai déjà aimé, Alba… la fille d'un seigneur voisin. Chez moi. Dans le Nord. Pendant que j'étais en Terre sainte, et alors que nous nous étions jurés de nous aimer toujours, elle a épousé mon frère.

Alba redressa la tête et il se noya dans ses yeux où se reflétaient les lueurs de l'âtre.

— Oh mon Dieu, Arthus, comme vous avez dû souffrir.

— Certes ! Et je lui en ai voulu. À elle. Beaucoup plus qu'à mon frère qui ignorait tout de notre histoire d'amour. Rien n'avait été officialisé, j'avais l'intention de la demander en mariage à mon retour. Néanmoins, j'étais malheureux de les savoir ensemble, ils avaient… *ils ont* deux beaux enfants et je… enfin…

— Oui ? demanda-t-elle, son visage d'ange reflétant

tout l'amour du monde, ainsi que de la compassion. Vous pouvez tout me dire, mon amour, je suis capable de tout entendre, et de tout accepter. Savoir que vous m'aimez me suffit.

Alba avait une nature généreuse, ce qu'Arthus avait entrevu en la côtoyant.

Il lui devait la vérité.

Surtout s'ils se réfugiaient sur les terres de Turenne.

— Je la désirais, encore, et elle aussi, je le voyais dans ses yeux que je ne la laissais pas indifférent et un jour, j'en étais persuadé, nous aurions fauté. Je ne pouvais pas faire cela à mon frère, je ne pouvais convoiter et désirer sa femme, alors je suis parti.

— Que ressentez-vous pour elle aujourd'hui ? Car je suppose que nous retournons chez vous puisque c'est là-bas que vous aviez prévu de vous rendre.

— Oui, Alba, nous demanderons asile à mon cher frère, qu'il ne nous refusera pas, soyez rassurée sur ce point. Je pense même qu'il nous donnera des terres où faire construire notre maison, Gauvin est généreux. Vous ferez ainsi la connaissance de ma mère, qui est toujours vivante. Je sais que vous vous entendrez bien.

— Et si elle ne m'aime pas ?

— Elle vous aimera, j'en suis sûr ! De toute façon, nous ne resterons pas longtemps chez mon frère.

— Et… elle ?

— Elle n'a plus aucune importance à mes yeux. Je l'ai oubliée. C'est vous que j'aime, ma mie. Que j'aime plus que tout…

Il les fit rouler sur eux-mêmes, se coucha sur sa femme et lui prouva à quel point il l'aimait et n'aimait qu'elle. Pour toujours…

Chapitre 33

Camp des croisés, 17 mars 1244

Jean de Montfort arpentait sa tente de long en large, se retenant de tout casser. La nuit était tombée depuis longtemps et ses désirs le faisaient souffrir. Il avait besoin de détruire, de salir, d'imposer sa toute-puissance, de faire couler le sang et d'entendre les gémissements de ses victimes. Il était privé de tortures depuis trop longtemps, cela lui manquait et faisait souffrir sa chair. Il se rabattait sur Ferrer qui le laissait se rendre maître de son corps, mais le dominicain n'était qu'un pis-aller. Rien de commun avec de vraies tortures, qui amenaient ses victimes à frôler la mort. Ce sentiment de détenir le pouvoir de vie et de mort sur autrui le faisait jouir ; il jouissait de sa toute-puissance, s'en délectait, et rien n'égalerait ce vertige.

S'il demeurait dans cette contrée de malheur, il lui faudrait trouver des proies. Peut-être pourrait-il demander à Ferrer de s'en charger ; le prêtre avait un faible pour lui.

Ce qui le mettait également en rage, c'était que sa « fiancée » avait disparu et tant que les limiers qu'il avait envoyés à ses trousses ne seraient pas revenus, il ne rentrerait pas à Carcassona. Il voulait être présent lorsqu'ils la lui ramèneraient, il voulait la châtier lui-même et la tuer de ses propres mains après l'avoir fait souffrir. Il en salivait d'avance.

Il interrompit sa marche lorsque l'un des limiers en question franchit l'ouverture de la tente.

— Nous avons retrouvé sa trace, seigneur.

— Où ?

— Sur le chemin menant à Tolosa, après Montferrier. Elle n'est pas seule, seigneur, trois personnes l'accompagnent, peut-être quatre…

— Comment cela ?

— Les sabots de l'un des chevaux s'enfoncent davantage dans le sol, ce qui laisse à penser qu'il porte deux individus sur son dos.

— Qui sont-ils selon vous ? Les Cazilhac ?

— Je ne le crois pas, seigneur. Vous m'avez dit vous-même qu'Adhémar de Cazilhac était près de vous bien après que votre promise eut quitté la tribune.

Une lueur mauvaise traversa son œil.

— Envoyez des hommes à Cazilhac et enfermez-les tous sans exception dans les cachots de la Cité ! ordonna-t-il. Ils seront sacrifiés en même temps que leur traîtresse de parente, qu'ils comprennent que l'on ne dupe pas impunément le vicomte de Montfort ! hurla-t-il.

Ce faisant, il avait enfilé sa cape sur sa vêture pourpre, elle-même recouvrant sa cotte de mailles, et se dirigeait vers l'issue.

— Maintenant, rattrapons la fugitive !

— Certainement, seigneur ! Nous avons suivi les traces des chevaux et savons qu'elle et ses comparses se sont arrêtés dans une cabane. J'ai laissé une dizaine d'hommes à proximité et suis revenu aussi vite que possible. Nous les cueillerons au petit jour.

— Très bien, mon ami, très bien, lui dit Montfort en lui tapotant l'épaule. Vous serez grassement récompensé pour vos services.

— Merci, seigneur, répondit son garde en s'inclinant.

Un sourire haineux lui échappa.

Il allait bientôt pouvoir laisser exploser ses besoins de violence sur le corps d'Alba de Cazilhac. Comme il aurait voulu que le temps accélère sa course pour avoir déjà cette traînée entre les mains afin de lui faire payer sa duperie en faisant couler son sang ! Ensuite, il la brûlerait, et brûlerait tous ceux qui l'avaient aidée dans cette entreprise, de quelque manière que ce soit.

Chapitre 34

Quand Alba se réveilla, ce matin-là, elle se trouvait tout contre un corps d'homme, entre ses bras. Un homme qui l'avait aimée toute la nuit, possédant son corps encore et encore et qu'elle aimait d'un amour sans égal. Un homme du nom d'Arthus de Comborn, chevalier de Turenne, qui était devenu son époux devant Dieu la veille en fin de journée. Et Dieu lui était témoin combien elle en était heureuse. Elle ne se souvenait point avoir jamais été aussi heureuse de toute son existence que la nuit passée. Arthus comblait son âme, son cœur et son corps de femme ; il était d'une patience d'ange, il avait su repousser ses craintes de l'acte d'amour en se montrant doux et respectueux et lui avait donné tellement de plaisir à mesure qu'il la possédait, qu'il l'avait fait crier d'extase. Ce dont, étonnamment, elle n'avait aucune honte. Ils étaient mariés, il était normal pour de jeunes mariés de se donner du plaisir dans un acte d'amour partagé.

Oui, elle avait renoncé à être parfaite pour l'amour d'un homme, et elle ne le regrettait en rien. Elle avait même le sentiment qu'Arthus nourrissait et emplissait son âme d'une manière que Dieu ne l'avait jamais fait. Peut-être se leurrait-elle sur sa foi depuis toujours et n'était-elle pas constituée pour être parfaite, finalement, même si elle en avait eu le désir à un moment de sa vie. Elle comprit qu'elle en avait exprimé le souhait et voulu que dame Corba lui donne le *consolament* lorsqu'elle avait quitté la citadelle parce qu'elle était morte de peur et qu'elle avait besoin de la protection divine.

Elle bâilla, s'étira et se retourna pour contempler son époux.

Qu'il était beau ainsi abandonné dans son sommeil…

Dire qu'elle lui trouvait la beauté du diable, se méfiait de lui et le haïssait de toute son âme sans même le connaître, alors qu'il était le plus attentionné des hommes, et le plus aimant.

Elle caressa son visage du bout des doigts, que la faible lueur du jour naissant entrant par l'unique lucarne de la cabane lui permettait de distinguer. Comme habituellement, elle s'était réveillée quelques minutes avant le lever du jour, et avait mis du temps à se souvenir. Mais depuis qu'elle avait ouvert les yeux, elle ne cessait d'être reconnaissante envers Dieu de lui avoir envoyé Arthus pour la sauver. Grâce à lui, elle reprenait espoir et le goût de vivre. Elle ne pensait pas que l'amour d'un homme et lui appartenir lui apporterait autant de félicités, mais c'était un fait.

Peut-être parce qu'Arthus était un homme bon, un homme d'honneur et qu'elle l'aimait passionnément. Elle doutait que ce fût ainsi pour toutes les femmes. Elle aimait tellement son époux qu'elle décida, dans l'instant, d'abandonner sa foi. Du moins de ne pas en faire étalage ; elle se comporterait plutôt en bonne croyante catholique. Après tout, elle pourrait tout aussi faire le bien en embrassant cette foi. Ainsi, elle n'attirerait pas d'ennuis à Arthus. Une fois sur ses terres, elle veillerait à bien se comporter, à faire le bien et à aider du mieux qu'elle pouvait.

Peut-être en s'occupant de malades, ou d'enfants…

Le bruit de la porte la fit sursauter.

Arthus aussitôt bondit du lit et se saisit de son épée au sol, qu'il brandit devant lui.

— Nous avons été repérés ! leur dit Denis, la voix pressante. Il nous faut partir. Vite !

Le cœur d'Alba frappa fort contre ses côtes alors qu'elle se mettait debout elle aussi et enfilait sa robe.

— Tenez ! Mettez ceci, vous aurez moins froid.

Elle s'empara des vêtements qu'Arthus lui tendait, des chausses, une chemise ainsi qu'un gilet cuirassé, ceintura le tout avec la cordelette qu'il lui confia, enfila des bottes dix fois trop grandes mais qui lui permettraient de ne pas aller pieds nus. Enfin, elle passa la cape par-dessus le tout. Lorsqu'elle releva le menton, elle vit qu'Arthus la contemplait. Il ouvrit la bouche, mais se contint, se contentant de la regarder d'un air grave.

— Allons !

Il s'empara de son bagage et Alba le suivit lorsqu'il sortit.

— Où sont-ils ? demanda Arthus à Denis dès qu'ils furent au-dehors.

— À une demi-lieue tout au plus. Olivier a fait au plus vite et a réussi à éviter les sentinelles de Montfort, mais nous devons nous hâter. Mon valet va nous guider, il n'y a pas meilleur que lui pour échapper à des poursuivants…

— Fort bien, nous vous suivons ! dit vivement Arthus avant de se diriger vers son cheval.

Il attacha son bagage, dénoua les rênes et grimpa sur son dos.

Il lui tendit ensuite la main, l'installa devant lui, fit faire un demi-tour à sa monture et partit au galop derrière Gervais et Denis, Olivier dans leur sillage.

— Faites attention à vous, l'alerta Arthus.

Elle camoufla son visage dans les plis de la cape de son époux afin d'éviter que les branches ne le lui lacèrent tant ils allaient vite. Son cœur battait à tout rompre. Elle avait peur. Elle était transie de peur. Oh… pas pour elle-même, mais pour l'homme qu'elle aimait, en danger à cause d'elle. Et elle s'en voulut de lui avoir permis de la protéger. Elle pensait qu'ils auraient plus de temps. Ils n'auraient jamais dû s'arrêter aussi longtemps dans cette cabane, mais ils en avaient besoin, ils avaient besoin de s'appartenir et de s'aimer. Mais ces moments de bonheur arracher à l'adversité pourraient leur coûter la vie.

Elle crut percevoir des bruits de cavalcade derrière eux.

— Sont-ils loin ? s'écria-t-elle pour se faire entendre.

Arthus tourna la tête brièvement et reprit sa course, les mâchoires serrées.

Il lui sembla apercevoir l'éclat d'une lame entre les arbres, à travers la brume.

— Laissez-moi, Arthus, abandonnez-moi et continuez sans moi. Vous pouvez encore vous sauver.

— Jamais ! Il n'en est pas question ! Tu te souviens, je meurs si tu meurs, proféra-t-il, usant du tutoiement témoignant de leur intimité. Toi et moi, c'est pour l'éternité, mon amour. Tu es ma femme et jamais je ne t'abandonnerai. Je me battrai pour toi jusqu'à la mort ! acheva-t-il, les dents serrées.

Il talonna son cheval, fit allonger ses foulées.

— Je ne veux pas tomber vivante entre ses mains…

— Moi vivant, jamais il ne posera les mains sur toi, je te le promets, répondit-il de la même façon. Garde confiance, mon amour…

Comment garder confiance alors que la vie lui reprenait tous les êtres qui lui étaient chers et ce, depuis sa naissance ? Qu'adviendrait-il d'elle si Arthus mourait ?

Non, il fallait qu'il lui promette de la tuer plutôt qu'elle tombe vivante entre les mains de leur ennemi.

Elle voulut le lui en faire la demande, mais ne le put, ils allaient trop vite, elle ne voulait pas risquer la chute en divertissant Arthus qui s'acharnait à éviter les arbres, derrière Denis. Ils étaient tous bons cavaliers, et sans doute avec plus de chance auraient-ils pu s'en sortir si des hommes de Montfort ne leur étaient arrivés dessus sur la droite, coupant à travers bois.

Ils seraient bientôt sur eux !

Arthus chevauchait à bride abattue, poussant sa monture à l'extrême, mais sans doute leur poids conjugué empêchait-il son cheval d'avancer aussi rapidement qu'il le devrait.

Un premier garde fonça sur eux en brandissant son épée et chercha à leur couper le chemin et à les séparer des autres. Arthus l'évita, mais plus ils avançaient, plus les hommes de Montfort se faisaient nombreux et se rapprochaient pour les encercler.

Et soudain, le cheval se déroba sous eux, touché à l'encolure par un carreau d'arbalète. Il chut lourdement et les envoya à terre. Alba roula sur le sol et se releva aussitôt, cherchant Arthus du regard. Il était lui-même déjà debout, avait dégainé son épée et se battait contre une bonne dizaine de leurs poursuivants. La jeune femme se demandait comment l'aider lorsque Denis et les valets sautèrent de leurs destriers et vinrent lui prêter main-forte mais, des gardes de Montfort arrivant de tous côtés, ils furent rapidement en sous-nombre.

— Fuis, mon amour ! lui hurla Arthus, en pleine bataille.

— Non ! Jamais ! Jamais je ne te laisserai !

Il courut à elle, l'embrassa violemment et la repoussa avant que les gardes fondent de nouveau sur lui et l'encerclent.

— Fuis, c'est un ordre ! Maintenant !

Alba le regarda intensément, avec tout l'amour qu'elle lui vouait, le cœur déchiré à l'idée d'être séparée de lui, et au lieu de fuir, elle se saisit d'un bâton et se jeta sur le premier garde à sa portée, regrettant de ne pas avoir son arme sur elle ; elle l'avait laissée dans sa tente, au campement des croisés. Il faudrait qu'elle réussisse à s'emparer d'une épée, et alors, ces hommes verraient comment se battait une Montolieu !

Le garde contre lequel elle combattait l'envoya au sol. Aussitôt, n'écoutant que son instinct de survie, elle leva son bâton pour parer le coup d'épée lorsqu'il la brandit au-dessus d'elle, et se voyait déjà morte quand une lame sortit de la bouche de l'homme. Il s'effondra quand Arthus retira son arme. Son époux lui tendit une main qu'elle s'empressa de saisir, la releva d'un mouvement vif.

— Reste près de moi !

Alba s'empara de l'épée du mort, se mit dos à Arthus et ensemble, ils firent face aux assaillants. Il n'en restait plus que cinq à tourner autour d'eux, les autres aux prises avec Denis et leurs valets. Ce fut à ce moment qu'elle vit Montfort, approchant entre les arbres, reconnaissable à sa vêture pourpre.

Il banda un arc, tira.

Et Arthus, touché à la jambe, tomba à genoux.

Alba se rua vers son amour, tenta de le relever tout en le protégeant de son corps autant qu'elle le pouvait d'autres tirs de Montfort.

— Laissez-les-moi ! entendit-elle ce dernier hurler à ses gardes.

— Enfuis-toi, lui murmura Arthus en retirant la flèche de sa cuisse. Tu dois vivre, tu portes peut-être déjà mon enfant.

Elle tomba à genoux en le voyant ployer sous la douleur.

— Jamais ! Si tu tombes, je tombe…

— Alba, je t'en prie, supplia-t-il.

Il ne put en dire plus, Montfort était sur eux, accompagné de ses plus fidèles vassaux.

Au prix d'un immense effort, Arthus la repoussa derrière lui, se remit debout et les affronta. Alba se retrouva les fesses au sol et ne put s'enfuir lorsque des gardes s'emparèrent d'elle et la maintinrent fermement. Impuissante, elle ne put qu'assister au combat, des larmes dévalant ses joues.

Ils allaient le tuer… ce fou de Montfort allait le tuer…

— Laissez-le ! C'est moi que vous voulez, Montfort ! hurla-t-elle, résistant de toutes ses forces aux hommes qui cherchaient maintenant à l'entraîner vers une carriole cerclée de ferraille dans laquelle on entassait généralement les prisonniers. Denis ! Olivier, Gervais ! hurla-t-elle encore. Aidez-le, je vous en supplie…

Mais Denis et leurs valets, trop éloignés d'eux, avaient également maille à partir avec leurs propres assaillants. Soudain, Olivier tomba, une épée lui traversant le corps. Puis ce fut au tour de Gervais, qui se retrouva au sol. Denis cria et se rua vers son valet pour lui porter assistance, lorsqu'un garde le prit en traître, par-derrière, et lui enfila sa lame dans les lombes. Il se retrouva à genoux. Le garde le saisit par les cheveux et regarda du côté de Montfort, attendant son ordre.

Ce dernier hocha la tête.

— NON !

Arthus hurla au moment où l'épée du garde tranchait la gorge de Denis et il se laissa tomber à genoux en même temps que son cousin s'effondrait. Pour aussitôt se relever et porter un coup à Montfort en hurlant comme un damné. Il se battit avec la rage du désespoir, des larmes ravageant son visage. Il souffrait de la perte de son cousin et Alba souffrait avec lui. Elle sentait sa fureur dans son âme, sa douleur, son désir de vengeance et elle cria à son tour en se débattant entre les deux gardes qui la tenaient à bout de bras lorsque la lame de Montfort déchira la manche d'Arthus ainsi que sa chair. Son sang s'écoula.

— Ça suffit, cria-t-elle, en larmes. Ça suffit, Jean, je vous en prie, si vous m'aimez un peu…

— Occupez-vous de lui ! lâcha Montfort en s'éloignant d'Arthus pour avancer vers elle.

Aussitôt, les gardes encerclèrent Arthus et malgré ses coups, s'emparèrent de lui alors qu'il criait à son tour à Montfort de la laisser tranquille. Qu'il le tuerait s'il la touchait et lui faisait le moindre mal.

— Assommez-le ! ordonna Montfort à travers leurs cris. Que l'on ait la paix, que diable.

Le garde le plus proche d'Arthus lui porta un violent coup de pommeau derrière la tête et le baron s'effondra.

Alba serra les dents à hurler alors que Montfort approchait.

— Vous n'avez aucun droit sur nous ! vociféra Alba alors que Montfort approchait d'elle.

— J'ai tous les droits au contraire ! Regardez celui-ci ! ricana-t-il. Qui irait pleurer de pauvres barons du nord sans le sou !

Denis…

Hélas, il disait vrai. Il avait une garde imposante, des vassaux corrompus aussi mauvais que lui, des dominicains à sa solde – les hommes comme Des Arcis et Amiel, l'un chevalier, l'autre représentant du pape, lui avaient semblé des hommes d'honneur, mais sans doute étaient-ils partis rejoindre leurs fiefs puisque les cathares avaient tous été brûlés. Personne ne viendrait à leur secours. Montfort avait leur destinée entre ses mains.

Alba ferma les yeux un court instant, en chassa les larmes, puis regarda le vicomte bien en face. Avec hargne et fureur.

— On vous a maudit il y a peu ! lança-t-elle entre ses dents d'un ton grinçant. Je vous prédis de finir dans le feu que vous aurez vous-même fait allumer !

Montfort écarquilla des yeux, recula sous la menace avec, sembla-t-il à Alba, de la peur au fond de ses prunelles.

— Sorcière ! éructa Montfort, manifestement à court de mots.

— Allez pourrir en enfer ! hurla-t-elle.

Elle lui cracha au visage, ajouta :

— … votre véritable royaume !

La jeune femme ne put en dire davantage, un coup à la mâchoire l'envoya au sol, privée de conscience.

Chapitre 35

Alba reprit ses esprits lorsque le devant de son corps heurta lourdement des planches. Elle geignit sous la douleur et voulut se redresser mais découvrit qu'elle avait pieds et poings liés. Elle souleva la tête, regarda autour d'elle.

Que lui était-il arrivé ?

Lorsque les planches, sous elle, s'ébranlèrent, elle comprit qu'elle était dans le fond de la carriole ferrée qu'elle avait aperçue.

Elle était prisonnière, enfermée dans une cage !

Malgré le bruit des roues de la charrette sur le chemin, elle perçut des renâclements de chevaux. Puis elle se souvint : Montségur, le bûcher, le sacrifice de son père et de ses amies pour leur foi, sa détermination à les suivre dans la mort, Arthus, leurs moments de passion, sa « nuit de noces » dans la cabane abandonnée du fond des bois, ce qu'ils avaient échangé, combien elle avait été heureuse dans ses bras, puis leur fuite, pourchassés par la garde et les vassaux de Montfort, la mort de leurs valets, l'exécution de Denis, de pauvres innocents, Arthus blessé se battant comme un acharné pour venger la mort de son cousin, sa souffrance, les coups qui avaient eu raison de sa résistance et enfin sa propre perte de connaissance.

À mesure que les souvenirs lui revinrent, elle gémit de douleur. Aux souffrances de son corps malmené s'ajoutaient celles de son âme d'avoir perdu les êtres qu'elle aimait le plus au monde et de voir souffrir l'homme de son cœur. Il souffrait à cause d'elle, Denis était mort à cause d'elle, ainsi que leurs valets, Arthus était devenu un fugitif à cause d'elle ; elle détruisait sa vie, en faisait un enfer. Il ne pourrait plus rejoindre ses terres ni revoir sa mère… à cause d'elle. Et sans doute mourrait-il à cause d'elle, car elle doutait que Montfort l'épargne.

Un gémissement lui parvint et elle se retourna pour découvrir Arthus couché près d'elle, sur le dos, lui aussi pieds et poings liés. Elle se hissa jusqu'à lui à la force de son épaule et de sa hanche. Envahie par la crainte de le trouver froid, elle approcha son visage du sien et eut un soupir de soulagement en percevant son souffle. Elle l'appela doucement, baisa ses lèvres et n'obtenant aucune réponse, se recula quelque peu pour observer son corps. L'entaille au bras avait cessé de saigner, ainsi que celle de la cuisse, mais ses vêtements étaient couverts de sang ; sans doute en avait-il beaucoup perdu.

Ses paupières frémirent tandis qu'elle observait de toute son âme son visage, couvert de coups ; Montfort avait certainement donné l'ordre à ses gardes de s'acharner sur lui.

— Mon amour, c'est Alba, réveille-toi !

Il gémit mais n'ouvrit pas les paupières. Alba pria de tout son cœur pour que la fièvre l'épargne ; elle avait vu bon nombre de chevaliers défenseurs de la forteresse mourir à la suite de blessures sur les membres. Ils étaient devenus brûlants, la peau autour des plaies avait pris une vilaine teinte noirâtre, des humeurs s'en étaient écoulées et l'odeur était devenue insupportable. Dame Corba les avait amputés, mais cela n'avait pas empêché qu'ils meurent dans d'atroces souffrances.

Le voyant frissonner, elle se coucha au plus près de lui afin de lui apporter un peu de chaleur, mais désespéra de ne pouvoir le couvrir avec sa cape. D'autant plus qu'une petite pluie s'était mise à tomber. Bientôt, ils seraient trempés jusqu'à l'os.

Elle devait tenter quelque chose, supplier Montfort, lui promettre d'être à lui. Peut-être que cela marcherait, elle savait qu'il la désirait.

Elle se redressa, réussit à se mettre sur les genoux et à gagner la paroi ferrée. Elle héla le vicomte, qui chevauchait quelques mètres devant. Lequel ne daigna même pas tourner la tête vers elle. Et pourtant, il l'avait entendue, elle en était persuadée, il ne pouvait en être autrement puisque le garde à ses côtés s'était, lui, retourné sur sa selle pour la contempler.

— Je vous en prie, mon seigneur, arrêtez-vous. Je dois vous parler !

Le vicomte l'ignora.

— Jean… je vous en supplie…

Elle ignorait ce qui pouvait l'attendrir. En vérité, rien. Rien ni personne n'avait d'emprise sur lui, pas même le salut de son âme. Alba n'était pas réellement sorcière, elle ne connaissait aucun enchantement maléfique, ne pouvait pas le maudire, elle n'avait fait que tenter de l'effrayer et avait réussi. En partie. Peut-être était-ce pour cette raison qu'il ne lui répondait pas… parce qu'il ne voulait pas la regarder en face.

Elle frappa du front contre la ferraille, des larmes roulant sur ses joues.

— Je vous en prie, mon seigneur, je serai à vous, vous pourrez faire de moi ce que vous voulez mais relâchez Arthus, ne lui faites pas de mal… je vous en supplie… il n'y est pour rien…

Ses nerfs lâchaient.

Elle en disait trop mais ne pouvait plus rien retenir tant son âme souffrait. Elle se contint pourtant de lui révéler qu'elle était une croyante cathare, que sa famille et elle l'avaient dupé, alors son oncle, sa tante, ses cousins et toute leur maisonnée seraient eux aussi en danger. Elle ne le tolérerait pas. Elle avait le sentiment d'être néfaste à toutes les personnes qui croisaient son chemin, d'attirer sur eux le malheur. À la vérité, elle se demandait si elle n'était pas maudite depuis le jour de sa naissance, elle avait tué sa mère…

De grosses larmes s'échappèrent, baignèrent son visage qu'elle leva vers le ciel.

Pourquoi ?

Pourquoi Dieu la faisait-il tant souffrir ? Ne lui avait-elle pas assez prouvé son attachement ? La punirait-Il davantage maintenant qu'elle avait pris la décision d'aimer un homme plutôt que de se consacrer à sa foi ? Allait-Il la laisser mourir parce qu'elle L'avait trahi ? Quelque chose, encore, se brisa en elle, au creux de son âme. Sa foi s'ébranla… si Dieu était si miséricordieux, s'il était amour, Il ne devrait pas permettre que Ses enfants s'entretuent au nom de leurs croyances.

La colère fit surface.

Elle n'allait pas mourir sans se battre…

— Mon seigneur, Jean ! tenta-t-elle encore. Écoutez-moi… je vous ai promis d'être à vous…

Montfort arrêta subitement sa monture, se retourna.

Son regard chargé de haine se posa sur elle et il ricana :

— Pensez-vous vraiment que j'aie besoin de votre permission pour faire de vous ce que je souhaite ? Alors maintenant, taisez-vous, ajouta-t-il, ravi, certainement, de la voir coite. Taisez-vous ou je vous fais fouetter jusqu'à ce que votre dos ne soit plus qu'une bouillie sanguinolente pour ensuite laisser tous mes gardes sans exception vous foutre !

Alba battit des paupières, ravalant ses larmes.

Elle ne le supplierait plus, cela ne faisait qu'attiser sa colère, et ne lui livrerait pas son chagrin, à partir de cet instant, plus aucune plainte ne franchirait ses lèvres, elle s'en fit la promesse.

— Alba, mon amour…

La voix d'Arthus lui parvint.

La jeune femme se retourna et voyant son visage levé vers elle, elle ignora leur tortionnaire et se glissa à ses côtés. Leurs visages plus qu'à quelques centimètres l'un de l'autre, Arthus se pencha pour lui donner un baiser. Son regard était clair, bien qu'encore gorgé de souffrance.

— Ne le suppliez pas, lui dit-il dans un souffle. Cet homme est trop aveuglé par sa haine pour vous entendre.

Elle était elle-même arrivée à cette conclusion.

Elle ne put empêcher ses yeux, une nouvelle fois, de s'emplir de larmes à la pensée de tout ce qu'Arthus subissait et subirait encore à cause d'elle. Parce qu'il l'aimait, même si, égoïstement, elle lui était reconnaissante d'être près d'elle et de ne pas sembler lui en tenir rigueur.

— Je suis désolée, mon amour, pour tout ce que vous avez enduré par ma faute… Denis… vos valets…

Arthus remonta ses bras aux poings liés.

— Viens contre moi, la pria-t-il, j'ai besoin de te tenir dans mes bras.

Alba se mit dos à lui et son époux l'engloba, son bras dans le creux de son cou, soutenant sa tête. Elle recula pour être au plus près, sentit aussitôt sa chaleur l'envahir et lui apporter du soulagement. Auprès de lui, elle se sentit tous les courages. Ensemble, forts de leur amour partagé, ils seraient inatteignables. Même la cruauté de Montfort ne saurait les ébranler.

Arthus se pencha, l'embrassa dans le cou, poussa son bassin contre son fessier.

— Rien n'est ta faute, mon amour, c'est Montfort qui est à blâmer, lui dit-il d'une voix cajolante. Il payera pour ses fautes. Ici, ou dans le monde d'après…

Alba tourna la tête, l'embrassa.

— Je t'aime, Arthus, plus que tout au monde…

— Je t'aime aussi, et ne cesserai jamais de t'aimer. Mon cœur saigne d'avoir perdu Denis, il était comme mon frère, ajouta-t-il, mais nous avons tous notre destinée.

Alba pria pour que Montfort lui ait donné une sépulture, mais plus sûrement avait-il abandonné son corps dans la forêt, ainsi que ceux des valets, à la merci des bêtes sauvages qui s'en repaîtraient. Ainsi allait la vie et la cruauté de certains hommes, dont Montfort, qui ne respectaient rien.

— Où penses-tu qu'il nous emmène ?

— À Carcassona, je présume.

— À ce train-là, nous irons plus vite qu'à l'aller…

En effet, ils allaient maintenant à un rythme soutenu,

au risque de briser l'essieu. Montfort devait être pressé de rejoindre sa cité. Alba fit de nouveau une prière pour qu'il les laisse tranquilles jusque-là et ne les torture pas avant d'être arrivé.

— Tu n'as pas trop mal ? s'inquiéta-t-elle. Tes blessures ?

— Je supporte, ne t'en fais pas pour moi. Essaye de dormir un peu…

— Je ne sais pas si j'en suis capable, j'ai trop peur qu'il nous fasse du mal et qu'il t'arrache à moi.

— Même s'il nous sépare, je serai toujours à toi, Alba, dans ton cœur, pour l'éternité. Comme tu seras dans le mien.

Il la serra contre lui, posa ses lèvres dans son cou et y demeura.

Alors, il lui narra sa contrée, ses gens, sa famille, la Terre sainte, et il lui parla de Denis, certainement parce que les souvenirs le hantaient et qu'il souhaitait se remémorer leurs jours heureux… Sa voix était si douce qu'Alba, malgré ses efforts pour rester éveillée, finit par s'endormir.

Chapitre 36

Leur périple dura des jours. Des jours pendant lesquels Montfort ne leur donna ni vivres, ni rien pour les désaltérer, ni n'ordonna de haltes pour leur permettre de se soulager de leurs besoins naturels. Qu'ils faisaient dans un coin de la charrette, sur la paille qui en jonchait le sol, comme des animaux, en s'aidant mutuellement et en se tortillant pour descendre leurs chausses.

Alba avait perdu la notion du temps.

La pluie avait duré de nombreux jours, puis s'était arrêtée.

Pour autant, elle était heureuse. Elle était avec Arthus, entre les bras d'Arthus, bercée par sa voix, son odeur, son corps contre le sien et cela seul suffisait à son bonheur. Ces moments nourrissaient son âme et l'attachaient davantage à son époux, pour qui elle donnerait sa vie. Montfort ne pourrait jamais leur enlever ce qu'ils partageaient. S'il l'avait su, sans doute les aurait-il séparés, mais il ignorait certainement ce qu'aimer une personne signifiait ; ce que procurait la seule présence de l'être aimé.

Dès la deuxième nuit, Arthus avait réussi à détacher les

liens autour de ses poignets avec ses dents, puis ceux de ses chevilles, profitant du sommeil des gardes. Montfort, quant à lui, dormait bien au chaud dans la tente que ses valets montaient pour lui chaque soir. Il l'avait ensuite détachée et ils avaient fait l'amour, tout doucement, veillant à ne pas faire de bruit. Avant le lever du jour, il les avait rattachés pour donner illusion. Ils attendraient le moment où les gardes les feraient descendre de la charrette ferrée pour se libérer de leurs liens, les repousser et leur fausser compagnie.

Depuis, Arthus faisait des mouvements afin de récupérer de la force dans sa jambe blessée dont la plaie s'était quelque peu refermée mais le faisait encore souffrir et chaque nuit, ils se défaisaient de leurs entraves et les remettaient au petit jour. Chaque nuit, ils se prouvaient leur attachement, se faisant la promesse de ne jamais se séparer et d'accepter leur mort si c'était là leur destinée. Au moins, ils mourraient ensemble, riches de leur amour. Elle lui raconta son histoire, comme lui l'avait fait, son père, leurs terres qui leur avaient été arrachées, Montségur, sa vie à la citadelle, dame Corba, Braida, sa foi, pourquoi elle haïssait les barons du nord pour être venus leur prendre tout ce qu'ils avaient et les exterminer, juste parce qu'ils ne priaient pas comme eux. Mais ce n'était là qu'un prétexte ; le prétexte était la conquête de leur contrée.

Néanmoins, malgré leurs doux moments, Alba était transie de peur et d'appréhension à la pensée que Montfort, pour se venger, ne fasse torturer son aimé sous ses yeux. Elle préférerait subir mille supplices que le voir soumis à la haine du vicomte ainsi qu'à la cruauté de ses hommes. L'idée ne la quittait plus, la torturant sans relâche.

Lorsqu'ils arrivèrent en vue de la cité qu'ils virent

apparaître au loin, Arthus, ayant recouvré quelques forces avec le repos, se sentait prêt à mettre leur plan d'évasion à exécution. Plus qu'à espérer qu'il y aurait foule pour accueillir le « grand vainqueur » de Montségur, ce qui, très certainement, divertirait les gardes.

Assise à côté d'Arthus, Alba regardait la cité venir à elle.

Elle reconnut le petit pont enjambant l'Aude, qu'elle avait emprunté il y avait peu avec sa famille. Cela lui semblait si loin… elle pensa aux siens, espérant que Montfort n'avait pas donné d'ordres pour les emprisonner.

La charrette pénétra dans la cité et déjà, les curieux se pressaient pour les regarder, acclamant Montfort et lui souhaitant la bienvenue. Certains les invectivèrent, d'autres se moquèrent, d'autres encore leur lancèrent des immondices récupérées au sol. Peu importait de quoi Montfort les accusait, ce que voyaient ces gens, c'était qu'ils étaient prisonniers, donc forcément coupables.

Ils dépassèrent l'entrée du palais, gagnèrent une petite rue.

— Où nous emmène-t-il ?

— Je l'ignore, souffla Arthus. À la maison de l'Inquisition, très certainement. C'est là qu'il fait enfermer certains de ses détenus…

Il n'en dit pas plus, voulant sans doute la préserver, mais l'esprit l'Alba n'avait nul besoin de détails pour imaginer la suite : les cachots, les tortures, les dominicains qui s'en donnaient à cœur joie sur les hérétiques que Montfort leur livrait…

Arthus se pencha, lui baisa les lèvres.

— Prête ?

— Oui, mon amour…

Ils avaient un plan.

La charrette s'arrêta.

Montfort et ses gardes descendirent de cheval. Tandis que le vicomte se dirigeait vers le porche ouvert d'une demeure, les gardes, au nombre de quatre, approchèrent. Pendant ce temps, Alba et Arthus avaient défait leurs liens.

L'un des gardes, à l'apparence rebutante, mais ils l'étaient tous, ouvrit la porte de la cage.

— Dehors, vermine ! brailla-t-il.

Comme ils ne bougeaient pas, faisant semblant de dormir, leurs visages proches l'un de l'autre, le garde monta dans la cage, une épée à la main, courbé en deux, la faible hauteur ne lui permettant pas de se redresser. Il leur donna des coups de pied, mais ne les voyant pas bouger, il appela un autre de ses comparses pour lui venir en aide. L'autre grimpa. Quand le deuxième fut près d'eux, Arthus sauta sur ses pieds, bouscula l'un, s'empara de sa hache, profitant de sa surprise, et la lança dans la face de l'autre, qui s'effondra. Il récupéra la hache et de la même manière, tua le premier, désarmé.

Alba n'avait pas bougé.

Dès que les deux autres pénétrèrent dans la cage en braillant à leur tour, elle frappa avec ses deux pieds les jambes du deuxième, l'envoyant au sol, pendant qu'Arthus plongeait sa hache dans la tête du premier, la retirait et tuait l'autre, trop étourdi de surprise pour pouvoir parer le coup. Le crâne se fendit dans un bruit écœurant.

Arthus saisit la hache puis lui tendit la main.

— Vite, d'autres arrivent !

Ils descendirent de la charrette aussi vite qu'ils le purent mais pas assez pour éviter que des gardes n'aient le temps de les rejoindre, d'autant que la foule massée autour d'eux les empêchait d'avancer. Un homme fit un croc-en-jambe à Alba, qui chuta. Arthus la releva, la maintint contre lui pour l'aider à marcher, mais ils perdirent un temps précieux et bientôt, ils se retrouvèrent encerclés. Les gardes les empêchèrent d'avancer, brandissant devant eux leurs armes. Arthus leur fit faire demi-tour mais la foule s'ouvrit devant Montfort et d'autres gardes, qui foncèrent sur eux.

Ils n'avaient plus d'issue.

Ils étaient faits.

Plus rien ne pouvait les sauver désormais.

Sur ordre de Montfort, les gardes les ceinturèrent et comme ils continuaient de se démener comme des diables, il les fit assommer.

Chapitre 37

Quand Alba reprit ses esprits, elle était attachée à un pilori, sur une plate-forme, avec autour d'elle des fagots et ne portait sur le corps qu'une fine chainse d'un blanc sale. Un long frisson d'épouvante la parcourut.

— Arthus !

Elle sentit des doigts effleurer les siens.

— Je suis là, mon amour.

— Dieu soit loué… Tes blessures ? s'enquit-elle.

— Rien de très important !

— Ils ne t'ont pas abattu ?

— Non, mon amour, ni toi non plus…

— Non ! Moi non plus. Ils ne me peuvent rien tant que nous sommes ensemble.

Ils réussirent, en tirant sur leurs liens, à se tenir la main.

— Si tu tombes, je tombe, dit encore Arthus. Mais nous sommes encore debout, et nous mourrons ensemble…

— Oui, répéta-t-elle, ensemble. Où est ma famille ? demanda-t-elle encore en regardant autour d'elle.

Son propre sort la laissait de marbre maintenant qu'elle savait qu'elle partagerait son destin avec l'homme qu'elle aimait. Néanmoins, elle aurait voulu que les siens soient sauvés.

Elle observa alors autour d'elle, les cherchant avec espoir dans la foule bigarrée massée sur les estrades pour assister aux « réjouissances » de Montfort, qu'elle aperçut en grande discussion avec l'un de ses vassaux, de côté, comme si les bûchers l'indifféraient ; Flora, effondrée entre ses parents qui les regardaient, navrés ; et enfin... elle eut un haut-le-cœur en avisant Ciprian attaché lui aussi au centre d'un bûcher, en face d'elle, avec Balthazar qu'elle reconnut de dos à sa chevelure blonde. Ses deux cousins vêtus, comme Arthus et elle, de simples chainses de dessous.

— Ton oncle et ta tante sont là, Alba, à côté de moi.

Cela voulait dire sur un autre bûcher.

Son regard croisa celui de Ciprian.

— Pardon..., murmura-t-elle, éperdue.

— Je t'aime, lui répondit-il en retour.

Et soudain, alors que les prêtres et les gardes s'approchaient des bûchers pour les allumer à l'aide de torches, la voix de Balthazar s'éleva :

— Habitants de Carcassona, écoutez-moi ! cria-t-il d'une voix de stentor.

Les conversations moururent et tous les visages, y compris celui de Montfort, se tournèrent dans sa direction.

— Vous me connaissez, continua-t-il. Je suis Balthazar de Cazilhac et vous connaissez aussi mon frère, Ciprian, ma cousine, Alba de Cazilhac, ainsi qu'Arthus de Comborn, baron de Turenne, mon père, le chevalier de Cazilhac et ma mère, la gente dame Ermengarde de Cazilhac. Vous savez qui nous sommes, nous sommes comme vous, des chevaliers de renom...

— Archers ! gronda Montfort.

Ces derniers dévalèrent les tribunes, se placèrent devant Balthazar et bandèrent leurs arcs.

— Laissez-le parler ! hurla une voix de femme.

— Merci, ma dame…, ironisa Balthazar, nullement impressionné.

Quelques rires fusèrent.

Le cœur d'Alba se serra de reconnaissance puis de peur en voyant l'expression de haine de Montfort. Elle le regardait, regardait les archers qui, les arcs bandés, attendaient leurs ordres de leur seigneur.

— Dieu vous bénisse, continua Balthazar. Vous nous connaissez, disais-je. Nous sommes des gens d'ici, de bonnes gens… et un jour peut-être l'usurpateur ici présent, Jean de Montfort, s'en prendra à vous ! Il tuera vos fils, vos filles, il vous prendra vos biens, vous torturera… ne le laissez pas continuer à vous asservir ! hurla-t-il. Cette terre n'est pas la sienne ! Cette terre est à nous, habitants d'Occitanie, elle appartenait au vicomte de Trencavel que Simon de Montfort a occis et aujourd'hui, elle peut encore vous appartenir, s'enflamma-t-il. Réagissez ! hurla-t-il. Pour votre liberté ! Pour retrouver votre honneur, pour…

Il se tut, touché par plusieurs flèches en pleine poitrine, et sa tête s'affaissa.

Alba hurla son prénom tandis que Ciprian levait son visage ravagé vers le ciel, les yeux fermés. Comme elle, il avait compris que Balthazar signait sa perte en invectivant Montfort et en poussant les nobles présents à la révolte. C'était courageux, mais hélas, inutile…

— Qu'on en finisse ! clama Montfort.

Ferrer s'approcha des fagots entassés à leurs pieds et, lui adressant un regard mauvais assorti d'un rictus de contentement, planta sa torche à l'intérieur du tas, tandis que des gardes faisaient de même tout autour d'eux. Quelques secondes après, de la fumée s'éleva, brûla ses yeux, piqua sa gorge et la fit tousser. Bientôt, elle leur ferait perdre l'esprit, Alba le savait.

Elle serra les doigts de son époux.

— Arthus…

— Je suis là…

Elle tourna la tête.

— Je t'aime…

— Je t'aime aussi, lui répondit Arthus avec urgence en approchant son visage.

Leurs lèvres réussirent à se souder en un baiser passionné. Alba leva ensuite les yeux au ciel et entama une prière pour leurs âmes, pour que Dieu les aide à accomplir leur dernier voyage. Leur fin serait douce ; ils partiraient avec leur amour au fond de leur cœur. Ensemble. Liés dans la mort comme ils l'avaient été dans la vie, brièvement, mais intensément. Leur mort serait douce parce que bientôt, les fumées les environneraient et les feraient sombrer. Ce n'était plus qu'une question de minutes.

Et soudain, des cornes se firent entendre.

Alba se redressa et vit, à travers la fumée, des cavaliers débouler depuis le fond de la lice, venant de l'entrée de la ville.

— Le roi ! entendit-elle.

Le roi ?

Elle vit effectivement l'oriflamme azur parsemée de fleurs de lys d'or flotter au-dessus d'une véritable armée avec à sa tête un homme portant une vêture du même tissu, une couronne ceignant son front.

— Mon frère, comment est-ce possible ! Gauvin !

hurla Arthus à pleins poumons. Gauvin ? À moi ! Dieu, il ne m'entend pas ! Gauvin, cria-t-il encore en tirant sur ses liens.

Alba mêla sa voix à la sienne et ensemble ils hurlèrent le prénom du frère d'Arthus qui, s'entendant héler, regardait en tous sens pour voir d'où venaient les voix.

Alba vit Flora échapper à ses parents, dévaler l'estrade et courir vers les bûchers, bientôt suivie par un autre des courtisans, puis encore un autre. Et encore un autre. Ils furent nombreux à se rendre sus aux bûchers. Tandis que les uns prenaient à partie les prêtres et les gardes et les repoussaient avec leurs armes, les femmes leur lançaient des pierres qu'elles ramassaient le long de la lice, les obligeant à reculer.

Enfin, Gauvin approcha, l'épée au clair. Apercevant son cadet qui continuait de l'appeler, aidé d'Alba, il talonna sa monture, embrassa la scène d'un coup d'œil et, vif comme l'éclair, monta sur la selle de son destrier et sauta sur le tas de bois. Là, il trancha la corde qui les reliait ensemble au pilori et bondit à bas du bûcher à travers les flammes qui commençaient à les environner.

La chaleur devint suffocante, la fumée les fit tousser, mais Alba et Arthus tinrent bon.

Ce dernier héla de nouveau Gauvin, prit Alba contre lui, la fit tomber dans les bras de son frère, sauta du bûcher à son tour et tomba à genoux, victime d'une violente toux.

Alba courut soutenir son époux et l'aida à se relever, tout en s'assurant que son oncle, sa tante et Ciprian étaient eux aussi libérés par les courtisans rebelles. Ciprian, aidé de Flora qui le soutenait, donnait des directives pour que Balthazar soit également descendu du bûcher. Puis il fut porté sur le côté, où son oncle et sa tante, survivants eux aussi, se précipitèrent. Alba vit sa tante se jeter sur le corps de son aîné, en pleurs, et oncle Adhémar se laisser tomber lourdement à leurs côtés.

Dès qu'Arthus fut sur ses pieds, Gauvin l'enlaça.

— Que diable faisais-tu sur ce tas de bois en flammes ?

Arthus se mit à rire de soulagement, tout en passant un bras autour des épaules d'Alba.

— Je te raconterai tout, mon frère, mais pas maintenant.

Gauvin vint aider Alba à soutenir Arthus et ensemble, ils retraversèrent la lice pour rejoindre le roi qui, debout devant Montfort, les jambes écartées et la main sur la garde de son épée, écoutait ce que ce dernier lui disait.

— Je vous assure que l'on vous aura menti, sire !

— Donc, si je vous comprends bien, les habitants de votre cité n'auraient aucune raison de se plaindre de vous. C'est ce que je vois, en effet ! ajouta le roi en se tournant vers les bûchers qui s'étaient enflammés.

— Quoi ? Les bûchers ? Mais je ne fais que brûler des hérétiques !

— Mon frère n'est pas un hérétique, sire, intervint Gauvin, les chevaliers de Turenne sont de fervents catholiques, je réponds de lui.

— Ne s'est-il pas croisé pour assiéger Montségur ? demanda le roi à Montfort.

— Certes, sire, mais…

— Avez-vous eu à vous plaindre de lui ?

— Non, sire, mais…

— Les habitants de votre cité m'ont envoyé des doléances. Ils disent que vous tuez les personnes les plus influentes sans qu'il y ait au préalable procès. Les plus riches. Et que vous vous partagez leurs biens. Avec ce dominicain, je présume ?

— C'est lui qui en a eu l'idée, se défila Montfort avec un regard mauvais vers Ferrer. Je ne savais pas, je n'y suis pour rien.

Alors que Ferrer s'élançait pour prendre ses jambes à son cou, les chevaliers du roi l'en empêchèrent en pointant leurs épées sur sa poitrine, l'obligeant à s'immobiliser.

— Menteur ! répliqua-t-il à son tour. C'est lui qui en donnait l'ordre. Il les torturait lui-même, abusait du corps des hommes et des femmes selon son humeur avant de les sacrifier.

Montfort ricana, de la bave au coin des lèvres.

— Toi aussi tu t'es servi, scélérat.

Et il lui sauta à la gorge, les deux mains en avant pour l'étrangler.

— Laissez-les s'entretuer, intervint le roi, puisqu'ils le souhaitent.

Ferrer détala devant Montfort, qui le poursuivit et, plus vigoureux, le rattrapa. Les deux hommes roulèrent au sol où ils s'écharpèrent en s'invectivant. Alba posa sa main sur sa bouche en voyant Montfort prendre le dominicain à bras-le-corps, le soulever et aller le jeter dans le feu. Il fit ensuite face à la foule, qui l'avait regardé faire, médusée.

Cet homme était véritablement un fou ! Un fou dangereux qui tuait comme bon lui semblait.

Montfort eut un rictus, s'écria :

— *Je* suis celui qui dicte les lois, ici, *je* décide qui doit vivre ou mourir ! Saisissez-vous du roi et des suppôts de Satan ses amis ! éructa-t-il, hors de lui.

Il avait perdu la tête : ses yeux étaient ceux d'un illuminé, de la bave lui coulait du menton, et son expression de haine n'avait plus rien d'humain.

Le roi fit un signe à ses barons mais Adhémar et

Ciprian, plus proches, coururent sus le vicomte, s'emparèrent de lui. Alors qu'Alba aurait pensé les voir jeter au feu Montfort, qui se débattait comme un forcené, ils le ramenèrent devant le roi et l'obligèrent à se mettre à genoux afin qu'il réponde de ses fautes.

— Au mur, au mur, scanda la foule.

Le roi n'eut pas même le temps d'ouvrir la bouche que Montfort se releva d'un bond en hurlant comme un dément, repoussa violemment Adhémar et Ciprian, et courut vers le feu dans lequel il se jeta. Cela se passa si vite que personne n'avait réagi, mais après tout, le vicomte avait lui-même décidé de son sort.

Alba courut à sa tante afin de l'aider à les rejoindre et ensemble, ils firent face au roi de France, considéré comme le plus pieux de tous les rois.

Il s'adressa à Adhémar.

— Vous êtes ?

Adhémar, que Montfort avait fait chuter au sol dans sa course folle, se redressa, aidé par Ciprian.

— Je me nomme Adhémar de Cazilhac, chevalier de Cazilhac, sire, mes terres se situent non loin d'ici. Et voici mon épouse, dame Ermengarde, ainsi que mon second fils, Ciprian, et ma nièce, Alba de Montolieu que nous avons recueillie. Montfort nous a fait grand tort, sire, à moi, ainsi qu'à ma famille. Il nous a emprisonnés, torturés, il a tué notre aîné et allait nous faire brûler vifs, alors que nous n'avons rien à nous reprocher.

Adhémar avait révélé la véritable identité d'Alba et cette dernière lui donnait raison, l'heure n'était plus aux mensonges. Néanmoins, la jeune femme devait continuer de mentir sur sa foi, ou tout recommencerait. Mais après tout, seul Arthus était au courant et il avait accepté ce qu'elle était avant de l'épouser et de lui donner son nom ; il ne la trahirait jamais.

— Au vu des témoignages, Jean de Montfort a fait du tort à nombre d'entre vous, clama le roi pour être entendu de tous. Je suis justement venu me rendre compte par moi-même des faits qui lui étaient reprochés. Et je constate que les dires des habitants de la cité et d'alentour étaient fondés.

Il se signa.

— Dieu ait son âme. Il a choisi sa destinée.

— Dieu ait son âme, répondirent-ils tous en chœur.

Alba, qui avait rejoint Arthus et se tenait à ses côtés, baissa la tête. Montfort leur avait fait tellement de mal, à Arthus et elle, mais elle ne pouvait vivre avec la rage au cœur et la rancune, cela la détruirait. Montfort était mort, il subirait la justice divine.

Elle leva les yeux vers son époux, qui prit ses doigts entre les siens et les serra. Il semblait lui aussi soulagé ; Montfort ne pourrait plus jamais leur faire de mal. Et, les mains liées, ils emboîtèrent le pas à Adhémar et Ermengarde, eux-mêmes suivis par Ciprian avec à son bras Flora. Flora, qui serra également la main d'Alba, et tous ensemble, ils remontèrent la lice derrière le roi de France.

Quelques minutes plus tard, sous les acclamations des habitants de la cité, Louis IX, accompagné de ses barons, pénétrait en sauveur dans le palais de Carcassona. Une nouvelle ère commençait.

Chapitre 38

Le bon roi Louis IX, dit « le Prudhomme » fit apporter un fauteuil à haut dossier dans la salle commune, ordonna qu'on lui allume un feu de cheminée et s'installa devant afin de rendre la justice.

Arthus, près de son frère à qui il avait annoncé la mort de Denis et qui avait eu l'amabilité de lui prêter des vêtements – Alba s'en étant procuré quant à elle dans la chambre qu'elle avait occupée lors de son passage – assistait au défilé des doléances contre Montfort tandis que son épouse, à ses côtés, conversait avec Flora de Cavanac ; le reste de la famille s'en était retourné à Cazilhac pleurer la mort de Balthazar, sacrifié par le vicomte. Eux-mêmes avaient prévu de séjourner quelques jours au castrum avant de prendre une décision quant à leur avenir.

— Vas-tu enfin me dire ce que tu faisais attaché à ce bûcher ? lui souffla Gauvin.

Arthus soupira.

Par où commencer…

Il ne pouvait révéler qu'une partie de la vérité, l'autre ne concernant qu'Alba et lui. Il avait accepté ce qu'elle était, qui elle était, ainsi que son passé. Passé dont il n'avait cure. À ses yeux, elle restait la plus belle et la plus aimable des femmes qu'il lui eût été donné de rencontrer et malgré ce qu'il avait subi, malgré la mort de Denis qui avait meurtri son âme et lui manquait chaque minute que Dieu faisait, il ne regrettait pas d'avoir lié sa vie à la sienne et aurait vécu bien pire encore pour elle et pour son amour ; il serait allé en enfer pour elle.

— Je suis tombé sous le charme d'une dame d'ici, débuta-t-il. Sa famille l'avait promise à Montfort, mais le vicomte était un homme cruel, et elle a voulu le fuir. Je me suis empressé de la prendre sous ma protection…

Gauvin observa Alba.

— Je comprends, acquiesça-t-il avec un sourire entendu. Elle est effectivement belle à se damner, une vraie beauté du cru.

Certes… très brune, une chevelure luxuriante, de belles dents, un beau sourire, un regard ensorcelant, une belle silhouette bien qu'un peu fine à son goût ; il veillerait à ce qu'elle se remplume. Elle l'avait ensorcelé dès la première minute, il n'y avait pas d'autre mot. Depuis lors, il n'avait cessé de penser à elle, dévoré par le désir. Et maintenant qu'elle était à lui, il en était le plus heureux des hommes.

— Et toi, que fais-tu là, Gauvin ? s'enquit Arthus.

Ils n'avaient pas pu se faire de confidences, son frère, après lui avoir donné des vêtements, s'en était allé retrouver le roi.

— Notre bon sire voulait s'assurer que les choses se passaient correctement en Occitanie, que les habitants étaient bien traités et avaient droit à des procès équitables. Il a appelé le ban et j'ai répondu à l'appel. Je m'ennuyais et je voulais te revoir, petit frère, savoir comment tu allais.

Arthus écarta les bras.

— Comme tu vois, je vais bien, je suis toujours debout !

— Certes, mais tu as eu chaud !

— Rien qui ne soit irréparable, et c'est déjà oublié !

— Je reconnais bien là ton courage et ta détermination !

Ah bon… Gauvin le trouvait courageux et déterminé… Cela lui fit chaud au cœur.

— Comment va mère ? s'enquit-il encore.

— Elle vieillit. Tu lui manques !

— Et les enfants ? Ta femme ?

Il se rendit compte qu'évoquer celle qu'il aimait jadis ne lui causait plus aucune souffrance. Son amour pour elle s'en était allé…

— Ils vont bien ! Constance est enceinte, et elle te salue.

— Tu lui transmettras mes respects. Pour en revenir au roi, il a reçu des témoignages d'habitants de Carcassona ?

— Certes ! Selon eux, Montfort faisait emprisonner des membres influents de sa société, de bons catholiques qui n'avaient rien à se reprocher et qui sans doute, commençaient à se rebeller contre ses pratiques douteuses, pour ensuite monnayer leur libération, les envoyer au mur ou les faire brûler, en s'octroyant leurs biens.

— J'ai entendu les rumeurs concernant Montfort. Et j'ai assisté à ses réjouissances, comme il les appelait. J'avoue que le fait m'a mis mal à l'aise.

Montfort était un fou qui se repaissait, avec ses dominicains, de violence et de tortures et laissait parler ses bas instincts. Il aurait voulu le tuer de ses propres mains, et s'il ne s'était jeté au feu tout seul, il se serait vengé par un moyen ou par un autre et l'aurait occis.

Présentement, il s'efforçait d'oublier ce qu'il avait vécu, ce *qu'ils* avaient vécu, pour avancer. La vie était trop courte pour se lamenter sur son sort, il l'avait compris en Terre sainte.

Quant à Montfort, les conditions dans lesquelles il en détenait certains, au mur, étaient inhumaines tandis que d'autres étaient brûlés sans véritable procès, certes ; des procès où les cathares avaient le choix de pouvoir abjurer leur foi et obtenir le pardon de l'Église. C'étaient là les directives du pape et du roi Louis. Or, d'après les rumeurs, Montfort n'avait que faire du pardon, il s'érigeait en seul décideur. Pour s'enrichir personnellement, cela ne faisait aucun doute.

— Que vas-tu faire maintenant, mon frère ? lui souffla encore Gauvin. Rentres-tu avec moi sur les terres de Turenne ?

Arthus regarda Alba, non loin de lui.

Il était décidé à trouver refuge sur ses terres natales afin d'échapper à Montfort, mais dans l'instant, il douta. Il n'avait rien à lui là-haut, il ne voulait pas vivre de la charité de son frère. S'il n'en avait pas eu le choix, certes, mais maintenant les choses étaient différentes. Peut-être pourraient-ils s'installer dans les environs… Alba en serait certainement très heureuse, d'autant plus qu'elle possédait le domaine de son père, à Montolieu, dont elle détenait les titres de propriété.

Mais comment amener le roi à les lui restituer ?

Arthus se vit surpris lorsqu'il entendit son nom ; le roi le mandait par-devers lui.

Il avança, après avoir échangé un regard avec son épouse, sous celui du roi et de ses huit conseillers, « huit bons chevaliers » qui avaient pour habitude de le suivre partout où il se rendait et qu'Arthus, aux côtés de Des Arcis, avait rencontrés avant de partir pour le siège.

Arthus, arrivé devant Louis IX, posa un genou au sol en guise d'allégeance, le bras sur la cuisse, et baissa la tête.

— Relevez-vous, chevalier !

Arthus se remit debout et observa le roi. Âgé de trente années, brun, le front haut et large, les yeux ronds, noirs, le nez fin, les lèvres ourlées, le cheveu ondulé lui descendant dans le cou, vêtu d'une chainse de dessous brillante au bas brodé d'or recouverte d'une chasuble bleu nuit parsemée de fleurs de lys d'or également, son emblème, et portant épée et couronne, il était éblouissant de magnificence. Et le visage affable. Ses traits doux ne manquaient pas de caractère, le regard s'avérait vif et intelligent. Arthus n'ignorait pas que pour les grandes décisions, le roi demandait conseil à ses grands barons, qu'il avait pour habitude de se rendre aux offices religieux deux fois par jour, qu'il passait des nuits entières en prière, mangeait frugal et jeûnait très souvent, lavait les pieds des prêtres lorsqu'il se rendait dans quelque monastère, faisait l'aumône aux malheureux et invitait même à sa table des miséreux qu'il servait lui-même.

— Mon grand ami Des Arcis m'a écrit combien il vous était reconnaissant de vos initiatives et m'a demandé de vous récompenser personnellement. Selon lui, c'est grâce à vous que les croisés sont venus à bout de Montségur !

Arthus s'inclina.

— Mon commandant me fait grand honneur, sire, l'idée, effectivement, vient de moi.

— Racontez-moi !

Arthus raconta : comment, de nuit, ils avaient grimpé la roche, ses compagnons et lui, pour ensuite prendre le guet ; comment ils avaient fait monter des engins de jets et pilonné la muraille pendant des heures, jusqu'à ce que la citadelle se rende. Il parla ensuite d'Alba, qu'il avait protégée de la violence de Montfort et épousée, de Denis, mort par la faute de ce dernier, de leur retour vers Carcassona en tant que prisonniers, des coups des gardes qui les assommèrent et de leur réveil sur le bûcher. Arthus ne dissimula rien, hormis la religion de son épouse et la façon dont il l'avait empêchée d'aller se jeter dans le feu des cathares.

— Que voici donc une histoire d'amour bien plaisante ! s'écria le roi. Dame de Comborn, approchez, je vous prie.

Arthus se retourna et la foule des courtisans fit de même pour observer Alba qui, rougissante, s'avança. Elle avait revêtu une robe élégante d'un joli bleu qui mettait en valeur ses prunelles, et recouvert sa chevelure ébène d'un voile bleu très clair maintenu sur sa tête par un cercle d'or. Arthus ne l'avait jamais vue si belle ni si rayonnante, même si son regard, il le découvrit, portait encore des marques de souffrance et de chagrin de par ce qu'ils avaient subi et la mort de Balthazar. Ils allaient devoir en parler pour exorciser leur mal, mais Arthus était certain que, comme cela était son cas, sa force de caractère l'aiderait à surmonter leurs épreuves passées. Comme lui, elle avait subi et vu tellement d'horreurs que leurs cœurs s'étaient endurcis, sans pour autant les empêcher de s'éveiller à l'amour. Un amour absolu qu'ils se vouaient.

Lorsque son épouse se retrouva devant lui, Arthus lui tendit la main.

Alba glissa ses doigts sur les siens, lui sourit avec tendresse.

Il les embrassa avec dévotion, et ensemble, ils se tournèrent face au roi.

Alba s'inclina devant le roi.

— Relevez-vous, ma dame ! Ainsi, vous étiez promise au vicomte ? ajouta-t-il aussitôt.

Arthus sentit son cœur battre un peu plus fort.

La féodalité se fondait sur la parole donnée ; revenir dessus était inconcevable ou source d'ennuis.

— Oui, sire, répondit Alba. Mon oncle et ma tante m'ont présentée au vicomte et je lui ai plu. Mais nous n'étions pas encore unis par les liens sacrés du mariage lorsque je me suis rendu compte de la nature violente du vicomte. Comme vous avez pu le constater, il n'était pas sain d'esprit.

— Certes, certes… rien n'avait donc été signé ?

— Non, sire, rien !

— Poursuivez !

Alba le regarda et Arthus serra sa main.

Plus de mensonges ni de dissimulation…

Ils joueraient franc-jeu, le roi prendrait ensuite sa décision en son âme et conscience. Le problème était qu'ils ne pouvaient produire leur acte de mariage, Montfort s'en étant emparé et l'ayant certainement détruit ; il leur faudrait envoyer quelqu'un de confiance le récupérer à l'église de Montferrier, en espérant que le prêtre en avait gardé une copie, mais rien n'était moins sûr, vu son état !

— Je me suis enfuie, sire. Je ne pouvais lui appartenir, il m'aurait tuée. J'avais entendu dire que des sévices avaient été faits aux femmes, des outrages.

— Montfort ne respectait même pas les femmes de la haute société, entendit Arthus de toute part.

— Cet homme ne respectait rien ni personne, il se prenait pour Dieu, acheva-t-elle.

La foule acquiesça avec force bruit aux paroles de son épouse.

Maintenant que les langues pouvaient se délier, les anciens courtisans de Montfort s'en donnaient à cœur joie, alors que de son vivant, ils ne se rebellaient pas et faisaient tout pour lui agréer, mais cela était un autre débat. En tout état de cause, Arthus devait reconnaître que sa chère épouse savait trouver les mots. Que Montfort se prît pour Dieu alors que le roi était Son représentant sur terre ne plairait pas à ce dernier. Le reste, si jamais elle se confiait sur sa véritable identité et avouait sa foi, passerait certainement mieux… mais irait-elle jusque-là ? Rien ne l'y obligeait.

— Vous êtes donc la nièce de…

— Adhémar de Cazilhac, sire, que Montfort avait décidé de brûler vif en représailles de ma trahison, mais en vérité, je suis apparentée à sa femme, née Montolieu et je me nomme Alba de Montolieu !

Cette fois-ci, Arthus perçut les courtisans, derrière lui, frémir de surprise.

Certains sans doute avaient souvenance de ce chevalier *faydit* qui avait abandonné ses terres, comme beaucoup d'autres, pour ne pas se croiser.

Il se raidit tandis qu'Alba continuait :

— Mon oncle et ma tante m'ont recueillie lorsque… lorsque j'ai quitté Montségur ! acheva-t-elle en se redressant.

Le roi tiqua.

— Vous étiez dans ce repère d'hérétiques ? finit-il par demander après avoir contemplé Alba avec gravité.

Arthus se rapprocha de sa femme pour la protéger, sentant le vent tourner.

— Oui, sire ! Mon père était un chevalier *faydit*, il n'a pas souhaité abjurer et est mort dans les flammes du bûcher. Que son âme repose en paix, dit Alba en se signant.

— Que son âme repose en paix, répondit le roi en l'imitant, faisant preuve de charité chrétienne. Un chevalier *faydit*, dites-vous ?

— Oui, sire, un chevalier qui a préféré se laisser dépouiller de tous ses biens plutôt que de devoir dénoncer des amis. Il a fait selon son cœur, sire, comme chacun d'entre nous alors qu'il était au départ bon catholique ! Mais peut-être que la mort de ma mère en me mettant au monde et la façon dont se comportaient les barons du nord l'ont détourné de sa foi initiale…

Le roi fronça les sourcils et Arthus eut peur qu'Alba ne soit allée trop loin en le provoquant ; ce qui ne saurait parler à leur avantage.

— Quel âge aviez-vous ?

— Dix ans, sire.

— Nous allons donc dire que certaines personnes vous ont mis de mauvaises idées en tête alors que vous étiez trop jeune pour le comprendre.

Alba prit le temps de la réflexion.

— Certes, sire… néanmoins j'ai été élevée par dame Corba de Péreille, une femme pieuse et aimante, qui avait à cœur de faire le bien autour d'elle.

— Comme toutes les femmes pieuses, cela va sans dire, ma dame. Avez-vous renoncé à votre foi ? demanda le roi avec rudesse.

— Oui, sire. Pour l'amour de mon époux ! Je ne demande rien de plus aujourd'hui que de vivre heureuse auprès de lui, ici, sur les terres de mes ancêtres dont je détiens les pleins droits et qui nous ont été enlevées et mises en proie. Notre bonheur sera d'autant plus grand que nous avons frôlé la mort.

Le roi se tourna vers lui.

— Arthus de Comborn, chevalier de Turenne, que diriez-vous de récupérer les terres de votre épouse en récompense pour vos hauts faits ?

Arthus s'inclina avec respect après avoir observé Alba qui le regardait avec des yeux brillants d'espoir.

— J'en serais honoré, sire.

— Quant à vous, ma dame, je vous invite à prendre la croix[1], pour vous racheter de vos fautes.

Alba inclina la tête et accepta.

— Voilà qui est dit ! Mon cher Joinville, veuillez consigner tout cela par écrit, je vous prie, et vous informerez le comte Raymond de ma décision. Dès demain, cher de Comborn, vous irez, vous et votre épouse, vous installer sur vos terres. Des chevaliers de mon ost vous accompagneront et vous libéreront les lieux.

Alba, en larmes, se jeta aux pieds du roi et lui baisa la robe avec reconnaissance. Ses vœux étaient exaucés, ceux de sa vie d'adulte ainsi que ceux qu'elle faisait lorsqu'elle était petite : elle récupérait les terres de ses ancêtres, et avait rencontré son preux chevalier qui l'avait tirée des griffes d'une brute sanguinaire.

Et elle l'avait épousé.

Dorénavant, elle serait heureuse et rendrait grâce à Dieu chaque jour pour ses bienfaits. Dieu des catholiques ou Dieu des cathares, peu importait, le principal était d'agir selon son cœur dans le respect d'autrui et en faisant le bien autour d'elle. Elle s'y emploierait. Et s'il fallait partir en Terre sainte pour laver son âme, eh bien, elle partirait en Terre sainte.

1. Ce qui signifiait partir en Terre sainte.

Épilogue

Six mois plus tard

Alba sortit de son futur dispensaire où elle était allée se rendre compte de l'avancée des travaux. Comme convenu, après que le roi lui eut restitué ses terres, Arthus et elle étaient venus s'installer à Montolieu, escortés par des chevaliers de l'ost du roi, ainsi que par Gauvin, chargé de faire respecter le décret royal, emmenant avec eux la douce et dévouée Clara. Ils avaient permis à ceux qui le désiraient de rester à leur service tandis que les autres étaient partis avec les anciens propriétaires. Alba était triste de chasser ces gens de ses terres mais après tout, elle en était la détentrice légitime ; ce n'était là que justice.

Elle avait aussitôt décidé de créer un dispensaire dans l'une des dépendances du castrum, afin de porter secours aux plus démunis et de les aider du mieux qu'elle pouvait. C'était sa façon à elle de demeurer proche de son père et de dame Corba, qui lui avaient tout appris.

Elle pensait souvent à eux, elle voulait qu'ils soient fiers d'elle, d'où ils étaient.

Elle sourit en voyant son époux avancer dans sa direction depuis leur habitation. Elle courut à lui et se jeta dans ses bras, le cœur gonflé de joie. Il était parti à l'aube récupérer leurs fermages comme il le faisait à chaque lunaison et lui avait atrocement manqué. Dès lors qu'ils étaient séparés, elle avait peur pour lui. Elle ne pouvait s'empêcher d'avoir peur… elle apprenait la confiance, pas à pas, soutenue par l'amour de son époux, mais cela, certainement, prendrait du temps. Montfort leur avait fait tellement de mal… et la nuit, souvent, elle entendait encore le son de sa voix, ainsi que ses rires cruels.

Mais Arthus était là.

Dans ses bras.

Elle soupira d'aise.

Comme elle l'aimait…

Chaque minute un peu plus et pas un jour ne passait sans qu'elle remercie le ciel d'avoir placé un tel homme sur son chemin. Arthus la comblait. En tout. Et comme il le lui avait promis, il la rendait infiniment heureuse, lui démontrant que l'amour d'un homme pouvait être doux et que la vie méritait d'être vécue, même si elle était parfois impitoyable. Les sentiments qu'ils éprouvaient l'un pour l'autre, l'amour véritable, permettaient de faire front, ensemble, et d'en surmonter les aléas.

Arthus, comme il aimait à le faire, enfouit son nez dans son cou.

— Ne devrais-tu pas te reposer, dans ton état ?

Elle se détacha de lui.

— Je vais bien ! Je porte un enfant, je ne suis pas malade.

Elle fit mine de réfléchir.

— À la réflexion, je souffre bien de quelque chose.

— De quoi, ma mie, de quoi souffres-tu ? Est-ce grave ? s'alarma aussitôt Arthus.

— Oui, très !

Son époux devint blanc comme un linge.

— Oh ! mon Dieu, dis-moi, ne me fais pas languir…

— Je t'aime !

— Pardon ?

— Je t'aime ! Je t'aime à en mourir !

Il se jeta sur elle, l'embrassa avec passion. Jusqu'à lui faire perdre le souffle.

— Je vais t'apprendre à te moquer de moi, gronda-t-il après avoir quitté ses lèvres, à bout de souffle lui aussi.

Elle se pendit à son cou, minauda :

— Je suis désolée, mon amour, je ne voulais pas te faire peur, minauda-t-elle en se pendant à son cou. Comment puis-je me faire pardonner ?

— Tu sais parfaitement comment, diablesse !

Le laisser la posséder lui plaisait tellement qu'elle quémandait ses caresses à la moindre occasion, surtout depuis qu'elle était grosse de ses œuvres. Elle le désirait tellement, charnellement, qu'elle aurait voulu ne jamais devoir quitter leur chambre.

— Alors prends-moi, Arthus. Maintenant !

Elle poussa un petit cri lorsqu'il la prit dans ses bras et l'emporta à grands pas dans l'écurie attenante pour, après s'être assuré d'un regard autour de lui qu'ils étaient seuls, refermer la porte.

Il lui reposa les pieds au sol.

— Tourne-toi ! ordonna-t-il, la voix rauque de passion contenue.

Dieu qu'elle aimait lorsqu'il lui parlait de la sorte. Elle aimait lorsqu'il la prenait durement, laissant parler son désir pour elle. Un désir fulgurant qui leur faisait perdre la tête et qu'elle appelait de tous ses vœux.

Oui, elle le voulait en elle.

Et tout de suite.

Elle obtempéra, se mit dos à lui et posa ses mains sur la porte en bois.

Il retroussa sa robe sur ses hanches, lui caressa les fesses, puis son entrecuisse, la faisant gémir. Après s'être assuré qu'elle était trempée et prête à l'accueillir, il s'enfonça en elle d'un puissant coup de reins, jusqu'à la garde, la faisant cette fois-ci gémir de volupté autant que de soulagement de l'avoir enfin en elle.

Tout à elle.

Ses intenses coups de boutoir la firent crier. Arthus mêla sa voix à la sienne et, agrippé à ses hanches, la pilonna si fort qu'elle crut défaillir.

C'était bon… si bon… meilleur que tout ce qu'elle avait connu sur terre. Car oui, s'unir à l'homme qu'elle aimait de tout son cœur la comblait. Comblait son corps, son cœur et son âme. Et elle en redemandait… elle voulait Arthus. Elle voulait tout de lui.

Oui, oui, oui…

Elle lui cria son amour, son plaisir, tourna la tête pour le contempler. Son cœur se gonfla d'amour, de félicité et de fierté. Il était si beau. Si beau et si merveilleux. Elle lui appartenait, corps et âme.

Arthus prit possession de ses prunelles, comme il le faisait de son corps, intensifia ses coups de boutoir. Rapidement, ils furent au point de non-retour et jouirent. Ensemble. Leurs âmes s'unirent dans cette communion des corps, dans cette danse magnifique venue du fond des âges.

Alba ne pensait plus que ce qui les liait, ce désir charnel, ce plaisir des corps, était mal. Bien au contraire… selon elle et depuis qu'elle y avait goûté, l'amour physique était le cadeau fait par Dieu aux humains. Un cadeau magnifique qui leur faisait toucher les cieux et s'approcher de lui.

Arthus sortit de son corps, en douceur, remit son vit dans ses chausses, la prit de nouveau dans ses bras et l'emporta sur la paille. Là, ils s'allongèrent dans les bras l'un de l'autre, et petit à petit, leurs souffles se calmèrent.

Alba se serra contre le corps brûlant de son mari, leva la tête pour souder ses prunelles à celles de son époux.

— J'aime quand tu me punis de la sorte.

Il lui embrassa le front, sourit.

— Et moi, j'aime quand tu te fais pardonner de la sorte ! Tu me rends tellement heureux, ma mie.

Alba lui sourit avec tendresse.

— Tout va bien ? Tu ne me caches rien ? questionna encore son époux.

— Rien, je te le jure, mon époux bien-aimé. Je vais très bien et notre enfant aussi.

Arthus lui caressa le ventre tandis qu'elle reprenait sa place contre lui. Un ventre gros de six lunaisons. Leurs ébats avaient porté leurs fruits dès leurs premières unions, pour leur plus grande joie, et la venue de cet enfant les comblait. Lorsque Alba avait annoncé la grande nouvelle à son époux, il en avait été tellement attendri qu'il avait versé une petite larme. Pour ensuite l'embrasser avec passion.

Oui, ils étaient heureux, mais il leur faudrait bientôt quitter leur foyer.

Alba dénoua les lacets de la chainse de son époux, caressa sa peau.

— As-tu des nouvelles de notre prise de croix ?

— Oui, tout est arrangé.

Comme promis au roi Louis IX, il leur fallait prendre part à la prochaine croisade, annoncée pour dans quatre années. Lui, avec les chevaliers de l'ost royal, elle, avec les sœurs hospitalières de l'ordre de Saint-Jean de Jérusalem, en tant que laïque, et elle ferait ce que l'on attendrait d'elle afin de soigner les croisés ainsi que les pèlerins tout au long du voyage.

Alba sentit ses yeux s'emplir de larmes.

Laisser leur enfant sur leurs terres, celui à naître ainsi que ceux qui suivraient fatalement, emplissait Alba de tristesse, mais ils ne pouvaient échapper à cette promesse. La parole était donnée et il n'y avait pas à y revenir ; Alba aurait ainsi fait pénitence et prouvé son allégeance ainsi que sa profonde gratitude au roi de France qui avait eu la bonté de leur restituer ses terres.

Le frère d'Arthus, avec lequel ils correspondaient, partirait lui aussi.

— J'ignore si le moment venu, je réussirai à laisser nos enfants derrière nous, dit-elle, des sanglots dans la voix. Ne pouvons-nous les emmener avec nous ?

Arthus la serra davantage contre lui afin, certainement, d'adoucir sa peine.

— J'ai bien peur que non, ma mie. Ils seront mieux ici entourés de nos gens, crois-moi.

Soudain, Alba trouva la solution :

— Nous pourrions les confier à Ciprian et Flora, je suis sûre qu'ils accepteront.

Les deux jeunes gens s'étaient unis six lunaisons en arrière et Flora était elle-même grosse de leur premier enfant, qui naîtrait quelques semaines seulement après le leur. Ils se voyaient souvent, les terres de Flora n'étant pas si éloignées.

— Si cela te rassure et doit amoindrir ta peine, je n'y vois pas d'inconvénients.

Alba releva la tête.

— Merci, mon amour. Quelle chance ai-je d'avoir un époux si compréhensif.

— Je ferai tout pour toi, ma mie, je te l'ai promis.

— Tu es un homme bon, Arthus de Comborn, et je t'aime.

— Je t'aime aussi, Alba. Je t'aime plus que je n'ai jamais aimé. Plus que ma vie elle-même.

Alba se hissa et lui présenta ses lèvres.

— Embrasse-moi…

Arthus ne se fit pas prier et prit sa bouche dans un baiser passionné qui les embrasa. Alors, ils refirent l'amour, lentement, doucement, en se promettant de s'aimer pour l'éternité.

Le roi fit construire un port à Aigues-Mortes.

Alba et Arthus laissèrent leurs quatre enfants, Balthazar, Braida, Corba et Denis, à la garde de Ciprian et Flora, et quittèrent leurs terres. Ils rejoignirent la croisade et, le 25 août de l'an de grâce 1248, embarquèrent sur des navires pour Limassol, situé sur l'île de Chypre. De là, ils naviguèrent jusqu'en Égypte où les croisés prirent des villes qu'ils échangèrent contre Jérusalem. Car, de par leur expérience des croisades, Louis savait qu'il ne fallait pas marcher directement sur Jérusalem.

Comme beaucoup de couples, ils se mirent au service du roi et de la croisade, chacun apportant son aide dans ce qu'il savait faire de mieux : Arthus aux combats et Alba aux soins.

Ils trouvèrent toujours le moyen de se rejoindre pour quelques heures d'intimité. Car les âmes destinées l'une à l'autre de toute éternité se retrouvaient toujours. De telles âmes, comme celle d'Alba et d'Arthus, s'aimaient si passionnément que rien, jamais, ne pouvait les séparer.

Ils rentrèrent chez eux deux ans plus tard, sains et saufs et plus amoureux que jamais, avec un autre petit, qu'ils appelèrent Gauvin.

Alors débuta pour eux une nouvelle vie, bercée d'amour, de bonheurs simples et de rires d'enfants.

À partir d'octobre, retrouvez vos romances historiques françaises préférées dans la collection

Victoria

Marie Dewitte

Inavouable trahison

Belle-Île-en-Mer, 1765

Aimée n'a qu'un seul but : assurer sa survie et celle de sa famille. Chassés d'Acadie, éprouvés par de longs mois de navigation pour atteindre Belle-Île-en-Mer, les siens et elle ne sont plus que l'ombre de ce qu'ils étaient. Après avoir tout perdu, ils doivent recommencer à zéro sur cette terre peu accueillante, aux habitants méfiants et hostiles... sauf un. Merwen est attentionné, solide, un phare dans la nuit qui enveloppe Aimée. Il semble n'avoir que de bonnes intentions envers elle, et réveille des émotions qu'elle croyait éteintes à jamais. Seulement, peut-elle vraiment se laisser aller à l'amour, à offrir sa confiance à ce Breton aux envoûtants yeux bleus, quand elle s'apprête à le trahir de la pire des manières ?

Christy Carlyle

Un comte à conquérir

Écosse, 1897

Lucy n'en croit pas ses yeux ! Non seulement James, le comte aussi charmant qu'irritant qu'elle a rencontré dans le train, l'a suivie jusque chez sa tante, mais voilà qu'il prétend que la demeure lui appartient ! Ét, pour couronner le tout, sa tante a disparu... Alors certes, Lucy voulait vivre une aventure pour oublier sa vie morne de Londres, mais là, le destin y va un peu fort ! Et puis, comment pourrait-elle résoudre tous ces mystères quand James la déstabilise de ses yeux bleus rieurs, de ses sourires en coin ? Comment se concentrer sur autre chose que le trouble intense qui l'envahit lorsque ses mains l'effleurent au détour d'un couloir ?

La romance historique n'a jamais été aussi moderne.

À partir d'octobre, retrouvez vos romances historiques françaises préférées dans la collection

Victoria

Laura Guilmet

Le feu de la liberté

Principauté de Sedan, 1572

Si Charlotte se trouve dans la principauté de Sedan, dans l'est de la France, c'est pour échapper au massacre de la Saint-Barthélemy. La jeune Parisienne, éprouvée par les événements, loge chez des amis de son père. Elle y fait la rencontre de Philippe du Plessang, un homme érudit, beau et ténébreux, dont elle tombe vite sous le charme. Tous les deux travaillent ensemble sur une pièce de théâtre et cèdent bientôt à une passion irrésistible… Mais l'arrivée de la mère de Charlotte, que cette dernière n'a jamais aimée, sonne comme un terrible retour à la réalité : elle exige que sa fille épouse un fervent catholique ! Charlotte est tiraillée entre son devoir envers sa famille et son désir de liberté entre les bras de Philippe…

Natacha J. Collins

Un serment inattendu

Série : Le souffle des Highlands – Tome 2/3

Écosse, XIIIe siècle

Il a suffi d'une promesse à un Highlander d'un clan ennemi pour que la vie de Brianna bascule : « Je vous donnerai tout, je ferai tout ce que vous voulez. » Ce serment fait à son sauveur, après une horrible attaque viking qui a failli coûter la vie à son cousin, devait au pire déboucher sur une demande de rançon. Pas sur un mariage ! Et pourtant Shaw ne lui laisse pas le choix : elle deviendra sa femme, en une alliance qui bénéficiera à son clan, et se pliera à sa volonté. Brianna a beau protester, son destin est scellé et lié à celui du guerrier aux yeux de glace. Et malgré elle la jeune femme se sent de plus en plus prisonnière d'un désir brûlant qui pourrait balayer toutes ses certitudes…

La romance historique n'a jamais été aussi moderne.